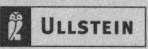

Das Buch

Zwei packende Bestseller, mit denen Joanna Trollope einmal mehr beweist, daß sie eine einzigartige Beobachterin und Erzählerin ist.

Unter Freunden

Laurence und Hilary führen ein kleines, charmantes Landhotel und haben drei Söhne. Sie sind befreundet mit Gina und Fergus, deren einzige Tochter Sophy gerade dabei ist, sich in der Erwachsenenwelt zurechtzufinden. Als es zum Bruch zwischen ihren Eltern kommt und Fergus nach London zieht, um dort sein eigenes Leben zu leben, gerät Sophys Welt ins Wanken.

Die nächsten Verwandten

Eine Farmersfamilie in den englischen Midlands: Nach dem Tod Caros, der amerikanischen Ehefrau eines der Farmerssöhne, stehen nicht nur der Witwer Joe und seine Adoptivtochter Roby an einem Wendepunkt ihres Lebens. Auch die anderen Familienmitglieder werden von den Launen des Schicksals nicht verschont.

Die Autorin

Joanna Trollope wurde im englischen Gloucestershire geboren, wo sie mit ihrem Mann heute wieder lebt. Nach Jahren im auswärtigen Dienst und als Lehrerin veröffentlichte sie 1987 ihren ersten zeitgenössischen Roman und schaffte sofort den Sprung auf die Bestsellerlisten. Heute ist Joanna Trollope eine der erfolgreichsten englischen Autorinnen.

Von Joanna Trollope ist in unserem Hause bereits erschienen:

Die Zwillingsschwestern

Joanna Trollope

Unter Freunden
Die nächsten Verwandten

Zwei Romane in einem Band

Ullstein

Ullstein Taschenbuchverlag
Der Ullstein Taschenbuchverlag ist ein Unternehmen der Econ Ullstein List Verlag
GmbH & Co. KG, München
Erste Auflage 2001

Unter Freunden
© 1995 der deutschen Ausgabe by Hoffmann & Campe Verlag, Hamburg
© 1995 by Joanna Trollope
Titel der englischen Originalausgabe: The Best of Friends (Bloomsbury, London)
Übersetzung: Gisela Stege

Die nächsten Verwandten
© 1997 der deutschen Ausgabe by Hoffmann & Campe Verlag, Hamburg
© 1996 by Joanna Trollope
Titel der englischen Originalausgabe: Next of Kin (Bloomsbury, London)
Übersetzung: Christel Wiemken

Umschlagkonzept: Lohmüller Werbeagentur GmbH & Co. KG, Berlin
Umschlaggestaltung: DYADEsign, Düsseldorf
Titelabbildung: Mauritius, Mittenwald
Druck und Bindearbeiten: Elsnerdruck, Berlin
Printed in Germany
ISBN 3-548-25262-1

Joanna Trollope

Unter Freunden

Roman

Aus dem Englischen
von Gisela Stege

Für Tuggy

1

Unterwegs, als sie gemächlich nach Hause schlenderten, verkündete Gus, er brauche jetzt unbedingt eine Zigarette.

»Kein Mensch *braucht* mit vierzehn Jahren eine Zigarette«, sagte Sophy.

»Ich schon«, sagte Gus.

Er blieb stehen, setzte sich aufs Trottoir und lehnte sich mit dem Rücken an die Hauswand.

»Steh auf«, sagte Sophy.

Gus tätschelte das Pflaster neben sich so einladend, als wäre es ein Sofa.

»Komm schon, Soph!«

Sophy warf einen Blick auf den vorüberbrausenden Verkehr. Wenn sich Gus jetzt eine ansteckte, würden in einem der unzähligen Autos todsicher gleich Gus' und ihre Eltern sitzen, auf dem Rückweg von diesem Lunch, zu dem sie alle eingeladen waren.

»Nicht hier«, sagte sie.

Gus ließ sich gegen die Mauer zurückfallen wie ein Kollabierender. Der Kopf hing ihm auf die Brust, sein Mund stand offen, er schielte. Sophy versetzte ihm einen ungeduldigen Stoß mit dem Fuß und ging weiter. Er war ihr zwar fast so vertraut wie ein richtiger Bruder, aber er war nun einmal nicht ihr Bruder, und wenn er den Idioten spielte, war sie nicht für ihn verantwortlich. Sie hatte ihn, noch dazu an einem Sonnabendnachmittag, nur zu dieser *Five-a-Side-Sache* in die Schule begleitet, weil er mit der Hartnäckigkeit einer Wespe so lange an ihr gezerrt hatte, bis sie es keine Sekunde länger mehr aushalten konnte. In ihren Augen hatte sie für heute genug für Gus getan.

Sie ging weiter die Hauptstraße entlang, nach Whittingbourne hinein. Es war heiß, auf eine bedrückende, gewittrige Art, und über der vergoldeten Turmspitze der Kirche hinter dem braunen Dach des Sportzentrums türmten sich theatralisch purpurngraue Wolken auf. Der warme, staubige Sommerwind blies Sophys Voilebluse gegen ihren Körper, so daß sich all die Details ihrer Konturen, die sie nicht mochte, deutlich darunter abzeichneten. Als sie den Kreisel beim Sportzentrum erreichte, wandte sie sich nach Gus um. Er war inzwischen aufgestanden und lehnte mit ausgebreiteten Armen, gegrätschten Beinen und stierem Blick an der Wand, als stehe er vor einem Erschießungskommando. Kein Wunder, daß seine Brüder ihn einen »Schwachkopf« nannten. Da Sophy wußte, daß diese Vorstellung einzig und allein für sie inszeniert war und daher sinnlos wurde, sobald sie außer Sichtweite war, ging sie weiter.

Hinter dem Sportzentrum – es war nagelneu und hatte eine riesige Fensterfront aus Spiegelglas, durch die man, ein seltsamer Effekt, die herumtollenden Schwimmer zwar sehen, aber nicht hören konnte – machte die Straße eine scharfe Linkskurve, führte an einer Autowerkstatt vorbei und dann nach rechts, an der Parkmauer entlang, in das mittelalterliche Whittingbourne. Zum Whittingbourne Park gehörte heute, anstelle eines dezenten, neoklassizistischen Bauwerks, das vorher hier gestanden hatte, ein aufwendiges viktorianisches Herrenhaus, das jetzt als Heim für behinderte Teenager diente. Zwei Jahre zuvor, als Sophy vierzehn war und Feuer und Flamme für ein sozialem Engagement gewidmetes Leben, hatte sie jeden Sonnabend und einen großen Teil der Schulferien im Whittingbourne Park gearbeitet. Die Teenager – zumeist älter als Sophy – waren ihr unerschrocken und auf eine sehr entschiedene, fröhliche Weise frech erschienen. Wenn sie ihnen heutzutage bei Smith oder auf dem

Marktplatz begegnete, fuhren sie ihr in ihren Rollstühlen entgegen und kreischten triumphierend.

Sophys Elternhaus lag unmittelbar gegenüber dem Eingang zum Whittingbourne Park. Es war, laut Sophys Vater Fergus, der sich auf diese Dinge verstand, mittelalterlich mit Anbauten aus dem siebzehnten Jahrhundert. Auf der Vorderseite war es durch eine hohe Mauer vor der Straße und dem Verkehr geschützt, während dahinter ein winziger, stiller Garten lag, in dem Fergus mittelalterliche Pflanzen wie Stockrosen und Besenginster, Malven, Minze und Seifenkraut angepflanzt hatte. Außerdem gab es hier eine gotische, einer Bank der Winchester Cathedral nachempfundene Holzbank, einen Laubengang mit Kletterrosen und Weinranken sowie einen Kamillerasen.

In einigem Abstand von dem Haus blieb Sophy stehen und betrachtete es. Sie beschloß, nicht hineinzugehen. Es würde ohnehin niemand dort sein, und womöglich hallten die Räume noch von der unschönen Streiterei vom Morgen wider. Wenn sie wartete, bis ihre Eltern, durch die Party milder gestimmt, zurückgekehrt waren und das Echo all dessen vertrieben hatten, was sie Stunden zuvor gesagt und geschrien hatten, würde es ihr leichter fallen, nach Hause zu gehen. George, Gus' ältester Bruder, hatte einmal zu ihr gesagt, wie sehr er sie darum beneide, in einem Haus zu leben, in dem es nur drei Personen gebe.

»Das würde dir bestimmt nicht gefallen«, hatte Sophy entgegnet, »ganz bestimmt nicht. Weil alles auffällt, wirklich *alles*. In unserem Haus gibt es nichts, aber auch gar nichts, das nicht sofort zur Staatsaffäre wird. Nicht mal die kleinste Kleinigkeit.«

Polternde Schritte kamen näher, begleitet von wildem Geschrei.

»Laß mich nicht allein!« rief Gus. »Warte auf mich! Bitte, warte!«

Keuchend ließ er sich gegen sie fallen.

»Ich hätte gekidnappt werden können!«

»Kein Mensch würde dich haben wollen«, sagte Sophy.

»Irgend so 'n Perverser vielleicht doch. Gehst du nach Hause?«

»Nein«, antwortete Sophy und schob Gus von sich. »Geh weg. Du bist völlig durchgeschwitzt.«

»Warum heißt es eigentlich High Place?« fragte Gus mit einem Blick auf die oberen Fenster von Sophys Elternhaus, die über die schützende Mauer lugten. »Ist doch eigentlich gar nicht so hoch.«

»Das ist, glaube ich, im übertragenen Sinne gemeint. Es war das Haus, in dem der Bischof abstieg, um die Steuern von den Leuten hier einzutreiben.«

Gus war auf der Stelle gelangweilt. Er gähnte. Er zog ein zerdrücktes Päckchen Marlboros aus der Tasche, klappte den Deckel auf und steckte sich eine Zigarette zwischen die Lippen.

»Mann, hab ich das nötig …«

»Kann ich mit zu dir kommen?«

»Na klar. Warum fragst du?«

»Ich weiß nicht, ich wollte nur …«

»Du wohnst doch ohnehin praktisch schon bei uns – oder?«

Sophy spürte etwas in ihrem Hals anschwellen und immer härter werden. Sie griff nach der blauen Perle, die sie an einem Lederband um den Hals trug, schob sie sich zwischen die Zähne und biß fest darauf. Manchmal war es schrecklich, der Nehmende zu sein, statt der Gebende: einfach gräßlich und demütigend.

»Eigentlich …«

Gus steckte sich die Zigarette an und inhalierte mit einem tiefen, langsamen Zug. Dann stieß er den Rauch wieder aus und blickte Sophy durch die Qualmwolke an. Er wollte so gern, daß sie mit ihm nach Hause kam.

»Nun komm schon!«

»Eigentlich«, wiederholte Sophy und spie ihre Perle aus, »wollte ich zu Gran rübergehen.«

»Und warum?« fragte Gus und machte ein langes Gesicht.

»Das würdest du doch nicht verstehen.«

»Wieso denn nicht?«

Sophy löste ihr langes, eher dünnes dunkles Haar aus dem Band, schüttelte es und faßte es mit dem Band wieder zusammen.

»Weil es mit einer etwas komplizierten Art von Stolz zu tun hat.«

»Ich mach dir auch 'ne Eisschokolade«, sagte Gus.

»Ein andermal.«

Er musterte sie.

»Weinst du etwa?«

»Nein!« schrie sie.

Gus richtete den Blick wieder auf High Place. Er hatte schon immer das Gefühl gehabt, daß Sophy hier irgendwie nicht hergehörte. Er fand, sie paßte viel besser in die Schule oder in die alte, schiefe und krumme Wohnung, in der Gus mit seiner Familie lebte. Gus fühlte sich nicht wohl in High Place; es gab dort zu viele ungeschriebene Gesetze, gegen die man ständig zu verstoßen drohte. Er zuckte die Achseln.

»Wie du willst.«

»Tschüs«, sagte Sophy.

Er blickte sie an. Er sah die kleinen Kuhlen in ihrer Halsgrube, die Umrisse ihres BHs, die durch ihre dünne Bluse schimmerten, und die blaue Perle.

»Tschüs«, sagte Gus traurig.

Energischen Schrittes ging Sophy davon, bis Gus sie nicht mehr sehen konnte; dann blieb sie plötzlich stehen und lehnte sich an eine Mauer. Es war eine Steinmauer mit einem rauhen Bewuchs ockergelber Flechten. Whittingbourne war fast ganz aus Feldsteinen erbaut, in den älteren Teilen sogar mit ihnen gedeckt, und überall fand man dicke Kissen von Mauerpfeffer. Die Viktorianer hatten zwar jede Menge rote und gelbe Ziegel und blauen Schiefer hinzugefügt, und das zwanzigste Jahrhundert hatte seine langweiligen Kästen dürftiger, funktioneller Architektur dazwischen aufgestellt; im großen und ganzen aber war Whittingbourne eine Kleinstadt aus grauen und goldenen Feldsteinen geblieben. Sophy war hier geboren worden wie schon ihre Mutter vor ihr. Auch Gus war – nach seinen Brüdern – hier geboren. Gus' Vater war drei, als er nach Whittingbourne kam. Er hatte hier die Schule besucht, die Boys' Grammar School. Sophys Mutter war auf der Girls' Grammar School gewesen. Kennengelernt hatten sie sich bei einer gemeinsamen Schulaufführung von Andre Obeys »Noah«, in der Sophys Mutter Noahs Ehefrau spielte und Gus' Vater, mit angekohltem Korken geschwärzt, den Ham. Damals, 1964, waren sie, Gina Sitchell und Laurence Wood, sechzehn gewesen; die Kostüme, die sie trugen, – und Laurences grobe Perücke aus schwarzer Wolle – waren von ihren Müttern genäht worden. Zum Beweis dafür gab es ein Foto, eine Aufnahme aller Schauspieler, auf der die Mutter Sophy gelassen anblickte: Es war ihr eigenes Gesicht, nur hübscher. Gina Sitchells Gesicht mit den großen Augen und dem vollen Mund unter einem fedrigen Pony hatte dem Schönheitsideal der Sechziger genau entsprochen.

»Ich hatte mir für die Aufführung falsche Wimpern angeklebt«, erzählte Gina ihrer Tochter, »und mir unten außerdem Extra-Wimpern auf die Wangen getuscht. Dadurch wirkte ich ständig ein bißchen erstaunt.«

Sophy trug fast nie Make-up. Fergus sagte, er halte nichts davon, und Sophy sagte, sie wisse nicht, wie sie damit umgehen müsse. Das sagte sie immer, wenn ihr etwas nicht ganz geheuer war. »Ich weiß nicht, wie man sich so was anhört«, behauptete sie von moderner Musik, und von nicht-gegenständlicher moderner Malerei sagte sie: »Ich weiß nicht, wie man so was betrachtet.« Fergus billigte ihre Einstellung und lobte sie für ihre Aufrichtigkeit. Während sie so an der warmen, groben Steinmauer lehnte, dachte Sophy flüchtig über Aufrichtigkeit nach. Gus gegenüber war sie nicht aufrichtig gewesen, sonst hätte sie sagen müssen: »Ich würde furchtbar gern mit dir nach Hause kommen, weil ich für dein Familienleben meine Seele verkaufen würde.« Statt dessen hatte sie behauptet, sie werde jetzt ihre Großmutter besuchen, und es so klingen lassen, als sei ihr das bei weitem lieber. Na ja, am besten, sie ließ es keine Flunkerei bleiben und ging tatsächlich zu ihrer Gran. Sie stieß sich von der Mauer ab und straffte die Schultern. Ein Mann, der sie von der anderen Straßenseite her aus einem Fenster im ersten Stock beobachtete, befand, daß sie zwar zu hochgeschossen und zu dünn war, aber doch irgend etwas an sich hatte. Vielleicht war es ihr Hals.

Vi Sitchell wohnte in einer Maisonettewohnung in einer neuen Wohnanlage für Senioren. Die Häuser waren um einen quadratischen Innenhof herum errichtet, der üppig und farbenprächtig mit französischen Ringelblumen und scharlachroter Salbei bepflanzt war; als Zugang diente ein Torbogen in einer alten Mauer, der nachts durch ein festes Eisentor verschlossen wurde. Dieses Eisentor war der empörten Vi ein ständiger Dorn im Auge: Es wurde nämlich fest verriegelt, bevor die Pubs ihre Pforten schlossen. Zwar hatte Vi nicht unbedingt vor, bis zur Polizeistunde in einem Pub zu verweilen, aber sie wollte das Gefühl haben, daß sie tun konnte, was sie wollte.

»Verdammte Nazis«, nannte sie die Hausmeister der Anlage.

In Wirklichkeit waren die beiden ein sanftmütiges Ehepaar mittleren Alters, das wider alle Beweise des Gegenteils fest daran glaubte, daß die Bewohner von Orchard Close liebe, nette Altchen waren, die dort in selbstgewählter Ruhe und Zurückgezogenheit ihren Lebensabend genießen wollten.

»Lebensabend!« sagte Vi verächtlich. »Denen werd ich zeigen, was ein Lebensabend ist! Die besten Jahre liegen noch vor mir, und das sollten die beiden niemals vergessen!«

Vi war achtzig. Sie hatte Gina nach damaligen Vorstellungen erst ziemlich spät bekommen – mit fünfunddreißig. Der Vater war ein amerikanischer Flieger gewesen, der bei Kriegsende gedacht hatte, er könne sich in England ein neues Leben aufbauen. Die Aussicht, Vater zu werden, hatte ihn jedoch eines Besseren belehrt, und so war er Hals über Kopf nach Avenel in New Jersey zurückgeflogen und hatte nichts weiter als eine Sammlung alter Grammophonplatten sowie eine Uniformhose zurückgelassen, aus der Vi für Gina ein ausgestopftes Schwein fabrizierte.

»Sieht genauso aus wie er«, sagte sie.

Sie hatte nie geheiratet und auch nie vorgegeben, verheiratet zu sein. Als sie merkte, daß sie schwanger und sitzengelassen worden war, hatte sie beschlossen, von London nach Whittingbourne zu ziehen, vor allem, wie sie erklärte, wegen der ansprechenden Werbeplakate der Eisenbahn, auf denen ein hübsches Aquarell des Ortes zu sehen war und darunter der Slogan »Tor zum Herzen Englands«. Sie fand einen Job in Whittingbournes größter Textilhandlung und stieg, obwohl sie nie ihre rauhe, oft sogar grobe Londoner Denk- und Redeweise verlor, zur »Assistant Manageress« auf, ein Posten, auf dem sie sowohl einen Coffee Shop als auch eine Mode-Abteilung aus der Taufe hob. Gina wurde im Allgemeinen Krankenhaus von Whittingbourne geboren und wuchs in einem schmalen Reihenhaus ohne Ausblick oder Garten auf, zu dessen Haustür sie einen Schlüssel besaß, von dem sie, weil Vi immer länger im Geschäft zu tun hatte, bereits im Alter von sieben Jahren Gebrauch machen mußte. Wenn sie an den Winternachmittagen nach Hause kam, holte sie sich, wie sie Sophy erzählte, ein Buch und eine Taschen-

lampe und zog sich in den begehbaren Wandschrank –
den einzig warmen Ort im Haus – zurück, um dort zu lesen, bis Vi nach Hause kam.

»Ich habe alles gelesen, was mir in die Hände kam –
Hauptsache, es waren Geschichten. Dickens, Louisa M.
Alcott, Tolstoi, Noel Streatfield, Daphne Du Maurier,
Enid Blyton. Einfach alles. Und eine Zeitschrift namens
›Home Chat‹, die Vi immer kaufte; die hab ich besonders
gern gelesen, wegen der Liebesgeschichten, und als die
einging, hatten wir statt dessen ›Women's Own‹, die hab
ich dann auch gelesen. Und Thomas Hardy.«

In Orchard Close hatte Vi keine Bücher. Als Gina heiratete, hatte sie sämtliche Bücher mitgenommen, und Vi
wäre nie auf den Gedanken gekommen, neue anzuschaffen. Sie fand es gut, daß Gina las, sie selber aber *tat* lieber
etwas. Orchard Close Nummer 7 war vollgestopft mit ihren »Taten«: Patchwork, Macramé, Häkelarbeiten, Strickarbeiten, Porzellanteile, die auf ihre farbenprächtigen,
unsicher gemalten Blumen warteten, halbfertige Kaminschirme und Stickereien, Collagen von Landschaften mit
Seen aus Silberflamé und grünen Tweedbergen, Gemälde – in grellen Acrylfarben – von den Blumensträußen,
die sie gegen Ende des Tages beinahe umsonst erstand.

Vi liebte Farben. Außerdem liebte sie Gina und Sophy,
Boxkämpfe im Fernsehen, am Samstagabend ein Glas
Brandy mit Ginger-Ale und Dan Bradshaw.

»Die große Liebe meines Lebens«, erklärte sie Gina.
»Aber das würde ich ihm niemals sagen.«

Dan Bradshaw war Witwer. Er war siebenundsiebzig
und wohnte auf der anderen Seite des Innenhofs von Orchard Close in einer Wohnung, die so blitzsauber war wie
eine Schiffskabine. Er liebte Chormusik – »kann Musik
nicht ausstehen«, sagte Vi, »kann den Lärm nicht ertragen« –, Naturgeschichte und Vi. Er war so sehr in sie verliebt, als wäre er ein junger Mann von siebenundzwanzig
und nicht bereits siebenundsiebzig – so jedenfalls hatte

15

Gus' Vater Laurence es Sophy beschrieben, um ihr die altersunabhängige Bedeutung dieses Gefühls nahezubringen. Dan Bradshaw fand Vi wundervoll, er liebte ihre Furchtlosigkeit und ihren Übermut. Manchmal lief sie um sieben Uhr morgens nur mit einem roten Regenmantel über dem Nachthemd quer über den Innenhof, um ihn zu wecken. Das gab den anderen Bewohnern von Orchard Close natürlich reichlich Gesprächsstoff. Zwei von ihnen hatten sogar ihre Netzgardinen abgenommen, um besser hinaussehen zu können.

Als Sophy von der Orchard Street aus durch den Torbogen den Innenhof betrat, sah sie Dan Bradshaw inmitten der Ringelblumen auf einer Matte knien. Er schenkte ihr ein schüchternes Lächeln und tippte an seinen Strohhut.

»Schnecken«, erklärte er. »Eine echte Plage. Vermutlich, weil es so viel regnet.«

Neben ihm stand ein Plastikeimer. Der Boden war mit Schnecken bedeckt, die sich aneinander festsaugten.

»Und was machst du nun damit?« fragte Sophy.

»Ich bringe sie zum alten Klostergarten«, antwortete Dan. »Da kann ich sie ins Gebüsch setzen. Aber das muß schnell gehen. Weil Vi versuchen will, sie zu kochen.«

Sophy hockte sich neben ihn. Er war klein und hatte sehr gepflegte Hände und Haare.

»Das sagt sie doch nur so. Sie würde das nie wirklich tun. Sie haßt ausländisches Essen.«

»Und ich würde es auch nie zulassen«, sagte Dan. »Könnte nicht zusehen, wie sie leiden. Und du – weißt wohl nix mit dir anzufangen nach all den Prüfungen?«

»Genau«, sagte Sophy. »Na ja, es ist eben einer von diesen Tagen, an denen alle, die ich kenne, irgendwas zu tun haben – nur ich nicht.«

»Ich dachte, du bist 'ne Leseratte«, sagte Dan.

Sophy langte in den Eimer, ergriff eine Schnecke an ihrem Haus und holte sie heraus. Zwei andere klammerten sich von unten an ihr fest.

»Bin ich auch«, sagte sie und ließ die Schnecken wieder fallen. »Aber nach all diesen Prüfungen hab ich ganz einfach alles Geschriebene satt.«

»In deinem Alter war ich Pfadfinder. Da mußten wir Überlebenstests bestehen, draußen campen und so weiter. Wäre heute nicht mehr ganz ungefährlich – leider.« Damit begann er, grellblaue Perlen aus einem Plastikkanister um die Ringelblumen zu verteilen. »Schrecklich, was ich hier tue. Aber was sein muß, muß sein. Tut mir leid, ihr Schneckchen.«

Sophy stand auf.

»Ich geh rein, Gran besuchen.«

Dan lachte leise; seine Miene wurde sanfter.

»Sag ihr …«

»Was?« fragte Sophy.

»Ach, laß nur«, sagte Dan, von geheimen Gefühlen übermannt. »Spielt keine Rolle. Ich werd's ihr später selber sagen.«

»Die sind also alle zu dieser Party gegangen«, sagte Vi. Sie war dabei, dicke Kringel aus Buttercreme als Verzierung auf einem Schokoladenkuchen zu verteilen. Vi war der einzige Mensch, den Sophy kannte, der ständig Kuchen backte, ohne sich darum zu scheren, ob sie gelangen oder nicht.

»Alle vier sind sie hingegangen«, erzählte Sophy. »Mum und Dad, Laurence und Hilary. Sie haben 'ne Münze geworfen, um zu bestimmen, wer fahren muß, und diesmal hat's Hilary getroffen.« »Hätten sich ein Taxi nehmen sollen«, sagte Vi und hielt Sophy den Rührlöffel hin. »Möchtest du lecken? Wird schon 'ne schöne Party gewesen sein, mit all diesen Ex-Ehefrauen. Komisch, daß manche Leute ihren Geburtstag feiern müssen, ohne auf andere Rücksicht zu nehmen. Fünfzig! Möchte wissen, was an fünfzig so wichtig ist! Vor allem nach der dritten Ehe. Ist er dir zu süß?«

»'n bißchen.«

»Für mich kann Kuchen niemals zu süß sein. Das kommt vom Krieg. Da hat man nur noch heißes Badewasser und Zucker im Kopf gehabt. Ist Dan immer noch dabei, die Schnecken zu retten?«

»Ungefähr fünfzig hat er jetzt wohl in seinem Eimer.«

Vi stellte den Buttercremetopf mit dem Löffel in den Spülstein und ließ heißes Wasser hineinlaufen.

»Weich wie Butter, mein Dan. Wenn er könnte, würde er noch Hilfszentren für Ratten und Ohrwürmer einrichten.« Sie drehte den Wasserhahn ab und wandte sich zu Sophy um. »Wie geht's dir so?«

Sophy verschränkte die Arme.

»Na ja, wie immer.«

Vi ging durch ihre winzige Küche zu einem Spiegel hinüber. Es war ein herzförmiger, mit rotem Plastik gerahmter Spiegel. Aus einer Schale auf einem nahen Regal nahm sie einen Lippenstift und begann sich damit zu schminken, während sie Sophy beobachtete.

»Nun sag schon.«

Sophy setzte sich an den winzigen Küchentisch. Sie legte den Finger auf einen länglichen Buttercremebatzen und zerdrückte ihn.

»Es war ziemlich übel, heute morgen. Sie fingen schon an, als ich noch im Bett lag. Ich konnte sie hören. Und als ich runterkam, ging's weiter …«

»Immer noch die alte Leier?«

»Hmm …«

Vi setzte die Kappe auf ihren Lippenstift. Sie legte den Kopf schief und begutachtete die Wirkung. Komisches Zeug, so ein Lippenstift! In viktorianischer Zeit hatten sich die jungen Mädchen auf die Lippen gebissen, damit sie rot wurden, manchmal sogar, bis sie bluteten. Sie wandte sich zu ihrer Enkelin um.

»Weißt du, Herzchen, so sind sie eben. Hat weiter keine große Bedeutung.«

Sophy schwieg. Sie wußte, was Vi meinte, daß nämlich die Streitereien ihrer Eltern, da sie so häufig waren, fast so etwas wie eine Kommunikationsmöglichkeit für sie darstellten, aber sie hatte doch das Gefühl, daß inzwischen mehr dahintersteckte. Ihre Mutter schien immer mehr Schmerz zu empfinden, ihr Vater immer kälter zu werden. Sie konnten so furchtbar zornig aufeinander sein – und manchmal schien einer den anderen sogar zu verachten.

»Was du als Illoyalität bezeichnest«, hatte Fergus an diesem Morgen laut und wütend gesagt, »ist nichts weiter als der verzweifelte Versuch, etwas für mich selbst zu haben, ein kleines bißchen von mir selbst zu bewahren.«

Gina hatte zurückgeschrien, daß er sie bewußt falsch verstehe. Ob er denn nicht sehen könne, daß sie sich einsam fühle mit einem Menschen, dessen einziges Ziel es sei, sie auszuschließen? Sie trug einen Morgenrock, den Sophy sehr mochte, aus dunkelgrüner provenzalischer Baumwolle, bedruckt mit einem kleinen, leuchtenden Paisley-Muster in Rot und Gelb; jetzt hatte sie versehentlich Kaffee darauf geschüttet. Hektisch rieb sie mit einem blauen Spüllappen an dem Fleck herum, während sie lauthals verkündete, innerhalb einer Beziehung einsam zu sein sei weit schlimmer, als überhaupt keine Beziehung zu haben. Sophy hatte heftiges Mitleid mit ihr verspürt und sich doch gleichzeitig gewünscht, sie möge still sein. Schnell hatte sie die Küche verlassen und war wieder nach oben gegangen, wo sie völlig sinnlos zwanzig Minuten auf dem Klosett sitzengeblieben war und in ein Buch mit Tim-und-Struppi-Comics gestarrt hatte.

Vi setzte sich Sophy gegenüber und ergriff ihre unruhige Hand. Vis Hand war warm und zupackend und mit einer Menge dicker Ringe bestückt, in deren Vertiefungen sich Kuchenteig eingenistet hatte.

»Nun komm schon!«

»Ich *hasse* das«, sagte Sophy leidenschaftlich.

»Ich weiß. Und sie sollten sich niemals in deiner Gegenwart streiten. Aber gestritten haben sie schon immer, schon als sie noch frisch verliebt waren.« Liebevoll drückte sie Sophys Hand und beugte sich, einen Hauch Backduft und Yardleys »Red Roses« verströmend, ein wenig vor, um ihr ins Gesicht zu sehen. »Ich weiß noch, wie dein Vater uns erklärte, er habe seinen Namen geändert. Eigentlich hieß er Leslie, nach dem Schauspieler Leslie Howard, den seine Mutter so sehr verehrte. Aber als er dann Gina kennenlernte, änderte er ihn auf einmal und setzte eine Kleinanzeige in die Zeitung, in der er verkündete, er heiße von nun an Fergus Bedford. Gina hat ihm deswegen Vorwürfe gemacht. Sie könne Leute nicht ausstehen, die sich ihrer Wurzeln schämten, schimpfte sie und ließ ihn nicht einmal erklären, was ihn dazu bewogen hatte. Ich hab mich damals in der Küche eingeschlossen und die beiden allein gelassen. Schließlich gingen sie, ganz Friede, Freude, Eierkuchen, eng umschlungen davon, und ich hab nie wieder ein Wort darüber gehört.«

»Also, *jetzt* ist von Friede, Freude, Eierkuchen nichts zu spüren«, sagte Sophy unwillig.

Vi musterte ihre Enkelin. Sie wirkte erschöpft, aber das konnte von den Prüfungen kommen, weil Sophy so gewissenhaft war und so fleißig arbeitete. Außerdem war sie in den letzten zwei Jahren sehr gewachsen, und dazu kam dieser idiotische Vegetarier-Fimmel. Beide, Gina und Sophy, versicherten Vi, daß man auch ohne rotes Fleisch genügend Proteine bekäme, aber Vi vermochte das nicht recht zu glauben. Sophy, blaß und schmal, sah für Vi mit ihren langen, dünnen Handgelenken, die aus den flattrigen, manschettenlosen Ärmeln ihrer Bluse ragten, aus, als brauche sie dringend einen Mixed Grill mit einem anständigen Pudding als Nachtisch. Wieder drückte sie Sophys Hand.

»Ich könnte ja noch mal versuchen, mit Mum zu reden, Herzchen, aber ich glaube kaum, daß sie mir zuhören würde.«

Sophy schüttelte den Kopf.

»Bestimmt nicht. Weißt du, sie sollen sich ja nicht eigentlich meinetwegen vertragen, sondern ihretwegen.«

»Natürlich, Gott segne dich, mein Kind.«

»Es ist nur …«, begann Sophy und verspürte nun schon zum zweitenmal an diesem Nachmittag das heiße Brennen aufsteigender Tränen, »ich … ich will einfach nicht dort sein, wenn es so ist wie jetzt.«

»Kannst du nicht weggehen? Ein bißchen Abstand gewinnen?«

Sophy schüttelte den Kopf.

»Ich würde dir ja so gern helfen, Herzchen …«

Sophy nickte und schluckte. »Ich weiß, ich weiß, vielen Dank. Aber es geht nicht, ich hab nämlich einen Job. Ich will für eine Reise sparen. Ich kann bei Hilary arbeiten. Im Bee House.«

Vi schnaufte verächtlich. »Was ist das für ein Job? Geschirrspülen?«

»Sozusagen …«

»Drei Pfund die Stunde?«

»Ich bin erst sechzehn. Und ich möchte mir unbedingt was verdienen, Gran, ich …«

»Ja«, sagte Vi und gab Sophy einen Kuß. »Ist schon besser, wenn man selbst was verdient.« Sie stand auf. »Ich muß das Teewasser aufsetzen. Möchte wissen, was passiert, wenn ich ein Wörtchen mit Hilary rede …«

»Wegen Mum und Dad?«

»Und deinetwegen.«

Sophy überlegte. Sie fingerte an ihrer Perle herum.

»Mum redet immerzu mit Hilary. Ich …«

»Was, Herzchen?«

»Ich … Ich finde, du solltest nicht mit Hilary reden. Ich finde auch nicht, daß Mum das tun sollte. Und ich finde auch nicht, daß wir, du und ich, so viel reden sollten«, sagte Sophy. In ihrem Kummer sprudelten die Sätze immer schneller aus ihr hervor. »Ich finde, die Leute sollten überhaupt nicht immer und immer nur reden und diskutieren und analysieren. Das macht alles nur noch schlimmer, und außerdem führt es dazu, daß ich mich so furchtbar *schuldig* fühle!« Sophy verbarg ihr Gesicht in den Händen. »Als würde ich hinter ihnen *herspionieren!*«

Vi stellte den Teekessel ab und nahm Sophy liebevoll in die Arme.

»Wenn irgend jemanden in diesem ganzen Schlamassel nun gar keine Schuld trifft, Herzchen, dann dich.«

Mit erstickter Stimme sagte Sophy in die seidigen Wogen von Vis lebhaft blumengemustertem Samstagsnachmittags-Sommerkleid hinein: »Aber das Gefühl habe ich nicht. Ich habe das Gefühl, daß alles meine Schuld ist!«

»Hm«, machte Dan, der auf einmal in der Küchentür stand. Er hielt ihnen den Eimer entgegen, um zu beweisen, daß er leer war. Mit kompliziertem Mienenspiel wies Vi ihn auf Sophys Gemütszustand hin.

»Siebenundsiebzig waren es«, sagte Dan. »Siebenundsiebzig Schnecken auf sechzehn Pflanzen!« Er kam herein und legte Sophy eine Hand auf die Schulter. »Ich brauche dich«, sagte er. »Ich brauche deine Hilfe bei meinem Riesenkreuzworträtsel.«

Beladen mit Kuchen, machte sich Sophy gegen Abend auf den Heimweg, als gerade die Geschäfte schlossen. Mit Bedacht nahm sie den längeren Weg die Orchard Street hinauf, die kurz vor dem Marktplatz mit der Tannery Street zusammenlief. An den Tagen, an denen es keinen Markt gab, durften Autos in der Mitte des Platzes parken, und ganz oben in der rechten Ecke des gepflasterten Platzes, der sich rings um die Kirche erstreckte, pflegten sich jene zu versammeln, die Vi als Eckensteher bezeichnete. Einige der Jungen gingen mit Sophy zusammen zur Schule, doch an den Wochenenden, wenn sie ihre Freizeit-Uniformen aus viel zu weiten Jeans und viel zu engem Leder trugen und sich in der Gruppe wer weiß wie mutig und stark fühlten, taten sie so, als könnten sie Sophy nicht von all den anderen Mädchen unterscheiden, denen sie laut nachriefen und -pfiffen. Sophy hörte sie schon gar nicht mehr. Sie hatte gemerkt, daß sie nur einem von ihnen in die Augen oder, was fast noch besser wirkte, auf die Schuhe zu blicken brauchte, um ihre Aufmerksamkeit von sich abzulenken.

»Eine gehörige Portion National Service«, sagte Vi – Vi, die ihr Leben lang Labour gewählt hatte –, »das ist es, was denen guttun würde.« Einmal hatte sie einen Jungen, der sie belästigte, mit einer Einkaufstasche in die Flucht geschlagen, die eine Steckrübe und ein Kilo Zwiebeln enthielt; anschließend erschien ihr Foto auf der Titelseite der Lokalzeitung, und sie wurde als Heldin gefeiert.

Sophy überquerte den Marktplatz und betrachtete mit gebremstem, mechanischem Interesse das Schaufenster des Kleiderladens, der bei ihren Altersgenossinnen gerade en vogue war. In Gedanken entschied sie sich für zwei Kleidungsstücke, die ihr als Geschenke durchaus willkommen wären, und ein Paar dicksohlige Schuhe, die ihr gefallen würden, wenn sie fünf Pfund statt fünfunddreißig kosteten, sowie eine lange Strickweste, für die zu sparen sich fast, aber doch nicht ganz lohnte. Ein Mädchen aus ihrer Klasse kam Hand in Hand mit einem Jungen vorbei, den Sophy auf dem Parkplatz vor dem örtlichen Tiefkühlmarkt Einkaufswagen einsammeln gesehen hatte, und sagte voll triumphierender Lässigkeit: »Hi, Sophy.«

»Hi«, sagte Sophy.

Hinter ihr schlug die große blau-goldene Kirchturmuhr mit ihrem vollen Klang die halbe Stunde. Sie drehte sich um und blickte hinauf. Halb sechs.

»Du solltest nach Hause gehen«, hatte Vi gesagt. »Sie werden sich Sorgen machen. Soll ich anrufen?«

»Nein«, hatte Sophy geantwortet. »Nein. Wahrscheinlich glauben sie ohnehin, daß ich mit Gus zusammen bin, und werden …« Sie hielt inne.

»Du kannst jederzeit zurückkommen. Wenn du meinst, daß es nötig ist.«

Vi tätschelte ihre Hand.

Sophy hatte genickt. Es war zu heiß gewesen in Vis Wohnzimmer; die Luft war schwer vom Kuchenduft. Nachdem sie für Dan sieben Lösungswörter gefunden hatte, war er schwer beeindruckt gewesen. Aber er war leicht zu beeindrucken, und deshalb war sie sich richtig schlecht vorgekommen, so als hätte sie ihn betrogen. Als sie ging, hatte er: »Gott segne dich, Liebes«, gesagt, und sie wünschte, unfairerweise, er hätte das nicht getan. Sie blickte zum Himmel über dem Marktplatz empor.

Die Wolken sanken jetzt tiefer und legten sich wie eine dicke, weiche, dunkle Decke über Dächer, Schornsteine und Türme. Bald schon würde es wieder regnen, und noch mehr Schnecken würden ihren lautlosen, unerbittlichen Marsch auf Dans Ringelblumen antreten. Sophy atmete so tief durch, als wollte sie gleich in ein Schwimmbecken springen, und setzte sich voll Unbehagen, aber entschlossen in Richtung High Place in Trab.

Der erste Regentropfen, dick, fett und warm, traf sie wie platzende Eier, als sie gerade das schwere, hohe Tor in der Mauer öffnete, das Fergus speziell hatte anfertigen lassen. Mit lautem Krach ließ sie es hinter sich zufallen und lief, während ihr weitere Tropfen, groß wie aus einem Suppenlöffel, auf Kopf und Schultern klatschten, ums Haus herum zur Hintertür. Die Glastür zur Küche stand weit offen, gestützt von einem alten, auf einer Seite mit einem groben Akanthusblatt verzierten Stein, den Gina im Garten gefunden hatte. Die Küche war leer und aufgeräumt. Der Zettel mit der Nachricht, die Sophy hinterlassen hatte, lag noch genau dort, wo sie ihn hingelegt hatte: auf dem Küchentisch, beschwert von einer hellroten Pelargonie im weißen Porzellan-Übertopf.

Sophy schloß die Gartentür hinter sich und lauschte. Stille.

»Hallo?« sagte sie zögernd.

Immer noch Stille. Sie durchquerte die Küche und betrachtete ihren Wellensittich, der in seinem Käfig am hinteren Fenster saß. Sie hatte ihn zwei Jahre zuvor auf dem Volksfest von Whittingbourne gewonnen, und wenn er gesprächig war, redete er unentwegt in seinen winzigen Spiegel hinein. Jetzt schien er allerdings zu schlafen oder tief in Gedanken versunken zu sein, denn seine Äuglein waren in dem grün-gelben Köpfchen kaum zu sehen.

»Wo sind sie denn alle?« fragte Sophy und versetzte dem hängenden Käfig einen kleinen Stoß. Doch der Vogel nahm keine Notiz von ihr. Sophy verließ die Küche und ging in den Flur, der ringsum getäfelt war und daher immer ein wenig dunkel wirkte, vor allem jetzt, da sich Regenwolken vor den Fenstern auftürmten. Die Tür zum Wohnzimmer stand offen. Sophy warf einen Blick hinein und sah ihren Vater im Dämmerlicht sitzen. Er trug noch den Sommeranzug, den er für die Party angezogen hatte; er hatte ihn sich gekauft, als sie einmal alle zusammen ins Veneto gereist waren und zwei Nächte in Vicenza verbracht hatten. Er las nicht, er tat überhaupt nichts; er schien einfach nur dazusitzen.

»Hallo«, sagte Sophy und hielt sich am Türrahmen fest. Er blickte auf, sah sie an.

»Hallo, Sophy«, sagte Fergus. Er sagte nie »Darling« zu ihr, obwohl sie genau wußte, wie lieb er sie hatte. »Hallo.« Er machte die Andeutung einer Geste, so als wolle er ihr seine Arme entgegenstrecken, schien sich dann aber dagegen zu entscheiden. »Da bist du ja endlich.«

2

In dem schlecht gedruckten Reiseführer, den das Touristenbüro von Whittingbourne gratis verteilte, wurde das Bee House unter der Rubrik »Gebäude von historischem Interesse« aufgeführt. Es war allerdings weniger das Haus selbst, das dieses historische Interesse begründete, als die Dinge, die damit zusammenhingen. Das Gebäude war weitläufig, und es war eines jener Häuser, die durch ihre Mischung verschiedenster Stile und durch ständig wechselnde Nutzung ungeheuer lebendig und menschlich, aber auch überaus unpraktisch wirken. Besucher, die mit großer Vorsicht die vielen Ecken und Winkel sowie die unvermittelt wechselnden Ebenen erkundeten, murmelten etwas von Charme und Exzentrik, während sie insgeheim Dankgebete dafür gen Himmel schickten, daß sie es weder sauberhalten mußten noch für etwaige Dachreparaturen verantwortlich waren. Dann nahmen sie sich einen der Prospekte, die auf dem Empfangstisch in einem Holzständer auslagen, und gingen in den Garten hinaus, um die Bienennischen zu besichtigen.

Diese Nischen hatten dem Haus den Namen gegeben und ihm den Platz im Reiseführer gesichert. Der langgestreckte Garten, der sich nach Norden hinzog, wurde auf der nach Osten gewandten Seite von einer langen, uralten Backsteinmauer begrenzt, an die sich eine Reihe Spalierobstbäume lehnten. Und in diese Mauer waren etwa ein Dutzend Nischen eingelassen, jede einzelne breit und tief genug für einen Bienenkorb aus geflochtenem Stroh, wie der Prospekt erklärte, oder, im Mittelalter, aus Weidengeflecht. An jedem Korb befand sich ein Abflugbrett aus Holz, das vorn herausragte, und die nach Osten gewandte Seite hatte man gewählt, weil man hoffte, die Morgensonne werde die Bienen zeitig wecken, so daß sie schon früh an die Arbeit gingen. Hilary Woods, die Mutter von Gus, hatte versucht, die heutigen Bienen in diesen alten Behausungen anzusiedeln, die aber hatten die Körbe energisch abgelehnt und sich einhellig für Stöcke entschieden, die, weiß gestrichen, im Chalet-Stil gehalten waren und in bequemer Reichweite der nahen Rapsfelder lagen.

In der Bar des Bee House hingen mehrere gerahmte Kopien historischer Dokumente. Eines davon war Teil des Testaments von Adam Cullinge von 1407, der seine Bienen mitsamt den Bienenkörben des Bee House den Kirchenältesten von Whittingbourne vermachte, »damit diese die Einnahmen darauf verwenden sollen, auf ewig drei Wachskerzen in der Kirche brennen zu lassen ...« Ein weiteres Dokument war das Inventarverzeichnis eines späteren Besitzers des Bee House Ende des 16. Jahrhunderts, das einen Posten von »8 *fattes* Bienen: 16 Shilling« enthielt. Ein *fatte* Bienen, hieß es in einem Begleittext von Hilary, der unter dem Dokument an die Wand geheftet war, war ein Bienenstock in erstklassigem Zustand. Ein noch späterer Bewohner des Bee House, ein Pächter, hatte mit kräftiger Hand ein Memorandum des Inhalts verfaßt, daß er die Pacht ausschließlich von dem Verkauf von Honig und Bienenwachs zu zahlen vermöge. In einem Postscriptum warnte er alle zukünftigen Bienenzüchter: »Haltet eure Stöcke eher ein wenig zu klein als zu groß, denn solche sind dem Zuwachs und dem Gedeihen der Bienen schädlich.«

Tatsächlich waren es die Bienen, die den Ausschlag für Laurences und Hilarys Entschluß gegeben hatten, das Bee House zu ihrem Heim und zu einem Hotel zu machen. In der Geschäftigkeit und Häuslichkeit der Bienen, ihrem ansprechenden Aussehen und ihrer reizvollen Geschichte lag etwas, das sowohl Laurence als auch Hilary das Gefühl verlieh, daß sie bei der Annahme dieses seltsamen Vermächtnisses im Grunde gar keine Wahl gehabt, daß vielmehr die Bienen die Entscheidung an ihrer Statt getroffen hatten. Schließlich waren sie damals erst Anfang zwanzig und noch nicht verheiratet gewesen, und Laurence träumte davon, die Welt zu bereisen, bevor er möglicherweise Architekt wurde. Oder Möbeltischler. Auf jeden Fall etwas, das mit Design zu tun hatte. Und dann kam dieses Schreiben von Askew and Payne, Anwälten in der Tower Street von Whittingbourne, in dem es hieß, Ernest Harrison, der sich die größte Mühe gegeben hatte, Laurence und seinen Altersgenossen auf dem Gymnasium Latein und Griechisch beizubringen, habe Laurence das als Bee House bekannte Wohnhaus hinterlassen, das sich zwar in einem sehr schlechten Zustand befinde, auf dem freien Markt jedoch einen vernünftigen Preis erzielen könne, wenn man es während der Sommermonate verkaufe.

»Ich werd's verkaufen«, verkündete Laurence, der schon Flugtickets nach Australien und einen offenen Ford Mustang vor Augen hatte.

»Das kannst du nicht«, entgegnete Hilary. »Jedenfalls nicht, ohne es dir gründlich zu überlegen. Schließlich hat er's dir hinterlassen.«

»Möchte bloß wissen, warum …«

Hilary machte eine kleine Pause, dann sagte sie: »Vielleicht, weil es keinen anderen gab.«

Laurence dachte an die Sommernachmittage in seinem Klassenzimmer, das vor heranwachsenden Jungen aus allen Nähten platzte, Jungen, die ihrerseits vor Hormonen platzten, kaum bezähmbar auf ihren Schulbänken hockten und den alten Harrison über sich ergehen ließen. Er war ein entsetzlich langweiliger Lehrer; die meisten Unterrichtsstunden wären unterhaltsamer und lehrreicher gewesen, wenn er aus dem Telefonbuch von Whittingbourne vorgelesen hätte. In modrige Gewänder in nebelgrauen und braunen Farbtönen gekleidet, ackerte er sich durch Sagen, Schlachten, Dichtungen und Anrufungen der Götter, als seien sie allesamt Einkaufslisten. Und doch hatte Laurence – ohne es sich selbst erklären zu können, noch seinen Freunden mitteilen zu mögen – das Gefühl, daß in dem alten Harrison, unter all der Schäbigkeit und Langeweile, irgend etwas anderes steckte. An zwei Dinge vor allem erinnerte er sich. Erstens daran, wie der alte Harrison gesagt hatte, daß keinem von ihnen in ihrem ganzen Leben jemals etwas so wahrhaft Erschreckendes begegnen würde wie die Ilias. Und zweitens an seine Bemerkung, daß nahezu jedes große Kunstwerk etwas Subversives an sich haben müsse. Das hatte Laurence sich notiert – heimlich, aber der alte Harrison hatte es doch bemerkt. Hinter seinen verschmierten Brillengläsern hatten seine Augen ganz kurz, ganz schwach aufgeblitzt. Wäre es möglich, daß einem ein fast zusammenbrechendes Haus mit einem Keller aus dem zwölften Jahrhundert, ganzen Meilen von verzogenen Zwischenwänden aus Hartfaserplatten und Erinnerungen an eine Bienenzucht vererbt wurde, nur weil man sich eine Bemerkung notiert hatte, die so gut wie sicher nicht auf dem eigenen Mist des Alten gewachsen war?

»Was sollen wir bloß damit anfangen?« hatte Laurence Hilary gefragt. Sie studierte seit zwei Jahren am Guy's Hospital in London Medizin, und die beiden hatten sich auf der Sylvesterparty eines gemeinsamen Freundes in einer Wohnung in Fulham kennengelernt. Sie war das einzige Mädchen mit Brille gewesen, und als er sie ihr nach Mitternacht in seiner alkoholisierten Verliebtheit abnehmen wollte, sagte sie: »Gott, bist du *deprimierend*«, und verließ die Party zutiefst empört. Am folgenden Tag hatte er sie trotz Katers nach stundenlanger, hartnäckiger Suche wiedergefunden. Sie bewohnte ein Zimmer in Lambeth und saß, weil es wärmer war, mit einer grünen Pudelmütze im Bett, um die graphischen Darstellungen des Ohrs zu studieren. Nur ein Jahr später hatte Ernest Harrison Laurence das Bee House vermacht.

»Was sollen wir bloß damit anfangen?« hatte Laurence Hilary also gefragt.

Hilary warf ihm einen scharfen Blick zu.

»Wir?«

Er zögerte ein wenig und errötete. Hilary musterte ihn noch eine Weile mit einem Ausdruck, den er nicht zu analysieren wagte; dann sagte sie sehr sanft, sie müsse vor Geschäftsschluß noch zur Bank.

Es waren nicht nur die Träume vom Strand in New South Wales und dem Ford Mustang, die Laurence zögern ließen. Es war auch Hilary. Obwohl er sie noch nicht gefragt hatte, wußte er doch, daß er sie unbedingt heiraten wollte, und er wußte auch, daß sie als Tochter und Enkelin von Ärzten ihr Medizinstudium sehr ernst nahm. Außerdem bereiteten ihm ihre Ansichten ein wenig Unbehagen, denen sie keineswegs laut, aber mit einer Ruhe und Sicherheit Ausdruck verlieh, die beunruhigend waren. Eine dieser Ansichten (und immerhin eine, die ihn fast ein wenig schwankend werden ließ in dem Entschluß, um ihre Hand anzuhalten) betraf die Mutterschaft.

»Als Gesellschaft«, hatte Hilary eines Tages gesagt und ihr charaktervolles, bebrilltes Gesicht auf dem langen Hals so gewandt, daß sie an ihm vorbeiblickte, »müssen wir uns eingestehen, daß die Mutterschaft nicht *alles* bedeutet. Für einige Menschen bedeutet sie etwas, aber sie bedeutet niemals für alle alles. Gewiß, zwischen Mutter und Kind besteht eine lebenslange Verbindung, aber die besteht auch zwischen Geschwistern oder wahren Freunden. Mütter dürfen kein Monopol auf menschliche Großartigkeit haben. Schließlich sind die Babys nur das, wofür die Maschinerie ursprünglich entworfen wurde.«

»Schluck«, sagte Laurence. Flüchtig stellte er sich vor, daß Hilary von ihm schwanger wäre, und ihm wurde ein wenig schwach.

»Ich persönlich«, fuhr Hilary fort und holte ihren Blick

aus der Ferne zurück, um ihn wieder auf Laurence zu richten, »möchte weder eine heilige Madonna noch eine ausgelaugte Verrückte sein, die kaum noch über den Rand des Windeleimers blicken und keinen einzigen logischen Gedanken mehr fassen kann. Begreifst du das?«

»Ja«, behauptete Laurence.

»Einige von uns sollten Kinder bekommen, andere nicht, und alle, die es nicht wollen, sollten sich unbehelligt etwas anderem zuwenden können.«

»Ja.«

»Und sich nicht dauernd anhören müssen, weil sie keine Kinder hätten, seien sie unzulängliche oder unvollkommene Frauen.«

»Nein.«

»Für Kinder, weißt du, ist es ganz furchtbar, ein Leben lang bemuttert zu werden. Mütter sollten wissen, wann sie damit aufhören müssen.«

»Ja. Und warum erzählst du mir das alles?«

»Weil es mir im Kopf herumgeht.«

Ich kann doch, dachte Laurence später, als er wieder einmal durch die modrigen, schiefen Räume des Bee House streifte, einen solchen Menschen nicht bitten, meine Frau zu werden. Ich begehre sie wie verrückt, aber ich wünsche mir auch ganz normale Dinge wie etwa Kinder. Manchmal jedenfalls. Vielleicht sollte ich diesen alten Kasten einfach verscherbeln und eine Zeitlang als *Jackaroo* nach Australien gehen, um bei meiner Rückkehr zu sehen, ob ich ihr gefehlt habe.

»Du würdest mir fehlen, wenn du nach Australien gingest«, sagte Hilary zwei Tage später.

»Ehrlich?«

»Ist eigentlich sowieso ziemlich kitschig, nach Australien zu gehen.«

Er nahm ihre Hand und begutachtete sie so gründlich, als wollte er daraus lesen.

»Und was wäre nicht kitschig?«

»Etwas zu tun, das mehr ist als ein einfaches Abenteuer. Etwas aus dem Bee House zu machen, zum Beispiel.«

Er beugte sich ganz weit zu ihr vor.

»Und was?«

»Warum nicht … ein Hotel? Ein kleines Hotel?«

Er schloß die Augen.

»Du könntest einen Kurs in Hotel-Management belegen. Wir … *beide* könnten das tun.«

»Aber du willst doch Ärztin werden!«

»Wollte ich, ja.«

Sie lächelte; es war ein breites, strahlendes Lächeln, und ihre Augen leuchteten hinter den Brillengläsern wie Lampen. Laurence, der seit Jahren nicht mehr geweint und sich eingebildet hatte, er wisse gar nicht mehr, wie das ging, brach in Tränen aus.

Später, als sie von all ihren Küssen schon blaue Flecken hatten, sagte Laurence: »Aber was ist mit Kindern?«

Sie hob den Blick gen Himmel. Diesmal hatte sie nicht protestiert, als er ihr die Brille abnahm, und nun wirkten ihre Augen sehr verletzlich.

»Ich hätte nichts dagegen«, sagte sie. »Wenigstens nicht gegen ein bis zwei. Solange sie nur auch deine sind.«

Das war 1970 gewesen: sechs Jahre vor George, acht Jahre vor Adam, zehn Jahre vor Gus. Und es war auch, bevor Laurence Hilary von Gina erzählte.

»Wer ist Gina?«

Sie waren im Garten des Bee House und rechten Laub für ein Herbstfeuer zusammen.

»Meine beste Freundin«, sagte Laurence geradeheraus.

»Was für eine Art beste Freundin?«

»Ein Mensch, mit dem ich über das spreche, was wir uns im Leben wünschen, von dem ich mir Bücher leihe und mit dem ich ins Kino gehe.«

Hilary stützte sich auf ihre Harke. Sie trug einen roten Wollschal, das kurze, dunkle Haar stand ihr wirr um den Kopf.

»Wer ist sie?«

»Wie meinst du das?«

»Ich meine, wie alt ist sie, was macht sie, warum ist sie deine beste Freundin, wie sieht sie aus und warum kennen wir uns schon über ein Jahr und du hast sie noch nie erwähnt?«

»Weil es nicht nötig war«, antwortete Laurence schlicht. »Bis ich wußte, daß du mich heiraten willst.«

»Ist das dein Ernst?«

»Selbstverständlich.«

»Hast du sie als eine Art *Reserve* zurückgehalten? Für den Fall, daß ich dir einen Korb gebe?«

»Nein.«

»Laurence!« schrie Hilary plötzlich laut heraus und schleuderte ihre Harke von sich. »Weißt du denn überhaupt nichts über Frauen, außer daß du unbedingt eine haben willst?«

Laurence schwieg. Er fuhr sich ein paarmal mit den Händen durchs Haar, doch er wirkte dabei, wie Hilary feststellte, nicht im entferntesten zerstreut, sondern strahlte eher etwas Beruhigendes aus, wie jemand, der die Augen schließt, während er nachdenkt. Nach einer Pause sagte er:

»Hast du einen besten Freund?«

Hilary holte sich ihre Harke zurück und untersuchte die Zinken.

»Nein. Eigentlich nicht.«

»Aber du hast zwei Brüder und eine Schwester. Ich nicht. Ich kenne Gina, seit ich sechzehn war und sie die zu meiner Jungenschule gehörige Mädchenschule besuchte. Sie war ein Einzelkind wie ich und hatte ihren Vater nie gekannt. Ich hatte meine Mutter zwar gekannt, aber nicht besonders gut, weil sie schon starb, als ich erst sechs war. Daher bestand wohl so eine Art Band zwischen uns. Und beide hielten wir nicht viel von unserem Leben zu Hause. Daß wir Freunde waren, wurde uns bei einem Theater-Schulausflug klar, den wir unternahmen, um Paul Scholfield in ›König Lear‹ zu sehen. Auf der Rückfahrt saßen wir nebeneinander im Bus.«

Hilary begann wieder energisch zu harken und zog feuchte schwarze Wurzeln und Klumpen von grobem, schlammverklebtem Gras aus der Erde. Sie hätte Laurence gern gefragt, ob er Gina liebe, scheute aber davor zurück, weil sie das Gefühl hatte, sich in einer Gefühlslandschaft zu bewegen, in der sie sich nicht auskannte und womöglich unwissentlich einen Fauxpas begehen und sich blamieren könnte. Statt dessen fragte sie gereizt: »Warum hast du dir ein Mädchen dafür ausgesucht?«

»Hab ich nicht«, sagte er gelassen. »Ausgesucht hab ich mir einen Menschen. Im Augenblick lebt sie in Montélimar, wo sie an einem Gymnasium Englisch unterrichtet und Klavierstunden gibt. Sie ist abgereist, kurz nachdem wir beiden uns kennengelernt hatten. Deswegen hab ich euch nicht miteinander bekanntgemacht.«

»So einfach ist das?«

»So einfach.«

»Kein anderer wichtiger Mensch, den zu erwähnen du vergessen hast?«

»Nein.«

»Verdammt«, sagte Hilary und riß sich die Brille vom Gesicht, um sich die Augen mit dem Schal zu trocknen. »Verdammt noch mal, Laurence Wood, du hast mir einen schönen Schrecken eingejagt.«

Als sie Gina einige Zeit später kennenlernte, hatte sich Hilary wieder ein wenig gefaßt. Inzwischen trug sie einen antiken Topas-Verlobungsring und hatte sich für einen Kurs in Hotel-Management eingeschrieben. Laurence war in ein Architekturbüro eingetreten, das auf die Restaurierung alter Bauwerke spezialisiert war. Beider Väter, die eine traditionelle Karriere von ihnen erwartet hatten, waren zutiefst enttäuscht über ihre Entscheidung, ein Hotel zu führen, und trugen ihre Enttäuschung wie offene und schmerzende Wunden zur Schau. Das bewirkte, daß Laurence und Hilary sich ihrer selbst, einander und ihrer Zukunft um so sicherer waren. Und Gina sollte, wie sich herausstellte, ihre erste entschiedene Verbündete werden.

Als Hilary sie zufällig zum erstenmal sah, saß sie auf den Stufen des Eingangs zu der großen, mittelalterlichen Gemeindekirche von Whittingbourne und schüttelte sich einen Stein aus dem Schuh.

»Da ist Gina«, sagte Laurence. Es klang erfreut, herzlich, aber nicht ekstatisch.

Gina war so dunkel wie Hilary, aber zierlicher. Sie trug die Haare schulterlang, aber mit Pony, und ihr Gesicht wirkte sehr ernsthaft, weil ihre Augen ziemlich weit auseinander standen. Sie begrüßte beide so herzlich, als kenne sie Hilary seit Ewigkeiten, was ja, wie Hilary bei sich dachte, wegen der Briefe, die sie und Laurence sich wöchentlich schrieben, auch irgendwie stimmte. »Liebe Gina«, begannen Laurences Briefe gewöhnlich; und sie endeten »Alles Liebe, Dein Laurence«, absolut freimütig und offen und doch seltsam beunruhigend.

»Du hast ja so recht«, hatte Gina damals gesagt, dann hatte sie ihren Schuh wieder angezogen und war aufgestanden. »Ich meine, mit dem Bee House. Eine wundervolle Idee! Eine *wirkliche* Aufgabe.«

Gelegentlich kam sie, um ihnen bei einigen ersten Aufräumarbeiten zu helfen; dann kehrte sie für ihr letztes Vertragsjahr nach Montélimar zurück. Anfangs paßte Hilary unwillkürlich auf, bald aber entdeckte sie, daß dazu keinerlei Anlaß bestand, weil es keine Verschwörung gab. Statt dessen war da eine sehr große Vertrautheit, und das Gefühl, daß Laurence und Gina einander, vor allem anderen, das Beste wünschten.

»Wir haben niemals miteinander geschlafen«, sagte Laurence.

»Wirklich nicht? Warum?«

»Es kam einfach nicht dazu. Gelegentlich war es fast

soweit, vor allem bei mir, aber das ist auch alles. Und nun ist das natürlich alles vorbei. Deinetwegen.«

Als Gina nach Frankreich zurückkehrte, sagte sie zu Hilary: »Melde dich.«

»Aber Laurence …«

»Ich weiß. Aber tu's bitte. Entweder hör ich dann von euch beiden oder nur von dir. Und sieh bitte hin und wieder für mich nach Vi. Laurence hat es zwar versprochen, aber er vergißt es immer wieder.«

Von Montélimar aus ging Gina nach Pau. Während sie in Pau war, öffnete das Bee House dank einer Hypothek zum erstenmal vorsichtig seine Pforten für Bed-and-Breakfast-Gäste. Es war immerhin so ein Erfolg, daß Laurence sich ermutigt fühlte, neben seiner Ausbildung zum »Restaurations«-Architekten auch noch kochen zu lernen. Hilary, die ihren Buchhaltungskurs zur Hälfte absolviert hatte und sich intensiv mit den Plänen für die allmähliche Weiterentwicklung des Hotels beschäftigte, fragte ihn, wo er das denn lernen wolle.

»Hier«, antwortete er, »im Alleingang.«

»Mir ist das ganz und gar nicht geheuer«, schrieb Hilary an Gina. »Ich bin nicht sicher, ob wir warten können, bis er alles mögliche ausprobiert hat und genau weiß, was er will. Und außerdem brauche ich ihn, damit wir uns eine Zeitlang auf das konzentrieren können, was wir schon haben. Ich glaube nämlich, ich bin schwanger.«

Gina antwortete ihr nicht. Hilary war enttäuscht und aufgebracht, weil ihre Schwangerschaft mit einer schmerzlichen Fehlgeburt endete und sie dringend einen Menschen gebraucht hätte, der etwas anderes zu ihr gesagt hätte als ihre Familie, die nur darauf herumritt, daß sie zu verbissen für die falschen Ziele arbeite und daß so etwas nicht passiert wäre, wenn sie sich nur an die Medizin und einen anständigen Beruf gehalten hätte. Erst später klärte sich Ginas Schweigen auf. Sie hatte in Pau einen Mann kennengelernt, einen Engländer mit Namen Leslie

Bedford, der um einiges älter war als sie. Mit ihm war sie für zwei Monate nach Italien gefahren. Es sei ein ganz spontaner Entschluß gewesen, sagte sie, und noch nie zuvor sei sie so glücklich gewesen. Bis sie Leslie kennenlernte, habe sie keine Ahnung gehabt, wie man die Dinge richtig betrachte, noch, wie man sie richtig genieße. Es sei in jeder Beziehung eine ganz fantastische Verbindung, und sie fühle sich wie befreit. Dann kam sie mit ihm nach Whittingbourne.

»Na ja, gut aussehen tut er ja«, meinte Vi. »Wenn man so einen Typ mag.«

Er war wirklich gutaussehend, hochgewachsen und blond, und überragte Laurence um einiges, so daß der daneben irgendwie zusammengeschustert wirkte – und sich auch so fühlte. Leslies Vater war Diplomat gewesen, und so war Leslie in europäischen Botschaftsvillen aufgewachsen und sprach Französisch, Deutsch, Spanisch und Italienisch. Er schien von Whittingbourne fasziniert zu sein; als Laurences Vater, ein Immobilienmakler im Ruhestand, einmal erwähnte, daß High Place, eines der interessantesten Häuser der Stadt, in Kürze zum Verkauf stehen würde, verkündete er sofort, er werde es kaufen und seine Firma von London aufs Land verlegen. Um diese Zeit änderte er auch seinen Namen. Fergus sei der Name seines Vaters gewesen, erklärte er. Gina schlug im *Who is Who* nach. Fergus war der *dritte* Vorname seines Vater gewesen; sein Rufname hatte John gelautet.

»Warum nicht John?« fragte Gina.

»Alle heißen John.«

»Genau!« hatte Gina gerufen. »Und du bist ein Snob übelster Sorte!«

Aber Leslie hatte unbeirrt seinen Vornamen geändert und nannte sich von nun an Fergus. »Fergus Bedford Fine Arts« prangte gleich über der neuen High-Place-Adresse auf seinem neuen Geschäfts-Briefpapier und den neuen Visitenkarten. Im selben Jahr, in dem George geboren wurde (»Es ist überhaupt kein wunderbares Erlebnis«, sagte Hilary während der Wehen, »ich hab's doch gleich gewußt. Es tut ganz einfach teuflisch weh.«), wurde Gina Mrs. Fergus Bedford und hielt mit einem Klavier, das ein Hochzeitsgeschenk ihres frischgebackenen Ehemanns war, Einzug in High Place.

»Werden wir jetzt alle Freunde sein?« fragte Hilary, während sie die Stellengesuche des Whittingbourne Standard nach einem jungen Mädchen aus der Gegend absuchte, das ihr mit George helfen konnte.

»Ich glaube schon. Du etwa nicht?«

»Was ist mit Fergus?«

»Ich glaube, er gefällt mir besser, seit er nicht mehr Leslie ist. Vielleicht müssen wir uns ganz einfach daran gewöhnen, daß er eleganter ist als wir.«

»Er kann wirklich gut mit George umgehen. Es muß ein gutes Zeichen sein, wenn sich ein Mann für ein Baby interessiert. Farmerstochter, mit College-Abschluß, sucht Stelle bei freundlicher Familie in der Stadt. Wollen wir's versuchen?«

»Mich stört, daß sie eine Stelle *in der Stadt* sucht. Und außerdem sagt sie nicht, daß sie Kinder mag.«

»Glaubst du, daß Gina Kinder kriegen wird?«

»Aber ja!« sagte Laurence. »Unbedingt. Sie hat sich immer welche gewünscht. Das war eine der Fragen, über die wir früher diskutiert haben.«

Sophy wurde wenige Monate nach Adam geboren, Laurences und Hilarys zweitem Sohn. Die Kinder kamen beide auf der relativ modernen Entbindungsstation des Whittingbourne-Krankenhauses zur Welt, in Sichtweite des braunen, viktorianischen Häuserblocks, in dem Gina selbst geboren worden war und in dem Vi nach ihrer Geburt fünf Tage lang gelegen hatte, ohne daß irgend jemand sie besuchte, außer dem Krankenhauspastor, der den Blick stets streng auf ihre ringlose Hand richtete. Sophys Geburt brachte die beiden Familien sehr viel enger zusammen, weil sie von nun an so vieles miteinander teilen konnten: Kindergeburtstage, zum Beispiel, und Windpocken, sowie die Dienste eines rundlichen, pomadigen jungen Mädchens, das sich wenig dafür interessierte, was man ihr auftrug, da sie sich ohnehin nur selten die Mühe machte, diesen Anweisungen Folge zu leisten.

Zu dieser Zeit begann sich auch zwischen Hilary und Gina eine echte Freundschaft zu entwickeln, eine Freundschaft, die sich daraus ergab, daß sie beide der verschworenen Gemeinschaft junger Mütter angehörten. Täglich gönnten sie sich den Luxus – ja, sie sehnten sich bald geradezu danach –, einander in langen Gesprächen am Telefon oder bei ihren häufigen Treffen ihr Leid zu klagen. Dabei galten gewisse ungeschriebene Gesetze: Zum einen hatte man jede wahrhaft bösartige Bemerkung über Ehemann oder Kinder tunlichst zu vermeiden, und zum anderen galt es, die alltäglichen Katastrophen so witzig wie möglich darzustellen. Wenn Gina später an diese Gespräche zurückdachte, wußte sie, daß sie das unvermeidliche Elend von Sophys Baby- und Kleinkindzeit – von dem verschont zu werden, Fergus entschieden verlangte – nie durchgestanden hätte, wenn sie nicht während der Beseitigung all der kleinen Malheurs, wie Vi sie nannte, schon mal die Version hätte einüben können, die sie später Hilary auftischen wollte.

Vanessa, Hilarys Schwester, eine Physiotherapeutin, die sich auf Sportverletzungen spezialisiert hatte, fand diese sich langsam entwickelnde Freundschaft alles andere als normal.

»Ich meine, die *wohnt* ja praktisch hier ...«

»Ich finde es schön. Und sie ist unglaublich nützlich für mich.«

»Hat sie denn gar nichts anderes zu tun?«

»Na ja, sie gibt Klavierunterricht und Nachhilfestunden in Sprachen, aber eben nicht ununterbrochen.«

»Die haben bestimmt jede Menge Geld. Jedenfalls tun

sie so. Übrigens, meinst du nicht, ihr solltet diesen nassen Fleck endlich mal wegmachen lassen?«

Hilary richtete den Blick nach oben. An der Küchendecke ihrer Wohnung, zu der sie das Dachgeschoß des Bee House ausgebaut hatten, prangte ein langgestreckter, dunkler Fleck, der, wie Laurence bemerkt hatte, aussah wie eine Karte von Italien, allerdings ohne Sizilien.

»Geht nicht«, antwortete sie. »Zuerst ist jetzt mal die Bar an der Reihe. Die ist der meistgenutzte Raum des Hotels, und der Anstrich ist total abgebröckelt.«

Die Landkarte von Italien blieb noch nahezu vier Jahre an der Küchendecke, bis einige Zeit nach Gus' Geburt. Renovierungsarbeiten legten sie immer in die tristen Wintermonate nach Weihnachten, wenn die Nachfrage nach den Zimmern auf Null zurückging. Dann hatte einer von ihnen Dienst in der Bar, während der andere ständig mit Farbe bekleckert herumlief. An ihrem zwölften Hochzeitstag kauften sie sich das erste anständige Sofa und nahmen alle fünf in einer Reihe darauf Platz, in einer Art feierlicher Inbesitznahme, als wollten sie etwa existierenden Mächten beweisen, daß sie endlich etwas erworben hatten, das Stabilität und einen, wenn auch noch etwas wackligen, Erfolg symbolisierte.

Hilary ärgerte sich, daß sie inzwischen beinahe sehnsüchtig an diese frühen Tage zurückdachte. Sie hatte sie als laut, schmutzig, schwierig und entsetzlich anstrengend in Erinnerung, aber es war nur eine formale Erinnerung. So war es auch mit den Geburten: Sie wußte zwar noch, daß es weh getan hatte, aber nicht mehr, wie sehr. Heutzutage erinnerte sie sich vor allem an die freudige Erwartung jener Jahre, das Gefühl, ein Abenteuer zu bestehen, an dessen Ende sie alle zusammen irgendwo in der Zukunft ankommen würden – müde, aber triumphierend, wie heimkehrende Seefahrer nach einer langen, stürmischen Reise. Während sie nun nach der Lunchparty unwillig über der unvermeidlichen Aufgabe der Wochenbuchhaltung saß und blicklos auf die Unterlagen starrte, wurde ihr bewußt, daß sie sich jetzt *in* jener Zukunft befand, daß sie sich *alle* darin befanden, und daß diese Zukunft so gar nicht dem entsprach, was sie einst erwartet hatte. Sie waren nicht am goldenen Gestade eines verheißenen Landes angekommen, sondern schienen irgendwie noch immer auf der Reise zu sein. Das Hotel war zwar einigermaßen komfortabel und, vor allem dank Laurences inzwischen weithin gerühmter Kochkunst, einträglich genug, aber – und Hilary scheute davor zurück, sich dies einzugestehen, weil es so war, als kehre sie anderen Menschen den Rücken – sie wußte nicht mehr, *wozu* sie das alles überhaupt machten.

Sie war todmüde. Das Hotel war die ganze Woche lang voll besetzt gewesen, das Restaurant das ganze Wochenende ausgebucht, unter anderem für einen Hochzeitsempfang, der in dem Raum stattfand, den sie zwei Jahre zuvor für derartige Zwecke umgebaut hatten. (»Wir müssen verrückt gewesen sein«, hatte Laurence gestern abend gesagt.) Auf ihrem Schreibtisch in dem winzigen Büro, das sie sich aus einem von Schaben verseuchten Loch gezaubert hatte, lagen nicht nur sämtliche Abrechnungen und Rechnungen der Woche, sondern auch ganze Stapel von Anmeldungen und Kalkulationen, ein besonders unangenehmes Schreiben von einem Mann über eine nicht rückerstattete Anzahlung und eine siebzigseitige Regierungsrichtlinie mit den neuen EEC-Vorschriften für Küchen in Hotels und Pensionen einer bestimmten Kategorie (bis zu drei Sternen) in städtischer oder halbstädtischer Lage. Außerdem war da ein Fach, das Hilary in Gedanken mit »Dinge, denen ich heute nicht gewachsen bin« betitelte; dort lagen unter anderem Gus' Schulzeugnis (erbärmlich) und Adams Bewerbungsformulare für die Universität, die vor zwei Monaten schon hätten ausgefüllt sein müssen, für die er aber mit hartnäckiger, liebenswerter Lethargie jegliche Verantwortung ablehnte.

Sie gähnte. Sie hatte auf der Party nur Orangensaft getrunken – wie unangenehm, metallisch und langweilig Orangensaft schmeckte, wenn man nichts anderes trinken durfte! –, fühlte sich aber dennoch vom Champagnerdunst und Zigarettenrauch der anderen Gäste eingehüllt. Es war im Grunde eine gräßliche Party gewesen, erfüllt von jener übertriebenen, künstlichen Fröhlichkeit von Menschen mittleren Alters, die so taten, als seien sie nicht mittleren Alters, und die dritte Ehefrau, die Ärmste, (deren marineblaue Wimperntusche zerlaufen war) hatte sich mit blankäugigem Schmerz die alkoholisierte Rede des ältesten Freundes ihres Mannes anhören müssen, an deren Schluß dieser Kerl doch tatsächlich munter toastete: »Auf Johnnie und Mags, und mögen sie nie älter und weiser werden!« Der Name der dritten Ehefrau war Marsha. Mags war Johnnies erste Frau gewesen, eine auffallende Brünette, einen Meter achtzig groß, die ihn wegen eines weit jüngeren Filmregisseurs verlassen, sich aber nie richtig von ihm gelöst hatte. In einem scharlachroten Kleid, mit schwarzen Handschuhen und langer Zigarettenspitze hatte sie die Party beherrscht. Das reichte durchaus, um Wimperntusche zerlaufen zu lassen.

Und dann waren da natürlich noch Gina und Fergus gewesen, die nicht miteinander sprachen. Sie hatten die Party auf entgegengesetzten Seiten des kunstvollen Zeltes verbracht (rosa-weiß gestreiftes Segeltuch mit Terrassentüren unter Glasfasergiebeln und Säulen mit ionischen Kapitellen, die gefällig mit Blumen und Bändern umwunden waren) und hatten sich anderen Leuten gegenüber betont höflich verhalten, so als wollten sie die Weigerung, einander auch nur andeutungsweise freundlich zu behandeln, noch unterstreichen. Fergus wirkte wie erstarrt; Gina zerquält. Stewart Nicholson, der Senior in Whittingbournes größter Arztpraxis, fragte Hilary: »Wie lange geben Sie den beiden?«

»Jahre«, antwortete Hilary scharf. »Jahre. Streit ist für die genauso natürlich wie atmen.«

Stewart Nicholson biß ein großes Stück von der Königinpastete ab, die er in der Hand hielt, und übersprühte Hilary dabei mit Blätterteigflocken.

»Wenn Sie meinen.« Er zwinkerte ihr zu.

Später, auf der Rückfahrt im Wagen, hatte Hilary, deren Stimmung durch die Aussicht auf ihren vollgepackten Schreibtisch und einen arbeitsreichen Abend, durch die Heuchelei der Party und den ganzen Orangensaft auf den Nullpunkt gesunken war, ihrer schlechten Laune Luft gemacht. Sie hatten eine komplizierte Pantomime aufgeführt, in der es darum ging, wer im Auto wo sitzen sollte, bis sich schließlich Laurence, um dieser Farce ein Ende zu machen, neben seine Frau gesetzt hatte, so daß Gina und Fergus nichts anderes übrig blieb, als im Fond so weit wie möglich auseinanderzurücken. Da hatte Hilary, die im Rückspiegel beobachtete, wie die beiden angestrengt in entgegengesetzten Richtungen aus dem Fenster blickten, plötzlich die Beherrschung verloren.

»Wenn ihr beiden«, hatte sie gesagt und den Rückwärtsgang reingeknallt, »euch nicht wenigstens in der Öffentlichkeit wie zivilisierte Menschen benehmen könnt, frage ich mich, warum ihr euch die Mühe macht, überhaupt noch eine einzige Minute zusammenzubleiben.«

Das hatte ein langes, unbehagliches Schweigen zur Folge gehabt; alle hatten den Blick von Hilary und voneinander abgewandt, und Hilary hatte angestrengt geradeaus auf die Straße gestarrt. Erst nach einer ganzen Weile hatte Laurence in sehr nachdenklichem Ton, und als hätte Hilary überhaupt nicht gesprochen, gesagt: »Eine absolut grauenhafte Party. Wieso haben wir eigentlich gedacht, wir müßten da hingehen?«

Die Tür hinter Hilary wurde einen Spalt breit geöffnet.

»Mum …«

»Ja«, sagte sie, ohne sich umzudrehen.

»Ich glaube, du solltest lieber mitkommen …«

»Warum?«

Adam schob sich in den schmalen Spalt zwischen ihrem Schreibtisch und der Wand. Hilary blickte auf. Die Haare, hinten sehr kurz, hingen ihm vorn in die Stirn, und seine Hände waren unter langen, ungebügelten und knopflosen Hemdmanschetten verborgen. Hilary seufzte. Sie liebte ihn abgöttisch, hatte aber das Gefühl, wenigstens im Augenblick nicht in der richtigen Stimmung für ihn zu sein.

»Gibt es Probleme?«

»Es ist Gina. Sie ist oben, in der Wohnung. Sie hat gesagt, ich soll dich nicht stören, aber sie heult wie 'n Schloßhund. Gus hat ihr schon Kaffee gemacht.«

»Gina? Aber die hab ich doch erst vor zwei Stunden zu Hause abgesetzt ...«

Adam zuckte die Achseln. Ganz kurz hob er den Fransenvorhang seiner Haare an und ließ das Gesicht seines Vaters sehen, nur jünger natürlich, und leider ziemlich pickelig.

»Komm lieber mit. Soll ich einen Brandy aus der Bar holen?«

»Großer Gott!« sagte Hilary. »Ist es so schlimm?«

Adam zuckte die Achseln. Als müsse er sich anstrengen, den richtigen Ausdruck zu finden, verzog er das Gesicht; dann sagte er: »Sie sieht aus, als wäre jemand gestorben.«

3

Dan Bradshaw lag im Bett und sah zu, wie der Sommermorgen die Tausendschönchen auf den dünnen Baumwollvorhängen seines Schlafzimmers in immer helleres Licht tauchte. Dies war offensichtlich nicht einer von Vis besten Vormittagen, denn es war schon zwanzig nach sieben, und wenn sie hätte kommen wollen, hätte sie's längst getan und wäre schon wieder fort, nachdem sie ihm den Tee gebracht, die Vorhänge aufgerissen, sich an sein Bett gesetzt und ihm einen nach »Red Roses« duftenden Kuß gegeben hätte. Kurz und vergeblich versuchte Dan gegen seine Enttäuschung anzukämpfen. Er wollte unbedingt, daß sie heute morgen kam; nein, mehr noch: Er brauchte sie dringend.

Irgend etwas Seltsames war in der vergangenen Nacht passiert; zwar konnte er sich nicht mehr präzise daran erinnern, aber daß es passiert war, wußte er genau. Er erinnerte sich, daß er aus dem Bett gestiegen war und seine Nachttischlampe umgestoßen hatte, während er nach dem Schalter tastete, und daß er seine Pantoffeln nicht finden konnte und daher gemerkt hatte, wie kalt der Badezimmerfußboden unter seinen nackten Fußsohlen war. Vi sagte immer, er solle sich Teppichfliesen legen lassen; die seien praktisch, erklärte sie, und behaglich. Sonst konnte er sich an nichts weiter erinnern, bis er dann erwachte – oder zu sich kam – und feststellte, daß er zusammengekrümmt vor dem Klosett auf dem Badezimmerfußboden lag und ihm die Schlafanzughose auf demütigende Art und Weise um die Knöchel hing. Außerdem bemerkte er am ganzen Körper kleine taube Stellen, fast so, als hätte ihn jemand mit Eiswürfeln beworfen. Eine Zeitlang war ihm auch ein bißchen schwindlig, er fror schrecklich und hatte das Gefühl, seine Zunge sei so angeschwollen, daß er nicht mehr reden könne. Das alles hatte sich jedoch schnell wieder gelegt; anschließend hatte er tief und fest geschlafen, war dann noch vor dem Schrillen seines Weckers um fünf vor sieben wieder aufgewacht, lag dann da und wartete hoffnungsvoll auf Vi. Vielleicht würde er ihr erzählen, daß er ohnmächtig geworden war. Von der Schlafanzughose wollte er ihr aber lieber nichts sagen.

Kurz vor halb acht richtete er sich vorsichtig auf und horchte in sich hinein. Er fühlte sich relativ normal – bis auf eine gewisse Schwäche, die aber alle möglichen Ursachen haben konnte, nicht zuletzt die, daß er siebenundsiebzig war. Behutsam stellte er die Füße auf den Boden – wie er seine Füße inzwischen haßte, alte, bleiche, schwächliche Dinger, fand er, wie Wurzeln, die in der Erde steckten – und schlurfte zum Fenster. Vis Vorhänge waren geöffnet, und auf den blauen Lobelien wie auf den hellroten Geranien, die er in ihren Blumenkästen vor dem Fenster gepflanzt hatte, glitzerten Tropfen frischen Gießwassers. Schließlich war heute Freitag, Markttag in W. I., und wie Vi immer sagte, brauchte man dort später als Viertel nach acht gar nicht erst zu erscheinen, weil dann nichts mehr übrig war außer Rock Cakes. Vi kaufte vor allem Gemüse auf dem Markt, zuweilen aber auch Gläser mit Chutney für die Käse-Sandwiches. Es bekümmerte Dan sehr, selbst kein Gemüse mehr pflanzen zu können. Zeit seines Ehelebens, seines bescheidenen, ereignislosen Ehelebens, hatte er Gemüse gezogen: im Garten hinter dem Reihenhaus im Edwardianischen Stil, in dem er zweiunddreißig Jahre gewohnt hatte, nur zehn Minuten zu Fuß von der Whittingbourner Gemeindeverwaltung entfernt, wo er als Steuerbeamter arbeitete. Vi beschimpfte ihn immer wegen seiner damaligen Arbeit und behauptete, die Steuern seien hundsgemein und die neue Gemeindesteuer sei noch schlimmer. Aber diskutieren wollte sie mit ihm darüber nicht. Es langweile sie, wenn er anfange logisch zu sein, sagte sie. Und er lenkte dann sofort ein, er konnte nicht anders, er wollte einfach nie-, niemals mit Vi *nicht* einer Meinung sein.

Er ging in seine winzige, blitzblanke, tadellos aufgeräumte Küche und setzte Wasser auf. Er putzte seine ganze Wohnung immer eigenhändig, und zwar nach den Regeln, die er sechzig Jahre zuvor bei der Handelsmarine gelernt hatte. Vi sagte, er würde noch die Kohlen polieren, wenn er welche hätte. Vor Vi hatte er noch nie jemanden erlebt, der niemals aufräumte, weil es ihm, oder ihr, tatsächlich lieber war, die Sachen herumliegen zu sehen. Aber schließlich hatte er ohnedies das Gefühl, damals, vor Vi, überhaupt noch nicht viel erlebt zu haben.

Doch jetzt war es ihm fast zuviel. Vi hatte die arme, kleine Sophy für zwei Tage zu Besuch gehabt, weil Sophy ganz ruhig, auf ihre typisch sanfte Art gesagt hatte, sie glaube es nicht mit ansehen zu können, wie ihr Vater ausziehe. Vi hatte gefragt, ob es nicht besser wäre, wenn sie mit ihrer Mutter für ein paar Tage ins Bee House ziehe, aber Sophy hatte gesagt, das wolle sie nicht.

»Deine Mutter wird sich aufregen«, hatte Vi zu bedenken gegeben.

Sophy aber hatte nur stumm an Vi vorbei und auf Vis Collage einer Winterlandschaft mit schwarz gestickten Zäunen geblickt, die sich zwischen Feldern aus hellgrauem und cremefarbenem Brokat entlangzogen.

»Also, was ist? Wo willst du hin?«

»Hierher, bitte.«

Dan hatte erwartet, daß Sophy in Tränen ausbrechen würde, aber sie hatte kaum geweint, wenigstens nicht in seiner Gegenwart. Um sie ein wenig abzulenken, hatte er erwogen, mit ihr zu seinem alten Freund Denny Pagett zu gehen, der am Bourne River einen Rettungsdienst für Schwäne betrieb, aber dann dachte er sich, das sei zu kindisch. Außerdem waren Schwäne, so schön sie waren, wirklich nicht besonders dazu angetan, einen Menschen aufzumuntern; dazu hatten sie viel zu schlechte Manieren und zu viele Bakterien. Statt dessen versuchte er ihr Mah-Jongg beizubringen, und sie gab sich höflich Mühe, es zu lernen, spielte aber so leidenschaftslos, wie sie ihm auch bei seinen Kreuzworträtseln half. Die ganze Zeit, während sie da war, hatte er das Gefühl, Vi gegenüber nicht allzu dick auftragen zu dürfen, weil das in Gegenwart dieses armen, unglücklichen Kindes wie Prahlerei ausgesehen hätte.

Es überraschte ihn nicht, daß sie unglücklich war.

»Ich gehe«, hatte der Vater offenbar zu ihr gesagt, »obwohl es mir das Herz bricht, dich zu verlassen. Deine Mutter und ich können einfach nicht mehr zusammenleben. Wir würden einander umbringen.«

»Nicht wortwörtlich«, sagte Sophy zu Vi, »aber als Persönlichkeiten. So ganz genau weiß ich nicht, was er damit meint, aber das hat er jedenfalls gesagt. Er habe sich verändert, hat er gesagt, und habe ständig das Gefühl, keine Luft mehr zu kriegen. Zu ersticken. Mum habe ihre ganze Selbständigkeit verloren und versuche nur noch, sein Leben zu leben, statt ihr eigenes.«

Er wollte High Place verkaufen, berichtete Vi Dan, und wieder nach London ziehen. Da das Haus auf seinen Namen eingetragen war, weil er es auch als Geschäftsadresse benutzte, konnte er es ohne Ginas Einwilligung verkaufen, obwohl er ihr die Hälfte des Erlöses überlassen mußte. Dan erwartete, daß Vi in die Luft gehen, vor Wut kochen und Fergus mit sämtlichen Schimpfwörtern unter der Sonne belegen würde, aber das tat sie nicht. Sie schien das Ganze merkwürdig leidenschaftslos hinzunehmen und behauptete, auf seine Art sei er ein guter Ehemann gewesen, und es sei bestimmt kein Zuckerschlecken, mit Gina verheiratet zu sein. Nur wenn sie von Sophy sprach, kam ihr Temperament zum Vorschein.

»Den Schädel könnt ich denen einschlagen«, sagte sie

und knallte einen Topf auf den Herd, »für das, was sie dem armen Kind antun. Dabei hat sie ohnehin schon weniger Selbstvertrauen, als auf eine Nadelspitze paßt.«

Dan machte sich Tee in einer Kanne und ging damit ins Wohnzimmer, um sich ein paar Minuten das Frühstücksfernsehen anzuschauen, das er wegen seiner absurden Fröhlichkeit liebte. Vi schüttelte darüber genauso den Kopf wie über Menschen, die ihren Tee umständlich in der Kanne zubereiteten, wo es doch Becher und Teebeutel gab. Er setzte sich aufs Sofa und schenkte sich eine Tasse Tee ein, wobei er feststellte, daß seine Hand ein wenig zitterte. Außerdem bemerkte er, daß der Sofa-Überwurf – aus imitiertem Crewel-Stickerei-Leinen, das Pam vor fünfzehn Jahren bei Chambers and Son, dem Möbelhaus am Marktplatz, aus einem Musterbuch ausgewählt hatte – wieder mal in die Reinigung mußte. Während er seinen Tee trank, blickte er sich im Zimmer um und betrachtete seine Möbel, alle aus dunkler Eiche, allesamt Teile einer Garnitur, die sie sich 1938 zur Hochzeit gekauft hatten, Sofa, Anrichte, Kommode, Eßtisch und Stühle. Er stellte sich vor, sie nicht zu haben, und wurde unversehens von heftigem Besitzerstolz erfaßt. War dies das Gefühl, das Fergus Bedford den vielen Kostbarkeiten entgegenbrachte, die er gesammelt hatte, all diesen Wandbehängen, Schnitzereien und Möbelstücken, die nur bewirkten, daß einem High Place wie ein Museum oder ein Antiquitätengeschäft vorkam und nicht wie ein Wohnhaus? Er hatte anscheinend vor, genau die Hälfte von allem, was High Place enthielt, nach London mitzunehmen. Genau die Hälfte. Eine lange Inventarliste wurde aufgestellt. Dan erschauerte und setzte seine Teetasse ab. Die Kälte dieser Vorstellung fuhr ihm regelrecht in die Glieder.

Sehr langsam und sorgfältig kleidete er sich an, knotete eine Krawatte um den Kragen seines kurzärmeligen Hemdes und befestigte sie mit einem vergoldeten Clip, der sein Monogramm trug, an der Knopfleiste. Er trug immer Krawatte. Noch nie war er in der Freizeit ohne Krawatte gegangen. Für ihn sahen diese modernen T-Shirts wie Unterhemden aus; sie vermittelten keine Selbstachtung. Genau wie diese Turnschuhe, die man niemals putzen mußte. Er selbst putzte seine Schuhe – und Vis, wenn sie das zuließ – jeden Tag: vor den Acht-Uhr-Nachrichten im Radio und seinem immergleichen Frühstück aus Cornflakes, drei gekochten Pflaumen und zwei Scheiben Toast.

»Du bist ein altes Weib«, sagte Vi manchmal zu ihm. Das machte ihm nichts aus. Er lächelte sie nur an. »Ich bin zu alt, um mich von Baum zu Baum zu schwingen«, entgegnete er, ohne es wirklich ernst zu meinen. »Nicht mal für dich würd ich das tun.«

Nach dem Frühstück ging er quer über den Innenhof zur Nummer sieben. Durchs Wohnzimmerfenster sah er Sophy, die in Vis pfauenblauem Kimono vor dem Fernseher saß. Ganz zusammengekauert und verloren hockte sie da und aß irgend etwas aus einer Schachtel, es mochten Schokoplätzchen sein. Sie tat Dan unendlich leid, zugleich aber verbot ihm sein Taktgefühl, ans Fenster zu klopfen. Was sollte er zu ihr sagen, sentimentaler alter Tor, der er war? Und warum sollte sie sich, bei all der Last, die sie zu tragen hatte, auch noch Mühe geben müssen, nett zu ihm zu sein? Er nahm sich vor, zu warten, bis Vi wieder da war, dicke Bohnen und zarte Karotten auf den Küchentisch lud und ihm allein durch ihre Gegenwart half, Sophy zu helfen.

Durch das offene Eisentor ging er auf die Orchard Street hinaus, wo er Mrs. Barnett begegnete, der Hausmeisterin, die mit einem Karton Milch und einer Zeitung zurückkehrte.

»Morgen, Mr. Bradshaw. Schöner Tag, heute.«

»Morgen, Mrs. Barnett. Hoffentlich bleibt's auch so.«

Mrs. Barnett hatte eine betont vertrauliche Miene aufgesetzt.

»Es hat uns ja so leid getan, Doug und mir, von den Problemen in Mrs. Sitchells Familie zu hören.«

»Ja.«

»Eine so nette Person, diese Mrs. Bedford. Und die arme Sophy! Eine Versöhnung wird's wohl nicht geben, wie?«

»Keine Ahnung«, sagte Dan. Er fühlte sich unbehaglich und wollte möglichst schnell weitergehen. »Ich hab wirklich keine Ahnung.«

»Richten Sie Mrs. Sitchell aus«, sagte Cath Barnett, »richten Sie ihr aus, daß sie nicht allein rumsitzen und sich Gedanken machen soll. Doug und ich sind immer da. Für ein Plauderstündchen, verstehen Sie? Nicht nur zum Auswechseln von durchgebrannten Sicherungen. Es tut nicht gut, zu lange über Geschehenes nachzugrübeln.«

Mit einem gemurmelten Gruß ergriff Dan die Flucht. Am Himmel, der von einem stillen, blassen Blau war, hingen einige Wolkenfetzen, und die Luft der Orchard Street duftete fast so, wie es vor langer Zeit gewesen sein mußte, als es hinter ihren uralten Häusern noch Obstgärten gegeben hatte und Schweinekoben und Kohlfelder und Gartenhäuschen aus Backstein, in denen die Toiletten und die Waschkessel untergebracht waren. In Dans Kinderzeit in Preston hatte seine Mutter einen Waschkessel gehabt, aber der hatte auf ihn wie ein Tyrann gewirkt, der jeden Wochenanfang mit seinen gefährlichen Launen beherrschte. Und wenn ich neunhundert Jahre alt werde, dachte Dan, für mich ist und bleibt der Montag immer nur der Waschtag.

Aber heute war Freitag. Freitag war der Tag, an dem die Country-Zeitschrift, die Dan gefiel, in der Stadtbibliothek ausgelegt wurde. Er beschloß hinzugehen, unterwegs eine Zeitung zu kaufen und vielleicht ein paar von diesen peruanischen Lilien-Dingern, die so lange hielten, für Vi zum Malen. Er hätte auch gern für Sophy etwas gekauft, aber er wußte nicht, was, und wollte nicht, daß sich das arme Kind zu Dank verpflichtet fühlte. Nein, nein, er wollte es lieber bei der Zeitung und den Blumen belassen und anschließend in die Bibliothek gehen, um den Artikel über das alte System der Rieselwiesen zu lesen, der für diese Woche in der Zeitschrift angekündigt war. Später, bevor er nach Hause zurückkehrte, konnte er dann noch einen Spaziergang in den Anlagen von Whittingbourne Abbey machen. Und bis dahin würde Vi wohl hoffentlich wieder zu Hause sein.

Whittingbourne Abbey hatte sich nie von Henry VIII. und den Verwüstungen der Reformation erholt. Seiner Bleischindeln beraubt, war das mittelalterliche Dach eingesunken und verrottet, und da der Verfall offensichtlich war, hatten sich schon bald die Einheimischen über das Mauerwerk hergemacht und die Steine für ihre eigenen Zwecke verwendet. Überall in Whittingbourne tauchten in Mauern und Gärten seltsame behauene Steine auf, wie etwa das Akanthusblatt, das in High Place als Türstopper diente, und ohne sie war das alte Gemäuer der Abtei lautlos im grünen Boden versunken, bis inmitten von Mauer- und Treppenfragmenten nur noch ein einziger, graziöser Torbogen intakt geblieben war. Die Viktorianer waren über diese romantische Auflösung in Begeisterung geraten, hatten die verbliebenen Mauern frisch verfugt und rings um die Ruine einen ganz und gar viktorianischen Park mit Hecken, Wegen und steif bepflanzten Blumenbeeten angelegt. Entlang der Wege waren Nischen in die grünen Heckenmauern geschnitten worden, in denen gußeiserne Bänke standen, die heutzutage zur Sicherheit mit Betonklötzen verschraubt und von weithin sichtbaren Abfallkörben flankiert waren. Jede Bank hatte mittlerweile ihre eigene gesellschaftliche Klientel – eine wurde von Veteranen der British Legion bevorzugt, eine von alten Herren, die nicht Mitglied der British Legion waren, eine von jungen Müttern mit Kinderwagen, mehrere von den mittleren Jahrgängen der Bishop Pryor's School, die anscheinend glaubten, jedes Detail ihres Daseins in der Öffentlichkeit ausleben zu müssen, und eine schließlich von nichtseßhaften, ungewaschenen Außenseitern. Blieben noch zwei, mit direktem Blick auf den Torbogen, die von Leuten wie Dan Bradshaw oder, in der Mittagspause, von den Sekretärinnen der Stadtverwaltung mit ihren kalorienarmen Lunchpaketen frequentiert wurden.

Jetzt, um zehn Uhr vormittags, war der Park leer bis auf ein paar Schulschwänzer, die mit Zigaretten experimentierten, und ein oder zwei zielbewußten Frauen von jener herrischen Sorte, vor der es Dan graute, Frauen, die energischen Schrittes winzig kleine Hunde an der Leine spazierenführten. Er selbst trug seine Zeitung, einen in Papier gewickelten Blumenstrauß und – im Kopf – eine Unmenge nutzloser, aber interessanter Informationen darüber, wieviel die Engländer den Holländern für ihre dreihundert Jahre zuvor erteilten Instruktionen über den Betrieb von Rieselwiesen zu verdanken hatten. Dan strebte seiner Lieblingsbank zu, auf der er die wärmer werdende Sonne genießen sowie die Titelseite der Zeitung, den Leitartikel und die Leserbriefe zu studieren gedachte. Er arrangierte die Dinge gern in saubere Schemata, genau wie er Blumen gern wie in Marschkolonne pflanzte und Bilder in schnurgeraden Reihen aufhängte. Mit flottem Schritt ging er über den Kiesweg auf die Stelle zu, wo der hohe Torbogen auf seinem sauber gemähten kreisrunden Rasen aufragte: ein Anblick, der ihn immer wieder bewegte. Dann blieb er stehen. Auf seiner Bank saßen zwei Personen. Sie kehrten ihm den Rücken zu, aber er war ziemlich sicher, daß es sich um Laurence Wood und Gina Bedford handelte, die etwa einen halben Meter auseinander saßen, sich aber einander zugewandt hatten. Laurence beugte sich, die Ellbogen auf den Knien, ein wenig vor, eine Stellung, die auch Dan bevorzugte, weil man dabei wenigstens wußte, wo man mit den Händen bleiben sollte. Er zögerte. Sollte er sie ansprechen? War es unhöflich, die beiden zu sehen und einfach davonzugehen? Was ist feige, dachte Dan mit den Blumen und der Zeitung in den Händen, und was höflich? Dann barg Gina nur eine Sekunde lang das Gesicht in den Händen, woraufhin Laurence die Hand ausstreckte und flüchtig ihre Schulter berührte. Dan trat einen Schritt zurück.

»Guter Gott«, sagte er fast unhörbar, »guter Gott!«

Dann machte er kehrt und schlich den Weg zurück, den er gekommen war.

»Er kann mich einfach nicht mehr ertragen, hat er gesagt«, sagte Gina.

Sie spürte, wie Laurence sie flüchtig an der Schulter berührte.

»Ein guter Chirurg schneide tief, aber schnell und nur ein einziges Mal, hat er gesagt, und genau das werde er mit mir tun. Er wolle mir erklären, warum er gehe, warum es ihm nicht mehr möglich sei, mit mir verheiratet zu sein, und dann werde er ganz einfach gehen – ohne jede weitere Diskussion.«

Sie hielt inne. Laurence wandte den Blick von ihrem Gesicht ab, schaute auf seine verschränkten Hände und wartete. Gina sah furchtbar aus, fand er, einfach furchtbar, als hätte sie jemand hart ins Gesicht geschlagen und damit fast ihre Züge zerstört. Sie trug Jeans, einen Baumwollpullover und rote Ballerinas, aber weder Make-up noch Ohrringe. Laurence glaubte, daß er Gina vermutlich seit ihrer Schulzeit nicht mehr ohne Make-up gesehen hatte, jener Zeit, da die meisten Mädchen Wimperntusche und einen perlmuttschimmernden Rimmel-Lippenstift in den Garderobenräumen versteckt hielten, um sich für den alles entscheidenden, verheißungsvollen Heimweg zu rüsten.

»Ich ließe mich gehen, hat er gesagt, so sehr, daß ich nicht nur keine neuen Horizonte hätte, sondern nicht mal daran interessiert sei, welche zu haben. Ich liefe ihm und Sophy ständig nach, hat er gesagt, um ihnen kleine Fetzen ihres Lebens zu entreißen, und außerdem schiene ich mit meiner Neigung zu Streitereien und Szenen kurz davor zu sein, hysterisch zu werden. Ich triebe emotionale Spielchen, hat er gesagt, und der beste Teil meiner Energie sei mittlerweile darauf gerichtet, Menschen zu manipulieren. Dann hat er gesagt ...«

»Hör auf«, sagte Laurence liebevoll, und wandte den Kopf wieder Gina zu. »Gibt es eine andere?«

»Er sagt, nein. Warum?«

»Weil all die Dinge, die er dir vorwirft, mir so absolut fremd und unwahr vorkommen, daß ich mich frage, ob er sich nicht ein Rettungsfloß aus Vorwänden baut, um damit davonzusegeln.«

Gina nahm ihren Ehering ab und begann ihn abwechselnd auf die anderen Finger zu stecken.

»Ich hab in letzter Zeit ziemlich nah am Wasser gebaut, das weiß ich; und ich habe ihn immer wieder gebeten, mir ein bißchen mehr Aufmerksamkeit zu schenken, weil er sich überhaupt nicht um mich kümmerte. Ein ziemlich würdeloses Verhalten, das ist mir klar, aber wenn man verzweifelt ist, denkt man nicht über Würde nach. Laurence ...«

»Ja?«

»Ich ... kann ohne ihn nicht leben. Ich kann es einfach nicht!«

»Gina!« sagte Laurence ein wenig gereizt.

»Aber es stimmt! Ich brauche ihn. Er ergänzt mich, regt mich an. Und wir waren wirklich glücklich, Laurence, ehrlich. Diese ewigen Auseinandersetzungen hatten weiter keine Bedeutung.«

»Auseinandersetzungen haben immer eine Bedeutung.«

»Mag sein, aber unsere waren nicht bösartig, wirklich nicht. Wir sind nun mal zwei starke Persönlichkeiten, und jeder mußte sein Territorium abstecken.«

Laurence hob den Blick und sah zum Torbogen hinüber.

»Hältst du es für möglich, daß er zu dir zurückkommen wird?«

»Nein.«

»Nicht mal wegen Sophy?«

»Er sei nur wegen Sophy überhaupt so lange geblieben, hat er gesagt. Als er zum erstenmal weggehen wollte, war sie zwölf.«

Laurence stand auf und steckte die Hände in die Hosentaschen. Um dem riesigen Möbelwagen vor High Place möglichst aus dem Weg zu gehen, wohnte Gina seit zwei Tagen im Bee House. Hilary war sehr geduldig, fand Laurence, vor allem wenn man bedachte, wie außerordentlich viel sie zu tun hatte und daß sie normalerweise ein eher ungeduldiger Mensch war. Am Morgen, als sie in der Küche die Speisekarte überprüfte, damit sie getippt werden konnte, hatte sie zu ihm gesagt: »Bitte, geh mit ihr eine Stunde spazieren, bevor du mit der Arbeit anfängst. Sie brennt darauf, mit dir zu reden, und ich kann im Augenblick kaum etwas zu ihrer Beruhigung beitragen. Ich halte ihn für ein herzloses, egoistisches Miststück, aber das will sie nicht hören.«

»Aber natürlich«, hatte Laurence schuldbewußt geantwortet, »natürlich geh ich mit ihr spazieren.«

»Gina«, sagte er jetzt, während er mit dem Kleingeld in seinen Hosentaschen klimperte, »hast du das Gefühl, daß er sich verändert hat?«

Sie schob ihren Ehering auf den richtigen Finger zurück.

»Ja.«

»Dann«, sagte Laurence langsam und wandte sich wieder zu ihr um, während eine Welle von Mitleid und Zuneigung in ihm aufstieg, »mußt du dir einfach vorstellen, daß er tot ist, der Mann, den du früher gekannt hast, und um ihn trauern. Das heißt, Gina, wenn er sich wirklich so verändert hat, daß er nicht mehr der Mann ist, den du geheiratest hast.«

Die Umzugsfirma, die Fergus engagiert hatte, hatte schon häufig für Fergus Bedford Fine Arts Möbel und andere Gegenstände transportiert. Im Verlauf der letzten zwanzig Jahre hatten sie von Auktionslokalen und Landhaus-Versteigerungen immer wieder sorgfältig eingewickelte und in Kartons verpackte Gegenstände nach Whittingbourne geschafft und anschließend wieder abgeholt, damit sie nach Amerika oder in den Fernen Osten verschifft werden konnten. Inzwischen hatten sie auch eine relativ große Ladung aus High Place in ein Haus transportiert, das Mr. Bedford kurz nach Weihnachten im Londoner Holland Park gekauft hatte. Dem Vorarbeiter hatte Mr. Bedford erklärt, er wolle sein Geschäft vergrößern, aber die Tatsache, daß eine ganze Wagenladung von Gegenständen nach London geschafft wurde, darunter eine vollständige Herrengarderobe und ein paar recht hübsche Angelruten, schien dem Vorarbeiter nicht auf eine Geschäftserweiterung hinzudeuten, sondern eher auf eine Auflösung. Und auch von Mrs. Bedford war nichts zu sehen, die sonst immer sehr zuverlässig Tee und Sandwiches angeboten hatte.

Mit einem Klemmbrett, auf dem eine Liste befestigt war, stand Fergus in der Halle. Als ginge es darum, die Kinder einer Schulklasse zu zählen, hakte er alles ab, was an ihm vorbeigetragen wurde: Tische und Schränke, Gemälde und Sessel, Hocker und Paravents. Er wirkte vollkommen unbeteiligt. Er fühlte sich grauenhaft. Nachdem er sein Vorhaben seit über einem Jahr sorgfältig geplant hatte, war die Durchführung in einen Sturm törichter, quälender Auseinandersetzungen geraten, so als hätte er lediglich einem plötzlichen und unwiderstehlichen Impuls gehorcht. Wie er Gina erklärt hatte, hatte er einen einzigen tiefen, schmerzhaften, sauberen Schnitt machen wollen. »Ich gehe«, hatte er sagen wollen, »jetzt sofort, weil das Zusammenleben mit dir unerträglich geworden ist.« Und dann hatte er wirklich gehen wollen.

Aber er hatte sich verrechnet. Er hatte sie überschätzt, hatte geglaubt, sie sei sich über die Situation im klaren. Er hatte den Fehler gemacht, nicht für sie und ihre Zukunft vorzusorgen und wenigstens Laurence und Hilary einzuweihen, die er mochte und respektierte. Und er hatte vor allem bei Sophy versagt, und zwar auf der ganzen Linie. Sophy, von der er – möglicherweise, wie sich sich widerstrebend eingestand, weil es ihm in den Kram paßte – angenommen hatte, daß sie mit sechzehn über die kindliche Abhängigkeit und Sehnsucht nach Geborgenheit hinaus war und alt genug, um Verständnis für das komplizierte, empfindliche Gefühlsleben der Erwachsenen aufzubringen.

Statt dessen war sie entsetzt gewesen, als er es ihr sagte. Entsetzt. Und hatte einfach nicht begreifen können, was er ihr da zu erklären versuchte.

»Was soll das heißen, ihr würdet euch umbringen?« hatte sie ihn am Tag von Johnnys gräßlicher Party gefragt, als er mit ihr wie mit einer Erwachsenen sprechen wollte. Er war sich wie ein Mörder vorgekommen, und zwar einer, dessen Nerven bloß lagen, weil sie die ganze Zeit, während er sprach, wie ein Baby auf dieser billigen blauen Perle herumkaute, die sie am Hals trug. Sie lutschte daran und starrte ihn an. Es hätte nicht viel gefehlt, und er hätte aus lauter Kummer über das, was er da tat, und zugleich aus väterlichem Zorn laut aufgeheult.

Einem unbedachten Impuls, zu ihr durchzudringen, folgend, fragte er sie: »Möchtest du vielleicht mitkommen?«

Sie starrte ihn an; ihre Augen waren so ausdruckslos wie die blaue Perle. »Ich kann nicht«, antwortete sie wie ein Baby. »Ich muß zur Schule.«

»Du könntest deinen College-Abschluß in London machen.«

Ihr Blick wurde weicher, von Tränen getrübt. Auf einmal begriff er, daß es im Augenblick zuviel für sie wäre, einfach zuviel, wenn er ihr erklärte, wie sich ihr ganzes Leben ändern würde. Sophy schluckte.

»Ich … kann Mum nicht allein lassen. Ich meine, wir können doch nicht *alle* weggehen.«

Fergus errötete und blickte zu Boden.

»Nein.«

Ganz zum Schluß dieses Gesprächs, als Sophy sich schon abgewandt und erklärt hatte, sie werde jetzt auf ihr Zimmer gehen, hatte sie an der Tür noch einmal haltgemacht und, ohne sich umzudrehen, in einem weit schärferen, erwachseneren Ton gesagt: »Ich nehme an, du hast eine Freundin.«

Fergus stand auf.

»Nein«, antwortete er. »Nein, Sophy, ich habe keine Freundin.«

Sie warf ihm über die Schulter einen Blick zu.

»Ich kann mir nichts Kränkenderes vorstellen«, sagte Sophy, »als verlassen zu werden, weil anscheinend alles besser ist, als zu bleiben. Wenn du nicht mal …«, ihre Stimme versagte; dann fuhr sie beinah flüsternd fort, » … meinetwegen bleiben kannst, solltest du wirklich lieber gehen.«

Seitdem hatte sie kaum mit ihm geredet. Ob sie mit Gina gesprochen hatte oder nicht, konnte er nicht sagen, weil Gina, vorübergehend von zornigem Triumph erfüllt, nachdem Sophy sich entschieden hatte, bei ihr zu bleiben, nicht mit ihm redete. Einsam und allein hatte er gepackt, in einem Seelenzustand, den er seinem schlimmsten Feind nicht wünschte, und doch getrieben von einem Zwang, sich abzusetzen, der stärker war als alles andere. Als er nun dieses Haus durchstreifte, das er so liebevoll restauriert hatte – keiner konnte ihm nachsagen, er hätte nicht seinen ursprünglichen Charakter in Ehren gehalten –, stieg in ihm eine Woge der Wut auf, Wut darüber, daß alles, was er hier geschaffen hatte, so viel *Leben*, durch die Willkür und Launenhaftigkeit menschlichen Verhaltens, wie es für ihn Gina jetzt verkörperte, im Handumdrehen zunichte gemacht werden konnte. Doch dann stieß er hier und dort auf ein Foto von Sophy – mit zwei Jahren auf ihrem Schlitten, mit sieben im Strohhut, mit dreizehn in einer Gondel mit Gina , und seine Wut verrauchte und machte Trauer und Zerknirschung Platz. Die Geschenke einzupacken, die sie ihm über die Jahre gemacht hatte, war eine einzige Qual gewesen. Flüchtig fragte er sich – er wagte gar nicht, länger darüber nachzudenken –, ob er es würde ertragen können, sie nicht jeden Tag zu sehen, jeden Morgen zu wecken, all ihre Gewohnheiten und die Ereignisse ihres Lebens zu kennen, nicht zu wissen, was sie zum Frühstück aß und welche Aufsatzthemen sie gestellt bekommen hatte. Sie würde, vermutete er, zu einer Art Belohnung werden, die ihm nur noch zuerkannt wurde, wenn er keine Schwierigkeiten machte und sich angemessen reuig zeigte. Er würde nicht mehr »Daddy« sein, sondern »mein Vater«, und eine ganze Mythologie würde sich um ihn ranken, damit die Fakten passend und handlich wurden. Der seelischen Bedürfnisse anderer Menschen zuliebe würde die Wahrheit so gezähmt werden, daß sie schließlich unterging wie ein Eimer Wasser, den man in einen Fluß warf. Aber was war für Sophy die Wahrheit? Die eigentliche Wahrheit, der wahre Stand der Dinge, die ihn aus dem Haus trieben, das er liebte, und von einer Tochter trennten, die er anbetete, kannten im Grunde nur er und Gina, und kein anderer würde sie jemals erfahren. Das lag in der Natur der Ehe – sogar einer zerbrochenen.

»Bitte, tragen Sie sie einzeln und mit beiden Händen«, bat Fergus den Möbelpacker, der mit je einer blau-weißen chinesischen Vase unter den Armen an ihm vorbeiging. Die Vasen hatten seit zehn Jahren an den beiden Enden der tiefen Fensternische auf dem Treppenabsatz gestanden, von dem aus man in den mittelalterlichen Garten blicken konnte. Sophy, die sechs oder sieben Jahre alt war, als sie sie mitbrachten, hatte sogar Namen für sie gehabt.

»Sie brauchen nicht zu schreien, Squire«, sagte der Mann nicht unfreundlich und setzte eine Vase ab. »Ich bin nicht taub.«

»Nein«, sagte Fergus. »Natürlich nicht. Bitte entschuldigen Sie.«

Wie zwei dicke Leute hockten sie da, hatte Sophy gesagt, wie eine Mutter und ein Vater, und die kleinen, runden Deckel seien ihre Hüte. In ihrem roten Morgenrock mit den Marienkäferknöpfen hatte sie dagestanden und ihn angeschaut.

»Kauf noch mehr davon«, hatte sie gesagt, »kauf noch ein paar kleine, ja? Kauf ihnen Kinder, dann sind sie eine Familie.«

4

Am kleinen, trostlosen Bahnhof von Whittingbourne stieg
George Wood, eine Sporttasche mit kaputtem Reißverschluß in der einen und eine Reisetasche voll schmutziger
Wäsche in der anderen Hand, aus dem Zug. Er kam übers
Wochenende nach Hause, aus Birmingham, wo er in der
Küche eines Hotels arbeitete; das gehörte zum praktischen Teil seiner Ausbildung zum Hotelmanager. Die Küche dort war riesig, die Atmosphäre hektisch und gereizt,
und George hatte die ganze Woche damit verbracht, von
einem Chef, der den Mund nur öffnete, um zu fluchen, zu
lernen, wie man mit verschiedenen Messern umging.
Spätabends ging George mit den anderen jungen Commis
Chefs und Chefs de Parti in eine Kneipe, um zu schimp-
fen, zu rauchen und über Sex und Fußball zu diskutieren.
Er holte einmal tief Luft, und ihm wurde bewußt, daß
dies das erste Mal seit Wochen war, daß er frische Land-
luft einatmete.

Vor neun Monaten noch war er dankbar gewesen,
Whittingbourne verlassen zu können. Damals hatte er
sich gedacht, mit dem College-Abschluß in der Tasche
würde er frohen Mutes die kleinstädtischen Wertmaßstä-
be und Menschen, die erstickende Gleichförmigkeit und
die kleinkarierten Interessen hinter sich lassen und gegen
die weiten, freien Landschaften der großen Welt eintau-
schen können. Die Menschen am technischen College,
hatte er sich gedacht, hatten bestimmt einen viel weiteren
Horizont; er würde eine ganz neue Seite des Hotelfachs
kennenlernen und seinen Eltern beweisen können, daß
sie, wie er schon lange argwöhnte, bis zum Hals in längst
überholten Gewohnheiten steckten. Jetzt staunte er darüber, daß sie so lange durchgehalten hatten, ja, er bewun-

derte sie dafür. Und er hatte das Gefühl – ohne recht zu wissen, wie er es ihnen beibringen sollte –, selbst nicht mehr lange durchhalten zu können. Er blickte auf die Tasche mit der schmutzigen Wäsche hinab. Die hätte er wirklich nicht mitbringen sollen, nicht mit seinen fast neunzehn Jahren, selbst wenn die Waschküche seines Wohnheims seit zehn Tagen geschlossen war, nachdem sie während der Rag Week von Vandalen verwüstet wurde. Er konnte ja wohl schlecht sagen: »Mum, ich kann die Ausbildung nicht weitermachen, aber ich hab hier ein bißchen schmutzige Wäsche, okay?« Vielleicht sollte er lieber erst in den Waschsalon an der Tower Street gehen, seine Sachen dort waschen und die Wartezeit nutzen, alles zu rekapitulieren, was er seinen Eltern sagen wollte, die ihn, als er sich für die Ausbildung bewarb, immer wieder gefragt hatten: »Bist du *ganz* sicher, daß du dein Leben in Hotels verbringen willst? Ist es wirklich das, was du dir wünschst?«

Er stieß die Tür zum Waschsalon auf. Er war fast leer. Ein junges Mädchen, das er aus der Schule zu kennen meinte – sie mochte eine oder zwei Klassen über ihm gewesen sein –, saß ganz hinten in einer Ecke, las in einer Zeitschrift und hatte ein großes Baby in einer Kinderkarre neben sich stehen. Das Baby war fast kahl und nuckelte selbstvergessen an einem riesigen, rosaroten Plastikschnuller. George überlegte, ob er sie ansprechen sollte, schluckte unsicher, sagte sich, sein neuer Haarschnitt sei eine ausreichende Tarnung, und beschloß, die Maschine zu benutzen, die am weitesten von dem Mädchen und der Kinderkarre entfernt war, weil das einzige, was ihm einfiel, um mit ihr ins Gespräch zu kommen, die – voll Entsetzen und Unglauben vorgetragene – Frage war: »Ist das deins?«

»Vorsicht«, hieß es in allen Gebrauchsanweisungen. »Vorsicht, überladen Sie die Maschine nicht, nehmen Sie nicht zuviel Waschpulver, hinterlassen Sie die Maschine sauber, vergessen Sie nicht, Ihre Wäsche herauszuholen, waschen Sie keine Tagesdecken, nehmen Sie Rücksicht auf die anderen Kunden.« George stopfte seine Wäsche mitsamt der geliehenen weißen Küchenkleidung in einem dicken Bündel in die von ihm erkorene Maschine. »Zuerst wählen Sie das Programm«, lautete eine handschriftliche Notiz, »DA-NACH fügen Sie das Waschpulver hinzu. Für den Automaten brauchen Sie abgezählte Münzen.« Er fingerte in seiner Tasche herum. Er hatte nicht genügend Geld, nur ein paar Kupfermünzen, ein einzelnes Pfund, eine Spielautomatenmarke und den Pappdeckel einer Zigarettenpackung, auf dem er sich eine Telefonnummer notiert hatte – warum, das hatte er inzwischen vergessen. Er blickte auf.

»Hast du Kleingeld?«

Das Mädchen hob den Blick von der Zeitschrift.

»Hi, George.«

Er grinste. »Ist das deins?«

Sie nickte. »Kennst du Colin noch? Colin Weaver? Wir leben bei seiner Mum. Er ist Ausfahrer bei einer Brauerei. Und das hier«, sagte sie ohne große Begeisterung, »ist Emma.«

»Wow!« sagte George. »Ein Baby!«

»Nicht unbedingt geplant«, sagte das Mädchen. »Bist du auf dem College?«

»Ja. Ich wollte keine schmutzige Wäsche mit nach Hause bringen.«

»Hin und wieder seh ich deinen Bruder«, sagte das Mädchen. »Adam. Er geht in dieselbe Klasse wie meine Schwester.«

George wollte nicht über Adam sprechen. Adam würde schadenfroh lachen, wenn er hörte, daß George seine Ausbildung haßte. »Du mußt verrückt sein«, hatte Adam gesagt, als George nach Birmingham ging, »absolut verrückt. Hotelfach! Hast du denn immer noch nicht genug von diesen beschissenen Hotels?«

»Kannst du wechseln?« fragte George noch einmal.

Sie schüttelte den Kopf und zog die Schultern hoch.

»Hab nix dabei. Ich warte hier, bis Col von der Arbeit kommt. Ohne ihn geh ich nicht nach Hause. Nicht zu dieser alten Kuh.«

»Seid ihr verheiratet?«

Die junge Frau griff nach ihrer Zeitschrift.

»Ist das dein Ernst?« fragte sie und warf ihm einen vernichtenden Blick zu.

Mit der Pfundmünze in der Hand begab sich George wieder auf die Straße. Er wollte zu dem Zeitungsladen, wo er und Adam immer ihre Musikzeitschriften gekauft hatten. Er selber hatte sich dort auch Zigaretten gekauft, die er anschließend mit einer Art wütender Verstohlenheit zu seinem Schlafzimmerfenster hinausgeraucht hatte. Nicht, weil seine Eltern ihm jemals ausdrücklich das Rauchen verboten hatten, sondern eher, weil vor allem Hilary ihn mit so unverhohlener, grenzenloser Abscheu behandelte, wenn sie Zigarettenrauch an ihm roch. Draußen vor dem Zeitungsladen wäre er fast mit Sophy Bedford zusammengestoßen. Sie wirkte sehr blaß, beinah durchsichtig, und als sie ihn erkannte, verzog sich ihr Gesicht, als werde sie gleich ohnmächtig zu Boden fallen oder in Tränen ausbrechen.

»George ...«

Er nahm sie etwas grob und unbeholfen in die Arme. Die komische, alte Sophy; im Grunde war sie Adams Freundin, weil die beiden gleichaltrig waren, aber auch er hegte eine Art väterlicher Zuneigung zu ihr, und Gus himmelte sie an, solange er denken konnte. »Gus«, hatte Hilary einmal gesagt, »ist schon sein Leben lang in Sophy verliebt.«

»Schön, dich mal wieder zu sehen«, sagte George.

Sophy nickte. Sie hatte ihr Haar zu einem komplizierten Zopf geflochten und trug zerrissene Jeans und ein ausgeblichenes T-Shirt, das an Halsausschnitt und Saum ausgeleiert war.

»Ich wußte gar nicht, daß du nach Hause kommst.«

»Nur übers Wochenende. Ich hab ... Na ja, ich wollte noch meine Wäsche waschen, bevor ich zu Mum nach Hause gehe.« Er grinste. »Diplomatie, verstehst du? Ich wollte mir bei Skinners nur schnell ein paar passende Münzen holen.«

»Ich habe Kleingeld«, sagte Sophy. »Ich kann's dir leihen.« Sie begann in der Strohtasche zu wühlen, die an ihrer Schulter hing. »Ich komme mit dir.«

»Nicht nötig«, sagte er freundlich.

»Doch ...«

Er musterte sie.

»Alles in Ordnung, Soph?«

Sie holte ein purpurrotes Leinentäschchen heraus und reichte es ihm.

»Da ...«

Er packte ihr Handgelenk.

»Was ist los?«

Ihr Handgelenk fühlte sich an wie ein dünnes Ästchen. »Das sag ich dir im Waschsalon. Während du deine Wäsche machst.«

Die junge Frau mit der Kinderkarre war verschwunden. Nur die Zeitschrift, in der sie gelesen hatte – »Moderne Liebesgeschichten – aus dem Leben gegriffen« –, lag noch auf dem orangefarbenen Plastikstuhl, auf dem sie gesessen hatte. George drückte Sophy auf einen anderen Stuhl nah bei seiner Maschine, holte sich Waschpulver, füllte es ein und setzte die ächzende Maschine in Gang. Dann ließ er sich neben Sophy nieder.

»Komm, wir trinken einen Kaffee.«

»Nein, danke. Ich würde lieber hierbleiben. Hier ist es ... nicht so auffällig.«

Er beugte sich vor.

»Also noch mal: Was ist los?«

Sophy zog ihren Zopf über die Schulter nach vorn und begann sich das Ende um den Finger zu winden.

»Wenn … Wenn du zu euch nach Hause kommst, wirst du vermutlich meine Mutter dort finden.«

»Gina? Na und?«

»Ich meine … Ich meine, nicht nur zu Besuch, sondern für länger. Manchmal bleibt sie über Nacht, manchmal nicht. Wenn sie nach High Place zurückkehrt, gehe ich mit. Ansonsten wohne ich bei Gran.«

»Sophy …«

»Daddy ist weg«, sagte Sophy und drehte wie wild an ihrem Zopf. »Einfach weg. Vor drei Wochen. Er hat die Hälfte von allem, was wir hatten, mitgenommen und ist nach London umgezogen.«

George barg das Gesicht in seinen Händen.

»O nein!«

»Es war ein Streit zuviel, hat Gran gesagt. Daddy hat gesagt, meine Mutter habe sich verändert, sie sei nicht mehr der Mensch, den er geheiratet habe, und sie würden einander noch umbringen. Eine Freundin habe er nicht, hat er gesagt. Und daß er keinen einzigen Tag länger bleiben könne, nicht mal für mich.«

George hob den Kopf und musterte Sophy. Sie weinte nicht, aber sie wirkte, als hätte sie schon so viel geweint, daß sie keine Tränen mehr hatte – irgendwie ausgewrungen wie ein altes Handtuch oder ein Lumpen.

»O Gott, das tut mir leid!«

»Gus schenkt mir immer wieder Blumen. Als wäre Daddy schon tot. Ich weiß nicht mehr, wo ich sie noch lassen soll. Irgendwie weiß ich nicht mehr, wo mein Zuhause ist.«

Georges Waschmaschine setzte quietschend zum Schleudern an.

»Mum hat mir nichts davon erzählt«, meinte George. »Erst letzte Woche hab ich mit ihr telefoniert, aber sie hat nichts gesagt.«

»Wahrscheinlich, weil meine Mutter das nicht will. Ich hab gehört, wie sie sich angeschrien haben. Sie will nicht, daß Hilary Daddy anruft, weißt du; sie will überhaupt nicht, daß jemand mit Daddy spricht. Ich hab das Gefühl, meine Mutter will nicht glauben, was passiert ist, also tut sie irgendwie so, als wäre nichts passiert. Immer wieder sagt sie, es ist das Ende eines Traums, das Ende einer Vision. Deine Familie ist so lieb – alle. Sogar Adam.« Auf Sophys Gesicht erschien die Andeutung eines Lächelns. »Wenn sie jeden Brandy trinken würde, den er ihr bringt, wäre sie ständig total betrunken.«

George stand auf. Er kniete sich vor Sophy hin und nahm ihre unruhigen Hände in die seinen.

»Es tut mir so leid! Ich weiß gar nicht recht, was ich sagen soll, aber es tut mir wirklich wahnsinnig leid für dich. Armes Kleines! Arme Sophy!«

»Jetzt bin ich nur noch Teil einer Statistik, nicht wahr? Noch eine Scheidung, noch ein alleinerziehender Elternteil …« Sie ließ den Kopf hängen. »Niemals hätte ich gedacht, daß so etwas passieren könnte. Ich dachte, sie würden sich einfach immer weiter angiften und anschreien.« Sie entzog ihm ihre Hände und griff wieder nach ihrem Zopf. George bemerkte, daß ihre Nägel völlig abgekaut waren. »Ich würde alles dafür geben, daß sie sich wieder angiften und anschreien, wirklich alles!«

Die Maschine gab ein letztes, triumphierendes Scheppern von sich, und die Trommel kam mit ungleichmäßigem Geratter zum Halten. George richtete sich auf und stemmte die Klappe auf.

»Könntest du mit mir kommen?« fragte Sophy plötzlich.

»Jederzeit. Klar. Wohin?«

»Zu mir nach Hause. Es dir ansehen. Ich schaff's nicht allein …«

George begann die nassen Wäscheklumpen in seine Plastiktasche zu stopfen. Das war Sophy, wie er sie zeit ihres Lebens gekannt hatte: Immer bat sie jemanden, mit ihr ins Dunkle zu gehen, oder auf die Toilette, oder auf einen Schulausflug. »Ich schaff's nicht allein.«

»Geht doch mit ihr«, hatte Hilary immer zu ihren Söhnen gesagt. »Nun geht schon. Sophy ist ein Einzelkind, ihr egoistischen Trottel, sie ist immer allein.« Er wandte sich zu Sophy um. Sie blickte ihn flehend an.

»Klar«, sagte er.

In High Place war es so still wie in einer Kirche. Sophy hatte mit ihrem Schlüssel die gläserne Terrassentür aufgeschlossen, und sie betraten die Küche, die wie eine Ausstellungsküche wirkte, blitzblank und unnatürlich ordentlich, bis auf das gähnende Loch dort, wo der Geschirrspüler gestanden hatte. Komisch, dachte George, einen Geschirrspüler mitzunehmen! Tische, Sessel, Bilder, Dinge mit Charakter, die man liebte, ja – aber einen *Geschirrspüler!* Das war, als nähme man Glühbirnen mit oder Klopapierrollen; es hatte etwas so Überlegtes, Unpersönliches, Eiskaltes.

»Wann habt ihr hier zuletzt gegessen?« fragte George.

Sophy nahm den Topf mit der roten Pelargonie vom Küchentisch und trug ihn zum Spülstein.

»Ach, vor Wochen. Wenn wir hier sind, bringen Mum und ich uns Fertiggerichte mit, aber im Grunde ißt sie gar nichts.«

»Wo ist dein Wellensittich?«

Sophy ließ Wasser in den Blumentopf laufen.

»Bei Gran. Er fühlt sich dort wohl. Sie redet den ganzen Tag mit ihm. Geh nur los und sieh dir die anderen Zimmer an.«

George verließ die Küche; er trat in die dunkel getäfelte Halle hinaus und ging von dort aus ins Wohnzimmer. Sophy folgte ihm; sie hoffte inständig, er werde spüren, was sie spürte.

»Siehst du, was ich meine?«

Es war nicht zu übersehen. Die Möbel im Zimmer wirkten schwerfällig und plump. Es waren viel zu wenige, und die standen nicht am richtigen Platz. An den

Wänden prangten große, leere Stellen, Lampen lagen auf dem Boden, und es waren keine Vorhänge mehr da.

»Er hat das Sofa mitgenommen«, sagte Sophy, »und ein paar Tische und Truhen und ein Gemälde vom Dom in Rouen. Meine Mutter will nicht, daß ich die Sachen wieder richtig hinstelle. Alles müsse so bleiben, wie er es hinterlassen hat, behauptet sie.«

»Warum nennst du Gina dauernd ›meine Mutter‹?«

»Na ja, das ist sie doch.«

»Aber du nennst sie doch sonst nicht so – oder? Du nennst sie ›Mum‹, stimmt's?«

»Im Moment nicht«, sagte Sophy und schwieg.

George machte einen Schritt in Richtung Tür. Das Zimmer schien ihm von Schmerz und Zorn erfüllt zu sein.

»Wenn wir hier sind«, sagte Sophy, »sind wir wie Menschen, die in einem Haus zu wohnen versuchen, das zur Hälfte von einer Bombe zerstört wurde oder so.«

George lehnte sich an den Türrahmen.

»Hast du deinen Vater inzwischen wiedergesehen?«

»Nein.«

»Und warum nicht?«

»Das geht noch nicht. Wegen meiner Mutter. Sie ist irgendwie benommen.«

Flüchtig, aber sehr deutlich sah George das gegenwärtige Leben im Bee House vor sich: Sommer, alle Gästezimmer belegt, sein Vater nahezu ständig in der Küche, seine Mutter, die keine Minute Ruhe hatte, besonders reizbar, und mittendrin Gina, benommen vor Schmerz darüber, daß Fergus sie verlassen hatte. Er warf einen Blick die Treppe hinauf.

»Alle Vasen sind weg«, sagte Sophy, die seinem Blick gefolgt war. »Die chinesischen. Als ich klein war, dachte ich, sie wären eine Familie.«

George stieß sich vom Türrahmen ab und legte Sophy den Arm um die Schultern.

»Es ist schrecklich hier, findest du nicht?« fragte sie ihn.

»Im Augenblick ...«

»Nichts ist mehr so wie früher. *Gar nichts.* Einer tut, was ihm paßt, und die anderen müssen leiden.«

»Wenn du Gelegenheit hast, mit ihm zu reden, vielleicht kannst du ...«

»Ich will aber nicht.« Sophy machte sich steif in seinem Arm. »Ich kann nicht. Ich bin viel zu wütend.«

»Auf ihn?«

»Und auf sie.« Sophy machte sich von ihm los und begann mit den Fäusten auf die nächstgelegene Wand einzuhämmern. »Wie kommen sie eigentlich dazu! Wie, verdammt noch mal, kommen sie dazu? Zuerst benehmen sie sich so, daß ich ihretwegen Schuldgefühle bekomme, und nun das hier!« Sie fuhr herum. »Lebenszerstörer sind sie! Weiter nichts. Lebenszerstörer!«

Als George ins Bee House hinüberging, stieß er auf Don, den Barkeeper, der gerade die Bar für den Abendbetrieb öffnete. Zwei Gäste warteten bereits und versuchten angestrengt, hinter Zeitungen und Reiseführern Desinteresse am ersten Drink des Abends zu heucheln. Es hatte Hilary viel Mühe gekostet, Don seine Vorliebe für karierte Fliegen und originelle Cocktailnamen – »The Bee House Bombshell«, »Honey Heaven«– abzugewöhnen, aber die Munterkeit eines Bartenders aus alten Gangsterfilmen hatte er sich bewahrt.

»Na, wie geht's denn so, George?«

»Total beschissen«, antwortete George, die Anwesenheit der Gäste vergessend.

Don wies mit einem übertriebenen Augenzwinkern in ihre Richtung.

»Deine Ma ist auf dem Kriegspfad. In Nummer sieben ist der Wassertank geplatzt, nagelneuer Tank. War schadhaft. Läßt wohl die Puppen tanzen in Brum, was?«

»Nein«, sagte George mit ruhiger Stimme, »tote Hose.«

»Keine Gnade für die Sünder«, sagte Don und klappte lautstark die Schutzgitter hoch. »Du hast heute abend Dienst. Voller Betrieb im Speisesaal, und Michelle fällt aus wegen Migräne. So, Sir und Madam«, sagte er, an die Gäste gewandt, »womit darf ich Ihren Gaumen kitzeln?«

Durch die Pendeltür hinter der Bar trat George in den engen Korridor, an dem Hilarys Bürozimmerchen, der Waschraum fürs Personal und die Treppe lagen, die zur Privatwohnung der Familie im Dachgeschoß führte. Hier war es dunkel und schäbig, und die Wände trugen die Spuren langer Jahre, in denen die Jungen mit ihren Schultaschen treppauf und treppab gelaufen waren. »Zuhause«, hatte Sophy voller Ingrimm gesagt, als sie High Place wieder abschloß, »Zuhause! Das hier ist einfach nur ein *Haus!*« George hatte sie zu überreden versucht, mit ihm zu kommen, aber sie hatte sich geweigert.

»Die reinste Ironie, nicht wahr?« sagte sie. »Ich hätte den ganzen Sommer bei euch sein sollen. Hilary hatte mir einen Job angeboten, aber das ist natürlich genauso in die Binsen gegangen wie alles andere. Ich dachte, ich müßte bei Mum bleiben. Aber dann hab ich's einfach nicht ausgehalten. Und ich wußte nicht, was ich Hilary sagen sollte, also hat sich alles irgendwie in Luft aufgelöst.«

George stieg schwerfällig die Treppen zum Dachgeschoß empor. Er dachte, es würde ihn ein wenig trösten, Gus zu sehen, oder Adam, oder einfach ein bißchen herumzualbern, aber nirgendwo war Musik zu hören, in der Küche fand er keine Menschenseele, und die Schlafzimmer waren, obwohl die Türen offenstanden und den Blick auf das vertraute Chaos von Kleidungsstücken, Sportgeräten und zerwühltem Bettzeug freigaben, ebenfalls leer. Er machte an der Wohnzimmertür halt und spähte hinein. Das Zimmer war aufgeräumt; es herrschte diese etwas demonstrative, vorgeschobene Ordnung, wie sie für wenig benutzte Räume typisch ist. Hier war Gina. Sie lag auf dem

Sofa auf der Seite und hielt mit beiden Armen ein Kissen an sich gedrückt. Sie hatte die Augen geschlossen, und ihre Schuhe – winzige Schuhe, wie George feststellte – standen auf dem Boden neben einem Becher und einem Teller mit einem halb aufgegessenen Apfel. Sie rührte sich nicht. George zögerte, atmete tief durch und ging auf Zehenspitzen weiter bis zu seinem eigenen Zimmer, dessen Tür er mit verstohlener Erleichterung öffnete und hinter sich schloß. Er ließ seine Taschen zu Boden fallen, streifte sich die Schuhe von den Füßen und verkroch sich, so schnell er konnte und voll Dankbarkeit, in seinem Bett, wo er sich seine Steppdecke bis über den Kopf zog. Es reicht mir, dachte George in der himmlischen, vertraut duftenden Dunkelheit bei sich. Es reicht, es reicht, es reicht!

»Sie *weiß*, daß es nicht wahr ist!« sagte Hilary mit Nachdruck. »Sie *weiß*, daß sie keine hysterische Mutti ist, die alle zu manipulieren versucht und nichts mit sich anzufangen weiß! Sie *weiß*, daß er bloß einen triftigen Grund dafür braucht, daß er sie verlassen hat! Ich mache ihr keinen Vorwurf daraus, daß sie unsere Aufmerksamkeit auf sich ziehen will, aber ich kann dieses ständige Gejammer nicht ertragen, von wegen, ach, ich Arme, alles, was Fergus über mich sagt, stimmt, ich bin genauso schrecklich, wie er sagt!«

Laurence, der einer Reihe von Hähnchen Basilikumblätter unter die Brusthaut schob, sagte, er finde Hilary nicht fair.

»Nicht fair? Was soll das heißen – nicht fair? Ich kenne die beiden nunmehr seit fast zwanzig Jahren, und ich habe Gina jetzt ganze drei Wochen lang zugehört, und da soll ich nicht mal eine eigene Meinung äußern dürfen?«

»Natürlich darfst du eine eigene Meinung äußern«, antwortete Laurence, ohne aufzublicken. »Nur halte ich diese deine Meinung nicht für ganz fair. Fergus hat es geschafft, daß Gina sich wie eine Null vorkommt. Das ist das Schlimme. Er hat erreicht, daß sie sich unweiblich fühlt und unerotisch, und neurotisch und destruktiv. Das ist, als würde einem immer wieder sehr geschickt suggeriert, daß man verrückt ist. Sie ist wie besessen von dem, was er zu ihr gesagt hat. Und wie du weißt, hat er ganz schreckliche Dinge zu ihr gesagt.«

Hilary blickte auf die bleichen Hähnchenbrüste hinab, die durch die daruntergestopften Basilikumblätter seltsam verbeult aussahen.

»Aber natürlich weiß ich das. Ich halte ihr immer wieder vor, daß nur ein ganz abscheulicher Mensch so etwas sagen würde, und dann antwortet sie, er sei kein abscheulicher Mensch. Ich *bitte* dich!«

Laurence warf einen Blick über die Schulter zu Steve, neunzehn, und Kevin, achtzehn, die Gemüse hackten.

»Wenn sie zugibt, daß Fergus ein abscheulicher Mensch ist«, sagte er gelassen, »muß sie sich logischerweise die Möglichkeit eingestehen, daß sie ihre letzten zwanzig Jahre vergeudet hat.«

»Großer Gott«, sagte Hilary und schlug mit der Hand gegen das Klemmbrett, das sie an ihre Brust drückte, »ich meine, wirklich! Warum sollte Gina glauben, daß das etwas Neues ist? Haben wir nicht alle dieses Gefühl? Warum sollte Gina als einzige davon verschont sein?«

Laurence setzte die Spitze seines Messers auf das Holzbrett unter den Hühnchen und drückte fest zu. Er zählte bis fünf. Und noch einmal bis fünf. Dann sagte er, genau wie es von ihm erwartet wurde, in einem Ton, der das, was Hilary zuletzt gesagt hatte, zu ignorieren vorgab: »Ich werde mit Gina sprechen.«

»Worüber?«

»Ihren Gemütszustand. Daß sie Hilfe braucht.«

»Gut«, sagte Hilary. Am liebsten hätte sie gesagt: »Danke«, aber irgendwie wollte ihr das nicht über die Lippen. Statt dessen streckte sie die Hand aus und strich über eine von Laurences Händen.

»Vielleicht wissen wir nicht genug über Kummer«, sagte er.

»Meinst du?«

»Ja. Wir wissen nur was über Enttäuschungen.«

»Ja«, sagte Hilary. Sie wollte noch hinzufügen, daß sie darin allmählich eine Expertin werde, hielt dann aber lieber den Mund. Da sie jedoch irgendwie das Gefühl hatte, etwas Beschwichtigendes sagen zu müssen, setzte sie hinzu: »Dieser verdammte Wassertank hat auch nicht gerade geholfen.«

»Nein. Bitte, Hil – ich muß jetzt weitermachen.«

»Ich weiß, ich weiß. Aber es ist so schwierig, mit dir zu reden, wenn das Hotel so voll und dazu auch noch Gina da ist.«

»Ich hab dir gesagt, daß ich etwas dagegen unternehmen werde, ich habe *gesagt* …«

»Schon gut, schon gut. Ich weiß Bescheid.« Sie schob sich die Brille höher auf die Nase, Gläser in einem roten Gestell, das ihr irgendwie das Aussehen eines zornigen, herrschsüchtigen Vogels verlieh. »Nur sag mir bitte noch eines.«

»Was?«

»Wo enden deiner Ansicht nach die Pflichten einer Freundschaft?«

Laurence sah sie an.

»Ich weiß es nicht«, sagte er. »Ich bin noch nie bis ans Ende gegangen.«

Gina erwachte vom Lärm der Jungen in der Küche. Immer wieder wurde die Kühlschranktür zugeschlagen, es gab Gelächter, und es duftete nach Toast. In letzter Zeit haßte sie den Schlaf fast ebenso sehr, wie sie das Wachsein haßte. Der Schlaf schien im Augenblick entweder quälend unerreichbar oder, wenn sie Schlafmittel nahm, von gräßlichen Träumen erfüllt zu sein, aus denen sie zutiefst deprimiert und benommen erwachte. Es spielte kaum eine Rolle, wo sie sich befand, nur fiel ihr das Erwachen hier, im Bee House, ein wenig leichter, weil sie wußte, daß das Haus unten mit Menschen und ganz normalem Leben erfüllt war. Im Augenblick sehnte sie sich unendlich nach dem normalen Leben. Wenn sie die Feriengäste im Bee House sah, wie sie sich in ihrer neu erstandenen Freizeitkleidung mit Landkarten und Regenmänteln zu ihren bescheidenen Urlaubsunternehmungen aufmachten, beneidete sie diese Menschen mit jener sinnlosen Emphase, die man sonst nur aufbrachte, wenn es um Prinzessinnen und Filmstars ging.

Sie wälzte sich auf den Rücken und starrte an die schräge Decke. In diesem Augenblick fühlte sie sich grenzenlos traurig, sie war wie benommen vor Trauer. Dennoch wußte sie, daß diese Trauer nicht bleiben, sondern in Depressionen und Schuldgefühle umschlagen oder sogar den anderen Weg einschlagen und sich in wütend-ungläubigen Zorn und den heißen Wunsch nach Rache verwandeln würde. Sie hatte versucht, Hilary das alles zu erklären, dieses hilflose Gefühl, auf ein Rad widersprüchlicher Gefühle geflochten zu sein, das sich eine Weile drehte, um sie dann unversehens wieder in die Benommenheit zu schleudern, wo sie gestrandet und von Fergus' Entschluß völlig außer Gefecht gesetzt liegenblieb. »Ich glaube, das ist ganz normal«, hatte Hilary zu ihr gesagt.

»Normal? Es ist *normal*, vollkommen betäubt zu sein?«

»In einer Situation wie der deinen, meine ich. Meines Erachtens ist es eine Art instinktiver Abwehr gegen den zu erwartenden Schmerz. Dasselbe kann man manchmal bei Beerdigungen beobachten, wo die Menschen sich hervorragend halten, aber hinterher zusammenbrechen.«

Aber, dachte Gina, ich bin ja im Begriff zusammenzubrechen. Nicht mal Sophy kann ich helfen. Sie hielt das Kissen, das sie umklammert hatte, in die Luft und betrachtete es. Der Bezug war aus indischer Baumwolle und hatte ein steifes Tulpenmuster in Rot, Pink, Grün und Creme, umrandet von einer Zickzackborte. Sie zwang sich, dieses Kissen wirklich zu sehen, zu überlegen, woher es kam, wer es gemacht hatte, warum Hilary – na ja, vermutlich Hilary – ausgerechnet dieses gewählt hatte, und nicht ein anderes, mit Nelken vielleicht, oder mit Rosen. Unwillkürlich füllten sich ihre Augen mit Tränen. »Wie konnte er nur?« flüsterte sie dem Kissen zu. »Wie konnte er mir das nur antun? Wie konnte er mir das Gefühl geben, es sei alles meine Schuld?«

Sie richtete sich auf und warf mit dem Kissen nach dem Fernseher. Unvermittelt wurde sie von Wut gepackt. Wie konnte Fergus es wagen, sie so zu erniedrigen! Sie hatte in den endlosen Nächten, weiß Gott, immer wieder ihre Ehe Revue passieren lassen und nach Dingen gesucht, die sie sich selbst vorzuwerfen hatte. Aber wäre es besser, wenn sie tatsächlich allein die Schuld trug? Würde es helfen, Fergus als ihr Opfer zu sehen, statt sich als seines? Wenn sie die Schuld trug, dann wurde er zu einem verlorenen Preis, zu einer wundervollen Chance, die sie all die Jahre lang gehabt und nicht genutzt hatte. Konnte sie das ertragen? Aber konnte sie es andererseits ertragen, ihn zu hassen? Was konnte sie hier und jetzt, an diesem Freitagnachmittag im August, überhaupt auch nur eine einzige Sekunde lang ertragen, ohne zu schreien, bis ihr die Stimme versagte?

»Hi.«

Gina blickte zur Tür und sah Adam dort stehen, in Jeans, mit nackten Füßen und kariertem Hemd über einem grauen Unterhemd mit der Aufschrift »Cincinnati – The Whole Hog Capital«.

»Einen Kaffee?« fragte Adam.

Mühsam sagte sie: »Danke, aber ich glaube nicht.«

»Na, komm schon«, sagte er. »George ist gekommen.«

Sie erhob sich. Es sah nicht so aus, fand Adam, als stünde sie sehr sicher auf den Beinen. Ihn selbst störte es nicht weiter, sie in diesem Zustand zu sehen. Tatsächlich war ihm diese seltsame und verwirrte Gina viel lieber als die, die er sein ganzes Leben gekannt hatte, immer hübsch und elegant gekleidet, und so furchtbar kompetent. Jetzt wirkte sie wie jemand, der die ganze Nacht hindurch gefeiert und ein Glas zuviel vom falschen Getränk intus hatte, und das machte sie zugänglicher. Sie hatte aufgehört, Klavierlehrerin zu sein, und sich in ein ebenso sympathisches, umgängliches Wrack verwandelt, wie alle anderen es auch waren. Er trat einen Schritt vor und schob eine Hand unter ihren Oberarm.

»Stützen Sie sich auf mich, Madam.«

»Ach, Adam, es tut mir so leid! Für euch muß es so sein, als hättet ihr's mit einer Kranken zu tun.«

»Laß nur. Ist schon okay. Ich hol dir einen Brandy von Don, für deinen Kaffee.«

»Vielen Dank, aber bitte keinen Brandy mehr. Ich hatte George völlig vergessen. Wo ist Sophy?«

»Bei Vi.«

Langsam führte er Gina in die Küche hinüber. George saß an dem unaufgeräumten Tisch und starrte in seinen Kaffeebecher, während Gus sich mit einem Löffel aus einer Plastikschachtel Margarine auf eine Toastscheibe strich. George stand auf.

»Hi, Gina.«

Sie lächelte ihm zu.

»Schön, dich wiederzusehen.«

Adam bugsierte Gina auf einen Stuhl.

»Ich hab Sophy getroffen«, berichtete George und nahm wieder Platz. »Gerade eben. Es … Es tut mir wirklich leid.«

Sie sah ihn an. Er hatte Laurences Gesicht, Laurences breites, humorvolles, attraktives Gesicht. Genau wie Adam. Nur Gus ähnelte seiner Mutter, war dunkler, hübscher und hatte wundervolle Augen. Auf einmal erfüllte sie blitzartig ein unaussprechlich tröstliches Gefühl, das so schnell wieder verschwand, wie es gekommen war, sie aber eine Sekunde lang glücklich machte – ein tröstliches Gefühl, das daher rührte, daß sie hier war, in dieser vollgestopften, unordentlichen Küche unter diesen Dachbalken, bei diesen drei Jungen, die sie seit ihrer Geburt kannte und die von Fergus' Abschied zwar selber unberührt und unangefochten waren, sie aber kannten und mit ihr fühlten. Und die nicht böse auf sie waren. Nicht so wie Sophy. Sie warf Adam ein Lächeln zu.

»Jetzt hätte ich doch gern diesen Kaffee«, sagte sie. »Falls das Angebot noch steht.«

5

»»Hätten die Augen keine Tränen‹«, lautete der Spruch, der Gina gegenüber an der Wand hing, »»so hätte die Seele keinen Regenbogen.‹ Autor unbekannt.«

Daneben war ein weiterer Spruch zu lesen, in einem blauen Passepartout, umgeben von einem gemalten Kranz aus Mandelblüten: »»Der Vogel singt nicht, weil er eine Antwort weiß, er singt, weil er ein Lied hat.‹ Chinesisches Sprichwort.«

Die Praxis der Psychologin nahm mehrere kleine Räume im hinteren Teil eines hohen, trostlosen Georgianischen Hauses hinter dem Krankenhaus von Whittingbourne ein. Die Fenster des Wartezimmers, mit Vorhängen aus blaugestreiftem, tweedähnlichem Stoff, gingen auf die Rückseite von Whittingbournes größtem Supermarkt hinaus, der, wenigstens im Hinblick auf die Dachgestaltung, offenbar der Disneyland-Vorstellung des Architekten von einem mittelalterlichen Herrenhaus entsprechen sollte.

Die Fenster waren blitzblank geputzt. Ebenso das Wartezimmer, in dem eine Atmosphäre wie im Wartezimmer eines Arztes herrschte, abgesehen vielleicht von den Sprüchen, die an der Wand hingen, und einer vergrößerten Aufnahme eines ruhigen Meeres vor kupferfarbenem Sonnenuntergang.

Auf dem Tisch vor ihr, einem niedrigen Tischchen mit einer Plastikplatte, die aussehen sollte wie Holz, stand eine Topfpflanze – eine der Jahreszeit widersprechend gezogene rostbraune Chrysantheme, die Fergus mit gerümpfter Nase als »brauchbar« bezeichnet hätte – neben einer in Fächerform ausgelegten Reihe Broschüren. »Heilen und Wachsen durch Leid«, stand auf einer. »Veränderung und Verlust. Wie hilft man sich selbst?« auf einer anderen.

»Du mußt dir jetzt selber helfen«, hatte Laurence gesagt – freundlich, aber mit jenem Anflug ungeduldiger Entschiedenheit, wie sie typisch ist für jemanden, der sehr beschäftigt ist und andere Dinge im Kopf hat. »Wir können dir leider nicht mehr helfen, weißt du. Weil das, was wir tun, keine Hilfe ist, sondern dich nur dort festhält, wo du bist. Du brauchst Hilfe von Unbeteiligten. Von jemandem, der dir zeigt, wie du dir selbst helfen kannst.«

»Ich will keine Hilfe«, hatte Gina laut gesagt und das Glas Wein von sich geschoben, das er ihr anbot. »Ich will *Liebe*.«

Laurence hatte den Blick an die Küchendecke gerichtet, dann auf die Kühlschranktür, an der Hilary eine mit einem Nilpferdmagneten befestigte Notiz hinterlassen hatte: »Die ungesalzene Butter ist nur für GESCHMACKSSICHERE ERWACHSENE«, von dort zu dem gefährlich hoch aufgetürmten Stapel Kaffeebecher auf dem Abtropfgestell, und hatte schließlich gesagt: »Aber du bist nicht liebenswert. Nicht so, wie du jetzt bist. Du bist vielleicht bemitleidenswert. Aber bestimmt nicht liebenswert.«

Gina hatte ihn so entgeistert angestarrt, als hätte er sie geschlagen.

»Du bist ein *Mistkerl!*«

»Nein.«

»Doch! Doch! Was weißt du denn schon?«

»Eine Menge«, sagte er verdrossen. »Inzwischen.«

»Ach ja, wirklich? *Wirklich*?«

»Du genießt das Ganze doch.« Laurence stand vom Küchentisch auf und leerte sein Glas. »Du genießt die Situation, in der du dich befindest. Du meinst, es sei chic, so verzweifelt zu sein.«

Noch nie im Leben hatte Gina Gegenstände nach jemandem geworfen. Selbst auf dem Höhepunkt oder Tiefpunkt ihrer schlimmsten Auseinandersetzungen mit Fergus hatten sie doch beide gewußt, daß ihre Besitztümer allesamt zu kostbar waren, um damit zu werfen. Jetzt griff sie nach ihrem Weinglas, um es nach Laurence zu werfen, verfehlte es, stieß es um und verschüttete den Wein in einer dunkelroten Pfütze auf dem Tisch und dem Örtlichen Telefonbuch, das dort lag. Laurence lachte laut auf.

»Gina …«

Gina warf ein Geschirrtuch auf die Weinlache. Laurence streckte die Hand aus und packte sie beim Handgelenk.

»Hör auf! Du machst dich lächerlich.«

»Aber meine Gefühle sind echt!« sagte Gina und riß sich los. »Begreifst du das nicht? Ich spiele dir nichts vor! Es ist alles echt!«

»Ich weiß«, sagte er, »ich weiß. Aber das ist unser Leben auch, dieses Hotel, Hilary, ich, der arme, alte George, der verzweifelt ist, weil er einen Fehler mit dem College gemacht zu haben glaubt, Frühstück für neunzehn Personen morgen früh, eine Kücheninspektion am kommenden Dienstag – das alles ist echt, das alles muß gelebt werden. Wir können dich stützen, Gina, aber gehen mußt du allein.«

Da hatte sie den Kopf gesenkt und das Telefonbuch sehr langsam, sehr sorgfältig abzuwischen begonnen, während sie mit den Fingern den feucht-gebuckelten Deckel glattzustreichen versuchte.

»Okay«, sagte sie.

»Gut. So ist es gut!«

Bitte, frag mich nicht, flehte er innerlich, frag mich nicht, ob du liebenswerter bist, wenn du tust, was man dir sagt. Gina nahm das umgekippte Weinglas und trug es zum Spülstein.

»Es tut mir leid«, sagte sie mit gepreßter Stimme. »Es tut mir leid, daß ich euch zur Last gefallen bin.«

»Das bist du nicht …«

»Ich werde etwas unternehmen. Nächste Woche. Ich werde mir einen Termin geben lassen. Du wirst schon sehen.«

Damit war sie hoch erhobenen Hauptes an ihm vorbei und zur Küche hinausgegangen, genau wie damals, in der Schule, wenn man sie, wie so oft, damit aufzog, daß sie keinen Vater hatte.

»Ich glaube«, sagte Laurence kurz darauf, als er sich zu Hilary ins Bett legte, »Fergus hat genau das gleiche getan, was ihr Vater damals getan hat: sie im Stich gelassen.«

Aber Hilary hörte nicht zu. Sie hatte gerade eine Stunde lang mit George gesprochen – eine Stunde, in der George wieder und wieder gesagt hatte, er wisse zwar, daß er nicht das tun wolle, was er jetzt tue, habe aber andererseits keine Ahnung, was er statt dessen tun könne – und fühlte sich von diesem ganzen Tag und der Verzweiflung und Hilflosigkeit ihres Sohnes vollkommen ausgelaugt.

»Ja«, antwortete Hilary. »Nein.«

Laurence schmiegte seine Wange an ihren Rücken, genau zwischen den Schulterblättern, und atmete tief ein.

»Wenigstens hat sie gesagt, daß sie gehen will.«

»Ja.«

»Noch diese Woche.«

»Ja.«

»Sie wollte ein Weinglas nach mir werfen.«

Hilary rückte von Laurences schwer atmendem Gesicht ab. George hatte bei ihrem Gespräch einen Kaffeebecher umgestoßen. Schwarzer Kaffee auf dem weizenfarbenen Teppich. Er wäre fast in Tränen ausgebrochen. »Bin ich ein Versager?« hatte er sie gefragt. Erst achtzehn Jahre, und dann diese Frage!

»Versuch zu schlafen«, sagte Hilary. »Laß uns beide endlich schlafen.«

»Aber ich dachte, du würdest dich freuen. Ich dachte ...«

Er hielt inne. Warum eigentlich? Warum sollte sie ihm

gratulieren, nur weil er etwas getan hatte, das normale, aufgeschlossene Erwachsene in einer normalen, aufgeschlossenen Freundschaft zwischen Erwachsenen ganz selbstverständlich tun, noch dazu in einer, die schon ein Vierteljahrhundert währte?

»Von *mir* brauchst du keinen Dank und kein wohlwollendes Schulterklopfen zu erwarten«, sagte Hilary und schob sich ihr Kopfkissen zurecht. »Wenn es das ist, was du willst. Sie ist deine Freundin.«

»Unsere.«

Schweigen.

»Unsere«, wiederholte Laurence ein wenig lauter.

Ganz kurz hob Hilary den Kopf und sah ihn an.

»Ich hab sie mir nicht ausgesucht. Du hast sie dir ausgesucht. Ich hab sie angenommen – deinetwegen. Vergiß das nicht.« Sie schwieg. »Bitte«, ergänzte sie nachdrücklich, bettete den Kopf wieder in ihr Kissen und schloß die Augen.

Am Montagmorgen war Gina relativ zeitig in Leggings und blauem Jeanshemd aufgetaucht und hatte verkündet, sie werde nach Hause zurückkehren. Hilary, die gerade die Wäsche in einem riesigen Leinwandkorb kontrollierte, hörte auf, Haken hinter die vielen Teile auf ihrer langen Liste zu machen und sagte: »Ganz wie du willst.«

Gina musterte sie eindringlich. Dies war schließlich Hilary, dieselbe Hilary, die in all den Jahren, als Sophy klein war, und all den langen, langen Jahren, als Fergus und sie zunehmend in Kriegszustand geraten waren, ihre zuverlässigste Verbündete und Freundin gewesen war. Jetzt schien sie nur an Kopfkissenbezüge und Handtücher zu denken und wirkte etwa so freundlich wie ein Stacheldrahtzaun. Sie mußte an eine Komödie denken, die sie einmal mit Fergus in London im National Theatre gesehen hatte. In der Eröffnungsszene lag ein Mann im Bett und stöhnte vor Rückenschmerzen, während seine Frau danebenstand. »Warum«, hatte er, ein Bild des Jammers, sie gefragt, »warum nur kannst du kein Mitleid mit mir empfinden?« »Das werde ich dir sagen«, hatte die Ehefrau giftig zurückgegeben. »Weil ich bei der Geburt nur einen winzigen Vorrat an Mitleid mitgekriegt habe, und den hast du inzwischen restlos aufgebraucht.« Vielleicht war es bei Hilary genauso.

»Ihr wart so lieb zu mir. Ihr alle.«

»Ach«, sagte Hilary, »nicht der Rede wert. Dafür sind wir doch da.«

»Hoffentlich«, sagte Gina und versuchte Hilarys Ton nachsichtiger Höflichkeit zu imitieren, »habt ihr nicht das Gefühl, daß ich euch ausgenutzt habe.«

Hilary überlegte. Sie bückte sich und zog ein Laken aus dem Wäschehaufen im Korb.

»Vielleicht bin ich nicht besonders dazu geeignet, dir zu helfen …«

»Nein«, sagte Gina. Das war gefährlich.

»Aber ich nehme an«, fuhr Hilary fort, deren Stimme gedämpft klang, weil sie sich bückte, »du wirst jetzt zu jemandem gehen, der dir helfen kann.«

»Hat Laurence …«

»Aber ja!«

Gina blickte auf Hilarys dunklen Kopf über der weißen Bettwäsche und den grünen Handtüchern hinab. Plötzlich verspürte sie den heftigen Wunsch, Hilary kopfüber in diesen Korb mit der schmutzigen Bettwäsche fremder Leute zu stoßen und sie laut zu beschimpfen. Schnell nahm sie die Hände hinter den Rücken.

»Ich bin dir sehr dankbar – ehrlich! Ich weiß gar nicht, was ich ohne euch alle getan hätte. Oder wo ich gelandet wäre.«

Hilary richtete sich auf. Sekundenlang hing die Floskel: »Wir freuen uns, daß wir dir helfen konnten«, in der Luft; dann verflüchtigte sie sich, unausgesprochen. Statt dessen beugte sich Hilary vor. Ihre Wange streifte die von Gina.

»Gott schütze dich«, sagte sie. Es klang erleichtert.

Gina kehrte nach High Place zurück und schloß die Haustür auf. Anscheinend war Sophy vor kurzem hier gewesen, denn die hellrote Pelargonie, die sie, wie sie sich genau erinnerte, mitten auf den Küchentisch gestellt hatte, stand jetzt im Spülstein, während ein nicht ganz zugedrehter Wasserhahn mit unerträglicher Monotonie auf sie herabtropfte. Gina überlegte, ob sie Sophy anrufen sollte. »Ich bin wieder da«, würde sie sagen, »von jetzt an werde ich wieder jede Nacht hier schlafen.« Sie ging zum Telefon, wählte Vis Nummer und legte den Hörer auf die Gabel zurück. Nein. Noch nicht. Erst wenn sie einen Termin mit der Psychologin ausgemacht hatte und damit Sophy, aber auch Fergus' Geist beweisen konnte, daß sie vom äußersten Rand ihres Daseins bereits einen kleinen Schritt ins Zentrum zurückgetan hatte. Sie musterte die Küchenstühle, auf denen gepunktete Sitzkissen nach schwedischer Art mit Schleifen befestigt waren. Sie dachte daran, wie sie auf einem davon gesessen, die Arme auf die gewachste Tischplatte gelegt und ihren Kopf darauf gebettet hatte. Aber das durfte sie jetzt nicht tun. So durfte sie nicht denken, und auf keinen Fall durfte sie sich gehen lassen, wenn solche Gedanken sie überfielen. Sie wandte sich um, ruckartig und mechanisch wie eine Aufziehpuppe, und riß das Branchenverzeichnis aus dem Regal, das Fergus aus alten Ulmenholzbrettern extra dafür gebastelt hatte. Die Bretter hatte er auf Abrißgrundstücken aufgetrieben. O Gott, um wieviel leichter mußten es Frauen haben, deren Männer in ihrem Zuhause nicht mehr sahen als einen Aufbewahrungsort für ihre Sammlungen von Schallplatten aus den sechziger Jahren und ihre uralten Ersatzreifen fürs Auto! Diese Qual, all die Zeugnisse von Fergus' Liebe zu diesem Haus zu betrachten und dabei zu wissen, daß er anscheinend nicht einmal einen Bruchteil dieser Liebe für sie, ein lebendes Wesen, eine lebende, atmende Frau aufbrachte, der er versprochen hatte … Aufhören! befahl sich Gina. *Sofort* aufhören! Mit einer müden

Bewegung legte sie das Telefonbuch auf den Tisch und begann mit den Anzeichen aufkeimender Entschlossenheit darin zu blättern.

»Es ist sehr freundlich von Ihnen, mich so kurzfristig zu empfangen«, sagte Gina höflich.

Die Psychologin hieß Diana Taylor. Sie schien in etwa so alt zu sein wie Gina, hatte ein schmales, von rotem Lockenhaar umrahmtes Gesicht und trug Kleidung, von der sich nicht das Geringste ablesen ließ: Rock, Bluse, Strickjacke, Perlenkette, Ehering. Ihr Schreibtisch stand an der Wand, aber sie saß nicht dahinter, sondern Gina unmittelbar gegenüber. Vor ihr lag ein Notizblock, ein dikker Block, auf den sie noch nichts geschrieben hatte, nicht einmal Ginas Namen.

»Es hat jemand abgesagt«, antwortete Diana Taylor lächelnd, »und wenn man sich einmal entschlossen hat, zu uns zu kommen, ist es schlimm, wenn man noch lange warten muß.«

Gina blickte an ihr vorbei.

»Im Grunde möchte ich gar nicht hier sein.«

»Nein.«

»Ich meine, ich möchte kein Mensch sein, der das nötig hat.«

»Das möchte niemand.«

»Ist das der Stil, in dem Sie sich mit mir unterhalten werden? Die ganze Zeit? Immer allem zustimmen, immer sagen, daß alles, was ich sage oder tue oder empfinde in Ordnung ist und daß diese ganze verdammte Katastrophe vollkommen normal ist?«

Wieder lächelte Diana Taylor.

»Ja.«

»Zum Teufel!« sagte Gina. Sie beugte sich vor und barg das Gesicht in beiden Händen. »Vielleicht werde ich bald auf Sie genauso wütend sein wie auf Fergus.«

»Fergus?« fragte Diana Taylor. »Wer ist das?«

»Sind Sie verheiratet?«

»Ja.«

»Die erste Ehe?«

»Nein«, antwortete Diana Taylor. »Die zweite. Mit einem Mann, der eine Fischzucht hat. Regenbogenforellen.«

»Hat Ihr erster Mann Sie verlassen?«

»Sozusagen. Er ist gestorben. Und meine Mutter, die mitfühlend sein wollte, sagte, ihr breche das Herz bei dem Gedanken, daß ich nie wieder glücklich sein werde, und ich dachte, großer Gott, wenn das stimmt, wenn ich wirklich nie wieder glücklich sein werde, will ich keine *Minute* länger leben. Aber es war nicht so. Es ist nicht so.«

Gina musterte sie.

»Warum hängen all diese Sprüche im Wartezimmer? Wie in einer Baptistenmission.«

»Die haben uns Patienten geschenkt. Es sind Worte, die ihnen geholfen haben.«

»Helfen«, sagte Gina laut. »Helfen! Das ist alles, wovon die Leute reden können. Laß dir helfen, Gina, von Fachleuten, ich kann dir nicht helfen, jetzt nicht mehr, und du bist für Sophy auch keine Hilfe, oder? Und meine Mutter ist mir keine Hilfe, und auch der Alkohol nicht, eigentlich schade …«

»Helfen«, sagte Diana Taylor und rollte ihren Kugelschreiber ganz langsam über den Tisch, »helfen bedeutet nur, einem anderen die Möglichkeit an die Hand zu geben, etwas zu unternehmen. In unserem Fall, sich selbst zu heilen. Mehr nicht.« Sie hielt inne, dann sagte sie fast beiläufig: »Vor allem sich selbst vom Schmerz zu heilen.«

Gina schnaubte leise.

»Können Sie noch einen Spruch ertragen? Mein Lieblingszitat, und natürlich Shakespeare: ›Verleih dem Schmerz Worte. Schmerz, der nicht spricht, beengt das überlastete Herz und läßt es brechen.‹«

Gina schwieg. Sie blickte auf ihre Hände hinab, und dann auf ihre Füße in den weißen Mokassins, von denen

Fergus gesagt hatte, sie taugten nur zu einem Golfurlaub in Südspanien.

»Wenn Sie mir«, sagte Diana, die immer noch ihren Kugelschreiber hin und her rollte, »ein bißchen von Fergus und Sophy, von Ihrer Mutter und sich selbst erzählen, könnten wir anschließend darüber sprechen. Wie alt ist zum Beispiel Sophy?«

»Sechzehn. Und ich bin sechsundvierzig, meine Mutter ist achtzig, und Fergus ist dreiundfünfzig und auf und davon.«

»Auf und davon?«

»Jawohl!« Gina schrie es fast heraus. »Jawohl! Auf und davon! Was glauben Sie wohl, weswegen ich hier bin?«

Diana Taylor schwieg. Sie nahm ihren Stift auf und steckte ihn mit einem leichten Klicken in einen Keramikbecher, der bereits halb mit Stiften gefüllt war. Dann legte sie die gefalteten Hände auf den Tisch und wartete. Gina starrte auf ihre Hände, normale, durchschnittliche, ein wenig unbeholfen wirkende Hände. Sie stellte sich vor, wie Mr. Taylor von der Regenbogenforellenzucht ihr den Ehering auf die linke Hand steckte und ihr Sicherheit, Treue und Fürsorge versprach. Dann blickte sie auf ihre eigene linke Hand. Sie trug die Ringe, die Fergus ausgewählt hatte: einen viktorianischen Ehering mit eingravierten Lilien sowie ihren Verlobungsring, einen edwardianischen Halbreif mit großen Perlen und kleinen Brillanten, wobei die fünf großen Perlen für fünf Wörter standen: »Willst du meine Frau werden?«

»Ich benehme mich so idiotisch.«

»Wie zum Beispiel?«

»Fergus hat die Hälfte der Einrichtung mitgenommen. Genau die Hälfte. Den Geschirrspüler, aber nicht die Waschmaschine. Das Sofa, aber nicht die Sessel. Die Kredenz im Eßzimmer, aber nicht den Tisch. Aber ich scheine einfach nicht sehen zu können, daß all diese Dinge verschwunden sind. Das ist einer der Gründe, warum ich das Leben in diesem Haus jetzt hasse. Ich mache einen Bogen um Dinge, die verschwunden sind, als wären sie noch immer da. Ich kann nicht anders.« Sie hielt inne und sah Diana Taylor an. »Die letzten Wochen bin ich bei Freunden untergekrochen. Über drei Wochen lang. Aber ich glaube, sie haben die Nase voll. Ich weiß nicht, ob die Frau den Mann gebeten hat, mir zu sagen, daß ich gehen soll, oder ob er das aus eigenem Antrieb getan hat, aber gesagt hat er es mir, wenn auch mit vielen Umschweifen. Ich kann ihnen das nicht übelnehmen, aber ich tue es trotzdem.«

»Ist Sophy auch dort? Bei diesen Freunden?«

»Nein.«

»Wo ist Sophy?«

»Bei ihrer Großmutter. Weil sie es so gewollt hat, und immer noch so will. Ist es nicht schlimm, ist es nicht *grausam*, daß man nicht mal der eigenen Tochter helfen kann?«

»Nein. Nicht in Ihrem Fall, nicht im Moment.«

Gina erhob sich.

»Warum erklären Sie mir nicht einfach, daß ich bösartig, destruktiv und völlig durcheinander bin, und damit fertig? Warum sitzen Sie nur da und verströmen Geduld und Verständnis? Warum sagen Sie mir nicht einfach, daß sich ein solches Verhalten für eine sechsundvierzigjährige Frau einfach nicht gehört?«

Auch Diana Taylor stand auf.

»Weil Sie sich im Schockzustand befinden.«

»Ach ja?«

»Zu jedem Leben gehört eine Reihe von Verlusten. Der erste ist vielleicht der Verlust der Jugend. Sie haben vor kurzem einen ungeheuren Verlust erlitten. Das wird Sie verändern, aber es wird Sie nicht umbringen. Der Schock ist häufig die erste Reaktion auf einen Verlust wie den Ihren.«

»Häufig? Dann bin ich also genauso wie alle anderen?

Und daß mein Ehemann sich davonmachte, um allein zu leben, weil *alles* besser ist als noch eine einzige weitere Stunde mit mir – das ist nur etwas, was jedem passiert?«

Diana Taylor beugte sich vor. Ihre Augen waren, wie Gina jetzt sehen konnte, von einem klaren Haselnußbraun und ohne jedes Make-up.

»Sie sind einzigartig«, sagte Diana. »Genau wie Ihre Situation. Nur die Gefühle teilen Sie mit anderen Menschen, natürliche, turbulente, angstvolle Gefühle. Das ist Schmerz. Schmerz über einen Verlust.«

»Schmerz …«

»Schmerz. Sophy wird ihn auch empfinden. Kummer und Schmerz.«

»Ich glaube, ich habe jetzt genug«, sagte Gina. »Vorerst.«

»Ja.«

»Aber ich komme wieder …«

Diana Taylor ging voraus, um ihr die Zimmertür zu öffnen. Sie schien keinen Dank zu erwarten, sondern nickte nur. Gina erwiderte das Nicken. Sie hatte das Gefühl, daß dies nicht der richtige Moment für höfliche Floskeln war. Auf dem Weg hinaus sah sie im Wartezimmer einen jungen Mann in Jeans und Turnschuhen sitzen, der fast völlig kahlgeschoren war und ein Gesicht wie ein Totenkopf hatte. Er starrte wütend auf eine Karte, die jemand auf den Kaminsims über dem kalten und sauber ausgefegten Feuerloch gestellt hatte. Darauf stand: ›Wenn das Leben dir saure Zitronen gibt, mach eine süße Limonade daraus.‹ Er warf Gina einen flüchtigen Blick zu. »Verdammte Scheiße«, sagte er.

Vi nähte Vorhänge. Sie waren rot, mit einem Sonnenblumenmuster, und für Sophy, die ihr Entstehen im Verlauf des Nachmittags eine Weile verfolgt hatte, sahen sie nicht unbedingt rechteckig aus. Eher wie eine Art Rombus, dachte sie. Aber sie sagte nichts.

Vi arbeitete wie der Teufel; sie wollte sie unbedingt fertigstellen und anstelle der alten, grünkarierten am Küchenfenster aufhängen, wo die Spätnachmittagssonne durch die gelben Blumen scheinen würde. Da sie in ihrer fieberhaften, konzentrierten Schaffensfreude nicht gerade redselig war, die Nähmaschine einen ohrenbetäubenden Lärm machte und Vi den Mund voll riesiger Glaskopf-Stecknadeln hatte, gab Sophy es nach einer Weile auf, so zu tun, als sei es unterhaltsam, Vi zuzusehen, und schlenderte hinaus. Sie überlegte, statt dessen Dan zuzuschauen, der, wie sie wußte, diesen Nachmittag mit seiner Briefmarkensammlung verbrachte. Vi nannte das »Postamt spielen«. Sophy, die zuweilen mit der Pinzette diese empfindlichen, exotischen Papierschnitzel sortieren durfte, die Dan so faszinierten, wußte es besser.

»Es ist irgendwie geheimnisvoll«, hatte Sophy zu Vi gesagt, »etwas ganz anderes als Bierdeckel sammeln.«

»Am Sammeln ist gar nichts geheimnisvoll«, sagte Vi. »Geheimnisvoll wird's erst, wenn man etwas selber *macht*.«

Vi beobachtete, wie Sophy durch den Innenhof schlenderte, und fragte sich, ob sie die Vorhangsäume nicht besser mit der Hand hätte nähen sollen. Eigentlich wäre das viel professioneller, sie hingen besser, aber es würde zehnmal so lange dauern, als wenn man einfach mit der Maschine drüberratterte. Sie hob einen Vorhang hoch und schüttelte ihn aus. Bißchen gekräuselt, auf der einen Seite. Mit einem scharfen Ruck zog sie an dem Stoff, bis sie hörte, daß der Faden riß.

»Himmel!« sagte Gina von der Tür her. »Wofür sollen die denn sein?«

»Küche«, antwortete Vi kurz und blickte auf. Gina sah um keinen Deut besser aus. »Komm her«, sagte Vi. »Gib mir einen Kuß.«

Gina beugte sich zu ihr hinunter. Vis Wange war warm und pudrig wie ein frisch gebackener Teekuchen.

»Ist Sophy da, Mum?«

»Eben zu Dan rübergegangen. Zu den Briefmarken. Ich hab mich schon gefragt, wann du sie abholst.«

»Stört sie dich etwa …«

»Sophy«, sagte Vi und legte den bunten Vorhang hin, um in die Küche zu gehen und Teewasser aufzusetzen, »könnte nicht mal stören, wenn sie es wollte. Es geht um dich. Um dich und sie. Ihr solltet unter ein und demselben Dach wohnen.«

»Deswegen bin ich hier«, sagte Gina und folgte ihr. »Ich war bei einer Therapeutin und …«

Den Wasserkessel in der Hand, fuhr Vi zu ihr herum.

»Einer Therapeutin? Einer von diesen Psycho-Tussis?«

»Ja.«

»Du bist verrückt«, sagte Vi in vernichtendem Ton.

»Aber Mum, ich …«

Vi ließ Wasser in den Kessel laufen. Dann knallte sie ihn auf den Herd.

»Typisch«, sagte sie. »*Ty-pisch!* Ich, ich, ich. Das ist alles, woran ihr alle denken könnt. Was ist mit meiner Generation? Was glaubt ihr wohl, wie wir es vor fünfzig Jahren geschafft haben, und zwar ohne all diese Besserwisser in ihren weißen Kitteln? Wir haben einfach weitergemacht. Sonst nichts. Und genau das habe auch ich getan. Hochschwanger bin ich mit meinem Koffer in den Zug gestiegen und hab ein neues Leben begonnen. Siebzehn Pfund hatte ich auf der Bank, einen Koffer voll Kleider und ein Baby im Bauch. Und was hast du? Ein verdammt großes Haus, mehr Sachen, als du gebrauchen kannst, mehr als genügend Geld, Qualifikationen und dieses Kind. Das arme Kind. Und was tust du? Läufst heulend zu Hilary und Laurence, die ohnehin genug um die Ohren haben, und dann zu einer verdammten *Therapeutin.* Therapeutin! Ich pfeife auf deine Therapeutin, Gina Sitchell. Was hat sie gesagt, deine Therapeutin? Bestimmt nicht, daß es deine Schuld ist, möchte ich wetten. O nein.

Du bist völlig unschuldig, stimmt's? Schuld daran tragen vermutlich nur wir, ich und Fergus, und außerdem das Wetter und die politische Lage ...«

Gina hielt sich die Ohren zu und lehnte sich an den Rahmen der Küchentür.

»Hör auf, Mum!«

»Na ja ...«

Gina löste sich vom Türrahmen und stützte sich auf den Tisch.

»Warum bist du so zornig? Was ärgert dich so daran, daß ich mir helfen lassen möchte?«

Vi antwortete nicht. Aus irgendeinem Grund kamen ihr ganz plötzlich die Tränen; deshalb konzentrierte sie sich angestrengt darauf, die Teebecher aus dem einen und eine große Kuchenschachtel mit einem verblaßten Bild von Windsor Castle auf dem Deckel aus einem anderen Küchenschrank zu holen.

»Mum?«

Vi öffnete eine braune Keramikdose und nahm zwei Teebeutel heraus.

»*Mum.* Was ist los?«

Vi hängte in jeden Becher einen Teebeutel; dann ließ sie sich schwerfällig auf einem Hocker nieder und legte beide Arme auf den Tisch, ohne Gina anzusehen.

»Du hattest einen Ehemann.«

»Ja.«

»Und ein Haus«, sagte Vi. »Und ein Kind mit einem Vater.«

Gina setzte sich ihrer Mutter gegenüber an den Tisch. Vi drehte an ihren großen Ringen, Gina konnte hören, wie sie aneinander scheuerten.

»Dann hast du sie beide gehen lassen. Du hast nichts gegen diese ewigen Streitereien getan, und dann hast du alles losgelassen. Du hattest alles, Gina Sitchell, und du hast nicht darum kämpfen müssen, du hast nicht einsam leben, du hast nicht alle Entscheidungen allein treffen müssen, nicht wahr, Tag um Tag, Jahr um Jahr …«

»He, Moment mal«, sagte Gina. »Ich habe Fergus nicht verlassen. Er hat mich verlassen.«

»Dazu gehören zwei«, sagte Vi streng. Dann stand sie auf, um den pfeifenden Kessel zu holen.

»Du kannst mir also nicht verzeihen, daß ich etwas gehabt und wieder verloren habe, das du niemals hattest?«

Eine kleine Pause entstand. Vi füllte die Becher. Ihre Hand, bemerkte Gina, war nicht nur mit Altersflecken übersät, sondern zitterte auch.

»Es geht um deine *Einstellung*«, sagte Vi. »Als könntest du überhaupt nichts allein fertigbringen, und als dürfe man das auch nicht von dir verlangen.«

»Warst du denn noch nie deprimiert?«

Vi schob einen Becher über den Tisch.

»Was glaubst du wohl, warum ich mir immer etwas zu tun suche? Laß ihn noch 'ne Minute ziehen.«

»Mum«, sagte Gina, »wenn das stimmt – ist es dann wirklich besser, deine Depressionen zu unterdrücken und sie dann an mir auszulassen, statt sie dir einzugestehen und dir helfen zu lassen?«

»Ich lasse sie nicht an dir aus«, sagte Vi. »Versuch mir nicht auszuweichen. Ich denke nur über dein Leben nach. Und über Sophy. Was ist mit Sophy?«

»Sophy …«

Vi langte über den Tisch und fischte mit einem Löffel Ginas Teebeutel aus dem Becher.

»Ja. Sophy. Sie ist deine Tochter, du bist für sie verantwortlich.«

»Ich … Ich fürchte mich ein bißchen vor Sophy …«

Vi sah sie ungläubig an.

»Was soll das heißen?«

»Sie liebt ihren Vater«, antwortete Gina. »Liebt ihn abgöttisch. Fast … wie eine Frau einen Mann liebt. Deshalb ist sie mir böse. Richtig wütend ist sie auf mich, und das macht mich unsicher und schüchtert mich ein. Ich weiß nicht, was ich zu ihr sagen soll. Und wenn du das zu all den anderen Dingen addierst, die ich empfinde: das Schuldbewußtsein, den Kummer und die Angst, beginnst du vielleicht zu verstehen, warum ich zu einer Psychologin gegangen bin, statt mich einfach anzuschreien.«

Vi stand auf, öffnete die Kuchenschachtel und bot sie Gina an. Drinnen lag ein halber Kuchen, dick mit weißem Zucker bestreut und mit großen, glasierten Kirschen verziert, die wie die Juwelen einer Königskrone beim Krippenspiel von Kindern wirkten.

»Nein danke, Mum.«

Vi machte den Deckel wieder zu.

»Ich auch nicht.«

Die Schachtel in der Hand, erhob sie sich.

»Letzten Endes sind wir alle allein. Nicht wahr? Wir sind der einzige Mensch in unserem ganzen Leben, den wir nicht auswechseln können, an den wir gekettet sind.«

Gina wartete.

»Als dein Vater mich verließ, dachte ich, na schön, das wär's, keine Menschen mehr, die an mich glauben, nie mehr auf anderen Füßen stehen als meinen eigenen – nie wieder!«

»Hast du das wirklich damals gedacht? Oder ist es dir erst später eingefallen?«

»Damals«, antwortete Vi. »Als ich in meinem Zimmer in der Chicksand Street, Bethnal Green, saß und mir klarwurde, daß er mich sitzen gelassen hatte. Damals habe ich mir gesagt: ›Vi Sitchell, du wirst nie wieder zulassen, daß jemand dir so etwas antut und du dich so furchtbar elend fühlen mußt.‹«

»So furchtbar elend«, sagte Gina, »fühle ich mich eben jetzt.«

Vi sah sie an.

»Meine Therapeutin«, sagte Gina ein wenig unsicher, »ist keine Ärztin im weißen Kittel. Sondern eine Frau na-

mens Mrs. Taylor in ganz normaler Kleidung und ungefähr in meinem Alter. Ihr Mann ist gestorben, ihr erster
Mann. Es sei ein Schock für sie gewesen, sagt sie. Alles,
was ich jetzt empfände, seien ganz normale Gefühle. Sie
war nett, wirklich sehr nett. Und ich war unhöflich.«

»Ja«, sagte Vi. »Das warst du immer, wenn die Menschen zu nett zu dir waren. Vor allem Frauen.« Sie blickte
auf Gina hinab; dann kehrte sie ihr langsam den Rücken
und blickte aus dem Fenster auf den winzigen Garten
hinaus, in dem sich Wäschestücke auf einer sich drehen-
den Trockenspinne im Wind blähten. »Ich finde, du solltest Sophy zurückholen. Egal wie wütend sie ist.«

»Ja.«

»Sie muß sehen, daß sie dir nicht gleichgültig ist.«

»Ja.«

Vi wandte sich wieder um.

»Ich bin deine Mum, und du bist Sophys. Für alle Zeiten. Und das sollten wir beide lieber nie vergessen.«

6

An den meisten Nachmittagen gab es irgendwann einen Moment, da die Küche des Bee House, und sei es auch nur für eine halbe Stunde, ein Zufluchtsort war. Dann war es dort warm und still, alle Flächen waren blank gewienert, Lunch war vorbei, Dinner noch nicht in Sicht; der Raum schwebte für kurze Zeit zwischen getaner und bevorstehender Arbeit, ohne daß jemand kam und Hektik verbreitete. An schönen Tagen schien die Sonne durchs Westfenster herein und ließ ihre Strahlen über Hackbretter und Arbeitsflächen, Pfannen, Messer und Schöpfkellen wandern, als wolle sie ihnen etwas Gutes angedeihen lassen. Dies war gewöhnlich die einzige Zeit des Tages, da Laurence sich daran zu erinnern vermochte, warum er sein Leben diesem Beruf gewidmet hatte statt der Architektur oder dem Entwerfen von Möbeln oder dem Vagabundieren in der südlichen Hemisphäre, einem Leben, das zu verachten man sich, wenn man älter war, nur leisten konnte, wenn man es selbst nie ausprobiert hatte.

In einer Ecke der Küche stand sein Schreibtisch, ein schlichtes Büromöbel im Edwardianischen Stil, das früher einmal ein Waschtisch gewesen war, und auf dem ein Topf Zitronenkraut stand, dessen Blättern er, wenn er sie zwischen Daumen und Zeigefinger zerrieb, einen wunderbar frischen Duft entlocken konnte, während er Menüs zusammenstellte oder widerwillig die Abrechnung erledigte. Er zeichnete viel, während er nachdachte, kleine Kritzeleien mit Sprechblasen, die den Köpfen der Personen entstiegen, und spielte mit einer griechischen Perlenschnur, die er während eines Kurzurlaubs mit Hilary im Hafen von Piräus gekauft hatte, Perlen aus dickem, blauen Glas, in das aufmerksame schwarze und weiße

Augen eingelassen waren. Dann waren da noch ein graues Marmorei, eine hölzerne Eichel, in der man, wenn man sie aufschraubte, eine kleinere aus einem anderen Holz fand, ein rot bemalter Keramikdrachen, den Gus in der Grundschule fabriziert hatte, und seine Notizbücher, alle in einer Reihe, ramponiert, zerfetzt, zerkratzt vom vielen Blättern und eiligen Gekritzel, jene Notizbücher, die er begonnen hatte, als Hilary mit George schwanger war und ganz und gar kein Verständnis für sein Streben nach Unabhängigkeit aufbrachte und er ihr sagte, er werde jetzt erst einmal kochen lernen.

»Und wo willst du das lernen?« hatte Hilary gefragt, während sie sich mit dem Saum ihres Umstandskleides die Brille putzte.

»Hier«, antwortete er. »Im Alleingang.«

Er hatte sich Bücher gekauft – Bücher von Lebensmittelchemikern und Lebensmittelpsychologen und Bücher von Köchen. Er legte endlose Listen an. »Geruch«, stand in seinem ersten Notizbuch. »Sieben Hauptrichtungen. Blumig, Pfefferminz, verbrannt, faulig, würzig, harzig und Citrus. Pears Encyclopaedia 1924.« Er hatte sich sieben Messer gekauft und damit geübt, bis er schätzte, daß ihm, wenigstens bei Kräutern und Knoblauch, pro Sekunde fünf bis sechs Schnitte gelangen. Er hatte sich Küchenutensilien in Gußeisen, rostfreiem Stahl, Kupfer, Bambus, Porzellan und Glas gekauft und Hilary Vorträge über den Unterschied zwischen Salzen und Pökeln, Marinieren und Einlegen gehalten und ihr zu den unmöglichsten Tageszeiten Kostproben von Knochenbrühe, Schmorbraten oder Zitronenchutney präsentiert, zu deren Geschmack er ein promptes Urteil von ihr verlangte. Er las Eliza Acton, M. F. K. Fisher, Elizabeth David und Jane Grigson, deren Werke er mit eifrigen Randbemerkungen in weicher, schwarzer Bleistiftschrift verzierte, und als Adam geboren wurde, kam er nicht etwa mit Blumen, Champagner oder der Granatkette ins Krankenhaus von

Whittingbourne, die Hilary im Fenster des Juweliers am Marktplatz betont entzückt betrachtet hatte, sondern mit einem Kuchen, einem von ihm selbst erdachten, dicken, weichen, brotähnlichen Kuchen voller in Maraschino getränkter Kirschen, auf den er mit hauchdünnen Orangenschalen Adams Namen geschrieben hatte.

Er war glücklich gewesen, in jenen Jahren. Er war sich wie ein Alchimist vorgekommen und zuweilen wie ein Hexenmeister, die Küche war zugleich Tempel, Laboratorium und Maschinenraum gewesen. Er ließ Hilary mit dem Hotel machen, was sie wollte, und weitgehend auch mit den Jungen, die schon früh lernten, daß der Vater, wenn er sich in der Küche aufhielt, unansprechbar war. Mit der Expansion kam die Veränderung – unausweichlich. Das Hotel wuchs von sieben Gästezimmern auf zwölf, und die ersten beiden einer langen Reihe von Steves und Kevins waren, frisch von der Ausbildung, mit ihren Zeugnissen in der Hand erschienen, um unter Laurences Anleitung, doch niemals ganz zu seiner Zufriedenheit, in der Küche zu helfen. Sie rissen Witze, sie rauchten, sie spielten mit leeren Coladosen Fußball und zerstörten so, ohne es zu beabsichtigen, die intime und dichte Atmosphäre der Küche ebenso wie ihren Zauber. Nach sechs Monaten zogen die meisten von ihnen weiter, auf Grund irgendeines Herdentriebes genauso fest überzeugt wie später George, daß das Leben, was immer das war, nicht in Whittingbourne zu finden sei, sondern ausschließlich in Birmingham oder London. Dann mußte Laurence mit zwei neuen Lehrlingen noch einmal ganz von vorn beginnen, zwei neuen Steves und Kevins, die im College zwar gelernt hatten, wie man Saucen mit Mehl andickt und Essen serviert, aber bestimmt nicht, wie man kocht. Die meisten erklärten Laurence, sie hätten den Küchendienst gelernt, weil es da immer Arbeit gab, denn so schlimm auch eine Rezession sein mochte – essen mußten die Leute immer.

Von einer langen Reihe dieser Lehrlinge, dachte Laurence, nicht ohne sich selbst Vorwürfe zu machen, hatten nur eine Handvoll mit Verstand und Wißbegier gearbeitet, und einer davon – ein Junge aus einem Elternhaus, argwöhnte Laurence, in dem das einzige Kochgerät eine Bratpfanne war – hatte immerhin einen Abendkurs in Französisch belegt. Die meisten aber wurstelten sich so durch, hackten, entbeinten und rührten und schienen trotz Laurences Erläuterungen nicht zu erkennen, daß es einen Unterschied gab zwischen dem Kochen und der einfachen Zubereitung von Mahlzeiten.

Wenn Laurence während der ruhigen Nachmittagszeit in der Küche an seinem Schreibtisch saß, nagte unentwegt der Gedanke an ihm, daß auch er sich in letzter Zeit immer häufiger dazu hinreißen ließ, einfach nur Mahlzeiten zuzubereiten. Zuweilen fühlte er sich, wie sich seiner Meinung nach motivierte Lehrer fühlen mußten, wenn sie auf Grund ihrer unzweifelhaften Fähigkeiten auf einen Direktorposten befördert wurden und das Lehren hinter der weit weniger zufriedenstellenden Verwaltungsarbeit und Geschäftsführung zurückstehen mußte.

Dennoch hatten Hilary und er dieselbe Einstellung. Sie hatten beide zugelassen, daß sich ihr Leben durch das Hotel veränderte, nicht aber, daß es sie selbst veränderte. Hilary hatte unbeirrbar an der Vorstellung festgehalten, daß ihr Hotel ein Familienhotel sei, ein Ort, der genauso das Zuhause der Jungen war wie ein öffentliches Unternehmen. Die Idee, einen Manager einzustellen, hatte sie immer abgelehnt. Manager, behauptete sie, machten Hotels unpersönlich und verliehen ihnen eine Atmosphäre, die womöglich nicht mit jener der Familie Wood harmonisierte, die immerhin das Wesen des Bee House ausmachte. Inzwischen aber hatte Hilary einfach zuviel Arbeit, und so griffen einige der Dinge, die sie tun mußte, auf sein Territorium über und brachten es durcheinander. In letzter Zeit hatte sie mehrmals erklärt, sie beneide ihn um sein abgeschlossenes, kreatives Reich in der Küche. Jetzt würde es nicht mehr lange dauern, und sie würde das in einer schärferen Form ausdrücken und sagen: »*Du hast gut reden.*«

Manchmal fragte sich Laurence, ob sie jemals über ihre früheren Ambitionen nachdachte. War sie traurig, daß sie nicht Ärztin geworden war? Es hatte eine Zeit gegeben, vor wenigen Jahren erst, da hätte er sie unbesorgt danach fragen können, inzwischen aber hatte er festgestellt, daß er ihre Antwort gar nicht hören wollte. Er hatte das unbestimmte, aber deutliche Gefühl, daß sie im Unterbewußtsein eine Liste der Dinge anfertigte, die sie ihm zum Vorwurf machen konnte – das Bee House, Whittingbourne, seine Rolle als Küchenchef. Und Gina: Gina, die offenbar keine gemeinsame Freundin mehr, sondern allein Laurences »Sache« war.

»Sie ist deine Freundin«, hatte Hilary kindisch gesagt.

»Unsere Freundin«, hatte er ihr entgegnet.

»Ich hab sie mir nicht ausgesucht. Du hast sie dir ausgesucht. Ich hab sie nur deinetwegen angenommen.«

Ich hab sie mir auch nicht ausgesucht, dachte Laurence und zerdrückte ein Zitronenkrautblatt zwischen den Fingern, sie ist mir einfach über den Weg gelaufen, genauso wie ich ihr. Es war eine ebenso zufällige Begegnung wie später die mit Hilary. Ich war nie in Gina verliebt, aber ich liebte sie auf den ersten Blick, mit ihren glänzenden Haaren, der klaren Haut und den ebenmäßigen Zähnen, so hübsch und appetitlich wie eine perfekte, kleine Frucht, und dann liebte ich sie, weil sie von Lebensfreude und Wissensdurst übersprudelte und ihre Phantasie zu gebrauchen wußte. Sie wollte reisen, Sprachen lernen und reisen, und ich stellte sie mir vor, wie sie, immer neugierig, immer lächelnd, eifrig Meere und Kontinente verschlang. Einmal sagte sie zu mir, sie glaube, die Bildung habe jede Menge Türen, die allen offenstünden, und jede gewähre ihre eigenen Einblicke; es liege nur an einem selbst, durch möglichst viele davon zu gehen. Dann jedoch hatte sie Fergus kennengelernt. Vielleicht hielt sie ihn für eine weitere offene Tür. Und das war er ja vielleicht in gewisser Weise auch, nur daß er sich selbst sozusagen zuschlug, sobald sie eingetreten war, und sie dadurch vollkommen aus dem Gleichgewicht brachte. Irgendwie schien er das eigene Gleichgewicht jedoch nur so lange bewahren zu können, wie sie das ihre nicht halten konnte; er war abhängig davon, daß er ihr Gleichgewicht zerstörte. Arme Gina, arme, verwirrte Gina: Immer wieder kletterte sie mühsam einen Berghang empor, nur um wieder hinabgestoßen zu werden, sobald sie sich an die oberste Kante klammerte. Und das Schlimmste war, daß Fergus das gar nicht tun wollte. Er *mußte* es ganz einfach tun; und so tat er es.

Laurence blickte auf das Blatt mit der Speisenfolge hinab. »Tapenade«, hatte er geschrieben. »Gegrillter Ziegenkäse. Salat von Jakobsmuscheln.« Über ihm, in der Empfangshalle, die wegen der unorthodoxen Ebenen im Bee House nahezu drei Meter höher lag als die Küche, schrillte und schrillte das Telefon. Dann wurde abgehoben. Von Hilary vermutlich, vielleicht auch von Don. Ein Auto fuhr am Küchenfenster vorbei zu dem kleinen Gästeparkplatz hinter dem Garten. Unter den Gästen kam es immer wieder zu richtigen Wettkämpfen um die wenigen Stellplätze, und manche kamen sogar an sonnigen Tagen extra früher von ihren Ausflügen, nur um einen davon zu ergattern. Die Hintertür ging auf, und Kevin, eine rote Baseballkappe verkehrt herum auf dem Kopf, kam mit einem aufgerollten Exemplar des Whittingbourne Evening Echo in der Hand in die Küche.

»Hallo«, sagte Laurence wenig begeistert.

»Hi«, sagte Kevin. Er knallte die Tür zu, und die Küche schrak aus ihrem Schlummer hoch. »Wir kriegen 'ne Umgehung«, berichtete er, »und 'n DIY-Supermarkt. Steht hier im Echo. Spitze, was?«

»Kann ich hier drinnen rauchen?«

»Nein«, sagte Sophy.

Sie saß, voller Konzentration über ein Blatt Papier gebeugt, in ihrem Zimmerchen im obersten Stock an ihrem Schreibtisch unter dem Dachfenster, von dem aus man den kleinen, mittelalterlichen Garten sehen konnte, den Fergus angelegt hatte. Ihre Haare fielen wie ein zerfetzter Vorhang nach vorn und verdeckten das, was sie da trieb.

»Ach, komm«, sagte Gus.

Er lag auf ihrem Bett und drückte ein grünes Plüschnilpferd an seine Brust. Das Nilpferd war ein Geschenk von Vi zu Sophys siebentem Geburtstag gewesen, Vi, die gut verstand, warum sie es sich so brennend wünschte, mit seiner rosa Filznase und den komischen, niedergeschlagenen braunweißen Filzaugen.

»Nein«, wiederholte Sophy. »Dies ist mein Zimmer, hier geschieht, was ich sage, und ich sage nein.«

Gus hatte Sophy wieder einmal Blumen mitgebracht, drei hellrote Rosen, eine kleine Wolke von Gipskraut und zwei Zweiglein mit grau-grünen Eukalyptusblättern. Er hatte sie mit großer Sorgfalt ausgesucht, und Sophy hatte sich offenbar sehr gefreut und sie in einer schwarzen Glasvase auf ihren Schreibtisch gestellt.

»Soph …«

»Hm?«

»Was machst du da?«

»Ich schreibe.«

Gus drückte seine Nase an die des Nilpferdes.

»Und was? Was schreibst du?«

Sophy drehte sich auf ihrem Stuhl herum.

»Ich schreibe ein paar von meinen Gefühlen auf.«

»Wow!« sagte Gus. »Cool.« Er setzte sich das Nilpferd auf den Bauch und stützte sich auf seine Ellbogen. »Adam hat Stoff mitgebracht. Superstoff. Von Kev gekauft.«

»Adam«, meinte Sophy schnippisch, »ist dämlich.«

»Willst du's nicht wenigstens versuchen?«

»Nein.«

Er stemmte sich ein bißchen höher.

»Hast du'n Rochus?«

»Nein«, sagte Sophy. »Jedenfalls nichts speziell deinetwegen.«

Gus grinste. Er warf das Nilpferd ein paarmal in die Luft. Es war schön, hier zu liegen, wo Sophy jede Nacht lag. Sie trug übergroße T-Shirts im Bett, das wußte er. Extra large, Männergröße. Eins davon hing hinter der Tür, dunkelgrün, mit irgendeinem weißen Aufdruck, den er nicht lesen konnte. Am liebsten hätte er gesagt, daß die Atmosphäre in High Place, seit Sophys Vater nicht mehr da war, deutlich besser geworden sei, aber er ahnte, daß eine solche Bemerkung nicht auf Begeisterung stoßen würde, und so sagte er statt dessen: »Geht's deiner Mum einigermaßen?«

Sophy wandte sich wieder ihrem Blatt Papier zu.

»Ich glaube schon. Sie will zu irgend so 'ner Psychologin gehen. Das hat dein Vater ihr geraten.«

»Ätzend«, sagte Gus und sah sich in Sophys Zimmer um. Es war weiß und blau und ziemlich vollgestopft, und doch wirkte es ordentlich und sah aus, als würde man alles, was man wollte, jederzeit und sofort finden. Aber es war auch, trotz aller Bücher, Bilder, Nippes und Kissen, irgendwie ein einsames Zimmer, ein Raum, den nur ein einziger Mensch benutzte.

»Hast du Maggie gesehen?«

»Nein«, sagte Sophy, während sie schrieb.

»Paula auch nicht?«

»Nein. Wenn keine Schule ist, sehe ich die nicht oft.«

Plötzlich schwang Gus die Beine vom Bett. »Soph«, sagte er, »du brauchst *Freunde!*«

Sophy schwieg, neigte jedoch den Kopf noch tiefer übers Papier.

»Soph ...«

»Ich kann«, antwortete sie gepreßt, »im Augenblick nicht an so was denken.«

Er stand auf, schenkte dem Nilpferd ein letztes Grinsen und warf es aufs Bett, wo es auf dem Rücken liegenblieb und seinen cremeweißen Plüschbauch zeigte.

»Ich muß weg.«

»Okay«, sagte Sophy. »Danke für die Blumen.«

»George wird bald nach Hause kommen.«

»Wirklich?«

»Ja. Schmeißt das College.«

Sophy hob den Kopf und blickte durchs Fenster.

»So machen's doch alle – oder etwa nicht? Kaum paßt ihnen was nicht, schmeißen sie den Krempel hin. Das ist …« Sie unterbrach sich. Gus stand an der Tür, befingerte ihr Nachthemd und wartete, daß sie weitersprach, aber es kam nichts mehr. Sie senkte nur wieder den Kopf und schrieb in ungeheurem Tempo weiter.

»Bis dann«, sagte Gus.

Langsam und vorsichtig stieg er die Treppe hinab. Trotz des Verkehrslärms draußen, hinter der hohen Mauer, war es im Haus sehr still, unnatürlich still. Der Treppenläufer war dick, sauber und neu, und all die weißen Türen entlang des Korridors waren geschlossen. Er hoffte nur, er würde Gina nicht begegnen, denn eine ganz normale Begrüßung – wie etwa »Hi« – schien ihm im Augenblick nicht ganz angebracht, und jeder anderen Art von Gespräch fühlte er sich einfach nicht gewachsen. Mit Sophy war das etwas anderes, denn selbst wenn sie sauer war, wollte er, a) daß sie bei ihm und b) daß sie einigermaßen fröhlich war. In dieser Reihenfolge. Aber Gina war eine Mum. Eine Mum fröhlich zu machen hielt Gus für eine unerforschliche und unlösbare Aufgabe; schwierig genug bei der eigenen, absolut unmöglich bei einer anderen. Am Fuß der Treppe blieb er stehen. Gina war im Wohnzimmer am Telefon. Durch die offene Tür konnte er sie auf einem großen Teppich auf dem Boden sitzen sehen.

Sie trug Jeans. Hilary trug fast nie Jeans. Der Umstand, daß sie drei Söhne habe, sagte sie immer, habe sie allergisch gegen Jeans gemacht.

» ... wollte mich nur bei dir bedanken«, sagte Gina. »Ich war jetzt dreimal da und fange an, sie zu mögen. Anfangs fand ich sie widerlich mitfühlend, aber jetzt weiß ich nicht so recht. Ich finde, sie ist freundlich und distanziert und sehr professionell. Und ich fühle mich tatsächlich ein bißchen weniger hilflos ...«

Gus schluckte. Dies war eindeutig die Art Gespräch, die er unter allen Umständen vermeiden mußte. Solche Gespräche hatten, solange Gina bei ihnen wohnte, ständig stattgefunden, meist in der Privatküche, die ganzen, endlosen drei Wochen lang, in denen sie, wenn sie nicht gerade redete, entweder weinte oder schlief. Wie ein Dieb drückte er sich an der Wand entlang zur Küchentür, schlich sich hinaus und floh.

Es regnete, als Hilary den Parkplatz des Cash-and-Carry erreichte, ein warmer, schwerer Sommerregen, der den Asphalt rutschig machte. Mit einem geschickten kleinen Manöver schnappte sie einem Mann im Lieferwagen den letzten Parkplatz vor der Ausgangstür vor der Nase weg und schaltete für kurze Zeit das Radio auf volle Lautstärke, um seinen wütenden Wortschwall nicht hören zu müssen. Vermutlich wäre sie an seiner Stelle genauso wütend gewesen, aber nur, wenn sie ein Mann gewesen wäre. Bei allem, was mit dem Autofahren zu tun hatte, waren die Männer erstaunlich irrational; Autos machten sie wieder zu Höhlenmenschen: nichts als Gebrüll, Geknüppele und Angeberei. Sie stieg aus, schloß energisch den Wagen ab und winkte dem Lieferwagenfahrer freundlich lächelnd zu.

Im Grunde gefielen Hilary diese Fahrten zum Cash-and-Carry. Nicht nur, weil die Waren hier, so nutzenorientiert das Angebot auch sein mochte, anständig und handlich verpackt waren, sondern vor allem, weil sie dadurch für eine Weile den Hotelbetrieb hinter sich lassen konnte, ohne ihre Pflichten zu vernachlässigen. Ihre Schwester Vanessa hatte sie einmal begleitet und war erstaunt gewesen über die Welt, die sich ihr dort auftat, eine Welt voller Riesendosen Baked Beans, gigantischer Rollen Küchenkrepp, Seifenpulverkartons, so groß wie Pflasterplatten, und Schinkenscheiben in Packungen, die jeweils ein ganzes Schwein zu enthalten schienen. Wie Hilarys gesamte Familie, so hatte sich auch Vanessa wieder einmal darüber gewundert, daß dies das Leben war, das Hilary wollte. Laurence war ein lieber Kerl, das fanden sie alle, aber nicht gerade ein Überflieger. Und was wurde aus Hilarys Intellekt? Und ihrer Ausbildung? In den Augen ihrer Familie war eine verschwendete akademische Ausbildung eine Sünde, so schwarz, daß man gar nicht darüber nachdenken mochte.

Hilary steckte ihre Mitgliedskarte in den Schlitz neben dem Eingang und schob sich durchs Drehkreuz. Aus den Lautsprechern kam Musik, jene Art leiser, einschmeichelnder und austauschbarer Musik, die angeblich dazu führte, daß man Einkaufen für den Haushalt nicht mehr als immer wiederkehrende Belastung empfand, sondern als eine angenehme Beschäftigung, die ihren ganz eigenen Glanz hatte. Vor ihr erstreckten sich die neonbeleuchteten Gänge des Kaufhauses, die so hoch wirkten wie Kathedralen und Käufer wie Waren winzig erscheinen ließen. Gewaltige Gabelstapler holten Packen und Ballen so behutsam von den Stahlregalen, daß sie beinahe wie Giraffen wirkten, die die obersten Blätter von den Bäumen zupften.

Hilary hatte keine Liste. Nach beinahe zwanzig Jahren brauchte sie keine mehr, denn das Verzeichnis der benötigten Dinge lag abrufbereit in ihrem Gedächtnis wie eine Karte im Karteikasten. Wie sie sich erinnerte, war Vanessa davon beeindruckt gewesen und hatte gesagt, sie wün-

sche sich, daß sie sich die Einzelheiten der Krankenge-
schichten ihrer Patienten so genau merken könnte, und
dann war eine kleine Pause entstanden, in der beide Frau-
en über den Unterschied ihrer beider Lebensumstände
nachdachten, Vanessa mit ihrer geordneten Praxis und
der erträglichen Arbeitszeit, Hilary mit ihren niemals
endenden Verpflichtungen in einem Gewerbe, in dem Vanessa keinen Beruf, sondern nur eine Beschäftigung zu sehen vermochte. Am Abend zuvor hatte Hilary mit Vanessa gesprochen – ohne besonderen Grund, sondern nur,
weil sie ganz plötzlich Lust dazu gehabt hatte, und das
kam nicht sehr oft vor.

Vanessa war mit einem Anwalt verheiratet und hatte
zwei ehrgeizige Töchter, die eine Zahnärztin, die andere
in der Ausbildung zur Wirtschaftsprüferin. Die Zahnärztin war verheiratet, aber die angehende Wirtschaftsprüferin lebte noch zu Hause. Sie war am Telefon, als Hilary
anrief.

»Ach, Tante Hilary! Wie geht's dir? Na ja, ganz gut, bis
auf die bevorstehenden Prüfungen. Wenn ich die nicht
schaffe, häng ich mich auf, das schwöre ich dir. Nein, sie
ist da, löst Kreuzworträtsel. Du störst überhaupt nicht.
Aber sicher. Ich geh sie holen.«

»Hilary«, sagte Vanessa, als sie den Hörer übernahm,
»ich dulde nicht, daß man mich diffamiert. Ich habe keineswegs Kreuzworträtsel gelöst, sondern einen höchst
energischen Brief an den *Telegraph* aufgesetzt. Über die
Probleme mit der Krankenkasse. Was kann ich für dich
tun?«

»Ich weiß nicht recht«, antwortete Hilary. Sie stellte
sich die Schwester vor, wie sie in ihrem luxuriösen Put-
ney-Wohnzimmer mit seinen Vogeldrucken und den tiefen Lehnsesseln saß. »Ich glaube, ich muß bloß mal ein
paar Klagen loswerden.«

»Aha!« sagte Vanessa. »Irgend etwas Spezielles?«

Flüchtig fragte sich Hilary, ob der Anruf bei Vanessa

angesichts von Vanessas ausgeprägt pragmatischer Einstellung nicht doch eine Dummheit gewesen war. Aber schließlich war Vanessa ihre Schwester, und im Moment gab es keinen anderen Menschen, dem sie all die Dinge, die ihr auf dem Herzen lagen, anvertrauen konnte; und Hilary spürte ganz deutlich, daß sie endlich einmal ausgesprochen werden mußten.

»Na schön. Sitzt du bequem?«

»Nein«, sagte Vanessa. »Warte eine Sekunde. So. Schieß los.«

»Das Hotel ist voll belegt, und das nun seit fünf Wochen. Die Probleme mit dem Personal sind fast unlösbar. George hat beschlossen, daß wir recht hatten, als wir ihm rieten, nicht ins Hotelmanagement zu gehen, und gibt sein Studium nach einem Jahr auf. Adam hat keinerlei Anstalten gemacht, sich einen Sommerjob zu suchen, und macht mich verrückt. Und auch der Umgang, den er hat, gefällt mir nicht. Gus ist vierzehn und kann nichts dafür, aber er scheint die Probleme mit Adam noch zu verschlimmern. Laurence lehnt es ab, irgend etwas in irgendeiner Hinsicht zu unternehmen, und will nur kochen, und Fergus hat Gina verlassen, die wir jetzt drei Wochen lang auf dem Hals hatten, bis ich in die Luft gegangen bin und gesagt habe, daß sie endlich verschwinden und ihr eigenes Leben leben muß, statt das unsere.«

»Großer Gott!« sagte Vanessa. »Warum ist er denn fort? Ich dachte, die beiden führten eine perfekte Ehe.«

»Ganz abscheulich hat er sich benommen. Sie habe sich verändert – so sehr, daß er sie nicht mehr ausstehen könne, hat er gesagt. Sie ist am Boden zerstört, und das Schlimme ist, daß sie mir furchtbar leid tut, ich sie aber gleichzeitig keine einzige Minute länger ertragen kann.«

»Ich verstehe«, sagte Vanessa. »Gibt es keine anderen Freunde, die ihr helfen könnten?«

»Kaum. Keine, die ihr so nahestehen. Ich weiß nicht, warum. Im Hotelgeschäft kannst du die Hoffnung aufgeben, Freunde zu gewinnen; man hat keine Zeit und scheint die Menschen auch nicht auf die richtige Art und Weise kennenzulernen. Außerdem waren Gina und Fergus nicht jedermanns Sache; immer mußten sie coram publico streiten, und ihr Haus war ihnen zu kostbar, um Raucher oder Trinker darin zu bewirten. Ach, ich glaube, ich bin einfach übermüdet.«

»Ja«, sagte Vanessa. »So hört es sich an. Und Laurence?«

»Das sagte ich schon. Bleibt in der Küche. Ehrlich gesagt bringt mich das auf die Palme.«

Eine kleine Pause entstand. Hilary erwartete, daß Vanessa sie als ältere Schwester daran erinnern würde, daß sie, Hilary, von klein auf ungeduldig gewesen und immer sofort in die Luft gegangen sei, und machte sich schon auf die Aufzählung von allen möglichen Beispielen für ihr Verhalten an Familienfeiertagen und Familienweihnachtsfesten gefaßt. Statt dessen sagte Vanessa überraschenderweise:

»Ein bißchen vernünftige Abneigung hier und da, Hil, tut der wahren Liebe keinen Abbruch, weißt du.«

»Wie bitte?«

»Du hast eine schlechte Phase. Laurence reagiert so, und du ganz anders. Das ist alles. Möglicherweise ist er jetzt auch nicht besonders wild nach dir.«

»Himmel«, sagte Hilary, »redest du so auch mit deinen Fußballern?«

»Nein, mit denen rede ich über ihre Knie. Für die sind die Knie der Mittelpunkt der Welt. Du hast einen anderen Mittelpunkt. Armer, alter George.«

»Ich weiß.«

»Macht Adam wirklich schlimme Dummheiten? Drogen?«

»Er fühlt sich davon angezogen, glaube ich.«

»Mach dem ein Ende«, sagte Vanessa. »Aber energisch.«

Hilary packte den Hörer fester, seufzte und atmete tief.

»Immer kommt so vieles auf einmal, findest du nicht? Zuviel für einen einzelnen Menschen.«

»So ist das Leben, Hil. Wenn ich etwas für Adam tun kann, laß es mich wissen. Ich kenn mich da ein bißchen aus, ich sitze in einem der zuständigen Ausschüsse. Man darf es nicht zu weit kommen lassen, das ist der springende Punkt.«

Hilary dachte an die beiden weißen, in Alufolie gewickelten Tabletten, die sie beim Wäschesortieren in der Tasche von Adams Jeans gefunden hatte. Als sie ihn zur Rede stellte, hatte er gesagt, das sei nichts, nur ein paar Party Popper, so richtig was Hartes hätte er niemals genommen, Ehrenwort.

»Wieviel hast du dafür bezahlt?«

»Nicht viel«, antwortete er, während er sie unverwandt ansah, aber sie hatte eine beträchtliche Nervenanspannung an ihm bemerkt, als er die Tabletten unter ihrer Aufsicht in die Toilette spülte.

»Du bist ein unglaublicher Dummkopf«, hatte Hilary gesagt. »Ein dämlicher, kindischer, verdammter *Dummkopf.* Und das einzige, was dich jetzt rettet, ist mein leiser Verdacht, daß du *wolltest,* daß ich dich ertappe und dich wieder vom Haken lasse. Nun gut, vom gesetzlichen Haken magst du jetzt frei sein, aber von *meinem* noch lange nicht.«

»Danke«, sagte sie zu Vanessa. »Vielen Dank. Ich halte dich auf dem laufenden. Und danke fürs Zuhören.«

Wieder war eine kleine Pause eingetreten, und zum zweitenmal hatte Hilary auf die Bemerkung gewartet, daß keines dieser Probleme überhaupt aufgetreten wäre, wenn Hilary von Anfang an die richtigen Prioritäten gesetzt hätte. Aber Vanessa sagte nur: »Du kannst mich jederzeit anrufen, Hil. Um sechs Uhr abends bin ich gewöhnlich zu Hause, außer donnerstags.«

Das war das einzige Mal, überlegte Hilary, während sie

einen vakuumverpackten Karton Haushaltsreiniger in ihren Einkaufswagen stellte, daß Vanessa so etwas Ähnliches wie Zuneigung gezeigt hatte. Ihre Schwester war nie besonders liebevoll mit ihr umgegangen, weder als Kind noch als Jugendliche; niemals hatte es einen Austausch von Kleidungsstücken oder Experimente mit Haarfärbemitteln im Badezimmer gegeben. Was andere Leute betraf, so war sie immer sehr gewissenhaft, vergaß niemals Geburtstage, Krankenhausbesuche oder Glückwunschkarten zum bestandenen Examen, wollte aber auch nie, daß man sich dafür bedankte. Vor langer Zeit hatten Laurence und Hilary einmal, vor Lachen beinahe erstickend, Spekulationen über Vanessas Sexleben mit ihrem Ehemann Max, dem Anwalt, angestellt, der in seiner Freizeit Fuchsien züchtete und ein fanatischer Sammler von Landkarten war. Trieben die beiden es überhaupt miteinander? Und wenn, wie schafften sie das mit einem Minimum an Berührung? Indem sie einen Stuhl benutzten? Oder eine Stehleiter? Oder ein Trapez? Einige der Vermutungen waren ziemlich grotesk gewesen, erinnerte sich Hilary, während sie Alufolie und ein Riesenpaket Gästeseife neben den Haushaltsreiniger legte, und sie hatten sich krank gelacht. Ein bißchen bedrückend, jetzt, die Erinnerung an all das fröhliche Gelächter.

Sie schob ihren Wagen den Gang entlang bis zu den Papiertüchern und dem Toilettenpapier. Sie hätte Adam mitnehmen sollen, damit er ihr tragen half, doch als sie losfuhr, mähte er gerade den Rasen, während Gus die Rasenkanten mit der Heckenschere stutzte. Sie hatte sich einverstanden erklärt, Gus zwei und Adam zweieinhalb Pfund zu bezahlen. War es Wahnsinn, Adam überhaupt noch Geld zu geben, oder würde er, wenn sie es nicht tat, wieder versuchen, es sich durch ungesetzliche Mittel zu beschaffen? Sie seufzte. Es gab kein weißes Toilettenpapier, nur pastellfarbenes in Tönen, die an Fruchtjoghurt erinnerten. Das Grün war wohl noch am erträglichsten, achtundvierzig Rollen in zwei Paketen. Und außerdem muß ich was wegen Sophy tun, dachte Hilary. Ich hab ihr für diesen Sommer einen Job versprochen, und dann hat ihr verdammter Vater all diesen Sand ins Getriebe geworfen, und ich hab's tatsächlich glatt vergessen. Arme Sophy, muß in diesem Haus rumhängen, während Gina entweder Trübsal bläst oder zu ihrer Therapeutin rennt. Sie könnte Geschirr spülen und ein bißchen beim Zimmermachen helfen, ich nehme an, es ist ihr egal, was sie tut. Arme Sophy, sagte Hilary abermals halblaut und war auf einmal dankbar dafür, daß Adam so robust war. Arme, kleine Sophy. Eigentlich sehr lieb, und ein sehr nettes Mädchen, aber so kraftlos! Sie reckte sich und holte eine Riesenpackung Scheuerschwämme herunter. Es hatte wirklich keinen Sinn, von Sophy jemals irgend etwas Außergewöhnliches zu erwarten.

»Schon gut, meine Liebe«, sagte Dan. »Ich bin bloß ein bißchen müde.«

Vi stellte den knallblauen Krug mit den orangefarbenen Gladiolen auf den Beistelltisch im Wohnzimmer. »Wieso eigentlich? Du hast doch den ganzen Vormittag nichts getan.«

Er saß in einem seiner mit Chintz bezogenen Sessel und hatte die Tageszeitung sauber gefaltet auf seinen Knien liegen.

»Es ist die Hitze. Scheint mir einfach zu schaffen zu machen.«

»Hast du Schmerzen?« fragte Vi und musterte ihn eingehend. »Hast du Schmerzen, von denen du mir nichts gesagt hast?«

Lächelnd schüttelte er den Kopf. »Keine Schmerzen.«

»Ich könnte dir 'n Happen zu essen bringen. Bißchen Auflauf und etwas Salat …«

Wieder schüttelte er den Kopf.

»Nein danke, Vi. Es ist die Hitze. Mir schmeckt jetzt nichts außer Limonade. Was macht Sophy?«

Vi setzte sich ihm gegenüber. Sie trug ein mit dicken Blumen in Grün und Gelb gemustertes Sommerkleid und begann den Rock über ihren Knien zu falten.

»Redet nicht.«

»Liebe Zeit!«

»Ich will ja nicht ständig darüber sprechen, aber ich wünschte, sie würde wenigstens ein bißchen reden. Über ihren Vater. Ich meine, was man auch über ihn sagen kann, er ist ihr Dad, und verdammt noch mal, er ist nicht tot!«

»Hat er sich bei ihr gemeldet?« fragte Dan und entfaltete die Zeitung, nur um sie sofort wieder genauso zusammenzulegen wie vorher.

»Gina sagt, er ruft alle paar Tage an, aber Sophy will nicht mit ihm sprechen. Sie will ihm einen Brief schreiben, sagt sie.« Vi schnaufte verächtlich. »Briefe! Wenn du mich fragst, bringen Briefe nur Probleme; was man in einem Brief schreibt, kann man nie wieder zurücknehmen.«

»Als ich noch bei der Handelsmarine war«, sagte Dan, »hab ich nur für Briefe von Pam gelebt. Aber ich hab sie auch gefürchtet, weil sie ihre Gefühle nie besonders gut ausdrücken konnte, meine Pam, und manchmal war mir nach einem Brief viel elender zumute als ganz ohne Brief. Weil ich dachte, sie hätte was zu verbergen oder verschweige mir irgendwas.«

»Das hätte ich nie getan«, sagte Vi. »Ich hätte dir alles sofort gesagt.«

Dan streckte die Hand nach ihr aus. Sie war eiskalt.

»Ich weiß. Ich weiß. Aber du bist ein völlig anderer Mensch. Gott sei Dank!«

»Du frierst«, stellte Vi fest und ließ seine Hand los.

»Nein …«

»Komm, wir gehen raus, in die Sonne. Wir setzen dich in einen Sessel, und ich hole meine Näharbeit.«

»Danke, meine Liebe, aber hier geht's mir besser«, sagte Dan. »Es ist das Licht. Es ist für mich heute ein bißchen zu hell. Und außerdem friere ich nicht. Wenn du bei mir bist, friere ich nie.«

Sie betrachtete ihn, wie er dasaß: ordentlich gekleidet mit hellgrünem Hemd, Krawatte mit Paisleymuster und einem rehbraunen, ärmellosen Pullover.

»Falls dir etwas zustößt …«

»Wird es nicht«, sagte Dan. »Wir alten Matrosen sind zäh wie alte Stiefel. Mit Salzwasser gegerbt. Hast du jemals erlebt, daß ich krank war?«

»Einmal ist immer das erste Mal. Hast du letzte Nacht gut geschlafen?«

»Ganz hervorragend«, sagte Dan ein wenig zu forsch.
»Aber danach hast du dich schon erkundigt. Als du mir
den Tee brachtest.«

Vi kicherte.

»Gefällt dir mein neues Nachthemd?«

Er lächelte.

»Bißchen knallig ...«

Es war fuchsienrot gewesen, mit weißer Spitze um die
Schultern; ein überraschender Anblick unter ihrem Regenmantel.

»Ach du – du und dein knallig! Wenn's nicht beige ist,
setzt du dir gleich die Sonnenbrille auf.«

»Ich liebe dich«, sagte er.

Sie war plötzlich ganz still. Er beugte sich ein wenig
vor.

»Ich habe noch nie einen Menschen so geliebt wie dich.
Wußte nicht mal, daß ich das konnte.«

Sie fühlte Tränen aufsteigen. Rasch fingerte sie, ein Papiertaschentuch suchend, in ihrem Kleiderärmel herum.

»Ach, Dan ...«

»Du hast mein Leben verändert«, sagte er. »Sonne hin-
eingebracht. Ehrlich.«

Energisch schneuzte sie sich die Nase.

»Und wie ist es mit dir?«

Sie schneuzte sich noch einmal.

»Genauso«, antwortete sie heiser flüsternd. »Genauso.«

»Na, so was!« sagte er. »Wir alten Knacker.« Mit einem
Lächeln sah er sie an.

»Ist doch egal ...«

»Ja, natürlich. Holst du uns jetzt was von dieser Limonade?«

Ein wenig mühsam stand sie auf.

»Ich hole meine Näharbeit.«

Er sah zu ihr auf; sein Blick war sehr sanft.

»Welche Näharbeit?« Er war über alles im Bild, woran
sie arbeitete.

»Den Kaminschirm. Die Collage. Du weißt schon. Mit der Eule und dem Kätzchen.«

Voller Zufriedenheit sah er sie abermals lächelnd an.

»Du und ich, meine Liebe«, sagte er. »Du und ich …«

Der Mann vom Immobilienbüro sagte, er werde sich beeilen, aber er müsse alles vermessen, das werde Mrs. Bedford doch sicher einsehen. Dabei hielt er ihr einen dünnen Aktendeckel vor die Nase. »Ich habe meine Anweisungen.«

»Von Mr. Bedford?«

»Ja.«

»Es wäre *wirklich* sehr nett gewesen«, sagte Gina, wohl wissend, daß das unfair war, »wenn Mr. Bedford den Anstand besessen hätte, Ihnen diese Anweisungen durch mich zukommen zu lassen, nicht wahr?«

Der Mann schwieg. Er trug einen blauen Anzug und dazu eine Krawatte mit winzigen Pinguinen. Er schien äußerst verlegen zu sein. Schließlich war es nicht seine Schuld, daß Fergus, nachdem er nur ein einziges Mal beiläufig erwähnt hatte, daß er das Haus zum Verkauf zu stellen gedenke, so rücksichtslos gewesen war, ohne ein weiteres Wort zur Tat zu schreiten.

»Verzeihung«, sagte Gina. »Sie können nichts dafür.«

»Eigentlich nicht«, antwortete der Mann.

»Möchten Sie Kaffee?«

»Wenn's keine Mühe macht.«

Gina ging mit ihm in die Küche. Er sah sich um. Sie spürte seine Bewunderung.

»Die Schränke sind aus Rüster«, erklärte sie. »Und der Tisch aus Birke, gebaut von einem Schüler Ernest Gimsons.«

Der Mann notierte: »Intakter Kochherd, Anschluß für Geschirrspüler, Dimmschalter.«

»Und der Fußboden ist aus Bath-Steinen, gewachst. Mein Mann hat sie in einem Abbruchhaus gefunden.«

»Westliche Wand«, schrieb der Mann, »Einbauschränke mit Regalen. Tür zum Garten.«

»Wollen Sie überhaupt nichts darüber sagen«, fragte Gina, während sie die Kaffeemaschine aus dem Schrank holte, wieder zurückstellte und statt dessen ein Glas Instantkaffee herausnahm, »wie perfekt dieses Haus restauriert worden ist? Denn ungeachtet meiner persönlichen Gefühle ist es das wirklich.«

»Selbstverständlich werden wir betonen, daß es sich um eine hervorragend erhaltene, wertvolle Immobilie im Stil der Zeit handelt«, sagte der Mann.

Während sie Kaffeepulver in die Becher löffelte, empfand Gina eine schreckliche Genugtuung darüber, daß High Place, nachdem Fergus es mit so großer Begeisterung instand gesetzt hatte, mit derartigen Ausdrücken beschrieben wurde. Irgendwie war das ein kleiner, wenn auch unschöner Beweis dafür, daß Fergus falsche Prioritäten gesetzt hatte, daß kein Haus die Hingabe und Aufmerksamkeit verdiente, die eigentlich Menschen zustand. Sie fragte sich, ob er seinem neuen Haus, seinem neuen *Londoner* Haus, das gleiche liebevolle, konzentrierte Interesse widmete. Wie er sagte, hatte er das Haus mit einem Geschäftsdarlehen, einer großen Hypothek, erworben. Sobald High Place verkauft war, würden sie den Erlös genauso ehrlich teilen, wie sie die Einrichtung geteilt hatten.

»Geh bloß nicht zum Rechtsanwalt«, hatte Fergus sie am Telefon gewarnt, »fang gar nicht erst damit an. Anwälte sind lästig und teuer.«

»Aber warum nicht?«

»Weil es überflüssig ist.«

»Ach ja?« hatte sie mit ziemlich lauter Stimme gefragt, »meinst du wirklich? Willst du dich denn nicht scheiden lassen?«

»Nein«, hatte er gesagt, und noch einmal: »Weil es überflüssig ist. Nicht wahr? Jedenfalls solange du nicht wieder heiraten willst.«

»Und du?« schrie sie. »Und du?«

»Oh, ich werde nicht wieder heiraten«, hatte Fergus nachdrücklich gesagt. »Ich nicht. Wie dem auch sei, eine Scheidung würde nur Sophy noch mehr durcheinanderbringen.«

Da hatte sie den Hörer auf die Gabel knallen wollen, sie aber verfehlt, so daß er an seiner Spiralkordel mit klapperndem Geräusch zu Boden fiel, während Fergus' Stimme aus der Hörmuschel ohne große Dringlichkeit nach ihr rief. Es war unerträglich, er schien sie vollkommen im Griff zu haben, sie war gefangen wie eine Fliege im Spinnennetz, ohne daß sie irgendeine Möglichkeit hatte, sich zu wehren.

»Da«, sagte Gina und reichte dem Mann den Kaffeebecher. »Ich werde Ihnen das Haus zeigen.«

Ganz oben, vor Sophys Zimmertür, hielt sie inne.

»Das ist das Zimmer meiner Tochter.«

Der Mann rollte sein stählernes Maßband aus und nickte. Leise klopfte Gina an.

»Soph?«

»Ja«, antwortete Sophy.

»Dürfen wir reinkommen?«

Die Tür ging auf. Sophy, den Walkman-Kopfhörer wie ein Haarband aufgesetzt, fragte: »Was willst du?«

»Das ist Mr. …«

»Ellis«, ergänzte der Mann. »Mr. Ellis von Barton and Noakes. Immobilienbüro.«

Sophy schwieg. Sie kehrte beiden den Rücken zu und starrte zum Fenster hinaus auf den hohen grauen Himmel.

»Bezauberndes Zimmer«, sagte Mr. Ellis bemüht.

»Ja«, bestätigte Gina.

Sophy schwieg. Sie trug eins ihrer weiten, durchsichtigen indischen Tunika-Hemden über den Jeans, so daß vor dem Licht vom Fenster ihre schmale Silhouette durchschien.

»Mr. Ellis muß es ausmessen, Liebling«, sagte Gina.

Sophy zuckte die Achseln. Sie beugte sich über ihren Tisch und zog demonstrativ eine Zeitschrift heran, um ein Blatt Papier darunter zu verstecken, das, wie Gina sehen konnte, dicht mit ihrer Handschrift bedeckt war.

»Doppelaussicht«, konstatierte Mr. Ellis. »Sehr hübsch.«

»Sophy …«

»Ja?«

»Wenn … Wenn wir das Haus verkauft haben, können wir gemeinsam losziehen und uns ein anderes aussuchen. Dort könntest du vielleicht sogar ein ganzes Stockwerk für dich haben, nicht nur ein Zimmer.«

»Entschuldigen Sie«, sagte Mr. Ellis und schob sein Maßband bis an die Wand. »Danke. Zwölf Fuß, zehn Zoll.«

Ohne sich umzudrehen, sagte Sophy: »Im Augenblick fällt's mir noch ziemlich schwer, mich für ein anderes Haus zu begeistern.«

Diana Taylor hatte zu Gina gesagt: »Versuchen Sie nicht, das Feuer Ihrer Ressentiments noch zu schüren. Das ist ein so negativer Ansatz. Setzen Sie Ihre Energie lieber für positive Dinge ein, Dinge, die Sie vorwärtsbringen.«

Leichter gesagt, als getan. Ein wenig zu hastig sagte Gina: »Ist schließlich nicht meine Schuld, daß wir das tun müssen.«

Sophy fuhr herum. Wütend funkelte sie Gina an, riß sich den Kopfhörer herunter und schleuderte ihn aufs Bett. Dann stürmte sie an dem knieenden Mr. Ellis und Gina vorbei zum Zimmer hinaus und knallte die Tür zu. Betont langsam holte Mr. Ellis sein Maßband ein.

»Tut mir leid«, sagte er.

Gina sah ihn an. Zwei-, dreiunddreißig vielleicht, knochig, schlechte Haut, unvorteilhafter Haarschnitt, der unversehens durcheinandergeraten war, während er auftragsgemäß ein Zimmer auszumessen versuchte.

»Mir auch«, sagte sie, »ehrlich.«

Als Mr. Ellis gegangen war – »Ich muß natürlich mit meinen Kollegen sprechen, aber ich denke, wir können einen Preis von zweihundertfünfzehntausend Pfund verlangen« –, ging Gina ins Wohnzimmer und setzte sich ans Klavier. Sie hatte seit Wochen keine Taste mehr angerührt, ja, nicht einmal daran gedacht. In den Sommerferien gab es ohnehin kaum Schüler, und den wenigen, die in den letzten Wochen anriefen, hatte sie wahrheitswidrig erklärt, sie werde in Urlaub fahren. Sie spielte ein paar Takte einer Mozart-Phantasie, ein Stück, das bei Prüfern sehr beliebt war, vermochte aber kein Gefühl hineinzulegen. Im Moment konnte sie nicht verstehen, wie sie sich jemals für die Musik oder für die Kinder hatte interessieren können, jene Kinder, die sie bis zum Alter von dreizehn Jahren so weit zu bringen versuchte, daß sie gar nicht mehr aufhören *wollten*. »Ich möchte«, sagte sie zu ihren Schülern, »daß ihr mit zehn Jahren eine solide Grundlage habt. Okay? Dann werdet ihr mit einundzwanzig ganze Beethovensonaten spielen.«

Seufzend nahm sie die Hände von den Tasten, überwältigt von einer Woge der Sehnsucht nach jenen Tagen, als sie Klavierstunden gab, während Sophy in der Schule und Fergus bei Versteigerungen war und die Zutaten für das Abendessen im Kühlschrank lagen ...

»Seien Sie vorsichtig«, hatte Diana Taylor gesagt. »Seien Sie ehrlich hinsichtlich der Vergangenheit. Verherrlichen Sie die Dinge nicht, nur weil sie vergangen sind. Sonst machen Sie sich kaputt vor Kummer. Und Sehnsucht. Sehnsucht ist tödlich.«

»Darf ich reinkommen?« fragte Laurence.

Gina wandte sich um. In Baumwollhose und einem am Hals offenen Hemd stand er, die Ärmel aufgekrempelt, mit einer Schüssel in der einen Hand an der Tür zur Küche.

»Ich hab dir was mitgebracht.«

»Laurence!«

Sie sprang vom Klavierhocker hoch und lief hinüber, um ihm einen Kuß zu geben.

»Chinesische Pfannkuchen«, sagte er. »Rein vegetarisch, damit Sophy auch davon essen kann.« Er musterte sie. »Wie geht's dir?«

Sie nahm die Schüssel und spähte unter die Abdeckung aus Alufolie. Sechs kleine, helle, halbmondförmige Pfannkuchen lagen in einem Teich aus schimmernder brauner Sauce.

»Wie lieb von dir!«

»Halb so wild. Ich dachte mir, daß du so was vielleicht lieber hättest als Blumen. Wenn ich mich recht erinnere, hast du gesagt, du fändest Blumen in der falschen Situation schlicht makaber.«

Lächelnd blickte sie zu ihm auf. »Hab ich das gesagt? Ich hatte recht. Hmm, das sieht ja köstlich aus.«

»Und du siehst ein bißchen besser aus.«

»Mir geht's, glaube ich, auch besser.«

»Um das herauszufinden, bin ich eigentlich gekommen.«

Gina ging an ihm vorbei in die Küche und stellte die Schüssel in den Kühlschrank.

»Komm mit in den Garten. Im Haus halte ich's nicht mehr aus. Gerade war ein Immobilienmakler hier, um alles auszumessen. Furchtbar deprimierend war das. Sophy ist einfach verschwunden.«

»Ich weiß. Sie ist im Bee House.«

An der Tür wandte sich Gina um.

»Ach ja?«

»Ja. Hilary will ihr einen Job geben. Wollte sie schon lange, aber irgendwie ist ihr in diesem Sommer alles zu viel geworden. Vor Schulbeginn kann Sophy noch einen Monat arbeiten.«

Gina stieg die beiden flachen Stufen zum Kamillenrasen hinauf.

»Davon hat Sophy mir nie was gesagt.«

»Wirklich nicht? Hast du was dagegen?«

»Ich weiß nicht recht. Unser Zusammenleben ist so merkwürdig geworden, so stumm und problematisch. Sie gibt mir die Schuld, weißt du? Daran, daß Fergus fort ist. Wenn ich nur eine Bemerkung oder eine einzige Träne zurückgehalten hätte, wäre er geblieben, glaubt sie. Aber ich hab ihn aus dem Haus getrieben.«

Laurence setzte sich auf die mittelalterliche Holzbank. »Die Bank werde ich nicht mitnehmen«, hatte Fergus gesagt, als bringe er ein großes Opfer. »Ich würde ja gern, aber sie ist für diesen Garten gemacht, und deswegen muß sie hierbleiben. Sieh zu, daß du einen anständigen Preis dafür bekommst.«

»Die beiden sollten einander sehen, Gina. Einander daran erinnern, wer sie wirklich sind, damit sie sich nicht immer mehr gegenseitig idealisieren.«

»Darüber kann ich nicht mit ihr sprechen. Sie will über gar nichts sprechen, höchstens darüber, welche Suppe es zum Essen gibt. Und ehrlich gesagt, ich kann den Gedanken nicht ertragen, daß sie ihn besucht, daß sie bei ihm ist und – für welch kurze Zeit auch immer – mit ihm zusammen lebt, ohne daß ich daran teilhaben kann.« Sie setzte sich zu Laurence und sagte mit plötzlich aufwallendem Gefühl: »Es tut so *gut*, dich hierzuhaben!«

Sehr behutsam sagte er: »Ich wollte dir nicht weh tun, weißt du. Als ich dich aus dem Bee House rausgeschmissen habe. Es war nur ein etwas schiefgelaufener Versuch, dich zu deinem Glück zu zwingen.«

»Du hast mir nicht weh getan. Anfangs war ich furchtbar wütend auf dich, aber jetzt nicht mehr. Und du hattest vollkommen recht. Ich geh jetzt zu einer Frau, die Mum als Psycho-Tussi bezeichnet. Ich hab's dir ja schon am Telefon gesagt. Sie ist gut.«

Er beugte sich vor und stützte die Ellbogen auf die Knie.

»Erzähl mir von ihr.«

»Ach, etwa Mitte vierzig, rötliches Lockenhaar, schlichte, nichtssagende graublaue Kleidung, aber innen ist sie ganz anders. Ziemlich cool, sehr distanziert. Freundlich wie eine Lehrerin oder eine Krankenschwester, nicht wie eine Freundin.« Sie grinste. »Das Reden macht Spaß.«

Er erwiderte ihr Grinsen über die Schulter hinweg.

»Kann ich mir vorstellen.«

»Und wenn ich will, kann ich furchtbar unhöflich sein.«

»Paßt ebenfalls ins Bild.«

Sie versetzte ihm einen Rippenstoß.

»Du bist ein Mistkerl!«

»Ein Mistkerl, der dich schon sehr lange kennt. Und der zutiefst erleichtert ist, endlich wieder einen Schimmer von Humor zu entdecken. Du hast ausgesehen, als hätte dir einer eine Ohrfeige verpaßt.«

Sie senkte den Kopf. Er musterte sie aufmerksam.

»Gina.«

»Hm.«

»Willst du ihn noch immer zurückhaben?«

Eine Pause entstand. Sie faltete ihre Hände, löste sie wieder voneinander und versenkte sie in den Taschen ihrer Baumwolljacke. Sehr vorsichtig, als seien es Worte, die niedergeschrieben und möglicherweise gegen sie verwendet werden könnten, antwortete sie: »Nicht mehr so sehr. Wie anfangs.«

Laurence brummte. Dann stand er auf.

»Zurück an den Herd. Vierzehn Gedecke gestern abend, die Hausgäste nicht mitgezählt.«

»Was macht Hilary?«

Laurence runzelte die Stirn. »Hat alles satt.«

»Ich fürchte«, sagte Gina und erhob sich ebenfalls, »ich hab sie ganz schön gepiesackt.«

»Hast du nicht. Oder sagen wir, wenn du das getan hast, dann bist du nicht die einzige. Sie hat Adam mit ein paar Ecstasy-Tabletten erwischt und gleich darauf unter Gus' Matratze zwanzig Marlboro gefunden.«

»›Her mit dem National Service‹, würde Mum sagen.«

Laurence lächelte.

»Im Augenblick würde ihr Hilary darin von Herzen beipflichten.« Er beugte sich zu ihr herab und küßte sie auf die Wange. Sie duftete wie immer, frisch und nach Zitrone. Hilary duftete warm und dunkel, nach Gewürzen. »Paß auf dich auf. Ich werde bald wiederkommen mit weiteren Gerichten, die ein gebrochenes Herz heilen können. Schau doch bei uns rein, wenn du vorbeikommst.«

Gina zögerte. Sie sah Hilary vor sich, wie sie sich, seufzend vor Erleichterung darüber, daß sie fortging, über den Wäschekorb gebeugt hatte.

»Wenn ihr mal weniger zu tun habt …«

»Aber nein, jederzeit …«

Sie lächelten einander an.

»Sonst hast du immer gesagt: ›He, schieb ab! ‹«

»Na schön: schieb ab!«

Er ging über den kleinen Rasen, stieg die Stufen zu dem breiten Plattenweg hinab, der ums Haus herumführte, und steuerte auf das Tor zur Straße zu. Als er dort war, wandte er sich um und blies Gina eine Kußhand zu, bevor er den Riegel öffnete und verschwand.

Am Freitagnachmittag gab es auf dem Woodborough Market nur zwei Kleiderverkaufsstände; der Tag für Kleider war der Montag. Dann flatterten in langen Reihen weiche, knallbunte Trainingsanzüge und T-Shirts an den Stangen der vielen Stände, darunter weiße Pappkartons mit Turnschuhen, made in Asia, die nach Gummi stanken. Freitag war Lebensmitteltag, mit einem Käsestand, einem Fischstand und einem von Sophy heißgeliebten Stand, der Trockenobst, Nüsse und Hülsenfrüchte feilbot, sowie einer gräßlichen Schlachterei in einem hohen weißen Lastwagen, in dem ganze Tiere, in riesige Teile zerhackt, in Plastiksäcken an Haken hingen. Die Verkäufer in diesem Laden waren, passend zum Fleisch, rot, brüllten ihre Preise in die Gegend und schlugen mit Hackebeilen auf die Knochen ein. Wenn Sophy daran vorbeiging, wandte sie immer den Kopf zur Seite. Ein Junge in ihrer Klasse arbeitete am Samstagvormittag bei einem der Schlachter von Whittingbourne, und immer wieder betrachtete sie zugleich angewidert und fasziniert seine Hände, wenn er die Seiten seines Shakespeare-Bandes umblätterte.

»Kauf dir einen dunklen Rock«, hatte Hilary gesagt. »Nicht bieder, aber dezent, und dazu zwei weiße Blusen. Ohne Rüschen. Gib nicht zuviel dafür aus, denn die Gäste oder Kevin werden dich bestimmt öfter bekleckern, und bring mir anschließend die Quittungen. Versuch's am besten erstmal auf dem Markt. Da gibt's zwischen dem Mist immer wieder mal was Gutes, und wenn das dann ruiniert wird, brauchen wir uns beide nicht aufzuregen.«

Sie hatte Sophy den Speisesaal gezeigt, die vielen Schränke und Regale, in denen Bestecke und Servietten aufbewahrt wurden, und hatte ihr erklärt, wie die Tische gedeckt werden mußten, ein grünes Tuch über Eck auf dem weißen, Salz und weißer Pfeffer gleich neben einer schlanken weißen Blumenvase. »Servietten gehören nicht ins Weinglas. Und wünsch den Gästen nie guten Appetit, sonst wird Laurence dich erwürgen.«

Anschließend hatte sie Sophy mit Lotte bekanntgemacht, einer jungen Schwedin, die einen Mann aus Whittingbourne geheiratet hatte und die Zimmer machte, zusammen mit einer anderen Hilfe namens Alma, die sieben Enkelkinder und einen schlimmen Rücken hatte.

»Ungefähr so zuverlässig wie das Wetter«, erklärte Hilary, »aber wenn sie da ist, schuftet sie wie ein Karrengaul.«

Lotte hatte hellblaue Augen und hellblonde Haare, die sie straff zurückgekämmt trug und mit einem stoffbezogenen Gummiband zusammenhielt. Ihre Stimme war leise und tonlos. Sie sei unmittelbar unterhalb des Polarkreises geboren, erzählte sie Sophy, in einem Ort namens Boden, und werde niemals dorthin zurückkehren, nicht für eine Million Pfund. Sie zeigte Sophy, wie man die Betten richtig machte, damit die Laken untergeschlagen blieben.

»Manche hinterlassen einen fürchterlichen Dreck im Bad. Und rauchen im Bett. Rauchen im Bett ist nicht gestattet, aber sie tun es trotzdem immer wieder.«

In der Küche sagt Steve: »Du kennst meinen Bruder.«

»Wirklich?«

»Ja. Alan. Er ist dein Jahrgang.«

»Alan?«

»Mageres Bürschchen. Große Zähne. Alan Munns.«

Sophy nickte.

»Du sollst hier das Geschirr spülen. Mit Kev. Kev ist 'n Witz.«

»Ich glaube, ich soll von allem etwas tun«, sagte Sophy. »Kommt drauf an, wo Hi … Mrs. Wood mich einsetzt. Oder wer gerade Migräne hat.«

Steve formte Brotteig zu kleinen Brötchen.

»Gar nicht so schlecht, hier. Old Larry ist schon okay. Hat zwar 'n paar verrückte Ideen, aber er ist okay. Wohnst du auch hier?«

»Nur, wenn ich abends kellnern muß.«

Hilary hatte gesagt, wenn es so spät würde, daß sie nicht mehr nach Hause gehen mochte, könne sie im Gästezimmer übernachten. Großer Gott, es waren höchstens fünf Minuten nach High Place, aber Sophy begriff, daß Hilary damit sagen wollte, sie sei willkommen, wann immer sie aus anderen Gründen hierbleiben wollte, und den Heimweg könne sie als Vorwand benutzen.

»Ich würde dir ja gern einen der Jungens als Begleitschutz anbieten«, sagte Hilary, »nur steht nicht immer einer zur Verfügung. Deswegen ist es besser, wenn du die Wahl hast.«

Sophy freute sich. Das Gästezimmer im Bee House hatte schiefe Wände und ein altes, weiches Messingbett mit einer so abgenutzten Patchworkdecke, daß die Flicken allmählich ganz im Futter verschwanden. Im Lauf ihres Lebens hatte sie so manche Nacht in diesem Bett verbracht, hatte seine weiche Tiefe und das Quietschen der Stangen ebenso genossen wie die Gewißheit, daß zu beiden Seiten dieses Zimmers hinter der Wand jeweils einer der Jungen lag, Gus und George, und unter einem Berg von Federbetten und nachlässig hingeworfenen Kleidern schnarchte. In High Place bewohnte sie das oberste Stockwerk allein, und das einzige andere Zimmer war nichts als eine Abstellkammer für Koffer und ausrangierte Gegenstände aus ihrer Baby- und Kinderzeit. Es störte sie nicht, da oben allein zu sein, aber es war mal eine Abwechslung, zwischen zwei anderen menschlichen Wesen zu liegen. Selbst wenn sie schnarchten.

Der Standbesitzer war ein Sikh, der seine Haare unter einem kunstvoll geschlungenen Turban aus feinster blauer Baumwolle versteckt hatte.

»Mick-Hucknall-Sweatshirt«, schlug er Sophy vor. »Simply Red. Lady in Red. Chris de Burgh.«

Sie schüttelte den Kopf. Die Kleider über ihr flatterten im Wind, billig und dünn und unter schrecklichen Bedingungen hergestellt; der Gedanke daran löste die gleichen Gefühle in ihr aus wie die Schlachterei. Irgendeine Sonntagszeitung hatte mal eine Beilage darüber gebracht, mit Fotos von schmutzigen, schlecht beleuchteten, ungesicherten Sweatshops, angefüllt mit Menschen, die, verängstigt und ausgelaugt, illegal für erbärmlich wenig Geld arbeiteten. Sie hob den Arm und berührte einen schwarzen Rock.

»Haben Sie den in achtunddreißig? Oder vielleicht auch sechs- unddreißig ...«

Er grinste. »Möchten Sie vielleicht, daß ich an Ihnen Maß nehme?«

»Nein«, sagte Sophy, »das ist nicht nötig. Es reicht, wenn ich mir den Rock ansehe.«

Mit einer langen Stange holte er einen Rock herunter und reichte ihn ihr. Er sah langweilig aus und für ihre Zwecke genau richtig.

»Keine Schlitze«, hatte Hilary gesagt, »und keine offenen Knöpfe, und keine Minis. Tut mir leid, Soph, aber so ist es nun mal. Genau wie in der Schule.«

Sie befingerte den Stoff. Er fühlte sich hart und nicht sehr strapazierfähig an.

»Und zwei Blusen, bitte. So schlicht wie möglich. Ebenfalls Größe achtunddreißig.«

Wieder langte er hinauf und holte eine Bluse aus einem seidigen, blauweißen Stoff herunter. Die Knöpfe waren schwarz und wie kleine Sterne geformt.

»Bitte sehr«, sagte er. »Acht-neunundneunzig. Bestes Polyester. Schöne Arbeit.«

»Ich sollte wohl besser mal mit ihr sprechen«, meinte Cath Barnett.

Sie stand in ihrer Wohnung – der Hausmeisterwohnung – am Wohnzimmerfenster und blickte auf den Innenhof von Orchard Close hinaus, wo Dans bunte Blumen in schnurgeraden Reihen wie bunt bemalte Soldaten Spalier standen.

Doug Barnett bereitete in der Rennbeilage der Zeitung seine Wetten für die Nachmittagsrennen in Wincanton vor.

»Ach, laß doch, Cath. Laß sie in Ruhe.«

Cath zögerte.

»Es hat Beschwerden gegeben. Ich meine, sie geht um sieben im Nachthemd zu ihm rüber und kommt oft erst nach einer Stunde oder noch später zurück.«

Doug machte ein Kugelschreiberkreuzchen neben Double Trouble im dritten und Mantra im letzten Lauf.

»Mach nicht so ein Theater, Cath! Die sind doch mindestens achtzig. Was können die schon anstellen? Und wenn, verdammt noch mal – was ist schon dabei? Selbst wenn sie dabei draufgehen, dann ist das doch wirklich ein schöner Tod.«

»Es geht nicht um die beiden, Doug. Es geht um die anderen. Mrs. Hennell ist eine pensionierte Schuldirektorin, und Mr. Paget war städtischer Beamter. Das sind anständige Leute, Doug. Die haben ihre Moralvorstellungen und mögen es einfach nicht, wenn Vi Sitchell wie ein Flittchen jeden Morgen in ihrer Reizwäsche durch den Garten marschiert.«

Doug grinste. »Gute, alte Reizwäsche.«

»Ich finde, ich sollte mit ihr sprechen. Wirklich.«

»Die verspeist dich zum Frühstück, Cath. Wenn die nur will, hat sie eine Zunge, mit der man Farbe wegätzen kann.«

Cath kam vom Fenster zurück, setzte sich an den Tisch und faltete die Hände auf der Decke. Finster musterte sie die Zeitung.

»Schlag jetzt bloß nicht über die Stränge.«

»Werd ich nicht«, sagte Doug. »Jeweils zwei Pfund auf zwei Rennen, und einen Fünfer auf Sieg im großen.«

»Ich überlege«, sagte Cath, »ob ich mit Mr. Bradshaw sprechen soll. Er ist ein so netter alter Herr. Ich meine, was ist, zum Beispiel, wenn sie ihn belästigt? Schließlich ist es doch möglich, daß sie ihn stört, daß er aber zu höflich ist, ihr das zu sagen.«

Doug zuckte die Achseln.

»Du kannst es ja mal versuchen.«

»Kann nicht schaden. Jedenfalls nicht, wenn ich vorsichtig bin.« Sie erhob sich. »Gehst du runter zum Wettbüro?«

Er warf einen Blick auf die Uhr.

»In zehn Minuten.«

»Bring mir zwanzig Silk Cut mit, ja? Ich hab so das Gefühl, daß ich nach diesem Gespräch 'ne Zigarette brauchen werde.«

Dan führte Cath Barnett in sein Wohnzimmer. Es war sehr sauber und, weil die Vorhänge halb zugezogen waren, auch dämmrig. Irgendwo sang ein Sopran eine Melodie, die Cath bekannt vorkam, eine fröhliche, romantische Weise, die Bilder von Krinolinen und Ballsälen mit Kronleuchtern heraufbeschwor.

»Verzeihen Sie«, sagte Dan. Er eilte durchs Zimmer und nahm den Tonarm von einer Schallplatte auf einem altmodischen Plattenspieler. »›Die Lustige Witwe‹«, sagte er entschuldigend. »Eine meiner Lieblingsmelodien.«

»Bezaubernd«, sagte Cath. »Wie ertragen Sie diese Hitze?«

»Recht gut«, antwortete Dan und deutete auf einen Sessel. »Bitte, nehmen Sie doch Platz.«

»Mr. Bradshaw«, sagte Cath, nachdem sie sich gehorsam niedergelassen hatte, »ich komme in einer recht heiklen Angelegenheit.«

Er sah sie an. Er hatte sie noch nie leiden können, denn er hielt sie für einen jener Menschen, die anderen mit ihrer wohlmeinenden Art unendlich viele Probleme bescherten. Behutsam setzte er sich ihr gegenüber auf die Kante eines Sessels. »Ja, und?«

Cath rutschte auf ihrem Sitz hin und her. Sie hatte ihn immer für einen freundlichen, kleinen Mann gehalten, doch jetzt schien er auf einmal weder freundlich, noch klein zu sein. Aber sie war, wie es ihre verdammte Pflicht war, hierhergekommen, um den Bewohnern von Orchard Close einen Dienst zu erweisen, und deswegen durfte sie jetzt keinen Rückzieher machen.

»Es geht um Mrs. Sitchell, Mr. Bradshaw.«

Er wurde sehr still.

»Was ist mit Mrs. Sitchell?«

»Es hat … nun ja, einige Beschwerden gegeben. Von den anderen Bewohnern.«

»Beschwerden?« fragte Dan mit erhobener Stimme. »Was waren das für Beschwerden, wenn ich fragen darf?«

»Na ja, die Sache ist die. Es geht darum – und ich spreche nicht für mich selbst, Mr. Bradshaw, sondern für die anderen Bewohner –, daß Mrs. Sitchell einiges Ärgernis erregt, wenn sie jeden Morgen in ihrer Nachtkleidung zu Ihnen in die Wohnung kommt und dort über eine Stunde verweilt.«

Dan erhob sich unsicher. Er zitterte am ganzen Leib.

»Wie können Sie es wagen ...«

Cath stand ebenfalls auf. Beschwichtigend hob sie die Hand.

»Bitte, Mr. Bradshaw, regen Sie sich nicht auf. Es war wirklich nicht böse gemeint. Wenn wir in einer friedlichen Gemeinschaft wie der unseren leben, sollten wir, nicht wahr, lieber ...«

»Raus!« sagte Dan. »Verschwinden Sie, mit Ihrer schmutzigen Phantasie!«

»Aber Mr. Bradshaw ...«

»Verlassen Sie meine Wohnung, Mrs. Barnett! Verlassen Sie meine Wohnung und sagen Sie all diesen alten Drecksäcken mit ihrer schmutzigen Phantasie, sie sollen sich um ihren eigenen Mist kümmern!«

»Entschuldigen Sie, Mr. Bradshaw, es tut mir leid! Ich wollte Sie wirklich nicht aufregen ...«

»Das haben Sie aber getan! Ich dulde nicht, daß auch nur *ein* Wort gegen sie gesagt wird, verstanden? Nicht *ein* Wort! Sie ist tausendmal mehr wert als Sie und all die anderen hier. Sie hat mehr Leben und Güte in ihrem kleinen Finger als Sie in Ihrem ganzen, aufdringlichen Körper. Und jetzt verschwinden Sie, und lassen Sie sich nie wieder blicken!«

Als sie fort war, tastete er sich durch sein kleines Wohnzimmer bis zu seinem gewohnten Sessel vor und ließ sich hineinsinken. Er zitterte immer noch und fühlte sich elend – furchtbar elend und so sonderbar; ihm war, als könne er weder richtig hören, noch sehen.

»Vi«, dachte er, »o Vi!«

Diese widerliche Frau, diese widerliche, neugierige, aufdringliche Frau, die überhaupt keinen Sinn dafür hatte, was für eine wundervolle Frau Vi war! Etwas so Schönes, so *Grundanständiges* wie ihre Beziehung so in den Dreck zu ziehen! Wenn er gekonnt hätte, er hätte geweint, doch im Augenblick schien er überhaupt nicht viel tun zu können, und in seinem Kopf breitete sich eine Art Nebel aus, schwarzer Nebel. Und dann spürte er plötzlich einen stechenden Schmerz, einen scharfen Schmerz im linken Arm, und seine Hand wurde taub.

»O Gott«, dachte Dan, »o Vi!«

8

»Ich weiß nicht recht«, sagte Diana Taylor bedächtig, »ob ich Ihnen diese ›Frau-als-Opfer‹-Sichtweise abkaufen soll.«

Mittlerweile saß sie während ihrer Gespräche mit Gina nicht mehr am Tisch, sondern mit dem Notizblock auf den Knien Gina unmittelbar gegenüber. »Die Sache ist die, daß Opfer so unersättlich werden. Sie lassen ihre Bedürfnisse so übermächtig werden, daß sie bodenlose Ansprüche an andere Menschen stellen. Sie verlieben sich in sich selbst.«

Gina hatte die Arme gehoben und die Hände hinter dem Kopf verschränkt.

»Sprechen Sie jetzt von mir?«

Diana musterte sie eingehend.

»Glauben Sie, daß ich das tue?«

»Manchmal …«, Gina ließ die Arme sinken und beugte sich vor, » … könnte ich Sie erwürgen.«

»Aber Sie halten sich dennoch für ein Opfer?«

»Selbstverständlich! Selbstverständlich ist man das, wenn man jahrelang mit einem Mann zusammenlebt, der selbst nur existieren kann, wenn er den Menschen, der ihm am nächsten steht, unterdrückt. Selbstverständlich wird man dann zum Opfer, ob man will oder nicht.«

»Aber man muß kein Opfer bleiben. Man muß dem Unterdrücker nicht zuarbeiten. Jetzt hätten Sie die Chance, endlich damit aufzuhören.«

Gina seufzte laut. Sie fuhr sich durch die Haare.

»Und wie?«

»Indem Sie die Sprachregelung ändern«, sagte Diana. Sie saß ganz still, die Füße in den blauen Wildlederschuhen eng beieinander gestellt, den gestreiften Rock über die Knie gezogen. »Indem Sie sich vor sich selbst nicht mehr als Opfer bezeichnen. Indem Sie sich als Individuum sehen, statt als einen Menschen, der nur in bezug auf einen anderen existiert. Opfer müssen schließlich das Opfer eines anderen sein, und in Ihrem Fall ist dieser andere verschwunden. Wie wär's, wenn Sie wieder Ihren Mädchennamen benutzen? Oder sich ein anderes Haus suchen? Etwas für sich selber tun, was auch immer?«

Gina überlegte. Sie stand auf und trat ans Fenster, das dieselbe Aussicht bot wie das Wartezimmer: das Supermarktdach, einen vollgestellten Parkplatz und eine lange Reihe durch Sicherheitsketten verbundener Einkaufswagen. Sie legte ihre Stirn an die Scheibe.

»Was haben die Leute gemacht, bevor es Leute wie Sie gab, mit denen sie reden konnten? Leute wie meine Mutter ...«

»Manche sind wohl zu ihrem Priester gegangen. Die meisten haben einfach weitergemacht.«

»Die Sprachregelung ändern«, sagte Gina gedankenversunken, »Gina Sitchell. Gina Sitchell, Sprach- und Klavierlehrerin. Wie ich es früher war.«

»Nein«, sagte Diana, »wie Sie es heute sind.«

Gina nahm die Stirn von der Fensterscheibe und wandte sich um.

»Warum sagen Sie das?«

»Weil Sie nach vorn blicken müssen. Und sich fragen, warum Sie etwas tun. Wenn Sie meinen, Sie müßten zurückgehen, müssen Sie sich fragen, warum, und diese Frage ganz ehrlich beantworten.«

»Tun Sie das auch?«

»Ja.«

»Zum Beispiel?«

»Zum Beispiel habe ich mich gefragt, warum ich hier sitze und mit Ihnen rede, statt das zu tun, was mein Ehemann gern hätte: nämlich das Büro seiner Fischzucht zu leiten.«

»Und?«

»Ich brauche das hier«, sagte Diana schlicht. »Ich muß versuchen, anderen Menschen zu helfen, um meinem eigenen Leben die richtige Stoßrichtung zu geben. Und jetzt, da ich ein bißchen Erfahrung habe, bin ich so fasziniert von meiner Arbeit, daß ich nicht mehr aufhören kann. Außerdem will ich mit der Fischzucht nichts zu tun haben. Ich mag sie nicht.«

Mit verschränkten Armen stützte sich Gina auf die Lehne des Sessels, in dem sie gesessen hatte; ihre silbernen Armreifen klirrten.

»Haben Sie ein schlechtes Gewissen deswegen?«

»Nein. Jetzt nicht mehr. Früher hatte ich ein ziemlich schlechtes Gewissen, ja; aber vielleicht auch nur, weil er das wollte. Oder vielleicht, weil ich mir so sehr wünschte, alles tun zu *wollen*, und nicht einzusehen bereit war, daß ich das nicht konnte, daß niemand das kann. Man muß eine Wahl treffen. Er hat sich für die Fischzucht entschieden, ich mich dafür, hier mit Ihnen zu sprechen. Und nun müssen *Sie* Ihre Wahl treffen.«

»Ich glaube«, sagte Gina, »ich habe völlig vergessen, wie man das macht. Ich habe mich daran gewöhnt zu reagieren und die Kunst des Agierens allmählich verlernt. Genauso verhalte ich mich gerade Sophy gegenüber; ich schleiche auf Zehenspitzen um ihre Gefühle und Launen herum, bis ich wirklich nicht mehr weiß, ob ich taktvoll oder einfach nur feige bin.«

»Sprechen Sie mit ihr.«

»Das geht nicht. Ich meine, *sie* will nicht. Sie ist die Höflichkeit in Person, aber ihre Gesprächsbereitschaft ist gleich Null.«

»Versuchen Sie's weiter.«

Gina ging um den Sessel herum und nahm wieder Platz – körperlich so beherrscht, dachte Diana, wie eine Katze oder eine Tänzerin.

»Wissen Sie, ich möchte nicht von ihr hören, wie sehr sie

ihren Vater liebt. Schon den bloßen Gedanken daran kann ich kaum ertragen. Und ich habe Angst davor, daß sie mir, aus welchen Gründen auch immer, in allen Einzelheiten und mit großem Nachdruck davon erzählen will.«

Es entstand eine kleine Pause. Diana schrieb schnell etwas auf ihren Notizblock; dann fragte sie in ihrem kühlen Ton, der niemals bohrend wirkte und dennoch stets eine Antwort zu fordern schien: »Warum?«

Gina schwieg.

»Warum? Warum können Sie es nicht ertragen, zu hören, wie sehr Sophy ihren Vater liebt?«

»Weil …«

»Weil was?«

»Weil«, sagte Gina und schob mit gesenktem Kopf die Ärmel ihres cremefarbenen Baumwollpullovers hoch, »weil sich herausstellen könnte, daß sie ihn mehr liebt als mich. Und … Und weil diese Liebe wohl erwidert wird. Er liebt *sie* mehr als mich. Mehr als er mich vermutlich jemals geliebt hat. Weil«, sagte sie, plötzlich immer mehr in Fahrt kommend, »weil ich auf gar keinen Fall den Beweis dafür erhalten möchte, daß ich in diesem ganzen Spiel die Verliererin bin, diejenige, die, wenn überhaupt, immer erst an zweiter Stelle geliebt wird. Ich will nicht nur *aus Mitleid* geliebt werden.«

»Und was wollen Sie?«

»*Geliebt* werden. *Meinetwegen*. Mit meinen Warzen und allem. Ist das wirklich zuviel verlangt?«

Diana warf einen flüchtigen Blick auf ihre Armbanduhr.

»Nein. Nein, das wollen wir doch alle, Männer, Frauen und Kinder – egal, was wir behaupten. Ich schlage vor, daß dieser Punkt Teil der neuen Sprachregelung wird. Denn ich finde, daß Liebe ein sehr guter Ausgangspunkt ist.« Lächelnd sah sie Gina an – mit jenem Lächeln, das das Ende der Sitzung ankündigte. »Wir sehen uns dann am Dienstag.«

Als Gina nach High Place zurückkehrte, war niemand zu Hause außer dem Wellensittich, den Sophy von Orchard Close wieder mitgebracht und an sein gewohntes Fenster gehängt hatte, wo er vor sich hin schmollte, weil er Vis Gesellschaft und die Sendungen von Radio 2 vermißte. Sophy selbst war im Bee House, wo sie Lunch servierte: angetan mit den Kleidungsstücken vom Markt, die sie gänzlich unscheinbar aussehen ließen.

»Aber ich *muß* unscheinbar aussehen. Kellnerinnen sollen keine Konkurrentinnen sein, sondern total im Hintergrund bleiben.

Die Leute sollen das Essen ansehen, nicht mich. Sonst gerät Laurence in Rage.«

»Laurence gerät niemals in Rage«, sagte Gina. »Jedenfalls tat er das früher nicht.«

»Dann hat er sich geändert«, sagte Sophy schroff und schlug die Tür des Kühlschranks zu, der mit den von ihr persönlich ausgesuchten vegetarischen Lebensmitteln gefüllt war. »Das hat Hilary selbst gesagt, und die kennt ihn viel besser als du.«

Gina öffnete den Kühlschrank und spähte hinein. Sie hatte zwar keinen großen Hunger, dachte aber, daß sie sich nach einem kleinen Imbiß vielleicht wohler fühlen würde, ein bißchen weniger ruhelos. Da lagen Sophys bleicher Brocken Tofu, ein paar Plastiktüten mit Gemüse, eine Packung Designer-Suppe – Spinat mit Muskat – und verschiedene Reste, Käse, ein Ende Salami, eine halbe Dose Bohnen und zwei Eßlöffel voll Chumus in einem Plastiktopf. Das sah alles sehr gesund aus, aber nicht gerade verlockend, so ähnlich wie jene kalten Buffets in Kaufhausrestaurants, wo alle zwanzig bis dreißig angebotenen Speisen haargenau gleich schmeckten, nämlich nach billiger Salatsauce mit viel zuviel Essig. Gina schloß die Kühlschranktür. Sie würde sich, wie es Hilarys Söhne taten, einen Toast machen, Toast hatte etwas ungemein Tröstliches, und ihn dick mit Butter und Marmelade bestreichen. »Tun Sie was für sich selbst«, hatte Diana ihr geraten. »Was immer es ist. Treffen Sie Ihre Wahl.« Nun gut, jetzt wählte sie: Toast mit Marmelade statt Chumus mit Karottenstäbchen und Gurkenscheiben. Keine welterschütternde Wahl, aber irgendwo mußte man schließlich anfangen.

Sie steckte zwei Scheiben von dem braunen Toastbrot mit Körnern, das Sophy unbeirrbar bei jenem Bäcker am Marktplatz kaufte, bei dem Fergus immer sein Brot gekauft haben wollte, in den Toaster und drückte den Schalter nach unten. Das Telefon klingelte. Leichten Schrittes durchquerte sie die Küche. Das war Laurence, das wußte sie! Mit seiner warmen, freundlichen Stimme rief er alle paar Tage an, nur um sich zu vergewissern, daß sie nicht wieder in ein schwarzes Loch fiel.

»Hallo?« sagte sie und lächelte ins Telefon.

»Komm schnell!« sagte Vi. »Komm *sofort* her, Gina. Dan ist im Krankenhaus.«

»Was …«

»Er hatte einen Herzanfall. Vor einer Stunde. Ich habe versucht, dich zu erreichen, immer und immer wieder. Ich hab ihn in seinem Sessel gefunden; saß einfach da, konnte sich an nichts erinnern. Sie wollten mich nicht im Krankenwagen mitfahren lassen. Nur die nächsten Verwandten, hieß es. Ich möchte, daß du mich hinfährst. Ich würde ja zu Fuß gehen, wäre kein Problem, aber ich möchte, daß du mitkommst. Ich möchte, daß du mit den Ärzten sprichst.«

»Aber Mum, selbstverständlich komme ich mit!«

»Mach schnell«, sagte Vi. Ihre Stimme klang unsicher und plötzlich sehr alt. »Beeil dich, Gina. Bestimmt wartet er schon auf mich. In jeder Sekunde, die verstreicht, wird er sich fragen, wo ich bleibe.«

Dan lag in einem durch Vorhänge abgeteilten Raum in einem hohen, schmalen Bett. Er schien einen Pyjama zu tragen, den er nicht kannte, und sein linker Arm, ja, seine ganze linke Seite war durch Drähte mit einem Apparat verbunden, der aussah wie eine von Roland Emmetts Erfindungen in »Chitty Chitty Bang Bang«. Er liebte diesen Film, hatte ihn dreimal gesehen. Es war ein fröhlicher Film, das war der Punkt, fröhlich und vollkommen verrückt. Aber Pam mochte ihn nicht. Sie mochte nur Liebesfilme, amerikanische Liebesfilme, vorzugsweise mit Fred Astaire, aber Pam hatte ja auch wirklich keinen Sinn für Humor, keinerlei Sinn für Dinge, über die man lachen konnte. Wenn er im Leben über irgend etwas lachte, sah sie ihn nicht eben freundlich an und sagte: »Du bist plemplem.«

Er fühlte sich merkwürdig und sehr erschöpft, aber die Schmerzen hatten aufgehört, und er konnte ein bißchen besser sehen; das Atmen fiel ihm allerdings noch immer nicht ganz leicht. Er konnte sich weder daran erinnern, wie er hierhergekommen war, noch wer ihn in dieses Bett verfrachtet und ihm diesen Schlafanzug angezogen hatte. Der Gedanke, daß fremde Leute ihn in einen Pyjama steckten, ihn nackt sahen, behagte ihm gar nicht. Das letztemal, daß jemand das getan hatte, war auf See gewesen, vor endlosen Jahren in Port Elizabeth, als er eines Abends sturzbetrunken war und seine Kameraden, die anderen Jungs aus dem Maschinenraum, ihn wie einen Sack Rüben an Bord zurückgeschleppt hatten. Aber das war was anderes gewesen, unter Männern, irgendwie ein Jux. Damals hatte es ihm nichts ausgemacht, daß jemand ihn splitternackt sah – wenigstens nicht viel. Seine Haut war glatter gewesen, und er hatte auch ein paar Muskeln gehabt. Er hatte Vi ein Foto von sich in Uniform auf dem Deck der Clan Ramsay geschenkt, die Haare glatt mit Brylcream zurückgekämmt, die Schultern straff gespannt.

»He«, hatte Vi gesagt, »du warst ja 'n richtiges Prachtjungchen damals!«

Wo war Vi? Er wünschte, sie wäre mitgekommen.

Zwei junge Männer waren bei ihm gewesen, der eine weiß, der andere ein Asiat, Ärzte, wie er vermutete, sehr nett und höflich, aber distanziert und routiniert. Sie hatten sich die ganze Takelage angesehen, an die er angeschlossen war, ihn selbst aber kaum, und einander irgendwelche Sachen zugeraunt, Aorteninsuffizienz und degeneriertes Herz. Er glaubte, daß er in einem großen Krankensaal lag; hinter seinen Vorhängen hörte er alte Männer husten und schniefen, irgendwo lief ein Fernseher, und Krankentragen schienen auf Gummirädern durch Gänge gerollt zu werden. Er wollte hier nicht sein. Er wollte nicht in diesem riesigen, fremden Saal voller Krankheit und alter Männer sein, hilflos an all diese Schläuche und Pumpen gefesselt. Er wollte zu Hause sein, in seinem eigenen Bett. Hier fühlte er sich seiner Privatsphäre und seiner Würde beraubt. Und er wollte zu Vi. Vor allem wollte er zu Vi. Wo war sie?

Es dauerte Ewigkeiten, Vi zu beruhigen. Auf der Suche nach ein bißchen Brandy oder Sherry war Gina zu den Barnetts rübergegangen und hatte sie aus dem Bett geholt.

»Nur um ihr ein bißchen davon in heißer Milch zu geben. Es tut mir aufrichtig leid, aber die Pubs sind alle schon geschlossen ...«

Auf dem Boden einer Flasche fand Doug Barnett einen Löffel voll Tía María. Er entschuldigte sich wortreich dafür, eine Entschuldigung, die um so mehr von Herzen kam, als Gina ihn in seinem abgetragenen, senfgelben Bademantel überrascht hatte, von dem Cath vor langem schon erklärt hatte, er gehöre auf den Müll. Und der nicht mal sauber war. Um sein Unterhemd zu verbergen, zog Doug ihn fest um sich zusammen, grinste Gina an und dankte Gott, daß sie gekommen war, bevor er sein Gebiß für die Nacht herausgenommen hatte.

Vi lag in ihrem fuchsienroten Nachthemd im Bett. Sie

trug noch ihre Ringe und Ohrringe, war weinerlich und mürrisch.

»Widerlich!« sagte sie und stieß den Becher Milch von sich. »Was hast du da bloß reingetan? Abbeize?«

»Tía María.«

»Kann ich nicht ausstehen, Tía María«, sagte Vi. »Kann ich nicht *ausstehen!*«

Sie warf sich auf die Seite.

»Verdammte Ärzte.«

Gina schwieg. Im Grunde waren die Ärzte sehr hilfsbereit gewesen; es sei Dans Alter in Verbindung mit einer Aorteninsuffizienz, verursacht durch Gelenkrheuma in der Kindheit, aber es sei nicht unbedingt lebensbedrohlich. Möglicherweise werde er leicht erregbar sein und mit Atemproblemen zu tun haben, aber ein ruhiges Leben würde schon viel bringen, kein Grund zur Verzweiflung. Vi hatte ihnen sehr unhöflich geantwortet. Sie hatte ziemlich viel geweint, ihr Make-up war verschmiert, und sie hatte den Ärzten erklärt, sie seien viel zu jung, um zu wissen, wovon sie da redeten, und in einem Irrenhaus wie hier könne ohnehin kein Mensch gesund werden. Gina hatte versucht, sie zum Schweigen zu bringen, aber sie hatte ihre Worte nur wesentlich lauter wiederholt, und die jungen Ärzte hatten Gesichter gemacht, als hätten sie das alles schon oft gehört.

»Verbiete mir nicht den Mund«, hatte Vi weithin hörbar zu Gina gesagt. »Verbiete du mir bloß nicht den Mund, Madame! Du hast kein Recht, mir in einer solchen Situation den Mund zu verbieten!«

Als sie kamen, hatte Dan Tränen in den Augen gehabt. Gina hatte die beiden für eine Weile allein gelassen, einen Rundgang durch die Gänge mit dem spiegelblanken Fußboden gemacht und auch einen Blick in die Aufenthaltsräume geworfen, wo die Kranken in ihren Nachtkleidern herumsaßen und mit Teebechern in der Hand auf den laut dröhnenden Fernseher starrten. Nach einer Stunde hatte eine Schwester gesagt, Dan müsse jetzt schlafen, und Gina war mit Vi hinausgegangen, hatte sie an der Hand geführt wie ein widerspenstiges Kind. Vi wollte unbedingt jemandem die Schuld zuschreiben, jemanden bestrafen. Während Gina sie aus dem Saal zerrte, beschimpfte sie die Schwestern, und dann zwei Pfleger mit einer Trage auf Rädern, auf der ein junger Mann lag, kalkweiß und mit geschlossenen Augen. Schließlich nahm sie sich Gina vor.

»Es ist nicht meine Schuld«, sagte Gina immer wieder. »Ich bin genauso verstört wie du. Vergiß bitte nicht, daß auch ich Dan liebe.«

»Liebe!« schnaubte Vi und versuchte ihre Hand zu befreien. »Liebe! Was verstehst du denn schon von Liebe, möchte ich wissen! Du liebst doch ausschließlich dich selbst!«

Gina machte ihr Rührei auf Toast, aber sie mochte es nicht essen. Das Rührei sei zu trocken, behauptete Vi. Gina erbot sich, ihr noch eins zu machen, aber da echauffierte Vi sich über Ginas Verschwendungssucht und leerte ihren Teller demonstrativ in den Mülleimer der Küche. Es war ein endlos langer Abend. Vi rief ständig im Krankenhaus an, um sich zu erkundigen, wie es Dan ging. Er schlafe, sagte die Saalschwester, und werde vermutlich bis zum Morgen schlafen, er habe ein Sedativ bekommen. Rufen Sie morgen früh wieder an, Mrs. Sitchell, machen Sie sich keine Sorgen, es geht ihm gut, schlafen Sie sich erst mal richtig aus.

»Dußlige Kuh«, sagte Vi und knallte den Hörer auf.

»Warum willst du ihr nicht glauben?« sagte Gina. »Warum willst du nicht glauben, was sie dir über Dan gesagt hat, und gehst ins Bett? Sie ist eine Fachkraft, sie ist vor Ort. Sie weiß Bescheid.«

»Er haßt es da drin!« schrie Vi erbost. »Kannst du das nicht verstehen? Er haßt es! Es ist eine Demütigung für ihn, mit all diesen meschuggenen alten Wracks zusammen da zu liegen. Wieso ist er überhaupt da drin? Warum muß er sich da hinlegen und behandeln lassen wie ein Baby? ›Dan, Darling‹, hat ihn eine Krankenschwester genannt. Umbringen hätte ich sie können, herablassendes Miststück! Ich werde mich um ihn kümmern, ich kann das am besten! Er soll nach Hause kommen, wo er hingehört und wo ich mich um ihn kümmern kann!«

Schließlich gelang es Gina, sie ins Bad und anschließend ins Bett zu verfrachten.

»Ich werde meinen Schmuck nicht ablegen, auf gar keinen Fall! Was ist, wenn ich nun mitten in der Nacht plötzlich dahin muß?«

»Möchtest du, daß ich bei dir bleibe? Das wäre ohne weiteres …«

Vi funkelte sie wütend an.

»Aha! Zuerst ist Dan nicht in der Lage zu tun, was er will, und jetzt bin ich an der Reihe. Ich habe ein perfekt funktionierendes Telefon – oder? Nimm jetzt endlich dieses widerliche Gesöff mit hinaus und verschwinde! Morgen früh ruf ich dich wieder an.«

Gina beugte sich über die Mutter. Sie roch nach Kummer und »Red Roses« -Puder.

»Ich wünschte, du würdest mir erlauben hierzubleiben. Ich möchte nicht, daß du hier ganz allein bist …«

Vi schloß die Augen.

»Aber ich.«

»Versprich mir, daß du anrufst …«

Vi nickte. An ihrem Bett, inmitten eines Durcheinanders von Nagellackfläschchen, einem Radio, Stickereizubehör und Tüten voll Süßigkeiten stand ein Foto von Dan im flotten Sommerjackett, aufgenommen vor etwa zwei Jahren. Dahinter stand ein größerer Doppelrahmen mit Bildern von Gina und Sophy, aufgenommen im Garten von High Place; beide zeigten ein breites Lächeln, beide trugen einen Riesenstrohhut auf dem Kopf. Von Fergus gab es kein Foto. Gina küßte Vi auf die Wange.

»Versuch zu schlafen.«

Vi knurrte.

»Er ist bestimmt bald wieder zu Hause. Ganz sicher!«

Nach der Luft im Krankenhaus und in Vis kleinem Häuschen duftete es draußen auf der Orchard Street einfach wundervoll. Gina blieb einen Moment in der stillen, schimmernden Sommerdunkelheit stehen und atmete tief durch. Ein wenig früher am Abend hatte sie Sophy angerufen, um ihr mitzuteilen, wo sie war, und ihr von Dan zu erzählen, und Sophy hatte gefragt, ob sie ihn besuchen dürfe.

»Ich glaube kaum. Frühestens morgen.«

»Dann aber Gran. Ich komme zu Gran rüber.«

»Ich werde versuchen, sie zu beruhigen«, sagte Gina. »Sie ist schrecklich aufgebracht und verwirrt. Vielleicht solltest du lieber bis morgen vormittag warten. Bis sie ein bißchen Schlaf gekriegt hat und der Schock ein wenig abgeklungen ist.«

»Na dann«, sagte Sophy kalt und verärgert, »wenn ich *überhaupt keinen* besuchen darf, gehe ich eben ins Kino. Mit George.«

»Darling, ich versuche nicht, dich daran zu hindern; ich denke nur an die beiden, ich …«

»Keine Sorge«, sagte Sophy im selben eisigen Ton, »ich gehe ins Kino. Und übernachte anschließend wahrscheinlich hier.« Damit hatte sie den Hörer aufgelegt.

»War das Sophy?« hatte Vi gefragt.

»Ja …«

»Kommt sie her? Kommt sie mich besuchen?«

Gina hatte den Drang bekämpft, sich zu verteidigen und zu erklären, Sophy gehe ins Kino, und hatte gesagt, sie komme erst morgen.

»Was hast du ihr erzählt?« hatte Vi in scharfem, argwöhnischen Ton gefragt.

Gina schaute zum Himmel. Er war von einem tiefen,

verschleierten Blau und mit Sternen übersät. Sie wußte nie so recht, was sie darstellten, hatte es nie gelernt, obwohl Fergus von den Sternbildern fasziniert war. Sie fühlte sich grenzenlos erschöpft und gleichzeitig ruhelos, und der Gedanke, nach High Place zurückzukehren und diese stillen, sauberen Räume zu betreten, reizte sie überhaupt nicht.

»Schau doch mal rein, wenn du vorbeikommst«, hatte Laurence gesagt. »Jederzeit.«

Sie sah auf ihre Armbanduhr, deren Zifferblatt im schwachen Licht wie ein winziger Mond leuchtete. Halb zwölf. War das jederzeit? Und was war mit Hilary, die am Ende eines endlosen Tages übermüdet und gereizt sein würde ... Vielleicht sollte sie einfach mal am Bee House vorbeigehen, hineinspähen und sehen, ob es noch irgendwo Lebenszeichen gab, brennende Lampen, Menschen in der Bar, die über ihren letzten Drinks saßen, während Don mit überdeutlichen Gesten Gläser und Bierhähne polierte. Wenn das der Fall war, würde sie sich hineinwagen; sonst würde sie nach Hause gehen und sich endlich den Toast machen, den sie neun Stunden zuvor hatte essen wollen.

Von der Straße aus war nur ein einziges Licht im Erdgeschoß zu sehen: der Punktscheinwerfer über der Bar, der ein Bild anstrahlte, das einer der Gäste vor längerer Zeit gemalt hatte: ein nicht besonders gutes Aquarell des Bee-House-Gartens mit der langen Mauer – in völlig verkehrter Perspektive – und den Bienenkörben darin, allesamt tief verschattet. Gina spähte hinein. Die Tische waren abgeräumt, das Bargitter herabgelassen, und neben der Tür, die zur Küche hinunterführte, wartete ein schwarzer Plastiksack voll Müll darauf, am anderen Morgen abgeholt zu werden. Unter der Küchentür schimmerte ein schmaler Lichtstreifen durch. Als Gina ums Haus herum ging, entdeckte sie, daß einige Küchenlichter brannten und große, blasse Rechtecke auf die Kopfsteine warfen, die noch die Viktorianer gelegt hatten, quadratisch, gleichmäßig und blaugrau. Sie hielt sich außerhalb eines dieser Lichtrechtecke und spähte hinein.

Drinnen saßen Laurence und Hilary zu beiden Seiten des großen, zentralen Arbeitstisches, in dessen Mitte eine Batterie von Küchenmessern in Schlitzen steckten. Laurence hatte ein Glas Wein vor sich stehen, Hilary einen Becher mit irgendwas. Sie hatte die Hände um den Becher gefaltet und sich die Brille so hoch auf den Kopf geschoben, daß ihre kurzen Haare wie dicke, dunkle Federn abstanden. Laurence trug noch seine Kochschürze – er kleidete sich niemals ganz in Weiß – über der normalen Kleidung. Die Küche war sauber und still; neben Hilarys Ellbogen stand ein Karton Eier, fertig zum Gebrauch am nächsten Morgen.

Gina trat an die Küchentür und klopfte. Eine kurze Pause entstand; dann wurde geräuschvoll ein Stuhl zurückgeschoben, und Laurences Schritte kamen näher.

»Wer ist da?«

»Ich«, antwortete Gina. »Gina.«

»Großer Gott«, sagte Laurence und riß die Tür auf. »Ist dir was passiert?«

»Mir nicht«, sagte Gina und kniff, vom Licht geblendet, die Augen zu, »es geht um Mum. Tut mir leid, daß ich so spät noch komme, aber es war ein schlimmer Tag, und ich konnte einfach noch nicht nach Hause gehen ...«

Hilary stand auf und zog ihre rote Brille auf die Nase herab. Dann kam sie ebenfalls herüber und gab Gina einen flüchtigen Kuß auf die Wange.

»Was ist denn los?«

»Dan geht's nicht gut. Armer, alter Dan. Irgendwas mit dem Herzen. Er ist ohnmächtig geworden, und Mum hat ihn gefunden, er ist ziemlich groggy und kann sich an kaum was erinnern. Jetzt ist er im Krankenhaus, und Mum regt sich furchtbar darüber auf, mindestens so sehr wie darüber, daß er krank ist. Ich hab den ganzen Abend gebraucht, um sie endlich ins Bett zu stecken.«

Hilary hob mit einer fragenden Geste den Teekessel hoch. »Tee?«

»Oder Wein?« fragte Laurence. »Der Rest einer sehr schönen Flasche südafrikanischen Merlots. Armer, alter Dan. Und arme Vi.«

»Laßt nur«, sagte Gina, »ich bleibe nicht lange. Ich wollte nur noch ein paar Worte mit jemandem sprechen.«

Laurence legte ihr beide Hände auf die Schultern und drückte sie auf den Stuhl, auf dem Hilary gesessen hatte.

»Red keinen Unsinn! Selbstverständlich bleibst du hier, wenigstens so lange, bis du was getrunken hast. Wir haben uns nur gerade gemeinsam um George gesorgt.«

»Sei doch ehrlich«, sagte Hilary und stellte den Teekessel wieder hin. »*Ich* habe mich gesorgt. Du hast nur, wie immer, drum herumgeredet und gesagt, sei nicht so hart mit ihm, laß ihn seine Entscheidungen selber treffen. Aber er weiß nicht, *wie* er sich entscheiden soll, begreifst du das nicht? Er braucht unsere Hilfe, er braucht Vorschläge.« Sie warf Gina einen Blick zu. »Was haben sie denn gesagt, was er hat?«

»Irgendwas mit einer Herzklappe«, antwortete Gina.

»Aber Angina pectoris ist es nicht – oder?«

»Ich glaube nicht …«

»Komisch«, sagte Hilary, und dann, ein wenig oberlehrerhaft: »Dann wär's nämlich was Ernstes.«

Laurence schob Gina ein Glas Rotwein hinüber.

»Bitte nicht«, sagte sie, »ich hab den ganzen Abend versucht, Mum vom Gegenteil zu überzeugen.«

»Noch vor fünfundzwanzig Jahren«, sagte Hilary, »wurde allen, die was am Herzen hatten, dringend geraten, nicht zu heiraten.«

»Hil«, mahnte Laurence seine Frau leise.

Sie warf ihm einen kurzen Blick zu.

»Sie lieben sich«, sagte Gina plötzlich, »sie lieben sich wirklich.«

»Ja.«

»Mum hat alle im Krankenhaus angeschrien. Und dann mich. Sie ist fast wahnsinnig vor Angst.«

»Natürlich.«

Hilary trat vor und stützte beide Hände auf den Tisch. Sie gähnte. »Das ist unser alter George auf seine Art auch. Wahnsinnig vor Angst davor, nicht zu wissen, was er will, nichts zu sein und nichts zu werden. Das mit Dan tut mir wirklich leid. Und Vi natürlich auch.«

»Ja.«

»Aber sei mir nicht böse«, fuhr Hilary fort, »ich kippe gleich um. Ganz abgesehen von den Problemen mit George haben wir ein paar echte Horrorgäste in Nummer sieben, nach außen hin zuckersüß, aber eine Beschwerde jagt die andere. Eine ganze Woche haben sie gebucht, und nichts können wir ihnen recht machen. Und dann verpacken sie ihre Nörgeleien auch noch so nett: ›Ich hoffe, es macht Ihnen nicht zuviel Mühe, uns ein anderes Zimmer zu geben, oder ein Kopfkissen oder ein größeres Badetuch, eine stärkere Birne für die Nachttischlampe oder eine andere Sorte Morgentee‹. Es wäre mir viel lieber, wenn sie unhöflich wären.« Sie beugte sich zu Gina hinüber und legte ihr kurz den Arm um die Schultern. »Ich muß ins Bett. Bleib du nur hier und rede mit Laurence. Und versuch dir keine Sorgen zu machen. Morgen früh sieht alles ganz anders aus.«

»Ich bleibe nicht lange«, sagte Gina. »Ehrlich. Ich brauchte nur eine Atempause zwischen Mum und High Place.«

Hilary warf ihnen beiden eine flüchtige Kußhand zu, ging hinaus und ließ die schwere Küchentür hinter sich zufallen. Laurence legte seine Schürze ab und warf sie auf den nächsten Stuhl. Dann setzte er sich Gina gegenüber, wie er zuvor schon Hilary gegenübergesessen hatte.

»Jammerschade. Es ist eine der schönsten Beziehungen, die ich kenne. Die beiden lieben einander so, wie sie sind, und nicht wegen irgend etwas, was sie brauchen oder haben wollen.«

»Ich weiß.«

»Bist du neidisch?«

Gina drehte ihr Glas in den Händen.

»Ja. Ich glaube schon. Ich weiß, daß Mum diese Liebe verdient, nach dem Leben, das sie gehabt hat, aber sie ist in mancherlei Hinsicht unmöglich, und Dan stört das überhaupt nicht. Er fing einfach an zu weinen, als er sie im Krankenhaus sah.«

Laurence breitete seine Hände auf der Tischplatte aus und musterte sie kritisch, als seien es fremde Hände, die er beurteilen musse.

»Die beiden haben ihre Prioritäten richtig gesetzt.«

Er hob den Blick von seinen Händen und sah Gina ins Gesicht. »Wie geht's dir?«

Sie lächelte.

»Ganz gut. Ein kleines bißchen besser, jedenfalls die meiste Zeit. Nur, was Sophy angeht, habe ich noch nicht mal angefangen, was zu unternehmen, weil ich wie gelähmt bin vor Angst, etwas falsch zu machen und sie dann ganz zu verlieren oder ihr zu schaden.«

»Genau das empfinde ich George gegenüber. Es ist heutzutage so schwer, jung zu sein. Man glaubt, wenn man tausend Wahlmöglichkeiten hat, sei man so frei wie ein Vogel, aber in Wirklichkeit ist das eher beunruhigend und verwirrend.«

»Er ist so lieb«, sagte Gina.

»George?«

»Ja. George.«

Laurence lächelte voller Freude.

»Ja, nicht wahr? Lieb. Vermutlich macht ihn das so verletzlich. Adam ist lange nicht so lieb, und deswegen leiden wir seinetwegen nicht auf dieselbe Art; er macht uns eher wütend.«

»Vor gar nicht langer Zeit waren wir genauso wie sie.

Erinnerst du dich? Wir haben unsere Eltern abgelehnt und unser Zuhause gehaßt, wir waren entschlossen, alles ganz anders, phantasievoller zu machen, und fest überzeugt, daß wir das schaffen würden. Meine Therapeutin will immer, daß ich nach vorn blicke, aber ich finde, daß man manchmal auch zurückblicken muß, um sich ins Gedächtnis zu rufen, wie die Geschichte anfing, warum alles so gekommen ist.«

»Die Geschichte ...«

»Ja.« Sie nahm ihr Weinglas und trank einen Schluck. Laurence beobachtete sie.

»Wir haben doch jeder eine Geschichte, oder?«

Er schwieg.

»Ich meine«, sagte Gina, »wenn ich mal verzweifelt bin, wenn ich nicht weiß, an wen ich mich wenden soll, komme ich zu dir. Oder? Weil wir uns schon so lange kennen, weil ich dir vertrauen kann. Vermutlich ist es so eine Art Instinkt, daß ich zu dir komme.«

Sie sah ihn an und lächelte.

»Du hast so schwere Zeiten hinter dir ...«, sagte er.

»Ich glaube, du bist der einzige Mensch ...«

»Nein.«

»Du bist so gütig, Laurence«, sagte Gina, »ein so gütiger Mensch. Das warst du immer. Güte ist eine wundervolle Eigenschaft für einen Mann.«

Er stand auf und blickte auf sie hinab. Sie erwiderte seinen Blick.

»Darf ich dich was fragen?«

»Was du willst ...«

»Würdest du ... Würdest du mich in die Arme nehmen? Nur einen Moment?«

Er kam um den Tisch herum. Sie erhob sich und legte ihm beide Hände auf die Schultern. Er blickte auf sie hinab, auf ihre dunklen Haare und Brauen und Wimpern, auf ihre Arme mit den dünnen Silberarmreifen, und nahm alles in sich auf. Er kannte sie seit so vielen Jahren, wußte genau, wie sie aussah, wie sie dachte, fühlte und sich verhielt, eine ganze Liste von Dingen, die man im Laufe der Jahre fast wie durch Osmose über einen Menschen lernt, Dinge, die er, Laurence, voller Zuneigung, doch ohne Erregung, schon ewig wußte. Und als er so auf sie hinabblickte, spürte er, daß sich all diese Dinge, die er wußte, und all die Dinge, die er sah, in seinem Herzen trafen und sich mit einer großen Erleichterung darüber mischten, daß sie zu ihm gekommen war. Es war ein so wunderbares Gefühl, daß er kaum noch zu atmen vermochte.

»Gina«, sagte er, und seine Stimme klang plötzlich heiser, »ach, Gina!«

Er zog sie an sich und hielt sie fest, das Gesicht in ihrem Haar, die Augen geschlossen.

»Ach Gina«, sagte er noch einmal und ließ seinen Mund hinunterwandern, um sie auf die Lippen zu küssen.

»Geh einfach«, sagte Adam. »Verdammt noch mal, *geh!*
Wir werden dich decken.«

Sophy sah sie alle an.

»Ich sollte … es irgend jemandem sagen. Oder?«

»Nein«, sagte George.

Gus, der quer überm Fußende des durchhängenden
Messingbettes lag, sagte: »Das gibt nur Ärger.«

»Du hast doch das Recht dazu«, meinte Adam. »Oder
etwa nicht? Schließlich ist er dein Vater.«

Sophy hatte den Saum ihrer Kellnerinnenbluse aus
dem Rock gezogen und spielte damit herum.

»Mum macht sich schon genug Sorgen wegen Gran
und Dan, wißt ihr, und ich …«

»Sie wird's nicht erfahren«, sagte George. »Sie wird
glauben, du bist hier bei uns. Du bist doch ohnehin dauernd hier.«

Adam gähnte.

»Tu's einfach. Wieso machst du so'n großen Wirbel
darum?«

»In meiner Familie wird um alles ein großer Wirbel gemacht«, antwortete Sophy automatisch, »seit eh und je.
Das wißt ihr doch. Wir müssen immer erklären, was wir
empfinden, und wenn's nur darum geht, wie die Waschmaschine geladen werden muß …«

»Nein, müßt ihr nicht«, sagte Adam. »Nicht seit dein
Dad weg ist.«

Alle schwiegen einen Moment; dann sagte Sophy hit-
zig: »Laß meinen Dad aus dem Spiel!«

»Entschuldige. Ich dachte nur …«

»Ihr kennt ihn nicht«, sagte Sophy. »Kein Mensch
kennt ihn.«

Gus richtete sich auf und sah sie an. Sie hatte seit Tagen fast ständig schlechte Laune, war reizbar, wortkarg und schwierig, wie Mädchen eben manchmal waren. Sie zeigten einem überdeutlich, daß irgendwas Schlimmes mit ihnen los war, aber reden wollten sie nicht darüber. Sophy wirkte total übermüdet. Wenn sie so aussah, hätte Gus ihr am liebsten Blumen geschenkt oder ihr einen von seinen Egg Tango Specials gemacht, in einem Brötchen, mit Ketchup. Ein wenig verlegen, weil seine beiden Brüder dabei waren, sagte er: »Ich glaube, du solltest einfach tun, was du möchtest.«

Sophy nickte. Sie schlang die beiden Blusenecken zu einem Knoten und zog ihn fest um ihre Taille zu.

»Na los!« sagte Adam. »Pack's an! Unsere Mum wird denken, daß du drüben bist, und deine Mum wird denken, daß du hier bist, und wir werden dafür sorgen, daß es dabei bleibt.«

Sophy warf George einen kurzen Blick zu.

»Kommst du … Kommst du mit?«

Er schüttelte den Kopf.

»Nein.«

»Aber ich kann nicht …«

»Du *kannst*«, sagte er. »Du mußt. Hier geht es um dich und deinen Dad.«

»Und was mach ich, wenn er 'ne Freundin hat?«

Eine Pause entstand. Alle vier erwogen die Möglichkeit, daß Fergus Bedford eine Freundin hatte, ein Wort, das jene gestylten Werbefoto-Schönheiten heraufbeschwor, mit denen Gus seine Schlafzimmerwände geschmückt hatte.

»Mann, o Mann …«

»Daran darfst du nicht denken; kann doch sein, daß er wirklich keine hat …«

»Ich würde sterben«, sagte Sophy. »Ich würde ausflippen.«

Gus glitt vom Bett, wobei die Patchworkdecke verrutschte und tiefe Falten warf.

»Ist doch ein Grund mehr hinzufahren – oder?« sagte er. »Ich meine, dich zu vergewissern, daß er keine hat.«

Adam nahm ein Kopfkissen vom Bett und warf es nach ihm.

»Du Scheißkerl«, sagte er. »Du elender Scheißkerl!«

Abgesehen von einem vornübergebeugt dasitzenden jungen Mädchen, das an seinen Nägeln kaute, und einer adretten alten Dame mit einem Koffer voller Aufkleber, lag der Bahnhof von Whittingbourne verlassen da. Alles schien in nachmittägliche Totenstille getaucht, und nichts regte sich, außer ein oder zwei Spatzen, die ein Stückchen weiter unten an der Strecke eifrig zwischen den Schienen herumpickten.

Sophy wählte eine Bank, die weit von dem Mädchen und der Dame entfernt am anderen Ende des Bahnsteigs unter zwei Werbeplakaten stand; eines pries Billigtarife für Familienausflüge per Bahn an, das andere ein Tina-Turner-Konzert. Sie trug Jeans und eine weiße Bluse unter einem indigoblauen Leinenjackett, das Fergus ihr geschenkt hatte, weil er sagte, manchmal sehne er sich richtig danach, sie in gut geschnittener Kleidung zu sehen. Sie hatte es bisher kaum getragen, daher fühlte sich das Leinen glatt und neu an und knisterte in den scharfen Falten fast wie Papier. Es duftete wundervoll, besser als Baumwolle, beinah nach freier Natur, nach den Feldern, auf denen, blau unter dem blauen Himmel, der Lein einst gewachsen war.

Auf dem Weg zum Bahnhof hatte sie bei Dan reingeschaut. Sie hatte ihn ohnehin besuchen wollen, aber er sollte ihr auch einen Teil ihres Alibis für den Nachmittag und Abend liefern, sollte bezeugen können, daß sie in Whittingbourne war, und nicht in London, um mit Fergus zu Abend zu essen. Fergus war wie vom Donner gerührt gewesen, als sie anrief, gleich darauf aber hocherfreut, ja, geradezu begeistert. Er wollte, daß sie sofort kam, auf der Stelle, und daß sie übers Wochenende blieb. Nein, hatte sie geantwortet, diesmal nur zum Abendessen und über Nacht.

»Weiß Mum davon?«

Sophy zögerte.

»Nein.«

»Solltest du's ihr nicht besser sagen?«

»Nein.«

»Es wäre mir lieber ...«

»*Nein*«, sagte Sophy, »diesmal nicht. Ich will nicht hinterher ausgefragt werden. Ich will nicht, daß sie ... darüber nachdenkt.«

Dan war sehr schläfrig gewesen. Sie hatten ihn ruhigstellen müssen, weil er sehr ungebärdig und aufgeregt gewesen war und fest entschlossen, aus dem Bett zu steigen. Vis Nähbeutel – rote Seide, mit Drachen bestickt, an einem Holzhenkel – hing am Knauf seiner Nachttischschublade, und in einer angeschimmelten Glasvase standen orangefarbene und rostrote Blumen, die nur von ihr sein konnten. Sie sei den ganzen Tag da gewesen, berichtete Dan müde, und habe, von ein paar kleinen Pausen abgesehen, ununterbrochen gestickt, geredet und ihm aus der Zeitung vorgelesen.

»Sie ist keine gute Vorleserin«, sagte er liebevoll, »ein hoffnungsloser Fall. Unterbricht sich ständig mitten im Satz, um das, was sie liest, zu kommentieren. Macht mich wahnsinnig!«

Er wirkte winzig klein auf Sophy, und sehr zerbrechlich, wie er da so ordentlich unter der glatten Bettdecke lag. Ihr fiel auf, wie gepflegt er war, Nägel und Haare sauber geschnitten, glattes Kinn, frischer und ordentlich zugeknöpfter Schlafanzug.

»Haben sie gesagt, wann du wieder nach Hause kannst?«

Er bewegte den Kopf auf dem Kissen hin und her.

»Nein, mein Liebes.«

Sie hätte ihn gern gefragt, ob er es nicht furchtbar fand, hier in diesem Saal voller Betten und alter Männer und hilfloser, störender Krankheitsgeräusche, aber sie brachte es nicht übers Herz, denn selbst wenn er es furchtbar fand, blieb ihm ja nichts anderes übrig, als hierzubleiben.

»Geht es dir gut, mein Liebes?«

Sie nickte. Fast hätte sie ihm erzählt, was sie gleich anschließend vorhatte.

»Mir geht's gut. Hilary hat mir einen Job gegeben, fast nur Kellnern, aber auch ein bißchen Gästezimmer putzen und Geschirr spülen. Bis jetzt hab ich schon zweiundvierzig Pfund verdient.«

»Braves Mädchen«, sagte er und tastete nach Sophys Hand. Sie ergriff die seine und merkte, wie kalt und klein sie sich anfühlte. »Braves Mädchen. So ist es richtig.«

»Ist das dein Granddad?« erkundigte sich eine Krankenschwester, als sie hinausging.

»Sozusagen …«

»Netter alter Herr«, sagte die Schwester. »Erstklassige Manieren.«

»Wird er …«, sagte Sophy und hielt dann inne. Vorn beim Empfang angekommen, begann die Schwester eine Kartei durchzusehen.

»Er hält sich sehr gut«, sagte sie. »Hat letzte Nacht wie ein Baby geschlafen.«

Vi nicht. Vi hatte Gina und Sophy um zwei Uhr morgens geweckt und verlangt, daß sie mit ihr sofort ins Krankenhaus fuhren und von irgend jemandem eine anständige Auskunft einholten. Gina war nach Orchard Close gefahren, und Sophy hatte im obersten Stock wachgelegen und auf das Geräusch des zurückkehrenden Wagens gewartet. Schließlich war sie wohl eingeschlafen, denn sie hatte ihn nicht kommen hören, und am Morgen war Ginas Schlafzimmertür geschlossen gewesen, und auf dem Küchentisch lag ein Zettel: »Bitte nicht wecken, Darling. Bin erst

um fünf nach Hause gekommen. Sehen wir uns später?«
– »Nein«, hatte Sophy daruntergeschrieben, »wir sehen
uns nicht. Ich muß heute abend arbeiten und werde
wahrscheinlich dort übernachten.« Und ganz zum
Schluß, ein wenig zerknirscht: »Ich hoffe, du hast gut geschlafen.«

Der Zug war nur halb voll. Sophy suchte sich einen
Platz gegenüber einer Schwarzen, die fest schlief, und einem Jungen mit Kopfhörer, der in einer Computerzeit-
schrift las. Auf ihrem Schoß lag ihre Strohtasche, in der
ihr Schlaf-T-Shirt und ihre Zahnbürste versteckt waren,
tief vergraben unter ihrem Walkman, einem Durcheinander von Kassetten, ihrer purpurroten Segeltuch-Handta-
sche und einem Exemplar von »Sense and Sensibility«,
das Fergus ihr geschenkt und das sie nie gelesen hatte.
Auch jetzt war ihr nicht nach Lesen zumute.

»Jane Austen«, hatte Fergus gesagt, als er ihr das Buch
in einer dieser glatten Papiertragtaschen aus der Buchhandlung von Whittingbourne überreichte, »versteht sich
bemerkenswert gut auf Teenager. Du wirst sehen.«

Sie wandte den Kopf zur Seite und blickte auf die Felder hinaus, an denen sie vorbeirollten, unscheinbare Felder, auf denen hier und da ein vereinzeltes, trauriges Tier
stand, dahinter eine Straße und eine Häusergruppe und
ein Kirchturm und noch weiter hinten ein weiterer Turm,
die silberne Säule eines Getreidesilos. Irgendwie erschien
es ihr unbegreiflich, daß Fergus ihr erst ein Buch, das er
liebte, mit neckenden, liebevollen Worten schenken und
dann, als hätte diese Geste nichts bedeutet, wäre nichts
gewesen als ein Spiel, einfach auf und davon gehen konnte. George meinte, so könne man das nicht sehen. Er sagte, um etwas zu beenden, das man nicht länger ertragen
könne, müsse man womöglich noch etwas anderes zerbrechen, das einem sehr am Herzen liege, nur weil beides
eng miteinander zusammenhänge. Genauso sei es ihm
mit dem College gegangen, sagte er. Er habe die Ausbil-

dung gehaßt, deswegen habe er sie abbrechen müssen, aber dadurch gebe es jetzt anderswo Schwierigkeiten, mit seinen Eltern und dem Leben, das sie führten. Im Kino hatte er ganz kurz Sophys Hand gehalten und sie dann höflich, aber energisch auf ihr Knie zurückgelegt, als gebe er ein geborgtes Taschentuch zurück. »Vielleicht will ich gar nichts Normales tun«, hatte er gesagt. »Ich weiß es nicht. Vielleicht will ich mich einfach treiben lassen. Aber nicht hier. Nicht hier in Whittingbourne. Nicht hier, wo jeder einzelne Erwartungen hegt, die genauso aussehen wie die aller anderen.«

Sophy schloß die Augen. Als Fergus noch zu Hause war, hatte es unentwegt Erwartungen gegeben – seine eigenen, die Gina, Sophy, dem Haus galten. Fergus hatte sie angespornt, manchmal sogar angetrieben. Er hatte Sophy das Gefühl gegeben, daß es Ziele gab, die vor ihr lagen, und Schätze, und Gefahren. Vor allem letzteres. Fergus war kein zuverlässiger Mann, kein zuverlässiger Vater, nicht so wie Laurence. Laurence, dachte Sophy, würde immer da sein, das wußte man einfach, er war verläßlich, arbeitete ruhig und stetig, und während der Arbeit dachte er über alles nach; wann immer man dagegen eine Tür öffnete – falsch: geöffnet *hatte* – und Fergus dahinter fand, so war das eine Überraschung gewesen, und es hüpfte einem das Herz. Nichts konnte in Whittingbourne Fergus ersetzen. Gar nichts. Das war vermutlich auch der Grund, warum High Place, seiner Gegenwart beraubt, die Aura des Geheimnisvollen und Zaubermächtigen verloren hatte. Jetzt war es nichts als ein schönes altes Haus, ein schönes, gepflegtes altes Haus, aber nicht mehr das Haus aus Sophys Kinderzeit, das Haus, das man bewundern, das man hegen und pflegen mußte – wegen seines Alters und der Intensität der Assoziationen, die es heraufbeschwor. Ein Zauberschloß. Zum erstenmal in ihrem Leben begriff Sophy, was George meinte, wenn er sagte, daß er unbedingt aus Whittingbourne wegwollte. Whittingbourne hatte nichts Romantisches an sich, versprach keine Chance auf ein Leben, das die Grenzen des Gewohnten sprengte und sich in ungeahnte Höhen aufschwang. Vielleicht, dachte Sophy, öffnete die Augen und sah die Rückseite von Vororthäusern vorbeigleiten, mit Leinen voll Wäsche, dann Schuppen und Gäßchen und Hinterhöfe, vielleicht hat mein Vater das gespürt und es auch in Gina gesehen. Vielleicht hat er wirklich die weite blaue Ferne gesehen, nach der George sich sehnt, und hat erkannt, daß es die einzige Luft ist, die er zu atmen vermag.

Draußen vor dem Bahnhof Holland Park war neben einem Zeitungsautomaten ein Blumenstand. Sophy zögerte. Sie verspürte plötzlich den dringenden Wunsch, Fergus Blumen mitzubringen, schreckte jedoch gleichzeitig vor einer solchen Geste zurück. Wenn sie ihm Blumen schenkte, so würde das irgend etwas bedeuten, nicht wahr? Aber was? Sie wollte vermeiden, daß es das Falsche signalisierte, etwa: Ich verzeihe dir alles; denn das wollte sie *auf gar keinen Fall*. Eine ganze Weile blieb sie unschlüssig dort stehen und betrachtete einen Eimer voll geschlossener, unglaublich schöner gelber Röschen, eingezwängt in Zellophantüten. Die armen Dinger, sie waren nicht etwa gewachsen, um so sein zu dürfen, wie sie waren, sondern um verkauft zu werden. Über den Blumen lagen auf Ständern mehrere Körbe mit Avocados und kleinen, hübsch gestreiften Melonen aus. Sie beschloß, Fergus im Sinne eines Kompromisses eine Avocado mitzubringen – das war zwar auch ein Geschenk, aber ein sachlicheres. In eine Avocado konnte wohl niemand eine Bedeutung hineinlesen.

Fergus hatte ihr den Weg beschrieben, den sie vom Bahnhof aus nehmen mußte. Zehn Minuten zu Fuß, hatte er gesagt, bis Shepherds Bush, und sieh dich gut um, es gibt da ein paar wunderschöne Häuser. Aber auch Bäume gab es da, so groß wie auf dem Land, und einige Geschäfte, die so elegant waren, daß sie überwältigend auf Sophy wirkten, einen Schlachter, von dem sie nicht die Augen abwenden mußte, eine Drogerie mit Parfümflaschen im Fenster und eine französische Patisserie mit Obsttorten, die Sophy an ihre Kindheitsferien in Frankreich erinnerten, an die weißen, ungepflasterten Landstraßen und den Geruch kräuterbewachsener Hügel und muffiger Hotelzimmer und an den Geschmack von Frühstücksbrot, das man in milchigen Kaffee stippte.

»Dann gehst du weiter«, hatte Fergus gesagt, »Richtung Westen, und zählst die Straßen. Bis du an einen sehr hübschen Platz und eine schöne halbmondförmige Häuserreihe kommst. Dort wendest du dich nach rechts.«

Der Blumenverkäufer hatte Sophy die Avocado in einer braunen Tüte überreicht, die einen Aufkleber mit dem Wort »Large« in roten Druckbuchstaben darauf trug. Sophy zog den Aufkleber ab und warf ihn zusammen mit der Tüte in den nächsten Abfalleimer. Es war besser, ihm die Avocado so zu geben, wie sie war, sie ihm in dem Moment in die Hand zu drücken, da er sich niederbeugte, um sie zu küssen; so konnte sie sich diesen Moment ein wenig erleichtern, ein wenig davon ablenken.

Das war das Haus! Sophy blieb auf der anderen Straßenseite stehen und musterte es eingehend. Es war ein Reihenhaus mit glatter Fassade und drei Stockwerken, einer Kellertreppe mit schwarzem Geländer vorn und einer glänzenden schwarzen Tür. Es war weiß verputzt, und an den Fenstern hingen, als lebe er dort schon seit ewigen Zeiten, Vorhänge, echte, schwere, gefütterte Vorhänge. Ein Paar wurde mit Kordeln zurückgehalten. Sophy schluckte. Das Haus wirkte so … so *beständig.* Sogar ein Trog mit Geranien stand vor der Haustür, dunkelrote Geranien mit weißen Herzen und rankenden Blättern wie ein Klettergewächs.

Ganz langsam überquerte sie die Straße und blieb am

Fuß der zwei Stufen stehen, die zur Haustür führten. Von hier aus konnte sie ins Wohnzimmer sehen, konnte den riesigen Spiegel aus der Eingangshalle von High Place erkennen und eine Ecke des Sofas. Die späte Sonne, die vom anderen Ende, wo es offenbar ein weiteres Fenster gab, ins Zimmer hereinschien, tauchte alles in goldenes Licht. Selbst von hier aus, wo sie nur Einzelheiten und Bruchstücke erkennen konnte, strahlte das Haus genau die Art von Selbstsicherheit aus, die auch High Place einstmals eigen gewesen war. Kurz und eindringlich fragte sich Sophy, ob sie der Sache gewachsen war.

Sie langte in ihre Korbtasche und nahm die Avocado heraus. Sie war ein wenig warm und fühlte sich freundlich an. Sophy stieg die beiden Stufen hinauf und suchte nach einer Klingel. Sie fand sie an der Seite, aus Messing, mit Fergus' Geschäftskarte in einem winzigen Rahmen darüber und einer weiteren Karte darunter: »Anthony Turner: Fine Art Restoration«. Wer …

»Ich will dich nicht erschrecken«, sagte ein ihr völlig fremder Mann, »aber ich habe dich von der Küche aus gesehen und wußte sofort, daß du Sophy sein mußt. Ich hab Fotos von dir gesehen, weißt du.«

Sophy starrte ihn an. Er war klein und etwa Ende zwanzig oder Anfang dreißig, hatte dunkles Lockenhaar und ein freundliches Lächeln. Er trug ein rotes Hemd, weiße Jeans und Espadrilles.

»Ich bin Tony Turner«, stellte er sich vor und streckte ihr die Hand entgegen. »Fergus ist nur noch mal schnell fort, um Erdbeeren zu besorgen.«

»Ja«, sagte Sophy und umklammerte ihre Avocado.

»Er ist bestimmt gleich wieder da. Komm rein.«

Sie folgte ihm in den Flur, der durchs ganze Haus führte und mit großen schwarzen und weißen Quadraten gefliest war. Es gab mehrere Spiegel und eine Statue. Sie musterte die Statue und stellte fest, daß es das steinerne Mädchen war, das Sophys ganzes Leben lang in dem winzigen mittelalterlichen Gartenhaus von High Place gestanden hatte, weil sie, wie Fergus ihr erklärte, aus Gips war und im Regen dahinschmelzen würde wie Zucker.

»Hallo«, sagte Sophy zu der Statue und legte ihr die Hand auf den Kopf.

»Sie ist zauberhaft«, sagte Tony Turner. »So verhalten kokett.«

»Sie hat mir gehört«, sagte Sophy. »Bis vor kurzem noch. Sie hat in meinem Garten gestanden.« Sie legte die Avocado in ihre Strohtasche zurück.

Eine winzige Pause entstand.

»Aber natürlich«, sagte Tony Turner; und dann, in etwas forschem Gastgeberton: »Möchtest du unseren Garten sehen?«

Unseren? Sophy schüttelte den Kopf. »Ich warte lieber auf meinen Vater.«

Geduldig sagte Tony: »Er hat vorgeschlagen, daß ich dir den Garten zeige.«

»Das kann er selber tun«, sagte Sophy. »Wenn er kommt.«

Sie kochte vor Wut. Sie wandte sich von Tony ab, ging in das Zimmer hinüber, das sie von der Straße aus gesehen hatte, und klammerte sich an die tröstliche, vertraute gepolsterte Rückenlehne des High-Place-Sofas. Ihres Sofas, Fergus' Sofas, ihres Familien-Sofas. Tony musterte sie einen Moment, wie sie dastand, mit dem schmalen, über das Sofa gebeugten Rücken und dem langen Zopf, der auf ihrer Wirbelsäule lag.

»Dann lasse ich dich jetzt allein«, sagte er. »Bis Fergus kommt. Von hier aus kannst du ihn auf der Straße sehen. Er wird gleich da sein.«

»Tut mir leid«, sagte Fergus, »das mit den Erdbeeren ist mir erst in letzter Minute eingefallen. Ich dachte, ich würde dir vielleicht unterwegs begegnen.«

Er drückte sie an sich, die Erdbeeren noch in der Hand, so daß sie ihren seltsamen, suggestiven, beinahe synthetischen Duft durch die Papiertüte wahrnahm. Er fühlte sich ungeheuer vertraut an, Form, Umfang und Duftnote genau wie früher, aber er trug ein neues Hemd, ein dunkelgrünes Hemd mit Knöpfen, die aussahen, als seien sie aus Knochen gemacht.

»Wer ist der ...«

»Tony? Mein Geschäftspartner. Ohne ihn hätte ich dieses Haus nicht kaufen können.«

Sophy löste sich von ihm.

»›Unser Garten‹, hat er gesagt.«

»Das stimmt. Das Haus gehört uns beiden.«

»Aber ich weiß gar nichts von ihm«, sagte sie kindisch.

»Nein«, sagte Fergus, »aber das wird sich ändern. Er ist sehr nett. Er restauriert schon seit fünf bis sechs Jahren Antiquitäten für mich. Dann ist seine Mutter gestorben und hat ihm ein bißchen Geld hinterlassen, das er in seine Hälfte dieses Hauses investiert hat.«

»Deine Stimme klingt so furchtbar *vernünftig*«, sagte Sophy ärgerlich.

Fergus ergriff ihre Hand.

»Nur als Gegengewicht zu deiner, die alles andere als vernünftig klingt. Komm, ich zeig dir das Haus. Komm und sieh dir an, wie viele Fotos von dir es hier gibt. Siehst du? Gleich da drüben stehen zwei.«

Sophy wandte sich um. Da war sie, mit drei und ungefähr sieben Jahren, in diesem ganz und gar fremden und doch seltsam wiedererkennbaren Londoner Wohnzimmer, und lächelte dümmlich, weil sie keine Ahnung von dem hatte, was ihr später zustoßen sollte.

»Die Küche ist im Souterrain«, sagte Fergus, »mit einer Treppe, die zum Garten führt; den ersten Stock bewohne ich, und Tony wohnt, wegen der Treppen und seiner jüngeren Beine, ganz oben. Wir haben auch überlegt, ob wir uns eine Katze anschaffen sollen.«

Sophy schwieg. Sie trat ans andere Fenster und blickte hinaus.

Draußen sah sie einen winzigen Garten, der jetzt schon voller Pflanzen war, und in der Mitte einen runden weißen Tisch mit vier weißen Sesseln, die auf einem Rund aus Steinplatten standen. Dahinter lag ein Gebäude, das aussah wie eine riesige Garage.

»Deswegen haben wir das Haus gekauft, weißt du«, sagte Fergus, der hinter sie getreten war. »Eine Werkstatt für Tony, ein kleines Lagerhaus für mich. Natürlich bis unters Dach mit Alarmanlagen gesichert. Die Anlagen haben fast genauso viel gekostet wie das ganze Haus.«

Ohne ihn anzusehen sagte Sophy: »Sieht aus, als wärst du schon seit *Jahren* hier.«

»Selbstverständlich«, sagte er. »Du kennst mich doch. Ich habe meine Prioritäten …«

»Ja!« rief sie wütend und fuhr zu ihm herum. »Das *weiß* ich! Nach allem, was du getan hast, weiß ich das besser als jeder andere!«

Behutsam stellte er die Erdbeeren auf einem Stapel Zeitschriften ab.

»Nun hör mal, Sophy …«

»Sag das *nicht!* Sprich bloß nicht in diesem Ton mit mir …«

Er hob die Hand. Dann sagte er mit betont ruhiger Stimme: »Ich habe es dir erklärt, Sophy. Alles erklärt. Wenn du mir nicht zuhören oder nicht verstehen *wolltest*, was ich dir zu sagen hatte, so ist das dein Problem. Aber ich habe dir offen und ehrlich erklärt, warum ich gegangen bin, warum ich ganz einfach gehen *mußte*.«

Mit funkelnden Augen beugte sie sich vor und zischte ihm zu: »Aber es stand dir nicht zu, einfach zu gehen! Weil ich da war!«

Er schwieg. Sein Ausdruck, eben noch selbstsicher und beinahe streng, wurde weicher und verletzlich. Sofort ergriff Sophy die Gelegenheit beim Schopf und fuhr im selben wütenden Tonfall fort: »Du hast mich fallen lassen. Endlose Jahre lang hast du mich fotografiert, mir Frühstück gemacht, mir Sachen erklärt, mir vorgelesen, mir Taschengeld gegeben und mir zu verstehen gegeben, daß ich mich auf dich verlassen kann, und dann läßt du mich ganz einfach fallen!«

»Es ging nicht um dich …«, sagte er gequält.

»Aber es läuft doch letztlich darauf hinaus, oder etwa nicht? Letzten Endes sitze ich in derselben Patsche, ob du's nun gewollt hast oder nicht. Und deinen ganzen Mist hast du mir hinterlassen, das ganze psychologische Durcheinander, den ganzen Kummer, ein halbes Zuhause und keine Zukunft. Das ist es, was du getan hast. Du hast gemacht, was du wolltest, und damit für mich alles vermasselt und mich mit Mum alleingelassen. Ich mag Mum, sie tut mir leid, aber ich will neben allem anderen nicht auch noch mit ihr fertig werden müssen. Warum sollte ich auch? Warum sollte ich irgend etwas für dich tun, nach allem, was du mir angetan hast? Du hast uns gezeigt, wie man auf eine ganz bestimmte Art und Weise lebt, *bestanden* hast du darauf; und dann bist du einfach auf und davon gegangen und hast uns erklärt, wir müßten ohne dich weitermachen. Und jetzt willst du mir dieses Haus zeigen, und diesen Tony, als sei das alles ganz normal, als hättest du nicht alles kaputtgemacht, als hättest du das *Recht,* so zu leben!«

Fergus griff nach ihren Händen, aber sie entzog sie ihm und versteckte sie hinter ihrem Rücken.

»Hör auf!«

»Ich liebe dich«, sagte Fergus. Er wirkte auf einmal älter, weniger selbstsicher und schick in seinem neuen grünen Hemd.

»Ach …«, sagte sie.

»Ehrlich. Du bist vermutlich der einzige Mensch, den ich jemals richtig geliebt habe, und wirst es immer bleiben. Du bist in mir, wie Blut oder Luft. Ich habe nicht gewollt, daß es so kommt; ich hätte auch nie gedacht, daß es so kommen würde. Ich hatte so sehr gehofft, du würdest verstehen …«

»Und wenn ich dich verstehe, wie du es ausdrückst«, schrie Sophy, »dann heißt das wohl, daß ich Mum so sehen muß, wie du sie siehst – oder? Und wie soll ich deiner Meinung nach mit ihr leben, wenn ich sie so sehe wie du?«

Fergus nickte.

»Das hindert dich doch nicht, deine Phantasie zu gebrauchen, Sophy. Es hindert dich nicht, zu erkennen, daß es in Anbetracht meiner und ihrer Persönlichkeit in unserem Zusammenleben weder Wachstum noch Harmonie geben konnte.«

Unter ihnen, in dem kleinen Garten, tauchte Tony Turner mit einer Flasche Wein und ein paar Gläsern aus der Souterrainküche auf. Er hob ihnen die Arme entgegen und winkte grinsend mit der Flasche. Fergus erwiderte die Geste, indem er am Fenster eine Hand hob.

»Wollen wir diesen Abend noch einmal von vorn beginnen?«

Zum erstenmal griff Sophy mit der Hand nach ihrer blauen Perle.

»Wie meinst du das?«

»Du hast gesagt, was du sagen wolltest, und ich habe es sehr ernst genommen und werde das auch weiterhin tun. Aber könnten wir das alles jetzt für ein oder zwei Stunden beiseite schieben?«

Sophy steckte die Perle in den Mund.

»Okay.«

Fergus nahm die Erdbeeren.

»Du wirst Tony mögen«, sagte er. »Das versichere ich dir.«

Sie aßen im Garten beim Schein spezieller amerikanischer Kerzen in Glaslampen, die die Insekten fernhielten. Die

Männer aßen von einem weißen Teller mit vielen verschiedenen Salamisorten, und Fergus hatte Sophy eine eigene kleine Pastete aus Spinat, Pinienkernen und Weichkäse im Teigmantel zubereitet. Es gab viel Wein und italienisches Brot und einen Salat mit Raukeblättern und anschließend Erdbeeren auf amerikanische Art mit Zitronensaft, braunem Zucker und saurer Sahne, weil Tony zur Hälfte Amerikaner war. Und es wurde jede Menge geredet. Beide Männer sprachen ziemlich viel über Reisen und erzählten ein paar komische und ein paar schockierende Geschichten aus der Antiquitätenwelt, und immer wieder zogen sie Sophy in ihre Gespräche hinein und fragten sie nach ihrer Meinung.

»Sie hat einen außerordentlich guten Blick«, sagte Fergus. »Schon mit vier Jahren war sie ein überaus verständiger Besucher von Kunstgalerien.«

»Tatsächlich?« Tony sah sie lächelnd an.

»Weil mir nichts anderes übrigblieb«, sagte Sophy, die das Lächeln nicht erwiderte, um zu zeigen, daß sie sich noch nicht entschieden hatte, ob sie das Spiel mitmachen wollte.

Nach dem Kaffee – aus einer echten Miniatur-Espressomaschine – stieg Fergus mit Sophy in den ersten Stock hinauf. Sein Schlafzimmer ging auf den Garten hin und war voller Sachen, die Sophy am liebsten sofort an sich gerissen hätte und deren Anblick sie kaum ertragen konnte. An seinem Bett stand ein Foto von ihr, das beim letzten Weihnachtsfest aufgenommen worden war; sie trug eine Strickjacke mit Kapuze, die Hilary und Laurence ihr geschenkt hatten und die ihr eine geheimnisvolle Aura verlieh, fast als wäre sie die Heldin eines Romans aus dem achtzehnten Jahrhundert.

Hinter seinem Schlafzimmer lag ein kleines Bad, in Blau und Weiß gehalten und so ordentlich wie eine Schiffskabine, und daneben ein weiteres Schlafzimmer, das nichts enthielt als ein Bett, einen weißen Sessel, ein zierliches, altes Tischchen mit einer Lampe und an der Wand dahinter einen kleinen, goldgerahmten Spiegel.

»Das gehört dir«, sagte Fergus.

»Mir?«

»Es ist dein Zimmer. Ich hatte gehofft, daß wir es gemeinsam einrichten könnten. Deswegen ist es so leer. Ich wollte nicht ohne dich anfangen.«

Schweigend sah sie sich im Zimmer um. Es war kühl und still, das heißt, bis auf die Autos, die auf der Straße vorbeifuhren. Sie hatte das Gefühl, weinen zu müssen, und das war viel schlimmer als die Wut, die sie vor drei Stunden unten empfunden hatte.

Mit einem Anflug von Verzweiflung sagte Fergus: »Ach, Sophy, meine geliebte Sophy – *bitte*, hilf mir!«

Sie trat einen Schritt von ihm weg und stellte ihre Strohtasche auf den hellen Bettüberwurf.

»Darum solltest du mich nicht bitten«, sagte sie.

»Aber ich muß doch …«

»Du solltest mich nicht darum bitten, weil ich mir nicht mal selber helfen kann.«

Eine kleine Pause entstand.

»Nein«, sagte er dann, kaum vernehmbar. Und schließlich, ein wenig zuversichtlicher: »Möchtest du baden?«

»Ja, bitte. Aber …«

»Was – aber?«

»Was ist mit dem Geschirrspülen?«

»Überlaß das nur uns, Tony und mir. Das ist schon in Ordnung.«

»Ach so.«

»Sophy …«

»Ja?«

»Wenn … Wenn du deinen Zorn und deinen Groll immer höhere Flammen schlagen läßt, werden wir nie miteinander reden können.«

Sie wandte sich zu ihm um.

»Bei dir«, sagte sie vorsichtig, »ist nicht das Reden so

sehr das Problem. Was du *tust,* ist so niederschmetternd. Zuerst das Zusammenleben mit uns, dann die Zerstörung dieses Zusammenlebens, und nun dies. Wenn du nur reden würdest, wären wir alle noch heil und gesund.«

Er betrachtete sie eine lange Zeit. Dann trat er vor, faßte sie bei den Schultern und küßte sie sehr behutsam auf die Stirn, die auf der Höhe seiner Lippen lag.

»Gute Nacht«, sagte er, und es klang unendlich traurig. »Gute Nacht, und was immer du auch denken magst: Ich freue mich, daß du hier bist.«

Sie schloß die Augen. »Nacht«, sagte sie; dann hörte sie, wie er hinausging, die Tür ins Schloß zog und leise die Treppe hinunter, am Wohnzimmer vorbei und in die Küche ging, um mit Tony Turner zusammen das Geschirr zu spülen.

»Erinnerst du dich an den alten Harrison, in der Schule? In meiner Schule. Der mir das Bee House vermacht hat ...«

»'türlich«, sagte Gina.

Sie lag an ihn geschmiegt, den Kopf auf seine nackte Schulter gebettet.

»Ich weiß noch, wie er uns von den Eisvögeln erzählte, den Halkyonen, die, wie die alten Griechen glaubten, im Winter, bei Windstille, schwimmende Nester auf dem Meer bauten. Ich erinnere mich noch genau an das griechische Wort, Alkyon. Da staunst du, was? Und dann haben die Alten Halkyon daraus gemacht, damit es ihrer Vorstellung der schwimmenden Nester entsprach: *hals*, das Meer, und *kyon*, empfangen.«

»Aha«, sagte Gina, »und?« Sie fühlte sich leicht und sicher in seinem Arm, mit seiner Haut unter ihrer Wange.

»Ich habe das Gefühl«, sagte Laurence, zur Decke blickend, »als hätten wir uns auch so ein Nest im Meer gebaut. Es ist, als hätten wir in all dem Aufruhr, dem Unglück und den Stürmen plötzlich eine Oase der Ruhe entdeckt, weil wir die Antwort gefunden haben.«

»Empfindest du wirklich diese Ruhe?«

»Ja.«

Sie stützte sich auf einen Ellbogen und musterte ihn; sein Gesicht lag dort, wo früher Fergus' Gesicht gelegen hatte, und es lag dort offenbar sehr gut.

»Trotz all dieser Geheimnistuerei, trotz des ewigen Planens und der gestohlenen halben Stunden?«

»Trotz alledem.«

Sie sah an ihm vorbei auf den Nachttischwecker, der noch immer, wie Fergus es gewollt hatte, auf seiner Seite des Bettes stand. Zwanzig nach vier. Noch zehn Minuten, dann konnte Sophy nach Hause kommen, oder Hilary würde auf die Idee kommen, daß diese Einkaufstour – nur verschiedene Käse und Buchweizenmehl – ein bißchen zu lang geriet.

»Ich nicht«, sagte Gina. »Ich fühle mich überhaupt nicht ruhig. Ich bin ungeheuer glücklich, aber bestimmt nicht ruhig.«

Er wandte sich ihr zu. Dann hob er die Hand und zeichnete mit dem Zeigefinger die Konturen ihres Gesichts nach; auf den Lippen machte er halt.

»Hast du ein schlechtes Gewissen?«

»Ja. Du etwa nicht?«

Er überlegte.

»Doch. Aber kein *sehr* schlechtes.« Er wandte den Blick ab und sah aus dem Fenster. »Hilary und ich haben ...«

»Nicht«, sagte Gina rasch.

»Was – nicht?«

»Sprich nicht von Hilary und dir. Das macht mich total fertig. *Hilary* ...«

»Wenn noch alles in Ordnung wäre zwischen Hilary und mir«, sagte Laurence, »würde ich jetzt nicht mit dir im Bett liegen. Und dann hätte ich mich auch nicht in dich verliebt ...« Er hielt inne, dann fuhr er fort: »Das heißt, inzwischen frage ich mich, ob ich nicht immer schon in dich verliebt und nur zu dumm war, es zu erkennen.«

Gina lächelte. Sie beugte sich zu ihm hinüber und küßte ihn.

»Du mußt gehen.«

»Du schmeckst nach Pflaumen.«

»Besser als nach altem Aschenbecher ...«

»Warum in aller Welt ...« Laurence richtete sich langsam auf und schwang die Beine aus dem Bett, » ... sollte das die Alternative sein?«

»Keine Ahnung. Nur so 'n dummer Spruch.«

Er wandte sich zu ihr um.

»Ich liebe dich.«

Sie nickte. »Sag das nicht zu oft. Es nutzt sich ab.«

Er stand auf und wickelte sich das Handtuch um die Hüften.

»Dummkopf!«

»Laurence …«

»Ja?«

»Wann …«

Er schloß die Augen.

»Bald. Sehr bald. Dienstag vielleicht.«

»Zwischen Pastete und Zitronentorte …«

»Ja«, antwortete er lächelnd. »So ähnlich.«

Sie stieg aus dem Bett und griff nach ihrem Negligé.

»Wirst du es Hilary sagen?«

Pause.

»Laurence?«

»Ja«, sagte er und ging zur Badezimmertür.

»Natürlich. Sobald ich genau weiß, *was* ich ihr sagen werde.«

Er schloß die Badezimmertür. Gina griff nach ihrer Haarbürste und begann heftig zu bürsten.

»Ich liebe glatte Haare«, hatte Laurence gesagt, »dicke, glatte, glänzende Haare. Sie sehen ungeheuer sexy aus. Was ist eigentlich so sexy an Haaren?«

Im Moment ist alles sexy, dachte Gina beim Bürsten. *Alles.* Ich kann's nicht fassen! Ich kann's nicht fassen, daß ich mich vor kurzem noch so beiseite geschoben und jetzt plötzlich so begehrt fühle. Ich kann diese Verwandlung nicht fassen, diese erstaunliche, herrliche, wundervolle Verwandlung!

»Wir sind ohne viel Überlegung an diesen Punkt gelangt«, hatte Laurence ihr vor ein oder zwei Tagen geschrieben, »nicht wahr? Wir sind der Landkarte gefolgt, die wir erhielten, als wir sechzehn waren, und nachdem sie uns auf hohe Berge, durch tiefe Wälder, durch Flüsse und Dschungel geführt hat, hat sie uns letztendlich hierhergebracht.

Ich frage mich nur, warum das nicht schon früher geschehen ist.«

Er habe eine seltsame Erleichterung empfunden, als Fergus ging, sagte er ihr. Und welch große Willenskraft es ihn gekostet habe, Fergus zu mögen! Damals habe er jedoch angenommen, das komme daher, daß Fergus nicht ganz sein Typ sei. Und er habe immer das Gefühl gehabt, Sophy sei mehr für ihn als nur die Tochter einer Freundin.

»Verstehst du?« sagte er. »Die ganzen Jahre bin ich mit Scheuklappen rumgelaufen, und es ist mir nie in den Sinn gekommen, sie abzunehmen.«

»Aber da war doch Hilary. Du hast dich in Hilary verliebt.«

»Ja. Aber nicht so, daß es dich ausgeschlossen hätte.«

»Ich war nicht da. Ich war in Pau.«

»Warum mußt du alle meine Feststellungen immer in Frage stellen?«

»Weil ich ganz sicher sein muß, daß du es ernst meinst. Ich muß mich auf dich verlassen können. Noch einmal zurückgewiesen zu werden, das könnte ich nicht verkraften.«

Als er jetzt aus dem Bad kam, angekleidet und nach Zahnpasta duftend, fragte er:

»Sehe ich zu sauber aus?«

Sie grinste.

»Riechen tust du jedenfalls so.«

»Ich werd mir Gorgonzola kaufen und ihn auf dem Heimweg die ganze Zeit fest an mich drücken.«

»Ich kann's nicht ertragen, daß du gehst …«

Er stand da und sah sie an. Dann nahm er ihre Hand in die seine.

»Nein.«

»Ich kann mir gar nicht mehr vorstellen, daß es mir jemals leichtgefallen ist, dir Lebewohl zu sagen. Ich kann mir nicht mehr vorstellen, wie wir das die ganzen Jahre lang geschafft haben …«

»Vorher, nachher. Vor der Liebe und nach der Liebe.«

Vielsagend deutete sie mit dem Finger auf ihn.

»Jetzt gibt es kein Zurück mehr.«

»Nein. Unmöglich. Hoffnungsloser Fall. Das Kanu ist über den Rand des Wasserfalls gestürzt, Hunderte von Metern hinab. Keine Chance, jemals umzukehren.«

»Gott sei Dank.«

Lächelnd fragte er: »Und was erzählst du deiner Therapeutin?«

»Weiß ich noch nicht. Bestimmt werd ich keine Namen nennen. Aber ich werd ihr sagen, daß sie recht hatte, mit der Liebe.«

Noch immer ihre Hand haltend, beugte er sich vor und küßte sie auf den Mund.

»Auf Wiedersehen, Liebling. Laurence Wood liebt Gina Sitchell.«

Sie schloß die Augen.

»Und nun schieb ab«, sagte sie leise.

Von ihrem Wohnzimmerfenster aus sah Vi zu, wie Adam und Gus Wood auf Dans Blumenbeeten Unkraut jäteten. Hilary hatte die beiden geschickt und erklärt, ein bißchen Dienst am Nächsten würde ihnen und ihr selbst guttun, weil sie ihr dann eine Weile nicht über den Weg laufen würden.

»Der beschäftigungslose Mann«, sagte sie zu Vi, »ist ein Klotz am Bein. Unglaublich lästig. Ich wünschte, ich hätte Töchter bekommen.«

»Wünsch dir das nicht«, sagte Vi. »Söhne bevormunden ihre Mütter nicht so wie Töchter.«

Die beiden Jungen verstanden nicht viel vom Unkrautjäten, arbeiteten nicht halb so gründlich, wie Dan es gewollt hätte, und jedesmal, wenn sie ein Büschel herauszogen, verteilten sie Erde über den ganzen Weg. Sie würde sie später bitten müssen, den Weg zu fegen, bevor sie ihnen Tee und den Kuchen anbot, den sie gebacken hatte, einen Kuchen mit Buttercremeglasur und Walnüssen drauf. Komische Dinger, diese Walnüsse, sahen irgendwie aus wie winzige Gehirne. Es war schön, endlich mal wieder jemanden zu haben, für den man einen Kuchen backen konnte, jetzt, wo Sophy zuviel zu tun hatte, um sie zu besuchen, und Dan in allem, was sie ihm ins Krankenhaus brachte, nur herumstocherte wie ein armes Vögelchen, das Brotkrumen aufpickt. Krankenhaus! Er ging ein, davon war sie fest überzeugt, er ging ein wie eine Primel in diesem Krankenhaus. Krankenhaus! Arbeitshaus sollten sie's nennen, mit all den Vorschriften und der hygienischen Hartherzigkeit und dem Essen, das man nicht mal einem Hund vorsetzen würde. Eigentlich sollte sie jetzt dort sein und sich Mühe geben, Dan mit dem einen oder anderen Leckerbissen in Versuchung zu führen, aber er hatte sie gebeten, die Blumenbeete jäten zu lassen, er müsse ständig daran denken. Sie machte sich große Sorgen darum, was ihm im Kopf herumgehen mochte; sie haßte die Vorstellung, daß er da lag, eingesperrt mit seinen Gedanken und unfähig, selbst irgend etwas zu unternehmen. Unvermittelt beugte sie sich vor und öffnete das Fenster.

»Paßt auf eure großen Füße auf!«

Adam blickte auf seine Füße in den Turnschuhen hinab, als sei er erstaunt, feststellen zu müssen, daß er für sie verantwortlich war.

»Was ...«

»Die Lobelien!« rief Vi. »Ihr tretet sie ja ganz kaputt!«

Adam hob einen Fuß und musterte die zerquetschte Masse der blauen Blüten.

»Tut mir leid ...«

»Das hilft jetzt auch nichts mehr.«

Er stieg aus dem Blumenbeet und kam ans Fenster. Er mochte Vi. Sie kam ihm so bodenständig und aufrichtig vor.

»Tut mir leid, Vi. Ehrlich. Das hab ich wirklich nicht gewollt. Meine Füße sind so ...«

Beide blickten auf sie hinab.

»Ich verstehe.«

»Ich werd Ihnen eine neue Pflanze kaufen ...«

»Nein«, sagte Vi gutmütig. »Ist nicht so wichtig. Die blühen ohnehin nur ein paar Wochen. Hast du Sophy gesehen?«

»Heute nicht«, sagte Adam. Am Abend zuvor hatten Gus und er aus ein paar Kissen eine Art Sophy-Puppe gemacht und sie ins Messingbett im Bee House gelegt. Sie sah recht gut aus, abgesehen davon, daß sie keinen Kopf hatte. Gus wünschte, er hätte eine Perücke. Niemand hatte Fragen gestellt, und außerdem hatte günstiger Weise eine Auseinandersetzung zwischen Hilary und Laurence alle Aufmerksamkeit auf sich gezogen. Laurence hatte gegen Mitternacht das Haus noch einmal verlassen, um, wie er behauptete, einen Spaziergang zu machen und sich zu beruhigen. Adam war nicht sicher, worum es bei dem Streit genau gegangen war, er hatte nur etwas von ungerecht verteilten Arbeiten und Pflichten mitbekommen. Hilary hatte mehrmals den Ausdruck Schinderei benutzt. Adam hatte sich keine weiteren Gedanken darüber gemacht, aber Gus war furchtbar aufgeregt gewesen und hatte immer wieder über das sprechen wollen, was sie gehört hatten, und ständig darüber nachgedacht, was es wohl zu bedeuten hatte. Adam hatte ihn mit einem Video zu beruhigen versucht, aber Gus konnte sich nicht konzentrieren, sondern saß vor dem Fernseher, wickelte seine Haare um die Finger und kaute an den Fingernägeln, bis Adam die Geduld verlor, ihn anbrüllte und mit Gegenständen bewarf. An diesem Punkt war Hilary hereingekommen, um ihnen erschöpft zu erklären, sie habe Kopfschmerzen, sie möchten bitte ein bißchen leiser sein und Laurence sei spazierengegangen.

»Warum?« hatte Gus sie sofort gefragt.

»Um sich zu beruhigen.«

»Warum?«

Hilary schien nicht zu bemerken, daß er so erregt war.

»Was glaubst du wohl?« hatte sie gesagt. »Ihr habt uns doch schließlich auch gehört ...«

Daraufhin war sie zu Bett gegangen. Kurz danach war George – wo immer er gewesen sein mochte – nach Hause gekommen, und Gus hatte heiße Schokolade gemacht, und dann waren alle drei hinübergegangen, um die Kissen-Sophy zu begutachten.

»Nicht schlecht«, hatte George gesagt.

»Ich werde sie vermutlich nachher noch sehen«, sagte Adam jetzt zu Vi. »Soll ich ihr vielleicht was ausrichten?«

Vi seufzte. Sie pflückte einen langen, scharlachroten Faden von ihrer weißen Sommerstrickjacke und warf ihn aus dem Fenster.

»Nein, mein Junge. Nicht nötig. Ich wollte nur wissen, wie's ihr geht.«

»Bißchen geknickt«, sagte Adam freundlich, »bißchen gestreßt. Sie wissen schon.«

»Wie wir alle«, sagte Vi. »Genau wie wir alle.«

Adam wippte auf den Fußballen und reckte die Arme so hoch in die Luft, daß sein T-Shirt aus dem Hosenbund der Jeans rutschte und mehrere Zoll grünlichweißer Haut freilegte.

»Bis auf mich«, sagte er und schenkte Vi ein Lächeln, das auch nicht die kleinste Andeutung von Genugtuung enthielt. »Mir geht's gut.«

In der Abstellkammer im obersten Stock von High Place fand Gina schließlich, wonach sie suchte: einen festen Pappkarton, der früher einmal ein Dutzend Flaschen Burgunder enthalten hatte und jetzt all ihre Andenken an die Jahre in Frankreich barg, Ansichtskarten, Straßenkarten und Reiseführer, Fotos, Restaurantrechnungen und eine kleine weiße Gipsstatuette von Henri IV. in Wams und Strumpfhose und mit Rosetten auf den Schuhen, ein Geschenk eines dankbaren Schülers in Pau.

»Möglich, daß ich wieder nach Frankreich gehe«, sagte sie zu Laurence während seines so erfreulichen, unerwarteten Mitternachtsbesuchs. »Ich hab's jedenfalls in Erwägung gezogen.«

»Frankreich?« fragte er verwundert.

»Na ja, hier können wir doch nicht bleiben – oder? Und in Frankreich würden wir beide Arbeit finden. Ich habe Pau ziemlich gut gekannt.«

»Aber dort hast du Fergus kennengelernt …«

»Würde dich das stören?«

Er verzog das Gesicht.

»Möglicherweise. Heute abend stört mich so ungefähr alles. Ich weiß nicht, was ich getan hätte, wenn ich nicht hätte zu dir kommen können.«

»Das konntest du immer …«

Sie saßen am Küchentisch. Sophys Wellensittich in seinem Käfig am Fenster hatte ihnen den Rücken gekehrt, den Kopf unter den Flügel gesteckt und schlief. Laurence griff nach Ginas Hand.

»Ich weiß. Aber nicht so wie jetzt.«

»Gar nichts war je so wie jetzt. Und nichts wird je wieder so sein wie jetzt. Oder so, wie es war. Deswegen dachte ich an Pau.«

Er küßte ihre Hand.

»Ich bin viel zu erledigt, Liebling, um überhaupt an irgendwas zu denken, außer daran, wie ungern ich nach Hause zurückkehren möchte.«

Gegen eins war er dann schließlich doch gegangen. Eine Zeitlang hatten sie noch eng umschlungen zusammen im dunklen Garten gestanden, dann war er leise durchs Tor auf die Straße getreten. Gina hatte sich Tee gemacht und, weil sie so glücklich war, voll sorgloser Zuversicht beschlossen, ihren Termin bei Diana Taylor am folgenden Morgen abzusagen und statt dessen Vi zu besuchen. Schließlich war sie so leichtherzig und beschwingt zu Bett gegangen, daß sie sich selbst kaum wiedererkannte. Vor ihrer Schlafzimmertür hatte sie noch einmal haltgemacht, um einen Blick die kurze, steile Treppe hinauf zu werfen, die zu Sophys Zimmer führte. Sophy ... Wenn sie an Sophy dachte, sackte ihr Herz mitten in seinem Höhenflug so schnell ab wie ein außer Kontrolle geratener Lift: die bloße Vorstellung, es Sophy beibringen zu müssen! Na ja, dachte sie mit so viel Entschiedenheit, wie sie aufzubringen vermochte, wir haben beide unangenehme Pflichten zu erfüllen. Laurence muß es Hilary und seinen Söhnen sagen, und ich Vi und Sophy.

Sie trug den Weinkarton zur Treppe und setzte ihn unter dem Dachfenster ab. Es war schön, wieder einmal an Pau zu denken, mit seinen wundervollen Ausblicken auf die Pyrenäen und seinen rührenden Andenken an die Engländer, wie etwa die Jagd, den Cercle Anglaise, den English Club mit seinem Billardzimmer und der Büste Queen Victorias. Sie war so glücklich dort gewesen, in ihrer kleinen Wohnung in der Nähe des Boulevard des Pyrenées; an den Vormittagen hatte sie in einer Schule unterrichtet und am Nachmittag in einem hohen, stillen Raum hinter der Place de Verdun Klavierstunden gegeben. Sie erinnerte sich genau, wie Licht aus einem Innenhof, durch lange Spitzengardinen gefiltert, ins Zimmer fiel, sah noch den Frauenhaarfarn in einem chinesischen Übertopf vor sich und auf dem Klavier ein Metronom aus Messing und Ebenholz, das sie nie benutzte und das den Eiffelturm darstellte. Sie hatte Freunde in Pau gefunden und ganze Wochenenden lang das Ossau-Tal und die Weinberge von Jurançon durchstreift. Und durch einen dieser Freunde, einen Engländer, der noch immer die Villa besaß, die sein Großvater in viktorianischer Zeit erbaut hatte, als Pau ein berühmter Kurort war, hatte sie Fergus kennengelernt. Er war gekommen, um einige Möbel in der Villa zu bewerten, und Gina war am selben Abend zum Dinner geladen. Als sie kam, hatte sie diesen hochgewachsenen, blonden, gutaussehenden Mann vorgefunden, der an der offenen Terrassentür des Salons stand und in den Garten hinausblickte.

»Sehen Sie sich das an«, sagte er lachend zu Gina. »Es ist perfekt. Sogar eine Schuppentanne gibt es, die sogenannte Chile-Tanne. Auracaria imbricata. Wer außer einem Viktorianer hätte so etwas angepflanzt?«

Den ganzen Abend lang hatte er sie beobachtet, als sei er fasziniert von ihr. Gina öffnete den Pappkarton und spähte hinein. Vielleicht war es besser, nicht an diesen Abend zu denken, denn die Erinnerung an Dinge, die schiefgelaufen waren, konnte einem die Erinnerung an gerade erst Erlebtes gründlich verderben. Wie dem auch sei, sie wollte nicht an Fergus in Pau denken. Sie wollte daran denken, wie es sein würde, wenn sie jetzt, mit ihrem wiedergefundenen Selbstbewußtsein, die dünne Bergluft einatmete, während Laurence entweder bei ihr war oder bald bei ihr sein würde. Ganz oben im Karton lag eine Ansichtskarte, ein Bild von Pau mit den schneebedeckten Pyrenäen dahinter. Sie drehte die Karte um. »Du solltest herkommen«, hatte sie auf die linke Hälfte geschrieben. »Es ist wunderschön und wahrhaft malerisch. Hundertprozentig französisch, aber es gibt auch eine Fuchsjagd in roten Jagdröcken. Überleg's dir. Aber bitte ernsthaft. Alles Liebe, Gina.« Die Adresse auf der rechten Hälfte lautete: »Laurence Wood, 17 The Leas, Whittingbourne.« Sie hatte sie nicht abgeschickt. Sie hatte die Karte, wie es schien, ohne Rücksicht auf Hilary geschrieben; dann hatte sie Fergus kennengelernt und sie nicht mehr abgeschickt. Ein wenig staunend blickte sie darauf hinab. Es war tatsächlich ein Omen, ein weiterer kleiner Meilenstein auf der Landkarte.

Im Schaufenster von Barton and Noakes entdeckte Hilary ein Hochglanzfoto von High Place, das genau in der Mitte prangte und offenbar der ganze Stolz der Firma war. Einmalige Gelegenheit, stand darunter, zum Kauf eines historischen Baudenkmals unserer Stadt. Etwaiges Interesse schnellstmöglich anmelden. Wer immer das Foto gemacht hatte, mußte auf einen Laternenpfahl gegenüber geklettert sein und sich mit einer Kamera auf die Spitze gehockt haben wie ein Wüstenheiliger auf seine Säule, denn der Blick ging über die Mauer hinweg und zeigte die wunderschöne alte Steinveranda, die niemals benutzt und höchstens von vorüberfliegenden Vögeln gesehen wurde. Hilary betrat das Büro und erhielt prompt nicht nur ein paar fotokopierte Blätter, sondern einen richtigen Aktenordner aus cremefarbenem Karton mit dem Foto auf dem Deckel, und drinnen weitere Aufnahmen von Halle und Treppenhaus, beide getäfelt, und von dem Garten mit der mittelalterlichen Sitzbank. Der geforderte Preis belief sich, wie Hilary feststellte, auf zweihundertfünfundzwanzigtausend Pfund.

Die Broschüre, die neben Laurences vom Schuster abgeholten Schuhen und einer großen Menge Briefmarken in ihrer Einkaufstasche lag, wirkte seltsamerweise tröstlich auf sie. Nicht daß sie Gina Böses wünschte – ganz und gar nicht –, aber es lag etwas ziemlich Beunruhigendes darin, daß Gina so ganz allein, ohne Ehemann und festes Ziel, in erreichbarer Nähe wohnte, wie ein reiterloses Pferd beim Grand National. Sie hatte zwar keinerlei Unberechenbarkeit erkennen lassen, aber Hilary war ständig auf der Hut, zumal sie wußte, daß Laurence gelegentlich etwas Selbstgekochtes nach High Place schickte oder sogar persönlich vorbeibrachte, eine freundschaftliche Geste, gegen die Hilary keine Einwände erheben konnte – im Gegenteil, sie fand sie durchaus richtig –, die sie jedoch irgendwie auch nicht mit Gelassenheit zu betrachten vermochte.

Da aber High Place zum Verkauf angeboten wurde, würde Gina, wenn es verkauft war, möglicherweise zu der Einsicht kommen, daß es Zeit für einen sauberen Schlußstrich sei, und Whittingbourne endgültig verlas-

sen. Auch wenn sie klang wie ihre Schwester Vanessa –
Hilary fand, daß das eine wunderbare Idee sei. Gina und
Fergus waren eines; Gina allein etwas ganz anderes. Und
Sophy hatte nur noch ein Schuljahr vor sich, bevor sie
sich in die lange Schlange jener Jugendlichen einreihen
würde, vor denen eine, wie Hilary zugeben mußte, nicht
gerade aussichtsreiche Zukunft lag.

Am Ende der Orchard Street stieß Hilary, als habe sie
sie durch ihre Gedanken angezogen, auf Gina. Gina hatte
Vi besucht und war mit ihr zum Krankenhaus gefahren;
Dan hatte sehr schläfrig gewirkt und sie offenbar kaum
erkannt. Vi hatte sich so uncharakteristisch still verhalten,
daß Gina sie wenig später nur unter allergrößten Bedenken zu Hause allein gelassen hatte, und das auch nur,
weil Vi ausdrücklich verlangt hatte, allein gelassen zu
werden.

»Ich gestehe alles«, sagte Hilary, die Hand auf ihrer
Einkaufstasche.

»Was – alles?«

»Daß diese Tasche eine Broschüre von High Place enthält. Die reine Neugier, schlicht und ergreifend.«

»Es ist kein Geheimnis«, sagte Gina.

»Sicher nicht. Aber vielleicht hätte ich dich doch fragen
sollen …«

Gina blickte zu ihr auf.

»Nein.«

»Sieht großartig aus. Sehr attraktives Objekt.« Sie hielt
inne; dann fragte sie mit vorgetäuschter Beiläufigkeit, die
sie schon bereute, während sie noch sprach: »Weißt du
schon, was du anfangen wirst, wenn das Haus verkauft
ist?«

Gina hob beide Hände und fuhr sich mit einer trägen
Geste, die zu Hilarys Ton paßte, durch die Haare.

»Ich dachte, ich könnte vielleicht wieder nach Frankreich gehen.«

»Nach Frankreich? Nach Montélimar?«

»Nein. Nach Pau. In Pau hat es mir sehr gut gefallen.«

»Aber da hast du doch …«

»Ich weiß. Trotzdem gefällt es mir da sehr. Ich könnte dort arbeiten. Das Ganze ist nur so ein Gedanke, deshalb solltest du vielleicht lieber nicht darüber …«

»Aber nein! Natürlich nicht. Wie geht's Vi?«

»Sie ist ziemlich down. Macht sich schreckliche Sorgen. Dan geht es zwar nicht schlechter, aber auch nicht besser, und ich teile ihre Gefühle hinsichtlich des Krankenhauses. Die Schwestern dort sind wirklich nett, aber diese Anstaltsatmosphäre ist zum Davonlaufen.«

»Ich hab die Jungens zum Unkrautjäten rübergeschickt. Waren sie überhaupt für irgendwas gut?«

»Für den Garten nicht«, sagte Gina, »aber für Mum. Haben einen ganzen Kuchen verdrückt.«

Hilary lächelte. Eine kleine Welle der Erleichterung, auf die sie nicht stolz war, die sie aber dennoch wärmte, durchströmte ihren Körper wie ein seltener Schluck Brandy.

»Wir könnten uns um sie kümmern, weißt du. Falls du wirklich nach Frankreich gehst.«

Gina musterte sie eingehend, und es entstand eine kleine Pause, bevor sie sagte: »Das ist wirklich lieb von euch.«

Hilary beugte sich ein wenig hinab. Ganz kurz berührte ihre Wange die von Gina, und sie nahm einen Hauch ihres frischen Zitronenduftes wahr.

»War schön, dich zu sehen«, sagte Hilary, vor Erleichterung ganz gelöst. »Paß gut auf dich auf.«

»Ja«, sagte Gina, und ihre Stimme klang kühl, beinahe unpersönlich, »das tu ich.«

Als sie später am selben Abend den Speisesaal geschlossen hatten, ging Laurence Hilary suchen und fand sie in ihrem kleinen Büro. Er wollte ihr nur sagen, daß Sophy mit Kevin noch die Küche aufräumte und daß ihm ihr Aussehen gar nicht gefiel. Zwar war sie immer ein

wenig blaß, doch heute abend wirkte sie dazu tief beküm-
mert, und er dachte, daß Hilary vielleicht mit ihr sprechen könnte.

»Hil …«

Hilary saß über ihren Schreibtisch gebeugt. Neben ihr
lag ein halbfertiger Dienstplan, während sie auf einen
Zettel Namen und Zeiten kritzelte und versuchte, mit ihnen zu jonglieren.

»Ja?«

»Ich weiß nicht, könntest du vielleicht mal nachsehen,
was mit Sophy los ist? Sie sieht außergewöhnlich blaß
aus.«

»Sie sieht immer ziemlich blaß aus.«

»Aber heute mehr als sonst.«

Ohne sich umzudrehen, antwortete Hilary: »Warum
fragst du sie nicht selbst, was mit ihr los ist?«

»Ich bin keine Mutter.«

Jetzt fuhr sie herum.

»Und was hat das damit zu tun?«

»Angenommen, sie hat ihre Periode. Das würde sie mir
bestimmt nicht anvertrauen.«

Hilary musterte ihn eine Weile, seufzte, sagte, na
schön, okay, in zehn Minuten, und zog etwas unter ihrem
Dienstplan hervor.

»Sieh dir das an.«

Sie reichte ihm die High-Place-Broschüre. Laurence
nickte.

»Sehr luxuriös.«

»Zweihundertfünfundzwanzigtausend. Ich habe Gina
heute getroffen.«

Laurence lehnte sich in dem winzigen Zwischenraum
zwischen Schreibtisch und Tür an die Wand.

»Ach ja?«

»Ja. Sie kam von Vi. Die Tatsache, daß ihr Haus bald
verkauft wird, schien sie nicht weiter zu bekümmern.«

Pause.

»Ach nein?«

»Nein. Vielleicht hat sie nun, da Fergus weg ist, den Gedanken aufgegeben, weiterhin dort zu leben. Ich kann's ihr nicht verdenken. Man fühlt sich dort ja wie in einem Luxus-Möbelgeschäft. Sie sprach davon, nach Frankreich zu gehen.«

»Ach ja?«

»Ja. Möglicherweise wieder nach Pau.« Hilary blickte zu Laurence auf. »Interessiert dich das denn gar nicht?«

Er bewegte die Schultern, und irgend etwas an dieser Bewegung ließ Hilary in einer Schrecksekunde erkennen, daß er ein sehr attraktiver Mann war. O *Himmel*, er war wirklich ein sehr attraktiver Mann!

Um ihre Reaktion zu überspielen, fragte sie rasch: »Ich finde, das ist eine gute Idee – du nicht auch? Wenn sie wieder nach Frankreich rübergeht, könnte sie sich dort doch ein neues Leben aufbauen, oder?«

Er zuckte die Achseln. Sein Blick war verschleiert.

»Möglicherweise …«

»Ich meine, hier hält sie doch nichts mehr – oder? Ich hab ihr gesagt, daß wir uns um Vi kümmern würden.«

Ganz langsam löste Laurence, einen Kalender vom Nagel reißend, die Schultern von der Wand und drückte ebenso langsam die Tür ins Schloß. Hilary beobachtete ihn, und irgend etwas an der Art, wie er sich bewegte, an der plötzlich veränderten Atmosphäre in diesem winzigen, unaufgeräumten Zimmerchen unter dem harten, schirmlosen Schein der Lampe hinderte sie, auch nur ein einziges Wort zu äußern. Sie sah zu, wie er sich von der Tür abwandte, herüberkam und sich dicht bei ihr an die Schreibtischkante lehnte, wobei er ihren Dienstplan zerknitterte und einen Becher mit Kugelschreibern umstieß. Sie beobachtete, wie die Stifte umkippten und über die Schreibtischplatte rollten, und ließ sie liegen.

»Hilary«, sagte er.

Sie sagte nichts. Sie sah zu ihm auf, wie er da neben ihr

lehnte, die Arme in seinem vertrauten blauen Hemd über der weißen Küchenschürze verschränkt, und brachte kein Wort heraus.

»Ich hatte«, begann Laurence, »nicht sagen wollen, was ich dir jetzt sagen werde, aber unser Gespräch hat eine Wendung genommen, die mich dazu zwingt. Ich wollte dir überhaupt noch nichts sagen, weil ich keine Ahnung hatte, *wie* ich es dir sagen sollte. Aber ich glaube, es gibt keine andere Möglichkeit, als es schlicht und einfach auszusprechen. Außerdem glaube ich, daß es ohnehin keinen richtigen Moment dafür gibt.« Er wandte den Kopf so, daß er direkt auf sie hinabblicken konnte – ernst und ruhig, fast, mußte Hilary plötzlich denken, wie ein Vater sein Kind betrachtet; dann sagte er in einem Ton, der zu seinem Ausdruck paßte: »Ich muß dir sagen, daß ich mich in Gina verliebt habe.«

Beide schwiegen. Auf Hilary wirkte es wie ein sehr langes und sehr aufgeladenes Schweigen, eines, in dem beide nur lauschten, wie versteinert den Worten lauschten, die zwischen ihnen in der Luft hingen. Dann merkte Hilary, daß ihre Hände zu ihrem Gesicht wanderten, zu ihrer Brille, sie herabrissen und quer über den unordentlichen Schreibtisch schleuderten. Und dann hörte sie eine Stimme schreien, es war ihre eigene Stimme, die von irgendwo außerhalb ihres Körpers kam und den kleinen, erstickenden Raum fast vollständig füllte.

»O nein!« hörte sie sich schreien. »Das nicht! O Laurence, bitte, das nicht!«

11

»Mrs. Hennell hat ein Usambaraveilchen geschickt«, berichtete Cath Barnett, »und Mr. Paget hat sich erboten, die Blumenbeete zu übernehmen. Jedenfalls vorläufig.«

Doug brummte etwas vor sich hin. Er hatte Dan zweimal im Krankenhaus besucht, konnte Cath aber nicht überreden, auch einmal hinzugehen.

»Du brauchst dir keinen Vorwurf zu machen«, sagte er ihr immer wieder. »Wenn einer einen Herzinfarkt kriegen soll, wird er ihn überall kriegen, und wenn er ganz munter im Bett liegt.«

»Mrs. Sitchell sieht das nicht so.«

»Das kann man auch nicht von ihr erwarten.«

»Ich wette, die knetet aus Kerzenwachs Puppen von mir, steckt Nadeln rein und legt sie in ihre Schubladen.«

»Na ja«, sagte Doug gleichmütig und drückte seine Zigarette aus, »das werden wir ja bald merken, nicht wahr? Sobald dir deine Beine abfallen.«

Cath trat ans Fenster zum Innenhof und hob die Gardine.

»Es war immer so schön hier ...«

»Nun werd mal nicht gleich morbid ...«

»He, sieh mal!« Cath deutete hinaus. »Da ist dieses arme Kind.«

Doug hob den Kopf. Unter Caths ausgestrecktem Arm hindurch entdeckte er Sophy Bedford in Jeans und einem übergroßen, marineblauen Sweatshirt. Sie hatte sich die Haare hochgesteckt, so daß ihr schlanker Hals sehr lang wirkte.

»Hübsch, mal wieder was Junges zu sehen ...«

»Ich glaube, Mrs. Sitchell ist nicht da. Sie ist im Krankenhaus. Ich geh schnell mal raus und sag es ihr.«

Doug schlug seine Zeitung auf und blätterte zur Renn-sportseite.

»Hol sie rein, Cath. Lad sie auf einen Kaffee ein.«

Er studierte die Meldungen. In New York gab es ein Abendrennen. Er war froh, wenn die Flachbahnsaison endlich vorbei war und die Hindernisrennen wieder begannen – die waren weitaus aufregender. Durchs Fenster sah er, daß Cath – großer Gott, so neben Sophy wirkte Cath ausgesprochen rundlich, und sie sollte wirklich keine Leggings tragen, bei diesen Oberschenkeln! – Sophy die Hand auf die Schulter legte. Sophy war ein bißchen größer als Cath und stand nicht nur aufrechter als sonst, sondern hatte auch den Kopf auf eine Weise erhoben, die Doug jedem anderen als Trotz ausgelegt hätte. Sie sah Cath lächelnd an, aber es war ein kleines Lächeln, ein Höflichkeitslächeln. Hübsches Mädchen, dachte Doug, recht hübsch jedenfalls, mit dem locker hochgesteckten Haar. Cath hatte oft gesagt, sie finde, für ihr Alter müsse Sophy schon zu viel durchmachen, aber Doug war anderer Meinung. Er fand, man konnte gar nicht früh genug lernen, was für ein Schlamassel das Leben sein konnte und wie man am besten damit fertig wurde und den Kopf über Wasser hielt. Wenn er noch daran dachte, wie er und Cath all die endlosen Jahre mit hoffnungslosen Jobs oder ganz ohne Arbeit in trostlosen städtischen Notunterkünften oder Pensionszimmern gelebt hatten. Dies waren bei weitem der beste Job und die beste Wohnung, die sie jemals bekommen hatten, und sie hatten dafür über fünfzig werden müssen. Ein junges Mädchen wie Sophy Bedford hatte wenigstens mit Stil begonnen, hatte nie eine Toilette mit elf anderen Personen teilen oder das Gefühl haben müssen, das Leben habe nichts Besseres oder Interessanteres zu bieten als eine endlose Folge verregneter Montagvormittage.

Er sah, wie Sophy ein wenig vor Cath zurückwich, bis Caths Hand von ihrer Schulter fiel. Dann kehrte Cath zu ihm zurück, mit den Händen ihre Strickjacke vor der Brust zusammenhaltend, als ahne sie, daß er ihre Rundungen betrachtete. Darunter trug sie ein pinkfarbenes T-Shirt mit einem riesigen, mindestens fünfzehn Zoll großen Papagei auf der Vorderseite. Vielleicht sollte man, wenn man über fünfzig war, auch nicht unbedingt Pink oder T-Shirts mit Papageien tragen. Vi Sitchell schien allerdings nirgends anzuecken, wenn sie in Pink und Rot und Purpur herumlief. Eigentlich komisch.

»Sie wollte nicht reinkommen«, sagte Cath. »War furchtbar höflich, aber sie hat einen Schlüssel, hat sie gesagt, und will in die Wohnung rein und einfach nur ein bißchen nachdenken.«

Doug steckte sich eine frische Zigarette an und inhalierte genüßlich.

»Na ja, des Menschen Wille ist sein Himmelreich ...«

»Sie hat keine Umschweife gemacht«, sagte Cath. »Ich hab sie noch nie so energisch erlebt. Ganz schön hochnäsig, die junge Dame.«

»Ja«, sagte Doug. »Ja«. Dann beugte er sich über seine Rennberichte und die Tips für diesen Tag. »Cath ...«

»Ja?«

»Cath«, sagte er so beiläufig wie möglich, »hast du in letzter Zeit mal in einen Spiegel gesehn? In einen großen?«

Gus fand, daß seine Mutter furchtbar aussah. Sie erinnerte ihn ein bißchen an Gina an dem Tag, als sie zu ihnen gekommen war, weil Sophys Vater ihr gesagt hatte, daß er ausziehen werde: als hätte sie etwas so Furchtbares gehört oder gesehen, daß sie es nicht verkraften konnte. Sie war fast kalkweiß im Gesicht, und ihre Augen sahen aus, als hätte sie sie nächtelang nicht geschlossen, ganz tot und leer. Und sie hatte grauenvolle Laune.

»Alles in Ordnung?« hatte sich Gus erkundigt, als er mit einer Schale Cornflakes in der Hand im Flur vor dem

Schlafzimmer seiner Eltern stand. »Mum?« Hilary machte so energisch das Bett, als wolle sie die Laken zerreißen.

»Nein«, antwortete sie mit dem Rücken zu ihm.

Er aß einen Löffel Cornflakes und fragte mit vollem Mund: »Was ist denn los? Wenn ich was tun kann …«

»Ich hab Kopfschmerzen«, sagte Hilary wutentbrannt. »Und meine Periode. Und ein Hotel voller Menschen, die mich nicht interessieren. Und einen vierzehnjährigen Sohn, der Milch auf dem Teppich verschüttet wie ein Zweijähriger!«

»Entschuldige«, sagte Gus. Mit der Schuhsohle rieb er über die Milchtropfen, bis sie sich in einen kleinen, dunklen Fleck verwandelten.

»Laß das!«

»Entschuldige …«

»Hol einen Lappen und wisch das ordentlich auf, du Dummkopf, sonst fängt's an zu stinken!«

»Okay, ich …«

»Sofort!« schrie Hilary und schlug auf die Kopfkissen ein. »Sofort! Und nimm ein bißchen Spülmittel oder so.«

Als er ihr später im Korridor hinter der Bar begegnete, fuhr sie ihm mit der Hand durchs Haar.

»Entschuldige, mein Junge. Ende der Saison oder so ähnlich.«

Er nickte. Am liebsten hätte er sie – mindestens ebensosehr zu seinem eigenen Trost wie zu ihrem – in die Arme genommen, genau wie Sophy, aber weder Hilary noch Sophy ließen sich gern berühren. Bei Dad war das seltsamerweise leichter, auch wenn er nicht bei der Sache war. Der reagierte immer, wenn man ihn umarmte. Auf Gus wirkte Hilary, als müsse sie dringend mal in den Arm genommen werden, würde sich aber energisch dagegen wehren, wenn das jemand versuchen würde.

Zu seiner Verwunderung sehnte er sich nach dem Schulanfang, ja, er zählte sogar die Tage. Es war ein endloser Sommer gewesen, und ein schrecklich langweiliger, und der Gedanke an die Schule verhieß immerhin Beschäftigung, Zusammensein mit Freunden und eine willkommene Rückkehr zur Normalität. Gus liebte die Normalität so sehr, wie Adam sie verabscheute. Selbst wenn Gus mal gegen die Regeln verstieß, vergewisserte er sich, daß es nur die normalen Regeln waren – wie etwa das Rauchverbot – und daß er nicht zu weit ging. Er mochte es nicht, wenn ihm die Dinge aus der Hand glitten, außer Kontrolle gerieten, und im Augenblick hatte er das Gefühl, daß genau das geschah. Jeder in seiner unmittelbaren Umgebung schien irgendwie aus dem Gleis geraten zu sein und ohne Führung in der Gegend umherzuirren. Deshalb, dachte Gus bei sich, war es unbedingt notwendig, daß wieder etwas Normales geschah, irgend etwas Stinknormales, das man ganz einfach tun mußte, damit alles wieder ins Gleis kam. Und dafür würde die Schule sorgen. Zwei Wochen noch, und die Schule würde das Leben wieder normalisieren.

»He, du weißt wohl nicht, was du mit dir anfangen sollst?« fragte Don, der Barkeeper, als Gus sich erbot, den Keller auszufegen. »Freust du dich etwa auf die Schule?«

»Ja«, antwortete Gus.

»Mannomann«, sagte Don. »Hätte nie im Leben gedacht, so was von einem der modernen Kids zu hören. Nie im Leben. Bist du sicher, daß ich nicht lieber die Weißkittel rufen soll?«

»Ich glaube«, sagte die junge Frau und blieb auf der Schwelle zum Eßzimmer von High Place stehen, »das hier könnte ein Spielzimmer werden.«

Gina musterte sie. Sie war nicht unbedingt hübsch, aber attraktiv mit ihrem scharfkantig geschnittenen Bubikopf, der schwarzen Kleidung und dem knallroten Lippenstift. Ihr Ehemann war das männliches Äquivalent dazu, mit Sonnenbrille und schwarzem T-Shirt. Die beiden betrieben eine Firma für modernes Design.

»Wir haben Kinder, wissen Sie«, sagte die Frau. »Zwei.«

»Bis jetzt«, ergänzte der Mann. Es war Gina, als zwinkere er ihr etwas angeberisch zu.

»Unsere Tochter …«, begann Gina, und fuhr dann hastig fort: »*Meine* Tochter hat eigentlich immer in der Küche gespielt. Zu meinen Füßen.«

Die Frau schnitt eine Grimasse.

»Unsere sind Jungen …«

»Ich dachte immer, Jungen hingen noch mehr an ihrer Mutter als Mädchen.«

Die junge Frau ging zum Kaminsims hinüber und begutachtete, eine Hand am Ellbogen, die andere am Kinn, die Steinumrandung, als betrachte sie eine Skulptur.

»Nicht an *dieser* Mutter …«

»Glauben Sie ihr kein Wort«, sagte der Mann. »Sie ist ganz vernarrt in sie.«

Sie waren vor einer Stunde gekommen. Gina hatte ihnen Kaffee gemacht, Mineralwasser für Mrs. Pugh – »Zara«, sagte sie, als sie eintrafen, und streckte ihr eine weiße Hand mit einem Silberring entgegen, der so dick war wie ein Türknauf, »Zara Pugh« – aufgetrieben und sie auf die halb stolze, halb hoffnungsvoll-demütige Art im Haus herumgeführt, die den meisten Verkäufern eigen ist. Sie hatten sich alles genau angesehen, jeden einzelnen Schrank und Winkel, und Mr. Pugh war in den verschiedenen Räumen stehengeblieben, um sie mit halbgeschlossenen Augen zu taxieren, als wolle er sie fotografieren. Sie waren das siebente Paar, das Gina herumführte, und auch wenn sie ein wenig albern wirkten, bei weitem das vielversprechendste.

»Gut«, sagte Mr. Pugh immer wieder beifällig, wenn er ein Detail wie die tief eingelassenen Steckdosen und die gewachsten Steinfliesen in der Küche entdeckte. »*Gut.*« Manchmal nahm er die dunkle Brille ab, um etwas besser sehen zu können.

Gina ließ ihn nicht aus den Augen. Sie wollte unbedingt vermeiden, daß er sie für eine arme, verlassene Frau hielt, die man in ihrem erbarmungswürdigen Zustand mühelos übervorteilen konnte. Um allen zu zeigen, daß man sie nicht unterschätzen durfte, hatte sie einen Blazer und goldene Creolen angelegt. Als sie die Pughs, die so großstädtisch wirkten in ihrer schwarzen Kleidung, so exotisch und weltläufig für Whittingbourner Verhältnisse, so durch die verschiedenen Zimmer wandern sah, merkte sie verwundert, daß es ihr kaum etwas ausmachte. Sie konnte nur noch daran denken, daß das Geld, das die Pughs ihr – vielleicht – bezahlten, es ihr ermöglichen würde, endlich ein eigenes Heim einzurichten, ein Heim, das ihr, ihren Neigungen und den Menschen entsprach, die sie liebte, und nicht einem abstrakten Prinzip perfekter Restaurierung. Allmählich regte sich in ihr das Gefühl – und das hatte sie auch Diana Taylor gesagt –, daß Fergus ihr fast einen Gefallen getan hatte.

»Seien Sie vorsichtig«, hatte Diana gesagt.

»Reden Sie mir nicht von der Gefahr eines Rückschlags …«

»Das muß ich. Man sollte sie nicht fürchten, aber man muß gewappnet sein.«

»Aber Sie haben gesagt, daß mir alles, was meine Lage verbessert, helfen würde, mit den Dingen fertig zu werden, also auch mit Rückschlägen …«

»Es gibt keine Veränderung ohne Opfer«, hatte Diana gesagt. »Soviel steht fest. Vergewissern Sie sich nur, daß Sie nicht unschuldige Menschen das Opfer bringen lassen.«

»Ist das Buche?« fragte Mr. Pugh und berührte mit der Hand ein Küchenregal.

»Rüster.«

»Rüster«, sagte er ehrfürchtig. Er blickte sich um. »Kein Aga.«

»Nein …«

»Dann werden wir einen aufstellen müssen«, sagte Zara. »Ich hab noch einen in Camden Town. Ohne den könnte ich nicht auskommen.« Durch die geöffnete Glastür blickte sie in den Garten hinaus. »Da ist ein Mann in Ihrem Garten. Wußten Sie das?«

Gina eilte hinüber. Auf der Gartenbank saß Laurence, die Ellbogen auf die Knie gestützt, und starrte ins Leere.

»Ach so«, sagte sie. »Das ist ein Freund.«

»Sieht nicht allzu gut aus, finden Sie nicht auch? Meinen Sie, es geht ihm gut?«

»Ich werde nachsehen«, sagte Gina und schob sich an ihr vorbei. »Bin gleich wieder da. Bitte, sehen Sie sich nur weiter um.«

Sie hastete die Stufen zu der kleinen Rasenfläche hinauf.

»Laurence …«

Er hob den Kopf. Dann streckte er ihr beide Hände entgegen.

»Geht's dir …«

»Nein«, sagte er, »es geht mir schlecht.«

Sie ließ sich vor ihm auf die Knie nieder. Er sah aus, als hätte er seit Wochen nicht mehr geschlafen.

»Ich hab's Hilary gesagt. Gestern abend spät. Eigentlich wollte ich es nicht, aber das Gespräch nahm eine Wendung, daß mir nichts anderes übrigblieb. Also hab ich's ihr gesagt.«

»Was genau hast du ihr gesagt?«

»Daß ich dich liebe.«

»Mehr nicht?«

Laurence starrte sie an.

»Genügt das nicht?«

Gina warf einen Blick über ihre Schulter. Die Pughs waren nirgendwo zu sehen.

»Was ist passiert?«

Sanft entzog Laurence Gina seine Hände.

»Sie war niedergeschmettert. Ich … Ich hatte gedacht,

sie hätte mich satt. Gründlich satt. Aber ich hab mich offenbar geirrt. Wie es aussieht, hat sie im Moment einfach von allem die Nase voll, aber anscheinend weiß sie, daß das so ist, und ...« Er hielt inne.

»Sie liebt dich immer noch«, flüsterte Gina.

»Ja.«

Sie setzte sich neben ihn.

»Ich kann nicht lange bleiben. Ich führe gerade ein Ehepaar im Haus herum. Bist du ...«

»Was?«

Sie schluckte. »Bist du gekommen, um mir zu sagen, daß Hilarys Gefühle deine verändern?«

Er fuhr zu ihr herum.

»Ganz bestimmt nicht!«

Sie hielt eine Hand mit der anderen fest, damit sie nicht so stark zitterten.

»Gott sei Dank!«

»Gina. *Gina.* Wofür hältst du mich denn? Ich bin nur gekommen, weil mich mein Instinkt zu dir führt, wenn etwas so Schlimmes geschieht. Ich erwarte auch nicht von dir, daß du etwas *tust.* Ich mußte dir nur berichten, wie schrecklich es war, die ganze Nacht, und wie ...«

»Wie – was?«

»Wie schuldig ich mich fühle.«

Sie legte ihre Hand auf die seine.

»Es tut mir so leid, Laurence! Ehrlich.«

Er verzog das Gesicht.

»Man wünscht sich die Liebe nicht, stimmt's? Aber wenn sie auf einmal da ist, scheint man keine Wahl mehr zu haben.«

»*Ich* habe sie mir gewünscht«, entgegnete sie. »Mehr als alles andere.«

Wieder warf sie einen Blick zum Haus hinüber. Die Pughs standen an ihrem Schlafzimmerfenster und gestikulierten, als beschrieben sie einander, wie man die Dekoration hübscher gestalten könne.

»Es tut mir leid, aber ich muß jetzt wohl gehen ...«

»Selbstverständlich. Ich komme später wieder. Heute nachmittag. Wenigstens brauche ich jetzt nicht mehr so zu tun, als ginge ich rosa Pfeffer kaufen. Ach Gina, ihr *Gesicht* ...«

»Bitte, nicht.«

»Laß mich deines ansehen.«

Sie wandte sich ihm zu. Mehrere Sekunden lang betrachtete er sie sehr ernst, so als wollte er sich ihre Züge einprägen.

»Der erste Schock ist immer am schlimmsten«, sagte Gina. »So war es auch bei mir, als Fergus ging. Ich dachte, ich müßte sterben. Buchstäblich.«

Laurence stand auf.

»Ich weiß nicht«, sagte er. Dann sah er blinzelnd zum Himmel empor, wo dicke hellgraue und weiße Wolken wie Ballons vor dem tiefen Blau hingen. »Ich weiß nicht. Ich glaube, ich fürchte den Fallout noch weit mehr.«

Sophy schlief zwei Stunden auf Vis Sofa. Eigentlich hatte sie sich nur daraufsetzen und Vis Collage an der Wand gegenüber betrachten wollen – zwei weiße Brokatschwäne auf einem grünen Seidensee inmitten von Rohrkolben aus braunem Samt –, damit sie ungestört ihren Gedanken nachhängen konnte. Aber dann war sie in der stickigen Hitze und Geborgenheit von Vis Wohnzimmer schläfrig geworden, hatte sich mit dem Kopf auf ein Patchworkkissen gelegt und geschlafen, lange geschlafen.

Es war ein seltsamer Schlaf gewesen, als wäre ihr Bewußtsein unter Wasser. Immer wieder nahm sie dumpf wahr, daß ihr Verstand langsam an die Oberfläche stieg wie ein Fisch, der nach Luft schnappen wollte, aber sie kämpfte dagegen an und zwang ihn, langsam kehrtzumachen und schwerfällig in die Bewußtlosigkeit zurückzusinken. Seltsame Träume hatte sie gehabt, voller riesiger, dunkler, aufblühender Bilder, ein wenig bedrohlich, aber selbst die waren, wie ihr schlafendes Ich ihr sagte, besser, als wach zu sein.

Als sie schließlich doch erwachte, war es Mittag. Sie fragte sich, ob Vi aus dem Krankenhaus zurückkommen würde und ob sie eine Dose Suppe aufmachen oder ein bißchen Käse zum Toasten reiben sollte. Sie ging in die Küche. Auf dem Brotbrett lag inmitten eines Meers von Krümeln ein Laib Brot, auf dem Tisch stand ein Glas Marmelade, daneben eine kleine Dose Süßstoff, und in einem kleinen Raphiabastkörbchen mit grünem Rand lagen zwei Tomaten. Im Spülstein stand unabgespült der Teebecher von Vis Morgentee. Sophy öffnete den Kühlschrank und hockte sich davor. Er enthielt all die Dinge, die Vi zu kaufen pflegte, solange sich Sophy erinnern konnte, all die Dinge, die Fergus so verabscheut hatte, wie Wurst und Schmelzkäse, ein halb gegessenes Steak und Nierenpastete in der Dose. Sophy nahm den Schmelzkäse heraus und zog zwei weiche, gummiartige Scheiben herunter. Die eine rollte sie auf, stopfte sie sich in den Mund und drückte sie mit der Zunge an den Gaumen, bis sie sich auflöste. Dann schnitt sie sich eine Scheibe Brot ab, legte die zweite Käsescheibe darauf und aß sie, an den Spülstein gelehnt, zusammen mit einer Tomate, die sie in der anderen Hand hielt. Sie schmeckte nach gar nichts, schien nur Konsistenz zu sein. Sie spülte Vis Becher aus, füllte ihn mit Leitungswasser und trank in großen Schlucken, bis ihr übel wurde.

Neben dem Telefon lag Vis Notizblock. Auf dem obersten Blatt stand in rotem Filzstift DAN und daneben die Nummer des Krankenhauses. Sophy riß das Blatt darunter heraus und schrieb:

»Liebe Gran, ich bin hergekommen, um ein bißchen allein zu sein. Ich hoffe, Du hast nichts dagegen. Ich habe Käse und eine Tomate gegessen. Bald komme ich wieder und besuche Dich. Ich hoffe, daß es Dan heute gutging. Alles Liebe, Sophy.« Sie las noch einmal, was sie geschrieben hatte; es klang armselig und kindisch. »Tut mir leid«, setzte sie hinzu, »ich hab nicht wirklich ausdrücken können, was ich sagen wollte. Noch einmal alles Liebe von Sophy.«

Sie blickte sich in der Küche um. Dabei kam ihr der Gedanke, daß sie ein bißchen aufräumen könnte, doch dann überlegte sie, daß Vi a) nichts davon merken würde, es ihr b) egal sein würde und c) sie sich nicht aufdrängen wollte. Also legte sie den Zettel in das Bastkörbchen unter die übriggebliebene Tomate und verließ das Haus.

»Sie ist nicht hier«, sagte Lotte, »sie ist ausgegangen. Mr. Wood ist in der Küche, falls Sie mit dem sprechen wollen.« Sie bückte sich, um den weißen Plastiksack mit dem Müll aus den Gästezimmern aufzuheben, der vor ihren Füßen stand. »Überhaupt nichts los, heute. Ganz plötzlich. Nur drei Doppelzimmer gebucht. Mir soll's recht sein. Mrs. Wood hat Kopfschmerzen. Meine Mutter hat auch immer diese Kopfschmerzen gekriegt, und der Doktor in Boden hat gesagt, das ist Migräne, und sie darf keinen Räucherfisch essen …«

»Wann hab ich Dienst?« unterbrach Sophy das Mädchen.

»Heut abend«, sagte Lotte. »In der Küche. Kevin hat frei, und Michelle ist im Speisesaal. Bei meiner Mutter kam das jeden Monat zur selben Zeit; und im Winter, wenn die Nächte so lang sind und wir nur zur Mittagszeit 'n bißchen Tageslicht hatten, war's immer am schlimmsten. Ganz schrecklich war das. Man hätte sich am liebsten umgebracht. Nicht für eine Million Pfund würd ich dahin zurückkehren.«

»Nein«, sagte Sophy und drängte sich an Lotte mit ihren Eimern und Müllsäcken vorbei, »kann ich mir vorstellen.«

»Passen Sie nur auf, hab ich zu Mrs. Wood gesagt, Sie arbeiten zuviel. Und dann muß sie an so vieles denken.

Sie sind ganz ähnlich wie meine Mutter, hab ich zu ihr gesagt ...«

Sophy floh zur Treppe, die in die Privatwohnung hinaufführte, und nahm immer drei Stufen auf einmal. Auf halbem Weg sah sie ein Schokoladenpapier liegen, das jemand fallen gelassen hatte; Sophy, an Hilarys angebliche Migräne denkend, hob es auf. Aus einem der Jungenzimmer oben kam laute Musik. Die Küche war leer und unaufgeräumt, Adams und Gus' Zimmer ebenfalls. Die Tür zu Georges Zimmer war verschlossen.

Sophy zögerte einen Moment und stopfte das Schokoladenpapier in ihre Jeanstasche. Dann klopfte sie an. Nichts rührte sich; die Musik spielte weiter. Sie klopfte noch einmal, energischer.

George öffnete die Tür. Er sah zerknautscht aus und nur halb wach.

»Warum in aller Welt klopfst du an?«

»Schlafzimmer gehören schließlich zur Privatsphäre«, sagte Sophy.

George trat zurück, um sie einzulassen. Im Zimmer roch es nach benutztem Bett und Zigarettenrauch.

»Das solltest du mal meinen Brüdern sagen.«

»Kann ich die Musik leiser machen?«

»Ja«, sagte er, »'türlich.« Er langte an ihr vorbei und drehte am Lautstärkeregeler. »Ich hab dich seit London nicht mehr gesehen, seit du zu deinem ...«

»Nein.«

Sie ging durchs Zimmer, bahnte sich einen Weg durch die auf dem Fußboden verstreuten Kleidungsstücke und Zeitschriften und Zeitungen und setzte sich auf das ungemachte Bett. Sie saß, wie George feststellte, sehr aufrecht da, nicht so krumm wie sonst, wenn sie aussah, als wolle sie sich dafür entschuldigen, daß sie so mager war, daß sie Sophy war und daß sie überhaupt da war.

»Willst du 'n Kaffee?«

Sie schüttelte den Kopf.

»Vielleicht später. Hab ich dich bei irgendwas gestört?«

Er gähnte. »Nein. Hab nur so dagelegen und versucht, mir keine Sorgen zu machen. Man hat mir einen Job im Gartenzentrum angeboten. Ich sollte ihn nehmen, aber ich hab Angst davor. Angenommen, ich find ihn erträglich, wenn auch nicht gerade aufregend, und dann gewöhne ich mich dran und bleib da hängen?«

»Du mußt doch nicht …«

»Nein. Aber so kommt's eben manchmal.« Er musterte Sophy; dann legte er sich am anderen Ende des Bettes quer über die zerdrückten Kissen. »Was ist passiert? In London?«

Sophys Körper versteifte sich.

»Es war grotesk.«

»Grotesk?«

Sie hob die Hände, schüttelte sie und schloß die Augen, als versuche sie etwas abzuwehren.

»Er hat da ein Haus gekauft. Ein sehr schönes Haus, sehr hübsch, und alles eingerichtet wie bei einem jungverheirateten Ehepaar, und er will sich eine Katze anschaffen, und dann ist da dieser Mann, dieser Tony.«

George wurde auf einmal sehr still.

»Du liebe Zeit!«

»Ich weiß nicht«, sagte Sophy mit hochgerecktem Kinn, »ich weiß wirklich nicht. Ich kann nur spekulieren. Aber die Küche war perfekt, mit allen möglichen Geräten und Delikatessen und einer richtig verrückten Uhr, wie ein Fisch, alles aus modernem Metall, und sie gingen … na ja, irgendwie *vertraulich* miteinander um. Ihre Schlafzimmer liegen in verschiedenen Stockwerken, und Dad hat immer wieder erklärt, daß Tony ihm geholfen hat, das Haus zu kaufen, daß er es sich sonst nie hätte leisten können, aber sie schienen so unheimlich aneinander *gewöhnt* zu sein.«

»Pfui Teufel«, sagte George und rutschte auf dem Bett näher an Sophy heran. »Ach, Soph …«

»Ich war so wütend«, sagte Sophy. »Ich war schon

ziemlich wütend, bevor ich losfuhr, aber als ich dann ankam und dieser Tony mir die Tür aufmachte und sich auf eine so schleimige Art die größte Mühe gab, charmant zu mir zu sein, da wurde ich so wütend, daß ich dachte, ich würde explodieren. Und dann kam Daddy zurück, und ich wollte, daß er mich in die Arme nahm, und gleichzeitig hätte ich ihn am liebsten umgebracht. Er schien einfach überzeugt zu sein ...«, sie hielt inne und schlug mit den geballten Fäusten auf die Steppdecke ein, » ... daß es absolut in Ordnung ist, sich mir wegzunehmen und sich einem anderen zu schenken. Daß er das Recht dazu hat!«

»Sophy, vielleicht *ist* es ja gar nicht das, vielleicht ist er ja gar nicht ...«

»Ob er nun schwul ist oder nicht«, fiel ihm Sophy ins Wort, »er verbringt jetzt sein Leben mit einem anderen Menschen, nicht mit mir und nicht mit meiner Mutter.« Sie drehte sich seitwärts und stützte sich auf einen Ellbogen, so daß ihr Gesicht ganz dicht an das von George herankam. »*Krank* hat mich das Haus gemacht. Und überall waren meine Sachen mit fremden Sachen vermischt. Und *überall* waren Fotos von mir.«

»Aber vielleicht will er es so«, sagte George. »Vielleicht will er sie wirklich überall haben. Gib dem Mann eine Chance, Sophy.« Er hielt inne; dann fragte er: »Hast du deiner Mutter davon erzählt?«

Sophy streckte sich aus und bettete ihre Wange auf die Steppdecke.

»Nein.«

George schwieg. Er blickte auf Sophys Gesicht hinab, auf ihre Wange, die Kinnlinie und die einander harmonisch ergänzenden Bögen der Augenbrauen und Wimpern.

»Ich hab daran gedacht«, sagte Sophy. »Im Zug, auf der Heimfahrt. Aber ich hab mich dagegen entschieden, jedenfalls vorläufig. Sie ist in letzter Zeit relativ glücklich, weißt du. Ich nehme an, das kommt von dieser Psycho-

Tussi, da kriegt sie mehr Selbstvertrauen und so. Das will ich ihr nicht kaputtmachen, und ich will mich auch nicht mit ihrer Reaktion auseinandersetzen müssen. Außerdem kriegt sie, was Daddy betrifft, grundsätzlich alles in den falschen Hals.«

George brummte etwas vor sich hin. Sophy ließ eine kleine Pause entstehen; dann sagte sie: »Außerdem will ich sie nicht merken lassen, daß ich eifersüchtig bin.«

»Bist du das wirklich?«

»Natürlich bin ich das!« schrie Sophy und schnellte hoch. »Natürlich bin ich das! Ich kann an gar nichts anderes mehr denken.«

George senkte den Blick und legte die eine Hand sekundenlang in die Vertiefung, wo Sophys Gesicht gelegen hatte.

»Ich glaube, das bin ich auch. Ein bißchen …«

»Du …?«

»Ja«, sagte George und wandte den Kopf ab. »Auf deinen Dad, glaub ich. Es muß phantastisch sein, wenn einem jemand so starke Gefühle entgegenbringt wie du ihm. Phantastisch!«

»Ich glaube, er merkt es gar nicht«, sagte sie beinah flüsternd.

»Aber das *muß* er doch. Das Bewußtsein, daß man für jemanden so wichtig ist, *muß* sich doch auf alles auswirken. Ich meine, ich weiß, daß Mum und Dad sich irgendwie Sorgen um mich machen und wollen, daß es mir gut geht, aber ich fülle nicht ihr Leben aus. Ich würd's vielleicht sogar furchtbar finden, wenn es so wäre, aber –« er brach ab und fuhr dann, in einem ganz anderen Ton, fort – »im Augenblick sind sie wie Hund und Katze. Neulich abend ist Dad sogar einfach weggegangen. Das hat vielleicht nichts zu bedeuten, aber es drängt uns irgendwie noch mehr an den Rand, es …« Wieder hielt er inne und legte den Arm über seine Augen.

»George?«

Er schüttelte den Kopf. »George.« Sophy rückte näher. »Bitte nicht weinen, George ...«

»Ich weine nicht ...«

»Okay«, sagte sie, »okay.« Auf ihre beiden Hände gestützt, beugte sie sich vor und drückte ihren Mund ganz sanft auf seine Lippen unter dem erhobenen Arm.

Er nahm den Arm herunter. Sein Gesicht war trocken bis auf zwei einzelne Tränen, die ihm die Wangen herunterrollten. Sophy richtete sich auf und musterte ihn. »Du brauchst nicht ...«, begann er.

Sie schüttelte den Kopf. Er hob den Arm und berührte mit unsicherer Hand ihr Gesicht. Dann beugte er sich vor und küßte sie, nicht ganz so sanft. Sie legte die Arme um seinen Hals, und er drückte sie seitwärts in den Kissenberg, bis sie so dicht nebeneinander lagen, daß ihre Gesichter sich fast berührten.

»Und wenn einer kommt?« fragte Sophy flüsternd.

»Keine Angst«, sagte er leise. Er blickte ihr in die Augen und staunte, wie nah sie waren, ihn ansahen, ganz intensiv, nur ihn, und keinen anderen.

»Keine Angst«, sagte George noch einmal und schob sich so nahe an sie heran, daß sie tatsächlich nichts anderes mehr zu sehen vermochte als ihn, nur ihn allein auf der ganzen Welt. »Keiner wird kommen.«

12

»Es geht mir so vieles im Kopf herum«, sagte Vi zu Dan.
Sie wußte zwar nicht, ob er sie hören konnte – er war in
den letzten Tagen so abwesend gewesen –, aber sie tat, als
wäre es so. Außerdem mußte sie es ihm unbedingt mitteilen.

»Es ist wegen Sophy. Und Gina. Alter Hut, sagst du
vielleicht. Und Mr. Paget will den Garten mit Immergrün
bepflanzen. Um Arbeit zu sparen, sagt er. ›Welche Arbeit?‹ hab ich ihn gefragt. ›Dieses ständige Unkrautjäten.‹
Und ich hab ihm geantwortet: ›Ich würde lieber Tag und
Nacht jäten, Mr. Paget, als einen Garten zu haben, der wie
'n verdammter Friedhof aussieht.‹«

Sie verstummte und stellte etwas sehr Kompliziertes
mit ihrer Häkelnadel an.

»Hat Sophy dich besucht?«

Irgendwo unmittelbar unter der Oberfläche blieb Dans
Antwort hängen – in letzter Zeit nicht. Er nahm ihr das
beileibe nicht übel, er wollte sich nicht beschweren, er
wußte, daß sie einen Job hatte. Gina war jeden zweiten
Tag gekommen. Wenn sie sich über ihn beugte, um ihn
zu küssen, und er die Augen nicht zu öffnen vermochte,
erkannte er sie an ihrem Duft. Sie las ihm kleine Gedichte
vor. Viel verstand er nicht davon, aber er liebte den Klang
ihrer Stimme, die über die Wörter glitt wie Wasser über
Steine. Vi sagte, sie sei in der Schule eine recht gute kleine
Schauspielerin gewesen, aber sie hatte nichts daraus gemacht. Eigentlich kein Wunder, wenn man an die Whittingbourne Players dachte, die doch nichts weiter zustande brachten als »Der Inspektor kommt«, »Bitte ernst
bleiben!« und eine Weihnachts-Pantomime voller Insider-Scherze, die nur die Mitspieler selbst verstanden.

»Neulich war Sophy bei mir«, berichtete Vi. »Sie ist ins Haus gegangen und, so wie das Sofa aussah, ganz einfach eingeschlafen. Hat mir 'ne komische Nachricht hinterlassen. Sie müsse ein bißchen allein sein, hat sie geschrieben. Wenn du mich fragst, so ist sie ihr ganzes Leben lang viel zu oft allein gewesen, das arme Wurm. Zu viele Erwachsene, nicht genug junge Leute in ihrem Alter. Als ich ein Kind war, haben wir auf der Straße zusammen gespielt, in der gesamten Straße hat einer den anderen gekannt. Na klar, wir hatten keine Toiletten im Haus, aber wir hatten uns gegenseitig.« Sie hielt inne, schnaufte verächtlich und zog den langsam entstehenden Häkelkreis in Form. »Die arme Sophy. Mehr Klos, als sie überhaupt benutzen kann, aber kaum je ein einziger Freund. Gefällt dir das Muster?«

Dan versuchte zu sagen, ja, sehr. Irgendwo in den sanft wogenden Nebeln seiner Erinnerung stieß er auf einen Reim, den er als Kind gelernt hatte – über eine Spinne namens Sammy. »Verstand von allem viel, Nur mochte sie nicht spinnen, Weil's Häkeln ihr besser gefiel.« Das mußte er Vi erzählen. Diese Art Witze liebte sie, die harmlosen, unbedarften. Er wollte seinen Mund zwingen, etwas zu sagen, und seine Augen, ihre Aufmerksamkeit zu erregen. »Vi«, sagte er, »Vi, ich hab da einen hübschen Reim für dich.« Aber sie hörte ihm nicht zu, oder sie konnte ihn nicht hören. Sie häkelte einfach weiter und verarbeitete den langen weißen Häkelfaden, als hätte er kein einziges Wort gesagt.

Im Festsaal des Bee House fand eine Feier zum achtzehnten Geburtstag eines jungen Mädchens statt, und Hilary hatte auf Bitten der Eltern Vasen mit pinkfarbenen und weißen Nelken aufs kalte Buffet gestellt sowie pinkfarbene und weiße Ballons, auf denen in Silber »You're 18 Today!« stand, mit Schleifen an den Wänden drapiert. Auch die Speisen waren pinkfarben, Lachs und Garnelen in Rosmarinsauce, Himbeer-Pavlovas und ein moussierender Wein, der auf der Flasche als »*blush*« bezeichnet wurde. Laurence hatte alles allein gekocht; er hatte die Liste kommentarlos und, soweit sie erkennen konnte, ohne jegliches Zittern von Hilary entgegengenommen. Hilary hatte die Jungen gebeten, an einem Ende eine kleine, provisorische Bühne für die Band aufzubauen, eine sehr kleine Band, bestehend aus Steve aus der Küche am Schlagzeug sowie zwei Freunden von ihm an Gitarre und Keyboard, von denen der eine halbwegs erträglich singen konnte. Michelle, Lotte und zwei junge Mädchen von einem Partyservice sollten Speisen und Getränke servieren, während Hilary im Hintergrund bleiben wollte, weil der Vater des Geburtstagskindes, der in Whittingbourne die Zweigstelle einer großen nationalen Baugesellschaft leitete und von Bonhomie nur so strotzte, bereits erklärt hatte, er und Pat wünschten sich sehr, die Woods an diesem ganz besonderen Tag als Teil der Familie betrachten zu dürfen.

Im Speisesaal waren an diesem Abend nur zehn Gedecke vorbestellt, und alle sogar relativ zeitig. Also würde Laurence spätestens um neun mit seiner Arbeit in der Küche fertig sein und konnte den Kaffee sowie ein paar verbleibende Nachtische Kevin und Sophy überlassen, was ihm, wie Hilary vermutete, Gelegenheit gab, Gina zu besuchen. Der Stolz bremste sie in ihrem dringenden Bedürfnis, ihn zu bitten, nicht zu gehen, vor allem, da er offenbar meinte, er habe nun, nachdem er sein Geständnis abgelegt hatte, das Recht, ganz offen zu handeln. Sie hatte nichts anderes über die Lippen gebracht, als daß sie es, falls Laurence wirklich genau wisse, was er wolle, den Jungen sagen müßten.

»Selbstverständlich«, sagte er. Er saß, nach einer weiteren Nacht, in der sie beide, wenn auch aus unterschiedlichen Gründen, jedesmal zurückgezuckt waren, wenn sie sich unbeabsichtigt berührten, auf der Bettkante. »Aber gemeinsam.«

»Ich bin froh, daß du wenigstens so anständig bist, das vorzuschlagen.«

Er schwieg. Dann stand er auf und ging langsam, vertraut und doch unendlich fremd, nur in der Pyjamahose ums Bett herum und an ihr vorbei zum Badezimmer. An der Tür blieb er stehen und sagte:

»Ich schlage es nicht nur vor, Hilary, ich bestehe darauf.«

»Was willst du damit sagen?«

»Das weißt du genau.«

»Daß ich mich irgendwie rächen will?« fragte sie wütend.

»Möglicherweise. Aber ich will auch, daß die Jungen die Wahrheit erfahren. Aus meinem ebenso wie aus deinem Mund.«

Sie kehrte ihm den Rücken zu.

»Es ist einfach unglaublich, was für ein Arschloch du geworden bist!«

Dieses Gespräch hatte am Tag zuvor stattgefunden und war das letzte gewesen, das sie geführt hatten. Hilary war zu Bett gegangen, bevor Laurence von High Place zurückkehrte, und hatte sich schlafend gestellt, als er sich – übertrieben nach Seife duftend, als wolle er so seinen Wunsch noch betonen, dieses neue, aufregende Leben weit von seinem alten, müde gewordenen fernzuhalten – neben sie ins Bett legte. Er schien, mit dem Rücken zu ihr, mühelos einzuschlafen; sein Atem ging gleichmäßig, seine Wärme und sein Geruch waren genauso, wie sie in all den zwanzig Jahren in diesem Bett immer gewesen waren. Hilary hatte bis gegen Morgen wachgelegen und darüber nachgedacht, was man gegen diese Art von Schmerz tun konnte, ob sie ihn überhaupt ertragen könnte, und wenn nicht, was dann wohl geschehen würde. Sich von Wut auf Laurence, Mitleid mit sich selbst und – jedenfalls momentanem – Haß auf Gina zerfressen zu lassen, genügte nicht. Es machte sie schwach und hilflos, und diese Hilflosigkeit brachte sie zur Verzweiflung. Stunde um Stunde lag sie da und starrte auf die Streifen des seltsamen, apricotfarbenen Lichts der Straßenlampe, das von unten durch den Schlitz in den Vorhängen auf die Decke fiel, während ihre Gedanken immer im Kreis herumwanderten, wie ein Tier im Käfig, unfähig stillzuhalten, unfähig zu entkommen.

Als sie sich am anderen Morgen aus dem Schlaf hochrappelte – der schlimmsten Art Schlaf, zu kurz, zu traumschwer und zu unruhig –, hatte sie sich gezwungen gesehen zu handeln, irgend etwas zu sagen, das die Dinge voranbrachte und sie aus dieser schrecklichen Sackgasse herausführte. Sie kroch aus dem Bett und stand da in ihrem alten Baumwollnachthemd, während er auf der Bettkante saß, verschränkte die Arme vor dem Körper und blickte auf seinen Rücken. Sie hatte sich vorgenommen, gelassen und neutral zu tun, um wenigstens die letzten Reste ihres Stolzes zu bewahren, die er ihr übriggelassen hatte, aber es klappte nicht. Und so sagte sie in einem Ton, der mühsam unterdrückte Verachtung verriet: »Wenn du, wie es ja den Anschein hat, tatsächlich fest entschlossen bist, diese – diese Farce durchzuziehen, müssen wir es den Jungen sagen.«

Es entstand eine winzige Pause. Dann sagte er: »Selbstverständlich.« Es klang außerordentlich höflich. Nach einer weiteren winzigen Pause fügte er – sehr energisch – hinzu: »Aber gemeinsam.«

Natürlich hatte er recht, und das nahm sie ihm übel. Angesichts der Gefühle, die sie gegenwärtig für ihn hegte, dachte sie bei sich, während sie nach dem Notizbuch suchte, das ihre wöchentliche Liste von Mängeln in den Gästezimmern enthielt – ausgebrannte Glühbirnen, tropfende Wasserhähne, abgebrochene Griffe –, wollte sie nicht, daß er in irgendeiner Hinsicht recht hat. Sie wollte das Vorrecht des richtigen Verhaltens für sich, es war alles, was ihr noch blieb. Sie wollte – und dafür schäme ich mich, sagte sich Hilary streng, aber ich kann nicht so tun, als empfände ich nicht so –, daß die Jungen ihre Situation so sahen wie sie selbst, daß sie die Treulosigkeit erkannten, den Mißbrauch der Freundschaft, den noch schlimmeren Verrat an der Liebe. Sie wollte, daß sie um ihretwillen empört waren, wohlwissend, daß sie sich, falls sie das tatsächlich erreichte, wünschen würde, kein Wort gesagt zu haben, weil sie sich dabei selbst untreu wurde. Gleichgültig schlug sie ihr Notizbuch auf. »Nummer Sieben«, stand da, »Schranktür schließt nicht. Stöpselkette im Waschbecken gerissen. Nummer Zehn: Sprung in der Fensterscheibe r. h. Seite, l. h. Fenster.« Keine dieser Eintragungen war abgehakt worden, niemand hatte sich darum gekümmert. Sie richtete den Blick zur Zimmerdecke. Dort hing eine Spinne, die an einem Faden, den sie von der Schnur der Deckenlampe aus gespannt hatte, irgend etwas sauber verpackte. Sie bewegte sich sehr langsam und sicher und schaukelte sanft im leichten Luftzug. Durch den Garten drangen der schwache, wummernde Klang von Steves Band und eine unsichere Stimme aus dem Festsaal herüber, die mit schlecht nachgeahmtem amerikanischen Akzent einen alten Elvis-Presley-Song vortrug. Es war – wie konnte es anders sein, dachte Hilary, während sie die Spinne beobachtete – »Are You Lonesome Tonight?«

Kurze Zeit später ging sie nach oben. Der Speisesaal war aufgeräumt, und in der Bar saßen nur noch ein halbes Dutzend untätiger Gäste mit dem Glas in der Hand herum. Vor wenigen Jahren noch, dachte Hilary, wäre ich hinübergegangen, um mich mit ihnen zu unterhalten, ihnen vom Bee House zu erzählen und mich fürsorglich zu erkundigen, ob ihnen das Essen geschmeckt hat. Jetzt will ich nichts mit ihnen zu tun haben, ich will nicht mal, daß sie überhaupt da sind, ich will, daß sie sich in ihre Vauxhalls setzen und nach Surrey, Yorkshire und Wales zurückfahren. Die armen Leute, die armen, netten, harmlosen Leute, die keine Ahnung haben, was hier vorgeht, die nur meinen, ein von einer netten Familie geführtes nettes Hotel in einer netten, ländlichen Kleinstadt gefunden zu haben. Und dabei ist kein einziger von uns nett, am allerwenigsten Laurence, und eine Familie sind wir auch kaum noch. Nur noch der klägliche Abklatsch davon. Durch die Glasscheibe in der Tür zur Bar sah sie fragend zu Don hinüber, der sie angrinste und kurz den Daumen hob. Eine Woge irrwitziger Zuneigung zu ihm stieg in ihr auf; er erschien ihr wie ein Fels, ein ruhender Pol in einer vollkommen durcheinandergeratenen Welt.

Ganz langsam stieg sie die Treppe hinauf. Es war noch nicht elf Uhr, und die Geburtstagsparty sollte bis halb zwölf dauern; anschließend mußte sie – oder Laurence, falls er sich herabließ, nach Hause zu kommen – noch einmal in den Raum gehen, in dem der Empfang stattgefunden hatte, um alles zu kontrollieren, bevor er für die Nacht abgeschlossen wurde. Vielleicht sollte sie sich einen Kaffee machen, damit sie wach blieb. Sie ging in die Küche, füllte den Wasserkocher und schaltete ihn ein.

»Hab ich schon gemacht«, sagte George.

Sie wandte sich um. Er stand an der Tür, barfuß, in Jeans und einem alten Hemd von Laurence aus grau gestreiftem Flanell ohne Kragen, das sie bei einem längst vergangenen Urlaub in Donegal gekauft hatten.

»Wir haben gewartet«, sagte George. »Wir haben auf dich gewartet. Und ich wollte dir einen Kaffee machen. Adam hat ein bißchen Wein ...«

»Weswegen?«

»Wie bitte?«

»Weswegen habt ihr auf mich gewartet?«

George ging an ihr vorbei, holte sich einen der vielen übereinandergestapelten Becher aus dem Abtropfgestell und löffelte Kaffee hinein.

»Wir müssen uns unterhalten.«

Hilary wandte sich ab, um eine Flasche Milch aus dem Kühlschrank zu holen.

»Ach so.« Ihr Herz begann plötzlich zu klopfen, als hätte sie Angst.

»Die anderen sind im Wohnzimmer«, sagte George. Er streckte die Hand aus, um sie daran zu hindern, in mütterlicher Willkür in die entgegengesetzte Richtung zu fliehen. »Komm mit.«

Sie folgte ihm. Adam und Gus, die, gegen das Sofa gelehnt, auf dem Fußboden saßen und fernsahen, sprangen auf, als sie hereinkam, als wäre sie die Verkörperung einer furchtgebietenden Autorität. Als Gus sich vorbeugte, um den Fernseher abzuschalten, entdeckte sie aber in seinem und, wenn sie genau hinsah, sogar in Adams Gesicht nicht etwa Zeichen von Angst oder Respekt, sondern vielmehr von Fürsorglichkeit.

»Setz dich«, sagte George und zog einen Sessel herbei. »Nun komm schon.«

»Komm schon, Mum«, sagte Gus und schob sie mit der Hand auf ihrer Schulter sanft vor sich her.

»O Gott«, sagte Hilary und fügte sich in ihr Schicksal. Sie senkte den Kopf, so daß die Brille ihr auf die Nase rutschte. Sofort kam eine Hand, hielt sie fest und nahm sie ihr ab. Irgend jemand stellte ein kleines Tischchen neben sie, auf dem der Kaffeebecher und ein Glas Weißwein standen. »Wenn ihr so weitermacht, fange ich noch an zu weinen …«

Adam hockte sich neben ihren Sessel und spähte unter ihren gesenkten Kopf, um ihr Gesicht erkennen zu können.

»Wein doch ruhig, wenn du willst. Hauptsache, du sagst uns, warum du weinst.«

Sie schüttelte den Kopf.

»Doch«, sagte George dicht neben ihr. »Doch!«

»Ich kann nicht …«

»Was kannst du nicht?«

»Ich kann euch nichts sagen, nicht ohne Dad. Ich hab's versprochen …«

»Schade«, sagte George. Er kam herüber und kniete

sich auf der anderen Seite neben sie. »Wir können nicht
warten, bis wir euch beiden wieder einmal zusammen er-
wischen. Ihr seid eigentlich nie zusammen. Mum ...«

»Ja ...«

»Was ist los?«

Sie hob den Kopf. Gus stand aufrecht, mit großen Augen, vor ihr. Er wirkte eher wie zehn als wie vierzehn,
und ein paar widerspenstige Haarbüschel, sonst fast immer sorgfältig gekämmt, damit sie so elegant und glatt
anlagen wie bei Adam, standen ihm wild vom Kopf ab,
als spürten sie die Erregung in seinem Körper.

Hilary sah Gus offen an und sagte: »Dad hat sich in Gina verliebt.«

Sie sah ihre Gesichter: alle drei wie gelähmt und ausdruckslos. Dann sah sie, wie Adam sich herumwarf und
das Gesicht in den Sofakissen verbarg, während Gus sofort in Tränen ausbrach und George, mit geschlagener,
verzerrter Miene, puterrot anlief.

»O mein *Gott* ...«

»Er meint, er liebe sie im Grunde schon seit der Schule,
seit sie beide sechzehn waren. Es habe nichts mit mir zu
tun, sagt er, oder mit irgend etwas, das ich getan oder nicht
getan habe. Wenn Gina High Place verkauft hat, werden
sie vermutlich nach Frankreich gehen und dort leben.«

Die Tränen schossen Gus übers Gesicht wie ein Was-
serfall. Er warf sich auf Hilary, stieß Kaffee und Wein dabei um und klammerte sich wie wild an ihr fest. Sie legte
beide Arme um ihn.

»Ruhig, Gus. Ruhig, mein Liebling. Das ist nicht das
Ende der Welt ...«

»Ist es doch!« kreischte Gus. »Ist es doch! Ist es doch!«

Adam richtete sich wieder auf und wandte sich ihr zu.
Auch sein Gesicht war, wie das von George, heiß und ge-
rötet.

»Dieses Schwein ...«

George hob den Kopf.

»Dieses Miststück von Gina, meinst du wohl.«

»Nein«, sagte Hilary. »Hört auf damit. Das macht nichts besser, und es ist nicht …« Sie hielt inne, um den Satz mit angestrengter Entschlossenheit zu vollenden: »Es ist nicht wahr.«

»Ha!« machte Adam und begann mit der Faust auf den Boden zu hämmern, als müsse er einen Nagel einschlagen.

Mit erstickter Stimme fragte George: »Weiß Sophy davon?«

»Nein. Nur ich. Und jetzt ihr drei.«

»Ich *will's* aber nicht wissen!« schrie Gus.

Hilary drückte ihm einen Kuß aufs Haar.

»Ich auch nicht.«

»Am liebsten würd ich jemanden umbringen …«

»Nein, zwei …«

»Ihr habt Dad noch nicht angehört«, sagte Hilary. Sie setzte sich so im Sessel zurecht, daß Gus sich neben sie kuscheln und sein Gesicht an ihre Schulter legen konnte. »Ohne ihn hätte ich euch gar nichts erzählen dürfen. Ich hab's versprochen.«

George erhob sich vom Fußboden – ganz langsam, als sei er soeben aus dem Schlaf erwacht. Er blieb mit dem Rücken zu ihnen stehen und starrte an die gegenüberliegende Wand, an der ein Bild hing, das Hilary Laurence geschenkt hatte, die Reproduktion eines Gemäldes mit drei irischen Fischern, die ein Boot auf einen wilden, dunklen Strand ziehen.

»Seit wann weißt du es schon?«

»Seit einer Woche«, sagte Hilary. »Ach nein. Seit acht Tagen.«

»So eine beschissene Gemeinheit«, sagte George. »Fergus geht auf und davon, und schon meint Gina, ein Recht auf Ersatz zu haben. Und Dad ist leichte Beute für sie …«

»Mir ist übel«, sagte Adam. Er hörte auf, mit der Faust auf den Teppich zu schlagen, lehnte den Kopf an Hilarys Sessel und begann leise vor sich hinzufluchen, ein Wort nach dem anderen, in stetem Strom, als lese er eine Liste herunter.

Hilary streckte die Hand nach ihm aus und legte sie ihm in den Nacken.

»Nicht …«

Er beachtete sie nicht. George sagte, immer noch auf die Fischer starrend: »Hat er irgendwas über uns gesagt?«

Hilary zuckte zusammen.

»Danach müßt ihr ihn selber fragen.«

»Ich glaube das alles nicht«, sagte George und begann den Kopf zu bewegen – langsam, ganz langsam, von einer Seite zur anderen. »Verdammt noch mal, ich *glaube* es nicht.«

In Hilarys Schulter hinein sagte Gus gedämpft: »Das ist das Schlimmste, das ist das Schlimmste …«

Hilary schwieg. Die Versuchung zu weinen, damit sie alle zu ihr kamen und sie berührten, vielleicht sogar mit ihr weinten, war fast unwiderstehlich. Ich darf nicht weinen, ermahnte sie sich, ich darf nicht, ich darf nicht verlangen, daß sie mich trösten.

»Möchtest du weinen?« Gus blickte zu ihr auf.

»Ja«, sagte sie. »Oder was kaputtmachen.«

Adam hörte auf zu fluchen und hob den Kopf.

»Dann kannst du gleich mit der beschissenen Gina anfangen.« Mit dem Gesicht rückte er dicht an das seiner Mutter heran. »Warum gehst du nicht zu ihr? Warum gehst du nicht zu ihr und sagst ihr, daß sie dir Dad nicht so einfach wegnehmen kann?«

»Ich glaube kaum«, antwortete Hilary vorsichtig, »daß ich ihn will, wenn er mich nicht will.«

»Angenommen, er hat nur Mitleid mit ihr und tut, was sie will? Geh hin, Mum, *geh!*«

Sie seufzte. In der Ferne schlug die Turmuhr der Kirche von Whittingbourne die Dreiviertelstunde.

»Ich werd's mir überlegen. Jetzt muß ich erst mal nach unten, den Festsaal kontrollieren.«

»Bleib hier …«

»Das machen wir …«

Sie lächelte und versuchte sich unter Gus hervorzuwinden.

»Ihr seid lieb, aber das muß ich selber tun. Brandschutzvorschriften und so weiter. Es dauert nicht lange.« Sie stand auf und blickte auf Gus hinab, der dort, wo sie ihn verlassen hatte, liegengeblieben war wie eine Marionette mit schlaffen Schnüren. »Wo ist denn meine Brille? Ach ja, da. Wunderbar.« Sie hielt inne und setzte sie sich mit einer Handbewegung auf die Nase, die so selbstverständlich und natürlich für sie war wie das Atmen. »Es tut mir leid«, sagte sie dann. Ihre Stimme klang gepreßt und hell und überhaupt nicht so, wie sie es gern gehabt hätte. »Wirklich, Jungens. Es tut mir sehr leid.« Dann beugte sie sich hinab, um Adam und Gus flüchtig zu berühren, ging an George vorbei, strich ihm über den Arm und verließ das Zimmer.

Als sie fort war, rührte sich niemand; kein Geräusch war zu hören, bis auf gelegentliche Schniefer von Gus und ein paar Autos, die auf der Straße unten vorbeifuhren. Schließlich drehte sich George um, nahm das Glas und den Becher, stellte das Tischchen wieder auf und ging in die Küche, um einen Lappen und eine Schüssel mit Seifenwasser zu holen. Die anderen sahen zu, wie er putzte, Gus zusammengerollt im Sessel, Adam auf dem Fußboden dahinter, den Kopf auf seinen Arm gestützt. Auf seinem Arm prangte eine Tätowierung, eine ganz neue: eine winzige Schwalbe, in Anlehnung an jene Schwalben, die ehemalige Häftlinge trugen, um der Welt zu zeigen, daß sie ein *jailbird*, ein Knastbruder, waren.

Als George mit dem Teppich fertig war, kam er mit einem Päckchen Zigaretten ins Wohnzimmer zurück und bot sie seinen Brüdern an.

»Hier …«

Gus richtete sich ein wenig auf.

»Hier drin?«

»Heute abend«, sagte George, »können wir verdammt noch mal tun, was wir wollen und wo wir es wollen.«

Gus beugte sich vor, um sich Feuer geben zu lassen. Er wirkte erbärmlich hager und so ungelenk wie ein noch feuchtes Vogelküken. Mit stockender Stimme sagte er: »Ich dachte, sie wäre eine gute Freundin …«

Die Brüder schwiegen. Unsicher zog er an seiner Zigarette und stieß einen ungleichmäßigen Strom von Rauch aus.

»Ihr etwa nicht? Habt ihr sie nicht für eine Freundin gehalten? Sie war doch immer ziemlich nett, meine ich. Und jetzt hat sie uns allen das Leben zerstört.«

»Ich hab's ihnen gesagt«, sagte Hilary. Mit ihrer Brille auf der Nase saß sie im Bett und tat so, als lese sie.

Laurence stand vor der Herrenkommode und leerte, wie sie dem vertrauten Klappern von Schlüsseln und Kleingeld entnehmen konnte, seine Taschen.

»Du hast was?«

»Ich hab's den Jungen gesagt. Das von dir und Gina. Ich wollte nicht, aber sie haben mich danach gefragt.«

»Wie überaus praktisch für dich«, sagte Laurence.

»Nein«, sagte sie. »Aber es ließ sich nicht vermeiden.«

»Aha.«

»Wenn du nur dagewesen wärst …«

»Aha.«

»Wenn du eine Entscheidung triffst«, sagte Hilary, die es plötzlich nicht mehr ertragen konnte, ihn so dastehen zu sehen, »mußt du auch die Folgen tragen. Und *ich* habe hier überhaupt keine Entscheidung getroffen.«

Er antwortete nicht. Sehr langsam knöpfte er sein Hemd auf und zog es aus dem Hosenbund. Dann nahm er seine Uhr vom Arm und legte sie auf das Kleingeld.

»Wo sind sie jetzt?«

»Die Jungen? Auf ihren Zimmern.«

»Ach, *Hilary*«, sagte Laurence mit belegter Stimme; es klang vorwurfsvoll.

»Sie wollten das. Nicht ich. Ich will im Augenblick nur eines, und zwar nicht mit dir im selben Zimmer schlafen. Sophy ist heute nacht nicht hier, also kannst du im Gästezimmer übernachten. Ich kann's nicht ertragen, dich in meinem Bett zu haben, nachdem du in ihrem gelegen hast.«

»Hab ich nicht«, sagte Laurence ruhig. »Wir haben uns in der Küche unterhalten. Sophy war da.«

»Und was sagt *sie* dazu?«

»Ich weiß es nicht«, antwortete Laurence. Er nahm seinen Bademantel vom Haken hinter der Tür. »Sie hat kaum etwas gesagt. Sie war oben in ihrem Zimmer.«

Er öffnete die Tür zum Durchgang, dann wandte er sich noch einmal zu ihr um.

»Nacht«, sagte er.

Sie hielt den Blick angestrengt auf ihr Buch gerichtet, ohne etwas zu sehen.

»Nacht«, sagte sie.

Es nieselte, ein warmer, weicher Sommerregen, den der Wind in kaum sichtbaren Schleiern vor sich hertrieb. Hilary fluchte, weil sie keinen Schirm dabeihatte, immer wieder mußte sie die Brille abnehmen, um sie zu putzen, und konnte nicht recht sagen, was sie mehr störte: die nassen, verschwommenen Gläser oder ihre angeborene Kurzsichtigkeit. Es hatte Ewigkeiten gedauert, bis sie sich entscheiden konnte, was sie anziehen wollte, Ewigkeiten, in denen ihr Zorn und ihre Selbstverachtung größer und größer wurden, weil sie es unter den gegebenen Umständen fertigbrachte, äußerlichen Dingen auch nur ein Fünkchen Aufmerksamkeit zu widmen. Einmal war sie kurz davor gewesen, laut über ihre absurde Lage zu lachen, weil sie an eine Karikatur im New Yorker denken mußte, die sie einmal gesehen hatte. Der Verkäufer in einem Bekleidungsgeschäft fragt seinen Kunden: »Sind Sie der Kläger oder der

Beklagte?« Was trug man bloß als empörte, tiefverletzte Ehefrau: etwas, in dem man sexy aussah, oder etwas auffallend Unmodernes (wovon sie, wie sie fand, viel zuviel zu besitzen schien), oder verkleidete man sich als Hexe mitsamt dem Besenstiel? Schließlich entschied sie sich für Rot. Schwarze Hose und eine weite rote Bluse, um zu zeigen, daß nichts, was geschehen war oder noch geschehen mochte, sie einschüchtern konnte. Frauen in Rot signalisierten, daß mit ihnen nicht gut Kirschenessen war.

Als sie High Place erreichte, war die Bluse an den Schultern naß, und ihre Haare kräuselten sich zu tropfenbesetzten Ringeln. Gina entdeckte sie, als sie zufällig aus dem Fenster sah, eine selbstsichere, schwarz und rot gekleidete Gestalt, die sich gleich hinter dem Tor zur Straße mit dem Blusenzipfel die Brille putzte. Gina packte die Fensterbank. Damit hatte sie nicht gerechnet, daß Hilary unversehens hier auftauchen würde. Sie hatte sich vorgestellt, daß sie irgendwann einmal zusammenkommen würden, daß es ein Telefongespräch und anschließend ein Treffen geben würde, das sie sich lieber nicht auszumalen versuchte; aber daß Hilary die Initiative ergriff – nein, damit hatte sie nicht gerechnet. Irgendwie hatte sie vorausgesetzt, daß dieses Privileg ihr zustehe. Als sie jetzt die Fensterbank umklammerte und zu Hilary hinabblickte, verspürte Gina einen scharfen, lähmenden Stich – Panik ergriff sie.

Sie trat auf den Flur hinaus und sah die Treppe zu Sophys Stockwerk empor. Die Tür war, wie eigentlich immer in letzter Zeit, geschlossen, und dahinter ertönten die langgezogenen, vollen Akkorde einer neueren Filmmusik. Sophy hatte ihre Verweigerungshaltung inzwischen aufgegeben. Das trotzige Schmollen war einer spürbaren Traurigkeit, aber auch einer gewissen Härte gewichen. In jüngster Zeit trug Sophy eine Art grimmiger Entschlossenheit zur Schau. Sie war damit beschäftigt, ihr Zimmer zusammenzupacken, ordentlich und methodisch, mit deutlicher Resignation, aber ohne jeden Groll. Von dort, wo sie stand, sah Gina mehrere Pappkartons im oberen Flur gestapelt, Kartons mit Büchern, Nippes und Musikkassetten. Aus dem obersten schaute Sophys Nilpferd heraus, dessen hochmütiges Plüschgesicht auf dem Kartonrand lag. Sie würde, sagte sich Gina, einfach das Risiko eingehen müssen, daß Sophy während der folgenden halben Stunde herunterkam und anläßlich von Hilarys Besuch herausfand, was sie ihr längst hätte mitteilen müssen; sie hatte das Gespräch mit ihr immer wieder hinausgeschoben.

»Ich tu's«, hatte sie zu Laurence gesagt, »sobald du's deinen Jungen gesagt hast. Wir sagen es ihnen allen gleichzeitig. Alles andere wäre nicht fair.«

Hilary wartete vor der Glastür in der Küche. Sie sah Gina hereinkommen und zögern, trat aber nicht ein, sondern wartete ab, während Gina langsam die Küche durchquerte und ihr die Tür öffnete.

»Hallo«, sagte Hilary.

Gina schluckte.

»Hallo.« Sie wich zur Seite, so daß Hilary eintreten konnte, ohne daß sie sich berührten.

»Also«, sagte Hilary, hob die Hände und lockerte ihre Haare. Dann nahm sie die Brille ab. Als sie Gina ansah, wirkten ihre Augen ohne die Gläser groß und jung.

»Da ich so was noch nie erlebt habe«, sagte Hilary, »habe ich keine Ahnung, wie man sich verhält, wie so was abläuft.«

»Nein.«

»Aber du kannst dir ja vorstellen, warum ich hier bin. Wie mir zumute ist.«

Gina schloß die Tür und trat an den Tisch; Hilary stand auf der anderen Seite.

»Es war nicht beabsichtigt. In keiner Weise. Keiner von uns hat es gewollt.«

»Ach nein?«

»Nein«, sagte Gina nachdrücklich.

»Aha.«

»Wirklich«, sagte Gina. »Es steckte niemals *Absicht* dahinter.«

»Aber es gab einen Zusammenhang. Oder? Zuerst bist du völlig am Boden zerstört, weil Fergus dich verlassen hat, und im nächsten Moment liegst du schon mit dem Mann im Bett, den du nach Fergus am besten kennst. Wirklich kein Zusammenhang?«

Gina stützte sich auf den Tisch. Die Silberreifen glitten an ihrem Arm herab und klirrten leise.

»Ich hab dir Laurence nicht weggenommen, um mich über Fergus hinwegzutrösten, Hilary.«

Hilary legte die Hände flach auf den Tisch und beugte sich zu Gina vor.

»O doch, das hast du getan. Das weißt du genau.«

»Nein, ich …«

»Hör zu«, sagte Hilary, »du hörst mir jetzt zu. Dein ganzes Leben lang hast du so getan, als gehörte Laurence dir. Du hast keine einzige Gelegenheit versäumt, mich entweder in Andeutungen oder ganz offen daran zu erinnern, daß du ihn schon lange kanntest, bevor wir uns kennenlernten. Solange du Fergus hattest, konntest du's ertragen, daß ich Laurence hatte, aber sobald Fergus fort war, wolltest du Laurence zurückhaben, hattest du das Gefühl, du brauchtest ihn dir nur zu nehmen. Ich glaube, du hast sogar fast geglaubt, daß du ein *Recht* auf ihn hättest.«

Gina senkte den Kopf, so daß ihre Haare wie zwei glänzende Flügel nach vorn schwangen. Dann warf sie sie wieder zurück.

»Ich habe ihn mir nicht genommen, Hilary. Er ist gekommen. Er ist *zu mir* gekommen.«

»Kein Mensch tut das aus heiterem Himmel. Kein Mensch kommt, ohne Signale empfangen zu haben. Schon gar nicht Laurence.«

»O doch. Er hat den ersten Schritt getan.«

»Und es ist dir nie in den Sinn gekommen, ihn abzuweisen? Es ist dir nie in den Sinn gekommen, zu sagen, tut mir leid, ich liebe dich als guten Freund, anders nicht, und außerdem empfinde ich deiner Frau und deinen Söhnen gegenüber eine Loyalität, die mich nicht einmal daran *denken* läßt?«

»Aber ich war *auch* in ihn verliebt!« rief Gina.

Hilary richtete sich auf.

»Eben«, sagte sie. »Und jetzt – wie fühlst du dich jetzt? Was für ein Gefühl ist es, mein Leben, das Leben meiner Söhne und Sophys Leben gleich zum zweitenmal zerstört zu haben? Kannst du damit leben? Kannst du wirklich mit reinem Gewissen nach Frankreich abzwitschern und dort ein glückliches Leben führen?«

Das Telefon klingelte.

»Laß es klingeln«, sagte Hilary.

»Nein, ich kann nicht, ich …«

»Du bist ein Feigling, stimmt's?« sagte Hilary. »Nicht nur eine Sorte Freundin, der man Feinde vorzieht, sondern dazu ein elender Feigling.«

Gina griff nach dem Hörer.

»Ja?«

»Wie bitte? Großer Gott, o Gott, Mum. Ja. Wann? Selbstverständlich. Natürlich komme ich. Halt durch, Mum, ich komme sofort. Ja, Mum, Ja. Ich weiß. Ich weiß. In zehn Minuten …«

Sie legte den Hörer auf und blieb, den Kopf ans Telefon gelehnt, einen Moment lang stehen.

»Na?« fragte Hilary mit etwas sanfterer Stimme.

»Ich kann jetzt nicht mir dir reden.« Gina wandte sich um. »Ich kann jetzt mit keinem Menschen reden. Das war Vi. Dan ist tot.« Sie hob den Kopf und sah Hilary zum erstenmal offen an. »Er ist vor zwanzig Minuten gestorben.«

»Sitz nicht da und starr mich an, als ob du darauf wartest, daß ich durchdrehe«, sagte Vi.

»Mum, ich ...«

»Du hast so einen Blick ...«

»Ich fühle mit dir«, sagte Gina.

Vi schnaubte und verzog das Gesicht, um weitere Tränen zu unterdrücken. Sie hielt ein Stofftaschentuch in den Händen, wie sie es immer benutzte, weil sie Papiertücher verabscheute – mit aufgestickten Blumen und einem breiten, kratzigen Spitzenrand –, und drehte es unablässig in ihren Fingern zu einem festen Strick.

»Diese Krankenschwester«, sagte sie, »die Irin. Die konnte ich erst nicht ausstehen. Dieses ständige Gerede von Jesus Christus. Aber sie war nett zu ihm und hat ihn *mit Respekt* behandelt. Mr. Bradshaw hat sie ihn genannt, nicht etwa Dan oder Opa. Als er tot war, sagte sie, ich solle mir Mühe geben, Cath Barnett in Jesus Christus zu lieben. ›Das soll wohl 'n Witz sein‹, hab ich gesagt. ›Cath Barnett lieben! Na ja, wenn überhaupt, dann höchstens in Jesus Christus, denn in einem anderen werd ich sie niemals lieben können.‹«

Gina beugte sich vor und schenkte Tee nach. In Vis Wohnzimmer war es viel zu heiß, aber Vi konnte nicht aufhören zu zittern, nicht mal in der Strickjacke und dem Schal, die Gina im Wandschrank gefunden hatte.

»Es lag nicht an Cath, Mum.«

Vi schnürte das Taschentuch wie eine Aderpresse um ihren Finger.

»Ich muß mir vorstellen, daß es an *irgend jemandem* liegt.«

»Ich weiß.«

»Es wäre einfach zu furchtbar, wenn es ganz ohne Grund passiert wäre …«

»Aber es gibt einen Grund, Mum. Er hatte ein schwaches Herz.«

»Ja, ja, ich weiß«, sagte Vi, »im Grunde weiß ich das.« Sie schloß die Augen. »Ich weiß.«

Gina wandte sich zu Sophy um, die in seltsam unbequemer Haltung zusammengekauert auf einem von Vis Eßzimmerstühlen in einer Ecke des Zimmers hockte. Sie hielt ein zusammengerolltes Knäuel aus Papiertüchern in der Hand, und ihre Augen waren rot.

»Soph?«

»Ich hab mich nicht von ihm verabschiedet«, flüsterte Sophy. »Ich hab ihn nicht oft genug besucht …«

»Das ist schwer«, sagte Vi, »schwer für dich.« Sie nahm ihre Teetasse, blickte hinein und stellte sie wieder hin. »Aber Trauer ist immer schwer, es gibt nicht viel Schwereres. Weil man nichts dagegen tun kann. Man muß sie einfach hinnehmen. Man muß sich ihr stellen und sie ertragen.« Sie stand auf, ging unsicher durchs Zimmer und blieb vor einem Foto von Dan stehen, das zwischen zwei Vasen mit roten Röschen wie in einem kleinen Schrein aufgestellt war. »Ich stelle mir vor, daß ich ohne ihn weiterleben muß«, sagte Vi, »und glaube nicht, daß ich es kann. Aber ich weiß, daß ich es irgendwie schaffen werde. Ich werde seine Wohnung ausräumen, ich werde seine Kleider zum Oxfam bringen, ich werde all seine Sachen von der Navy einpacken und sie seinem Neffen nach King's Lynn schicken, und ich werde zulassen, daß der alte Paget den Garten mit seinen langweiligen Sträuchern zupflanzt, und ich werde zusehen, wie jemand anders Dans Wohnung bezieht und es nicht mehr Dans Wohnung ist.« Unsicher streckte sie einen Finger aus und berührte das Gesicht auf dem Foto. »Aber ich werde nicht aufgeben. Das würde er nicht wollen. Und ich will's genauso wenig wie er.«

Sophy brach wieder in Tränen aus. Gina stand auf und versuchte sie zu trösten, nahm sie so zärtlich in die Arme, wie sie nur konnte.

»Wenn man nicht trauert«, sagte Vi, während sie sich zu ihnen umwandte, »dann hat man nicht geliebt. Das Schlimme ist, daß man allein zurückgelassen wird; man bleibt allein zurück, während sie fortgehen.«

Immer wieder an den Möbeln Halt suchend, kehrte sie zu dem Sessel zurück, in dem sie gesessen hatte.

»Du bist eine erstaunliche Frau, Mum«, sagte Gina.

Vi schüttelte den Kopf. Ein Ohrring löste sich aus seinem Loch im Ohrläppchen und glitt ihr die Brust hinab. Vi machte einen ungeschickten Versuch, ihn einzufangen, gab aber sogleich wieder auf und sank derart erleichtert in ihren Sessel, als hätten ihre Beine sie keine einzige Minute länger getragen.

»Nein«, sagte sie, »ich hatte Glück. Ich hatte Glück mit Dan, nicht wahr, unendlich großes Glück in einer Zeit des Lebens, in der man nicht mehr hinter dem Glück her ist.« Sie hielt inne, dann sagte sie schroff, mehr zu sich selbst: »Oder hinter der Liebe.«

Eine ganze Weile lang schwiegen alle drei, nur Sophys Schniefen war zu hören. Gina blickte über ihren Kopf hinweg an die Wand, wo Vis Brokatschwäne gelassen über den grünen Seidensee glitten, und sah in dem Glas, das das Bild schützte, Vi dort sitzen, nur halb in ihren Schal gewickelt und tief in die Erinnerung an Glück und Liebe versunken.

»Gott hat uns die Erinnerungen gegeben«, sagte Vi unvermittelt, den stillen Augenblick beendend, »damit wir Rosen im Dezember haben.«

»Ach, Gran«, sagte Sophy, unter ihren Tränen lachend, »ach, *Gran*. Bis dahin wären sie doch tot.«

Hilary fuhr mit dem Wagen nordwärts, aus Whittingbourne hinaus und auf die fernen Hügel zu. Es waren uralte Hügel aus Kalkstein-Oolith, gut für Schafe, aber nicht für den Ackerbau, und die Dörfer, die sich hier und da die Hänge hinabzogen, sahen aus, als seien sie durch die Erdkruste emporgewachsen, statt auf ihr erbaut worden. Es war Hochland, drei Viertel des Jahres kahl und trostlos, und als die Jungen klein waren, hatten Laurence und Hilary sie an stürmischen Winternachmittagen zu Ausflügen hierher mitgenommen, von denen sie alle fünf begeistert und atemlos vom Kampf mit dem Wind zurückgekehrt waren. Adam hatte einen wunderschönen chinesischen Drachen gehabt, eine täuschend einfache Konstruktion aus rotem und gelbem Baumwollstoff, der wirklich wie ein Vogel flog und jeder kleinsten Luftregung folgte, aufstieg und kreiste und wieder herabstieß. Schließlich hatte er ihn an einen Hund verloren, der ihn, in der Überzeugung, einer tödlichen Gefahr zu begegnen, wütend zerriß, als er in einem Ginstergebüsch landete. Der arme Hundebesitzer war sehr zerknirscht gewesen. Er hatte Adam einen Ersatzdrachen geschickt, ein glitzerndes Ding aus blauem und silbernem Nylon, der aber, wie Laurence es ausdrückte, so schwerfällig reagierte, als wollte man einen Pudding fliegen lassen. Adam hatte es nicht viel ausgemacht, denn der war inzwischen viel brennender an seinem Skateboard interessiert.

Hilary parkte den Wagen nahe einem Durchgang in der Umzäunung des Feldes und stieg aus. Es war ein stiller, strahlender Tag, und das Feld hinter dem Tor sah mit seinen sauberen Reihen der vom Mähdrescher hinterlassenen hellen und dunklen Stoppeln wie gestreift aus. Es fiel in sanftem Schwung einen flachen Hang hinab und endete vor einer Reihe spätsommerlich dunkel begrünter Bäume, die das Ufer eines Bachlaufs säumten. Dahinter stieg das Gelände wieder zu einem steileren Hügel mit Weideland an, betupft mit zahllosen Schafen, die das Gras, bis auf die harten, dunklen Distelbüschel, so weit abgefressen hatten, daß kaum noch Grün zu sehen war.

Es war eine wenig spektakuläre Aussicht, fand Hilary, eine stille, langweilige Ackerbau-Landschaft, wie man sie fast überall in England fand, und dennoch ging etwas merkwürdig Beruhigendes von ihr aus, wegen ihrer Zeitlosigkeit und weil sie keine Ansprüche an den Betrachter stellte, ihn nicht mit dem Bedürfnis nach Veränderung behelligte, sondern sich einfach vor seinen Augen erstreckte und dalag. Hilary stützte die Arme auf das Tor, fühlte das warme, abgewetzte Holz unter ihrer Haut und die sanfte, warme Luft auf ihrem Gesicht. Sie schloß die Augen.

Ihre Schwester Vanessa hatte gesagt, komm doch nach London.

»Komm für eine Weile zu uns, Hil. Wir werden miteinander reden, und du kannst sagen, was immer du sagen möchtest. Verlaß diese Stadt. Dieses Hotel. Wenigstens für ein paar Tage.«

Sie hatte Vanessa genausowenig anrufen wollen, wie sie den Jungen von Laurence und Gina hatte erzählen wollen. Der Impuls, Vanessa anzurufen, hatte irgend etwas mit ihrem abgebrochenen Besuch bei Gina zu tun, mit der Erkenntnis, daß sich das Blatt durch Dans Tod gegen sie gewendet und sie beim Nachhausekommen das Gefühl gehabt hatte, nichts erreicht zu haben als eine Steigerung der Feindseligkeit und der Melodramatik, und beides war ihr verhaßt. Sie war schnurstracks in die Wohnung hinaufgegangen und hatte Vanessa angerufen, die jedoch noch arbeitete, so daß sie sich, bis die Schwester nach Hause kam, anderthalb Stunden lang in der Nähe des Telefons herumtrieb, weil sie unfähig war, irgend etwas anderes zu tun.

Vanessa war zutiefst erschrocken, das merkte Hilary – nicht an dem, was sie sagte, sondern an ihrem Schweigen. In diesem Schweigen hörte Hilary das unausgesprochene Wort »Scheidung« läuten wie eine Glocke der Verdammnis, die ihr die Scheidung ihres älteren Bruders einige Jahre zuvor in Erinnerung rief. Ihre Familie hatte darauf mit jener Art kaum in Worte zu fassender Empörung reagiert, wie sie nur Menschen empfinden können, die der Meinung sind, derart anstößige Dinge passierten nur anderen Leuten – und zwar Leuten ohne genügend Moral und innerer Stärke, um so etwas zu verhindern. Dann war Vanessa regelrecht dahingeschmolzen.

»Arme Hil«, sagte sie, »armes Mädchen. Du Ärmste!«

»Mir geht's soweit gut ...«

»Und die Jungen! Die armen Jungen!«

»Ja.«

»Schrecklich ...«

»Ja.«

»Einfach schrecklich ...«

»Leider. Weil es Gina ist. Ich frage mich, wohin ich mich jetzt wenden soll, um festen Boden unter den Füßen zu gewinnen. Ich meine, eine Treulosigkeit ist schon schlimm genug, aber bei einer doppelten fühlt man sich wie die Gestalt auf diesem furchtbaren Bild von Munch, ›Der Schrei‹, bei der ich immer die Assoziation habe, daß niemand den Schrei hören kann. Meinen hört auch keiner.«

»Ich schon.«

»Aber Laurence nicht«, sagte Hilary.

»Komm zu uns«, sagte Vanessa. »Wir können miteinander reden, und du kannst sagen, was immer du sagen willst.«

Während sie in ihrem unaufgeräumten Wohnzimmer saß und den Telefonhörer ans Ohr drückte, hatte Hilary mit kindlicher Sehnsucht an die behäbige Sicherheit von Vanessas Gästezimmer gedacht, mit seinen dicken Kopfkissen und Steppdecken, der sorgfältig arrangierten Beleuchtung und den sorgfältig ausgewählten Nachttischbüchern, an die penible Aufmerksamkeit, die allen Einzelheiten des Komforts gewidmet worden war. Aber noch während sie sich all die Annehmlichkeiten vorstell-

te, wurde ihr klar, daß der Schmerz unbarmherzig mitkommen, mit ihr zusammen unter die teuren, frisch ge-
waschenen Bettlaken aus ägyptischer Baumwolle schlüp-
fen und unerbittlich zu Werke gehen würde.

»Ich kann nicht«, sagte sie. »Ich würde gern, aber ich
kann nicht. Wegen der Jungen und des Hotels ...«

»Natürlich. Die Jungen.« Vanessa atmete tief durch.
»Bring sie doch mit. Und irgend jemand wird sich doch
wohl um das Hotel kümmern können.«

»Das ist nicht so einfach. Wir haben es noch nie jemand
anderem anvertraut, weißt du, und wir sind immer nur im
Winter verreist, weil wir das Hotel da schließen konnten.«

»Werdet ihr es verkaufen?«

»Ich weiß es nicht. Wir haben nicht darüber gesprochen. Wir haben überhaupt kaum miteinander gesprochen. Ich kann's kaum ertragen, mit ihm zu sprechen,
und zugleich ist er der einzige Mensch, mit dem ich zusammensein möchte. Ich bin fürchterlich durcheinander.«

»Hil«, sagte Vanessa.

»Ja?«

»Liebst du ihn? Liebst du Laurence immer noch?«

»Ja«, antwortete Hilary, »ja. Das ist ja das Schlimme. In
letzter Zeit hätte ich ihn manchmal umbringen können,
aber ich habe nie aufgehört, ihn zu lieben. Ich habe aufgehört, *mich* zu lieben, und deswegen war kein gutes Auskommen mehr mit mir, aber ihn nicht. Und ...«

»Und – was?

»Es ist so leicht, ihn zu lieben. Ich weiß, du findest ihn
hoffnungslos, weil er keine Krawatte trägt und keinen
Terminkalender hat, der aus allen Nähten platzt, aber du
kennst ihn eben nicht so gut. Er ist liebenswert. Er ist lieb.
Er ist sanft, nicht schwach, und er hat starke Leidenschaf-
ten, die du vielleicht nicht siehst, weil sie nicht dieselben
sind wie die deinen, aber sie sind vorhanden. Und wir
mögen einander. Wir lachen zusammen. Nein, falsch: Wir
haben zusammen gelacht.«

»Ich weiß«, sagte Vanessa; und dann, ganz unerwartet: »Ich habe euch darum beneidet.«

Dann hatte sie sich erboten, nach Whittingbourne zu kommen. Um mit den Jungen zu reden, sagte sie, um dazusein, um mit Laurence, ja sogar mit Gina zu reden. Einen flüchtigen Augenblick lang hatte sich Hilary das vorgestellt: wie Vanessa in ihren Faltenröcken und frischen Blusen in den Zimmern der Jungen, diesen unaufgeräumten Räuberhöhlen, saß und energisch gutgemeinte Ratschläge verteilte. Und hätte fast laut aufgelacht.

»Nein«, sagte sie. »Lieb von dir, aber nein. Ich finde, wir sollten dies alles gemeinsam durchstehen. Laurence hat noch nicht mal mit den Jungen gesprochen.«

Das war der Grund, warum sie hier hergekommen war. Das war der Grund, warum sie jetzt hier war und sich an das Tor lehnte: um Laurence Zeit und Raum für das Gespräch mit den Jungen zu geben.

»Ich tu's«, sagte er. »Selbstverständlich tu ich das. Aber es wäre mir lieber, du wärst dabei.«

»Nein«, hatte sie gesagt, besessen von der Idee des Fair play, »du warst nicht da, als ich es ihnen gesagt habe. Also sollte ich auch nicht da sein, wenn du es tust.«

Sie kletterte über das Tor. Rings um das bebaute Feld war ein breiter Streifen von langen Grasbüscheln, durchsetzt mit drahtigem Unkraut, stehengelassen worden. Dem würde sie folgen, beschloß sie, ganz um das Feld herum, den Hang bis zum Bachlauf hinab, am Wasser entlang bis ganz hinten zur Hecke und dann wieder hoch, zurück zu ihrem Wagen. Dieser Spaziergang, diese uninteressante Meile rings um ein abgeerntetes Weizenfeld an einem Nachmittag mitten in der Woche, diese halbe Stunde mußte genügen, um sich innerlich zu rüsten für alles, was vor ihr lag, was immer es für Kämpfe geben mochte. Sie würde schon dafür sorgen, daß sie Mut und Standfestigkeit bewies, ja daß ihr ganzes Verhalten eine gewisse *Qualität* hatte.

Der Brief lag auf dem Küchentisch von High Place. Gina hatte ihn offensichtlich sehr sorgfältig dort hingelegt, parallel zur Tischkante, und mit den Salz- und Pfeffermühlen aus Holz beschwert. Sophy konnte sich nicht erinnern, in all ihren sechzehn Lebensjahren jemals einen Brief von Fergus erhalten zu haben. Es hatte ja nie einen Grund zum Schreiben gegeben. Sie hatten einander jeden Tag gesehen, es sei denn, Fergus war zu einer Auktion gereist, wo er jedoch nie länger als ein, zwei Tage blieb, und außerdem rief er dann jeden Abend an. Zuerst unterhielt sich Gina ein paar Minuten mit ihm, um anschließend Sophy den Hörer zu geben und, immer mit den gleichen Worten, zu sagen: »Daddy möchte dich sprechen.«

Gina war schon früh zu Vi gegangen. Sie wolle nicht, daß Vi Dans Sachen allein sortiere, sagte sie, und den ganzen Tag nichts aß oder trank als ein ganzes Paket Biscuits und eine ganze Kanne starken Tee am Abend. Sophy wunderte sich, daß es Gina nichts ausmachte, das zu tun; schließlich hatte sie sich in all den Jahren daran gewöhnt, daß ihre Mutter immer in einem leicht vorwurfsvollen Tonfall von Vi sprach, als empfinde sie zwar ein gewisses Verantwortungsgefühl für sie, das jedoch eher eine Last für sie bedeutete. Und Fergus hatte, wie Sophy argwöhnte, ein bißchen Angst vor Vi gehabt. Er war tadellos höflich zu ihr gewesen, aber immer in sicherer Entfernung geblieben, wie jemand, der vorsichtig ein unberechenbares Tier umkreist. Wenn Sophy daran dachte, wie sie gelebt hatten, ihr Vater und ihre Großmutter, dann kamen sie ihr vor wie Wesen von zwei verschiedenen Planeten. Und im Grunde galt das auch für ihre Mutter und ihre Großmutter, und deswegen fand sie es so seltsam, daß Gina sich täglich frohgemut nach Orchard Close aufmachte. Aber Gina hatte sich sowieso geändert. Gina hatte ihren Kokon aus Kummer und Zorn restlos abgelegt und war lächelnd daraus zum Vorschein gekommen. Wirklich erstaunlich, wenn ein paar Sitzungen bei einer

Therapeutin, oder Psycho-Tussi, wie Vi sie nannte, so viel bewirkten.

Sie griff nach Fergus' Brief. Er war dick und steckte in einem jener langen, taschenähnlichen, cremefarbenen Kuverts, die er für das cremefarbene Schreibpapier mit dem Briefkopf in schwarzer, imposanter Schrift benutzte. Eine Weile betrachtete sie ihn und überlegte, ob sie sich davor fürchtete, ihn zu öffnen, oder sich danach sehnte; dann schob sie den Daumen unter die Klappe und riß ihn so heftig auf, daß das ganze Kuvert zerriß. Fergus hätte sie dafür gerügt. Fergus benutzte einen Brieföffner.

Sophy setzte sich an den Küchentisch und entfaltete die dicken Seiten.

»Sophy, mein Liebes«, begann der Brief.

Sie legte die Blätter hin und kippte ihren Stuhl nach hinten. Wenn er einen solchen Unsinn schrieb, mit zärtlichen Ausdrücken, die er, als sie noch zusammenlebten, nie benutzt hatte, konnte sie kein einziges Wort seines Briefes glauben. Wörter wie »Liebling« haßte sie sowieso, weil sie nichts bedeuteten und nur eine Art Verlegenheitsformel waren, die anderen Leuten weismachen sollte, daß man sie liebte, während das, was man wirklich tat, eindeutig das Gegenteil bewies. Sophy hatte in letzter Zeit begonnen, viel stärker als zuvor auf Handlungen zu achten, weil sie nicht nur erkannt hatte, daß die meisten Handlungen eine deutlichere Sprache sprachen als Worte, sondern auch, daß sie einem die Möglichkeit boten, selbst eine gewisse Kontrolle auszuüben. Deswegen hatte sie mit George geschlafen. Sie hatte an jenem Nachmittag spüren wollen, daß sie Macht über jemanden besaß, daß sie jemanden überraschend dazu bringen konnte, sie anders zu sehen, nämlich als einen Menschen, der sein Leben selbst beeinflussen konnte, und nicht nur beeinflußt wurde. Mit George zu schlafen, war merkwürdig gewesen, heiß und ungelenk und sehr schnell, aber es hatte ihr zu ihrer eigenen Überraschung ganz gut gefallen. Noch mehr wunderte sie sich allerdings darüber, daß der Gedanke, es getan zu haben, ihr später kein schlechtes Gewissen verursachte. Eher im Gegenteil. Sie glaubte, daß sie es in nicht allzu ferner Zukunft ganz gern noch einmal tun würde, wenn auch nicht unbedingt mit George. George sah sie jetzt mit ganz anderen Augen, fast war es ihr, als wolle er etwas von ihr, aber sie war nicht geneigt, darauf einzugehen. Dabei trieb sie kein Spielchen mit ihm, sie wollte ihm nur weder mit Worten noch mit Taten vorgaukeln, daß sie etwas empfand, was sie nicht wirklich fühlte. Aus dem Verhalten ihrer Eltern hatte sie gelernt, daß sie, wenn sie es irgend beeinflussen konnte, in ihrem ganzen Leben nicht so handeln würde, daß sie lieber brutal als unaufrichtig sein und irgend jemandem etwas vormachen würde.

Wieder griff sie nach dem Brief und musterte ihn mißtrauisch.

»Ich habe«, schrieb Fergus, »lange darüber nachgedacht, ob ich diesen Brief schreiben soll, und wie Du siehst, bin ich zu dem Ergebnis gekommen, daß ich es tun sollte. Und zwar aus zwei Gründen: Ich möchte Dir etwas mitteilen, und ich möchte Dir einen Vorschlag machen, und da ich weiß, daß Du jedem Wort, das ich äußere, die größte Skepsis entgegenbringst, möchte ich diese Worte zu Papier bringen, damit Du sie schwarz auf weiß besitzt, um Dir zu beweisen und sie als Beweis dafür zu benutzen, daß ich es ernst meine.«

Sophy hörte auf, den Brief beim Lesen auf Armeslänge von sich zu halten, um zu zeigen, wie sehr sie ihm mißtraute, und legte ihn flach auf den Tisch. Fergus' Handschrift war klar, kräftig und schwarz und wies eine leichte Rechtsneigung auf.

»Was ich Dir mitteilen möchte, betrifft Tony. Ich weiß, was Du gedacht hast, und habe mir schwere Vorwürfe gemacht, weil ich Dich nicht darauf vorbereitet hatte. Tatsache ist folgendes: Ich kenne Tony jetzt seit sechs Jahren, anfangs als Geschäftspartner, später als Freund. Er ist der einzige Mensch, dem ich jemals anvertraut habe, wie unglücklich ich mit Deiner Mutter war. Ich liebe ihn, aber ich bin nicht in ihn verliebt. Ich verdanke ihm sehr viel, emotional wie auch praktisch, aber ich bin nicht von ihm abhängig. Das, was privat zwischen uns besteht, bleibt privat – auch Du wirst später, wie ich hoffe, Dein eigenes Privatleben so gestalten –, aber es ist kein Geheimnis. Ich bin Dein Vater, und ich liebe Dich, aber auch ich habe mein ganz eigenes Privatleben.

Wie dem auch sei, ich kann zwar nicht sagen, daß ich bereue, *was* ich getan habe, aber ich bereue zutiefst, *wie* ich es getan habe. Ich habe die Dinge nicht ausreichend durchdacht und mich in sehr vielem verrechnet. Dafür muß ich mich bei Dir entschuldigen, und ich möchte Dich auch dafür entschädigen. Dieser, mein Wunsch kommt aus tiefstem Herzen, weil mir, nachdem Du hier warst, nur um so schmerzlicher bewußt geworden ist, daß ich Dich verloren habe, und weil mir Dein Verhalten gezeigt hat, daß ich es versäumt habe, die Dinge ernsthaft genug von Deiner Warte aus zu betrachten.

Mein Vorschlag wäre nun folgender: Sobald ich meinen Teil des Erlöses von High Place in Händen habe, könnten wir beide uns zusammen eine Wohnung mit zwei Schlafzimmern kaufen, in der wir zusammen leben, bis Du Deine Ausbildung abgeschlossen hast, und später kannst Du sie dann für Dich allein haben. Ich könnte hier ausziehen und einen Mieter für meine Hälfte suchen, um damit die Hypothek abzuzahlen. Ich habe alles mit Tony besprochen, der zwar sehr traurig wäre, aber, obwohl er selbst keine Kinder hat, durchaus einsieht, daß Du für mich am wichtigsten bist. Ich habe Dir ja gesagt, daß er ein sehr netter Mann ist.

Ruf mich an, sobald Du kannst. Bei Euch scheint in letzter Zeit nie jemand zu Hause zu sein, und auch der Anrufbeantworter ist nie eingeschaltet. Aber ich habe gehört, daß die Pughs einen Gutachter beauftragt haben und daß das Ergebnis positiv ausgefallen ist. Also werden wir recht bald in Aktion treten können. Mit Sicherheit noch rechtzeitig vor Weihnachten. Und wir können uns in London nach einem College für dich umsehen.

In Liebe, wie immer,

Daddy«

Sophy ließ den Brief fallen, so daß die Seiten auseinanderfielen und sich über den ganzen Tisch verteilten. Sie starrte sie an, diese schwarzen Wörter auf cremefarbenem Papier; dann griff sie nach dem nächstliegenden Blatt und küßte es.

Einige Zeit später, nachdem sie den Brief auf der Wandseite ihres Bettes unter der Matratze versteckt hatte, zog Sophy ihre Kellnerinnenuniform an und machte sich auf den Weg zum Bee House. Sie betrat es wie immer durch die Küche, in der es – bis auf die Kochgeräusche – ungewohnt ruhig war. Laurence stand über eine Stahlschüssel gebeugt und hob nur ganz kurz den Kopf, um »Morgen, Sophy« zu sagen, bevor er sich wieder angestrengt auf seine Tätigkeit konzentrierte. Kevin und Steve begegneten ihrem Blick mit den irrwitzigsten Grimassen, um anzudeuten, daß Laurence eine furchtbare Laune hatte und nicht ansprechbar war. Sophy wunderte sich. Laurence war sonst nie schlecht gelaunt, so war er nicht. Sie öffnete den Mund, um etwas zu sagen, aber Kevin schwenkte die Arme wie eine Windmühle und deutete mit dem Zeigefinger eine durchschnittene Kehle an, um sie daran zu hindern. Achselzuckend ging sie an allen dreien vorbei und stieg die paar Stufen von der Küche zur Bar hinauf.

Hilary und Don beugten sich, jeder auf einer Seite des Tresens, über Computerausdrucke von Rechnungen. Hilary sah zwar ein wenig müde aus, sonst aber eigentlich wie immer; sie trug ihre gewohnte Hoteluniform: einen engen, marineblauen Rock mit cremefarbener Bluse, rotem Gürtel und roter Brille. Adam hatte vor nicht langer Zeit erklärt, sie sehe aus wie eine Stewardess, und sie hatte ein wenig scharf zurückgegeben, das sei ihr nur recht, denn ihre Arbeit sei schließlich ganz ähnlich, sie müsse hinter Erwachsenen herräumen, die sich wie hilflose Krabbelkinder in einer beengten Umgebung verhielten.

»Hallo, Sophy«, grüßte Hilary und blickte von ihren Rechnungen auf. Sie schien nicht besonders gut geschlafen zu haben. Vielleicht hatten sie wieder einmal Streit gehabt, George hatte ihr erzählt, daß das in letzter Zeit häufig vorkam.

»Morgen …«

»Endlich mal jemand, der fröhlich aussieht«, sagte Don zu Sophy. Er trug eine grüne Fliege mit gelben Dinosauriern. »Eine seltene Ausnahme, hier im Haus.«

»Vielen Dank«, sagte Hilary, dann wandte sie sich an Sophy: »Ich hatte vergessen, daß ich dich für den Lunchdienst eingeteilt habe.«

»Ach so«, sagte Sophy. »Soll ich …«

»Nein, nein. Du bleibst.« Sie hielt eine Sekunde inne, dann fragte sie: »Wie geht's Vi?«

»Sie ist tapfer«, antwortete Sophy, »sehr tapfer. Ganz anders als vorher, als er krank war. Sie hat aufgehört, allen möglichen Leuten Vorwürfe zu machen. Bei seiner Beerdigung will sie all seine Lieblingschoräle spielen lassen, lauter Lieder, die von der Seefahrt handeln.«

»Das ist gut«, sagte Hilary. Ihre Stimme zitterte leicht. »Wir werden natürlich alle kommen. Sophy …«

»Ja?«

»Würdest du nachsehen, ob du Gus findest? Ich habe einen Job für ihn. Und dann kannst du dich um die Tische kümmern. Ich möchte, daß sie alle gedeckt sind, aber nur ein Drittel mit Speisekarten.« Sie schenkte Sophy ein Lächeln, das etwas Beunruhigendes hatte, weil es Hilary so gar nicht ähnlich sah: Es war ein richtig freundliches, ja beinah sogar ein liebes Lächeln. »Du bist ein gutes Mädchen, Sophy«, sagte Hilary.

Gus war nirgends in der Wohnung zu finden. Dort war niemand außer Lotte, die ein wenig Ordnung in das Chaos zu bringen versuchte.

»Ehrlich, wie können diese Leute so leben, wie können sie zulassen, daß diese Jungen so unordentlich sind! Sieh dir doch diese Kleider an. Man kann ja nirgends mehr hintreten. Als ich noch jünger war, mußten wir unsere Schlafzimmer selber putzen, das hat meine Mutter verlangt, und natürlich haben wir im Haus nur Pantoffeln getragen, wegen dem Dreck. In Schweden bleibt der Dreck draußen vor dem Haus, an den Straßenschuhen. Und kommt nicht rein, wie hier. Hast du dieses Schlafzimmer gesehen, in dem du manchmal übernachtest? Das ist 'ne Schande! Sieht aus, als hätten sich zehn Leute da drin 'ne Schlacht geliefert …«

»Hast du George gesehen?« fragte Sophy.

»Der arbeitet. Auf seinem neuen Job im Gartenzentrum. ›Lotte‹, hat er zu mir gesagt, ›würdest du …‹«

»Oder Gus?«

»Der ist weggegangen«, sagte Lotte. Sie griff nach einem Eimer mit heißem Wasser, aus dem erstickende Dämpfe von Desinfektionsmittel aufstiegen. »Der wird überhaupt nicht beaufsichtigt, der Gus. In seinem Alter sollte er mit ein paar gleichaltrigen Jungen im Sommerlager sein, wie in Schweden.«

»So was gibt's hier aber nicht. Wo ist er hin?«

»Er hat irgendwas über den Garten gesagt. Er würde vielleicht auf einen Baum steigen. Auf einen Baum! In seinem Alter!«

»Seine Mutter möchte ihn sprechen …«

»Also die sieht wirklich schlecht aus, Mrs. Wood. Und Mr. Wood auch. Die sind beide überarbeitet.« Mit dem Eimer und einem Schwamm nahm sie entschlossen Kurs aufs Badezimmer. »Gut, daß ich ein gelassenes schwedisches Temperament habe, bei den Sachen, die hier von mir verlangt werden.«

Sophy stieg die Treppen hinab und ging, an Hilarys Büro vorbei, in den Garten. Im Grunde war es ein hübscher Garten, ein alter, unprätentiöser, traditioneller Garten mit Rasen, Rosenbeeten und einem etwas verwilderten Teil am anderen Ende, mit Apfelbäumen, einer Schaukel und einem Klettergerüst für die Kinder der Hausgäste, mit Rutsche und Leitern. Alles wirkte ziemlich vernachlässigt. Der Rasen hatte längere Zeit keinen Rasenmäher mehr gesehen, unter den Rosen wucherten dicke Büschel von Kreuzkraut, und die Rosen selbst mußten dringend ausgeschnitten werden. Auf den Rabatten entlang der Mauer mit den Bienenkörben waren alle hochgewachsenen Blumen wie Rittersporn und Stockrosen verwelkt und abgeknickt und wirkten zwischen den kleineren Gewächsen, die noch leben wollten und blühten, wie lange, dürre Leichname.

»Gus?« rief Sophy. »Gus?«

Keine Antwort. Sie ging über den Rasen, an den Tischen und Bänken vorbei, die für die Gäste, die draußen Drinks zu sich nehmen wollten, aufgestellt waren, bis zu den Apfelbäumen. Dort spähte sie in die größeren hinauf.

»Gus?«

Stille. Sie ging zwischen den Bäumen hindurch bis zum Ende des Gartens, wo eine weitere Mauer ihn von ein paar verwilderten Grundstücken sowie dem Parkplatz eines Bürogebäudes trennte, raffte ihren Kellnerinnenrock und schwang sich hinauf.

»Hier bin ich«, antwortete er.

Sie wandte sich um. Ganz hinten, am linken Ende, saß er rittlings auf der Mauer, fast völlig verborgen unter den steifen, dunklen Ästen einer alten Eibe, die weit über die Mauer herabhingen.

»Warum bist du nicht gekommen?« fragte Sophy. »Du hast mich doch rufen hören ...«

»Weil ich nicht wollte«, antwortete Gus. »Weil ich mich hier wohler fühle.«

»Du sollst zu Hilary kommen.«

»Und weshalb?«

»Keine Ahnung. Ein Job, hat sie gesagt.«

»Ich hab dich seit Ewigkeiten nicht mehr gesehen«, sagte Gus.

Sophy rutschte rittlings auf ihn zu.

»Vier Tage, würde ich sagen. Komm schon, Gus. Sie hat gesagt, du sollst gleich kommen …«

»Ich kann nicht.«

»Was soll das heißen, du kannst nicht?«

»Ich kann nicht wieder da reingehen.«

»Ach, *Gus*«, sagte Sophy entnervt, »sei doch nicht albern. Was ist denn bloß los mit dir?«

Gus antwortete nicht. Sophy konnte sein Gesicht nicht sehen, nur die langen, dünnen Beine in den Jeans mit den sorgfältig zerrissenen Knien, den russischen Militärgürtel, den George für ihn auf einem Flohmarkt in Birmingham gekauft hatte, und einen ein bis zwei Zoll breiten Streifen von seinem grauweißen T-Shirt.

»Komm endlich raus«, sagte Sophy. »Komm raus, damit ich dich sehen kann.«

Er rührte sich nicht.

»Na schön, dann gehe ich wieder. Und sage Hilary, daß du nicht kommen willst.«

»Warte …«

Die Hände hinter sich aufgestützt, lehnte sie sich auf der Mauer zurück.

»Ich hab nicht den ganzen Tag Zeit …«

Endlich tauchte Gus ganz langsam aus seinem Versteck auf. Rittlings zog er sich unter den raschelnden Ästen hervor. Sein Gesicht war schmutzig, mit dunklen Flecken von der Eibenrinde beschmiert. Schließlich machte er halt und musterte sie. Sophy sah, daß er geweint hatte. Unvermittelt richtete sie sich auf.

»He, Gus …«

Er sah sie so traurig an wie ein gescholtener Welpe.

»Was ist denn, Gus?«

»Weißt du's denn nicht?«

»Was soll ich wissen?«

Gus stieß einen langen, zitternden Seufzer aus. Dann hob er eine Hand, als wolle er sein Gesicht dahinter verbergen, und sagte aus der Deckung heraus: »Weißt du denn nicht, daß mein Vater meine Mutter verlassen und deine Mutter heiraten will?«

Die Kirche war ein Blumenmeer. Vi hatte mit ihrem Blumenverkäufer-Freund auf dem Markt von Whittingbourne gehandelt und war mit ganzen Armen voll Dahlien und Chrysanthemen zurückgekehrt. Vi liebte Dahlien. Sie liebte ihre präzise Form und ihre klaren, kräftigen, unerschrockenen Farben. Die ersten Blumen, die Dan ihr geschenkt hatte, waren Dahlien gewesen, selbst gezogen auf dem Gartenstück hinter dem Bee House, das ihm damals gehört hatte und wo er sie in genauso sauberen Reihen zog wie seine Erbsen, Bohnen und Karotten. Er hatte sie für die Blumenschau von Whittingbourne angepflanzt, an der er in einer der Pensionärsklassen teilnehmen wollte, sie aber statt dessen Vi geschenkt. Sie sah die Blumen immer noch vor sich, mit riesigen, symmetrischen, klar umrissenen Köpfen, scharlachrot, purpurrot, orange und gelb, eingewickelt in Zeitungspapier, und gleich dahinter Dans Gesicht, im Vergleich dazu relativ klein und blaß und freudige Erregung ausstrahlend.

»Großer Gott«, hatte sie gesagt, »was machen Sie nur, Mr. Bradshaw? Demnächst werden Sie mir noch mit Pralinen kommen.«

Und das tat er. Mit einer riesigen Schachtel Vollmilch-Pralinen, die er ihr in einer Papiertüte vor die Haustür legte. Dann ein paar Gemüse, die er gezogen hatte, alle fein säuberlich geputzt, und schließlich einen Goldfisch im Glas, von dem er behauptete, er habe ihn zufällig gewonnen, als die Kirmes durch Whittingbourne kam und ihre Zelte zwei Tage lang auf dem großen Parkplatz aufschlug. Der Goldfisch war ein Riesenerfolg gewesen, er hatte das Eis zwischen ihnen gebrochen. Vi taufte ihn Fluffy. Er lebte zwei Wochen, dann starb er eines plötzlichen Todes, und Vi fand ihn mit dem Bauch nach oben in seinem Glas treiben, wo er, wie sie sagte, toter aussah als alles, was sie jemals gesehen hatte, selbst auf dem Tresen eines Fischhändlers. Aber das spielte keine Rolle. Sie brauchten keinen Goldfisch mehr. Denn nun waren sie gemeinsam im siebenten Himmel.

Im Grunde hielt Vi nichts von der Kirche. Sie bewirke, daß die Menschen aufhörten, selbständig zu denken, fand sie, und Gott hielt sie für eine Art Notnagel, aber Dan war da ganz anderer Meinung. Er ging zwar selten in die Kirche, nur Weihnachten und am Armistice Day, an dem er seine Mohnblume und die Miniaturausgaben seiner zwei Kriegsorden trug, aber er sah sich regelmäßig die Sendung »Songs of Praise« im Fernsehen an und mochte es nicht, wenn Vi verächtlich von den Menschen sprach, die religiös waren. Das sei ein Zeichen von Ignoranz und Gefühllosigkeit, erklärte er ihr. Bei der Handelsmarine habe er eine Menge darüber gelernt, wie die Religion die Menschen zusammenbringe.

»Oder auseinander«, sagte Vi.

Aber ein- oder zweimal hatte sie ihn Weihnachten begleitet, und die vielen Menschen, die Kerzen und der Gesang hatten ihr recht gut gefallen. Als Dan starb, war sie zum Pastor derselben kleinen Kirche am Ende der Orchard Street gegangen und hatte sich bei ihm etwas schüchtern nach einer Beerdigung erkundigt.

»Selbstverständlich«, sagte der Pastor, »ich habe es schon erwartet. Mr. Bradshaw gehörte zu unserer Gemeinde.«

Vi staunte. Dies verlieh Dan eine Art lokalen Status, es bewies, daß außer ihr noch andere Menschen Notiz von ihm genommen hatten. Aber schließlich sah er, wenn er zur Kirche ging, ja auch immer so elegant aus, der Anzug gebügelt, die Schuhe spiegelblank. Und kerzengerade stand er da, den Rücken durchgedrückt, so daß er, so klein er auch war, doch richtig etwas hermachte. Vi wünschte, sie hätte ihm öfter gezeigt, daß sie ihn bewunderte. Sie wünschte, sie hätte ihm gesagt, wie stolz sie sei, sich mit einem solchen Mann in der Öffentlichkeit zeigen zu können.

Es gefiel ihr, wie die Kirche aussah. Sie war klein, sehr alt und ziemlich dunkel, aber die Dahlien hellten sie auf, und außerdem brannten überall Kerzen; sie hatte extra darum gebeten. Die Blumen standen neben dem Altar, zu beiden Seiten der Kanzeltreppe, auf dem Taufbecken und auf allen Fensterbänken. Ein Arrangement hatte sie ganz persönlich bestellt, weiß und gelb in Rhombenform, mit Lilien; das sollte auf dem Deckel des Sarges liegen, wenn er hereingetragen wurde. Ohne Karte. Denn die war überflüssig. Dan wußte, was sie dachte.

Hilary sagte, sie wolle ihre Söhne vor der Beerdigung begutachten. Sie hatten sich um ein überraschend konventionelles Aussehen bemüht, sogar Krawatten aufgetrieben. Adam trug die seine zwar auf Halbmast, aber es war immerhin eine dunkle Krawatte, und dazu hatte er ein passendes Jackett und schwarze Schuhe gefunden.

»Gut gemacht«, sagte sie.

Adam warf seine Haare zurück. Mit einem Finger fuhr er sich innen um den Hemdkragen, als fürchte er zu ersticken.

»Dan war okay«, sagte er.

George wandte sich an seine Mutter: »Geht's dir gut?«

Sie nickte. Sie trug ein schwarzes Kostüm, das keiner der drei kannte, und schwarze, hochhackige Schuhe. Insgeheim fand Adam, daß sie verdammt gut aussah, beschloß aber, lieber nichts davon zu sagen. Allzu gut auszusehen war bei einer Beerdigung bestimmt nicht angebracht; man mußte nur dafür sorgen, daß man nicht unangenehm auffiel. Lächelnd sah er sie an. Sie war großartig, wie sie das alles verkraftete. Sie hatte nicht gefragt, was der Vater ihnen erzählt hatte, hatte sie nicht bedrängt. Adam war dankbar – dankbar dafür, daß sie ihnen weder in dieser noch in einer anderen Hinsicht das Leben schwermachte. Nie hätte er gedacht, daß er so empfinden könne, und niemals hätte er sich vorstellen können, auch nur in Erwägung zu ziehen, jemals wieder ein Wort mit seinem Vater zu wechseln. Doch das war nun anders. Sein Vater benahm sich so schlimm, wie es schlimmer nicht sein konnte, fand er, zugleich aber bewunderte er die Art, wie Laurence mit ihnen gesprochen hatte. Sehr ruhig, sehr sicher, sehr traurig.

»Ich hab nicht gewollt, daß es so kommt«, hatte Laurence gesagt, »ich habe es nicht geplant. Ich kann aufrichtig sagen, daß es mich wie ein Blitz getroffen hat, und als der erstmal eingeschlagen hatte, war ich verändert, und alles andere ebenfalls.«

Sie hatten ihm schweigend zugehört, alle drei. Keiner hatte eine Frage gestellt. Selbst Gus, der normalerweise keine Hemmungen kannte, was neugierige Fragen betraf, sagte kein Wort. Ihre Verlegenheit war mit Händen zu greifen, weil niemand Gina erwähnen, niemand auch nur anerkennen wollte, daß es sie gab, indem er ihren Namen aussprach. Zu beklemmend waren die Gefühle, die dieser Name wachrief. Alles in allem war es besser, Dad einfach als Dad zu betrachten, und als nichts anderes.

»Habt ihr gar keine Fragen an mich?« wollte Laurence wissen. »Ich werde jede einzelne so gewissenhaft beantworten, wie es mir möglich ist.«

George seufzte. Er beugte sich in seinem Sessel vor und stützte die Ellbogen auf die Knie.

»Nein«, sagte er.

»Wollt ihr mir nicht wenigstens etwas sagen?«

Den Blick fest auf den Fußboden gerichtet, antwortete George: »Nichts, was du gern hören würdest.«

Gus hatte die Augen geschlossen. Wie Adam wußte, wartete er nur darauf, daß dieses Gespräch ein Ende fand, und zählte die Minuten. War es schlimmer, wenn es der

Vater war? Oder wären sie, wenn dasselbe Hilary passiert wäre, noch empörter gewesen, hätten sie dann noch stärker das Gefühl gehabt, daß alles, woran zu glauben sie erzogen worden waren, einfach über Bord geworfen wurde? Einfach so? Dabei war Dad durchaus nicht einer von diesen Schwachköpfen, die hinter jedem Rock her waren, sich lächerlich machten und von Liebe redeten, wie man's sonst nur aus drittklassigen Filmen kannte. Nein, er gehörte zu den beständigsten Menschen, die Adam jemals begegnet waren. Seine Freunde hatten ihn stets darum beneidet, daß sein Vater immer zur Stelle, immer Teil seiner Familie, immer freundlich und umgänglich war. Dad hatte etwas an sich, das ungeheuer beruhigend wirkte. Oder vielmehr, hatte es an sich gehabt – bis jetzt.

»Vi wird sich bestimmt sehr freuen, daß ihr kommt«, sagte Hilary jetzt.

Alle drei machten betretene Gesichter. Es fiel ihnen schwer, zuzugeben, daß sie aus irgendeinem seltsamen Grund *gern* zu der Beerdigung gingen.

»Aber ich hab keine Lust, Gina zu begegnen«, sagte Gus.

»Das mußt du auch nicht.«

»Aber sie wird doch da sein …«

»Sie wird ganz vorn sitzen, und wir sind alle ganz hinten. Sie hat nichts mit uns zu tun. Wir gehen wegen Vi, Kinder. Und wegen Dan.«

»Und wegen Sophy.«

»Ja«, sagte Hilary und lächelte Gus zu. »Und wegen Sophy.«

Die Kirche war mehr als zur Hälfte gefüllt. Alle Bewohner von Orchard Close waren da, auch Doug und Cath Barnett, sowie mehrere Freunde von Dan aus all den Jahren in dieser Stadt, zwei Vertreter der British Legion und eine Schwester aus dem Krankenhaus. Die vorderste Bank war leer. Laurence, der normalerweise seiner Familie den Vortritt ließ, ging diesmal voraus und wählte einen möglichst weit vom Mittelgang entfernten Platz unterhalb einer kleinen Marmorplatte, auf der des kurzen Lebens eines jungen Mannes aus Whittingbourne gedacht wurde, eines Soldaten, der sein Leben in der Schlacht von Omdurman verloren hatte. »Ein edler Sohn der Stadt«, lautete die Inschrift, »ein tapferer Patriot.« Laurence, der extrem nervös war, kniete direkt darunter nieder und blickte unverwandt geradeaus.

Weitere Trauergäste kamen herein und suchten sich in dem seltsamen mittäglichen, kerzenerleuchteten Dämmerlicht einen Platz. Ganz vorn lag Dan in seinem Sarg, einem kurzen Sarg aus gewachstem Holz mit Messingbeschlägen – »nur das Beste«, hatte Vi gesagt – unter einem Berg bleicher Blumen. Die Orgel spielte leise »Jesus, Joy of Man's Desiring«, und einige Leute neigten sich einander zu, bis sich ihre Schultern berührten, und flüsterten vertraulich miteinander. Dann entstand eine kurze Stille: An Ginas Arm kam, in dunklem Purpur, Vi hereingeschritten. Sie ging sehr aufrecht; ihr weißes Haar unter einem kleinen Netz bewegte sich leicht. Neben Hilary und der Bank voller Woods blieb sie stehen, und Laurence vernahm ihr zischelndes Geflüster. Er hielt den Atem an. Gina, in Marineblau, stand kerzengerade und blickte starr geradeaus.

»Gott segne Sie, meine Liebe«, sagte Vi ein bißchen lauter. Sie warf einen Blick die Bank entlang. »Gott segne euch alle, weil ihr gekommen seid. Habt ihr vielleicht Sophy gesehen?«

Alle schüttelten den Kopf.

»Sie wird wohl noch kommen«, sagte Vi. »Das arme Kind. Sie ist so durcheinander.«

Ihr Lächeln wanderte die Reihe der Köpfe entlang bis zu Laurence. Er spürte es wie einen kleinen, wärmenden Strahl, selbst in dieser Situation voller Zuneigung für ihn, den sie seit dreißig Jahren kannte. Er gehörte fast zur Familie. Er senkte den Kopf noch etwas tiefer. Ich kann's

nicht ertragen, dachte er. Die liebe, alte Vi. Sie hat keine
Ahnung. Gina hat ihr noch nichts gesagt, also weiß sie es
noch nicht.

Sophy hatte High Place für sich allein. Sie hatte es selbst
so arrangiert, indem sie behauptete, sie müsse noch
schnell Blumen für Dan kaufen und werde zur Beerdigung nachkommen. Sogar angezogen hatte sie sich für
die Beerdigung – sie trug ein langes schwarzes Träger-
kleid aus Jersey mit einem dunkelgrünen T-Shirt darunter
–, und die Haare hatte sie mit einer Spange in Schmetter-
lingsform aus einem mattsilbrigen Metall hochgesteckt,
die Dan ihr mal geschenkt hatte. Er war verlegen gewesen, als er sie ihr gab, und während er lebte, hatte sie ihr
nie besonders gut gefallen. Jetzt aber liebte sie die Spange
auf einmal heiß und innig. Außerdem legte sie Fergus'
letztes Geburtstagsgeschenk an, ein Armband, ein Ge-
flecht aus dickem Silber, wie ein Seil. Dann sagte sie, daß
sie Blumen für Dan kaufen müsse.

»Aber wir haben doch Blumen«, sagte Gina. »Ich hab
sie schon vor Tagen bestellt. Für uns beide.«

»Aber ich will welche für mich allein! Blumen, die ich
selbst ausgesucht habe.«

»Aber nicht jetzt, Sophy. Es ist viel zu spät. In einer
Viertelstunde müssen wir bei Gran sein. Das weißt du.«

»Ich komme bestimmt pünktlich«, sagte Sophy. »Ich
mach ganz schnell. Und geh von da aus direkt zur Kirche.«

Sie ging zur Glastür hinaus, dann außen herum zum
Straßentor und schlug es zu, ohne hindurchzugehen. Statt
dessen kehrte sie in den Garten zurück, hastete hinter einem dichten Vorhang von Clematis entlang und versteckte sich hinter dem Pavillon. Dort wartete sie, leicht keuchend, die blaue Perle zwischen den Zähnen, einige
Minuten, bis sie sah, daß Gina aus der Küchentür kam
und sich umwandte, um sie abzuschließen. Sie sah sehr

adrett aus, in dunklem Kostüm und schwarzen Schuhe, eine kleine, flache Handtasche, einem Briefumschlag nachempfunden, unter einen Arm geklemmt. Sophy musterte sie sehr distanziert, als hätte sie nichts mit ihr zu tun, als sei sie nichts als eine Frau, die seit sechzehn Jahren in Sophys Haus lebte. Sie sah zu, wie sie auf hohen Absätzen ums Haus herum zum Straßentor schritt, hindurchging und in Richtung Orchard Close verschwand. Sophy spuckte die Perle aus, zählte bis fünfzig, eilte über den kleinen Kamillenrasen, an der mittelalterlichen Bank vorbei, und ging wieder ins Haus.

Sie lief sofort zu ihrem Schlafzimmer hinauf, das inzwischen leer war bis auf ihr Bett, den Schreibtisch, den Bücherschrank und eine Reisetasche, die auf dem Fußboden stand. Es war eine schwarze Segeltuchtasche, neu und steif, die sie von ihren Eltern einmal für ihre Schulbücher bekommen, aber von vornherein abgelehnt hatte, weil sie Plastiktragetaschen aus dem Supermarkt bevorzugte, wie ihre Mitschülerinnen in der Klasse sie benutzten, weil sie lässiger und cooler wirkten. Die Schulbücher in einer teuren, gut gearbeiteten Tasche mit Ledergriffen herumzutragen erweckte den Eindruck, man mache sich etwas aus ihnen oder sogar, Gott behüte, aus der Schule. Jetzt aber kam ihr die Tasche gerade recht. Sophy wünschte nur, sie hätte sie eine Zeitlang draußen im Regen liegen gelassen oder Gina gebeten, ein- oder zweimal mit dem Wagen drüberzufahren, damit sie nicht mehr so neu aussah.

Sie enthielt nichts als Fergus' Brief und ein Töpfchen Lippengloss mit Erdbeergeschmack. Sophy packte Jeans hinein, Slips, eine Handvoll T-Shirts, ihren Walkman, ein paar Kassetten, eine Haarbürste und das Tagebuch, das sie in diesem Sommer geführt hatte. Sie zog den Reißverschluß der Tasche zu und hängte sie sich probeweise über die Schulter. Sie konnte noch mehr tragen, merkte sie. Also stellte sie die Tasche ab, öffnete sie und stopfte noch ein Sweatshirt, ihren Waschbeutel sowie das Schweinchen hinein, das Vi aus der Uniformhose von Ginas unbekanntem Vater geschneidert hatte. Sie musterte ihre Fotografien. Da gab es Bilder von Fergus, Gina und Vi, und ein winziges von Dan, das in die Ecke des Rahmens geschoben war; außerdem Fotos von der Familie Wood, einige Aufnahmen aus der Schule und auch ein paar von ihr selbst. Dann war da noch ein Bild von ihrem Wellensittich, auf dem er aufmerksam auf etwas zu lauschen schien, das nur er zu hören vermochte. Sophy streckte die Hand nach dem Foto von Vi aus, zögerte einen Moment und zog sie wieder zurück. Sie brauchte kein Foto, um zu spüren, daß Vi bei ihr war.

Sophy sah sich im Zimmer um. Früher hatte sie es einmal geliebt, war stolz darauf gewesen, hatte es genossen, hier oben unterm Dach zu hausen, wo die Morgensonne und die Abendsonne an den Fenstern vorbeiwanderte. Jetzt empfand sie nichts mehr für diesen Raum. Dennoch konnte sie ihn nicht verlassen, ohne die Tagesdecke auf dem Bett zurechtzuziehen, den Becher mit den Bleistiften präzise neben der Löschunterlage zu plazieren und die Löschunterlage genau parallel zum ordentlichen Bücherstapel auf ihrem Schreibtisch zurechtzurücken. Dann zog sie die Vorhänge zu, als wolle sie dem Zimmer zeigen, daß es sich nun schlafen legen könne, nahm ihre Tasche und ging hinaus.

Im Stockwerk darunter öffnete sie Ginas Schlafzimmertür. Es war, wie immer, sehr aufgeräumt; Ginas Pantöffelchen standen unter einem Sessel und ihre glänzenden Make-up-Töpfe auf der spiegelnden Glasplatte des Toilettentischs. Dann spähte sie ins Bad, in dem es in letzter Zeit so feminin duftete, und ins Gästezimmer, in dem, solange sich Sophy erinnern konnte, nie ein Gast die hübschen Betten mit den Tagesdecken aus Crewel-Stickerei benutzt oder sich in dem spanischen, mit zarten, schmiedegehämmerten Blumen umrandeten Spiegel betrachtet hatte. Auch in Fergus' Arbeitszimmer warf sie einen Blick – es war leer bis auf den Teppich und einen großen Weidenkorb, den er als Papierkorb benutzt hatte – sowie in das kleine Zimmer, von dem Gina immer gesagt hatte, niemand dürfe es anrühren, weil es ihr ganz persönliches Refugium werden solle. Aber sie hatte nie etwas daran getan, nur Vorhänge aus bräunlichem, mit stilisierten Tulpen bedrucktem Leinen aufgehängt und einen importierten Tisch mit Sessel aufgestellt, die nun beide wie verloren und sinnlos unter einer dicken Staubschicht herumstanden. Sophy fühlte sich versucht, »Goodbye« in den Staub zu schreiben, und mußte energisch die Tür schließen, damit sie dieser Versuchung nicht erlag.

Unten waren das Eßzimmer, das Wohnzimmer und die Küche. Gewissenhaft, als sei sie auf gute Manieren bedacht und müsse nach einer Party, auf der sie sich nicht im geringsten amüsiert hatte, auf Wiedersehen und danke schön sagen, warf Sophy in alle drei Räume einen kurzen Blick. Sie öffnete Ginas kaum noch benutztes Klavier und spielte ein einziges, mittleres C, immer und immer wieder, als wolle sie ihrem Abschied dadurch Nachdruck verleihen. Dann ging sie in die Küche und betrachtete ihren Wellensittich. Er rührte sich kaum. Sie öffnete die winzige Käfigtür und nahm Wasser- sowie Futterschale heraus, um sie frisch zu füllen, während er sie desinteressiert beobachtete.

»Du solltest zu Gran zurückkehren«, sagte Sophy. »Da hast du es viel besser.«

Der Vogel zuckte kaum merklich, als wolle er sagen, daß in seinem Käfigleben jedes Zimmer für ihn ein und dasselbe sei, und begann dann eifrig etwas unter einem seiner Flügel zu untersuchen. Sophy sah sich in der Küche um, betrachtete den Tisch, an dem sie so viele Mahlzeiten eingenommen, so viele Meilen von Hausaufgaben geschrieben und auf dem sie so viele Nachrichten hinterlassen hatte. Nun, heute würde es keine Nachricht geben, kein einziges Wort. Wieder schulterte sie die Tasche, warf dem Wellensittich eine Kußhand zu, ging zur Glastür hinaus und schloß sorgfältig hinter sich ab.

»Ich nehme an, sie war einfach zu traurig«, sagte Vi. »Schließlich hatte sie ihn sehr gern und dachte aus dem einen oder anderen Grund, sie hätte ihn in diesem Sommer nicht oft genug besucht. Er selbst hat das nicht von ihr gedacht. Aber er hat ja ohnehin immer nur Gutes von den Menschen gedacht, die er liebte.«

»Ich glaube, ich sollte lieber nach Hause gehen«, sagte Gina. Sie beugte sich vor und stellte ihre Teetasse neben den Teller mit den Sandwiches, die sie und Vi zu essen versucht hatten. »Ich muß nachsehen, wie's ihr jetzt geht.«

»Es war schön, nicht wahr? Genauso, wie er's gewollt hätte. Und so viele Leute! Sogar Roger Sowieso, dieser Neffe, hat sich bei mir dafür bedankt, daß ich mich um seinen Onkel Dan gekümmert habe. Fast hätte ich laut gelacht. Dieser Idiot, wie er da stand, in seinem Yachtclub-Blazer, furchtbar feierlich und aufgeblasen. Dan hat gesagt, so sei er sein Leben lang gewesen. Er hätte noch nie einen so aufgeblasenen kleinen Jungen gesehen.«

Gina erhob sich.

»Kann ich dich allein lassen?«

Vi nickte.

»Ich hab viel zu tun. Und muß viel nachdenken. Geh du nur Sophy suchen und ruf mich an. Die arme Sophy. Sag ihr von mir, daß sie und ich, wir beiden, später einmal allein zu ihm gehen und uns von ihm verabschieden werden.«

»Sie hat gesagt, daß sie noch Blumen kaufen will. Daß sie sich ganz vor der Beerdigung drücken wollte, davon hat sie kein Wort gesagt.«

»Aber das ist doch klar, oder? Sonst hättest du versucht, sie zu überreden. Ich kann's ihr nicht verdenken.

Es gibt Dinge, die wir einfach ganz allein mit uns selbst abmachen müssen.«

Gina beugte sich hinunter und gab ihr einen Kuß. Vi hatte ihren blumenbestickten Schleier abgenommen und ihn wie einen duftigen Käfig über die Teekanne gestülpt.

»War mir nicht sicher, wegen der Orchidee. Sehen ein bißchen nach Ascot aus, diese Orchideen. Ruf mich an.«

»Das werde ich tun. Wiedersehn, Mum. Es war ein wunderschöner Gottesdienst; hätte nicht schöner sein können.«

»Wiedersehen, Liebes«, sagte Vi. »Sag ihr, daß ich Verständnis für sie habe.«

Als Gina auf die Orchard Street hinaustrat, schoben sich dicke Wolken zusammen und sogen auch kleinere Fetzen zu sich heran, um mit ihnen eine dichte, graue Masse zu bilden, die Regen verhieß. Gina ging rasch, wegen ihres engen Rocks und der hochhackigen Schuhe jedoch mit sehr kleinen Schritten die Orchard Street entlang, bis sie auf die Tannery Street traf, von wo aus ein uralter Weg, »The Ditches« genannt, zwischen niedrigen, uralten Cottages nach High Place führte. Einige davon waren aufdringlich modernisiert worden, mit neuen Haustüren und Hängekörben voller Lobelien und Geranien, andere jedoch duckten sich, wie sie es seit dreihundert Jahren getan hatten, hinter niedrige Fensterbänke, staubige Vorhänge und ungeputzte Fenster. Aus mehreren drang das stete, gedämpfte Gemurmel des Nachmittagsfernsehens hervor.

Während Gina auf High Place zuging, betrachtete sie das Haus. Die Vorhänge von Sophys Schlafzimmer waren zugezogen. Mit plötzlich aufflammendem Mitleid sah Gina ihre Tochter vor sich, sah sie, schwarz gekleidet, die Blumen, die sie für Dan gekauft hatte, fest in der Hand, zusammengerollt auf ihrem Bett liegen und weinen. Arme Sophy, ein Schicksalsschlag nach dem anderen. Und ein weiterer stand ihr noch bevor. Eilig strebte Gina zum

Gartentor, schloß es auf, hastete durch den Garten und erreichte die Küche, gerade, als die ersten kleinen Regentropfen vom Himmel kamen.

Achtlos streifte sie auf der Fußmatte die Schuhe ab und lief zur Treppe.

»Sophy!« rief sie und raffte ihren Rock. »Sophy! Ich bin wieder da!«

Sie lief die Treppe hinauf.

»Sophy! Sophy!«

Dann lief sie Sophys Treppe hinauf. Sophys Tür war geschlossen, und es war keine Musik zu hören. Gina stieß die Tür auf.

»Darling …«

Das Zimmer war unendlich leer. Keine Sophy, keine Kissen, kein Nippes. Ihr Bett war ordentlich gemacht, die Bettdecke wie im Hotel unters Kopfkissen geschlagen, und der Schreibtisch wirkte alarmierend aufgeräumt.

»Sophy?« sagte Gina fragend.

Sie öffnete den Schrank. Da hingen Sophys Kleider, unberührt, über einem Durcheinander von Schuhen, Halstüchern und alten Pullovern. Wieder sah sie sich im Zimmer um. Alle Fotos standen an ihrem Platz, nur die Haarbürste fehlte, und der Walkman.

Gina trat auf den Flur hinaus. Da standen sämtliche Kartons von Sophy, schon Wochen, bevor es nötig war, fix und fertig zum Auszug, zur Flucht vor der bevorstehenden Invasion der Pughs bereit. Gina nahm das Nilpferd und sah es an. Sekundenlang hielt sie es an sich gedrückt, legte die Wange auf seinen weichen grünen Plüschkopf. Sophy war zum Bee House gegangen, das war offensichtlich. Aber es war auch sehr traurig und ein wenig ärgerlich, daß sie in letzter Zeit immer, wenn ihr alles zuviel wurde, automatisch dort Zuflucht nahm. Langsam stieg Gina die Treppe zu ihrem Schlafzimmer hinab, zählte bis zehn und griff zum Telefon.

Sie hielt den Atem an. Hilary meldete sich.

»Bee House Hotel. Guten Tag.«

»Hilary ...«

»Ja?«

»Ich bin's, Gina.« Eine kurze Pause entstand.

»Was willst du?«

»Ich wollte fragen ... Ich wollte fragen, ob ich mit Sophy sprechen kann.«

»Sie ist nicht hier«, sagte Hilary. »Ich hab sie heute nicht auf den Dienstplan gesetzt. Wegen der Beerdigung.«

»Ich glaube aber doch, daß sie bei euch ist. Irgendwo. Vielleicht bei den Jungen. Denn hier ist sie nicht, und bei der Beerdigung ist sie auch nicht aufgetaucht.«

»Warte«, sagte Hilary, »ich gehe nachsehen.«

Mit einem harten Geräusch legte sie den Hörer neben den Apparat, dann hörte Gina sie mit eiligen Schritten davongehen, eine Tür öffnen und etwas rufen. Nach ein paar Sekunden kehrten ihre Schritte zurück, um sich in die andere Richtung zu entfernen, dann herrschte Stille. Schließlich kam sie wieder ans Telefon.

»Tut mir leid, kein Mensch hat sie hier gesehen. Ich werde Gus sagen, er soll im Garten nachsehen. Eine Minute.«

»O mein Gott!« sagte Gina. »Ihr Zimmer sieht aus, als hätte sie's endgültig verlassen. Wo kann sie nur sein?«

»Vermutlich läuft sie irgendwo herum. Sie ist doch ein vernünftiges Mädchen ...«

»Bitte, ruf mich an«, sagte Gina, mit brüchiger Stimme. »Bitte, ruf mich an, wenn ihr sie findet ...«

Es folgte eine weitere kleine Pause, schließlich sagte Hilary: »Selbstverständlich.« Und legte den Hörer auf.

Gus saß wieder auf der Mauer unter der Eibe. Für kurze Zeit hatte die Beerdigung aus irgendeinem Grund bewirkt, daß er sich besser fühlte, hatte ihm mit all den Kirchenliedern, mit den Gebeten und den Leuten in Kirchenkleidern das beruhigende Gefühl gegeben, daß sich hier etwas Althergebrachtes und Gewohntes abspielte. Als sie jedoch zu Hause waren, war wieder alles in Scherben zersprungen. Laurence war ohne ein Wort in der Küche verschwunden, George war in sein Gartenzentrum zurückgekehrt, wo man ihm ohnehin nur eine Stunde freigegeben hatte, und Adam hatte sich in Luft aufgelöst. Gus war nach oben gegangen und hatte eine Weile in Hilarys Schlafzimmer herumgehangen, während sie das schwarze Kostüm aus- und ihre Hoteluniform anzog. Doch als sie erklärte, es gebe eine Menge, womit er ihr helfen könne, was wiederum auch ihm helfen würde, hatte er sich ein wenig gewunden und gebrummt, er habe auch so eine Menge zu tun.

»Na schön«, sagte Hilary. »Wie du willst.« Als sie ihn beim Hinausgehen umarmte, trieb ihm ihr Duft wieder die Tränen in die Augen. Er ging in sein eigenes Zimmer, riß sich Krawatte und Schulschuhe herunter und warf seine Schulhose aufs Bett. Dann zog er wieder seine Jeans an, die richtig schön weiten, ein T-Shirt von Sophy, das sie eines Abends hiergelassen hatte, dunkelblau mit einem Regenbogen vorn drauf, und seine Turnschuhe und stieg langsam, jeder Stufe einen Tritt versetzend und sich mit dem Rücken an der Wand entlang schiebend, nach unten.

Langsam schlenderte er in den Garten hinaus. Es sah aus, als würde es bald regnen, aber er dachte, daß es ihm guttun würde, naß zu werden. Er wollte in die Eibe hinaufsteigen, richtig schön naß und schmutzig werden, mit den Haaren voller Baumrindenreste, und dort wollte er bleiben. Alle, auch – nein, vor allem – Sophy, würden sagen, er benehme sich wie ein Baby, aber im Augenblick wußte er nicht, wie er sich sonst benehmen sollte. Sophy war nicht zur Beerdigung gekommen. Offensichtlich hatte sie es nicht ertragen können. Vermutlich hatte sie sich irgendwo eingesperrt, um sich so richtig auszuheulen, genau wie sie es getan hatte, als er ihr von Laurence und Gina erzählte.

»Das ist nicht wahr!« hatte sie gesagt. Und ihr Gesicht war ganz leer geworden, wie ein Mond.

»Doch«, hatte er gesagt. Und hätte gern ihre Hand genommen. »Es stimmt wirklich. Zuerst hat es uns Mum erzählt, und dann Dad. Es ist wahr.«

Er hatte sie zu trösten versucht, als sie weinte. Er war von der Mauer geklettert und hatte ihr ungeschickt heruntergeholfen, und dann hatte er sie in die Arme genommen, obwohl sie größer war als er. Sie hatte einfach dagestanden, von seinen hilflosen Armen umfangen, hatte die Hände vors Gesicht geschlagen und laut geschluchzt. Er hatte gesehen, wie die Tränen unter ihren Händen hervorquollen und in die Manschetten ihrer Kellnerinnenbluse rannen. Natürlich hatte er kein Taschentuch, deswegen nahm er nach einer Weile die Arme herunter, zog sein T-Shirt aus und bot es ihr statt dessen an.

Sie war ihm dankbar gewesen. »Vielen Dank«, hatte sie gesagt. »O Gus, ich danke dir!« Eine Weile hatte er dagestanden, hatte ihr zugesehen, wie sie in sein T-Shirt weinte, und gedacht, daß ihm noch nie in seinem ganzen Leben irgend jemand so leid getan hatte. Dann putzte sie sich die Nase und trocknete sich Gesicht, Hände und Handgelenke. Ihr Gesicht war rötlich gefleckt, und ihre Augen waren rot. Sie sah wirklich furchtbar aus, und Gus konnte den Blick nicht von ihr wenden. Dann setzten sich beide mit dem Rücken zur Mauer auf den Boden, Sophy machte die Augen zu und fragte ihn: »Glaubst du, daß jetzt das Ende erreicht ist? Oder werden einfach immer noch mehr schreckliche Dinge passieren?«

Gus wußte es nicht. Er hatte jede Nacht ein paar entsetzliche Stunden im Bett verbracht, bevor er einschlief, in denen er sich alle möglichen Katastrophen vorstellte, die noch über ihn hereinbrechen konnten – etwa daß Hilary bei einem Autounfall ums Leben kam, oder daß alle starben außer ihm, oder daß das Haus niederbrannte. Es war, als schließe er so eine Art Abkommen mit dem Schicksal, damit all dies eben nicht passierte. Er war müde. Er war ständig müde und wollte mit keinem Menschen zusammensein, während er gleichzeitig Angst um die anderen hatte, sobald er sie nicht vor sich sah. Er griff in die Eibe über sich, packte einen elastischen Ast und machte Klimmzüge an ihm wie an einer Bodybuildingmaschine, bis er mit Schmutz überschüttet war und seine Muskeln schmerzten.

»Gus?«

Er hörte auf, an dem Ast zu ziehen. Es war Hilary. Seitwärts spähte er aus dem Baum zu ihr hinunter. Sie stand ungefähr zehn Fuß entfernt zwischen den alten Apfelbäumen und blickte in seine Richtung.

»Ja?« antwortete er, ohne sich zu rühren.

»Gus! Weißt du, wo Sophy ist?«

»Wieso sollte ich?«

»Könntest du bitte aus diesem Baum rauskommen, während ich mit dir spreche?«

Er schob sich auf der Mauer entlang und duckte sich unter einem dicken Ast hindurch.

»Sie ist nicht zur Beerdigung gekommen«, fuhr Hilary fort, »und Gina hat eben angerufen und gesagt, daß ihr Zimmer leer ist und alles aussieht, als hätte sie es endgültig verlassen. Sie glaubt, daß sie möglicherweise hier ist. Hast du sie heute schon gesehen?«

»Nein«, antwortete Gus. Müde schwang er ein Bein über die Mauer und sprang zu Boden. »Ich hab sie seit zwei Tagen nicht mehr gesehen.«

»Hat sie irgendwas gesagt? Darüber, daß sie weggehen wollte?«

»Nein«, sagte Gus. Und dann, weil ihn die Erinnerung daran plötzlich mit so großer Wucht überfiel: »Sie hat geweint.«

Hilary trat einen Schritt vor. Gus lehnte sich an die Mauer und hob einen Arm vors Gesicht.

»Gus«, sagte Hilary und legte ihm beide Hände auf die Schultern, »was ist passiert?«

»Ich hab's ihr gesagt«, antwortete Gus. »Ich wollte das gar nicht, aber ich hab's einfach getan.«

»Was hast du ihr gesagt?«

Gus wandte den Kopf ab, damit er sie nicht ansehen mußte.

»Das weißt du doch«, sagte er. »Das von Dad und ihrer Mutter. Daß die beiden heiraten wollen.«

»Da bin ich«, sagte Sophy sehr forsch. Fergus starrte sie ungläubig an.

»Sophy ...« Mit einer Hand hielt er die Tür auf, in der anderen hatte er seine Lesebrille, Halbgläser, in Schildpatt gefaßt. Seine Haare standen ein wenig ab, als hätte er sie beim Nachdenken gerauft. »Wie schön, mein Liebes! Wieso ... Also, ich hatte dich gar nicht erwartet ...«

Sophy hievte sich ihre Tasche ein bißchen höher auf ihre Schulter. »Darf ich reinkommen?«

»Selbstverständlich«, sagte er. »Selbstverständlich ..., ja natürlich.« Er wirkte nervös. Er trat zurück, um ihr den Weg freizumachen, und als sie an ihm vorbeiging, versuchte er ihr einen kleinen Kuß auf die Wange zu drücken, verfehlte sie aber.

Sie ging ins Wohnzimmer und warf ihre Tasche auf ein schneeweißes Sofa. Sie wirkte absolut souverän. Er folgte ihr.

»Hast du meinen Brief bekommen?«

»Natürlich«, antwortete sie, und ihre Augen wurden groß. »Warum sollte ich sonst hier sein?«

»Es ist nur ... Ich hatte nicht gedacht, daß du so bald ...«

»Es mußte sein«, sagte Sophy schlicht.

Fergus ging auf das weiße Sofa zu und stellte die Tasche auf den Fußboden. »Neu bezogen ...«

Sophy stieß einen leisen, ungeduldigen Laut aus. Sie beugte sich über einen Tisch mit ein paar Ziergegenständen aus Glas und Silber und arrangierte sie neu, als sei das ihr Recht, eine Art Vergeltung dafür, daß er ihre Tasche vom Sofa genommen hatte. Fergus trat schnell neben sie und legte seine Hand auf die ihre.

»Sophy. Warum mußte es sein?«

Sie sah ihn mit schrägem Blick an. Naßforsch sagte sie: »Du hast gesagt, wir müßten uns Wohnungen ansehen. Und Schulen. Die Schule beginnt nächste Woche.«

Fergus seufzte. »Mein Liebes, in diesem Trimester kannst du keine neue Schule besuchen. Wir müssen bis nach Weihnachten warten ...«

»Und warum nicht?«

»Es ist zu spät ...«

»Aber ich will nicht einfach irgendwo zwei Trimester absitzen. Ich möchte ein ganzes Jahr ...«

»Sophy ...« Fergus ergriff ihre Handgelenke. »Hör endlich auf mit diesem Unsinn! Hör endlich auf, so verdammt kindisch zu sein, und erklär mir, warum du aus heiterem Himmel plötzlich hier auftauchst!«

Sie funkelte ihn wütend an.

»Du hast mich gebeten, zu dir zu kommen.«

»Das weiß ich. Aber du weißt genausogut wie ich, daß ich nicht postwendend gemeint habe.«

Sie ging zum Fenster und sah in den Garten hinaus. Vor dem hellen Fenster wirkte sie überraschend groß, mager und zerbrechlich, mit ihrer engen schwarzen Kleidung, ihrem langen Hals und dem hochgetürmten Haar. Darüber hinaus erschien sie ihm fast ein wenig gefährlich, so als würde sie explodieren, wenn man sie nicht mit Fingerspitzengefühl behandelte. Einen Moment fragte sich Fergus, ob er zu ihr hinübergehen und ihr mit väterlicher Geste die Hände auf die Schultern legen sollte, aber dann ließ er es bleiben. Statt dessen hockte er sich auf die Armlehne eines Polstersessels, ließ seine Brille an einem Bügel baumeln und wartete. Bitte, flehte er Sophy lautlos an, bitte sei zugänglich, sei vernünftig, vielleicht sogar ein bißchen flexibel. Bitte!

Sie blieb einige Minuten lang so stehen. Einmal hob sie die Hand, nahm die Schmetterlingsspange aus ihrem Haar, schüttelte es aus und steckte es sich mit geübtem Griff wieder auf. Nachdem noch eine Minute verstrichen war, sagte sie schließlich, ohne sich umzudrehen: »Dan ist gestorben.«

»Ich weiß«, sagte Fergus. »Deine Mutter hat's mir erzählt. Es tut mir leid.«

»Und dann hat Gus mir was gesagt.«

»Ach, wirklich?«

»Ja. Weil niemand anders den Mut hatte, es mir zu sagen.«

Fergus schwieg. Sophy wartete eine halbe Minute, dann sagte sie: »Laurence will Hilary verlassen.«

»Was?«

»Du hast richtig verstanden. Laurence will Hilary verlassen.«

»Großer Gott!« sagte Fergus und stand auf. »Aber *warum?*«

»Weil er sich in meine Mutter verliebt hat.«

»Du lieber Himmel!« sagte Fergus leise.

»Und sie liebt ihn auch. Sie wollen zusammen nach Frankreich gehen. Das hat Gus jedenfalls gesagt.«

Fergus trat zu Sophy und legte den Arm um sie. Sie schüttelte ihn ab: »Nicht!«

»Ich weiß nicht, was ich sagen soll. Was sagt deine Mutter dazu?«

»Ich habe nicht mit ihr darüber gesprochen. Das kann ich nicht. Ich kann schon den bloßen Gedanken nicht ertragen, geschweige denn darüber reden.«

»Ach, Sophy …«

»Ich dachte, sie wäre wegen dieser Therapeutin so glücklich. Ich dachte, das wäre der Grund.«

Er stand neben ihr und blickte auf den Garten hinab, der jetzt müde aussah in seinem dunklen Spätsommergrün. Ein paar welke, eingerollte Blätter trieben träge unter den weiß gestrichenen Möbeln umher. Eine Woge echter Trauer stieg in ihm auf – nicht um seinetwillen, sondern wegen dieses Kindes neben ihm und wegen der anderen Kinder in Whittingbourne, der drei Jungen, und wegen der alten

Vi. Er schluckte schwer. Die Folgen, die manche Taten nach sich zogen, waren erschreckend. Zutiefst erschreckend. Entwurzelte man an wichtiger Stelle einen einzigen Baum im Wald, stieß sofort der Wind hinein, schlug sich Schneisen und blies alle anderen Bäume einen nach dem anderen um, ohne daß sie dem etwas entgegensetzen konnten. Jedesmal, dachte Fergus, wenn man das Gefühl hat, sein Leben im Griff zu haben, geschehen unversehens Dinge, denen man nicht ausweichen kann, und diese Dinge können sich verheerend auswirken. Das hatte Sophy wutentbrannt zu ihm gesagt, als sie das letztemal bei ihm in London gewesen war. Und wenn er ganz ehrlich sein sollte, war er selbst ebenso verärgert gewesen, verärgert über ihre Naivität, ihre Passivität, ja sogar ihren guten Charakter. Jetzt bereute er das bitter.

»Und da ist noch was«, sagte sie plötzlich.

Er sah sie an. Ihre Miene war starr.

»Ich hab mit George geschlafen.«

Fergus senkte den Kopf.

»Wirklich?«

»Ja. Und wir hatten kein Kondom. Wir hatten ja nicht vor, es zu tun. Nicht, bevor wir es dann doch taten, meine ich.«

Eine kleine Pause entstand.

»Dann bist du also schwanger?«

»Ich weiß es nicht.«

»Sophy …«

»Ich werde es aber bald wissen.«

Fergus sah, daß seine Hände zitterten, als reagierten sie eigenständig auf alles, was er eben gehört hatte. Schnell schob er sie in die Taschen. »Wann, bald?«

»In fünf Tagen.«

»Meinst du nicht, wir sollten zum Arzt gehen?«

»Nein«, sagte Sophy wütend. »*Nein!* Jetzt noch nicht.«

»Sonst noch was?«

»Nein«, sagte Sophy. »Nur, daß ich nicht wieder zurückgehen werde.« Zum erstenmal wandte sie sich ihm zu und sah ihn an. Ihre Augen blickten sehr klar, aber auch fast ausdruckslos.

»Ich muß mir noch ein paar Sachen besorgen. Ich hab nämlich nicht viel mitgebracht, weil ich das neue Leben nicht gleich mit dem alten zupflastern wollte. Ich kann nicht viel mehr von all dem Mist ertragen, von all diesen Lügen und dem Durcheinander.«

»Weiß deine Mutter, daß du hier bist?«

»Nein«, sagte Sophy.

»Möchtest du sie anrufen?«

»Nein.«

»Dann werde ich es tun müssen.«

Sophy wandte sich von ihm ab und ging zu ihrer schwarzen Tasche. »Wenn du willst.« Sie nahm die Tasche und hielt sie in den Armen wie ein lästiges Baby. Er sah, daß sie ein Armband trug, das er ihr geschenkt hatte.

»Wir sehen uns später«, sagte sie. »Ich bin total fertig. Ich geh jetzt auf mein Zimmer.«

Gina lag voll angekleidet auf ihrem Bett. Es war nicht ganz dunkel, das Zimmer war von einem matten, geisterhaften Licht erfüllt, wie von Schleiern. Sie war hellwach. Sie lag jetzt seit fast einer ganzen Stunde hier, seit Fergus angerufen und ihr mitgeteilt hatte, daß Sophy bei ihm sei.

Sie hatte geweint. Den Telefonhörer in der Hand hatte sie, schwindlig vor Erleichterung, an der Küchenwand gelehnt und geweint und geweint. »Kann ich mit ihr sprechen?«

»Ich glaube nicht«, sagte Fergus. Seine Stimme klang sonderbar, fast so, als habe auch er sich nicht ganz unter Kontrolle. »Sie ist in ihrem Zimmer. Die Tür ist geschlossen.«

»Geht es ihr gut?«

»Nein«, sagte er.

»Hat sie …«

»Ja. Sie hat's mir gesagt. Gus hat's ihr gesagt.«

Gina schwieg. In diesem Moment hatte sie nicht einmal mehr Kraft genug, um zu sagen: »Na ja, jetzt bist du ja hoffentlich zufrieden.«

In das Schweigen hinein sagte Fergus: »Ich habe keine Meinung, Gina. Oder nur, soweit es Sophy betrifft.«

»Vielleicht beruht das auf Gegenseitigkeit.«

»Mag sein.«

»Kommt sie zurück?«

»Ich glaube nicht«, sagte Fergus. »Jedenfalls nicht sofort.«

Gina hob den Arm, um sich mit dem Blusenärmel die Augen trockenzutupfen. Sie hinterließen einen schwarzen Mascara-Schmierfleck.

»Am Montag fängt die Schule an.«

»Ja. Ich glaube, es wird noch ein, zwei Tage dauern, bis ich vernünftig mit ihr reden kann.«

»Möchte sie bei dir leben?«

»Ja.« Er holte tief Luft. »Ich hab ihr gesagt, daß ich für sie und mich eine Wohnung kaufen werde. Jedenfalls bis sie mit der Schule fertig ist.«

»Ich verstehe.«

»Ich tue das nicht für mich, Gina …«

Sie unterbrach ihn. »Die Pughs möchten im Oktober einziehen. In den Schulferien ihrer Kinder.«

»Und dann«, sagte Fergus, »werdet ihr beiden nach Frankreich gehen.«

»Ja«, flüsterte sie.

»Und hattest du«, fragte er, und seine Stimme fand auf einmal wieder zu ihrem selbstsicheren Klang zurück, »im Rahmen dieses Plans auch an Sophy gedacht?«

Langsam nahm sie den Telefonhörer von ihrem Ohr, musterte ihn ein oder zwei Sekunden und legte ihn dann leise, fast verstohlen auf die Gabel zurück. Dann zählte sie bis zehn, und als es nicht noch einmal klingelte, nahm sie ihn wieder auf und legte ihn auf den Stoß Telefonbücher daneben.

Mit der Hand am Geländer, als wäre es eine Rettungsleine, schleppte sie sich die Treppe hinauf und warf sich, ohne die Schuhe auszuziehen, quer über ihr Bett. Eine Zeitlang blieb sie mit dem Gesicht nach unten liegen, dann rollte sie sich ganz langsam auf den Rücken, starrte an die Decke und lauschte den Autos, die jetzt, zur Rush-hour, hinter der hohen Mauer nach Hause fuhren, nach Hause zum Abendessen, zum Fernsehen oder zur Gartenarbeit im schwindenden Tageslicht. Sie stellte sich das kleinstädtische Whittingbourne vor, auf den Gartenzäunen Katzen, die Autos auf den Parkplätzen abgestellt, während häusliche Abendgeräusche durch die offenen Fenster und über die kleinen Rasenflächen, die Reihen der Bohnenstangen und diskret verborgene Mülleimer nach draußen drangen. Es kam ihr vor wie eine andere Welt, ja wie ein anderer Planet, im Vergleich zu diesem großen, einsamen Bett in einem Zimmer, in dem sie die glücklichsten wie die unglücklichsten Stunden ihres ganzen Lebens verbracht hatte.

»Man kann nicht verhindern, daß schlimme Dinge passieren«, hatte Vi am Nachmittag nach der Beerdigung gesagt und ein unangerührtes Sandwich auf den Teller zurückgelegt, »das ist ein hoffnungsloses Unterfangen. Aber was zählt, ist das, was du tust, nachdem sie passiert sind.«

Gina schloß die Augen. Das weiß ich, dachte sie. Ihre Lider fühlten sich am Rand so rauh an, als sei jede Wimper ein kleiner Stachel. Aber was ist mit den guten Dingen? Hat man für die Reaktion auf alles Schöne, das einem widerfährt, eine genauso große Verantwortung? Ohne die Augen zu öffnen, tastete sie seitwärts über das Bett, bis sie den Griff der Schublade in ihrem Nachttisch berührte. Sie versuchte sie zu öffnen, aber dazu hätte sie sich aufrichten müssen; also wälzte sie sich auf die Seite und streckte den anderen Arm aus. In der Schublade ganz oben, mit einer Büroklammer zusammengehalten, lagen die Ansichtskarte, die sie in Pau an Laurence geschrieben hatte, sowie ein Foto, vielmehr ein Ausschnitt aus einem größeren Foto, das Laurence 1964 als Laienschauspieler in einer Schulaufführung zeigte. Er trug eine Tunika, die seine Mutter, wie Gina sich erinnerte, aus ein paar alten gelben Vorhängen geschneidert hatte, und seine sechzehnjährigen Arme, Beine und Füße waren nackt. Sein Gesicht war – wohl eher im Sinne eines dramatischen Symbols – oberflächlich geschwärzt worden, so daß seine Züge noch deutlich zu erkennen waren. Gina löste Ansichtskarte und Foto voneinander, legte sie nebeneinander auf die Bettdecke und betrachtete sie mit einer besessenen, gierigen Konzentration, bis es zu dunkel war, um noch etwas zu erkennen.

»Müssen Sie«, fragte Hilary ungeduldig, »wirklich zu *dritt* arbeiten, um meinen Kontostand festzustellen?«

Der Zweigstellenleiter der Bausparkasse, ein freundlicher junger Mann, der etwa so alt aussah wie George und einen Bürstenhaarschnitt, Krawatte sowie einen goldenen Ohrring trug, blickte von seiner Aufgabe, zwei junge, weibliche Angestellte zu beaufsichtigen, hoch und sagte munter: »Nur einen Moment, Mrs. Wood. Sie sollten sehen, wenn wir eine Glühbirne wechseln.«

Die beiden Mädchen kicherten, tippten auf ihren Tastaturen herum und schoben Hilarys Sparbuch immer noch einmal in den Drucker.

»Ich möchte wirklich nur wissen, wie mein aktueller Kontostand inklusive aufgelaufene Zinsen aussieht …«

»Machen Sie 'ne schöne Reise?« erkundigte sich der Filialleiter.

Hilary schob sich die Brille höher auf die Nase.

»Ich glaube, ich werde einfach davonlaufen. Haben Sie 'ne Idee, wohin ich gehen könnte?«

Eines der Mädchen hob den Kopf.

»Sind Sie Fisch?«

»Ja. Woher wissen Sie das?«

»Das sehe ich immer sofort«, sagte das junge Mädchen und zog Hilarys Sparbuch aus der Maschine. »Immer. Sie sollten nach Portugal gehen. Fische haben eine gewisse Affinität zu Portugal.«

Sie schob das Sparbuch unter der Panzerglasscheibe hindurch. Alle drei sahen sie Hilary an und lächelten freundlich.

»Schönen Urlaub, Mrs. Wood!«

»Und kommen Sie bald wieder.«

Sie nickte. Dann trat sie auf den Marktplatz hinaus, wo eine unangenehme Brise Abfall und Staub die Gossen entlangfegte und an den Markisen über den Marktständen zerrte. In der Luft lag plötzlich eine gewisse Schärfe, der erste Vorbote des Herbstes.

Siebentausendvierhundertundzweiundzwanzig Pfund. Nicht genug, um davonzulaufen, das heißt, nicht genug, um endgültig und unbesorgt davonzulaufen. Schon gar nicht mit fünfundvierzig Jahren. Ein Heranwachsender konnte das ohne weiteres tun, doch eine Frau mittleren Alters mit drei Kindern und einem Hotel gewiß nicht. Mit fünfundvierzig war eine Zukunft, die nur aus einem Rucksack mit vierzig Zigaretten, ein paar Musikbändern, einem knallroten Lippenstift und einem Ersatz-Nasenstecker bestand, weder angebracht noch praktisch durchführbar. Mit fünf- undvierzig brauchte man einen Job, ein Bankkonto und eine Umgebung von wenigstens scheinbarer Solidität. Wie dem auch sei, sie war sich ohnehin nicht im geringsten sicher, ob sie wirklich davonlaufen wollte. Sie wollte einfach mit dem Gedanken spielen und sich einreden, daß sie es tun könnte, wenn sie wollte, daß sie tatsächlich die Wahl hatte.

»Du wirst nicht weggehen, nicht wahr?« hatte Gus gesagt; es war eher eine Feststellung gewesen als eine Frage.

»Nein«, hatte sie ihm geantwortet. »Und wenn, dann würde ich dich mitnehmen.«

Daraufhin hatte sich Gus intensiv mit dem Karabinerhaken beschäftigt, der an der Gürtelschlaufe seiner Jeans befestigt war und an dem ein dicker Bund Schlüssel sowie eine grausige kleine Hand aus knallgrünem Gummi hing.

»Mum …«

»Ja?«

»Wird … Wird Dad Sophy nach Frankreich mitnehmen?«

»Ach du liebe Güte!« sagte Hilary. »Daran hab ich überhaupt noch nicht gedacht.«

»Aber was meinst du?«

Hilary musterte Gus. Er hatte den Kopf abgewandt, aber seine ganze Haltung verriet so deutlich seine Gefühle, daß sie sein Gesicht gar nicht zu sehen brauchte.

»Ich weiß es nicht, Gus.«

Sein Mund arbeitete.

»Das Ganze«, sagte er unsicher, »das Ganze kommt mir manchmal viel zu verrückt vor, um wahr zu sein, dir auch?«

Heute hatte die Schule für ihn wieder angefangen. Beim Frühstück war Hilary aufgefallen, daß ihm alle Kleidungsstücke zu klein waren, obwohl er für seine vierzehn Jahre selbst relativ klein war. Er wirkte erleichtert, wie er so dasaß, mit schlecht gebundener und schiefhängender Krawatte, und seine Cornflakes löffelte. Adam trug seine Krawatte nicht. Sie lag, wie Hilary wußte, wie ein verzwirbelter Bindfaden in seiner Tasche, bis er sie, wie alle Jungen seiner Clique, mit betontem Widerwillen beim Betreten des Schulgrundstücks anlegen würde. Frühstück lehnte er ab. Mit geräuschvollen Schlucken, wie ein Hund, kippte er zwei Becher schwarzen Kaffee hinunter und stöhnte. Hilary verabschiedete sich von beiden mit ganz ähnlichen Gefühlen, wie sie sie damals – bei allen dreien – am Tag der Einschulung empfunden hatte, als sie ihr zitterndes Kind mit den rosigen Knien und den riesigen Ohren diesem lärmenden Spielplatz ausgeliefert hatte.

»Gebt gut auf euch acht«, sagte sie idiotischerweise zu

ihren vierzehn und sechzehn Jahre alten Söhnen. Sie hatte einen Kloß im Hals.

Adam tätschelte ihr die Schulter.

»Nein«, sagte er, »nicht wir. Du. Du mußt auf dich achtgeben.«

Als sie fort waren, wirkte das ganze Haus unheimlich still. Es waren nur ein halbes Dutzend Gäste da, und die hatten inzwischen gefrühstückt, waren davongefahren und hatten Lotte das fremde, unpersönliche Chaos ihrer Hotelzimmer hinterlassen. Hilary war in ihr Büro gegangen und hatte eine Weile auf den Computer gestarrt, den sie im Frühjahr gekauft hatte. Eigentlich hatte sie sich geschworen, den Umgang mit diesem Ding innerhalb eines Monats zu lernen, aber wenn es einen Tag gab, der besonders geeignet war, diesen Kraftakt in Angriff zu nehmen, so war es dieser mit Sicherheit nicht. Also machte sie sich, einen Bogen um die Küche schlagend, nach Whittingbourne auf, um verschiedene Besorgungen zu machen und ihr persönliches Guthaben feststellen zu lassen.

Auf dem Rückweg blieb sie vor dem Büro des Grundstücksmaklers am Marktplatz stehen. Die Broschüre über High Place prangte stolz auf einer kleinen Holzstaffelei im Schaufenster – mit einem kleinen Aufkleber in der Ecke: »VERKAUFT«. Ein Ehepaar aus London habe das Haus gekauft, hatte Michelle Hilary anvertraut, das im Industriegebiet ein Designerstudio eröffnen wolle und schon Stellenangebote für Reinigungspersonal in die Zeitung gesetzt habe. Sie stieß einen tiefen Seufzer aus und betrachtete angewidert das kleine Regiment der Salz- und Pfefferstreuer auf der Kredenz des Speisesaals im Bee House. Sie erwäge, sich dafür zu bewerben, hatte sie gesagt, ohne Hilary anzusehen. Ist nur fair, Ihnen Vorwarnung zu geben. Und Lotte sei im Grunde auch nicht recht zufrieden. Es sei im Moment vielleicht nicht angebracht, so was zur Sprache zu bringen, aber ... Nun ja. Es sei schließlich nur fair.

Nur fair, dachte Hilary jetzt, als sie sich vom Schaufenster der Firma Barton and Knowles abwandte. Nur fair, daß sich mindestens zwei Leute vom Personal jeden Moment verabschieden würden, um einen anderen Job anzunehmen, dessen einziger Vorteil der vorübergehende Reiz des Neuen war. Und was war die Alternative zu »nur fair«?

Vielleicht eines Tages einfach auf und davon zu gehen, mitten während der Mahlzeit, und nur einen Zettel mit der Mitteilung zu hinterlassen: »Ich bin weg, Michelle« ? Oder sogar ganz ohne Zettel zu gehen? Mit Fairneß hatte all dies rein gar nichts zu tun, und auch daß Laurence sich in Gina verliebt hatte und dadurch so gewaltige Turbulenzen und solche Verzweiflung auslöste, war nicht fair. Wäre man darauf aus, ja, wollte man sich gar darauf verlassen, daß alles fair verlief, müßte man verrückt werden. Andererseits war man nicht verpflichtet, stillzuhalten und Unfairneß einfach hinzunehmen. Man brauchte nicht tatenlos zuzusehen. Zu dieser Schlußfolgerung war Hilary an jenem seltsamen Nachmittag gekommen, als sie allein um das einsame Weizenfeld am Hang gelaufen war. Ihr und ihren Söhnen mochten die furchtbarsten Dinge geschehen sein, sie würde sich nicht kampflos ergeben, selbst wenn sie sich ihnen letztlich beugen mußte.

Als sie nun zurückkehrte, wimmelte die Bar des Bee House, die auch als Foyer diente, von Menschen mit Koffern. Eine kleine Reisegesellschaft, ein Bus mit Senioren, die sich von dem kräftigen Curry- und Abwassergeruch des Hotels am Ortsrand von Whittingbourne abgestoßen fühlten, bat flehentlich um Aufnahme. Laurence, in seiner Kochschürze, kümmerte sich um die Herrschaften, und dieser Anblick, wie er da freundlich und gelassen inmitten des ganzen Auftriebs stand, setzte Hilary genauso zu wie der Abschied von den Jungen am Morgen, als sie zur Schule aufgebrochen waren.

Er sah sie. Er hob die Hand und lächelte ihr zu.

»Hilflose Schiffbrüchige«, rief er. Sie lachten erleichtert. »Vierzehn insgesamt. Sieben Paare. Geht das?«

Sie eilte auf ihn zu.

»Das ist meine Frau«, sagte Laurence. »Sie ist die personifizierte Kompetenz. Ich bin sicher, sie wird Sie nicht auf der Straße kampieren lassen.«

Am Nachmittag, nachdem sie unter dem zufriedenem Gemurmel der erleichterten Gäste sieben Doppelzimmertüren geschlossen und im Brewer's Arms in der Orchard Street ein Zimmer für den Busfahrer gefunden hatte, ging Hilary in die Küche hinunter. Laurence war allein; mit raschen, geschickten Schlägen zerteilte er die Rippenstücke eines Lamms zu Koteletts.

»Alles geregelt?«

»Die armen Alten! Sie waren in panischer Angst, sich nicht nur den Magen zu verderben, sondern auch noch in Nylonlaken schlafen zu müssen.«

Laurence brummelte vor sich hin. Er legte das Hackbeil weg.

»Ich hab gesehen, daß High Place endlich verkauft ist«, sagte Hilary. »Auf der Broschüre im Schaufenster von Barton and Knowles klebt ein roter Zettel.«

»Ja.«

Hilary setzte sich auf den Stuhl neben Laurences Schreibtisch. Sie musterte die Reihe seiner Notizbücher, ramponiert und zerfleddert, zusammengehalten durch Gummibänder. Sie lösten ein seltsames, unsicheres Gefühl in ihr aus, als seien sie Lebewesen, die sie binnen kurzem verlieren würde. Sie streckte die Hand aus und griff nach Laurences grauem Marmorei.

»Michelle sagt, es ist ein Ehepaar aus London, mit einer Designerfirma oder so was. Im Industriegebiet haben sie ein Studio gemietet. Sie meint, sie würde uns vielleicht gern verlassen und für diese Leute arbeiten.«

Wieder brummelte Laurence vor sich hin. Er holte eine

Blechdose mit Paniermehl herunter und begann es gleichmäßig auf dem Boden einer großen, flachen Schale zu verteilen.

»Wenn High Place verkauft ist«, sagte Hilary, das Ei in beiden Händen, »dann werden die neuen Eigentümer spätestens in ein, zwei Monaten einziehen, nicht wahr?«

Laurence schlug zwei Eier in eine Schüssel und begann sie zu schlagen.

»Laurence ...«

»Ja?«

»Würdest du bitte damit aufhören und eine Minute herkommen?«

»Warum?«

»Weil ich dich ansehen muß. Ich muß dein Gesicht sehen können.«

Langsam ließ Laurence die rechte Hand sinken, bis der Schneebesen auf dem Rand der Schüssel ruhte. Dann wischte er sich mit jener Geste, die sie so gut kannte, die Hände an seiner Schürze ab und kam zu ihr. Er zog einen Stuhl unter dem Küchentisch heraus und setzte sich rittlings darauf, die Arme auf der Rücklehne verschränkt, das Gesicht ihr zugewandt. Sie legte das Ei behutsam neben Gus' Drachen.

»Ich nehme an«, sagte Hilary, »daß die neuen Eigentümer ungefähr im Oktober kommen werden.«

Er zuckte die Achseln. »Glaube ich auch.«

»Heißt das, daß ihr im Oktober nach Frankreich geht?«

Er schwieg. Sein Blick wich nicht von ihrem Gesicht. Nach einer Weile sagte er: »Das genaue Datum steht noch nicht fest.«

Hilary legte beide Hände in ihren Schoß.

»Ich war heute bei der Bausparkasse. Um zu sehen, wieviel Geld ich persönlich besitze. Viel ist es nicht, ungefähr siebentausend. Die Sache ist die, daß ich planen muß. Wenn ihr geht, muß ich mich entscheiden, ob ich einen

Küchenchef einstelle und versuche zu bleiben, oder ob ich das Ganze einfach verkaufe.«

Er sah sie an.

»Es ist dein Haus, das weiß ich; du hast es geerbt. Aber das Hotel gehört uns, und ich denke, daß du dich im Hinblick auf meinen Anteil am Haus anständig verhalten wirst.«

»Selbstverständlich.«

»Laurence …« Sie beugte sich vor, die Ellbogen auf den Knien, und preßte die Hände fest zusammen, damit sie nicht zitterten. »Laurence, ich möchte, daß du über all das nachdenkst. Ich möchte, daß du über das Bee House nachdenkst und über mich, die Jungen und unsere Zukunft. Du kannst nicht einfach so auf und davon gehen.«

»Das war nie meine Absicht. Wenigstens nicht auf die Art, auf die du jetzt anspielst.«

»Und während …« Sie unterbrach sich.

Er wartete. Es war sehr still in der Küche.

»Während du darüber nachdenkst …«

»Ja?«

» … möchte ich, daß du auch noch über etwas anderes nachdenkst.«

Er hob ganz leicht den Kopf.

»Worüber denn?«

»Ich möchte, daß du …«, begann Hilary langsam und betonte jedes Wort, damit auch ihre Stimme fest blieb, »ich möchte, daß du … über uns nachdenkst. Ich möchte, daß du über die Möglichkeit – die ich eher für eine Wahrscheinlichkeit halte – nachdenkst, daß unsere Ehe doch noch nicht beendet ist.« Sie schluckte. »Ich weiß, daß ich dich noch immer liebe. Ich weiß, daß du mich möglicherweise auch noch liebst. Gewiß, zuweilen hätte ich dich am liebsten umgebracht, aber ich wollte mich nie von dir scheiden lassen. Und das will ich auch jetzt nicht.«

Die Schreibtischkante umklammernd, erhob sie sich und blickte auf ihn hinunter. Er saß regungslos, die Arme in den blauen, aufgerollten Hemdsärmeln auf der Stuhllehne verschränkt, und blickte unverwandt dahin, wo eben noch ihr Gesicht gewesen war.

»Dies ist nicht das Ende, weißt du«, sagte Hilary. »Unsere Ehe ist nicht zerbrochen. Das war sie nie.«

Damit wandte sie sich von ihm ab und ging durch die Pendeltür die Stufen zur Bar hinauf.

Sophy saß auf dem Fußboden ihres Londoner Schlafzimmers. Sie trug neue schwarze Jeans, die Fergus ihr geschenkt hatte, ein langärmeliges graues T-Shirt und ihr Silberarmband. Außerdem hatte sie einen neuen Haarschnitt, mit dem ihre Haare dichter wirkten und besser fielen. Sie trug sie offen und zu einer Seite gekämmt, eine Frisur, die sie noch nie zuvor getragen hatte. Auf Fergus, Bitte hin hatte sie die blaue Perle an ihrem Lederband vom Hals genommen und sie sich statt dessen ums Handgelenk gewickelt. Das würde verhindern, daß sie sie immer wieder in den Mund steckte, hatte er gesagt. Er hatte recht, doch nun fingerte sie ständig an ihrer Halsgrube herum, in der sie sonst gelegen hatte, und die Perle fehlte ihr sehr.

An den Wänden ihres Zimmers prangten mehrere neue Poster aus dem Verkaufskiosk der Tate Gallery. Wenn sie zusammenleben wollten, hatte Fergus gesagt, müsse jeder ein paar Regeln festlegen dürfen, und eine von seinen sei es, daß jedes Bekenntnis zur Popkultur außerhalb seiner vier Wände zu bleiben habe. Sophy machte das eigentlich nichts aus. Sie erhob einige Pro-forma-Einwände, aber die neuen Poster waren im Grunde wunderschön und abenteuerlich und total anders als alles, was sie in Whittingbourne gehabt hatte, und insgeheim war sie sogar stolz auf sie. Fergus hatte ihr mehrere Bodenkissen aus bedruckter Baumwolle geschenkt, eine tintenblaue Seidenbluse und einen cremefarbenen Morgenrock, der wie ein Kimono geschnitten und mit fliegenden Störchen gemustert war.

Es waren ein paar herrliche Tage gewesen. Da Tony

nicht da war, weil er für eine Woche in irgendeinem Herrensitz arbeiten mußte, hatten sie das Haus für sich allein. Sie gingen nicht nur zusammen einkaufen, sie kochten sogar gemeinsam und gingen ins Kino, und all diese Aktivitäten hatten etwas Prickelndes an sich, glichen sie doch atmosphärisch nicht im entferntesten dem gemeinsamen Leben, das sie in High Place geführt hatten. Sophy fühlte sich erwachsener, weniger als Kind, als von Hausaufgaben in Ketten gelegte Abhängige. Fergus hatte kein Wort von der Schule gesagt und auch nicht mehr von einer Wohnung oder von der Möglichkeit gesprochen, daß Sophy schwanger sein könnte. Er hatte mit ihr ausschließlich von Londoner Angelegenheiten und seiner Arbeit geredet. Einmal hatte er sie gefragt, ob sie über Gina und Laurence sprechen wolle, und sie hatte nein gesagt. Auf gar keinen Fall. Nun, irgendwann wirst du es wollen, hatte er geantwortet, und wenn's so weit ist, mußt du's mir sagen. Es ist ein viel zu großes Problem, um es für sich selbst zu behalten.

An jenem Nachmittag hatte er sie zu einem weitläufigen, prächtigen Haus in St. John's Wood mitgenommen, wo er sich ein paar Möbel ansehen wollte. Das Haus gehörte jemandem, der nie da war, deswegen führte sie eine Haushälterin in mehrere riesige Räume, in denen die Möbel teilweise mit Tüchern abgedeckt waren. Fergus begutachtete eine Herrenkommode, mehrere Sessel und einen hohen Spiegel, auf dessen Rahmen ein vergoldeter Adler hockte. Außerdem verbrachte er eine Menge Zeit damit, ein paar anmutige blauweiße Vasen zu inspizieren, die Sophy – im Design, nicht in der Form – an die chinesischen Vasen erinnerte, die in High Place auf der Fensterbank des Treppenabsatzes gestanden hatten. Anschließend waren sie langsam um den Regent's Park herumgefahren, weil Fergus Sophy die Architektur zeigen wollte, und dann nach Hause zurückgekehrt. »Wie wär's mit Risotto heute abend, was meinst du?« hatte Fergus gesagt. »Mit allen möglichen Pilzen. Und einer Flasche Maconnais.« Dann aber hatten sie feststellen müssen, daß Tony zwei Tage früher zurückgekommen war.

»Es war sinnlos«, berichtete er. »Die engagieren mich als Spezialisten, und dann gaffen sie mir dauernd über die Schulter, stellen alles in Frage, was ich tue, und erzählen mir, was für eine Katastrophe die letzte Renovierung im Jahre 1928 war. Also hab ich gesagt, überlaßt die Arbeit bitte mir, oder ich mache gar nichts mehr.«

Er gab Sophy einen Kuß und musterte sie lächelnd.

»Schön, dich wiederzusehen. Die neue Frisur gefällt mir. Willst wohl schnell noch ein bißchen Kultur schnuppern, bevor du wieder zur Schule gehst, wie?«

»Nein«, sagte sie und versuchte leicht und unbesorgt zu klingen, »ich bin hier, weil ich hier leben will. In London.«

Auf einmal war die Luft von einer alarmierenden Dichte, aufgeladen wie die Ruhe vor einem Sturm. Fergus räusperte sich. Sophy merkte, daß sie Tony weder ansehen konnte noch wollte.

»Sophy ...«

»Ja?«

»Würdest du bitte«, begann Fergus, und seine Stimme klang ganz anders als den ganzen Nachmittag lang, »würdest du bitte so lieb sein und uns für ein paar Minuten allein lassen?«

Sie warf die frisch geschnittenen Haare zurück.

»Okay«, sagte sie.

Sie verließ das Wohnzimmer, stieg die Treppe zu ihrem Zimmer hinauf und knallte die Tür so laut zu, daß sie es nicht überhören konnten. Dann ging sie zu den neuen Kissen, die am Fußende ihres Bettes auf dem Boden lagen, ließ sich im Schneidersitz darauf nieder, umfaßte ihre Knöchel, legte den Kopf mit geschlossenen Augen zurück und bemühte sich mit jeder Faser ihres Körpers und all ihrer Phantasie, sich nicht vorzustellen, was jetzt passieren würde.

16

»Du hättest es mir sagen müssen«, sagte Vi. »Du hättest es mir schon längst sagen müssen.«

Sie saß am Küchentisch von High Place, in der einen Hand einen Becher Tee, die andere um den Türkis-Anhänger gelegt, den Dan ihr geschenkt hatte und den sie an einer Silberkette um den Hals trug.

»Ich konnte nicht, Mum. Wegen Dan. Du hattest so große Angst um ihn.«

»Ich frage mich«, sagte Vi, »ich frage mich, ob *du* nicht ein bißchen Angst davor gehabt hast, *mir* davon zu erzählen. Das frage ich mich.«

Gina beugte sich über ihren eigenen Becher, blickte auf den Kaffee darin und wunderte sich, was für eine fürchterliche Farbe er hatte.

»Ja«, sagte sie.

Vi hatte sie am Vormittag gegen zehn im Morgenrock überrascht. Sie hatte nicht vorher angerufen, sondern war einfach unangemeldet gekommen – was sie in all den Jahren, seit Gina in High Place wohnte, höchstens ein halbes Dutzendmal getan hatte. Gina hatte verschlafen, weil Laurence bis nach ein Uhr morgens bei ihr gewesen war und sie, nachdem er sie verlassen hatte, nicht einschlafen konnte. Sie hatten sich nicht geliebt.

»Ich kann nicht«, hatte er gesagt. »Nicht einmal *denken* kann ich daran. Nicht heute abend. Das Ganze ist von einer so überwältigenden Traurigkeit.«

Gina hatte große Angst bekommen, und die Angst hatte sie zornig gemacht. Er lasse sich von Hilary und von seinen Kindern einschüchtern, hatte sie ihm entgegengeschleudert, er benehme sich wie ein alter, prinzipienschwacher Politiker, der mit runtergelassenen Hosen erwischt wird und gehorsam alles tut, was ihm die letzte starke Frau befiehlt, mit der er gesprochen hat. Als sie aufgehört hatte zu schreien, verlangte sie von ihm, daß er sie in die Arme nehme, und das tat er, aber mit einer Geistesabwesenheit, die die ersterbenden Flammen ihrer Wut und Angst erneut auflodern ließ.

»Glaubst du etwa, ich hätte *kein* schlechtes Gewissen?« hatte sie ihn angeschrien. »Weißt du nicht mehr, daß ich schon lange Schuldgefühle hatte, bevor du auch nur einen Gedanken daran verschwendet hast? Und komm mir nicht mit dem Gerede darüber, was du alles zu verlieren hast, Laurence, das ist eine Beleidigung für mich. *Ich* bin diejenige, deren Tochter abgehauen und zu ihrem Vater gelaufen ist! *Ich* bin es, die es versäumt hat, ihr früh genug die Wahrheit zu sagen, und die für diese Unterlassung immer und immer wieder büßen muß!«

Da hatte er sich zu ihr umgewandt und sie zum erstenmal richtig in die Arme genommen.

»Wir dürfen unsere Kinder nicht als Ausrede benutzen für das, was wir tun«, sagte Gina. »Das würden sie uns niemals verzeihen. Sie mögen uns im Augenblick hassen, aber wenn wir ihnen später sagen würden, du hättest deine Ehe nur um ihretwillen weitergeführt, würden sie uns nur um so mehr verachten. Es wäre nicht fair, sie damit zu belasten. Das ist eine Bürde, die einzig und allein wir selbst zu tragen haben.«

»Nun mach bitte *du* keine Ausflüchte«, sagte Laurence leise.

»Aber das tu ich nicht …«

»Doch, das tust du. Du versuchst uns zu rechtfertigen. Aber die einzige Rechtfertigung, die wir haben, Gina, ist die, daß wir dies unbedingt wollen, und das ist keine Rechtfertigung, die irgend jemandem einleuchtet, oder einleuchten kann, außer uns selbst.«

Da hatte sie sich von ihm gelöst.

»Ich glaube, du solltest lieber gehen.«

»Darf ich dir eine Frage stellen?«

»Natürlich.«

»Wirst du Sophy mitnehmen?«

Sie griff nach einem der Gläser, die er mit Wein gefüllt, die aber keiner von ihnen angerührt hatte.

»Das wollte ich. Natürlich wollte ich das. Aber sie scheint das abzulehnen. Warum fragst du?«

»Weil sie ein Mensch ist«, sagte Laurence, ganz plötzlich erzürnt. »Weil sie eine Figur in diesem Schachspiel ist, das arme Mädchen, ob sie nun will oder nicht, genauso wie auch meine Söhne. Weil ich versucht habe, die Dinge zu sehen, wie andere Leute sie sehen, und weil ich nun, da ich damit begonnen habe, nicht mehr damit aufhören kann.«

Er erhob sich von der Tischkante, auf der er gehockt hatte, und ging zur Tür. Mit zitternder Hand stellte sie das Weinglas ab, so daß eine kleine Menge Wein hinausschwappte und eine helle Pfütze auf der Tischplatte bildete.

»Laurence …«

»Ja?«

Sie senkte den Kopf. Sie hätte alles gegeben, ihn das nicht fragen zu müssen, aber der Drang war zu stark, um ihm zu widerstehen.

»Liebst du mich noch?«

An der Tür hielt er inne und wandte sich zu ihr um.

»Das weißt du doch. Ich liebe dich, ich habe dich immer geliebt, und ich werde dich immer lieben.«

Damit war er in die Dunkelheit hinausgegangen, während sie sich ins Bett gelegt und sich endlos mit der Frage herumgequält hatte, warum er sie zum Abschied nicht geküßt hatte, bis sie schließlich die Kirchturmuhr fünf hatte schlagen hören und in einen schweren, unnatürlich tiefen Schlaf gefallen war.

Erst gegen zehn war sie aus diesem Schlaf aufgewacht und wollte in der Küche gerade schlaftrunken den Wasserkessel aufsetzen, als Vi an der Glastür zum Garten auftauchte.

»Ich glaube, es wird Zeit, daß du mir alles sagst«, erklärte sie ohne Umschweife, als Gina sie einließ. »Ich liege jetzt seit vier Uhr wach und denke nach, und ich finde, es wird Zeit, daß du mir erklärst, warum Sophy zu ihrem Vater gegangen ist.«

Gina hatte Tee und Kaffee gemacht. Vi sagte, sie wolle keinen Tee, sie wolle endlich die Wahrheit.

»Es ist wegen Laurence, Mum«, sagte Gina. »Wegen Laurence und mir.«

Da hatte Vi nach ihrem Anhänger gegriffen und mit Zeigefinger und Daumen darüber zu streichen begonnen, als wolle sie sich selbst beruhigen.

»Wir wollen zusammen fortgehen. Nach Frankreich. Und Sophy hatten wir eigentlich mitnehmen wollen.«

»Ich begreife dich nicht«, sagte Vi. »Manchmal kommst du mir vor wie ein Mensch, den ich noch niemals zuvor gesehen habe.«

»Ich wußte, daß du böse auf mich sein würdest ...«

»Ich bin dir nicht böse«, erwiderte Vi. »Ich habe in letzter Zeit gelernt, weswegen es sich lohnt, böse zu sein, und wegen dieser Sache lohnt es sich nicht. Aber ich bin entsetzt.«

»Falls dir das ein Trost sein sollte«, sagte Gina, »ich bin selber entsetzt. Aber ich bin glücklich, und er hat mir mein Selbstvertrauen zurückgegeben.«

Vi griff nach ihrem Becher und trank einen Schluck Tee.

»Ich hab mich eigentlich schon lange gefragt, wann ihr beiden zueinanderfinden würdet. Er wäre so unendlich gut für dich gewesen, Gina. Er hätte dich gezwungen, hart zu arbeiten, und du hättest keine Minute Zeit gehabt, all deinen Launen nachzugeben. Kein Wunder, daß er auf der Beerdigung so seltsam war. Konnte mir nicht in die Augen sehen.« Sie stellte den Becher ab, und plötzlich fiel

Gina auf, wie alt ihre Hände geworden waren, sie zitterten sogar ein wenig. »Aber ihr könnt das wirklich nicht tun«, sagte Vi.

Gina zog den Gürtel ihres Morgenmantels fester.

»O doch, das können wir. Und das werden wir.«

»Aber da sind all die Kinder ...«

»Diese Kinder sind erwachsen, Mum.«

»Nur körperlich«, entgegnete Vi. »Zumindest Sophy ist dem seelisch nicht gewachsen. Genausowenig wie du es in ihrem Alter gewesen wärst. Ihr Einzelkinder seid nicht wie die anderen. Ihr macht aus allen möglichen Sachen und Personen Familien, weil ihr keine eigene Familie habt. Manchmal haßt man seine Familie, wenn man eine hat, aber das ist immer noch besser, als überhaupt keine zu haben. Die Familie ist es, in der man fürs Leben lernt.« Sie schob ihren Teebecher von sich. »Hättest du mir früher davon erzählt, hätte ich vielleicht was tun können.«

»Nein, hättest du nicht«, sagte Gina. »Niemand hätte etwas tun können. Wir lieben uns schon unser Leben lang.«

»Nur weil man etwas liebt«, sagte Vi, »folgt daraus nicht, daß man es auch haben muß.« Sie stand auf und lehnte sich so weit über den Tisch, daß der Anhänger aus dem Ausschnitt ihrer Bluse herausschwang. »Ich glaube, ich verstehe, warum du das getan hast. Ich glaube es. Aber begreifst du denn nicht, daß es Probleme gibt, die man auf diese Weise – oder auch auf irgendeine andere Weise – nicht lösen kann? Und weil man sie nicht lösen kann, Gina, mein Mädchen, muß man sie einfach ertragen.«

Gina schluckte.

»Die Menschen denken heutzutage nicht mehr so.«

Vi schnaubte verächtlich. »*Das* brauchst du *mir* wahrhaftig nicht zu erzählen. Aber das heißt noch lange nicht, daß *du* der Herde folgen und dich wie alle anderen verhalten mußt.«

»Ich liebe ihn«, sagte Gina. »Ich hab's dir doch erklärt. Ich hab ihn mein Leben lang geliebt.«

Vi ging langsam zur Tür hinüber.

»Aber das reicht nicht«, sagte sie, ohne sich zu Gina umzuwenden. »Es reicht nicht, um dir das Recht zu geben, zu tun, was dir beliebt.«

Draußen an der frischen Luft wurde Vi auf einmal schwindlig. Langsam ging sie zu den kleinen Stufen hinüber, die zum Kamillenrasen emporführten, und setzte sich auf das Mäuerchen, das ihn begrenzte. Von hier aus konnte sie Gina nicht sehen. War vielleicht ganz gut so. Im Augenblick wollte sie Gina nicht sehen, es war besser, einfach an sie zu denken, statt dieses hübsche, klare, von dunklen, glatten Haaren umrahmte Gesicht vor sich zu haben, das angesichts dessen, was sie, Vi, zu ihr gesagt hatte, auf einmal völlig fremd wirkte. Böse konnte sie ihr nicht sein. Traurig konnte sie sein und war es auch – traurig, besorgt und entsetzt, aber böse konnte sie seit Dans Tod nicht mehr sein. Gina war kein schlechtes Mädchen. Vielleicht war sie verwirrt und ein bißchen verwöhnt, und ihr Verhalten hätte man anderen womöglich als böse oder dumm ausgelegt, aber schlecht war sie nicht. Natürlich hätte sie Fergus Bedford nicht heiraten sollen, aber sie, Vi, hätte ebensowenig daran glauben sollen, daß Corporal Sy Dunand sie heiraten und nach Avenel, New Jersey, mitnehmen würde, wo seine Mom, wie er ihr versicherte, sich so sehr freuen würde, sie zu sehen, als wäre sie seine alte Liebe, die sie von Kindesbeinen an kannte. Es würde ihr nichts ausmachen, hatte Sy gesagt, daß Vi sechs Jahre älter war als er. Nicht, sobald sie sie kennengelernt hatte. Und nun, Baby, wie wär's mit einem kleinen Trostpflaster für einen armen, hart arbeitenden Soldaten?

Vi legte die Handballen auf ihre Augenhöhlen und drückte fest zu. Wer konnte wissen, was Gina durch all diese dunklen, geheimnisvollen Kanäle der Fortpflanzung von Sy Dunand geerbt hatte? Von seinem Aussehen mit Sicherheit nicht viel, aber vielleicht einiges von seinem Charakter, einiges von seiner Sucht nach unbeschwertem Vergnügen, nach dem Vergnügen des Augenblicks. Und ihre Kindheit war, nach modernen Maßstäben, auch eine seltsame Zeit gewesen, weiß Gott keine sehr behütete Zeit, hatte sie, Vi, doch ununterbrochen arbeiten müssen und nur am Sonntag frei gehabt, um das Haus zu putzen und die Ausgaben zu überprüfen. Jahrelang war das so gegangen! Vielleicht war Gina davon so lebenshungrig geworden. Vielleicht war sie davon so lebenshungrig geworden, daß sie von Fergus Bedford Dinge forderte, die er ihr unmöglich geben konnte. Sie hätte nach Sophy noch mehr Kinder bekommen sollen, natürlich wäre das gut gewesen. Vier Kinder, und sie hätte kaum einen Moment Zeit gefunden, sich immer wieder zu fragen, ob sie glücklich war oder nicht.

Nun ja, jetzt hatte es keinen Sinn mehr, sich vier Kinder zu wünschen. Vi erhob sich von der Mauer und wartete ab. Sie fühlte sich wieder sicherer. Sie warf einen Blick auf die Rückseite des Hauses und dachte daran, wie wenig sie es immer gemocht hatte – wegen der Hochnäsigkeit, die es ausstrahlte.

»Bye«, sagte Vi und ging zum Gartentor.

Draußen wandte sie sich von High Place ab und hatte kurze Zeit später The Ditches erreicht. Einige Bewohner der niedrigen, geduckten Häuschen dort standen auf der Warteliste für Wohnungen in Orchard Close. Vi konnte es ihnen nicht verdenken. Welch historischen Wert diese Cottages auch haben mochten – die Decken bröselten einem dort in den Tee, die Sonne konnte nicht hereinscheinen, und es war erschreckend feucht. Geschichte sollte man sich lieber im Fernsehen ansehen und dafür ein wenig bequemer leben, selbst wenn dieser Komfort eine Cath Barnett mit sich brachte. Vi hatte Cath Barnett verziehen, aber das hatte sie ihr bisher nicht gesagt. Sie zögerte noch und beobachtete solange jeden Morgen, wie Cath den weiten Umweg rings um den Innenhof herum in Kauf nahm, nur um nicht an der Tür von Nummer sieben vorbeigehen zu müssen.

Am Ende von The Ditches wandte sich Vi nach links in die Orchard Street. Fast genau ihr gegenüber stand das Bee House mit der weißen Tafel, auf der der Name des Hotels stand, und den zwei Kästen voll Geranien links und rechts von der Haustür, die jetzt, gegen Ende des Sommers, die Köpfe hängen ließen. Vi überquerte die Straße und ging an den Speisesaalfenstern vorbei, durch die sie die Tische sehen konnte, die schon zum Abendessen gedeckt waren. Speisesäle hatten etwas furchtbar Deprimierendes, fand sie, vor allem, wenn niemand darin war. Genau wie leere Cricketplätze oder Theater. Weil sie, wenn niemand darin war, so sinnlos wirkten.

Sie ging auf den Hof. Dort stand mit offenen Türen der Lieferwagen eines Weinhändlers, und einer der Jungen, die in der Küche arbeiteten, lehnte in seiner blaukarierten Hose und der weißen Bluse am Wagen und plauderte mit dem Fahrer. Vi musterte ihn.

Es war Kevin Soundso. Sie erkannte ihn wieder. Manchmal hatten sie und Dan früher seine Tante Freda gesehen, wenn sie sich im Brewer's Arms einen Samstagabenddrink leistete.

»Ist Mr. Wood irgendwo?« fragte sie ihn.

Kevin stieß sich vom Wagen ab.

»Ja«, sagte er. »In der Küche. Gehn Sie nur rein.«

Die Küchentür stand offen. Die Küche vom Bee House hatte Vi noch niemals betreten. Sie wirkte beängstigend, mit dem langen Mitteltisch, den Edelstahl-Arbeitsplatten und dem Ungetüm von Herd, das aussah wie der Boiler eines Ozeandampfers. Sie blieb auf der Schwelle stehen und spähte hinein. Zunächst entdeckte sie einen weiteren Jungen, der in einer Ecke eine Kiste voll Grünzeug aus-

sortierte, aber dahinter saß Laurence an seinem Schreibtisch und war mit irgend etwas beschäftigt. Er war nicht
so gekleidet wie die Küchenjungen, sondern trug nur eine
weiße Schürze über seinen normalen Sachen. Vi räusperte
sich. Niemand schien sie zu hören.

»Laurence«, sagte Vi.

Er blickte hoch und stand sofort auf.

»Vi!«

Sie trat ein. Er kam hinter seinem Schreibtisch hervor
und eilte ihr entgegen.

»Vi«, sagte er abermals und bückte sich, um ihr einen
Kuß zu geben. »Wie geht's dir?«

»Gar nicht so schlecht, wenn man's recht bedenkt.« Sie
sah sich in der Küche um. »Hast du eine Minute Zeit …«

»Na ja«, antwortete er, »bißchen schwierig. Das Hotel
ist auf einmal wieder voll …«

»Dauert nur eine Minute«, sage Vi. Sie streckte die
Hand aus und griff nach seinem Arm. »Nur eine Minute,
Laurence. Etwas Persönliches. Es gibt da was, das ich dir
sagen muß.

»Soll das heißen, ich kann nicht hierbleiben?« fragte Sophy.

Sie saßen im Wagen und fuhren nach Richmond, um
einen Händler aufzusuchen.

»Nein. Nein, das soll es nicht heißen. Aber wir hatten
einen kleinen … na ja, eine Auseinandersetzung …«

»Ich weiß«, sagte Sophy. »Ich hab's gehört.«

Sie hatte in ihrem Zimmer gesessen und die beiden
sehr deutlich gehört, weil Tony zuweilen die Stimme so
stark hob, daß es fast wie ein Kreischen klang. Sie konnte
zwar nicht genau verstehen, was sie sagten, und eine Mischung aus Stolz und Widerwillen hinderte sie daran, das
Ohr an die Tür zu legen oder sie auch nur einen Spaltbreit
zu öffnen, aber sie hatte gehört, wie Tony schrie: »Aber
du hast es mir versprochen! Du hast es versprochen!«

Und hatte plötzlich, ganz gegen ihren Willen, ein bißchen Mitgefühl für ihn empfunden.

»Du darfst«, sagte Fergus, »niemals daran zweifeln, daß du für mich wichtiger bist. Aber ich kann nicht so tun, als wäre ich jetzt nicht in einer Zwickmühle.«

Sophy legte eine Hand auf ihren Bauch. Er war eindeutig flach. Am Tag zuvor wäre ihre Periode fällig gewesen, aber sie war ausgeblieben. Außerdem hatte sie am Tag zuvor mit Gina gesprochen, und Gina hatte ihr erklärt, sie sei gesetzlich verpflichtet, zur Schule zu gehen, der Unterricht habe bereits begonnen, und ihr Direktor habe schon zweimal angerufen, um sich zu erkundigen, wo sie sei. Gina hatte ihm gesagt, daß Sophy in ein paar Tagen zurück sein werde.

»Dir bleibt keine Wahl«, sagte Gina. »Das ist nichts, was du nach Belieben tun oder lassen kannst. Du bist verpflichtet, zur Schule zu gehen, Sophy. Du *mußt* nach Hause kommen und wieder zur Schule gehen.«

Sophy hatte Fergus von diesem Gespräch erzählt. Er hatte nie wieder von der Schule gesprochen, auch nicht von ihrer Periode. Sie blitzte ihn aus den Augenwinkeln an und fragte sich, ob er sich überhaupt über eines ihrer Probleme Gedanken machte oder sich nur mit seinen eigenen beschäftigte. Sie hatte sich in letzter Zeit daran gewöhnt, von ihrem Zorn regelrecht angefeuert zu sein, daher erschrak sie beinahe, als sie jetzt, bei der Vorstellung, daß er womöglich von seinen eigenen Schwierigkeiten absorbiert war, weder Zorn noch Eifersucht, sondern nur noch eine leise Beunruhigung empfand. Wenn sie jetzt zu ihm sagte: »Dad? Wegen der Schwangerschaft ...« – würde er wahrscheinlich die Stirn runzeln, dachte Sophy bei sich, eine betont sorgenvolle Miene aufsetzen, um seinen innersten Wunsch zu verbergen, mit derartigen Dingen nicht behelligt zu werden, und einen schrecklich praktischen Vorschlag machen, etwa den, zum Arzt zu gehen. Sophy wollte aber nicht zum Arzt gehen, jedenfalls nicht, solange sie das Gefühl hatte, daß die Erwachsenen angesichts ihrer, Sophys, Unreife ungeduldig die Hände über dem Kopf zusammenschlugen. Sie wollte, daß sich jemand ausschließlich mit ihr befaßte, zu begreifen versuchte, *warum* sie mit George geschlafen hatte und *warum* sie in dieser angespannten Situation in ihrer beider Leben so unvorsichtig gewesen waren. Wieder drückte sie auf ihren Bauch und kreuzte dabei verstohlen Zeige- und Mittelfinger beider Hände.

»Ich glaube«, sagte Fergus und zog die Stirn in Falten, »ich muß dir endlich alles erzählen.«

Sophy sah zum Fenster hinaus. Sie fuhren auf einer langen, breiten Straße, gesäumt von roten Backsteinhäusern mit blauen Schieferdächern, die manche Bewohner voller Optimismus, aber ohne großen Erfolg durch nachgemachte georgianische Haustüren, Butzenscheiben und dicke Lagen Rauhputz zu verschönern versucht hatten.

»Von mir aus«, sagte sie.

»Du mußt jetzt versuchen, möglichst erwachsen zu reagieren«, sagte Fergus. »Und leidenschaftslos.«

Sie schwieg. Sie schob ihre Hände mit den gekreuzten Fingern unter ihre Oberschenkel und drückte fest nach unten.

»Tony ist schwul«, sagte Fergus.

Sie wartete.

»Ich bin es nicht.«

»Ach«, sagte Sophy.

»Ich mag ihn sehr, er aber liebt mich, und das macht die Sache sehr schwierig für ihn, weil ich nicht mit ihm schlafen will.«

Vom Fenster aus sah Sophy, daß ein Hausdach mit einer steinernen Katze geschmückt war, die über die Schindeln schlich, als belauerte sie einen Vogel. Es war eine recht grob gearbeitete Katze, mit grau-schwarzen Streifen bemalt. Man sah schon von weitem, daß sie nicht echt war.

»Deswegen muß er manchmal weg, weißt du. Ich bin mir durchaus bewußt, wie schwierig es für ihn ist, und möchte es ihm nicht noch schwerer machen. Er möchte lieber zu meinen Bedingungen mit mir zusammenleben als mit einem anderen, aber es kommt natürlich unweigerlich zu Spannungen.«

Sie erreichten eine Ampel am Ende der Straße und hielten. Sophy zog ihre Hände heraus, löste die gekreuzten Finger und streckte sie, als sei sie ganz darauf konzentriert.

»Ich hatte Tony versprochen, für einen Monat mit ihm zusammen nach Italien zu gehen, bevor ich anfangen wollte, eine Wohnung für dich und mich zu suchen. Jetzt mußte ich dieses Versprechen natürlich wieder zurücknehmen, und er ist außer sich vor Kummer. Er versteht meine Pflichten als Vater, aber er liebt mich nun mal. Jemanden zu lieben und zu wissen, daß man bei diesem Menschen immer erst an zweiter Stelle kommt, ist sehr, sehr schwer. Ich glaube, das wirst du verstehen können.«

Sophy drehte sich seitwärts, legte den Ellbogen auf die Lehne des Beifahrersitzes und musterte ihren Vater. Sie versuchte sich vorzustellen, in ihn verliebt zu sein. Sie betrachtete sein schönes, ebenmäßiges Profil, sein relativ langes blondes Haar – das ein wenig schütter wurde, wie sie feststellte, und an den Schläfen um ein weniges zurückwich – und seinen Hals, der aus dem offenen Hemdkragen hervorschaute; dann betrachtete sie seine Arme und die Hände am Lenkrad und ließ den Blick an ihm hinabwandern, über den Ledergürtel an seiner Taille und seine unter Chinos verborgenen Beine – ein bißchen zu dünn – bis zu den Knöcheln oberhalb der schwarzen Wildledermokassins, die er in letzter Zeit so gern trug. Wenigstens seine Knöchel waren gut. Sie erinnerte sich, daß sie all diese Dinge früher fast gierig, mit einer Art besitzergreifendem Stolz betrachtet hatte. Und sie erinnerte sich, daß sie bei einem Streit einmal zu Adam gesagt hatte, ihr Vater habe wenigstens *Stil.* Und Eleganz. Adam hatte sich gebogen vor Lachen. Wiehernd hatte er sich auf dem Fußboden gewälzt und mit Kissen um sich geworfen.

»Eleganz!« hatte er laut geschrien. »Du ahnst es nicht – Eleganz!«

Der Wagen setzte sich wieder in Bewegung.

»Du siehst also«, sagte Fergus, »daß ich noch einige Dinge regeln muß, bevor ich unsere Pläne wirklich in Angriff nehmen kann. Im Hinblick auf unser gemeinsames Leben, meine ich.«

Es ist, gelinde gesagt, merkwürdig, dachte Sophy, während sie sich wieder nach vorn wandte, um sich gerade hinzusetzen, daß du mich um Verständnis für einen nahezu vollkommen Fremden bittest, sogar um meine Hilfe bittest, während du, als du Mum verlassen hast, nicht mal im Traum daran gedacht hast, mir, deiner eigenen Tochter, gegenüber ähnlich rücksichtsvoll zu handeln. Sie wartete, daß der vertraute Zorn in ihr aufbranden, ihr die Energie verleihen würde, ihre Gedanken auszusprechen, doch er blieb aus. Statt dessen empfand sie nur Müdigkeit, eine Spur Langeweile und diese neue Angst, die eiskalt und sprungbereit in ihrer Magengrube lauerte.

»Sophy«, sagte Fergus, wechselte mit geübter Behendigkeit die Gänge, steuerte den Wagen um eine scharfe Kurve und verfehlte gerade noch einen trödelnden Jungen, der weltvergessen im Kokon seines Walkman dahinschlurfte, »hättest du vielleicht wenigstens die Höflichkeit, mir zu antworten?«

Sie tastete nach der blauen Perle; sie war nicht da.

»Ich hatte mich schon gefragt«, antwortete sie obenhin, »ob du schwul bist.«

»Bin ich nicht, das sagte ich doch. Im Augenblick neige ich, ehrlich gesagt, zu einem Leben im Zölibat. Dennoch möchte ich nicht allein leben. Habe ich nie gewollt. Ich liebe das häusliche Leben, und Tony und ich haben, was das betrifft, sehr vieles gemeinsam.«

Sophy wartete einen Moment, dann sagte sie: »Aber er hat geweint, er hat dich angefleht. Ich hab's gehört. Er klang genauso wie Mum.«

Ganz leise sagte Fergus: »Er ist nicht im geringsten wie deine Mutter.«

Sophy begann am Knoten des Lederbandes zu fingern, mit dem sie die blaue Perle um ihr Handgelenk gebunden hatte.

»Du solltest mit ihm nach Italien reisen«, sagte sie.

»Das ist sehr lieb von dir, aber ich denke gar nicht daran. Wie gesagt, du hast für mich Vorrang.«

Sophy löste das lange Band von ihrem Handgelenk und schob die Perle daran rauf und runter.

»Ich möchte nicht dafür verantwortlich sein, verstehst du? Ich möchte nicht, daß nachher mir die Schuld dafür gegeben wird, daß du nicht mit Tony nach Italien gereist bist ...«

»Das würde nicht passieren.«

»Doch, bestimmt.«

Fergus lenkte den Wagen auf einen kleinen Parkplatz für Busse und hielt.

»Sophy ...«

»Ich habe Probleme«, sagte Sophy. »Die Sache mit Mum und Laurence zum Beispiel und meine Zukunft, und ...«, sie hielt inne, weil sie es plötzlich nicht fertigbrachte, davon zu sprechen, daß sie ihre Periode nicht bekommen hatte, » ... du. Aber ich will deine Probleme nicht. Weil sie ausschließlich deine sind. Sieh erst mal zu, daß du mit ihnen fertig wirst. Dann werden wir weitersehen.«

»Aber ich dachte«, sagte Fergus, die Hände am Lenkrad, den Blick geradeaus gerichtet, »ich dachte, daß du genau das nicht wolltest. Ich dachte, du wolltest, daß ich für dich alles stehen- und liegenlasse. Also hab ich es getan.«

»Aber ich wußte nicht, was es da stehen- und liegenzulassen gab. Stimmt's? Ich wußte nicht, wie vielschichtig das alles ist. Und ich wußte nicht, daß du mich um *Mitgefühl* bitten würdest.« Sie hob das Lederband mit ihrer Perle und knotete es sich wieder um den Hals, dann sagte sie urplötzlich und zu ihrer eigenen Überraschung: »Das tut Mum wenigstens nicht. *Sie* hat mich nie um Mitleid gebeten.«

Ein kurzes Schweigen entstand. Fergus nahm die Hände vom Lenkrad. Er legte eine Hand auf Sophys Knie.

»Ich liebe dich«, sagte er, »das wird sich niemals ändern. Aber diese ganze Geschichte ist wirklich sehr schwierig.«

»Okay«, sagte sie, »okay.« Unversehens kamen ihr die Tränen. »Vielleicht ist jetzt nicht der richtige Zeitpunkt dafür.«

»Ach, mein Liebes …«

»Ich glaube …«, Sophy bewegte ihr Knie ein wenig, so daß seine Hand herunterrutschte, » … wir sollten uns lieber noch keine Schulen und Wohnungen ansehen. Nicht jetzt. Ich glaube …«, sie hielt inne und stieß einen kleinen Seufzer aus, » … ich glaube, ich fahre lieber nach Hause.« Damit griff sie nach ihrer Perle und steckte sie sich in den Mund.

Die Küche im Bee House war aufgeräumt, still und bis auf die Reihe der Arbeitslampen über dem Mitteltisch dunkel. Hier saß Laurence mit einem halben Glas Chablis neben sich und einem Blatt Papier, auf das er komplizierte Muster zeichnete, Muster, die von einem kleinen, sauberen, zentralen Hexagon ausgingen und sich zu immer wilderen Irrgärten mit Spiralen, Zickzackmustern und explosiven Gebilden entwickelten. Hier und da hielt er inne, um auf seine Hände zu blicken, sie zu mustern, als wolle er ein Verzeichnis von jedem Riß, jeder Schwiele und jedem Niednagel anlegen. Anschließend blickte er sekundenlang zur Tür, als erwarte er, daß jemand hereinkomme. Niemand kam. Es war fast Mitternacht, und weil es ein gewöhnlicher Wochentag war, lagen inzwischen alle, sogar Adam und George, im Bett.

Er hatte Gina an diesem Abend nicht besucht. Er hatte sie angerufen, und sie hatte besser geklungen, viel optimistischer. Sophy werde nach Hause kommen, hatte sie ihm berichtet.

»Gott sei Dank! Hat sie angerufen?«

»Sie nicht«, antwortete Gina, »aber Fergus. Wie ist dein Tag verlaufen?«

»Alles wie immer …«

»Nicht mehr lange.«

»Nein«, sagte er.

»Aber heute wenigstens mal kein Alarm und keine Ausschweifungen …«

Er lachte. Es war kein sehr entspanntes Lachen, und er merkte, daß er ihr nicht sagen konnte, daß etwas sehr Seltsames geschehen war, eine kleine Begebenheit von höchstens fünf Minuten, die ihn aber viel tiefer erschüttert hatte als Vis Besuch. Auf dem Weg zur Wohnung hatte er gerade am Nachmittag die Bar durchqueren wollen, als er durch das kleine Glasfenster in der Tür zum Speisesaal Hilary entdeckte, die sich mit Michelle unterhielt. Sie sah eigentlich genauso aus wie immer, ihre kurzen, dunklen, ein wenig zerzausten Haare, die rote Brille, die cremefarbene Bluse und der dunkelblaue Rock waren ihm genauso vertraut wie ihre Haltung: ein Arm quer vor der Taille, den anderen mit dem Ellbogen daraufgestützt, so daß ihr Kinn auf der Faust ruhte. Dadurch wirkte sie ein wenig vornübergebeugt, fast so, als schiebe sie ihr Gesicht nach vorn. Es war eine alles andere als graziöse Haltung, sie wirkte ungelenk, ja unbeholfen, aber aus irgendeinem Grund traf ihn der Anblick mitten ins Herz. Minutenlang stand er da wie gebannt, stand auf dem abgetretenen Teppichboden der Bar, in der Don hinter ihm seine Gläser polierte und leise vor sich hinpfiff, und starrte Hilary an, als sei sie nicht die leibhaftige Hilary aus Fleisch und Blut, sondern die Quintessenz ihres Wesens, die Konzentration ihrer Persönlichkeit und seines Bildes von ihr, verkörpert in dieser hochgewachsenen, schlanken, kraftvollen Gestalt, die von so etwas wie Image keine Ahnung hatte, die nichts anderes sein konnte als sie selbst und alle Kniffe, die notwendig waren, um etwas anderes auch nur zu versuchen, verächtlich abtat.

»Alles in Ordnung?« erkundigte sich Don.

»Ja«, antwortete Laurence, »alles in Ordnung. Ich hab nur was beobachtet.«

Ein Sherryglas mit seinem Tuch trocknend, kam Don hinter der Bar hervor.

»Einen Streit?« fragte er hoffnungsfroh, während er zu Laurence trat.

»Ich glaube nicht«, sagte Laurence. »Sah nur so aus, als braue sich da was zusammen.«

»Schade …«

Laurence musterte ihn. Er trug in letzter Zeit eine kleine, smaragdgrün gerahmte Brille und hatte sich ein paar helle Strähnen ins Haar bleichen lassen.

»Jetzt sieht sie ein bißchen besser aus«, sagte Don. »Mrs. Wood, meine ich. Ein paar Wochen lang dachte ich, wir hätten da einen wirklich schweren Fall …«

»Ein langer Sommer …«

»Sie sollten mit ihr verreisen.« Don kehrte hinter den Tresen zurück. »Im Winter. Irgendwohin, wo's schön ist. Wir werden die Stellung hier schon halten – zehn Tage mindestens.«

»Nett von Ihnen«, sagte Laurence. »Danke.«

Don nahm ein Glas, hielt es ans Licht und suchte nach Streifen.

»Ich werd's mir überlegen.«

Laurence ging in die Wohnung hinauf. Bedächtig stieg er die Treppe empor, und als er oben war, wollte ihm plötzlich nicht mehr einfallen, warum er überhaupt heraufgekommen war, er konnte nur noch an das seltsame Gefühl denken, das er gehabt hatte, als er Hilary durch die Glasscheibe der Speisesaaltür beobachtete. Er ging in ihr gemeinsames Schlafzimmer, in dem sie nun schon seit einiger Zeit allein schlief, und starrte aufs Bett. Es war gemacht, aber auf einer Seite war eine Kuhle; vermutlich hatte sie dort gesessen und sich die Strumpfhosen angezogen.

Seit sie ihn gebeten hatte, über ihre Ehe nachzudenken, hatte sie sich nicht mehr zu diesem Thema geäußert. Gesprochen hatte sie natürlich mit ihm – sehr sachlich, über geschäftliche Fragen –, und auch gelächelt, aber ohne etwas damit sagen zu wollen. Er trat an die Kommode, auf der ihre Make-up-Töpfchen über zwanzig Jahre friedlich neben seinen Bürsten und Schlüsseln gestanden hatten, in einem freundschaftlichen Durcheinander von Reinigungszetteln, Fotos der Jungen und vereinzelten Ohrringen, Knöpfen und Anstecknadeln. Jetzt lagen seine Bürsten zwar im Gästezimmer, aber Hilary hatte den Platz, den er geräumt hatte, nicht mit ihren Sachen belegt, sondern alles so gelassen, wie es war, als spiele es keine Rolle. Als würden die Lücken bald wieder gefüllt werden.

Auch als er in die Küche zurückgekehrt war, um mit den Vorbereitungen für das Abendessen zu beginnen, wirkte die Atmosphäre dieser winzigen Begebenheit noch stark nach. Hilary selbst war ein- oder zweimal hereingekommen, und er hatte sie mit einer Art Ehrfurcht betrachtet, als habe sie sich als etwas ganz anderes entpuppt, als er in all den Jahren in ihr gesehen hatte. Dennoch sehnte er sich zugleich danach, Gina zu sehen, sich ihrer Gegenwart, Wärme, ja ihrer bloßen Existenz zu erinnern, sich zu vergewissern, daß alles genauso real war, wie er es im innersten Herzen wußte. Wie kommt es, dachte er während der langen Stunden des Rührens und Schneidens und des Einweisens der Küchenjungen, daß eine Liebe, für die man sich entscheidet, alle anderen zu entwerten scheint,

selbst wenn man sie noch immer im Herzen spürt? Warum zwang einen diese uralte Einrichtung der Gesellschaft, zwei und zwei in endloser Folge, zuweilen so
furchtbar rücksichtslos zu sein?

Schließlich ging er doch nicht nach High Place hinüber.
Es schlug elf, aber er machte sich nicht, wie sonst immer,
auf den Weg. Er dachte daran, er hatte auch Lust dazu,
aber er blieb, wo er war, bis die Küchenjungen die letzte
Arbeitsplatte geputzt und den letzten Schrank geschlossen hatten. Dann griff er zum Telefon.

»Ich bin geschafft«, sagte er, während ihn vor ihrer
Enttäuschung graute. »Mir wackeln die Knie.«

»Ist nicht so schlimm«, sagte sie, und ihre Stimme
klang, als ob sie es ernst meinte. »Ist nicht so schlimm,
Laurence. Sophy kommt nach Hause.«

Und so saß er nun hier, mit dem Rest einer Flasche
Chablis, am Küchentisch, kritzelte auf dem Papier herum
und wartete. Niemand kam. Als er das Blatt Papier voll-
gemalt hatte, leerte er den letzten Schluck Wein, und niemand kam. In der Stille der Nacht schlug die Kirchturmuhr Viertel nach zwölf. Laurence erhob sich, holte die
Flasche bulgarischen Wein, den er ein paar Stunden zuvor zum Kochen benutzt hatte, und schenkte sich ein halbes Glas ein.

Die Tür ging auf. Er blickte auf, während sein Herz fast
aussetzte.

»Hi«, sagte Adam.

Er trug eine schwarze Trainingshose und ein völlig
formloses purpurrotes T-Shirt. Seine Füße waren nackt.

»Ich dachte, du schläfst schon ...«

»Nein«, sagte Adam, »ich konnte nicht. Ich hab in deinem Zimmer nachgesehen, aber da warst du nicht, dann
hab ich mich zum Fenster rausgehängt und hab gesehen,
daß in der Küche noch Licht brennt.«

»Danke«, sagte Laurence leise.

»Ich dachte, du wärst vielleicht da rübergegangen ...«

»Nein.«

Adam kam an den Tisch und ließ sich auf einen Stuhl fallen. Er nahm Laurences Weinglas, trank einen Schluck und verzog das Gesicht.

»Igitt!«

»Die Flasche ist seit zwei Tagen offen.«

Durch die unordentlichen Haarzotteln, die ihm in die Stirn fielen, blickte Adam zu seinem Vater hoch.

»Hi«, sagte er noch einmal.

»Hi, Adam.«

»Ich hab nur gedacht ...«, sagte Adam, » ... als ich das Licht sah, hab ich mir einfach gedacht, ich komm mal runter und häng hier 'n bißchen mit dir rum. Okay?«

17

Sophy ging ganz langsam. Wegen der neuen Kleider, die sie hineingepackt hatte, war ihre Tasche jetzt viel schwerer, obwohl sie sämtliche Poster und den mit Kranichen bedruckten Morgenrock in London gelassen hatte.

»Bitte«, sagte Fergus, »bitte, nimm nicht alles mit.«

»Das wollte ich auch nicht.«

Keiner der beiden Männer hatte so recht gewußt, was er mit ihr anfangen sollte. Tony war reizbar gewesen, aber das konnte, wie sie sich überlegte, auch daher kommen, daß er ihr nun etwas schuldig war und ihm das nicht behagte. Fergus war ganz einfach traurig gewesen, und an dieser Traurigkeit erkannte sie, daß er sie liebte, daß sie ihm fehlen würde; das freute und rührte sie zwar, aber nicht so sehr, wie es früher der Fall gewesen wäre, als sie Zeichen seiner Zuneigung gleichermaßen hingerissen und fordernd entgegennahm.

»Ich komme wieder«, sagte sie. »An den Wochenenden und so.«

Fergus nickte.

»Aber nicht, wenn du nach Frankreich gehst …«

»Ich werde nicht nach Frankreich gehen«, sagte Sophy.

»Aber wenn deine Mutter …«

»Es gibt ja noch Gran«, sagte Sophy, »und die Schule. Und Hilary, und …«, ihre Stimme brach, weil sie davor zurückscheute, den Namen George auszusprechen, » … die Jungen. Du weißt schon.«

Fergus hatte versucht, ihr ein bißchen Geld aufzudrängen, mehrere Zwanzig-Pfund-Scheine, zusammengerollt wie eine Zigarette und mit einem pflaumenblauen Band verziert, auf dem in Goldbuchstaben »Fortnum and Mason« stand. Bei Fortnum and Mason kaufte Tony immer den Tee. Die beiden waren sehr wählerisch mit ihrem Tee.

»Nein«, sagte Sophy, »nein, vielen Dank. Ehrlich.«

Er hatte sie zum Bahnhof gebracht. Während der ganzen Fahrt hatte sie sich den Bauch gehalten, als sei ihr das während der letzten fünf Tage zur Gewohnheit geworden. Da Fergus nie wieder auf ihre Periode zu sprechen gekommen war, fragte sich Sophy, ob er das Problem vielleicht schon vergessen hatte. Sie jedenfalls nicht. Sie mußte die ganze Zeit daran denken. Am Morgen, als sie in Fergus' makellosem Badezimmer gestanden und sich beim Zähneputzen in seinem Rasierspiegel betrachtet hatte, hatte sie sich gefragt, ob ihr übel war. Nach dem Frühstück hatte sie sich besser gefühlt, aber das war natürlich kein Trost, denn auch die morgendliche Übelkeit in der Schwangerschaft legte sich nicht selten, nachdem man etwas gegessen hatte. So stand es jedenfalls in der Broschüre, die dem Schwangerschaftstest beilag, den sich manche ihrer Schulfreundinnen gekauft hatten; dort stand außerdem in Großbuchstaben: »Gehen Sie unbedingt zum Arzt«. Davor fürchtete sich Sophy. Dennoch war das vermutlich das nächste, was sie tun mußte, bevor sie Gina einweihte. Oder Vi. Oder George. Wenn es unter diesen dreien jemanden gab, dem sie es am wenigsten sagen mochte, dann war das George.

Mit einer Zeitung und zwei Zeitschriften setzte Fergus sie in den Zug.

»Ruf mich an. Bitte!«

»Na klar.«

»Nein, ich meine oft. Nicht nur einmal in der Woche, sondern jeden Tag, oder jeden zweiten Tag. Ich möchte wissen, was du tust.«

Zum Abschied hatte er sie auf den Mund geküßt. Das hatte er sonst nie getan, und als sie später über diesen Mund nachdachte, fragte sie sich, ob er auch Tonys Lippen geküßt hatte. Er stand vor dem Zugfenster auf dem Bahnsteig, bis der Zug anfuhr, und zum erstenmal in ihrem gemeinsamen Leben hatte Sophy das Gefühl, daß er nicht ganz Herr der Lage war, daß auch er, tief verunsichert, die Hilflosigkeit derer empfand, die von den Ereignissen beherrscht werden, anstatt sie selber zu beeinflussen.

Zu ihrem Erstaunen verschlief sie fast die ganze Strecke nach Whittingbourne und erwachte benommen, mit steifem Genick und dem peinlichen Bewußtsein, mit offenem Mund geschlafen zu haben. Auf dem Bahnsteig wartete eine Gruppe Schulkinder, eine aufgeregte Gruppe kleiner, plappernder Kinder, die einen Ausflug zu einer Ausstellung in Birmingham machten. Sie trugen Frühstücksdosen mit Snoopy-Bildern auf dem Deckel und kleine, wie Teddybären oder Tiger geformte Rucksäcke, und in der Mitte stand ein wunderschöner schwarzer Junge, ein wenig größer als die anderen, mit riesigen, glänzenden Augen, zu dem sich alle anderen vorzudrängen versuchten. Sekundenlang erwog Sophy, sich ihnen anzuschließen, einfach einen der Lehrer zu fragen, ob sie mitkommen und die freudige Erregung dieses Ausflugs mit ihnen teilen dürfe. Sie lächelte der nächststehenden Lehrerin zu. Doch die verzog in gespielter Verzweiflung das Gesicht.

»Ich muß verrückt sein«, sagte sie, »ich muß den Verstand verloren haben. Da hab ich drei eigene zu Hause und melde mich freiwillig für das hier – den ganzen Tag!«

Sie tippte sich an den Kopf, als sei da drinnen eine Schraube locker. Sophy lächelte erneut.

»Ich wünsche Ihnen einen schönen Tag …«

Sie beschloß, zu Fuß zu gehen. Irgendwie war sie müde, obwohl sie ausreichend geschlafen hatte, aber in einem Taxi würde sie sich albern vorkommen, und außerdem würde die Taxiroute vom Bahnhof quer über den Marktplatz führen, wo sich alle Schüler, die den Unterricht schwänzten, regelmäßig trafen, um zu rauchen und sinnlos rumzumotzen, und die würden sie dann möglicherweise sehen. Also schulterte sie ihre Tasche, so daß der Taschenriemen ihr das T-Shirt vom Hals wegzog, und machte sich leicht vornübergebeugt auf den Weg.

Als sie High Place erreichte, stand die Glastür zur Küche offen, und Gina hatte den Wellensittich im Käfig nach draußen an einen Haken gehängt, der eigentlich für einen Hängepflanzenkorb bestimmt war.

»Hi«, begrüßte Sophy den Vogel.

Der musterte sie erst mit dem einen und dann, den Kopf drehend, mit dem anderen Auge.

»Armes Vögelchen«, sagte Sophy. »Armes, gelangweiltes Vögelchen.«

Sie stieß das Glöckchen in seinem Käfig an, damit es läutete. Der Wellensittich nahm keine Notiz davon.

»Entschuldige«, sagte Sophy, »ich wollte nicht aufdringlich sein.«

Sie warf einen Blick in die Küche. Sie war leer und aufgeräumt, nur auf dem Tisch lag neben einem Becher ein Stapel Morgenpost. Aus einiger Entfernung, vermutlich aus dem Wohnzimmer, hörte sie Ginas Stimme – eindeutig am Telefon. Sie betrat die Küche, stellte ihre Tasche auf den Tisch und ging weiter in die Halle.

»Tut mir leid«, sagte Gina gerade, »ich würde beide Kinder gern wieder unterrichten, aber meine Pläne sind im Moment so ungewiß, daß ich vorerst lieber keine Schüler annehmen möchte. Es ist nämlich möglich, daß ich nicht in Whittingbourne bleibe.«

Auf Zehenspitzen ging Sophy durch den Flur und lehnte sich an den Rahmen der Wohnzimmertür. Gina saß, wie sie es oft tat, im Schneidersitz auf dem Fußboden und hatte das Telefon vor sich stehen. Den Kopf hielt sie gesenkt. Sophy räusperte sich.

»Mum«, flüsterte sie.

Gina blickte auf und strahlte. Sie winkte heftig und deutete auf das Telefon.

»Mrs. Whitaker, bitte verzeihen Sie. Ich muß jetzt wirklich aufhören, aber sobald ich überzeugt bin, daß ich genügend Zeit habe, um Rachel und Emily eine vernünftige Ausbildung zu garantieren, werde ich Sie davon in Kenntnis setzen. Ja. Ja, natürlich. Vielen Dank. Wiederhören.« Sie warf den Hörer ungefähr in Richtung Apparat und rappelte sich hoch. »Ach, Sophy …!«

Sophy stieß sich vom Türrahmen ab und ließ sich umarmen. Es war merkwürdig, von Gina umarmt zu werden, sie hatte es seit Jahren nicht mehr erlebt, jedenfalls nicht so wie jetzt, da Gina sie fest an sich drückte, so daß sich ihre Blusenknöpfe durch ihr eigenes T-Shirt in ihre Haut drückten.

»Ach, Sophy«, sagte Gina. »O Soph. Gott sei Dank, daß du zurück bist!«

Sie hatte Tränen in den Augen. Sophy senkte den Kopf. »Es hat nicht geklappt.«

»Das brauchst du mir nicht zu erzählen«, sagte Gina. »Wenn du nicht willst, brauchst du mir überhaupt nichts zu erzählen.«

»Vielleicht doch, eines Tages. Keine Ahnung. Es war einfach …«

Gina schob Sophy zu einem Sessel und drückte sie sanft hinein.

»Das ist aber ein hübscher Haarschnitt!«

Sophy berührte ihre Haare.

»Dad …«

»Ja. In solchen Dingen ist er gut. Möchtest du einen Kaffee? Oder Tee?«

Sophy schüttelte den Kopf. Dicht neben dem Sessel ließ Gina sich wieder im Schneidersitz nieder.

»Ich hab's satt«, sagte Sophy. Wieder senkte sie den Kopf und bedeckte die Augen mit den Händen. »Ich hab's so satt, ständig mit euch allen böse zu sein.«

»Ich hätte es dir sagen müssen. Ich hätte dir von Laurence und mir erzählen müssen. Aber ich wollte warten, wir wollten es euch Kindern allen zusammen sagen, und dann kam es raus, bevor wir wirklich dazu bereit waren, und so hab ich's dir nicht selber gesagt.«

»Ich hab's von Gus erfahren.«

»Ich weiß. Ich hab ihn angerufen und ihm gesagt, daß du wieder nach Hause kommst.«

Sophy nahm die Hände von den Augen. »Du hast Gus angerufen?« fragte sie ungläubig.

»Ja«, antwortete Gina. »Laurence sagte mir, daß er sich in den letzten Wochen furchtbar elend gefühlt hat, und als du dann nach London gingst, war er untröstlich. Also hab ich ihn angerufen, um ihn zu beruhigen. Du bist ungeheuer wichtig für ihn.«

Auf Sophys Wangen erschienen zwei unnatürlich rote Flecken. Sie legte die rechte Hand flach auf ihren Bauch.

»Soll ich dir von Laurence erzählen?« fragte Gina. »Möchtest du, daß ich dir alles erkläre?«

Sophy schüttelte den Kopf.

»Nicht nötig.«

»Ich hatte Angst, es dir zu sagen«, sagte Gina, beugte sich vor und kreuzte die Arme, um ihre Knöchel zu umfassen. »Ich hatte Angst, du würdest so wütend sein, daß du nie wieder mit mir sprechen würdest. Weil du so wütend wegen Daddy warst, weißt du? Du warst überzeugt, daß es meine Schuld war.«

»Einiges davon schon«, sagte Sophy müde.

»Ja.«

»Mich hat die ganze Sache so angestrengt«, sagte Sophy, »daß ich selber nicht mehr weiß, ob ich noch wütend bin oder nicht. Ich fühle mich wie jemand, der von einem Wagen angefahren wurde und der jedesmal, wenn er erneut die Straße zu überqueren versucht, wieder angefahren wird. Im Grunde interessiert es mich nicht, wer schuld hat oder wer was will. Mich kann inzwischen überhaupt nichts mehr überraschen. Ich bin nicht einmal mehr neugierig auf das, was als nächstes passiert. Ich ...«

Sie hielt inne, preßte die Hand auf den Bauch und sagte dann ganz leise: »Ich hab einfach Angst.«

Gina stand aus dem Schneidersitz auf und kniete sich neben Sophys Sessel.

»Vor dem Umzug nach Frankreich, meinst du? Davor, mit Laurence und mir nach Frankreich zu gehen?«

Sophy sah ihr gerade in die Augen.

»Ach ja«, sagte sie in sehr vernünftigem Ton. »Nein, nein, ich kann nicht mit euch nach Frankreich kommen.«

»Du kannst nicht …«

»Nein«, sagte Sophy. »Ganz gleich, was passiert, das kann ich auf gar keinen Fall.«

»Aber, Liebling, du kannst doch nicht allein und ohne mich hierbleiben! Wir werden dich auf ein *lycée* schicken, verstehst du, und du kannst dein *baccalauréat* machen …«

»Nein«, sagte Sophy, »das kann ich nicht.«

»Wegen Laurence?«

»Aber nein«, antwortete Sophy, beinahe verwundert darüber, daß sie ihn völlig vergessen hatte, »nicht seinetwegen. Auch nicht deinetwegen. Und auch nicht wegen Frankreich.«

»Ja, aber …«

»Mum«, sagte Sophy und schloß die Augen, als müsse sie sich anstrengen, einem extrem dummen Menschen etwas ganz Einfaches zu erklären, »aber *Mum!* Wir können doch Vi nicht allein hier zurücklassen!«

Auf dem Heimweg von der Schule löste sich Gus aus der Gruppe, mit der er herumgealbert hatte, und bog auf den Platz vor der Abbey ein. Er mied die Bänke, auf denen, wie er wußte, Leute herumhingen, die er kannte, rauchten und mit den Schuhen müßig die Farbe abtraten, und nahm statt dessen Kurs auf ein dichtes Gebüsch neben dem Torbogen. Er wußte, daß das idiotisch war, weil in solchen Büschen manchmal diese Spinner lauerten. Einer von ihnen hatte sich vor jemandem, den Gus kannte, erst letzte Woche entblößt, doch dieser Jemand hatte damit geprahlt, daß er »Du bekloppter Perverser!« geschrien habe – so laut, daß einige Passanten es gehört und den Kerl verfolgt hätten. Das fiel Gus jetzt zwar wieder ein, aber es gab ein Dutzend andere bedrückende Probleme, über die er unbedingt nachdenken mußte, und so konnte er nicht allzu viele Gedanken darauf verschwenden. Er wollte sich irgendwo verstecken, wo es dämmrig war und abgeschieden, wollte eine Weile allein sein, wo ihn niemand finden und sich erkundigen konnte, ob es ihm gutgehe. Natürlich ging's ihm nicht gut, aber was zum Teufel konnte er oder sonst jemand dagegen ausrichten?

Über einen Teppich aus raschelndem welken Laub kroch er ein Stückchen weit ins Dunkel unter den Büschen hinein. Nach ungefähr acht Fuß kam eine kleine Lichtung mit ein bißchen altem Zeitungspapier und einer leeren Milchflasche. Hier ließ sich Gus nieder, lehnte sich mit dem Rücken an den dünnen, dunklen Hauptstamm eines Busches und holte seine Marlboros heraus. Er nahm eine aus dem Päckchen, steckte sie an und begann zu weinen.

Eigentlich hatte er gar nicht weinen wollen, sondern nachdenken. Nach seinem Gespräch mit George hatte er, das Gesicht in die Kissen gedrückt, fast die ganze letzte Nacht geweint, bis er glaubte, die Kehle müsse ihm zerspringen. Er und George waren in der Küche gewesen und hatten sich Schinkensandwiches gemacht; dabei hatte er in einem Anfall von Vertraulichkeit gesagt: »Möchte wissen, was als nächstes passiert. Ich möchte wissen, was ich nicht weiß.«

George war damit beschäftigt, Tomatenketchup auf die Schinkenscheiben zu streichen.

»Es ist nicht immer ratsam, alles zu wissen.«

»Ist es doch«, sagte Gus, »ist es doch! Wenn man alles weiß, gibt es nichts, was einem noch Angst einjagen kann. Keine beschissenen Überraschungen mehr.«

»Glaubst du das wirklich?«

»,türlich«, antwortete Gus. Er nahm zwei Scheiben Toast aus dem Toaster und reichte sie George. »Ich muß ständig daran denken. Ich warte ständig auf den nächsten Hammer, der uns bevorsteht.«

Eine kleine Pause trat ein. George legte den Toast oben auf die halbfertigen Sandwiches und drückte sie dann mit dem Handballen kräftig zusammen.

»Also okay«, sagte George.

»Okay – was?«

»Ich werd's dir sagen.«

Gus starrte ihn an.

»Was?«

»Ich werd dir den letzten Hammer erzählen. Das letzte beschissene Geheimnis in diesem beschissenen Sommer. Den Grund, warum Sophy nach London gegangen ist.«

»Aber das hat sie meinetwegen getan, weil ich ihr erzählt habe ...«

»Nein«, sagte George. Er nahm ein ketchuptriefendes Sandwich und reichte es Gus. »Da.«

»Nein ...«

George seufzte und legte das Sandwich wieder hin.

»Sie ist meinetwegen nach London. Wir haben nämlich miteinander geschlafen, Sophy und ich. Deswegen ist sie weg. Sie war so furchtbar durcheinander.«

Gus stand da. Er starrte seinen Bruder an und versuchte ihn zu sehen. Er starrte auf die Sandwiches, die auf der Tischplatte lagen, und versuchte sie zu sehen. Ein- oder zweimal öffnete er den Mund, doch nichts kam heraus, bis er eine Stimme, eine ziemlich hohe, kieksige Stimme sagen hörte: »Geschlafen?« Als sei das eine Frage.

»Ja«, sagte George. »Einmal, nachmittags. Hier.« Er zuckte die Achseln. Sogar in seinem Schockzustand erkannte Gus, daß das Achselzucken nicht völlig entspannt war. »Das erstemal für sie.«

Gus legte die Hand auf den Schlüsselbund an seinem Hosen bund und drückte fest zu.

»He, komm«, sagte George. »Iß ein Sandwich.«

Gus schüttelte den Kopf.

»Was ist denn?«

»Keinen Hunger.«

»Aber du hast gesagt …«

»Keinen Hunger!« schrie Gus. »Hörst du schlecht? Hast du Bohnen in deinen beschissenen Ohren?«

»Gus …«

»Halt's Maul!« kreischte Gus. »Halt's Maul, halt's Maul, halt's Maul!«

Er hob den Fuß und trat so kräftig gegen den nächstbesten Küchenstuhl, daß er vom Tisch aus gegen den Kühlschrank krachte. Die drei Flaschen, die oben auf dem Schrank standen, fielen herunter.

»He!« sagte George. Er kam um den Tisch herum und wollte Gus am Arm packen, aber Gus riß sich los und stürzte zur Küchentür.

»Du Scheißkerl!« schrie Gus. »Du Scheißkerl!« Dann rannte er durch den Flur zu seinem Zimmer, stürzte hinein und knallte die Tür hinter sich ins Schloß.

Er trug noch immer seine Schulsachen, und die störten schrecklich. Als er erstmal in Tränen ausgebrochen war, vermochte er weder seine Krawatte noch seine Schuhe abzulegen, ja er konnte, an seinen Tränen und dem Schmerz fast erstickend, nur noch auf dem Fußboden herumrobben. Am liebsten hätte er jemanden umgebracht. Am liebsten hätte er George und Sophy umgebracht, und Adam, und alle Leute in der Schule, und alle Leute in Whittingbourne. Am liebsten hätte er auf sie eingestochen, mit einem Knüppel auf sie eingeschlagen und auf sie eingeschrien. Er wollte, daß sie alle einen ebenso großen Schmerz verspürten wie er. Am liebsten wäre er gestorben. Als George kam und mit ihm sprechen wollte, brüllte er: »Verpiß dich! Verdammt noch mal, verpiß dich endlich!«

Schließlich war er in Unterhose und einem alten Rug-

byhemd ins Bett gekrochen. Seine übrigen Sachen bildeten einen unordentlichen Haufen auf dem Fußboden. Er
lag da und weinte und weinte, und als Hilary später kam,
anklopfte und sich erkundigte, ob alles in Ordnung sei,
hatte er sein Gesicht fest ins Kopfkissen gedrückt, damit
sie glaubte, er sei eingeschlafen. Sie hatte die Tür geöffnet
und den Kopf hereingesteckt, und er hatte den Atem an-
gehalten und so still wie ein Stein dagelegen.

»Gus?« hatte sie leise gefragt.

Er rührte sich nicht.

»Schlaf gut«, sagte Hilary und schloß die Tür.

Endlich war er doch noch eingeschlafen, gegen Morgen
aber wieder aufgewacht – mit starrem, geschwollenem
Gesicht und einem Riesenhunger. Ohne Licht zu machen,
war er in die Küche gegangen, hatte sich mehrere Scheiben Brot aus einem Päckchen geholt und sie mitgenommen, um sie sich unter der Bettdecke hastig in den Mund
zu stopfen. Die Erinnerung hing über ihm wie eine
schwarze Wolke, eine Hexe, ein furchterregender Raub-
vogel. Wieder strömten ihm die Tränen übers Gesicht,
und er lag da, während immer helleres Licht durch die
Vorhänge hereindrang und das Brot ihm in dicken, un-
verdauten Klumpen im Magen lag.

Am Morgen waren sie alle sehr behutsam mit ihm umgegangen. George hatte versucht, sich zu entschuldigen,
aber das war schier unerträglich gewesen. Gus hatte sich
ihm mit einem so wutverzerrten Gesicht zugewandt, daß
George schnell wieder schwieg. Hilary hatte den Arm um
ihn gelegt.

»Möchtest du reden? Nur mit mir, ganz allein?«

»Nein!«

»Bist du sicher?«

»Ja!« schrie Gus.

Er hatte sich geweigert, mit Adam zusammen zur
Schule zu gehen, den ganzen Tag zusammengesunken
dagesessen und sich gefühlt wie der Tod persönlich, wäh-

rend Mathe, Sozialkunde und Englisch in einem schwindelerregenden Nebel an ihm vorüberzogen. Jetzt, in der verborgenen Zurückgezogenheit dieses dreckigen Gebüschs, fühlte er sich weniger von Wut und Elend erfüllt, als von einer verzweifelten Trauer. Sophy. Ausgerechnet Sophy! Wo er doch ständig an sie gedacht und sich gewünscht hatte, bei ihr zu sein, und ihr all die vielen Blumen geschenkt hatte und so. Es war ein Verrat, der kaum zu ertragen war. Zitternd zog er an seiner Zigarette und drückte sie heftig in der sauren Erde unter den welken Blättern aus.

Irgend jemand lauerte vor dem Gebüsch, bückte sich immer wieder und spähte herein. Gus richtete sich auf. Er sah Beine in Jeans und Füße in Turnschuhen, die im hellen Licht draußen gemächlich auf und ab wanderten. Er ließ sich auf Hände und Knie nieder und kroch eilig in die entgegengesetzte Richtung, wo die Büsche viel dichter waren und er mit Kleidern und Haaren an Zweigen und kleinen, spitzen Ästen hängenblieb. Der Weg ans Tageslicht wirkte unendlich lang.

»Hallo«, sagte der Mann.

Gus rappelte sich auf. Außer den Jeans und den Turnschuhen trug der Mann ein schmutziges grünes Polohemd, das sich über seinem Bierbauch spannte.

»Hab dich da drin gesehen«, sagte der Mann. Er streckte die Hand aus und packte Gus beim Arm. »Ich hab 'ne Katze, die da drin sein muß. Suche nach meiner Katze. Hilfst du mir meine Katze suchen?«

»Nein«, antwortete Gus und versuchte sich loszureißen.

»Nun komm schon«, sagte der Mann. »Du bist ja ganz aufgeregt, das seh ich doch. Ich sorg dafür, daß es dir bald besser geht. Wenn du mitkommst, geht's dir ganz schnell besser.«

Mit einer ungeheuren Anstrengung riß Gus sich los und trat mit einer wuchtigen, wilden Bewegung nach dem Bauch des Mannes. Er hörte ein keuchendes Geräusch, und der Mann stolperte rückwärts.

Gus floh. Ohne sich darum zu kümmern, wer ihn so sah, über und über mit Schmutz bedeckt, stürmte er über die Wege zum Ausgang Orchard Street, und während er lief, flüsterte er immer wieder: »Sophy, Sophy, Sophy!« in sich hinein.

Sophy sagte, sie wolle nicht aufbleiben und Laurence sehen. Sie und Gina hatten gemeinsam zu Abend gegessen und versucht, den Schein der Normalität zu wahren, was jedoch beiden schwerfiel. Behutsam hatten sie sich über praktische Probleme unterhalten, darüber, daß Sophy während der Schulzeit das kleine Schlafzimmer in Orchard Close bewohnen und auch ein paar Wochenenden in London verbringen und daß sie in den großen Ferien immer nach Frankreich kommen könne. Vielleicht würden die Jungen ja auch kommen, sagte Gina, und sie könnten alle vier zusammen reisen. Gerade noch rechtzeitig verbiß sie es sich, hinzuzufügen, daß das ein großer Spaß werden könne. Dafür war es noch viel zu früh. Sophy aß ihre Pasta und machte einen flüchtigen, erfolglosen Versuch, sich eine französische Küche vorzustellen (in einer Wohnung? in einem Haus? in einer Stadt?), in der sie mit Gina und Laurence und vielleicht Adam oder Gus (aber nicht mit George) zusammensaß. Gina sagte, sie würde sich, wie früher schon, um eine Lehrerinnenstelle bewerben, und Laurence würde natürlich als Küchenchef arbeiten. Sie erzählte Sophy viel von Pau, Sophy hörte ihr zu und hielt sich dabei mit der Hand, mit der sie nicht aß, den Bauch.

»Was wird mit Hilary?«

»Die bleibt hier«, antwortete Gina hastig. »Sie will einen Küchenchef für das Bee House einstellen und so weitermachen wie bisher.«

Sophy wickelte Stränge von Spaghetti um ihre Gabel.

»Schwer für sie.«

»Ja«, sagte Gina.

Sophy musterte sie. Ihre Miene wirkte starr. Offenbar fühlte sie sich schrecklich. Sie *müßte* sich schrecklich fühlen. Aber wenigstens hatte sie Sophy nicht anvertraut, wie schrecklich sie sich fühlte, und sie nicht um Verständnis gebeten. Wenigstens versuchte sie mit ihrem schrecklichen Zustand selbst fertigzuwerden.

»Laurence kommt fast immer abends«, erklärte Gina. »So gegen elf.«

»Ich will ihn nicht sehen.«

»Brauchst du auch nicht.«

Sie schob ihren Teller von sich.

»Ich bin sowieso geschafft. Völlig erledigt.«

»Ich weiß. Geh nur zu Bett. Ich hab ein paar von deinen Sachen wieder rausgeholt. Dein Zimmer wirkte so furchtbar trist.«

»Danke.«

Sophy stand auf, trug ihren Teller zum Geschirrspüler – ach Gott, Ritual ewiger Jahre – und spülte ihn unter dem Wasserhahn ab, bevor sie ihn hineinstellte.

»Sophy …«

»Hm?«

»Es … Es bedeutet mir unendlich viel, daß du nach Hause zurückgekommen bist.«

Sophy hielt inne. Sie blickte nur auf den Geschirrspüler. Sie erwog zu antworten: »Aber nicht genug, um nicht mit Laurence auf und davon zu gehen«, entschied sich aber dagegen. Sie war inzwischen darüber hinaus, solche Dinge zu sagen, fast fielen sie ihr nicht einmal mehr ein. Menschen taten nichts für andere Menschen, auch nicht, wenn sie sie liebten; sie taten alles nur für sich selbst. Nicht unbedingt, weil sie böse und selbstsüchtig waren, sondern weil die Menschen nun einmal so geschaffen waren, weil sie nur so durchkommen, nur so überleben konnten. Gina hatte nicht vor, Hilary weh zu tun – obwohl sie genau das getan hatte; sie versuchte nur zu überleben. Sophy seufzte. Nichts davon berührte sie im Moment wirklich. Gar nichts. Das heißt, nichts außer ihrem eigenen Problem, das sie wie ein eiskaltes, totes Gewicht mit sich herumschleppte.

Sie schloß den Geschirrspüler und blieb stehen, um Gina einen Kuß zu geben.

»Nacht.«

»Nacht, Liebling. Schlaf gut.«

Später, in den dunkelsten Stunden der Nacht, hörte Gina, daß Sophy wach war. Sie glaubte, ganz leise Musik und ein leichtes Poltern zu hören, als untersuche Sophy die Kisten im Flur, die sie erst zehn Tage zuvor mit so eigensinniger Präzision gepackt hatte. Sie setzte sich im Bett auf und fragte sich, ob sie zu Sophy hinaufgehen sollte, entschied sich aber dagegen. Sie durfte sich nicht einmischen, durfte nicht um Sophy herumscharwenzeln, nicht versuchen, sich das Gespräch mit ihr zu erschleichen. Sie mußte warten, bis Sophy zu ihr kam, und wenn es Jahre – oder ewig – dauerte; na ja, so ging es nun mal, wenn man das eigene Verlangen nach Liebe über alles andere stellte. Aber genau das hatte sie getan. Und damit ihr ganzes Leben verändert.

Laurence war so zärtlich gewesen. Er hatte sie an diesem Abend in den Armen gehalten, als sei sie etwas ganz Kostbares für ihn, als genieße er alles an ihr, ihren Körper und ihr Wesen. Gesagt hatte er nicht sehr viel, hatte sie reden lassen und sie nur immer wieder lange und still im Arm gehalten. Sie war unendlich glücklich gewesen. In diesem Haus zu sein, während Sophy oben schlief, Laurences Arme um sich zu spüren und zu wissen, daß die Broschüren der französischen Immobilienmakler auf dem Küchentisch lagen, löste ein großes, bleibendes Glücksgefühl in ihr aus, das noch einmal zu empfinden sie kaum zu hoffen gewagt hatte. Sie hatte ihre Wange an Laurences Schulter gelegt und in diesem Gefühl geschwelgt, und als er fort war und sie zu Bett ging, war sie sofort in den wundervollsten, ruhigsten Schlaf seit langen Wochen gesunken.

Bis Sophy sie weckte. Sie beschloß, die Musik und das Poltern eine Weile weitergehen zu lassen, dann wollte sie nach oben gehen und behutsam vorschlagen, beides auf den folgenden Morgen zu verschieben. Sie legte sich zurück und beobachtete wohlig zufrieden, wie die kleinen, grünleuchtenden Zeiger ihres Weckers um das unsichtbare Zifferblatt krochen.

Ungefähr zehn Minuten später mußte Sophy ihre Zimmertür geöffnet haben, denn die Musik wurde lauter. Gina wartete. Fünf Minuten vergingen, dann hörte sie Sophys Schritte auf der Treppe; offenbar ging sie ins Badezimmer, dessen Tür lautstark geschlossen wurde. Gina richtete sich wieder auf, weil sie nach Sophy rufen wollte, sobald sie das Badezimmer wieder verließ. Es dauerte Ewigkeiten. Gina hörte die Toilettenspülung, gleich darauf die Wasserhähne des Waschbeckens und dann ein Geklapper, als wären Dinge aus dem Apothekenschränkchen gefallen. Schließlich kamen die Schritte wieder heraus und hielten inne.

»Mum?«

»Ja?« rief Gina. »Ich bin wach.«

Die Tür ging auf, in der Öffnung zeichnete sich Sophys Silhouette vor einem Rechteck aus elektrischem Licht ab.

»Hallo«, sagte Sophy.

»Hallo, mein Liebling …«

»Mum …«

»Ja?«

»Ach, Mum!« rief Sophy, kam ins Zimmer gestürzt und warf sich in einem plötzlichen Ausbruch seliger Erleichterung quer übers Bett. »Ach, Mum! Ich bin nicht schwanger!«

18

»Was sollte das, bitte?« fragte Hilary. »Was sollte das, mit dir und Sophy?«

George stöhnte. Er wälzte sich im Bett herum und zog die Steppdecke wie einen Schutzschild mit sich. Draußen vor dem fest geschlossenen Fenster – »du widerlicher Mensch«, sagte Hilary – läuteten die Sonntagmorgenglocken gelassen vom Kirchturm herüber.

»In vierzehn Tagen wirst du neunzehn«, sagte Hilary. »Du bist nicht mehr vierzehn. Du kennst dich aus. Du bist ein *Mann*. Na ja, wenigstens technisch gesehen. Du hast absolut kein Recht, mit einem Mädchen rumzuspielen, das jünger ist als du und sich in einem akut hilflosen Zustand befindet.«

George erwog, grollend zu entgegnen, er befinde sich in einem genauso hilflosen Zustand wie Sophy. Sein Kopf schien an diesem Morgen mehrere ganz außerordentlich schwere Gewichte zu enthalten, die bei jeder Bewegung in seinem Hirn herumrutschten. Er hatte am Abend zuvor zwar trinken wollen, aber nicht so viel. Er wußte noch, daß er schließlich auf seinem Bett gelandet war – lang auf dem Rücken, während die Füße unkontrollierbar in der Luft herumzuwirbeln schienen – und, während Wogen von Übelkeit ihn überrollten, gedacht hatte, er sei so betrunken, daß es keine Rettung mehr für ihn gab.

Hilary setzte sich auf seine Bettkante und entriß ihm die Steppdecke. Er spürte, wie ihre Blicke sich in das nackte Fleisch seiner Seite und seines Rückens bohrten.

»In gewissem Sinne sind wir für Sophy verantwortlich, George. Das war schon immer so. Was uns passiert ist, mag genauso schmerzlich sein wie das, was ihr passiert ist, aber wir haben wenigstens einander. Sophy hat außer ihren Eltern und Vi keine Familie. Wenn du irgendein armes Wesen gebraucht hast, um deine jugendliche Lust abzureagieren, George, war Sophy der letzte Mensch, den du dir hättest aussuchen dürfen. Und wenn du schon keine Prinzipien hast, wo zum Teufel bleibt dein *Mitgefühl?*«

George regte sich nicht. Er starrte an die Wand, an diese Fläche cremefarbener Emulsion, bepflastert mit den Resten von Klebeband, das er benutzt hatte, um längst wieder ausrangierte Poster zu befestigen. Er erwog, einzuwenden, daß Sophy es ebenso sehr gewollte hatte wie er, ja, daß sie praktisch den ersten Schritt getan hatte, weil die Tatsache, daß sie ihren Vater in London aufgesucht und dabei entdeckt hatte, daß er mit einem anderen Mann zusammenlebte, sie so furchtbar durcheinandergebracht hatte. George machte sich, was immer er Gus gegenüber prahlerisch behauptet hatte, keine Illusionen darüber, was Sophy an jenem Nachmittag gewollt hatte. Sie hatte ihn dominieren, sie hatte ihn überwältigen wollen, und das war ihr gelungen, und er hatte gewollt, daß es ihr gelang. Sie hatten sich in einem seltsamen, primitiven, unartikulierten gegenseitigen Einverständnis getroffen, das mit Liebe nicht das geringste zu tun hatte, eher mit Zorn, Verwirrung und Einsamkeit. Er hatte geahnt, daß sie nie wieder miteinander über diesen Nachmittag sprechen würden – oder jedenfalls auf Jahre hinaus nicht –, daß sie ihn aber zugleich niemals vergessen würden. Er sah ein, daß die Bedeutung und die Intimität dieser Begegnung unter Verschluß gehalten werden mußte. Wenigstens kannten sie beide die Wahrheit, und alles andere war nebensächlich. Außer ihnen brauchte niemand etwas zu wissen.

Er rollte sich herum und sah die Mutter an.

»Okay«, sagte er.

»Was soll das heißen – okay?«

»Ich meine, Lektion gehört, Lektion kapiert. Hätt' ich wirklich nicht tun sollen. Tut mir leid.«

»Hast du sie seitdem noch einmal gesehen?«

»Nein ...«

»Ich glaube, du solltest ...«

»Nein«, sagte George. »Nein, Mum. Hör auf. Es wird nie wieder vorkommen. Das will keiner von uns beiden.«

Hilary seufzte.

»War das der Grund, warum sie nach London geflüchtet ist?«

George stützte sich auf einen Ellbogen und sicherte sich eine Steppdeckenecke, um seine Brust damit zu bedecken.

»Keine Ahnung. Möglicherweise ebensosehr wie ... das andere.«

»Ja«, sagte Hilary.

»Mum ...«

»Ja?«

»Wie geht es weiter, Mum? Ich meine, was ist geplant?«

Einen Augenblick schwieg Hilary; dann griff sie nach der Hand ihres Sohnes, die ihr am nächsten war.

»Ich hoffe ... Ach, George, ich kann nur hoffen, was die beiden betrifft. Ich halte den Atem an und *hoffe*.«

Er richtete sich höher auf und musterte sie eingehend.

»Meinst du vielleicht ...«

»Ich weiß es nicht.« Sie schüttelte den Kopf. »Ich weiß gar nichts mehr. Nur daß ich noch nicht ganz ...«, sie schenkte ihm ein kleines, verzagtes Lächeln, » ... noch nicht ganz aufgegeben habe.«

Vi stand an der Tür ihres zweiten Schlafzimmers. Eigentlich konnte man es kaum als Zimmer bezeichnen, eher wohl als Schrank mit Fenster. Es hatte nur Platz für ein Bett mit einer kleinen Kommode am Fußende, einen Tisch mit Lampe und einen Stuhl. Wo sollte Sophy ihre Kleider unterbringen? Und ihre Bücher? Dan hatte ein Regal über dem Bett angebracht und einen Spiegel, aber das Regal war bereits mit all den Sachen vollgestopft, die Vi in jenem Winter produziert hatte, in dem sie in der Abendschule einen Töpferkurs belegt hatte. Besonders viel taugten sie nicht, all diese Vasen, Becher und Schalen, aber es hatte Spaß gemacht, sie zu gestalten. Es war ein herrliches Gefühl, den Ton mit den Händen zu bearbeiten, ein ganz herrliches Gefühl. Vielleicht sollte sie den ganzen Kram in eine Schachtel packen und unters Bett schieben. Ach nein, Sophy mußte ihre Kleider ja unter dem Bett unterbringen. Oder hinter der Tür. Vi sah nach. Nur zwei Messinghaken; der eine bereits voller Kleider auf Bügeln, darunter ein altes Marinecape, das sie einmal für Dan gekauft hatte und das er nicht tragen wollte, weil er sagte, das sei ohnehin nur für Offiziere bestimmt, und außerdem sei es viel zu auffallend.

Langsam stieg Vi die Treppe wieder hinab und ging in die Küche. Nicht, daß sie Sophy nicht von Herzen liebte, und sie wollte ihr auch gern helfen, aber zum erstenmal in ihrem Leben nagte das bedrückende Gefühl an ihr, daß sie ganz einfach nicht mit ihr fertig werden würde. Seit Dans Tod hatte sie dieses Gefühl immer wieder gehabt, hatte gemerkt, daß sie sich keinen Tag lang etwas Zusätzliches aufbürden wollte, nichts Neues, nichts, das sie irgendeine Anstrengung kostete. Aber was sollte sie tun? Sophy und Gina hatten sie besucht – mit Blumen, als eine Art Besänftigung, was Vi abstoßend fand – und sie, ihr offen ins Gesicht sehend, unverblümt darum gebeten.

»Nur während der Schulzeit«, sagte Gina, »und nur für ein Jahr. Und im Grunde nur an den Wochentagen.«

Nur ein Jahr! Fast hätte Vi höhnisch aufgelacht. Mit achtzig war ein Jahr etwas Kostbares. Neulich hatte sie im Radio eine Diskussion über den hundertsten Geburtstag gehört, und einer der Gäste hatte gesagt: »Ehrlich, ich kann mir das nicht vorstellen. Wer möchte denn schon hundert werden?«

»Jemand, der neunundneunzig ist!« hatte Vi dem Radio zugeschrien. »Jemand, der neunundneunzig ist!«

Sie hatte Sophy angesehen. Sie hatte einen neuen Haarschnitt, viel kürzer und voller, und sah damit weniger spitz aus. Ihr Blick war keineswegs bittend, ja, nicht einmal gespannt. Sophy kam offenbar gar nicht auf die Idee, daß Vi vielleicht gar nicht so erfreut und erleichtert sein würde, sie bei sich aufzunehmen. Vermutlich dachte sie sich, ihre Anwesenheit würde Vi über Dans Verlust hinwegtrösten. Es war hoffnungslos, ganz und gar hoffnungslos. Vor Dans Tod wäre sie wütend geworden und hätte ihnen ins Gesicht gesagt, wie unverschämt es sei, sie auf diese Weise auszunutzen. Jetzt nicht. Jetzt hatte sie Sophy zugelächelt und gesagt, natürlich, mein Liebes, wunderbar, du kannst das kleine Zimmer haben.

Sie stand in ihrer Küche am Spülstein, umklammerte den Rand und blickte zum Fenster hinaus auf ihr Vogelhäuschen, in dem ein paar niedliche Meisen saßen. Abgesehen von der körperlichen Anstrengung, Sophy zu beherbergen, gab es noch etwas anderes, das ihr Sorgen machte, etwas, das weniger greifbar und sehr kostbar war. Nach Dans Tod, als sein Neffe Roger gekommen war und seine Sachen geordnet hatte – ein Unterfangen, bei dem Vi ihr Temperament stärker zügeln mußte als jemals zuvor –, hatte sie all die Kleinigkeiten retten können, die Roger aussortierte, von denen Vi aber wußte, daß Dan sie sehr geliebt hatte: Fotos und Jahrmarktgewinne und komische kleine Souvenirs aus jener lang zurückliegenden Zeit bei der Navy, die er niemals vergessen hatte. Die hatte sie überall in ihrer Maisonette aufgestellt, mitten unter ihren eigenen Sachen, damit sie genauso eng ineinander verwoben wären, wie ihrer beider Leben es gewesen waren; und daraus hatte sich noch etwas anderes ergeben, etwas sehr Schönes, auf das Vi nicht gefaßt gewesen war: das greifbare Gefühl von Dans ständiger Nähe. Ja, dieses Gefühl war so greifbar, daß Vi begonnen hatte, mit Dan zu reden, friedlich und freundschaftlich mit ihm zu reden und ihm sogar Fragen zu stellen. Es war eine Kommunikation, die unendlich tröstend auf sie wirkte. Aber wenn Sophy kam, mit ihren ganzen Sachen und ihrem eigenen

Leben, wenn sie hier lebte, so ruhig sie sich, Gott segne sie, auch verhalten mochte – würde sie dann nicht dieses starke, aber zugleich zerbrechliche Gefühl vertreiben, daß Dan überall gegenwärtig war, dieses Gefühl, von dem inzwischen Vis ganzes Dasein abhing?

Die Bar des Bee House war erfüllt von der Schläfrigkeit des Sonntagnachmittags. Der Speisesaal war nahezu voll gewesen, und obwohl sich ein paar Gäste in den Garten begeben hatten, hing noch immer in jedem Sessel der Lounge Bar eine schlaffe Gestalt, den Schlaf nur unzulänglich mit einer Zeitung kaschierend. Leise ging Hilary zwischen ihnen hindurch zur Tür, hinter der die kleine Treppe zur Küche hinunterführte.

Laurence war nicht in der Küche. Nur Steve und Kevin waren da und räumten zusammen mit einem jungen Mädchen namens Patsy auf, die an hektischen Tagen beim Geschirrspülen aushalf. Sie hatte ein Baby, das sie, wenn sie arbeitete, bei ihrer Mutter ließ, und sparte für einen Besuch in Disneyland.

»Alles okay?« erkundigte sich Hilary.

Alle drei nickten. Der Sonntag war ein unangenehmer Arbeitstag, und niemand war wirklich gerne hier.

»Habt ihr Mr. Wood gesehen?«

»Ja«, antwortete Kevin. Auch in der Küche trug er eine verkehrt herum aufgesetzte weiße Baseballkappe, die sein breites, rosiges Gesicht grenzenlos dumm aussehen ließ. »Im Garten.«

»Danke«, sagte Hilary; und zu Patsy: »Alles in Ordnung?«

Sie nickte. Sie hatte sieben verschiedene Jobs in Whittingbourne, und dieser war einer der besseren. Die Jungen waren zwar ziemlich lästig, aber das waren Jungen eigentlich immer. Mr. Wood dagegen, den mochte sie. Der hatte wenigstens Manieren.

Als Hilary nach draußen auf den Hof trat, sah sie Laurence an diesem stillen Septembernachmittag, die Hände unter der Schürze in den Hosentaschen, an einem der Vorratshäuser lehnen, einem ehemaligen Stall, den Blick auf ein Büschel Kreuzkraut gerichtet, das in einem Spalt zwischen den Kopfsteinen wuchs.

»Laurence …«

Er fuhr zusammen, dann lächelte er.

»Hallo.«

Sie ging über den Hof und blieb neben ihm stehen. Sie sah, daß die Haare über seinen Ohren grau wurden, und er hatte sich beim Rasieren am Hals, dicht neben dem Adamsapfel, geschnitten.

»Kann ich was für dich tun?« fragte er mit leiser Stimme.

Sie schüttelte den Kopf.

»Eigentlich nicht. Ich bin nur einfach so gekommen.«

»Gut«, sagte er.

Er nahm die Hände aus den Hosentaschen und legte sie auf ihre Schultern.

»Wollen wir irgendwohin gehen?«

»Wohin denn?« fragte sie verblüfft.

»Ach, ich weiß nicht. Einfach irgendwohin. Auf jeden Fall weg von hier.«

Sie trat einen Schritt zurück, so daß seine Hände von ihren Schultern fielen.

»Und warum?« frage sie argwöhnisch.

»Ich muß mal raus hier. Einfach weg, und sei es nur für eine Stunde. Ich möchte mit dir reden.«

Sehr behutsam sagte Hilary: »Ich kenne da ein Feld …«

»Nur ein einziges?« fragte er.

Sie lächelte.

»Du machst doch nicht etwa *Witze?*« fragte sie. »Doch nicht nach all diesen Wochen …«

»Wo liegt denn dieses Feld?«

»Draußen, in der Nähe von Adderley Ridge. Wo die Jungen früher ihre Drachen steigen ließen.«

»Gut«, sagte er. »Also los.«

»Aber wir können doch nicht …«

»Doch. Die Küche ist fertig. Don ist hier. Ist George auch da?«

»Ja. Ich hab ihm gerade eine Strafpredigt gehalten. Wegen Sophy.« Laurences Miene verfinsterte sich.

»O Gott!«

»Ist schon in Ordnung, glaube ich. Nichts passiert – diesmal. Aber ich sollte mich vergewissern, daß mit Sophy alles in Ordnung ist …«

»Nicht jetzt.«

»Nein.«

»Ich werde George und Don Bescheid sagen«, sagte Laurence. »Du holst inzwischen die Wagenschlüssel.«

»Laurence …«

»Ja?«

»Laurence«, sagte Hilary noch einmal, sie mußte all ihren Mut zusammennehmen und setzte die Brille ab, so daß sie sich sein Gesicht nur vorstellen und nicht genau erkennen konnte. »Laurence, ich möchte gern mit dir reden. Wirklich gern. Aber es darf nicht noch ein Interimsgespräch sein. Das könnte ich nicht mehr ertragen. Es darf nicht noch ein ›Keine Ahnung, ich hab mich noch nicht entschieden‹-Gespräch sein. Diesmal muß es endgültig sein, verstehst du? Diesmal muß es ums Ganze gehen.«

Es dauerte eine Weile, bis Gus sie bemerkte. Er sah sich das Cricketspiel im Fernsehen an und hatte es laut aufgedreht, nicht weil es ihm so besser gefiel, sondern weil außer ihm niemand in der Wohnung war, der sich beschweren würde, und er vorübergehend tun und lassen konnte, was ihm beliebte. Wo Adam war, wußte er nicht; George hatte unten Dienst, und Laurence und Hilary waren aus irgendeinem Grund mit dem Auto weggefahren. Vielleicht, dachte er bedrückt, um sich ein einsames Getreidefeld zu suchen, wo sie sich so richtig schön anschreien konnten. Bevor sie losfuhren, hatte ihn Laurence gefragt, ob es in Ordnung sei, wenn sie ihn allein ließen, und er hatte okay gesagt, ohne den Blick vom Fernseher zu wenden. Im Grunde mochte er Cricket gar nicht so besonders, aber es war wenigstens eine Art Ablenkung und eine Möglichkeit, andere Leute in seinem Zimmer zu haben, anonyme andere Leute, die ihm Gesellschaft leisteten, ohne etwas von ihm zu wollen.

»Gus«, sagte Sophy.

Sie mußte schreien, um den Sportkommentator zu übertönen. Er fuhr herum. Sie stand in der Tür zum Wohnzimmer und wirkte sehr erwachsen, mit einem ganz neuen Haarschnitt und einer Seidenbluse. In der Hand hielt sie einen Blumentopf.

»Darf ich reinkommen?«

Er nickte. Dabei griff er nach der Fernbedienung und drückte unnötig heftig auf den Lautstärkeregler. Unvermittelt wurde es still im Zimmer.

»Das hier hab ich dir mitgebracht«, sagte Sophy. Sie stellte den Blumentopf auf den Couchtisch. Er war mit Erde gefüllt, und mit sonst nichts. »Es ist ein Avocadokern. Ich hab ihn für dich eingepflanzt. Später wird dann ein kleiner Avocadobaum draus. Hoffentlich.«

Gus schwieg. Er rutschte auf dem Sofa zurück und blieb zusammengesunken sitzen. Verdammt, er war doch kein kleines Kind, das man mit sauren Drops trösten konnte! Er war kein *Baby!*

Sophy setzte sich zu ihm aufs Sofa, aber in einiger Entfernung von ihm.

»Ich gehe nicht nach Frankreich«, sagte sie.

Er reagierte nicht.

»Ich bleibe hier. Während der Schulzeit werde ich bei Gran in ihrem kleinen Zimmer wohnen. Ungefähr so groß wie eine Telefonzelle.«

Gus griff nach einem Sofakissen, boxte ein-, zweimal hinein, preßte es gegen seinen Magen und beugte sich nach vorn.

»An den Wochenenden werde ich vermutlich nach London fahren.« Sie machte eine Pause. »Du könntest auch manchmal mitkommen – wenn du das willst.«

Sehr, sehr langsam schüttelte er den Kopf.

»Gus ...«

Er fuhr fort, den Kopf zu schütteln.

»Ich bin nicht wegen George nach London gegangen. Ich bin wegen dem gegangen, was du mir erzählt hast. Ich konnte es einfach nicht mehr ertragen.«

Gus legte das Kissen auf seine Knie und beugte sich darüber, bis sein Gesicht fast ganz versteckt war.

»Was George und ich getan haben«, fuhr Sophy ein wenig unsicher fort, »war gar nichts. Ich meine, natürlich war es was, aber es hat nichts zu bedeuten. Wir mögen uns nicht mal besonders. Es war einfach ... na ja, alles andere, mit den Eltern und so.« Sie schob die Hände zwischen ihre Knie und preßte sie fest zusammen. »Ich hab gedacht, ich wär schwanger.«

An Gus' Kissen war eine leichte Bewegung zu registrieren.

»Aber ich bin's nicht.«

Schweigen.

»Ich werde George nichts davon sagen. Weder, daß ich geglaubt hab, schwanger zu sein, noch, daß ich es nicht bin. Ich hab's Mum erzählt, weil ich so erleichtert war. Ich hab versucht, es meinem Vater zu sagen, aber er hat nicht zugehört. Nur dir erzähl ich es jetzt, damit du Bescheid weißt. Damit du weißt, daß es keinerlei Geheimnis mehr gibt. Genauso, wie du es gern hast.«

Gus hob den Kopf und blickte mit versteinerter Miene geradeaus auf das Bild von den irischen Fischern am wilden, dunklen Strand.

»Und ich liebe keinen«, sagte Sophy. »Keinen Jungen, meine ich. Es gibt keinen, auf den ich scharf bin. Ich ... Ich mag dich wirklich, Gus. Ich werde dich immer mögen. Aber im Augenblick üben wir beide sozusagen noch, nicht wahr? Probieren aus, wie's ist. Dir werden sie in Scharen nachlaufen.« Sie hielt inne und betrachtete eine Weile sein Profil. »Du siehst nämlich wirklich gut aus.«

Kein Muskel regte sich. Sie fuhr eine Zeitlang fort, ihn anzusehen, dann stand sie auf.

»Am Montag bin ich wieder in der Schule. Ich hab ein bißchen Angst, wegen der letzten Woche. Mum sagt, ich brauch nichts zu erklären, aber ich weiß nicht, was ich sonst machen soll. Ich könnte natürlich sagen, es hat eine Familienkrise gegeben – oder? Das stimmt doch. Nach diesem Sommer wissen wir beide, du und ich, sicher mehr darüber als alle anderen.«

Einen Moment lang blieb sie stehen und blickte auf ihn hinab, als wisse sie nicht so recht, was sie tun solle. Dann sagte sie: »Bye, Gus. Wir sehen uns in der Schule«, und ging hinaus.

Nachdem sie fort war, blieb er noch einige Minuten wie gebannt sitzen. Dann sackte er ein wenig in sich zusammen, nahm das Kissen, drückte es sich vors Gesicht und ließ sich der Länge nach aufs Sofa fallen. So blieb er eine Weile liegen; dann richtete er sich auf und betrachtete den Blumentopf. Es war ein Übertopf aus Terrakotta. Er steckte den Zeigefinger in die Erde und ertastete unter der Oberfläche den glatten, runden, harten Avocadokern.

Er stand auf und wischte seine erdigen Finger am Hosenboden seiner Jeans ab. Er bückte sich, nahm den Blumentopf in beide Hände und trug ihn in sein Zimmer hinüber. Die ohnehin sehr schmale Fensterbank war voll besetzt mit Flugzeugmodellen, die er früher so gern gebastelt hatte, und Souvenirbechern von allen Fußballmannschaften, die er gesammelt hatte. Außerdem lag dort eine Menge zusammengerollter Auslandsbriefmarken, ausgediente Kugelschreiber-Innereien und tote Fliegen. Er stellte den Blumentopf auf den Fußboden und machte in der Mitte der Fensterbank einen Platz frei, indem er das Sammelsurium mit beiden Händen so auseinanderschob, daß verschiedene Gegenstände zu Boden fielen. Dann hob er den Blumentopf vom Fußboden auf, stellte ihn mitten zwischen eine Spitfire und Manchester United und betrachtete ihn sehr lange, als könne er ihn durch bloße Willenskraft zum Wachsen bringen.

Hilarys Stoppelfeld war untergepflügt worden.

»Vermutlich Winterweizen«, sagte Laurence.

Der breite Randstreifen rings um das Feld aber war noch unberührt, das Gras darauf war länger geworden, es sah härter und ausgebleicht aus, und das Unkraut wirkte inzwischen so zäh, als könne es auch in der Wüste überleben.

»Hier gehe ich los.« Hilary legte eine Hand auf das Tor. »Dann an einer Seite entlang bis zum äußersten Ende, wo es einen von Brombeersträuchern fast zugewachsenen Bachlauf gibt; dort geh ich zur anderen Seite hinüber und wieder hierher zurück.«

»Aha«, sagte Laurence. Er kletterte aufs Tor und drehte sich um, um ihr ebenfalls hinaufzuhelfen. Dann sprang er auf der anderen Seite hinunter. »Was meinst du – wollen wir's heute andersrum machen?«

Sie sah ihn an.

»Meinst du?«

»Ja«, sagte er, »das meine ich.«

Sie landete auf dem Feld neben ihm.

»Haben wir hier die Drachen steigen lassen? Hier oben?«

»Ja.«

»Und der Hund hat hier Adams Drachen zerfetzt?«

»Ja. Der arme Mann …«

Mit ungleichmäßigen Schritten, immer wieder über größere Schollen balancierend, gingen sie nebeneinander her.

»Ich zittere«, sagte Hilary.

»Möchtest du meine Hand halten?«

»Noch nicht«, sagte sie. »Vielleicht später, wenn ich Bescheid weiß.«

»Klar«, sagte er. »Ich will die Agonie nicht in die Länge ziehen. Ich weiß nur nicht, wo ich anfangen soll.«

Hilary blieb stehen.

»Ich kann nicht«, sagte sie. »Ich kann nicht gehen, wenn ich Angst habe.«

Sie ließ sich auf den dicken Grasbüscheln nieder. Laurence wartete einen Moment; dann setzte er sich neben sie und sah sie an.

»Hilary«, fragte er, »würdest du mich bei dir bleiben lassen?«

Sie vermochte ihn nicht anzusehen. Sie raffte ihren Rock zusammen und knüllte die Falten unter den Kniekehlen zusammen, um sich gegen ihre eigenen Gefühle zu wappnen.

»Du hattest recht«, sagte Laurence, »mit dem, was du über unsere Ehe gesagt hast, und damit, daß ich dich trotz allem immer noch liebe. Unsere Ehe ist nicht tot, sie hat nur eine sehr schwere Krankheit überstanden. Und ich liebe dich wirklich. Noch immer. Ich glaube, ich kann nicht leben, ohne dich zu lieben. Du liegst mir sozusagen im Blut. Ich hab schon bald gemerkt, daß ich mir ein Leben ohne dich nicht nur nicht vorstellen konnte, sondern auch *wußte*, daß es keins geben würde. Na ja, irgendeins schon, eine Art verkrüppeltes Leben, aber nicht das Leben, das ich gewöhnt bin, nicht das Leben, das ich brauche und mir wünsche.«

Er hielt inne. Eine leichte Brise wehte ihnen entgegen und blies Hilary einen fedrigen Samenball in den Schoß, graue Daunen, mit Schwarz gefleckt.

»Aber ich habe ebenfalls recht«, fuhr Laurence fort, »und das macht alles schwieriger. Ich liebe Gina. Das habe ich nicht nur vorgetäuscht. Als ich sagte, ich hätte sie schon immer geliebt, traf das zu. Und es trifft noch immer zu. Aber ich liebe sie nicht so sehr, daß ich sie an deiner Stelle haben möchte. Und selbst ich mit meinem typisch männlichen Anspruchsdenken weiß genau, daß ich nicht beides haben kann. Ich *will* gar nicht mal beides haben; ehrlich gesagt, wäre ich lieber nicht in so einem Dilemma. Am liebsten würde ich aufhören, sie zu lieben, peng, Schalter umlegen, Licht aus, fertig. Ich glaube, wenn ich sie nicht mehr sehen würde, würde genau das passieren, und ich werde mich mit all meinen Kräften bemühen, *daß* es passiert, das schwöre ich dir. Aber genau deswegen muß ich behutsam vorgehen, verstehst du? Ich kann nicht einfach Luftballons aufblasen, eine Party geben und sagen, he, Leute, alles vorbei, entschuldigt, mein Fehler. Mein Herz sagt mir unmißverständlich, daß ich bleiben möchte – *wenn* du mich noch haben willst. Aber ich weiß auch, daß ich in Anbetracht meiner Gefühle für Gina kein Recht habe, von dir zu erwarten, *daß* du mich noch haben willst. Daß die Entscheidung jetzt bei dir liegt, ist verdammt unfair, das ist mir klar. Aber ich weiß nicht, um was ich dich sonst bitten soll.«

Wieder hielt er inne. Hilary nahm den Samenball aus ihrem Schoß, hielt ihn in die Luft und zupfte ihn auseinander, so daß die kleinen schwarzen Pünktchen vom Wind davongetragen wurden.

»Kannst du«, fragte Laurence, »mir so weit vergeben, daß du mir erlaubst, bei dir zu bleiben, und zu mir hältst, während ich versuche, über Gina hinwegzukommen? Ob ich das an deiner Stelle könnte, weiß ich nicht; deshalb erwarte ich auch keine Wunder.«

Ganz langsam sagte Hilary: »Ich werde vielleicht unausstehlich sein.«

»Ich weiß.«

»Ich werde vielleicht einfach nicht anders können. Es könnte sein, daß ich nicht in der Lage bin, kleine giftige Bemerkungen zu unterdrücken. Es könnte sein, daß ich es nicht ertragen kann, von dir berührt zu werden.«

»Ja.«

»Ich weiß nicht, Laurence. Ich habe mich so sehr danach gesehnt, daß du dies sagst; und nun, da du es tatsächlich gesagt hast, weiß ich einfach nicht. Ich fühle mich furchtbar elend.«

»Ach, mein Liebling«, sagte Laurence. »Ach, Hilary – es tut mir so unendlich leid.«

Sie beugte sich vor und legte die Stirn auf ihre Knie.

»Ich will es wollen«, sagte sie. »Ich sehne mich danach, es zu wollen. Aber ich kann dieses Gefühl anscheinend nicht in mir finden.«

»Könnten wir es vielleicht auf Vertrauensbasis versuchen?« fragte er. »Könntest du das ertragen? Denn ich liebe dich wirklich von ganzem Herzen.«

»Vielleicht …«

»Es ist ein Vabanquespiel. Das ist mir klar. Aber ich weiß auch, daß ich viel härter arbeiten muß als du.«

»Nicht«, sagte sie.

Er beugte sich vor, damit er ihr Gesicht sehen konnte.

»Liebst du mich?«

Er glaubte, sie nicken zu sehen.

»Liebst du mich?«

Sie hob den Kopf.

»Vielleicht«, sagte sie. »Ich glaube schon. In diesem Augenblick kann ich mich überhaupt nicht an Liebe erinnern. Ich kann mich nicht erinnern, wie sich Liebe anfühlt.«

»Es wird dir wieder einfallen. Ganz bestimmt.«

Er streckte die Hand aus und legte sie auf ihre beiden, mit denen sie die Knie umfaßte. Er hatte erwartet, daß sie ihre Hände wegziehen würde, aber das tat sie nicht. Aus einem tiefen eigenen Bedürfnis heraus erwog er, sie zu einem richtigen, einem unmißverständlichen »Ja« zu drängen, besann sich aber eines Besseren. Statt dessen blieb er, seine Hand auf den ihren, einfach da sitzen und sah sie an.

19

Gina hatte eine Wohnung gefunden, die in Frage zu kommen schien. Den Angaben zufolge lag sie auf der richtigen Seite von Pau, mit Blick auf die Pyrenäen, hatte vier Schlafzimmer, einen hocheleganten Salon und eine Dachterrasse. Ein Foto zeigte das Gebäude, in dem sie lag, einen hohen Wohnblock aus dem neunzehnten Jahrhundert, und irgend jemand von der französischen Immobilienfirma hatte einen roten Leuchtpfeil aus Papier in die obere linke Ecke geklebt, um zu zeigen, wo genau die Wohnung lag. Der Preis war gut. Sie würden zwar ihren gesamten Anteil aus dem Verkauf von High Place aufwenden müssen, aber dann blieb ja noch das Geld, das Laurence bekommen würde, sobald der Wert des Bee House ermittelt war. Sie würden genug haben, um zu reisen und die Kinder so oft, wie sie nur kommen konnten, zu sich zu holen. Gina beugte sich mit einer Lupe über das Foto und versuchte, ein bißchen Persönlichkeit in die Reihe der langen, schwarzen Fenster im obersten Stockwerk des Hauses in Pau hineinzudenken.

Es war Nachmittag. In etwa einer Stunde würde Sophy aus der Schule zurück sein, es sei denn, hatte sie gesagt, sie blieb noch zum Theaterkurs dort. Am Tag zuvor war sie mit einem forschen rothaarigen Mädchen namens Lara angekommen, die Gina noch nie gesehen hatte, und beide hatten sich mit einer Flasche Mineralwasser und einer Riesenpackung Chips in Sophys Zimmer zurückgezogen. Gina war sich irgendwie fehl am Platz vorgekommen. Lara war sehr freundlich gewesen, aber Gina konnte nicht umhin sich zu fragen, was Sophy ihr wohl gesagt hatte, wieviel diese Lara von ihr wußte. Sie hatte keck dreinblickende Augen unter ihrem leuchtenden Haarschopf und eine robuste, furchtlose Präsenz. Nachdem die beiden ungefähr zwei Stunden oben gesessen hatten, war Lara heruntergekommen, hatte ihre Büchertasche genommen, zu Gina gesagt: »War nett, Sie kennenzulernen«, und war davongetrabt.

Wieder beugte sich Gina über die Broschüre. Zwei der Schlafzimmer wirkten extrem klein, und es gab nur ein einziges Bad. Sie wünschte, es gäbe ein Foto von der Dachterrasse, die möglicherweise ausschlaggebend war, aber eben auch ein einfacher Betonplatz mit einer Wäscheleine sein konnte. Wenn dem so war, dann konnten sie sie natürlich mit Töpfen, Spalieren und Pflanzenbottichen in eine Gartenlaube verwandeln. Aber wie immer sie aussah, der Blick mußte wirklich wundervoll sein. Durch die Glastür der Küche blickte sie in den Garten hinaus und sah, was sie immer sah: die niedrige Mauer unter dem Kamillenrasen, die sorgfältig gepflanzten Blumen und die mittelalterliche Bank. Sie hatte es so satt, so unendlich satt, ohne eine schöne Aussicht zu leben. Ein hübscher Blick war kein Ersatz für eine Aussicht.

Während sie hinausblickte, hörte sie das Gartentor klappen. Sicher Sophy, die aus irgendeinem Grund früher kam. Rasch nahm sie die dünne französische Broschüre und schob sie unter eine danebenliegende Zeitung. Dann stützte sie das Kinn auf beide Hände und wartete darauf, daß Sophy – und möglicherweise die ihr nicht ganz geheure Lara – auftauchte. Sie tauchte nicht auf. Es war Laurence.

»Oh!« rief Gina und sprang auf. »Am Nachmittag?«

Er kam in die Küche, nahm sie in die Arme und küßte sie auf die Wange. Dann hielt er sie ein oder zwei Sekunden fest.

»Sieh mal«, sagte Gina und löste sich von ihm. »Sieh dir das an!« Sie schob die Zeitung beiseite und nahm die französische Broschüre zur Hand. »Siehst du? Eine Wohnung. Ein Penthouse mit Aussicht!«

Er nahm das Heft. Er sah genauso aus wie immer, fand sie, nur ein kleines bißchen müde. Kein Wunder, daß er müde war. Die angespannte Atmosphäre im Bee House mußte furchtbar sein.

»Aha«, sagte Laurence, während er blätterte. »Un salon très élégant, wie ich sehe.«

»Und eine Dachterrasse ...«

»Ja.«

»Was meinst du? Glaubst du, sie käme in Frage?«

»Ich finde«, antwortete Laurence und legte die Broschüre wieder auf den Tisch, »daß sie sehr französisch und ziemlich einschüchternd aussieht.«

»Laurence!«

»Na ja, du hast mich gefragt. Und ich habe dir geantwortet.«

Er ging vorbei in die Halle.

»Möchtest du Tee?«

»Nein«, rief er zurück. »Nein, danke.«

Sie lief ihm nach.

»Was ist denn los? Warum bist du so ruhelos ...«

Er stand im Wohnzimmer hinter einem Sessel und stützte sich auf die Lehne. Sie sah vor allem seine Hände, deren Finger sich in die Polster gruben. Er hatte schon immer schöne Hände gehabt.

»Meine liebe Gina«, sagte er, »meine geliebte Gina, ich komme nicht mit nach Frankreich.«

Sie starrte ihn an. Er löste sich vom Sessel, kam zu ihr an die Wohnzimmertür und nahm ihre Hände.

»Hierfür gibt es keine Entschuldigung«, sagte er. »Absolut keine Entschuldigung.«

Sie blickte unverwandt auf seinen Hals, dorthin, wo er aus dem offenen Hemdkragen herausschaute.

»Ich bleibe hier«, fuhr Laurence fort, »ich bleibe bei Hilary. Ich liebe sie, sie ist meine Frau, und ich werde hierbleiben.«

»Hat sie dich darum gebeten?« fragte Gina flüsternd.

»Nein«, antwortete Laurence. »Sie hat mich nur gebeten, ernsthaft über unsere Ehe nachzudenken, bevor ich sie endgültig für tot erkläre.«

»Aber das hast du doch getan!« rief Gina verzweifelt. Sie entriß ihm ihre Hände. »Das hast du getan, vor Ewigkeiten! Du warst fest davon überzeugt, daß sie tot war. Das hast du selber gesagt!«

»Ich weiß«, sagte Laurence. »Es gab eine Zeit, da habe ich das tatsächlich gedacht. Und ich dachte, Hilary wäre derselben Ansicht. Aber sie ist nicht tot. Ich sage dir diese Dinge wirklich nicht gern, ich *hasse* es, sie sagen zu müssen. Aber es gibt keine Möglichkeit, dir nicht weh zu tun.«

Gina hob die Hände an den Kopf, wie um sich zu vergewissern, daß er noch da war.

»Liebst du mich denn nicht mehr? Liebst du mich nicht mehr?«

»O doch«, sagte er ruhig, »ich liebe dich noch.«

»Ja, und warum dann dies alles? Warum sagst du mir diese schrecklichen Dinge, warum brichst du dein Versprechen und stößt mich in den Abgrund zurück ...«

»Weil ich ...«, sagte Laurence und unterbrach sich.

Gina packte seine Arme. »Weil du – was?«

Er sah ihr offen in die Augen.

»Du wirst es sicher nicht hören wollen ...«

»O doch! O doch! Du *mußt* es mir sagen, du mußt, du mußt!«

Er seufzte.

»Ich kann einfach, weißt du, ich kann ohne Hilary nicht leben.«

Sie stieß einen schrillen Schrei aus, als hätte er sie geschlagen, und hämmerte mit den Fäusten gegen seine Brust.

»Lügner! Lügner! Lügner! Was für ein Unsinn, was für ein absoluter, dämlicher, herzloser, verlogener Blödsinn! Du hast mich lange vor Hilary geliebt, lange vor Hilary, so viele lange, lange Jahre vor ihr ...«

Er packte ihre Handgelenke und hielt sie fest.

»Das stimmt. Aber dann habe ich sie kennengelernt und angefangen, sie zu lieben.«

»Es sind die Jungen, nicht wahr? Du willst wegen der Jungen bleiben ...«

»Nein. Das stimmt nicht. Ich bleibe, weil ich meine Ehe heilen will. Wenn ich das kann. Wenn Hilary das durchsteht.«

Gina riß sich los und trat ein paar Schritte zurück.

»Und was ist mit mir?«

»Gina ...«

»Was soll aus *mir* werden? Ich will dir sagen, was aus mir werden wird, du feiger Lügner: Ich werde ohne Heim und ohne Zukunft dastehen. Hast du mich verstanden? Keine Liebe und keine Zukunft für mich. Wie kannst du mir das nur antun? Deinen schlimmsten Feind dürftest du so nicht behandeln, geschweige denn mich!«

Er schwieg.

»Du hast damit angefangen«, schrie Gina. »Du hast mit allem angefangen. Du hast mich geküßt und mir erklärt, daß du mich liebst. Meine Idee war das nicht!«

»So etwas ist niemals einseitig, Gina ...«

»Du willst dich also verteidigen, ja? Du willst zusehen, wie mein Leben in Trümmer fällt, und behaupten, du hättest nichts damit zu tun? Ist es das, was du vorhast? Wie widerlich du sein kannst, wie niederträchtig, gemein und böse ...«

»Hör auf«, sagte Laurence.

»Aber ich kann nicht glauben, daß du nicht mal ein schlechtes Gewissen hast!« sagte sie, außer sich.

»Das habe ich«, sagte er. »Es gibt keine Worte, die beschreiben könnten, was ich empfinde. Aber ich dachte, es würde nicht helfen, wenn ich dir schilderte, wie ich mich fühle ...«

»Statt dessen kommst du und erklärst mir, daß du Hilary mehr liebst als mich.«

Er schwieg.

»Sprich's aus!«

Er schüttelte den Kopf.

»*Sprich 's aus!*«

»Ich liebe Hilary mehr als dich.«

Sie wandte sich von ihm ab, sank neben einem Sessel zu Boden und legte das Gesicht auf die verschränkten Arme. Er sah, wie ihre Schultern zuckten. Er ging zu ihr und legte ihr die Hand auf den Rücken. Ihr Kopf flog hoch.

»Rühr mich nicht an!«

Er zog die Hand zurück.

»Ich kann's nicht glauben«, sagte Gina mit erstickter Stimme, »ich kann einfach nicht *glauben,* daß zwei Männer mir das antun können. Innerhalb von drei Monaten.«

Laurence verspürte leise Ungeduld, die ihm selbst nicht behagte.

»Ich werde dich nicht anflehen«, sagte Gina. »Ich werde mich nicht auf dein widerliches Niveau hinabbegeben. Hilary wird jetzt vermutlich triumphieren.«

»Ganz und gar nicht. Sie ist genauso unsicher und verwirrt wie ich …«

»Ach ja?« sagte Gina. »Die *arme* Hilary.«

»Halt den Mund!« sagte Laurence.

Wieder senkte sie den Kopf. Er blickte auf ihren Nakken hinab, den das nach vorn fallende Haar freigab, und stellte fest, wie wenig er sich von dem sechzehnjährigen Nacken unterschied, hinter dem er vor langer Zeit im Schulbus auf der Fahrt nach London gesessen hatte, wo sie sich Paul Schofield als König Lear ansehen wollten. Wie sehr konnte man die Liebe doch manchmal hassen, wie sehr konnte man ihre schleimigen, verführerischen Spuren verabscheuen, wie sehr konnte man darüber verzweifeln, daß man sie je für den Schlüssel zum Glück gehalten und ihren brüchigen Versprechungen Glauben geschenkt hatte! Er hockte sich auf die Armlehne des Sessels neben Ginas gesenktem Kopf.

»Ich hätte das nicht tun sollen«, sagte er. »Ich hätte nicht damit anfangen sollen. Aber ich hab geglaubt, keine Wahl zu haben, ich hab geglaubt, einem Pfad zu folgen, der all die vielen Jahre schon für mich vorgesehen war, einem unausweichlichen Pfad. Das weißt du. Du verstehst genau, was ich sage. Du hast es genauso empfunden. Ich unterschätze den Schaden nicht, den ich angerichtet habe. Das würde ich nicht wagen.«

Sie hob den Kopf und sah ihn an.

»Woher weißt du, daß du diese Einstellung nicht auch eines Tages wieder ablegen wirst? So wie du mich jetzt satt hast?«

»Ich habe dich nicht satt«, sagte Laurence geduldig, »ich werde dich niemals satt haben. Aber du bist nicht die, zu der ich gehöre.«

Sie richtete sich ein wenig höher auf und strich sich mit den Zeigefingern die Tränen fort, die sich unter ihren Augen gesammelt hatten.

»Zu der du gehörst …«

»Ja.«

»Ich … gehöre nirgendwohin.«

Er schwieg. Gina stieß einen tiefen Seufzer aus und stand auf. Dann kehrte sie ihm den Rücken.

»Bitte, geh«, sagte sie. »Jetzt. Sofort, solange ich nicht hinsehe.«

Ein wenig später saß sie im Wartezimmer ihrer Therapeutin und blickte zum Fenster hinaus auf das Supermarktdach; der Regen trommelte auf die braunen Ziegeln und verlieh ihnen einen matten Glanz. Sie hatten ihr gesagt, daß Mrs. Taylors Terminkalender an diesem Nachmittag bereits voll sei, aber Gina hatte gefleht und gebettelt – sie hatte über sich selbst gestaunt –, bis Diana ans Telefon gekommen war und gesagt hatte, sie werde sie nach ihrem letzten Patienten empfangen, aber nur für eine halbe Stunde.

Gina hatte eine Nachricht für Sophy hinterlassen, dann hatte sie die französische Broschüre wütend in tausend Fetzen zerrissen und in den Abfalleimer der Küche zu den Grapefruitschalen, den Teebeuteln und den faulen Salatblättern geworfen. Anschließend war sie ins Badezimmer gegangen, um sich lange und ausgiebig zu duschen; die ganze Zeit zitterte sie so stark, daß sie Mühe hatte, die Hähne zu drehen. Nach dem Duschen wickelte sie sich in ein Badetuch, legte sich auf den Badezimmerboden und überließ sich ihrer Verzweiflung.

Fast eine halbe Stunde lang lag sie dort auf dem hellgrauen Teppichboden, den Fergus ausgewählt hatte, während Zugluft aus dem Flur kalt und gleichmäßig über ihre nackten Schultern blies. Sie nahm keine Notiz davon. Es war unwichtig. Als sie schließlich aufstand, waren ihre Hände steif und hellila und ihre Füße blau. Beim Anblick ihrer lackierten Zehennägel – »Kirschzehen« hatte Laurence sie genannt – wurde ihr übel.

Sie brauchte Stunden, um sich anzukleiden. Sie zog Jeans an und einen Winterpullover, einen alten, weichen, hochgeschlossenen Pullover aus cremefarbener Wolle mit langen Ärmeln, aus denen ihre Hände wie die Hände einer sehr alten Frau herausragten. Sie legte kein Make-up auf, konnte es nicht einmal ertragen, in den Spiegel zu sehen, und bürstete sich das Haar mit langen, zögernden Strichen, mit dem Rücken zum Spiegel. Dann zog sie ihre roten Ballerinas an und machte sich auf den Weg zu ihrem Termin bei Diana Taylor.

»Ich hab Sie ja seit Wochen nicht mehr gesehen«, sagte Diana, die gesund und rosigbraun aussah.

»Nein.«

»Nehmen Sie Platz«, sagte Diana. »Dort bitte, wenn Sie mögen. Das ist doch der Sessel, in dem Sie gern sitzen – oder?«

Gina ließ sich hineinfallen.

»Es ist alles schiefgelaufen.«

Diana wartete. Sie hatte einen Notizblock auf den Knien und einen Kugelschreiber in der Hand, machte aber keine Anstalten, sich etwas zu notieren.

»Laurence ist zu seiner Frau zurückgekehrt. Heute ist er gekommen und hat es mir gesagt. Er liebt mich, sagt er, aber er liebt sie eben mehr als mich.«

»Ja.«

»Sagen sie das nicht alle?«

»Ja«, antwortete Diana, »und die meisten meinen es ehrlich.«

»Und nun habe ich gar nichts mehr«, sagte Gina. »Und dieses Garnichts ist noch weniger als das, was ich hatte, als Fergus mich verließ. Noch nie im Leben hab ich so viel Garnichts gehabt.«

In einem Ton, der freundlich, aber nicht sanft war, sagte Diana: »Das tut mir leid.«

»Einer der Gründe, warum ich mich auf diese Sache eingelassen habe«, sagte Gina und beugte sich weit nach vorn, »war, daß Sie gesagt haben, es wäre gut für mich.«

Diana sagte: »Ich glaube nicht …«

»O doch!« unterbrach Gina sie. »O doch, das haben Sie gesagt, da gibt's keinen Zweifel! Sie seien der Meinung, haben Sie gesagt, daß die Liebe ein guter Start für meine Selbstheilung sei!«

Diana legte Block und Kugelschreiber auf den Boden neben ihren Sessel.

»Möglich, daß ich das gesagt habe. Und im allgemeinen trifft es ja auch zu. Aber Sie haben die Liebe dort gesucht, wo Sie nicht davon ausgehen konnten, sie zu behalten.«

»Ach, ja?« rief Gina. »Warum sagen Sie nicht einfach, daß ich auf die Nase gefallen bin, weil ich mir den Ehemann einer anderen schnappen wollte?«

»Es ist nicht meine Aufgabe zu urteilen …«

Gina stieß einen Schrei aus und warf sich in ihren Sessel zurück.

» … und ich habe Ihnen nie rosige Zeiten versprochen. Die Menschen finden den Gedanken unerträglich, daß es Situationen gibt, gegen die sie nichts ausrichten können!«

»Aber Sie haben gesagt, das sei nicht der Fall, Sie haben gesagt, man könne die Dinge immer verändern, verbessern, Sie haben gesagt, wir hätten alle die Möglichkeit, unser Schicksal selber in die Hand zu nehmen …«

»Ich glaube nicht, daß ich das so gesagt habe.«

»Aber angedeutet haben Sie's! Sie haben mich glauben lassen, daß ich mich selbst neu erschaffen, mich zu einem glücklicheren, zuversichtlicheren Menschen machen könne!«

»Wenn's Ihnen hilft, mir die Schuld aufzuladen«, sagte Diana, »dann …«

»Ich will Ihnen nicht die Schuld aufladen! Ich will Ihnen nur zeigen, was passiert, wenn Sie den Leuten solche Ratschläge geben! Ich will nur, daß Sie sich über die Folgen im klaren sind!«

»Ich versuche zu verhindern«, sagte Diana sehr behutsam, »daß die Menschen sich allzu abhängig machen. Ich versuche zu erreichen, daß sie sich von mir und ihren Problemen unabhängig machen.«

»Also sagen Sie ihnen, die Liebe sei der beste Anfang.«

»Nein, ich …«

»Wenn ich geliebt werde«, sagte Gina, »kann ich andere Menschen lieben. Ich *weiß*, daß ich ein besserer Mensch sein kann, wenn ich selbst glücklich bin. Ist das so falsch?«

»Ich spreche eigentlich nicht von falsch oder richtig …«

Gina sprang auf.

»Na, dann wird's Zeit, daß Sie damit anfangen!«

Diana erhob sich ebenfalls. Sie blieb stehen und sah Gina ernst an.

»Können Sie mir sagen, warum Sie gekommen sind?«

»Weil Sie es erfahren sollten«, antwortete Gina. »Sie sollten erfahren, was passiert ist.«

Diana nickte. »Und«, fügte Gina heftig hinzu, »weil ich mich bei Ihnen abmelden wollte.«

Hilary stand am Eingang der Bishop Pryor's School. Außer ihr waren so gut wie keine Mütter da, und eine endlose, wenig ansprechende Reihe Jungen und Mädchen zog an ihr vorbei, um den Heimweg nach Whittingbourne anzutreten. Die Schule war ein äußerst langweiliges, düsteres Gebäude, funktional hässlich und grau, und Hilary wunderte sich nicht, daß die meisten Schüler sich entsprechend kleideten und entsprechende Mienen zur Schau trugen.

Sie wartete nicht auf Gus. Der war an diesem Tag auf einem Erdkundeausflug und sollte erst später am Abend zurückkommen. Sie wartete auf Sophy. Sophy war lange nicht mehr bei ihnen im Bee House gewesen, und Hilary, in ihrem seltsamen Zustand erschöpfter Erleichterung und Verwirrung, war immer wieder der Gedanke durch den Kopf gegangen, daß sie sich die Zeit nehmen müsse, Sophy aufzusuchen und mit ihr zu reden. Deswegen war sie nun also hier, stand neben einem spindeldürren Kirschbaum in der Mitte der abgetretenen Rasenfläche und beobachtete den Haupteingang der Bishop Pryor's School.

Es dauerte nahezu zwanzig Minuten, bis Sophy auftauchte. Da sie in die zehnte Klasse ging, steckte sie nicht in der Schuluniform, sondern in den gängigen Klamotten der zehnten Klasse, die ebenfalls auf eine Uniform hinausliefen. Das heißt, sie trug einen sehr kurzen schwarzen Rock, einen langen, schlampigen und viel zu großen grauen Pullover, der ihr fast bis zum Rocksaum ging, schwarze Strumpfhosen und schwarze Schuhe mit dicken Sohlen. Ihre Haare, die sie jetzt viel kürzer und offen trug, fielen ihr auf einer Seite ins Gesicht, und dazu hatte sie eine Sonnenbrille aufgesetzt, klein, rund und tiefschwarz.

»Sophy ...«

Sophy blieb stehen. »O *Gott*«, sagte sie und nahm die Sonnenbrille ab.

»Ist es dir unangenehm?«

»Nein, nein! Ich war nur überrascht ...«

»Ich wußte nicht, wo ich dich sonst treffen sollte.«

Sophy sah sie verwundert an.

»Aber ich wollte dich unbedingt sprechen. Ich wollte wissen, ob alles mit dir in Ordnung ist.«

Sophy setzte die Sonnenbrille wieder auf.

»Mir geht's gut.«

Hilary nahm ihren Arm und steuerte mit ihr auf das große Tor zu.

»Ich will nicht neugierig sein, aber ich habe so oft an dich gedacht ...«

»Ehrlich«, sagte Sophy, »es geht mir gut.«

»Ich hab ein Wörtchen mit George geredet ...«

»Bitte ...«

»Ich hatte befürchtet, du könntest verletzt sein.«

Sophy sah sich mit wildem Blick um. In einiger Entfernung entdeckte sie Lara, die genauso gekleidet war wie Sophy selbst, nur daß ihr Rocksaum fast den Boden berührte. Sie winkte.

»Ich glaube, ich muß jetzt gehen, Hilary«, sagte Sophy. »Tut mir leid. Bitte, mach dir keine Sorgen. Mir geht's gut, das schwöre ich dir und ... und ich bin irgendwie erleichtert.«

»Ja.«

»Ich hab eine Freundin, weißt du. Ich gehe mit einer Freundin nach Hause. Und später wahrscheinlich noch ins Kino ...«

»Schon gut«, sagte Hilary. »Ich verstehe.«

»Das war wirklich nett von dir, sehr lieb«, sagte Sophy hastig.

Hilary beugte sich vor und gab ihr einen Kuß. Ihre Brillen stießen zusammen.

»Mach's gut.«

»Ja, das werde ich«, sagte Sophy schnell und floh zu Lara.

Allein ging Hilary durch die trödelnden Horden zu ihrem Wagen, den sie vor dem Tor in einer kleinen Bucht direkt unter einem Schild mit der Aufschrift: »BITTE *ERWÄGEN* SIE NICHT MAL, HIER ZU PARKEN!« geparkt hatte. Aber kein wütender Zettel zierte ihre Windschutzscheibe, nur ein dicker Klecks Vogelmist; also stieg sie ein und fuhr nachdenklich nach Whittingbourne zurück, vorbei am Sportzentrum, in dem die Schwimmer hinter der großen, grünen Spiegelglasscheibe lautlos ihre Runden zogen. Bei der hohen, uralten Mauer des Whittingbourne Park entdeckte sie zwischen zwei Lastwagen eine Lücke – heiß begehrt auf diesem Straßenstück, denn das Parken war hier gebührenfrei – und bugsierte den Wagen hinein. Dann stieg sie aus, schloß ab und ging mit resoluten Schritten an der Parkmauer entlang nach High Place.

Am Gartentor prangte noch immer das Verkaufsschild, allerdings mit einem triumphierenden »VERKAUFT!« in grellem Rot quer darübergeschrieben. Hilary stieß das Tor auf und warf einen Blick hinein. Der Garten wirkte wie immer, still und ein bißchen zu sorgfältig gestaltet, aber jetzt, da Fergus fort war, war immerhin ein bißchen Unkraut gewachsen, das bekam dem Garten gut. Hilary drückte das Tor hinter sich ins Schloß, ging langsam ums Haus herum zur Küchentür und spähte hinein.

Drinnen war niemand. Hilary klopfte. Als niemand kam, drehte sie am Türknauf. Es war nicht abgeschlossen.

»Gina?« rief Hilary. Sie war nicht sicher, wie ihre Stimme klang oder klingen sollte.

Keine Antwort. Hilary durchquerte die Küche – auf dem Küchentisch sah sie eine Schreibmaschine, ein Durcheinander von Papieren und einen Becher neben einem Teller mit einer Bananenschale – und ging in die

Halle. Geradeaus, vor dem Wohnzimmerkamin, stand Gina: regungslos, fast so, als habe sie Hilary erwartet.

»Hallo«, sagte Gina.

Hilary blieb an der Türöffnung stehen.

»Hallo.«

»Darf ich fragen«, sagte Gina höflich, »warum du gekommen bist?«

»Ich hab vor der Schule auf Sophy gewartet. Ich wollte wissen, ob es ihr gutgeht, nach dieser Episode mit George. Ich hab sie gesprochen, aber sie wollte zu einer Freundin. Deswegen bin ich hergekommen.«

»Wieso?«

»Ich weiß es nicht so genau. Vielleicht, weil ich es nicht aushalten konnte, nicht zu kommen.«

»Möchtest du dich setzen?« fragte Gina.

Hilary ging zum nächstbesten Sessel und setzte sich auf die Armlehne.

»Danke.«

»Es war hier«, sagte Gina. »Genau hier hat Laurence mir gesagt, daß er bei dir bleiben will. Hinter dem Sessel dort hat er gestanden, auf dessen Armlehne du jetzt sitzt, und hat mir erklärt, er werde nicht mit nach Frankreich kommen.«

»Wirst du trotzdem fahren?«

»Nein. Jetzt hat es keinen Sinn mehr – oder? Schon wegen Sophy und Vi …«

Hilary verkniff sich die Bemerkung, die beiden seien immer schon dagewesen.

»Gina …«

»Ja?«

»Ich glaube, daß wir wegziehen werden.«

Gina erstarrte.

»Nach solchen Geschehnissen«, fuhr Hilary fort, »ist nichts mehr wie vorher, kann nichts so weitergehen wie vorher. Deshalb bin ich der Meinung, daß wir lieber weggehen sollten, die ganze Familie Wood.«

»Und wohin?«

»Keine Ahnung. Wir haben bisher kaum darüber gesprochen.

Aber ich glaube schon, daß wir es tun werden, wohin auch immer. Ich fand nur, daß du es erfahren solltest. Für den Fall, daß du Pläne machen willst.«

»O ja«, sagte Gina, »das will ich.«

Hilary stand auf. Sie zögerte einen Moment, dann sagte sie: »Man braucht eine ganz schöne Portion Mut, nicht wahr?«

Und Gina, die an ihr vorbei zum Fenster hinaus auf die hohe Mauer sah, die sie von der übrigen Stadt trennte, antwortete: »Mehr denn je.«

Gus kam nach Einbruch der Dunkelheit zurück. Da es ein normaler Wochentag war, lag das Hotel ruhig da, und Don hatte die Bar, obwohl es erst zehn Uhr abends war, praktisch bereits geschlossen. Als Gus die Halle durchquerte, kam Adam aus der Küche herauf. Er grinste wie nach einem guten Witz und stopfte sich gerade ein Stück Quiche mit beiden Händen in den Mund.

»Na?« fragte er. »Wie waren die kleinen Kröten und die süßen, pelzigen Eichhörnchen?«

»Es war Wasser«, sagte Gus. »Abwässer und so. Langweilig.« Er ließ seine Tasche fallen. »Wo sind Mum und Dad?«

Adam wies mit einem Ellbogen zum Speisesaal.

»Da drin.«

»Da drin?« fragte Gus verblüfft. »Wieso denn da drin?«

»Sie essen zu Abend. Haben sich ganz plötzlich dazu entschlossen.«

»Aber die essen doch nie da drin?«

»Na ja, jetzt tun sie's.«

Gus ging zu dem kleinen Fenster in der Tür zum Speisesaal hinüber und spähte hindurch. Mitten im Saal saßen Hilary und Laurence einander an einem Tisch für zwei gegenüber. Sie trugen noch ihre offizielle Hotelkleidung, und auf dem Tisch standen eine brennende Kerze sowie eine Flasche Wein. Hilary hatte die Brille abgenommen und spielte zerstreut damit herum.

Adam schob sich das letzte Stück Quiche in den Mund. Während er kaute, sagte er: »George hat einen neuen Job.«

Gus brummte. »Wie lange sind sie schon da drin?«

»Keine Ahnung. Eine Stunde?«

Er bückte sich, um mit Gus zusammen durch die kleine Scheibe zu spähen. Beinah im Flüsterton sagte Gus: »Ob mit ihnen alles wieder in Ordnung kommt?«

Sekundenlang berührte Adams Arm den seines kleinen Bruders.

»Ich weiß es nicht«, sagte er. Sein Ton war nüchtern. »Ich weiß es nicht. Ich meine, es ist, als wenn einem jemand ein Messer in die Brust stößt.« Sein Arm kam wieder näher und drückte sich gegen den von Gus. »Du kannst es herausziehen«, sagte Adam. »Du kannst das Messer wieder herausziehen, aber dann hast du noch immer ein verdammt großes Loch da, wo es gesteckt hat. Oder?«

20

Sophys Zimmer lag nach Westen. Es war ein langweiliges Zimmer, rechteckig und modern, mit einem einzigen Fenster, aus dem man über die Parkanlagen der Abbey hinweg zum Turm der Kirche von Whittingbourne und weiter auf die alten, hohen Bäume im Park sehen konnte.

Sophy mochte das Zimmer. Es verlangte nichts von ihr und ließ sich in alles verwandeln, was ihren gegenwärtigen Gefühlen entgegenkam. Im Augenblick war das eine Art ethnischer Unordnung, die an Chaos grenzte. Auf ihrem Bett türmten sich dunkle Kissen, in deren Bezüge winzige Spiegelsplitter sowie Rechtecke mit afghanischer Stickerei eingearbeitet waren, und sie hatte es sich angewöhnt, ihre Kleider nicht in einen Schrank, sondern an Türknäufe, Haken und Ecken von Möbelstücken zu hängen oder sie auf dem Fußboden liegenzulassen. Sämtliche Flächen in ihrem Zimmer waren mit Gegenständen übersät, mit Schmuckstücken und Töpfereien, mit Kinokarten und alten Briefkuverts, mit Mascarastiften und halb geleerten Röhrchen von Traubenzuckertabletten. Das einzige Möbel, das nicht unaufgeräumt war, war ihr Schreibtisch. Ihr alter Schreibtisch aus High Place stand vollkommen ordentlich mitsamt einer Schwenklampe vor dem Fenster. Ihren Schreibtisch nahm Sophy ernst. Von diesem Schreibtisch aus, hatte sie beschlossen, würde sie zur Universität gehen, um Russisch und Französisch zu studieren (wegen der Literatur, hatte sie zu Gina gesagt), und dann würde sie Dolmetscherin bei der UNO in New York werden. Oder beim Roten Kreuz in Genf. Oder beim Europäischen Gerichtshof in Den Haag. Was sie auf jeden Fall nicht tun würde, hatte sie Gina weiterhin erklärt, war hierbleiben, in Whittingbourne.

»Nein, natürlich nicht«, hatte Gina gesagt. »Das wollte ich auch nie.«

Sie hatten diese Wohnung gekauft, weil sie im Erdgeschoß eines Häuserblocks aus den Siebzigern lag und von freien Flächen umgeben war. Auch einen langweiligen Garten hatte sie, quadratische Rasenstücke und schnurgerade Wege, aber den ignorierten Gina und Sophy. Von ihren Fenstern aus, ihren quadratischen, modernen Fenstern, sahen sie in der Ferne im Norden sogar ein oder zwei Hügel und viel Himmel. Damit die Räume größer wirkten, hatte Gina alles weiß gestrichen, und wenn an hellen Tagen das Licht in breiten Fluten hereinströmte, ließ es die Wohnung fast substanzlos erscheinen, als würde sie gleich in diesem Glanz vergehen. Wie Sophy wußte, war Gina dankbar, von der Mauer befreit zu sein, dankbar, von den endlosen, geheimnisvollen Forderungen befreit zu sein, die High Place an sie stellte.

Gina hatte jetzt täglich Schülerinnen, einige davon waren erst vier Jahre alt, andere sogar älter als Vi. Sechs bis sieben Stunden am Tag erteilte sie ihnen Unterricht, so daß der Klang des Klaviers unablässig durch die dünnen Wände der Wohnung drang, ebenso wie Ginas Stimme: »Nein, nein, den dritten Finger!« Auf dem Klavier stand ein kleiner, indischer Topf aus Pappmaché, der mit Zwanzig-Pence-Stücken gefüllt war: Belohnungen für die Kleinen. Am Ende eines jeden Tages verließ Gina die Wohnung, um an einem ihrer neuen Kurse teilzunehmen. Sie lernte jetzt Zeichnen und italienische Konversation, und an den Donnerstagabenden nahm sie an einem Kochkurs für Fortgeschrittene teil und kam mit Töpfen voller Speisen nach Hause, die, wie sie und Sophy sich jede für sich erinnerten, auch Laurence ihnen gebracht hatte: Quenelles, entbeinte und gefüllte Poussins und kleine Puddings in Förmchen aus gesponnenem Zucker. Manchmal ging sie am Wochenende mit einem Mann, den sie bei ihrem Kochkurs kennengelernt hatte, ins Kino. Er hieß

Michael, war jünger als Gina und hatte einen kleinen Laden, in dem er Bilder rahmte. Gina mochte ihn, das sah Sophy, aber das geheimnisvolle Knistern fehlte. Zwischen Michael und Gina gab es nichts von dem, was Lara, Sophys Freundin, als Faktor X bezeichnete. In Ginas Schlafzimmer steckte in der Ecke des Spiegels über ihrem Toilettentisch eine alte, schlecht bedruckte Ansichtskarte mit zerlaufenden Farben von dieser Stadt in Frankreich, Pau. Noch heute behauptete Gina hin und wieder, daß sie dahin zurückkehren werde.

»Wenn du nicht mehr zu Hause bist«, sagte sie zu Sophy. »Wenn Vi …«

Vi war jetzt ruhiger, aber Gina, fand Sophy, inzwischen auch. Sie waren beide gelassener geworden. Gelegentlich nahm Sophy Lara und einige von den anderen, Greg oder Maggie zum Beispiel, mit zu Vi. Vi fand das schön. Sie backte dann einen Kuchen, zeigte ihnen Dans Souvenirs und ließ die Schiffsglocke für sie läuten. Dafür wechselten sie ihr die Glühbirnen aus und trugen den Mülleimer nach draußen. Am Küchenfenster hing Sophys Wellensittich und redete den ganzen Tag mit glänzenden Äuglein durch das Glas auf die Blaumeisen am Vogelhäuschen ein. Vi strickte Sophy einen Cardigan. Er war dunkelrot – der beste Kompromiß, der zwischen Vis Vorliebe für leuchtendes Rot und Sophys Bedürfnis nach tiefem Schwarz – gefunden werden konnte – und hatte Überlänge, und vorn wollte Vi Holzknöpfe annähen.

Auf dem Weg zu Vi kamen sie natürlich am Bee House vorbei. Die Brauerei, die es von Laurence und Hilary gekauft hatte, hatte ein Pub daraus gemacht, ein Pub namens The Beehive. Vor der Tür prangte ein neues Wirtshausschild, und im Garten waren überall Tische, Stühle und rot-gelbe Sonnenschirme mit dem schwarz aufgedruckten Namen der Brauerei aufgestellt. Drinnen war alles umgebaut worden. Der Speisesaal war jetzt ein Mehrzweckraum, und einige Wände waren eingerissen worden, um die Bar zu vergrößern. Die Küche war voller Bräter, riesiger Bräter aus Edelstahl, in die den ganzen Tag lang panierte Hühnerschlegel und Kartoffelchips geworfen wurden, bevor sie auf Plastikkissen, mit Sauce gefüllt, serviert wurden. Don war in seinem Element. Er war von der Brauerei übernommen worden, um sich um alles zu kümmern, was mit der Bar zu tun hatte, und hatte eine Schiefertafel eingeführt, auf der er mit schwungvollen Buchstaben den Spezialdrink des Tages ankündigte. Sophy rechnete manchmal fast damit, ihm jeden Moment, laut summend und in einem Bienenkostüm mit Flügeln, auf der Orchard Street zu begegnen.

Sie hatte Gus davon erzählt. Manchmal, während ihrer Wochenenden in London, traf sie sich mit Gus im Hard Rock Café am Piccadilly. Gus hatte sich verändert. Er war größer und kräftiger geworden und hatte angefangen, seine Haare ein bißchen zu färben, nur ein bißchen, ganz vorn. Er hatte eine Freundin, Tina, und die letzten beiden Male, als Sophy ihn, wie so oft, anrief und das Hard Rock Café vorschlug, hatte er gesagt, er könne leider nicht, er habe zuviel zu tun. Seine Stimme hatte sich verändert – nicht nur, was die Höhe, sondern auch, was den Akzent betraf. Sophy vermutete, daß das an seiner neuen Londoner Schule lag.

»Die ist okay«, sagte er.

»Und die anderen?«

»Adam geht nach Australien«, sagte Gus. »Nächstes Jahr, nach der Schule. Und George will was mit Gartenbau machen. An irgendeinem College, irgendwo in Kent.« Er hielt inne und trank einen großen Schluck Coca Cola. »Mum geht auch wieder aufs College.«

»Ach ja? Und was will sie machen?«

»Was mit Babys und so«, sagte Gus. »Du weißt schon.«

Laurence arbeitete in einem Restaurant in Chelsea als Chefkoch. Besonders gut gefalle es ihm dort nicht, erzählte Gus, weil die Küche praktisch im Keller liege. Er wolle sich wieder selbständig machen. Sie hatten ein Haus in Hammersmith gekauft: Die Straße, an der es lag, mündete in eine größere, die zum Fluß hinunterführte. Gus meinte, es sei fabelhaft, ganz in der Nähe der U-Bahn-Station Hammersmith Broadway.

»London ist super«, sagte Gus und sah Sophy grinsend an. »Du Ärmste.«

»Macht mir nichts aus«, sagte Sophy und warf sich die Haare aus dem Gesicht. »Wirklich nicht. Jedenfalls jetzt nicht.«

An den Vormittagen, an denen sie sich verspätete, nahm Sophy den Bus zur Schule, an den anderen Tagen jedoch, wenn sie aufstand, sobald Gina sie zum erstenmal weckte, und nicht erst beim dritten- oder viertenmal, ging sie lieber zu Fuß. Zuerst durch die Parkanlagen der Abbey, quer über den unebenen Platz mit seinen kleinen, aus dem Erdboden ragenden Quadern, auf dem die Abbey früher gestanden hatte, an dem Torbogen vorbei, den Dan so sehr geliebt hatte, dann den Weg zwischen den Büschen, Bänken und Papierkörben entlang bis zur Orchard Street. Anschließend steuerte sie auf The Ditches zu, wo sie die Porzellankatzen mit Häubchen und die verdorrten Grünpflanzen bewunderte, die auf ihren Fensterbänken dem vorherrschenden guten Geschmack trotzten, und kam schließlich bei der Mauer von High Place heraus.

Selbst hinter seiner hohen Mauer wirkte High Place inzwischen völlig verändert. Die oberen Fenster hatten statt der Vorhänge jetzt Rouleaus aus gebleichtem Segeltuch und gespaltenem Spanischrohr, und das Gartentor war nicht nur mattschwarz gestrichen, sondern hatte einen neuen Riegel und einen Türgriff aus mattiertem Stahl. Manchmal sah man Mrs. Pugh auf dem Wochenmarkt einkaufen, wo sie Melonen und Avocados so fachkundig prüfte, daß es die Standbesitzer aufregte, und wie es hieß, fuhr sie noch immer alle paar Wochen nach London, um sich dort die Haare schneiden zu lassen.

Sophy blieb, wie immer, auf dem gegenüberliegenden Bürgersteig stehen und betrachtete High Place aufmerksam. Inzwischen brachte sie es mühelos fertig, das Haus ohne eine Spur von Sehnsucht oder Trauer anzusehen. Immerhin war es das Heim ihrer Kindheit gewesen, das Heim einer ganz bestimmten, inzwischen abgeschlossenen Phase ihres Lebens, der Ort, an dem sie gelebt hatte, bevor sie zu sich selbst heranwuchs, bevor die Zeit der Freunde begann.

Joanna Trollope

Die nächsten Verwandten

Roman

Aus dem Englischen
von Christel Wiemken

FÜR SAMUEL, CHARLOTTE UND THOMAS

ERSTES KAPITEL

Bei der Beerdigung seiner Frau wurde Robin Meredith von einer Frau mit einem Paisley-Kopftuch, die er nicht gleich wiedererkannte, gefragt, ob er nicht dankbar wäre, zu wissen, daß Caro jetzt sicher bei Jesus sei. Er nahm allen Mut zusammen, den er in diesem Moment aufzubringen vermochte, und sagte nein, das Gefühl habe er nicht. Dann ging er aus der Kirche hinaus in den Regen und betrachtete das schwarze Loch, in das Caro gesenkt werden sollte.

»Keine Einäscherung«, hatte sie gesagt. »Ich möchte, daß es ordentlich geschieht. Messinggriffe. Sarg in voller Länge. Auf dem Friedhof.«

Das war so ziemlich die einzige Anordnung, die sie getroffen hatte, und auch das einzige Eingeständnis, daß sie im Sterben lag. Auf den Oberkanten des Lochs lagen Planken, über die lange schwarze Gurte zum Absenken des Sargs gelegt worden waren.

»Geht's?« fragte Robins Tochter. Sie stand dicht neben ihm, berührte ihn aber nicht.

»Besser, seit ich da heraus bin«, sagte er und meinte die Kirche.

»Mir auch.«

Es entstand eine Pause, und dann sagte Judy: »Aber Mum hat sie gemocht.« Ihre Stimme bebte.

»Ja«, sagte Robin. Er streckte eine Hand aus, um eine ihrer Hände zu ergreifen, aber sie steckten beide tief in den Taschen ihres Mantels, ihres langen, schwarzen Londoner Mantels, der, wie all ihre Kleidungsstücke, davon kündete, wie weit sie sich ganz bewußt vom Land entfernt hatte, auf dem sie aufgewachsen war.

»Du hast nie …«, zischte Judy plötzlich.

»Pst …«

Die Sargträger, mit kummervollen Mienen und linkisch bis an die Grenzen der Karikatur, trabten schwerfällig auf

7

sie zu. Sie trugen Brillen und orthopädisch anmutende Schuhe. Die in respektvollem Abstand folgende Trauergemeinde begann, sich zu einem stummen Kreis aufzufächern. Robins Eltern, sein Bruder und seine Schwägerin, der Melker von der Farm und seine Frau, Caros Freundinnen, Leute aus dem Sozialberatungs-Büro, in dem sie gearbeitet hatte, der Mann, dem der Dorfladen gehörte, die Frau mit dem Paisley-Kopftuch.

Judy fing wieder an zu weinen. Sie ließ Robin allein und lief auf ihren hohen Absätzen unsicher durch das nasse Gras zu der Stelle, wo ihre Tante Lyndsay stand. Lyndsay legte einen Arm um sie. Robin schaute kurz auf und sah, daß seine Mutter ihn auf die gelassene, leicht neugierige Art musterte, wie sie es sein ganzes Leben lang getan hatte, so, als könnte sie sich nie recht erinnern, wer er war. Er schaute wieder hinunter auf den Sarg, jetzt fast zu seinen Füßen, in dem Caro lag. Er sah nicht lang genug aus, bei weitem nicht. Caro war schließlich fast eins achtzig groß.

Der Vikar von Dean Cross, ein kleiner, erschöpfter Mann, der vier Gemeinden zu betreuen hatte und es ablehnte, jemals Urlaub zu machen, trat ans Grab, während seine Frau einen schwarzen Regenschirm über ihn hielt.

»Gesegnet sind die Toten, die im Angesicht Christi sterben«, sagte er ohne sonderliche Überzeugung. Er schlug sein Gebetbuch auf, und seine Frau bewegte den Schirm so, daß ein Schauer von Tropfen auf die geöffnete Seite fiel.

»Mitten im Leben«, las er gereizt, »sind wir vom Tod umfangen. An wen können wir uns um Hilfe wenden, außer an Dich, o Herr, der Du uns zu Recht zürnst ob unserer Sünden?«

Robin warf wieder einen Blick auf Judy. Sie und Lyndsay weinten jetzt beide, und sein Bruder Joe hielt einen riesigen gelben Schirm über sie, auf den in Schwarz ›Mid-Mercia Farmers' Cooperative‹ aufgedruckt war. Joes Gesicht war starr, und er schaute direkt geradeaus; sein Blick ging über das Grab, über den Gedanken an Caro hinaus.

»Wir haben unsere Schwester Carolyn Gottes gnädiger Obhut anvertraut«, sagte der Vikar, »und nun übergeben wir ihren Leib der Erde ...«

Wenn er, dachte Robin plötzlich, jetzt »Erde zu Erde, Asche zu Asche, Staub zu Staub« sagt, dann springe ich über das Grab und schlage ihn nieder.

»... in der sicheren und gewissen Hoffnung der Auferstehung zum ewigen Leben durch unseren Herrn Jesus Christus, der starb, begraben wurde und für uns auferstanden ist.«

Der Sarg sank, in seinen schwarzen Gurten schlingernd, in die Erde.

»Ehre sei Ihm auf ewig und immerdar.«

Die Sargträger traten zurück, rollten die Gurte auf. Robin schloß die Augen.

»Gott wird uns den Pfad des Lebens weisen.«

Er öffnete sie wieder. Judy trat vor und bückte sich, um einen Strauß Primeln auf den Sarg zu werfen, und dann machte die Frau mit dem Paisley-Kopftuch eine rasche Bewegung und warf eine künstliche Orchidee hinterher, deren Plastikstiel auf dem Deckel klapperte.

»In Seiner Gegenwart herrscht das vollkommene Glück«, sagte der Vikar, »und zu Seiner Rechten die ewige Freude.«

Glück, dachte Robin mutlos. Freude. Er griff nach seiner schwarzen Krawatte und zupfte an ihrem Knoten. Er haßte Krawatten. Er haßte sie ebenso, wie er Kirchen haßte. Der Vikar musterte ihn über das Grab hinweg, fast erwartungsvoll. Robin nickte ihm kurz zu. Erwartete der Mann von ihm, daß er sich bedankte?

»Ihm, der imstande ist, uns vorm Fallen zu bewahren«, sagte der Vikar und sah Robin unverwandt an. »Ihm, dem einzig weisen Gott, unserem Heiland, gebühren Herrlichkeit und Majestät, das Reich und die Macht, jetzt und für alle Zeiten. Amen.«

»Amen«, murmelten alle.

»Gut gemacht«, sagte Dilys, Robins Mutter.

Harry, sein Vater, trat näher.

Er betrachtete seinen Sohn und dann, kurz, das offene Grab seiner Schwiegertochter. Seltsame Frau. Amerikanerin. Schien nie imstande gewesen zu sein, sich wirklich für die Farm zu interessieren, und trotzdem … Harry schluckte. Er hatte das Gefühl, daß es für Robin vielleicht ein obskurer und ablenkender Trost wäre, wenn er erwähnte, daß seine neue Motoregge mehr als 6000 Pfund kosten würde, aber dann dachte er, besser nicht. Jedenfalls nicht jetzt.

»Judy hat es schwer getroffen«, sagte Dilys, die ihre behandschuhten Hände locker verschränkt hatte. Sie warf einen Blick auf ihren jüngeren Sohn. »Und Joe auch.«

Robin sagte scharf. »Caro war Judys Mutter. Und meine Frau. Nicht die von Joe.«

Dilys musterte ihn.

»Ich nehme an«, sagte sie, gelassen und hartnäckig, »daß es fast noch schlimmer ist, wenn man adoptiert wurde. Dann kann man nur noch auf den nächsten Verlust warten.« Sie verstummte, schaute zum Grab und sagte dann in dem Ton leicht verächtlichen Mitleids, den sie für alle reservierte, die nicht wirklich zu ihrer eigenen Familie gehörten: »Arme Carolyn.«

Robin bohrte die Hände in die Manteltaschen und zog den Kopf ein.

»Ich gehe und hole Judy. Wir sehen uns auf der Farm zum Tee.«

»Ja«, sagte Dilys. »Ja.«

Harry beugte sich vor und berührte leicht Robins Arm.

»Kopf hoch, Junge.«

Zwei Monate bevor Caro eingewilligt hatte, seine Frau zu werden, hatte Robin Tideswell Farm gekauft. Harry hatte nicht angeboten, ihn finanziell zu unterstützen, und Robin hatte ihn auch nicht darum bitten wollen. Mit dem Erlös aus dem Verkauf eines kleinen Cottage, das er eine Welle zuvor in der Absicht erworben hatte, darin zu wohnen, und einem riesigen Bankkredit hatte er diese 200 Morgen sanft zum Fluß Dean hin abfallendes Land gekauft und das Farmhaus, ein Steingebäude aus dem siebzehnten Jahrhundert mit unschönen Anbauten aus der Viktorianischen Zeit. Die Gebäude hinter dem Haus waren fast völlig verrottet gewesen, überschattet von einer riesigen, dem Einsturz nahen Scheune und ohne festen Untergrund für Vieh. In jenen ersten Monaten, vor einem Vierteljahrhundert, hatte Robin selbst Beton geschüttet, jeden Tag, von morgens bis abends, und fast immer allein.

Das Land erwies sich, wie er gehofft hatte, als brauchbar für den Anbau von Futter für das Vieh; Gras auf den tiefer gelegenen Flächen, Mais auf den höheren. Im Frühjahr, wenn die Weiden, die die Ufer des Flusses säumten, frische, weiche wedelartige Blätter trugen, sah die Landschaft für kurze Zeit hübsch aus; und wenn der Winter feucht war, stieg der Fluß so weit an, daß er bis zu einem Viertel des Landes überschwemmte, und Höckerschwäne erschienen paarweise und verliehen der Gegend eine beeindruckende, fast parkähnliche Atmosphäre. Aber zu anderen Zeiten – und Caro Meredith hatte das sehr bitter empfunden – waren die Felder nichts als Land, Flächen aus Erde und Gras, unterteilt von unordentlichen Hecken und Zäunen mit häßlichen, der Zweckmäßigkeit halber verzinkten Metallgattern, die Zugang gewährten zu dem schlammigen Morast, den das Vieh und die Räder der Traktoren hinterließen.

Das Haus stand ungefähr in der Mitte zwischen dem Fluß und der Nebenstraße, die der Milchtanker täglich entlangfuhr, um den Sammelbehälter neben dem Melkstall zu leeren. Zu ihm gelangte man über einen leicht abfallenden Weg, der entweder morastig oder staubig war und an dessen Rändern Robin in einem Anfall früher Begeisterung abwechselnd gewöhnliche und Blutbuchen gepflanzt hatte. Am Ende des Weges führte auf der einen Seite eine betonierte Fläche in den Hof; auf der anderen Seite ging es durch ein Holztor mit fünf Riegeln, ständig offengehalten durch einen bemoosten Stein, zu einem runden, mit Kies bestreuten Platz vor dem Haus. In der Mitte des Vorplatzes stand eine Sonnenuhr, auf deren Sockel eine Metalltafel genietet war. ›Zähl die heiteren Stunden nur‹ war darauf eingraviert. Caro hatte sie dort aufgestellt. Es war ihr erstes Weihnachtsgeschenk für Robin gewesen.

Jetzt stand die Zufahrt voller Autos. Über die Ligusterhecke hinweg, die sie vom Wirtschaftshof trennte, tönte das stetige Klappern und Surren aus dem Melkstall, in dem ein Aushilfsmelker, ein tüchtiger Mann mit verdrossener Miene, den die örtliche Jobvermittlung geschickt hatte, die Nachmittagsarbeit verrichtete. Robin, der, seine Beerdigungskrawatte auf halbmast, an der Tür stand, um die Leute zu begrüßen, unterdrückte den Drang, hinüberzugehen und nachzusehen, ob die Arbeit anständig erledigt wurde und ob Gareth, der Melker von Tideswell, tatsächlich das Loch in dem Hochdruckschlauch geflickt hatte, wie es ihm aufgetragen war.

Hinter ihm, in dem düsteren Eßzimmer, das er und Caro nur selten benutzt hatten, war auf Meredith-Familientischdecken, ausgeliehen von Dilys, ein gewaltiges Beerdigungsessen aufgebaut. Judy, deren rotes Haar verstrubbelt war und die immer noch ihren schwarzen Mantel trug, schenkte Tee ein, und Lyndsay reichte ihn herum, die Zuckerdose in der freien Hand. Es lag eine Atmosphäre unterdrückter Erregung im Raum angesichts des Essens, eines altmodischen, kindhaften Teezeit-Essens auf Deckchen aus dekorativ durchbrochenem weißen Papier, die Dilys nach Tideswell mitgebracht hatte in der entschlossenen Erwartung, daß sie auch benutzt würden.

Judy, vollauf damit beschäftigt, die Pekannuß- und Schokoladenplätzchen zu backen, die so unabdingbar zu Caros amerikanischem Repertoire gehört hatten, hatte herausfordernd gesagt, daß ihre Mutter nie Tellerdeckchen benutzt hätte.

»Aber dies ist eine Beerdigung«, sagte Dilys. »Eine Familien-Beerdigung. Da muß alles seine Ordnung haben.«

Sie betonte das Wort ›Familie‹. Sie hatte mehrere Kuchen gebacken – riesige, vollkommene Obstkuchen, auf denen Kirschen glitzerten, makellose bleiche Biskuittorten, dekoriert mit unwahrscheinlich symmetrischen Stücken von kandierten Früchten. Das Gebäck stand in hygienischen

Plastikbehältern auf dem Küchentisch, beängstigend professionell dargeboten, unbeirrbar in der Tradition der Landfrauen, für die alles Nicht-Hausgemachte ein Graus ist.

»Eine Familien-Beerdigung, meine Liebe.«

Sie hatte Judy angesehen, ihre hochgewachsene Gestalt, die sie von beiden Eltern hätte geerbt haben können, wenn sie ihre wirklichen Eltern gewesen wären; ihr wirres rotes Haar und das breitflächige, blasse Gesicht, bei dem dies eindeutig nicht der Fall war. Robin war so dunkel wie einst Harry und hatte das schmale, scharfgeschnittene Gesicht von Dilys' eigenem Vater. Und Caro war völlig braun gewesen – braunes Haar, braune Augen, eine blaßbraune Haut, sogar im Winter. Keine englische Haut, hatte Dilys immer gedacht, und ganz bestimmt keine Meredith-Haut. Sogar Joes Frau Lyndsay, mit all dem blonden Haar und diesen hellen Augen, wie sie keine Meredith je gehabt hatte, besaß eine Haut, die der von Dilys selbst nicht unähnlich war – zarte, klarfarbige Haut. Aber Judy sah wie keine von ihnen aus. War keine von ihnen.

»Zieh deinen Mantel aus, meine Liebe«, sagte Dilys jetzt.

»Mir ist kalt«, sagte Judy. »Mir ist kalt vom Weinen.«

»Laß sie, Ma«, sagte Joe. Er legte Judy einen Arm um die Schultern. »Laß sie. Kümmere dich um den Vikar.«

Judy sagte mit einem wütenden Flüstern: »Ich möchte nie so begraben werden.«

»Ich auch nicht.« Er zog seinen Arm zurück. »Ich will verbrannt und verstreut werden. Vor allem verstreut.«

Sie griff nach der riesigen, zweihenkeligen braunen Teekanne, ausgeliehen vom Gemeindesaal von Dean Cross.

»Auf der Farm?«

»Keine Angst«, sagte Joe. »Im Fluß. Nicht auf der verdammten Farm.«

Neben ihnen sagte Robin: »Wer ist die Frau mit dem Kopftuch?«

Joe griff an Judy vorbei und nahm sich ein Stück Kuchen von einem Teller.

»Cornelius. Eine Mrs. Cornelius. Hat das alte Chambers-

Haus gekauft. Reich und überspannt. Caro hat sie öfters besucht.«

Robin sah ihn an.

»Ach, wirklich? Weshalb? Und woher weißt du das?«

Joe zuckte die Achseln und hielt eine Hand unter die andere, um die Kuchenkrümel aufzufangen.

»Keine Ahnung. Sie hat es eben getan. Sie hat eine Menge Leute besucht.«

»Sie mochte Leute«, sagte Judy fast wütend. »Sie *mochte* sie. Alle möglichen Leute.« Sie schoß einen Blick auf Robin ab. »Das weißt du doch.«

Er schaute von ihr fort über den Tisch hinweg, den er aus einer verfallenen Hühnerfarm am anderen Ende der County gerettet hatte – Mahagoni, neunzehntes Jahrhundert, mit hübschen gedrechselten Beinen, als Hühnersitzplatz in einer Scheune benutzt –, und sah seine Mutter mit dem Vikar sprechen; Mrs. Cornelius unterhielt sich mit Gareth' Frau Debbie, und seine Schwägerin Lyndsay, die wie gewöhnlich Kämme in ihre wolkigen Haarmassen zurückschob, sprach mit drei Frauen, mit denen Caro zusammengearbeitet hatte, kompetenten Frauen in den Vierzigern, kompetenten Frauen in kompetenter Kleidung. Er dachte für einen Moment an den Melkstall, und Sehnsucht nach möglicher Erlösung flackerte kurz auf. Dann dachte er an das, was Judy gerade gesagt hatte. »Das weißt du doch«, hatte sie gesagt, als wäre es eine Anklage, »das weißt du doch«, als hätte er in nur einer Woche, der Woche, seit Caro im Hospital in Stretton an einem Gehirntumor gestorben war, vergessen, wie sie gewesen war, was sie geliebt und gehaßt hatte, was sie gewesen war. Das Problem ist, dachte Robin, während er seinen Blick von Lyndsays Haar löste und ihm erlaubte, durch die schlecht geputzten Fenster hindurch zu dem feuchten Frühjahrshimmel hinauszuschweifen, daß es zu früh ist. Es ist zu früh, sich zu erinnern, weil sie noch nicht fort ist. Jedenfalls das, was von ihr übrig war. Was nicht Jahre zurückging. Er streckte Judy seine Tasse hin.

»Bitte«, sagte er.

»Niemand von Carolyns Angehörigen?« fragte der Vikar Dilys. »Niemand aus Amerika?«

Dilys bot ihm ein Sandwich an.

»Ihr Vater ist tot. Und ihre Mutter sitzt im Rollstuhl. Zwei Schlaganfälle. Dabei ist sie noch nicht einmal siebzig.«

Der Vikar, der Kuchen vorgezogen hätte, den er zu Hause nie bekam, nahm ein Sandwich.

»Geschwister?«

»Nicht, daß ich wüßte.«

»Traurig, nicht wahr«, sagte der Vikar und betrachtete betrübt sein Sandwich, »wenn man in einem Land stirbt, das nicht das eigene ist, und ohne jemanden von zu Hause.« Dasselbe hatte er am Abend zuvor zu seiner Frau gesagt, und sie hatte entgegnet, daß das den Missionaren der Viktorianischen Zeit ständig passiert wäre. In ihrer Stimme hatte ein Anflug von Sehnsucht gelegen. Sie hatte gewollt, daß er Missionar wurde, und als er das entschlossen zugunsten eines Daseins als Landpfarrer abgelehnt hatte, war sie darangegangen, ihre eigenen Bindeglieder zu christlichen Gemeinden in Afrika zu schmieden. Das Wohnzimmer im Pfarrhaus von Dean Cross war voll von afrikanischem Kunsthandwerk, Masken und Holzfiguren und Perlenvorhängen in Rot und Schwarz. Der Vikar hätte Aquarelle von Schiffen vorgezogen.

»Sehr traurig«, sagte Dilys, wobei sie nicht an Caro dachte, sondern daran, wie furchtbar es wäre, wenn sie, Dilys, fern von Dean Place Farm sterben müßte, fern von Leuten, die die Meredith' kannten.

»Ich war nie in Amerika«, sagte der Vikar. Er schaute auf den nächsten Kuchen.

»Ich auch nicht«, sagte Dilys.

»Aber manchmal hatte ich das Gefühl, etwas darüber zu wissen. Durch Carolyn.«

»Oh?« sagte Dilys. Sie musterte Lyndsay, wollte, daß sie aufhörte, sich so angeregt zu unterhalten, und sich statt dessen am Herumreichen beteiligte. Es war wichtig, daß man nach Beerdigungen aß und trank, damit man sich erinnerte, daß man lebte. Sie hoffte, daß Robin an den Sherry gedacht hatte.

»Ja«, sagte der Vikar. Er dachte an die vielen Male, wo Caro in seinem Arbeitszimmer gesessen und ihn gebeten hatte, Möglichkeiten der Anpassung für sie zu finden, Möglichkeiten, sich zu arrangieren, ohne sich völlig unterwerfen und ihre tiefsten Instinkte opfern zu müssen.

»Sie sind gute Leute«, hatte er zu ihr gesagt, die Meredith' meinend.

»Was ist gut? Keine Ehebrecher und Bedrücker der Schwachen zu sein?«

»Integrität zu haben«, hatte er gesagt. »Und Prinzipien. Sie tun ihre Pflicht.«

Sie hatte traurig erwidert: »Aber das reicht nicht, oder?«, und als er stumm geblieben war, hatte sie wiederholt: »Oder? Tut es das?«

Jetzt betrachtete er Dilys, das gewellte graue Haar, das gebürstete dunkle Kostüm, wie sie sich voll und ganz darauf konzentrierte, daß das Beerdigungsessen in schicklichen Bahnen verlief.

Er sagte, fast ohne es zu wollen: »Nein, das tut es nicht.«

Dilys hörte es nicht. Sie machte mit ihren gepflegten, geschickten Hausfrauenhänden über den Tisch hinweg eine Bewegung in Richtung Robin, eine kleine Geste des Trinkens.

»Sherry«, formulierte sie. »Zeit für den Sherry.«

Später, auf der Fahrt zurück zu ihrem modernen Ziegelsteinhaus am Rande von Dean Place Farm, sagte Lyndsay: »Wir hätten Judy mitnehmen sollen.«

»Das hätten wir nicht tun können«, sagte Joe. »Dann wäre Robin allein geblieben.«

Lyndsay zog die Kämme aus ihrem Haar und steckte sie zwischen die Zähne. Dann neigte sie den Kopf, so daß das Haar nach vorn ins Gesicht fiel. Joe hatte recht. Natürlich hatte er recht. Dennoch hatte Robin etwas an sich, was zu seiner Einsamkeit beizutragen schien, einen drängte, daß man ihn ihr überließ, einerlei, was man tat – oder nicht tat –, um ihm zu helfen. Irgendwie hatte sie sich ihn immer allein vorgestellt, allein fahrend, allein arbeitend, allein auf dem Markt in Stretton stehend und zusehend, wie sein Vieh durch den Ring ging. Außerdem war er von den Meredith' der einzige, der Viehwirtschaft betrieb. Harry und Joe waren Ackerbauern, genau wie Harrys Vater und Großvater vor ihnen, Pächter derselben 250 Morgen, auch wenn das Eigentum an dem Land im Laufe der Jahre von einer Einzelperson auf eine Firma übergegangen war, einen Industriebetrieb, der Anfang der siebziger Jahre, als die Landpreise niedrig waren, mehrere Farmen erworben hatte. Robin mochte kein Pächter sein. Robin hatte kaufen wollen.

»Laß ihn«, hatte Harry gesagt. »Ich kann ihn nicht hindern, aber ich werde ihm auch nicht helfen.«

Aber als Joe ein Haus gebraucht hatte für sich und Lyndsay, hatte Harry es bezahlt. Er hatte eine Abmachung mit dem Besitzer des Landes getroffen, und Lyndsay hatte die Pläne begutachten müssen, die ausgerollt auf dem Tisch von Dean Place Farm lagen.

»Hausarbeitsraum«, hatte Dilys gesagt und auf die Skizze gedeutet. »Nach Süden hinaus. Das wird ein hübsches Haus.«

Lyndsay nahm die Kämme aus dem Mund und schob sie wieder in ihre Haarmasse. Jetzt, da sie an Robin dachte, kam ihr der Gedanke, daß auch Joe einsam war, auf seine Weise. Sie wußte nie genau, was er dachte, ob er glücklich war oder traurig. Sie wußte, daß es ihm gefiel, wenn er erfolgreicher war als andere Farmer in der näheren Umgebung, aber das war nicht Glück, das war lediglich Triumph im Wettbewerb. Daran war nichts Ungewöhnliches, jedenfalls nicht in dieser Gegend. Es mochte schwierig sein, Joe zum Reden zu bringen, außer auf einer rein praktischen Ebene, aber die meisten Farmer waren so; die meisten Farmer, die sie kannte, *redeten* nicht. Nicht so, wie Frauen redeten. Oder zumindest manche Frauen. Dilys sprach auch nicht auf diese Art. Sie redete, genau wie Harry und Joe, über das, was vor sich ging auf der Farm und im Dorf. Glück und Unglück waren für Dilys, dachte Lindsay, wie das Wetter; Gefühle, die eintraten oder auch nicht, die unvorhersehbar waren und die, vor allem, ertragen werden mußten. Hätte Dilys, wie die meisten Ehefrauen, jemals einen Moment erlebt, in dem sie Harry am liebsten erwürgt hätte, würde sie darauf gewartet haben, daß er wieder verging, genauso, wie man darauf wartete, daß der Regen aufhörte. Wenn man zu Dilys ging und sagte, man könne es nicht richtig erklären, aber man habe das unabweisbare Gefühl, am Ende seiner Kräfte zu sein, dann schlug sie vor, man solle Chutney machen oder ein paar Decken waschen. Das Leben mußte durchgestanden werden, große Brocken schob man einfach hinter sich, notfalls unverdaut. Das Leben war nicht dazu da, daß man mit ihm kämpfte; dafür gab es die Farm.

»Verbeiß dich nicht hinein«, pflegte Dilys zu Lyndsay zu sagen. »Und grübele nicht.« Hatte sie das je zu Caro gesagt?

»Wird er zurechtkommen?«

»Robin?« sagte Joe. »Im Laufe der Zeit, nehme ich an. Im Laufe der Zeit ...«

Lyndsay sagte schüchtern: »Du hast Caro auch sehr gemocht, nicht wahr?«

Es gab eine kleine Pause, dann sagte Joe: »Sie hat Dinge verändert. Weil sie Amerikanerin war.«

Joe war ein Jahr lang in Amerika gewesen, nach dem Landwirtschafts-College. Harry hatte offensichtlich nicht von ihm erwartet, daß er im Laufe dieses Jahres ernsthafte Arbeit leistete – Robin hatte es stumm zur Kenntnis genommen –, also hatte Joe nach Belieben die großen Entfernungen durchmessen und nur gelegentlich in Bars und Speiselokalen und auf Farmen gejobbt, um sein Weiterziehen zu finanzieren. Einmal, verführt von einem Mädchen und den Bergen von Colorado, hatte er daran gedacht, vielleicht für immer zu bleiben, aber nach ein paar Wochen hatte er sich allem Anschein nach an sein Vermächtnis erinnert, zwischen Land und Landschaft unterscheiden zu können, und von Denver aus angerufen, daß er Weihnachten wieder zu Hause sein würde.

Das war der Zeitpunkt gewesen, an dem Robin verkündet hatte, daß er Viehwirtschaft betreiben wolle. Eines Abends, beim Essen in der Küche von Dean Place Farm, hatte er gesagt, er habe einen Entschluß gefaßt, er würde losgehen und eine Herde Milchkühe anschaffen und vielleicht auch ein paar Fleischrinder. Harry hatte Messer und Gabel hingelegt und im harten Gleißen der Deckenlampe, das zu dämpfen Dilys keine Veranlassung sah, weil es praktisch zum Arbeiten war, seine Frau angesehen. Dann hatte er, viel weniger intensiv, Robin gemustert und Messer und Gabel wieder aufgenommen.

»Hast du alles durchgerechnet?« sagte er.

»Ja.«

Dilys hatte ihm eine Schüssel mit gebuttertem Kohl gereicht.

»Joe wird bald heimkommen«, sagte sie.

»Ich weiß.«

Robin wartete darauf, daß sein Vater oder seine Mutter sagten, daß auf Dean Place Farm nicht genügend Platz da sei für alle drei Meredith-Männer, aber sie taten es nicht. Er nahm einen Löffel Kohl und sagte, entschieden gröber, als er eigentlich wollte: »Ich möchte es tun, und ich mache Platz für Joe.«

Harry brummelte in sich hinein. Wo Joe hingehen würde, war das Hauptthema der meisten Gespräche zwischen ihm und Dilys gewesen, seit Joe nach Amerika abgereist war.

»Ich habe ein Grundstück gefunden. Das Land ist nicht allzu schlecht, aber auf dem Hof ist viel zu tun. Ich muß einen Melkstall bauen.«

Harry schaute wieder auf, kauend.

»Wir haben nie Vieh gehabt. Nie.«

Robin sagte: »Aber ich möchte welches haben.« Er dachte daran zu sagen: »Und ihr könnt sehen, welche Profite darin stecken«, aber er wollte weder das Schicksal herausfordern, noch seinen Vater provozieren. Statt dessen sagte er: »Ich habe einen Kredit bekommen. Und einen Käufer für das Cottage gefunden.«

Dilys stand auf, um ein großes Stück Käse und ein Glas mit Mixed Pickles auf den Tisch zu stellen. »Wir wünschen dir Glück, mein Junge«, sagte sie gelassen und lächelte ihn an, als hätte er ein Problem für sie gelöst und als hätte sie von Anfang an gewußt, daß er das tun würde.

Joe kam heim, brachte für eine kurze Zeit die aufregende Aura von Amerika mit und traf Robin dabei an, wie er mit ein paar gemieteten Maschinen eine Güllegrube aushob. Außerdem stellte er fest, daß Robin eine Freundin hatte, ein hochgewachsenes, braunhaariges Mädchen in Jeans und Cowboystiefeln, das im Farmhaus Fensterrahmen strich.

»Sie ist natürlich Amerikanerin«, sagte Dilys. »Sie haben sich bei den Young Farmers kennengelernt.«

Dilys war mit der Buchhaltung beschäftigt, die Rechnungshefte und Belege waren auf dem Küchentisch ausgebreitet, festgehalten von den Marmeladengläsern, in denen sie das Kleingeld für den Haushalt aufbewahrte – Eiergeld, Zeitungsgeld, Geld für die Kollekte in der Kirche und für Schuhreparaturen.

»Macht einen netten Eindruck.«

Joe fand sie sogar mehr als nett. Sie hatte etwas von der Freiheit an sich, die auch ihn für kurze Zeit befallen hatte wie ein Seefieber, diese Art, immer unterwegs zu sein, immer auf der Suche. In den ersten Wochen nach seiner Rückkehr versuchte er, gemeinsam mit ihr Fensterrahmen zu streichen, um durch das Zusammensein mit ihr Amerika in seinem Blut zu behalten, aber sie schickte ihn hinaus, damit er Robin half, oder nach Hause, damit er seinen Platz neben seinem Vater einnahm. Sogar später, als sie und Robin verheiratet waren, blieb sie für Joe etwas Besonderes, eine Erinnerung daran, daß es Orte gab, wo das Leben anders verlief als seines, Orte, wo Möglichkeiten in der Luft lagen wie Sauerstoff.

Jetzt sagte Lyndsay, durch die Windschutzscheibe starr geradeaus schauend in die feuchte Düsternis des frühen Abends: »Ich habe sie nie wirklich kennengelernt. Ich meine, wir kamen miteinander aus, aber wir standen uns nicht nahe.«

»Sie war älter«, sagte Joe. »Sie und Robin waren vierundzwanzig Jahre lang verheiratet. Judy ist schließlich schon zweiundzwanzig.«

Die Lichter ihres Hauses kamen plötzlich zum Vorschein, als die Straße zwischen den Hecken eine Biegung machte. Mary Corriedale, die in einer Papierfabrik in Stretton arbeitete und in einem Bungalow in Dean Cross wohnte, würde dasein und die Kinder zu Bett bringen. Rose lag bestimmt schon in ihrem Bettchen und schleuderte Spielsachen auf den Fußboden, wütend darüber, daß der Tag zu Ende war, und Hughie würde seinen Schlafanzug und seine Froschpantoffeln tragen und von Mary verlangen, daß sie ihn bewundere, während er mühsam auf einem Bein balancierte, seine neueste Leistung.

Arme Caro, dachte Lyndsay plötzlich mit einem Anflug echten Bedauerns, arme Caro, die keine eigenen Kinder bekommen konnte. Was hätte sie selbst getan, wenn sie herausgefunden hätte, daß sie keine bekommen könnte? Oder Joe? Da sie soviel jünger war als Joe, hatte sie immer angenommen, daß sie einfach Kinder haben konnte, wenn sie sie wollte. Und so kam es.

»Hat Robin es gewußt?« fragte Lyndsay. »Hat Robin es gewußt, bevor er sie geheiratet hat, daß sie keine Kinder bekommen konnte?«

»Das weiß ich nicht«, sagte Joe. Er steuerte den Wagen von der Straße herunter und auf die betonierte Fläche vor ihrem Haus. »Ich weiß es nicht. Ich habe ihn nie gefragt. Nach solchen Dingen fragt man nicht.«

Der Melkstall war still, feucht und ordentlich nach dem letzten Ausspritzen für heute. Die Schläuche und Metallröhren der Melkmaschinen waren neben den großen Milchbehältern aus verstärktem Glas aufgehängt – auf einigen von ihnen waren, wie Robin mit unerbittlichem Blick feststellte, noch Kotspritzer, und die Rinnen und Rippen des Fußbodens vor den Boxen schimmerten naß und sauber. In der Grube zwischen den Boxen lag der Schlauch locker aufgerollt, wie Robin es verlangte, die Flaschen mit Jod und Glyzerinspray standen auf den Stufen, die in die Grube hinabführten, die Haltestangen hingen in einer Reihe an der Wand am hinteren Ende. Im Winter, wenn der Fluß hoch genug anstieg, wurde die Grube überschwemmt, und er und Gareth wurden dann beim Melken durch hohe Gummistiefel stark behindert und fluchten ständig.

Er schaltete die Leuchtstoffröhren aus, überprüfte den Milchtank und ging in die Scheune. Hier war es dunkel, abgesehen von dem trüben Licht, das ein paar schwache, an die Balken geschraubte Lampen verbreiteten. Die meisten Kühe hatten sich in ihren Boxen hingelegt, mit dem Kopf zur Wand, und ihre großen schwarzweiß gescheckten Körper füllten den Raum zwischen den Stangen. Einige standen noch, die Hinterbeine außerhalb des Strohs und in der Güllerinne; andere waren so klein, daß es ihnen gelungen war, sich umzudrehen, ihren Kot am Kopfende fallen zu lassen und darin zu stehen. Er mußte Gareth daran erinnern, Kalk zu streuen.

Draußen auf dem Hof, wo einige der Kühe ihre ziellosen Tage ziellos zu verbringen beliebten, saßen zwei der Stallkatzen auf dem Futtertrog, der die Überreste der täglichen Futterration aus gehäckseltem Weizenstroh enthielt, mit dem der Mais gestreckt wurde. Die Katzen flüchteten, als er herankam, und schlichen durch die Dunkelheit in die Futterkammer, in der die Schädlinge lebten, die ihre Beute waren. Robin schaute zum Himmel empor. Der Mond schien, aber er hatte weiche Konturen, was auf Regen schließen ließ, und ein paar Sterne waren zu sehen. Bei den Verrichtungen des Tages hatte er nicht die Zeit gehabt, den Wetterbericht zu hören, diese tägliche Obsession. Er schnupperte intensiv. Der Wind wehte nur leicht, aber es lag Regen darin, und der würde bald kommen.

Er kehrte durch die Scheune und den Melkstall zurück auf den Betonstreifen, der zur Hintertür des Hauses führte, an der die Hauskatze wartete, eine vorwiegend rostfarbene Schildpatt, die hineindurfte, weil sie stubenrein war, keine unerwünschten wilden Eigenschaften hatte und eine gute Mausefängerin war. Robin blieb stehen, um seine Stiefel auszuziehen und ihren Kopf zu kraulen.

»Hi«, sagte er.

Sie schnurrte höflich, wölbte sich unter seiner Hand und schoß dann voraus, als er die Tür öffnete.

Judy saß immer noch am Küchentisch, wo Robin sie zwanzig Minuten zuvor verlassen hatte. Sie hatte das Abendbrotgeschirr weggeräumt und war dann zu ihrem Stuhl zurückgekehrt; jetzt saß sie da, die Ellenbogen auf dem Tisch, und starrte in das Glas Rotwein, das Robin ihr eingeschenkt hatte. Sie schaute nicht auf, als er hereinkam.

Er schob seine bestrumpften Füße in Hausschuhe.

»Alles in Ordnung«, sagte er.

»Gut.«

»Hundertzehn im Moment. Ich versuche, die Friesen weiter auszubauen. Drei sollen nächste Woche kalben.«

Judy sagte, immer noch in ihren Wein starrend: »Was passiert, wenn es Bullenkälber sind?«

»Das weißt du doch«, sagte Robin. Er schenkte sich selbst etwas Wein ein und ließ sich ihr gegenüber nieder. »Du bist hier aufgewachsen.«

»Ich habe es vergessen.«

»Sie kommen auf den Markt.«

»Und dann?«

»Auch das weißt du. Sie werden als Zuchtvieh verkauft oder kommen ins Schlachthaus. Sofern sie nicht irgendeinem Widerling in die Hände fallen, der sie auf eine vierzigstündige Reise nach Italien schickt.«

»Mum hat mir einmal gesagt, daß eines der ersten Dinge, die sie über die Farmarbeit gelernt hätte, die Tatsache war, daß die männlichen Tiere jeder Spezies zu nichts nutze sind außer als Samenlieferanten. Und wegen ihres Fleisches.«

Robin sagte nichts. Er drehte sein Glas zwischen den Fingern. Das Abendessen war schwierig gewesen, vor allem, weil er nicht wußte, was Judy von ihm wollte. Einmal hatte sie, während sie den Auflauf, den Dilys gemacht hatte, auf ihrem Teller herumschob, gesagt: »Ich weiß nicht einmal, ob wir um dieselbe Person trauern.«

»Natürlich nicht«, hatte er gesagt. Eine Situation wie diese erschien ihm völlig klar und durchaus nicht überraschend, aber er hatte sie beleidigt, weil er nicht auf den angedeuteten Vorwurf eingegangen war. Sie hatte ihm ihren Kummer verweigert, als könnte er ihn beschmutzen, indem er versuchte, daran zu rühren, wobei er ihn unweigerlich mißverstehen würde.

Jetzt sagte sie: »Dad ...«

»Ja?«

»Ich möchte dich etwas fragen.«

»Ja?«

Ihr Mund bebte.

»Hast du sie geliebt? Hast du Mum geliebt?«

»Ja.«

Sie sagte: »Das hast du zu schnell gesagt.«

Robin stand auf, stützte seine Hände auf den Tisch und sah Judy an.

»Ich glaube nicht, daß ich im Moment etwas sagen kann, was dich befriedigt.«

Sie schaute zu ihm hoch.

»Wenn du sie geliebt hast ...«

Er wartete.

»Wenn du sie wirklich geliebt hast ...«

»Ja?«

»Weshalb bist du dann so wütend?«

ZWEITES KAPITEL

Carolyn Bliss war in einem kleinen, enteneiblau gestriche-
nen, abblätternden Holzhaus in Sausalito auf der Marin-
County-Seite der Golden Gate Bridge in San Francisco zur
Welt gekommen. Ihr Vater war Maler, ein friedfertiger,
zielloser Mann, der Pot rauchte und dessen Gefühl für die
Relativität des Moralischen so stark war, daß er sich, wie
Carolyns Mutter meinte, noch nie für irgend etwas entschieden hatte. Sie kam von weiter nördlich an der Küste,
aus einem eintönigen kleinen Ort an der Grenze zum Staat
Washington, aus einer Familie von kräftigen, hochgewachsenen skandinavischen Siedlern. Caros Wurzeln lagen in
der Landwirtschaft. Die Mutter wollte mit dem Maler und
ihrem Kind nach Oregon zurückkehren und einen Weinberg bestellen, ein kleines, zwölf Hektar großes, mit Caber-
net-Sauvignon-Reben bepflanztes Stück Land. In Caros
Kindheit war das blaue Haus angefüllt mit Handbüchern
über Weinbau, Broschüren über Beschneidetechniken, Fotos von Trauben, die gereift im Ernte-Sonnenschein herabhingen.

Caro wuchs mit dem starken Eindruck auf, daß das Leben – und damit die Welt und die Zukunft – auf der anderen Seite der Golden Gate Bridge lag. Die Skyline von San
Francisco schimmerte über die Bucht hinweg wie die Türme einer mythischen Traumstadt, eines Ortes, der sich,
wenn man ihn nur erreichen konnte, als der ganz persönli-
che Gral erweisen würde. Das Gerede ihrer Mutter über
Oregon festigte noch das Gefühl, daß das blaue Haus nur
ein Ausgangspunkt war, nicht mehr als ein Aufzuchtnest,
und daß nichts hinter ihm steckte, weder buchstäblich noch
im übertragenen Sinne; vor ihm lagen die lockende Bucht
und die Brücke und die Stadt. Das war die einzige Realität.
Im Sommer füllte sich die hübsche Küste rund um das
blaue Haus mit Leuten, die dort Ferienwohnungen besa-

ßen, Leuten mit Kindern, deren Väter den Winter nicht von Pot berauscht am Ufer verbrachten und den Fischern im Wege herumstanden und deren Mütter segelten und schwammen und Grillpartys veranstalteten, anstatt das ganze Jahr hindurch in der Erde hinter dem blauen Haus herumzuhacken, als wären sie entschlossen, ihr Produktivität mit Brachialgewalt abzuringen.

Ein oder zwei Wochen lang herrschte milde Euphorie, als Caros Vater ging. Er verschwand einfach, nahm seine Farben mit, seinen Vorrat an Marihuana, das er auf einer der Rodungen seiner Frau mühsam selbst angepflanzt hatte, und die paar Dollars, die sie für den Weinberg in Oregon beiseite gelegt hatte. Die Polizei setzte seinen Namen auf die endlose Liste der Vermißten, aber vielleicht hatte sie das Gefühl, daß weder seiner Frau noch seiner Tochter besonders daran gelegen war, daß er aufgefunden wurde, und nach ein paar Monaten ging man, ohne viele Worte darüber zu verlieren, einfach davon aus, daß er, selbst wenn er noch am Leben war, nicht zurückkehren würde. Caro besaß eines seiner Aquarelle, ein kleines blaues Rechteck von Meerwasser, und manchmal betrachtete sie dieses Stück Wasser und fragte sich, ob er darin war, friedlich auf dem Grund der Bucht lag mit einem Joint in der einen und einem Pinsel in der anderen Hand. Sie vermißte ihn nicht. Er hatte nicht genug von sich wissen lassen, um vermißt zu werden.

Carolyns Mutter verkaufte den Rest der Pachtzeit für das blaue Haus an eine chinesische Familie aus San Francisco, die es für den Sommer haben wollte, und zog mit ihrer Tochter nach Norden. Caro war elf. Irgendwo auf dieser Reise legte sich die Mutter eine Freundin zu, eine zähe kleine Frau namens Ruthie, die den Traum von einem Weinberg zu teilen schien. Sie kauften einen ramponierten Wohnwagen, möbelten ihn so auf, daß sie darin schlafen konnten, und vier Jahre lang fuhr Caro auf der Suche nach den zwölf Hektar durch den Nordwesten Amerikas. Irgendwann im Verlauf dieses Herumreisens kam ihr der Gedanke, daß sie nie die Golden Gate Bridge in die Zukunft überquert hatte, so daß sie, obwohl definitiv fort von Marin County, dennoch nach wie vor im Bann des blauen Hauses stand und darauf wartete, daß das Leben ernstlich anfing.

Sie mochte Ruthie nicht. Während ihrer kurzen Schulbesuche sagten Mädchen ihres Alters, daß Ruthie und Caros Mutter miteinander schliefen. Caro sah keinerlei Anzeichen dafür, aber sie hütete sich, genau hinzuschauen, ebenso wie sie sich hütete, die blauen Essensmarken von der Wohlfahrt zur Kenntnis zu nehmen und das Leben ihrer Mutter und Ruthies als Wanderarbeiterinnen, Rebenbeschneiden im Januar, Erbsenpflücken im Juni, die knochenbrechende Ernte im Spätsommer. Sie belegte eine Ecke des Wohnwagens für sich selbst mit Beschlag und verteidigte sie heftig, malte endlos Bilder von Häusern mit Gärten und Palisadenzäunen, Apfelbäumen und Hundehütten: Häuser, die ganz eindeutig umgeben waren von sämtlichen Attributen eines seßhaften Lebens.

Als sie fünfzehn war, reichte es ihr. An einem glutheißen Tag spät im August flocht sie ihr Haar zu einem dicken Zopf, zog saubere Sachen an, die sie geplättet hatte, indem sie sie unter ihre Matratze legte und dann darauf schlief, und ging los, um die Frau des Farmers, für den ihre Mutter und Ruthie gerade Mais enthülsten, zu fragen, ob sie diesen Winter über im Farmhaus bleiben und im nahegelegenen Harrisburg regelmäßig zur Schule gehen könne. Sie würde sich ihren Unterhalt verdienen, sagte sie, das Haus putzen, sich um die Hühner kümmern, abwaschen und auf die Kinder aufpassen. Die Frau des Farmers schaute erschöpft von ihrer Horde von fünf Söhnen unter neun Jahren auf und sagte ja. Es folgte ein fürchterlicher Krach. Ruthie versuchte, sie im Wohnwagen einzuschließen, und ihre Mutter nahm ihr die Schuhe weg. Aber Caro zog noch vor Monatsende ins Farmhaus um und betrachtete ihr karges Schlafzimmer, in dem jede Oberfläche mit Staub von den Feldern bedeckt war, mit tiefster Befriedigung.

Dort blieb sie ein Jahr. Als es um war, zog sie zur Familie einer Schulfreundin, danach, für die Abschlußklasse, zu einer Lehrerin, die an der High-School Geschichte unterrichtete. Zwei- oder dreimal jährlich tauchten ihre Mutter und Ruthie mit dem Wohnwagen an diesen verschiedenen Adressen auf und wurden mit Keksen und Kräuterbier oder Pizza und kalorienarmer Cola traktiert, bis Caro beschloß, daß sie sich lange genug in ihr Leben gedrängt hatten, und sie wieder fortschickte. Sie wurden einander mit zunehmendem Alter immer ähnlicher, von schroffem Wesen und wie Männer redend. Keine von ihnen schlug je vor, daß sich Caro ihnen wieder anschließen und in ihre Ecke des Wohnwagens zurückkehren sollte. Wenn sie es getan hätten, dann hätte sie sich rundheraus geweigert.

Als sie achtzehn war, erhielt sie ein Stipendium für ein Grafikstudium an einem Kunst-College in Portland, da sie etwas von den künstlerischen Fähigkeiten ihres Vaters geerbt hatte, überlagert von ihrem entschlossen verteidigten Verlangen nach Ordnung. Aber in Portland gefiel es ihr nicht, und sie stellte fest, daß ihr auch das Studium nicht sonderlich gefiel, und es begann sie der Gedanke zu verfolgen, daß sie sich am falschen Ort befand, um im simpelsten geografischen Sinne irgendwohin zu gelangen, daß sie, wenn sie nicht nach Süden zurückkehrte und diese verdammte Brücke überquerte, nie ein wirkliches Leben führen und nie eine Zukunft haben würde und daß sämtliche Anstrengungen, die sie als Heranwachsende unternommen hatte, um sich einen Weg nach vorn zu bahnen, weggeworfen wären.

Sie verkaufte den größten Teil ihrer Habe, um einen Fahrschein für den Fernbus zurück nach Kaliformen kaufen zu können und noch ein paar Dollar übrig zu haben. In Sausalito stattete sie dem blauen Haus – jetzt grellrosa gestrichen – einen kurzen Besuch ab und marschierte dann mit ihrem Rucksack den ganzen Weg über die Golden Gate Bridge in die Stadt. Sie brauchte siebenundzwanzig Minuten. Danach – und ermutigt von der Erinnerung an die freundliche Aufnahme, die sie bei den Lehrern in Harrisburg erfahren hatte – fuhr sie in Etappen per Anhalter hinaus zur Universität von Berkeley und besorgte sich einen

Job in einem der Futon-Läden, von denen es hier zwischen Banken und Buchhandlungen und Lieferanten von Hippie-Perlen, Ginseng und magischen Pilzen wimmelte.

Zwei Dinge von allergrößter Bedeutung widerfuhren Caro als Folge ihrer Arbeit in dem Futon-Laden. Das erste war, daß sie sich mit einem englischen Ehepaar anfreundete, einem Professor für Semantik und einer Physikerin, die im Rahmen eines akademischen Austauschprogramms ein Jahr in Berkeley verbrachten. Sie kamen in den Laden, um zwei Futons für ihre Wohnung zu kaufen, als Schlafgelegenheiten für ihre heranwachsenden Kinder, die gelegentlich zu Besuch kamen, und in dem großen, hellen Laden, zwischen den blaßfarbenen, stummen Bettrollen bildete sich eine Freundschaft, die dazu führte, daß Caro zuerst zum Essen und danach für die Wochenenden zu ihnen in die Wohnung kam.

Das zweite war Caros erste Beziehung. Ihr Geliebter war ein japanischer Student, der samstags vormittags im Laden arbeitete und hin und wieder an den Bestellbüchern mit dem Manager, der nicht japanisch sprach und nicht alle Rechnungen verstand. Der Student hieß Ken. Er war groß für einen Japaner, aber immer noch erheblich kleiner als Caro, und sie liebten sich im Lager hinter dem Laden auf Futons, die wegen Fabrikationsfehlern, vor allem an den Nähten, an die Fabrik zurückgeschickt werden sollten. Sie empfand seine Haut und sein Haar als besonders attraktiv und auch seine Höflichkeit. Er begleitete sie in die Studentenklinik, damit sie ihr allererstes Rezept für die Pille bekam. Sie begann zu glauben, daß sie tatsächlich die Brücke überquert hatte.

Doch dann wurde sie krank. Anfangs fühlte sie sich nur müde und elend, was sie darauf zurückführte, daß sie sich erst an die Pille gewöhnen mußte; doch dann wurde es immer schlimmer, und ihre Regel blieb aus. Ihr war nicht mehr nach Liebe zumute, und Ken, obwohl nach wie vor höflich, machte ihr klar, daß er kein Interesse daran hatte, nur mit ihr auf den fehlerhaften Futons im Lagerraum zu liegen und zu rauchen. Er zog sich ein wenig zurück, verkündete dann, er müsse sich ein anderes Ventil für seine natürlichen Impulse suchen, und verschwand zu einem anderen Samstagsjob, in einer Sushi-Bar, wo er in einer grünen Weste und mit dazu passender Fliege an der Kasse saß und die Dollars der Gäste in Empfang nahm.

Drei Tage nach seinem Verschwinden wurde Caro bei der Arbeit ohnmächtig. Als sie zu sich kam, sagte sie, die Schmerzen wären grauenhaft, und fiel abermals in Ohnmacht. Sie wurde ins Krankenhaus gebracht, wo Tests ergaben, daß ihre Eileiter infolge einer chronischen Entzündung, bewirkt durch eine Infektion, verstopft waren und daß die gleiche Entzündung beide Eierstöcke schwer in Mitleidenschaft gezogen hatte. Sie wurde sofort operiert, informiert, daß sie nun leider unfruchtbar sei, und entlassen, um sich auf einem der Futons, die sie dem englischen Ehepaar verkauft hatte, zu erholen.

Sie waren gut zu ihr. Sie war, sagten sie, im gleichen Alter wie ihre älteste Tochter, die an einer englischen Universität Jura studierte, von der Caro noch nie gehört hatte, Exeter, und das allein erregte schon das Mitgefühl der beiden. Sie pflegten sie gesund, verschafften ihr einen Job in der Buchhandlung des Studentenzentrums und schenkten ihr dann zu ihrem zwanzigsten Geburtstag ein Economyclass-Ticket nach London und zurück. Sie hatten Freunde und Verwandte in England, bei denen sie wohnen konnte, sagten sie, und sie würde eine Chance haben, ihr Leben und ihr Land aus einer anderen Perspektive zu betrachten. Es würde ihr helfen, Klarheit in ihre Gedanken zu bringen. Für Caro war es das außerordentlichste Geschenk, das sie je bekommen hatte, nicht nur wegen seiner Großzügigkeit, sondern auch deshalb, weil es zu beweisen schien, daß trotz Ken und trotz der Operation – deren Konsequenzen ihr bis jetzt kaum dämmerten – die Verheißung der Golden Gate Bridge immer noch galt.

Im April 1971 traf Caro mit einem bescheidenen Koffer voller Kleidungsstücke und einer Liste von Adressen in England ein. Sie verbrachte zehn Tage mit Verwandten ihrer

Wohltäter in einem Vorstadthaus in der Nähe von Richmond Park und reiste dann weiter, um in einer chaotischen Studentenunterkunft außerhalb von Exeter zu wohnen – einem gemieteten Farmhaus, in dem das warme Wasser nur lauwarm war und der Strom immer wieder ausfiel. Der Kulturschock, den beide Orte auslösten, war immens. Selbst die Sprache schien mehr zu trennen, als daß sie verband. Drei Wochen lang ertrug Caro das unvorstellbar laute Gerangel spielender englischer Studenten, das sich in jeder Hinsicht von der drogenbenebelten Laxheit ihrer Kommilitonen in Berkeley unterschied; dann erkundete sie, einen gestelzten Dankesbrief in ihrer schlichten amerikanischen Handschrift hinterlassend, die Geheimnisse des englischen Eisenbahnsystems, um zu ihrer dritten Adresse zu gelangen, einer Farm in den Midlands.

Es war ein großer Betrieb, in dem Schweine und Rinder gezüchtet und Obst und Gemüse für eine Reihe von Läden angebaut wurden. Die Familie, die ihn leitete – Vater, Mutter, erwachsener Sohn und zwei Töchter –, hatte die Physikerin in Berkeley gekannt, seit sie ein kleines Mädchen gewesen war. Die Mutter der Farmersfrau, inzwischen verstorben, war ihre Patin gewesen. Sie akzeptierten Caro, als tauchten an jedem Tag der Woche hochgewachsene, heimatlose amerikanische Mädchen ohne ein besonderes Ziel bei ihnen auf, und bezogen sie, ohne viel Aufhebens davon zu machen, in ihr Leben und ihre Arbeit ein.

Im Gegensatz zu den Studenten in Exeter redeten sie nicht pausenlos. Sie sprachen, wenn es erforderlich war, über Dinge, die ihren Alltag, das Leben auf der Farm, betrafen. Das paßte Caro. Da sie, seit sie fünfzehn war, immer am Rande des Lebens anderer Leute gelebt hatte, hatte sie es sich angewöhnt, selbst nicht viel zu reden, als ob Reden bedeutete, daß sie sich ins Rampenlicht drängte, ins Zentrum der Aufmerksamkeit von Leuten, von denen sie abhängig war und die sie deshalb nicht durch falsches Benehmen verärgern durfte. Selbst vor dieser Zeit war Caros Kindheit nicht von vielem Reden geprägt gewesen. Ihr Vater hatte sich, wenn überhaupt, durch seine Malerei artikuliert, ihre Mutter durch angestrengte praktische Tätigkeit, ständig bemüht, romantischen Träumen eine Art Realität abzuringen. Auf diesem großen landwirtschaftlichen Betrieb in den englischen Midlands fand Caro vieles, was ihr vertrauenswürdig erschien. Behutsam sich ihren Weg durch den ungewohnten Tagesablauf und das merkwürdige Essen ertastend, begann Caro unwillkürlich, sich zu entspannen.

An manchen Abenden und an den Wochenenden nahmen der Sohn des Hauses und seine Freundin – eine Tierärztin, die sich auf Schweine spezialisiert hatte – Caro mit zu Veranstaltungen der örtlichen Gruppe der Young Farmers. Sie hörte sich Vorträge über Farm-Management an, nahm an Wettbewerben über das Beurteilen von Vieh teil und verbrachte unzählige Abende im Pub, wo sie es lernte, Darts zu werfen; sich an das warme, starke englische Bier zu gewöhnen, gelang ihr nicht. Es waren oft dieselben Begleiter, nett, fröhlich und gesund, eine Gruppe junger Leute von einer Art, die Caro bisher noch nie erlebt hatte. Für das Leben in der Stadt hatten sie kaum ein Nicken übrig. Sie waren die Landwirtschaft betreibenden Kinder von Landwirtschaft betreibenden Eltern; für die meisten von ihnen war der Entschluß, sich dem Land zu widmen, im Grunde gar kein Entschluß gewesen, sondern vielmehr das Akzeptieren des ihnen vorherbestimmten Lebenswegs. Wenn sie sich in den verräucherten Pubs und Clubs umschaute, hatte Caro das Gefühl, daß sie, die Nomadin, endlich zur Ruhe gekommen war zwischen Seßhaften, Leuten, die sich eher durch ihre Umgebung identifizierten als durch Persönlichkeit oder Beruf. Und zu ihrer Überraschung gefiel ihr das.

Robin Meredith beobachtete sie fünf Wochen lang, bevor er sie ansprach. Selbst hoch gewachsen, war er beeindruckt von ihrer Größe und von ihrem exotischen Akzent. Sie war anders gebaut als die englischen Mädchen, und sie setzte ihren Körper und ihre Hände anders ein. Er hatte gehört, daß sie als Angestellte im Farmladen von Thripps End arbeitete, also nahm er an, daß sie zu der herumwandernden Gemeinde internationaler Studenten gehörte, die sowohl die Heimkehr zu ihrer Familie als auch Zukunftsüberlegungen immer wieder aufschoben. Als er ihr schließlich ein Glas Most spendierte, fand er heraus, daß sie weder Studentin war noch arbeitete. Sie war nach England gekommen, sagte sie, weil andere Leute es vorgeschlagen hatten und weil sie so freigebig gewesen waren.

»Weshalb?« fragte er.

Sie zuckte die Achseln. »Damit ich mich umsehe, nehme ich an. Um dort drüben von hier drüben aus zu betrachten.«

»Weshalb?« fragte er noch einmal.

Sie hatte eine Weile geschwiegen und in ihr Glas geschaut. Dann sagte sie, mit ihrer frisch gewonnenen Selbsterkenntnis: »Vielleicht, um herauszufinden, ob ich wirklich eine Nomadin bin.«

Er wußte nicht, was sie meinte, lud sie aber trotzdem zu Ausflügen ein. Er fuhr sie durch die Landschaft, zeigte ihr Farmen und Felder und speziell für die Aufzucht von Fasanen angepflanzte Wälder. Er ging mit ihr ins Kino, wo er seinen langen Oberschenkel an ihren drückte, aber nicht ihre Hand hielt, und zur jährlich stattfindenden Pferdeschau, wo sie die ersten Zigeuner ihres Lebens sah, und dann auf den Gipfel von Stretton Beacon, wo er ihr das Land zeigte, das vor ihnen lag wie eine Karte, wohlgeordnet und gezähmt von dieser Höhe aus, die landwirtschaftlichen Flächen gesprenkelt mit den Dächern, Schornsteinen und Türmen der Dörfer. Dort oben, im Wind, küßte er sie und erzählte ihr, daß er zu Hause ausziehen und sich eine eigene Herde von Milchkühen anschaffen wolle.

»Da unten«, sagte er und zeigte auf die grauen Windungen des Flusses Dean, der sich unterhalb von ihnen entlangschlängelte. »Da unten.«

»Ich habe noch nie eine Kuh angefaßt«, sagte Caro.

»Ich werde mit zwanzig anfangen«, sagte er. »Zwanzig. Ich werde einen Fischgräten-Melkstall bauen.«

Sie schaute auf die unter ihnen liegende Landschaft. Sie hatte schon hübschere gesehen, dramatischere, kraftvollere. Aber hatte sie je eine Landschaft gesehen, die Menschen so wohlwollend anzubieten schien, in ihr zu leben, sie zu nutzen? Hatte sie etwas gesehen, was so fügsam, so einbeziehend, so harmonisch war? Und es lag einfach da, zu ihren Füßen, zwanzig oder dreißig Quadratmeilen friedlichen, formbaren Landes, das sich nicht gegen den Menschen wehrte, nicht gequält wurde von extremem Wetter und Erdbeben, sich nicht unglaublicher Entfernungen wegen entzog. Es war eine Welt dort unten, eine vollständige Welt aus Mensch, Land und Tier unter einem nicht bemerkenswerten, nicht bedrohlichen englischen Himmel. Caro schob die Hände in die Jackentaschen und schloß die Augen. Wie sollte sie, mit nichts zur Verfügung als sich selbst, die Chance gestalten, hier bleiben zu können?

Eine Woche später fuhr Robin sie zur Tideswell Farm. Sie inspizierten das Haus und die verkommenen Außengebäude, und sie gingen über die verwahrlosten Felder hinunter zum Fluß, wo Enten, Bläßhühner und Moor-Schneehühner im Schilf schwatzten. Es war Ende März, die Weiden waren von gelbgrünem Frühlingsdunst umgeben, und am gegenüberliegenden Ufer pflügte ein Traktor gleichmäßige Furchen, wie Cordsamt, in die rotbraune Erde.

»Wie findest du das Haus?« fragte Robin.

Caro beobachtete den Traktor. Im Kielwasser des Pfluges kreiste eine dekorative Möwenschar über der umbrochenen Erde. Robins Haus war für sie fast zu fremdartig, als daß sie eine Ansicht darüber hätte haben können, so alt, so solide mit seinen Steinmauern, so weitläufig mit seinen schauerlichen Anbauten aus der Viktorianischen Zeit, diesem Flur mit den mosaikartig verlegten Fliesen in Rot und Ocker, dem Zimmer mit dem Erkerfenster und der hölzernen Kaminverkleidung wie in einer gotischen Kirche.

»Ich weiß es nicht«, sagte sie. »Ich habe nichts, womit ich es vergleichen könnte.«

»Macht das etwas aus?«

Sie sah ihn an.

»Nein«, sagte sie langsam, »ich glaube, das tut es nicht.

Es ist nur so, solange man reist, stellt man Vergleiche an. Ganz unwillkürlich. Das ist es, was all die Unterschiede bewirken. Das ist es, was man denkt.«

Er griff in die Weide über ihren Köpfen und brach einen langen, glatten, biegsamen Zweig ab.

»Welches war der beste Ort, an dem du je gelebt hast?«

»Oh«, sagte sie. »Den habe ich noch nicht gefunden. Ich bin immer noch auf der Suche.«

Robin bog den Zweig zu einem Kreis, einer Weidenkrone, und schleuderte ihn übers Wasser wie einen Diskus.

»Du brauchst nicht weiterzuwandern«, sagte er. »Das brauchst du nicht.«

Sie sah ihn an. Sie betrachtete sein grobes, fast schwarzes Haar und seine unnachgiebigen Züge, seine Cordhose und seine Stiefel und die abgetragene Allwetterjacke mit dem um die Ohren herum hochgestellten Kragen. Sie dachte: Kenne ich ihn? Und dann, fast gleichzeitig: Wen habe ich je gekannt?

Er drehte sich um und sah sie an.

»Ich habe gesagt, du brauchst nicht weiterzuwandern. Nicht mehr.« Er deutete über die Felder in Richtung Haus. »Du könntest hier leben. Du hättest hier einen Ort, an dem du leben könntest. Du könntest …« Er verstummte, und dann sagte er: »Du könntest mich heiraten.«

DRITTES KAPITEL

Velma Simms stand in der Küche von Tideswell Farm am Ausguß und wusch Robins Frühstücksgeschirr ab. Caro hatte einen Geschirrspüler aufstellen lassen, aber Velma benutzte ihn nie. Sie tat es nicht, weil ihr zuwider war, daß er Strom verbrauchte. Aus dem gleichen Grund zog sie den mechanischen Teppichkehrer dem Staubsauger vor und erledigte alle Arbeiten im Dämmerlicht. In ihrer Sozialwohnung galt der Stromzähler, der grollend mit Münzen gefüttert werden mußte, als böswilliger, ihr von den Behörden aufgezwungener Haushaltsgott. Velma empfand alles, was sie tun konnte, ohne sich der Tyrannei des elektrischen Stroms zu unterwerfen, als einen persönlichen Sieg über eine Macht der Dunkelheit.

Hinter ihr, am Küchentisch, saß Gareth und verzehrte ein Specksandwich. Debbie hatte ihm gestern am späten Abend einen Stapel davon für den heutigen Vormittag zurechtgemacht, und Gareth hatte sich angewöhnt, sie nach dem ersten Melken zu essen, in der Küche der Farm, um nicht nach Hause gehen zu müssen. Zu Hause, das war ein Ziegelstein-Cottage mit drei Zimmern, eine Dienstwohnung, die Robin für seinen Vorgänger gebaut hatte, nur ein paar hundert Meter entfernt, aber die Farmküche war eine Abwechslung gegenüber seiner eigenen, und die tägliche Viertelstunde in ihr bedeutete, daß er über alles auf dem laufenden blieb. Als Caro noch lebte, war er nur ungern hineingegangen, weil er das vage Gefühl hatte, in ein Territorium einzudringen, das sowohl auf mysteriöse Weise weiblich als auch verboten war. Manchmal hatte er in seinem Overall und ohne Schuhe an der Schwelle gestanden und Caro etwas ausgerichtet, was sie an Robin weitergeben sollte – über eine Kuh, die Mastitis hatte, oder daß der Fachmann für die künstliche Besamung nicht erschienen war –, aber er war nie weiter vorgedrungen. Er war immer wieder von dem Kühlschrank beeindruckt. Während er mit Caro sprach, konnte er den staunenden Blick nicht von ihm abwenden, diesem riesigen, zweitürigen amerikanischen Ding, so groß wie ein Kleiderschrank.

»Den solltest du sehen«, sagte er zu Debbie. »In dem könnte man ohne weiteres zwei Männer unterbringen.«

Jetzt saß er da, wandte ihm den Rücken zu und kaute. Seit Caro nicht mehr da war und das höhlenartige Innere des Kühlschranks nur noch Robins bescheidene Vorräte enthielt, hatte er seinen Zauber verloren. Seine Hauptaufgabe bestand jetzt darin, Velma zu provozieren, sie dazu zu bringen, daß sie eine oder, besser noch, beide Türen öffnete. Sie haßte es, die Türen zu öffnen, weil dann das Licht anging.

»Stromverschwendung!« pflegte sie zu kreischen und schlug sie wieder zu, fast bevor sie die Milch herausgeholt hatte.

»Er will nichts Gekochtes essen«, sagte Velma und stellte eine Corn-flakes-Schüssel ins Tellergestell. »Als sie noch lebte, hat er sich immer ein warmes Frühstück gemacht, aber jetzt will er nicht mehr. Überall im Haus stehen Becher mit kaltem Tee herum, die er vergessen hat, und ständig diese Corn-flakes.«

»Besser als die Flasche«, sagte Gareth. Er musterte Velma von hinten. Sie trug purpurfarbene Leggins, einen schwarzen Pullover – der nicht lang genug war – und türkisfarbene Turnschuhe. »Meine besten Sachen«, wie sie sagte. Ihr Hinterteil, fand Gareth, erinnerte ihn an das seiner Mutter.

»Für ihn bedeutete sie die Welt«, sagte Velma entschlossen. »Die Welt.«

»Wirklich?« sagte Gareth. Der Robin, den er kannte, war seiner Ansicht nach nicht die Art von Mann, für den etwas oder jemand die Welt bedeutete. So weit würde er nie gehen. Er wollte lediglich, daß die Dinge funktionierten, Arbeiten anständig erledigt wurden. Wenn Debbie sich beklagte, was sie häufig tat, daß alles, woran er, Gareth, denke, die Kühe seien, dann sagte er, das müsse er schließlich, oder etwa nicht? Mit Robin, der ihm Tag und Nacht im Genick saß, blieb ihm ja nichts anderes übrig, oder etwa doch? Debbie wollte, daß er aufhörte, als Melker zu arbeiten, und statt dessen aufs College ging und ein paar modernere Dinge lernte, den Umgang mit Computern und Buchführung. Sie wollte ihn in der Verwaltung einer Farm sehen, nicht in einem verdreckten Overall und mit Händen und Armen, die den halben Tag in etwas gesteckt hatten, worüber sie nur ungern nachdachte. Aber Gareth mochte Kühe. Er hatte nichts gegen die lange Arbeitszeit, und er hatte nichts gegen Robin. Und der Gedanke an Computer versetzte ihn in Panik.

»Wo ist er hin?« fragte Velma.

»Zu einer Versammlung wegen der Milchquoten.«

»Völliger Blödsinn, dieser Quotenkram.«

»Ja«, sagte Gareth. Er stand auf und knüllte die Folie, in die Debbie seine Sandwiches eingewickelt hatte, zu einem Ball zusammen. Er sagte: »Merkwürdig hier jetzt, findest du nicht?«

Velma nahm ihre Hände aus dem Ausguß und trocknete sie mit einem Geschirrtuch ab. Sie ließ den Blick durch die Küche schweifen, über die hellen, satten amerikanischen Farben, den extravaganten Kühlschrank, das Poster einer riesigen, weit ausladenden Brücke, schwarz gegen den Sonnenuntergang fotografiert, mit der Aufschrift ›California Dreaming‹.

»Sie war hier nie zu Hause«, sagte Velma. »Nicht wirklich. Genau wie die Schwester meiner Mum. Die ist nach Neuseeland gegangen, um einen Schafzüchter zu heiraten, und hat sich doch nie eingewöhnt. War krank vor Heimweh bis zum Tag ihres Todes, hat sich immer zurückgesehnt. Aber meine Tante«, fuhr Velma fort, während sie eine Handvoll Löffel abtrocknete, »hat wenigstens gewußt, wonach sie sich sehnte. Ich glaube nicht, daß das bei unserer Madam hier der Fall war.«

»Wer ist das?« fragte Gareth. Es wurde Zeit, daß er wieder an die Arbeit ging und die drei Kühe, um deren Füße er sich kümmern mußte, in den Pferch aus Metallstangen brachte, damit er sie sich ansehen konnte; aber diese Unterhaltung hatte etwas merkwürdig Verlockendes an sich.

Und jetzt konnte er durch das Fenster hinter dem Umriß der am Ausguß stehenden Velma einen Landrover auf dem Hof sehen.

»Joe«, sagte Velma. Sie zupfte ihren Pullover herunter. Ein gutaussehender Mann, Joe.

»Was will der denn hier?«

Velma ging zur Küchentür und durch den Raum, in dem die Stiefel aufbewahrt wurden, auf den Hof hinaus.

»Er ist nicht da!« schrie sie Joe zu.

»Macht nichts …«

Er betrat hinter ihr die Küche, wie Gareth in einen dunkelblauen Overall und Arbeitsstiefel gekleidet.

»Morgen, Gareth.«

Gareth nickte. Er griff nach seiner Thermosflasche und seinem Exemplar der Tageszeitung, die er bevorzugte, teils wegen ihrer ausführlichen Fußball-Berichterstattung und teils wegen der täglichen Busenfotos. Debbie hatte auch einmal einen Busen gehabt, aber der schien verschwunden zu sein, auf allmähliche und verwunderliche Weise geschrumpft, als ihre drei Kinder eines nach dem anderen geboren wurden. Ein Jammer, wirklich.

»Ich mache mich wieder an die Arbeit …«

»Ja«, sagte Joe.

Velma kehrte in die Küche zurück und fragte: »Kaffee?«

»Nein danke«, sagte Joe. »Ich bin nur gekommen, um nach etwas zu suchen.« Er verstummte, und dann sagte er: »Oben.«

»Ich zeige Ihnen …«

»Nein«, sagte Joe. Er streckte eine Hand aus, wie um Velma zurückzuhalten. »Ich weiß, was es ist. Ich kenne mich hier aus. Bis später, Gareth.«

Sie sahen zu, wie er die Küche verließ.

»Ziehen Sie Ihre Stiefel aus«, rief Velma.

Er stapfte, mit den Stiefeln, die Treppe hinauf.

»Was, zum Teufel …«

»Ich weiß es nicht«, sagte Velma. »Ich hätte ihn nicht hinauflassen dürfen. Aber ich konnte ihn ja schlecht aufhalten. Schließlich ist er Robins Bruder …«

»Pst ...«, sagte Gareth. Er schaute nach oben, und auch Velma tat es. Im Zimmer über ihren Köpfen bewegte sich Joe in seinen Stiefeln langsam über die Dielenbretter, dann hielt er an.

»So eine Unverschämtheit!« sagte Velma. »Er ist in ihrem Zimmer! Was, zum Teufel, tut er da?«

Die Schritte setzten wieder ein, sehr langsam und bedächtig.

»Er ist in ihrem Zimmer!« sagte Velma noch einmal. »In Caros Zimmer. Ich war nicht mehr darin, seit sie von uns gegangen ist. Nur zum Staubwischen und so. Ich gehe besser hinauf und ...«

»Nein«, sagte Gareth. Er legte eine Hand auf ihren Arm. »Laß ihn.«

»Aber er ...«

»Du weißt nicht, was er da oben will«, sagte Gareth. »Er nimmt bestimmt nichts mit. Vielleicht ...«

»Ja?«

»Laß ihn einfach in Ruhe«, sagte Gareth. Er drückte ihren Arm und ließ ihn dann los. »Wenn er etwas im Schilde führen würde, wäre er bestimmt nicht frech wie Oskar hier hereingekommen. Also laß ihn in Ruhe.«

Er ging auf die Tür zu, mit der zusammengerollten Zeitung und der Thermosflasche unter dem Arm.

»Bis später, Velma.«

Sie griff wieder nach ihrem Geschirrtuch und schüttelte den Kopf, als müßte sie sich von beunruhigenden Vibrationen befreien.

»Komisch«, sagte sie.

In Caros Schlafzimmer lehnte sich Joe an das Fußende ihres Bettes und betrachtete die Stelle, an der sie gelegen hatte. Er hatte sie dort gesehen, etliche Male, während des schnellen und beängstigenden Fortschreitens ihrer Krankheit, in einem gestreiften Nachthemd, das Haar einseitig geflochten, damit sie bequem liegen konnte. Das heißt, solange sie noch Haare hatte. Vor der Behandlung.

Er hielt sich an der polierten Holzstange fest und starrte auf die Rundung des Kissens unter dem rot-weißen Quilt. Er wußte nicht mit Bestimmtheit, weshalb er hier war, nur, daß er einem plötzlichen Impuls nachgegeben hatte, sich von Caro zu verabschieden, ihr zu erklären – ohne etwas zu sagen, nur dadurch, daß er in ihrem Schlafzimmer war –, daß seine geistige Abwesenheit von ihrer Beerdigung, von allem, was mit der Tatsache ihres Todes zusammenhing, nicht das geringste mit ihr zu tun hatte. Es hatte mit etwas wesentlich Dunklerem und Bestürzenderem zu tun, einer Angst, die Joe in dem Moment ergriffen hatte, als Robin aus dem Krankenhaus in Stretton anrief und sagte, daß Caro vor zwanzig Minuten gestorben war – und die er seither nicht wieder losgeworden war. Als er am Grab stand und den gelben Schirm über Lyndsay und Judy hielt, hatte er etwas gefühlt, was Panik sehr nahe kam. Seither hatte er dieses Gefühl von Zeit zu Zeit immer wieder gehabt, hatte sich dabei ertappt, wie er den langen Umweg durch Dean Cross fuhr, um nicht am Friedhof vorbeizukommen, und Lyndsay jedesmal beinahe anblaffte, wenn in einem Gespräch Caros Name fiel. Vor zehn Minuten, auf der Straße zwischen Dean Place und Tideswell heimwärts fahrend, hatte Joe diese Panik so heftig gespürt, daß er für den Bruchteil einer Sekunde fast das Bewußtsein verloren hatte.

»Ich nagle es fest«, sagte er laut zu sich selbst und umklammerte das Lenkrad. »Ich fahre hin, gehe in ihr Zimmer und nagle es ein für allemal fest.«

Aber ihr Zimmer bot ihm nichts. Es war ordentlich, fast karg, möbliert mit einer zufälligen Kollektion von Gegenständen, die sie im Laufe der Jahre bei Auktionen erstanden hatte; gepflegten, fast steifen Dingen. Nichts in diesem Zimmer wies auf Robin hin, keinerlei Anzeichen dafür, daß er das Bett mit der Patchworkdecke mit ihr geteilt hatte. Aber es gab auch sonst kaum Anzeichen von irgend etwas, am wenigsten, was Joe so inbrünstig zu finden gehofft hatte – ein Anzeichen von Leben.

»Caro«, sagte er ins Leere.

Nichts regte sich. Er trat ans Fenster, schaute hinaus auf

den Hof – ein Ausblick, für den sie sich vermutlich entschieden hatte – und sah auch dort nichts, nicht einmal
Kühe. Ihr Fortsein hatte etwas buchstäblich Unerträgliches
an sich, etwas zutiefst Grausames und auch etwas Unabwendbares. Er legte die Stirn an die Fensterscheibe. Es war
die Unabwendbarkeit, die so grausam war. Ohne Caro
hier, ohne ihr lebendiges Selbst als Beweis für diese andere
Welt, dieses andere Leben voller Hoffnung und Bewegung,
das sie mit sich herumgetragen hatte wie eine Aura, konnte das Verhängnis seinen Lauf nehmen. Er schluckte
schwer. Irgend etwas an Caro, etwas daran, wer sie war,
woher sie kam, hatte ihm das Gefühl vermittelt – warum,
zum Teufel, hatte es das getan? –, daß er dem Schicksal entgehen, daß er – wenn er immer weiterrannte – schneller
sein würde.

Sie hatte ihm sogar das Gefühl vermittelt, daß Geld keine Rolle spielte, daß seine scheinbare Fähigkeit, die Finan-
zen der Farm zu verwalten, nicht mit ihm durchging. Er
hatte mit ihr nie offen über seine Ängste gesprochen, über
die heimlichen Kreditaufnahmen, über seine Neigung, zu
glauben, daß es sich automatisch irgendwie auszahlen
würde, wenn er mehr Geld ausgab, aber er hatte es angedeutet. Und sie hatte ihn angelächelt. Sie hatte dieses gelassene, aber wissende Lächeln gelächelt und gesagt, er solle sich wegen des Kurzfristigen keine Sorgen machen; das
Kurzfristige war immer voll von Schocks, es war das Lang-
fristige, auf das man sich konzentrieren mußte. Und jetzt
war sie verschwunden und mit ihr der Trost des Langfri-
stigen, und nun stand er mit den Schocks allein da.

Er löste seine Stirn von der Scheibe und rieb darüber.
Unter ihm, auf dem Hof, tauchte in einiger Entfernung Gareth auf, der zu beiden Seiten je eine Kuh am Strick führte.
Robin war gut darin, Kühe an den Strick zu gewöhnen, und
hatte eine Vorrichtung konstruiert, die einer herumwir-
belnden Wäscheleine ähnelte und mit der die Jungtiere so
gezähmt wurden, daß sie sich führen ließen. Er sagte, das
sei von Vorteil, wenn man sie bei einer Vorführung zeigen
oder verkaufen wolle, eine wohlerzogene Kuh habe mehr

Aussichten, das Auge eines Käufers auf sich zu ziehen. Robin ... Was würde Robin denken, wenn er jetzt nach Hause käme und Joe im Schlafzimmer seiner Frau vorfände, ohne daß dieser ihm eine Erklärung dafür geben konnte? Und es gab keine Erklärung, nicht wahr, jedenfalls keine handfeste, keine, die man einem mißtrauischen Bruder auftischen konnte, der schließlich ein Recht darauf hatte, auf jede beliebige Art in seinem Kummer zu schwelgen. Während er, Joe, der lediglich der Schwager der verstorbenen Frau war, ein Ehemann und Vater lebendiger Menschen, ein solches Recht nicht hatte. Überhaupt kein Recht, keinerlei Ansprüche außer diesem Gefühl, das ihn so verstörte: daß sie auf irgendeine Weise den Schlüssel zu seiner Zukunft in der Hand gehabt und ihn, als sie gestorben war, mitgenommen hatte.

Er ging hinaus auf den Treppenabsatz. Im Haus war es sehr still. Velma würde nach wie vor in der Küche sein und so tun, als wüsche sie ab, in Wirklichkeit aber darauf warten, daß Joe herunterkam und eine Erklärung abgab. Velma war nicht zur Beerdigung gekommen. Sie sagte, sie gehe nie zu Beerdigungen, sie könne sie nicht ausstehen. »Schaurig«, sagte sie. »Wenn man tot ist, ist man eben tot. Beerdigungen sind widerlich.« Joe fragte sich, was sie zu Robin gesagt haben mochte, wenn sie überhaupt etwas gesagt hatte. »Tut mir leid, von Ihrem Verlust zu hören« oder: »Ich werde sie vermissen, das steht fest« oder einfach: »Soll ich ein neues Glas Kaffee besorgen? Das hier ist fast leer«?

Auf der anderen Seite des Treppenabsatzes stand Robins Tür offen. Sein Bett war gemacht, zumindest halbwegs, aber auf den beiden Holzstühlen, die Joe sehen konnte, türmten sich Kleidungsstücke, und auf dem Fußboden lagen Schuhe und Zeitungen herum und zerfledderte Exemplare von landwirtschaftlichen Zeitschriften. Wirklich seltsam. Robin war immer so ordentlich gewesen. Auf der Kommode an der gegenüberliegenden Wand stand ein Foto von Caro, eine Schwarzweißaufnahme von ihr, wie sie an der Pforte lehnte, die vom Garten auf das fünfzehn Morgen große Feld führte, auf das die Kälber gebracht wurden, dicht beim Haus, wo man sie ständig im Auge behalten konnte. Aus dieser Entfernung konnte Joe das Foto nicht deutlich sehen, aber Caros Haar schien lose herunterzuhängen, und sie hatte etwas Kariertes an.

»Ist alles in Ordnung?« rief Velma.

Sie stand am Fuß der Treppe, mit einem Staubtuch und einer Sprühdose Möbelpolitur.

»Haben Sie gefunden, was Sie gesucht haben?«

»Nein«, sagte Joe. »Habe ich nicht. Aber es spielt keine Rolle.«

Sie sagte: »Dann sollten Sie jetzt herunterkommen.«

Er stieg, von ihr beobachtet, langsam die Stufen hinunter.

»Robin wird zum Mittagessen wieder dasein …«

»Ja.«

»Ich werde ihm ein Stück Kalbfleisch- und Schinkenpastete hinstellen«, sagte sie. Und dann: »Ich kümmere mich um ihn.«

Zu Hause, dachte Joe, würde Lyndsay dabeisein, das Mittagessen für ihn und die Kinder zuzubereiten, das ordentliche, gewissenhaft zusammengestellte Essen, wie sie es ihm jeden Tag kochte, mit reichlich Gemüse. Sie würden am Küchentisch sitzen, er, Lyndsay und Hughie, Rose in ihrem Kinderstuhl, und sie würden Cottage-pie essen oder einen Auflauf oder mit Käse überbackene Kartoffeln, und Lyndsay würde versuchen, sich mit ihm zu unterhalten und Hughie zum Reden zu ermuntern. Sie würde sich bemühen, ihn davon abzubringen, daß er das Radio einschaltete, um die landwirtschaftlichen Nachrichten und den Wetterbericht zu hören. Sie sagte, das könne er den ganzen Tag über hören, im Landrover oder auf dem Traktor; die Mahlzeiten seien dazu da, daß man etwas voneinander habe und sich unterhalte. Rose konnte noch nicht sprechen, aber das machte sie dadurch wett, daß sie laute Rufe ausstieß und mit dem Löffel auf das Eßtablett ihres Kinderstuhls schlug. An Joes dunkleren Tagen sprach vieles zu Roses Gunsten.

»Ich verschwinde jetzt«, sagte Joe zu Velma.

44

Sie schaute zu ihm auf. Ihrer Ansicht nach hatte er von jeher etwas von dem jungen John Wayne an sich gehabt, dieses schroffe Wesen. Sie sagte: »Sie könnten es mit einem Lächeln versuchen, Joe. Das Leben muß weitergehen.«

Er schwieg einen Moment, bedachte sie mit einem flüchtigen Lächeln, das sich nicht einmal in die Nähe seiner Augen ausbreitete, dann ging er an ihr vorbei und hinaus auf den Hof.

Robins Pastete lag unter einem Stück straffgezogener Plastikfolie neben dem Salzstreuer, der Pfeffermühle und einem Laib Brot, der unter einer Gazehaube steckte. Dilys hatte Caro mehrere dieser Hauben geschenkt. Sie sollten das Essen in der Speisekammer vor Fliegen schützen, aber Caro hatte sie ebenso wenig benutzt wie die Speisekammer selbst, weil sie alles Verderbliche in dem großen Westinghouse-Kühlschrank aufbewahrte, den Robin ihr, als sie zwölf Jahre verheiratet waren, über einen Importeur in London besorgt hatte.

Die Hauskatze hatte ganz offensichtlich mit Gewalt versucht, an die Pastete heranzukommen, aber es war ihr nicht gelungen. Jetzt saß sie auf dem Stapel Zeitungen neben der Hintertür, den Robin bei nächster Gelegenheit zu den Recycling-Tonnen bringen wollte, und wartete darauf, wie sich die Dinge entwickeln würden. Robin deutete auf den Teller.

»Das ist meins«, sagte er.

Die Katze tat so, als hätte sie es nicht gehört. Sie musterte ihn. Robin betrachtete die Pastete. Sie hatte die abstoßende Blässe von zubereiteter Nahrung, die bei Zimmertemperatur stehengelassen wird, weil Velma es lieber riskierte, daß sie verdarb, als, wie sie glaubte, Strom zu verbrauchen, indem sie sie in den Kühlschrank stellte. Robin zog die Plastikfolie ab und roch daran. Von der Pastete ging ein starker Geruch aus, nicht gerade ranzig, aber stechend. Er nahm den Teller, trug ihn hinüber zu dem Stapel Zeitungen und stellte ihn daneben auf den Boden.

»Alles für dich«, sagte er.

Er ging an den Kühlschrank und holte ein Stück Käse heraus. Er schien nur von solchem Zeug zu leben, Käse und Corn-flakes, Sachen, die Masse hatten und einfach waren. Als er noch klein war, hatte Dilys eine Hauskuh gehalten, die all die Butter und den Käse lieferte, die sie gegessen hatten, und die entrahmte Milch wurde zum Brotbacken verwendet. Jetzt kaufte Dilys Käse und Brot fertig wie alle anderen Leute auch. Das Halten einer Hauskuh war hoffnungslos unwirtschaftlich.

Velma hatte eine Liste mit Botschaften auf den Tisch gelegt.

»Mann von der Farmentwicklungsbehörde hat angerufen. Sagte, Sie wüßten Bescheid, um was es geht. Gareth sagt, neue Güllepumpe ist eingetroffen, und er hat vier brünstige Kühe. Händler war wegen des Düngers da. Habe gesagt, er soll Mittwoch wiederkommen. Joe war hier, aber ich weiß nicht, was er wollte. Morgen früh kommt der Doktor, deshalb wird es später. Wohnzimmerschornstein muß gefegt werden.«

Robin stellte das Radio an, hörte die Vorhersage von starkem Westwind, die er bereits auf dem Heimweg gehört hatte, und stellte es wieder ab. Er hob die Gazehaube von dem Brotlaib und betrachtete ihn. Was hatte Joe gewollt? Was hatte er gewollt, was er nicht am Telefon hätte sagen können? Er griff nach dem Brotmesser und begann, dicke, gleichmäßige Scheiben von dem Laib abzuschneiden. Die Versammlung war deprimierend gewesen, wie solche Versammlungen heutzutage fast immer, seit die großen Molkereien Umsatzeinbußen im letzten Halbjahr verkündeten und die Regierung mit ihren Gesundheitsrichtlinien die Öffentlichkeit drängte, weniger Milchfett zu konsumieren. Er hätte nicht zu der Versammlung zu gehen brauchen, um das zu erfahren, und sich auch kein Salz in die Wunden seiner Verletzlichkeit reiben lassen müssen. In den frühen Jahren seiner Arbeit war er überzeugt gewesen, es geschafft zu haben, die Gewinne aus der Herde hatten sich Jahr für Jahr verdoppelt, so daß es eine kurze und berauschende Zeit lang so ausgesehen hatte, als würden die Kreditschulden, die ihm den Schlaf raubten, dahinschmelzen wie Zucker. Schöne Hoffnungen, dachte er jetzt, während er Käse zwischen die Brotscheiben legte, schöne Hoffnungen, bei ständig steigenden Unkosten, den 13 000 Pfund plus Haus für Gareth, Kühen, für die er jährlich für mehrere hundert Pfund Futter zukaufen mußte, Zinsen ... Und jetzt dieses kalte, nasse Frühjahr, das bedeutete, daß der Mais erst sehr spät aufgehen würde. Er nahm einen einzigen Bissen, dann legte er das Brot hin. Es schmeckte nach nichts und fühlte sich staubtrocken an.

Draußen auf dem Hof war alles ruhig. In einer Stunde würde Gareth wiederkommen, um die Kühe in den Sammelpferch zu treiben. Dann würde er sich den Umkreis der Scheune und alle betonierten Flächen vornehmen und mit einem großen, am Traktor befestigten Gummischaber den Kot und Harn entfernen. Der Traktor war uralt, Robins allererster, schon aus dritter Hand, als er ihn kaufte. Für die Summe, die er damals für diesen Traktor bezahlt hatte, bekam man heutzutage nicht einmal einen Traktorreifen. Er mochte Altes, zum Beispiel die erfahrenen Kühe, die oft einen fürchterlichen Dickkopf hatten, aber zu jedem Melken in dieselbe Box gingen, regelmäßig wie ein Uhrwerk und immer in dieselbe Box in der Scheune. Sie hatten eine Autorität an sich, die die Jungtiere beruhigte. Aus genau diesem Grunde steckte er immer gern ein paar dieser alten Mädchen zwischen die Jungen, obwohl ›alt‹ kaum das richtige Wort für sie war. Er hätte sich gern vorgestellt, wie sie dreizehn oder vierzehn Jahre hinter sich brachten, was ihre natürliche Lebenszeit war, aber heutzutage wurden sie nur selten älter als fünf Jahre.

Die Kühe beobachteten ihn mit der Friedfertigkeit, die aus Vertrautheit erwächst, als er in seinen Landrover stieg und an ihnen vorbei auf den Wirtschaftsweg zum Fluß einbog. Wegen der Frühjahrsregen waren die Leute von der Umweltbehörde in Unruhe geraten, weil sie befürchteten, daß Gülle in den Fluß gespült werden könnte, und wenn es nicht die Umweltbehörde war, dann waren es irgendwelche Gesundheits- und Sicherheitsvorschriften, die ihn unweigerlich zwangen, Geld auszugeben, das er nicht besaß.

»Ich habe kein Geld«, hatte Caro zu ihm gesagt, vor so vielen Jahren am Ufer des Flusses. »Keinen Cent.«

»Ich auch nicht.«

»Aber …« Sie hatte auf die Felder gezeigt, die hinter ihnen anstiegen, dorthin, wo das Haus zwischen den zerfallenden Nebengebäuden stand.

»Ich leihe es mir«, hatte er, sie verstehend, gesagt. »Alles bis auf 6000 Pfund. Jeden zusätzlichen Penny.«

Er steuerte den Landrover von dem Weg hinunter und hielt vor einer Pforte an, die zu einem Feld führte. Das Feld, dicht am Fluß, hatte bis Anfang März unter Wasser gestanden und lag jetzt kahl und verhungert aussehend da, wartete auf Wärme, damit neues Gras wachsen konnte. Leihen! Das war nur der Anfang gewesen. Geld leihen war zu einer Lebensform geworden, Geld leihen für Tiere, für Gerätschaften, für Gebäude, für Traktoren und Dünger und Melkmaschinen, alles auf Raten und schon veraltet, bevor sie abgezahlt waren.

»Melk selbst«, hatte Harry immer und immer wieder gesagt. »Spar dir den Melker. Wozu brauchst du für eine Herde von dieser Größe einen Melker?«

Wegen Caro, hätte die Antwort gelautet, aber Robin hatte sie nie ausgesprochen. Er hatte es nie getan, weil es in gewisser Hinsicht nichts mit Caro zu tun hatte. Sie hatte ihn nie gebeten, ihr und Judy mehr Zeit zu widmen, im Gegensatz zu Lyndsay; sie hatte nie erklärt, daß sie sich ausgeschlossen fühlte von seinem anstrengenden, hingebungsvollen, unerbittlichen Farmerdasein. Er war es gewesen, der es gewollt hatte, der Melker, die er sich im Grunde nicht leisten konnte, eingestellt hatte, um zumindest den Versuch zu unternehmen, ein Teil von Caros Leben zu sein, ihr zur Verfügung stehen zu können, für sie etwas anderes zu sein als nur ein Farmer, und sei es auch nur für ein paar Stunden.

»Weshalb willst du eine Farm haben?« hatte sie ihn anfangs gefragt, und er hatte, fast schüchtern, erwidert: »Weil ich gern Dinge zustande bringe«, und sie hatte ihn lange Zeit mit einer Art stiller Sorge gemustert, die er überhaupt nicht begreifen konnte.

Er stieg aus dem Landrover und ging über das Feld zur Hecke auf der gegenüberliegenden Seite – die neu verflochten werden mußte, wie ihm auffiel. Durch das Feld zog sich ein kleiner Bach, kaum mehr als ein Graben, der von dem Abhang unterhalb der Güllegrube bis zum Fluß verlief. Die Grube mußte vergrößert werden, das wußte er, das war schon seit über einem Jahr fällig, genau wie die Installation einer neuen Schmutzwasser-Pumpe. Als nächstes würde ihm die für den Fluß zuständige Behörde im Nacken sitzen, und Bußgeldbescheide würden zu dem Stapel von Rechnungen hinzukommen, die er in einem Plastikkarton in der Küche aufbewahrte und denen er nur dann Aufmerksamkeit schenkte, wenn die letzten Mahnungen kamen.

Caro hatte nie die Farmbücher geführt. Er hatte sie Dilys unter größten Schwierigkeiten entrissen, hatte gehofft, daß Caro sie übernehmen würde, lernen würde, was Futter und Wasser und Bullensamen kosteten, so daß die Farm für sie zu einer Realität wurde, daß sie das, was seine Sache war, auch zu der ihren machte. Doch sie hatte abgelehnt, sanft, aber bestimmt.

»Aber du könntest es lernen ...«

»Nein«, sagte sie lächelnd. »Das könnte ich nicht.«

Sie hatte ein Zimmer für ihn zurechtgemacht, als Farmbüro, einen schmalen Raum wie ein Stück Korridor, im Erdgeschoß, mit einem Fenster, von dem man auf die Zufahrt hinausblickte, und darin eigenhändig Regale für ihn angebracht, hatte Vorhänge und Kissen genäht und Ablagekästen hingestellt, als wollte sie ein Kind davon überzeugen, daß Hausaufgaben Spaß machen. Gehorsam hatte er zwanzig Jahre lang, bis zu Caros Tod, den Papierkram der Farm auf das schmale Zimmer beschränkt, hatte sich dorthin zurückgezogen, um Verlautbarungen des Landwirtschaftsministeriums zu lesen und Marktberichte und Artikel über neue Fütterungsmethoden und, wenn es sich gar nicht vermeiden ließ, um Schecks auszuschreiben. Sie kamen aus einem Scheckbuch, auf dem ›Tideswell Farm Account‹ stand. Caro hielt es für eine Art Sparschwein. Robin wußte, daß es nichts anderes war als ein Verzeichnis seiner Schulden.

Er erreichte die Hecke und zwängte sich hindurch, um einen Blick auf den Bach zu werfen. Das in seinem engen Bett dahinströmende Wasser sah sauber genug aus, aber das besagte nicht viel. Es war durchaus möglich, daß durch die durchnäßte Erde Gülle eingesickert war, und das wollte er lieber selbst herausfinden, bevor die Behörde es diensteifrig an seiner Stelle tat. Er wußte nicht, was er unternehmen sollte, wenn er entdeckte, daß er tatsächlich den Fluß verschmutzte. Aber schließlich wußte er im Augenblick in gar keiner Angelegenheit, was er unternehmen sollte.

Er richtete sich auf und schaute an der Hecke, die sich weit dahinzog, entlang zu dem Punkt am Horizont, wo sich die Dächer der Farm vor dem hartnäckig grauen Himmel abzeichneten. In den Wochen seit Caros Tod war er ständig grau gewesen, Tag für Tag, hatte sich aufs Gemüt gelegt und die ausgekühlte Erde nicht erwärmt. Außerdem hatte es geregnet, genau wie am Tag ihrer Beerdigung, kalter, heftiger Regen, der das Ausbringen von Dünger verhindert und Robin, auf irgendeiner obskuren Ebene, das Gefühl eingeflößt hatte, daß er aus dem Tritt geraten war, daß er bestraft wurde.

Judy hatte ihn beinahe beschuldigt, er hätte ihre Mutter nicht geliebt. Er hatte es abgestritten, schlecht, nicht, weil er seinem Leugnen selbst nicht geglaubt hätte, sondern weil die Geschichte so weit zurückreichte, so kompliziert war. Vielleicht hätte er, ungeachtet seiner Müdigkeit von Herz und Seele nach der Beerdigung, versuchen müssen, Judy eine Erklärung zu liefern, sich zumindest bemühen müssen, ihr zu beschreiben, wie sehr er Caro einst geliebt hatte und daß er nicht sagen konnte, wann diese Liebe einen falschen Weg eingeschlagen hatte und dann auf ihm geblieben war. Das wußte er selber nicht. Wenn er zurückblickte auf diese Jahre des Bemühens, in das er, wie er glaubte, sein ganzes Herz gelegt hatte, des Bemühens um Caro, hatte er lediglich das Gefühl, daß es einen Moment gegeben hatte, in dem ihm bewußt geworden war, daß es ihm gefiel, auf sich allein gestellt zu sein und die Unmöglichkeit, sie zu verstehen, völlig gelassen und sogar gleichmütig hinzunehmen. Judy würde das vermutlich Verrat nennen; das war die Art von Sprache, deren sie sich bediente, eine trotzige, unglückliche Sprache. Aber er war überzeugt, daß hinter dem, was er getan hatte, kein Betrug steckte, kein Verrat oder böswilliges Im-Stich-Lassen, nur das Bemühen, mit jemandem zu leben, den er erwählt hatte und von dem sich nun herausgestellt hatte, daß er seinen Erwartungen nicht im geringsten entsprach und außerdem ganz und gar unlenksam war.

Er begann, langsam am unebenen Ufer des kleinen Baches entlangzuwandern, mit gesenktem Kopf, den Blick auf den Schlamm und das Wasser gerichtet. Judy hatte behauptet, er wäre wütend. Nun ja, in gewisser Hinsicht war er das, auf eine komplizierte, aus Jahren des Kampfes und der Anstrengungen erwachsene Art. Die Wut über spezielle Dinge, zum Beispiel darüber, daß Caro es unterlassen hatte, ihm, bevor sie verheiratet waren, zu sagen, daß sie keine Kinder bekommen konnte, oder daß sie aus heiterem Himmel verlangt hatte, er solle die Krankenhausrechnungen für ihre Mutter in Amerika bezahlen, war längst verraucht. Oder etwa nicht? Aber er war wütend wegen ihrer Krankheit, darüber, daß jemand auf diese verheerende, entstellende Weise sterben mußte, eine schleichende Grausamkeit, die fast alle anderen furchtbaren Grausamkeiten dieser Welt in den Schatten stellte. Aber war er wütend auf sie, weil sie ihn verlassen hatte, indem sie starb, und weil sie ihn, bevor sie ihn verließ, in diesem langen Leben einer Form der Gemeinsamkeit ohne Inhalt unterworfen hatte? War es das? Er streckte eine Hand aus und ergriff einen geschmeidigen, in der Hecke emporgeschossenen Wildtrieb, bog ihn entschlossen um und flocht ihn zwischen die Stämme, die ihm am nächsten standen. Nein, deshalb war er nicht wütend, und wenn doch, dann war das nur ein Nebenprodukt der Tatsache, die ihn wirklich bis ins Mark getroffen, ihm wirklich den bittersten Schmerz und die schlimmste Kränkung bereitet hatte. Und das war, daß sie ihn nie geliebt hatte, trotz all seiner Bemühungen nicht und nicht einmal ganz am Anfang. Und was noch mehr ist, dachte er jetzt – hat sie es überhaupt jemals versucht?

Er schaute den langen Hang hinunter zum Fluß, der dunkel und glänzend zwischen den schlammigen Ufern dahinströmte, jetzt, nach den verheerenden Überflutungen, mit schartigem Umriß. Ein Stück rechts von der Stelle, wo seine Hecke ans Ufer stieß, begann die unregelmäßige Reihe von Weiden, die sich auf ihre seltsam orientalisch anmutende Art übers Wasser reckten und beugten. Es war am Rande einer dieser Weiden, daß er Caro einen Heiratsantrag gemacht und gesagt hatte, sie könne in seinem Haus leben, weil er geglaubt hatte, indem er das sagte, würde sie wissen, daß er für sie sorgen wollte. Er hatte es getan. Sogar nach ihrem Rückzug in das kleine Schlafzimmer über der Küche hatte er immer noch für sie sorgen wollen. War das Liebe gewesen? Judy würde es Besitzgier und männliche Herablassung nennen, aber hätte sie recht damit? War nicht das Verlangen, zu umsorgen und zu beschützen, selbst im Angesicht des Todes vieler Vertrautheiten, in Wirklichkeit eine Form von Liebe?

Er machte sich entschlossen auf den Rückweg den Hang hinauf. Verschmutzung war sein Problem, *mußte* sein Problem sein, er durfte sich nicht ablenken lassen durch dieses vergebliche Forschen in der Vergangenheit, das Öffnen von Türen zu Räumen, die Caro gerade verlassen hatte, das Beschreiten von Wegen, von denen sie abgewichen war, bevor er sie erreicht hatte. Trauer, hatte der Vikar bei einem seiner kurzen, verlegenen Besuche nach der Beerdigung zu Robin gesagt, nimmt viele Formen an, und er müsse immer daran denken, daß selbst die bestürzendsten Reaktionen vollkommen normal seien.

»Vollkommen«, hatte er gesagt und war aufgestanden, um anzudeuten, daß das Gespräch zu seiner großen Erleichterung beendet war. »Sie brauchen sich keinerlei Vorwürfe zu machen.«

Robin musterte ihn so stumm, wie er es bei der Beerdigung getan hatte.

»Die Antwort«, hatte der Vikar gesagt, während er die Zugschnur seines dunkelblauen Anoraks fest um die Taille zurrte, »ist in Ihrem Fall vermutlich Arbeit. Arbeit ist ein großartiges Heilmittel. Arbeit ist häufig die Antwort auf die Probleme der Seele.«

Er streckte Robin seine Hand entgegen. Robin stand langsam auf und ergriff sie für eine bloße Sekunde.

»Das weiß ich«, hatte er gesagt. Seine Stimme war voller Verachtung, die zu verhehlen er sich nicht im mindesten bemühte. »Das habe ich mein ganzes Leben lang gewußt.«

VIERTES KAPITEL

Durch das Fenster hinter ihrem Büroschreibtisch konnte Judy Meredith eine schmutzigweiße Mauer sehen, die Ecke eines Balkons, der zu klein war, als daß jemand darauf hätte stehen können, und auf dem jemand eine unscheinbare Pflanze in einem Plastiktopf sich selbst überlassen hatte, eine weitere Mauer, aus braunen Ziegelsteinen, und ein T-förmiges Stück Himmel. Der Himmel war der einzige Bestandteil dieses Ausblicks, der sich jemals veränderte, und in den Wintermonaten schien nicht einmal er sich diese Mühe zu machen. In der Tat war dieses Stück Himmel im letzten Winter, während ihre Mutter starb, offensichtlich entschlossen, den unerbittlichen Druck auf Judys Leben zu reflektieren, indem es ständig dunkel war, sogar mittags, und entweder Regen ausschüttete oder damit drohte.

Judys Schreibtisch bestand aus blaßgrauem Kunststoff mit dazu passendem Monitor und einer in die Oberfläche eingelassenen Computertastatur. Auf dem Computer redigierte sie Artikel für die Innenarchitektur-Zeitschrift, für die sie arbeitete. Manchmal durfte sie sogar selbst einen Artikel schreiben, über das Zinngeschirr der Shaker oder das neuerwachte Interesse an den Streifen und Karos des achtzehnten Jahrhunderts. Auf ihren letzten Artikel hin, den sie im Grunde für Caro geschrieben hatte und dessen Thema die Anfertigung von Quilts in Amerika gewesen war, hatte sie einen Postbeutel mit 27 Briefen von Lesern erhalten, die ihr gratulierten und mehr erfahren wollten, und von der Chefredakteurin eine freundliche Notiz auf einer der butterblumengelben Karten, die ihre Spezialität waren. Judy hatte die Karte aufgehoben, um sie Caro zu zeigen, wenn sie übers Wochenende nach Tideswell fuhr, aber zu diesem Wochenende war es nicht gekommen, statt dessen erhielt sie am Donnerstag abend Robins Anruf, sie solle unverzüglich ins Krankenhaus von Stretton kommen.

Als sie nach der Beerdigung in die Redaktion zurückgekehrt war, hatte Judy die gelbe Karte zerrissen und in ihren grauen Kunststoff-Papierkorb geworfen. Sie erinnerte sie zu stark ans Mitteilenwollen.

Außer dem Computer gab es auf Judys Schreibtisch eine Reihe von Ablagekästen, einen Stapel der letzten Ausgaben der Zeitschrift, einen Becher, den ihr eine Porzellanmanufaktur in der Hoffnung auf Reklame zugeschickt hatte, mit einem Muster aus klassischen Säulen, den sie zum Aufbewahren von Stiften benutzte, ein Foto von Caro und eins von Tideswell Farm, von unten her aufgenommen. Es war Sommer, und auf der Weide im Vordergrund tummelten sich Kälber. Eine kleine Gestalt in der Ferne, neben der Scheune, war vermutlich Robin, konnte aber auch Gareth sein. Caro hatte Judy das Foto geschickt, kurz nachdem sie nach London gegangen war, und ›Home, Sweet Home!‹ auf die Rückseite geschrieben. Jetzt fragte sich Judy, ob das Ausrufezeichen vielleicht ironisch gemeint war.

Der Schreibtisch war ordentlich. Beiderseits von ihr arbeiteten zwei weitere Redakteurinnen an Schreibtischen, auf denen ein gewaltiges Chaos herrschte. Papier, Kaffeebecher, Vasen mit verwelkten Blumen, Fahnenabzüge, leere Keksschachteln, Stoffmuster und ein Konfetti aus kleinen gelben Memos waren willkürlich über die Tischplatten verstreut, und aus dem Chaos schienen die Monitore gelassen herauszuragen wie Periskope. Während Caro im Sterben lag, hatten die Benutzerinnen dieser Schreibtische, Tessa und Bronwen, Judy mit Aufmerksamkeiten und kleinen Geschenken überschüttet, als wäre sie selbst eine Kranke, hatten ihr Blumen mitgebracht und Obst und Tortenstücke in Papiertüten. Jetzt, da Caro tot war, lähmte sie das Nichtwissen, was sie statt dessen tun sollten, und deshalb taten sie gar nichts, vermieden es, Caros Foto anzusehen, und flüsterten in ihre Telefone, als bezeugten sie, indem sie sich verlegen zurückzogen, Respekt und Mitgefühl.

»Wie blöde«, sagte Zoe.

Zoe war Judys neue Mitbewohnerin. Sie war in der Woche nach der Beerdigung aufgetaucht, auf Empfehlung einer Schwester von Judys letzter Mitbewohnerin. »Sie ist großartig«, hatte sie gesagt. »Du wirst sie mögen.«

Sie hatte dunkelbraunes, weinrot gefärbtes und sehr kurz geschnittenes Haar. Ihre gesamte Habe wurde in Tragetaschen und Pappkartons die vier Treppen zu der Wohnung hochgetragen, mit Ausnahme einer fuchsienroten chinesischen Seiden-Steppdecke, aus der, als sie entrollt wurde, zwei hölzerne Reiher von mindestens halber Lebensgröße zum Vorschein kamen.

»Ich koche nicht«, hatte sie zu Judy gesagt. »Kann es nicht. Also kein Curry-Gestank.«

Judy hatte ihr gleich am ersten Abend von Caro erzählt.

»Ich kann nicht anders. Ich kann an nichts anderes denken. Ich habe das Gefühl, als stünde überall auf mir ›Meine Mutter ist gerade gestorben‹ geschrieben. Wahrscheinlich sollte ich es überhaupt nicht erwähnen. Die Leute scheinen Angst zu haben, ich könnte es tun, und sind dann schrecklich verlegen. Meine Kolleginnen tun einfach so, als wäre ich nicht da, bis ich es hinter mir habe und alles wieder normal ist.«

»Wie blöde«, sagte Zoe. Sie musterte Judy. »Du siehst ziemlich ramponiert aus.«

»Ich kann nicht schlafen. Ich bin ständig müde, aber schlafen kann ich nicht.«

»Das ist der Kummer«, sagte Zoe. Sie stellte die Reiher zu beiden Seiten des blockierten Kamins in dem kleinen Wohnzimmer auf. »Nur der Kummer. Schlimmer als Streß. Stört es dich, wenn sie hier stehen?«

»Ist schon einmal jemand gestorben, der dir nahegestanden hat?«

Zoe wendete den Blick von den Reihern ab und richtete ihn statt dessen auf Judy.

»Mein Vater.«

Judy schien unter physischem Mitgefühl zusammenzusacken.

»Oh …«

»Vor drei Jahren. In Australien. Er hat meine Mutter verlassen, als ich acht war, deshalb habe ich ihn nie richtig gekannt. Wir haben zwei Tage miteinander verbracht, als ich siebzehn war, und meine Mutter ist völlig ausgeflippt. Aber ich bin trotzdem gegangen, und er war großartig. Eine *Wucht*. Während dieser ganzen zwei Tage hat er kein einziges schlechtes Wort über meine Mutter gesagt. Und dann ist er einfach abgereist und gestorben, der Mistkerl. Ich könnte ihn dafür umbringen.«

Damals hätte Judy am liebsten gesagt: »Ich bin adoptiert worden«, hatte es aber mit immenser Selbstbeherrschung unterdrückt. Wenn sie es gesagt hätte, dann wäre ihr wieder eingefallen, was Caro zu ihr gesagt hatte, als sie fünf war und gerade in die Schule gekommen: »Also, Judy, ich habe dich erwählt. Ich habe dich *erwählt*.« Und das würde die Tränen wieder fließen lassen. So mitfühlend Zoe als Mitbewohnerin auch zu sein versprach, man konnte ein solches Verhältnis nicht damit beginnen, daß man in Tränen ausbrach.

Jetzt, an ihrem Schreibtisch sitzend und vorgeblich an einem Artikel über den Landsitz einer Modeschöpferin in der Bretagne arbeitend – in ihm standen große weiße Sofas, wie sie für Judy dem um praktische Erwägungen unbekümmerten Maßstab der sehr Reichen entsprachen –, starrte Judy auf die Liste, die Zoe ihr gegeben hatte. Sie war in Zoes auffälliger, ziemlich kindlicher Schrift auf einen langen Streifen aus grünem Papier geschrieben, und darüber stand ›Kummer‹ in Großbuchstaben. Darunter, ein Wort präzise unter dem anderen, hatte Zoe geschrieben: ›Gram, Qual, Weh, Leid, Schmerz, Pein, Elend, Unglücklichsein, Marter, Gebrochenes Herz, Zerreißprobe, Schock, Depression, Mutlosigkeit, Seelenqualen‹.

»Deshalb fühlst du dich so schlecht«, hatte Zoe gesagt und Judy die Liste in die Hand gedrückt. »Daraus besteht dein Kummer. Und das sind nur *ein paar* der Symptome.«

Judy hielt die Liste ein Stück von sich entfernt.

»Wozu brauche ich die?«

»Weil du den Dingen ins Auge schauen mußt, damit es dir bessergeht. *Allen* Dingen.«

Caro hätte das nicht gesagt. Caro hätte gesagt: »Du mußt

weitermachen. Etwas anderes gibt es nicht, mein Liebling, nur weitermachen. Nimm deinen ganzen Mut zusammen und mach weiter.« So hatte sie nach den zwei gescheiterten Beziehungen geredet, die Judy gehabt hatte, seit sie nach London gekommen war; und beide waren nichts Großartiges gewesen, mehr Produkte von Judys Hoffnungen als der Realität, und beide waren von den Männern beendet worden.

»Tut mir leid, Judy, tut mir wirklich leid. Du bist toll, aber ich ...«

»Judy, ich bin noch nicht reif für diese Art von Beziehung. Es liegt nicht an dir, es ist nur so, daß ich keine Bindungen eingehen kann, noch nicht ...«

Beide Male war sie sofort nach Hause zu Caro gefahren und hatte gegen sich selbst gewütet, wegen ihrer Größe und ihres roten Haars, ihrer Unangepaßtheit und ihres Adoptiertseins und alles anderen, das sie in sich überschlagenden Gedanken als Gründe dafür ersinnen konnte, daß zuerst Tim und dann Ed einfach fortgegangen waren – langsam, zugegeben, und voller Vorwände und Entschuldigungen, aber eben *fort*. Caro hatte, wie Judy sich erinnerte, zugehört, wie sie immer zuzuhören pflegte, aber dann hatte sie mit ihrer ruhigen, langsamen Stimme, die nichts von ihrem kalifornischen Charakter verloren hatte, nur gesagt, Judy müsse einfach ihre Kerze wieder anzünden und weiter in die Dunkelheit hineingehen. Caro liebte dieses Bild von einer Kerze. Sie benutzte es ständig. Sogar, als Judy noch klein war, hatte sie ihr gesagt, sie habe eine Kerze in sich, die niemand ausblasen könne, *niemand*. Es sei ihre Kerze. Wenn Caro nur gewußt hätte, dachte Judy, wie sie, Judy, sich bemüht hatte, ihr zu glauben, zu spüren, und sei es auch nur für einen Moment, daß sie über eine innere Flamme verfügte, die sowohl unauslöschlich war, als auch ihr ganz allein gehörte. Aber alles, was sie spürte, war, daß sie Caro gegenüber irgendwie versagt hatte, und die Tatsache, daß zwei völlig belanglose junge Männer wie Tim und Ed ihr den Laufpaß geben konnten, war, so unlogisch das auch war, eine Art Beweis für dieses Versagen.

Nach Tim und Ed hatte sie es mit einer Vamp-Phase versucht, sich die Lippen grellrot geschminkt und mit Männern geschlafen, die sie kaum kannte. Davon erzählte sie Caro nichts; im Gegenteil, sie hatte das Gefühl, daß sie sich, wenn sie schwieg, irgendwie von Caro würde lösen können und von dem belastenden Gedanken, ihre erwählte Tochter zu sein, aber trotzdem nicht ihre eigentliche Tochter. »Wir streiten nicht miteinander«, hatte Caro einmal über sich und Judy zu Lyndsay gesagt, »wir tun es einfach nicht.« Schon damals hatte sich Judy gefragt, ob das Nichtstreiten ein Merkmal – ein fast fatales Merkmal – der Höflichkeit in ihrem Verhältnis war, einer Höflichkeit zwischen der Erwählerin und der Erwählten. Sie erinnerte sich, daß Lyndsay sie sehr eingehend gemustert hatte. Lyndsay war damals mit Hughie schwanger gewesen und trug ein Umstandskleid, das Caro für sie genäht hatte, aus cremefarbener Baumwolle mit kleinen, steifen blauen Kornblumen. Caro war sehr großzügig gewesen, als Lyndsay schwanger war.

Aber diese Liste ... Judy nahm den grünen Streifen zur Hand und betrachtete ihn. Sie konnte nicht sagen, warum, aber er beeindruckte sie. Er war nicht eigentlich gefühllos, aber erfreulich frei von der dämlichen, besorgten, *bekümmernden* Art, auf die ihre Kolleginnen sie ansahen, wenn sich im Fahrstuhl oder neben dem Wasserspender zufällig ihre Blicke begegneten. Zoes Liste war praktisch, fast munter. Sie schien zu erklären, daß diese Gefühle unfehlbare Begleiterscheinungen dieses Zustands waren und daß mit einem etwas nicht in Ordnung war, wenn man sie *nicht* hatte. Nur ein verkorkster Typ, schien Zoes Liste zu besagen, würde all diese Dinge nach dem Tod der Mutter *nicht* empfinden. Versagen – eine Empfindung, die Judy schmerzlich vertraut war – lag in der Tat darin, daß man darauf bestand, seine Kerze brennend zu halten in einer Zeit, die man eigentlich am richtigsten und sinnvollsten in tiefster Dunkelheit verbringen sollte.

Judy legte die Liste mit einem Anflug von Respekt beiseite und wendete sich wieder ihrem Computer zu. Die Modeschöpferin erklärte, es breche ihr jedesmal das Herz, wenn sie ihr Paradies in der Bretagne verlassen und in ihren Laden in der Bond Street zurückkehren müsse. »Niederschmetternd«, sagte sie. »Es gibt kein anderes Wort dafür. Es ist herzzerreißend.« Judy war sehr in Versuchung, in Klammern einen sardonischen Satz hinzuzufügen über die Wirkung, die dieses Geständnis auf die loyalen Kundinnen der Modeschöpferin haben mußte, die bisher vermutlich immer davon ausgegangen waren, daß ihre Kleider der Mittelpunkt ihres Lebens waren, und deren Garderobe außerdem das bretonische Haus mit den weißen Sofas bezahlt hatte. Sie warf einen Seitenblick auf Zoes Liste. ›Marter‹ stand da, ›Gebrochenes Herz, Zerreißprobe‹. Sie starrte auf den Monitor.

»Du blöde Kuh«, sagte sie laut zu der Modeschöpferin. »Du dämliche, blöde Kuh!«

An diesem Abend brachte Zoe, als sie von ihrer Arbeit als Assistentin eines Fotografen nach Hause kam, eine Spinattorte in einer Pappschachtel mit.

»Ich bin darüber gestolpert. Sie sind mit dem Preis um anderthalb Pfund heruntergegangen, weil der Laden geschlossen werden sollte. Haßt du Spinat?«

»Nein«, sagte Judy. »Nur Steckrüben.«

Seit sie selbst nach Hause gekommen war, hatte sie zwei Gläser Weißwein getrunken und eine halbe Packung Crakker gegessen, die seltsamerweise unappetitlich und appetitanregend zugleich waren. Das hatte sie vor den Fernsehnachrichten getan, auf die eine Spiel-Show gefolgt war und eine Sendung, in der bewiesen wurde, daß Pflanzen Gefühle haben. Sogar Steckrüben?

»Guter Tag?« fragte Zoe. Sie war, genau wie Judy, ganz in Schwarz gekleidet, aber jungenhaft, mit schweren Stiefeln und einer Motorradjacke.

Judy verzog das Gesicht.

»Nicht gut, aber vielleicht nicht ganz so miserabel. Ich habe den Auftrag, einen Artikel über Marmor zu schreiben.«

60

»Flure?«

»Und Wände. Und Badezimmer und Küchen und zweifellos auch kuschelige kleine Marmor-Schlafzimmer.«

Zoe hielt ihr die Schachtel hin.

»Soll ich die heiß machen?«

»Ja.«

»Ich weiß nicht, wie man den Herd einschaltet.«

Judy stemmte sich in einem Schauer von Crackerkrümeln aus ihrem Sessel hoch.

»Du bist hoffnungslos.«

»Das sagt mein Boß auch immer. Ich glaube, ich werde Abendkurse besuchen und Spanisch lernen.«

»Wozu?«

»Dann kann ich losgehen und meine eigenen Fotos von Eseln und heißen Dörfern machen, anstatt nur auf all das Zeug aufzupassen, während jemand anders künstlerische Aufnahmen von Mülltonnen und U-Bahn-Zügen macht.«

Judy ging in die Küche, die sehr klein war und die sie Caro zu Ehren kaliforniengelb gestrichen hatte, aber ziemlich schlecht, so daß das frühere Königsblau noch durchschimmerte. Zoe hatte der Küche seit ihrer Ankunft nichts hinzugefügt, keinen Becher, keinen Löffel, kein Poster. Sie kaufte sich jeden Tag Essen zum sofortigen Verzehr und nahm es zu sich, wo sie gerade war, oft im Stehen. Sonst trank sie Leitungswasser aus einem von Judys Bechern.

»Magst du keinen Kaffee?«

»Doch. Natürlich.«

»Aber ...«

»Ich würde losgehen und dir so viele Liter kaufen, wie du haben willst«, sagte Zoe. »Ich habe nur keine Lust, welchen zu machen.«

Judy schaltete den Herd ein und schob die Torte auf einem Blech in den Backofen.

Sie rief: »Möchtest du ein Glas Wein?«

Zoe erschien mit Judys Packung Cracker an der Tür.

»Ich trinke nicht.«

»Himmel. *Wirklich* nicht?«

»Ich mag den Geschmack nicht. Judy ...«

»Ja?«

»Hast du einen Freund?«

Pause.

»Nein«, sagte Judy. Und dann: »Aber du hast doch bestimmt einen.«

Zoe nahm einen Cracker.

»Ja. Aber es funktioniert nicht. Es läuft einfach nicht. Es ist nicht einmal sonderlich interessant. Er heißt Ollie.«

»Wie eine Eule«, sagte Judy und goß sich mehr Wein ein.

»Nein. Eher wie ein überfahrener Storch. Er war nett zu mir, als mein Dad gestorben ist.« Sie warf Judy einen direkten Blick zu. »Was ist mit deinem Dad?«

Judy sagte rasch: »Er ist Farmer.«

»*Farmer?* Wow.«

Judy öffnete Schränke, sie suchte nach Tellern.

»Wieso wow?«

»Nun ja, ein *Farmer*. Ich meine, die meisten Väter arbeiten bei Versicherungen und Banken, mit Computern und solchem Zeug. Nicht mit Traktoren. Ich brauche keinen Teller.«

»Er ist Milchfarmer. Er hat Kühe.«

»Wo?«

»In den Midlands. Ein Stück Richtung Wales.«

»Bist du dort aufgewachsen?«

»Ja.«

»Kannst du melken?«

Judy sagte kurz: »Dafür gibt's Maschinen.« Sie bückte sich, öffnete die Backofentür und legte einen Finger auf die Torte.

»Also ist dein Vater jetzt, wo deine Mutter tot ist, ganz allein auf dieser Farm?«

»Da ist Gareth. Und da sind Joe und Lyndsay. Und Granny und Grandpa.«

»Das hört sich an, als würdest du vom Postboten sprechen«, sagte Zoe. »Weshalb bist du so sauer? Weshalb redest du so, als könntest du all diese Leute nicht ausstehen?«

Judy schloß die Backofentür und drängte sich mit ihrem Weinglas an Zoe vorbei ins Wohnzimmer.

»Ich gehöre nicht zu ihnen. Das habe ich nie getan, aber das war okay, solange Mum lebte, weil sie auch nicht zu ihnen gehörte. Es ist nicht zu Hause, es ist einfach der Ort, an dem ich meine Kindheit verbracht habe. Jedenfalls den größten Teil davon.«

»Dann bist du adoptiert worden?«

Judy nickte nachdrücklich.

»Das ist eine Menge, stimmt's?« sagte Zoe. »Adoptiert worden zu sein und dann seine Mutter zu verlieren, das ist eine große Last für einen einzelnen Menschen. Was ist mit deiner richtigen Mutter?«

»Sie lebt in Südafrika. Sie schickt mir Geburtstagskarten mit Proteas darauf und berichtet über das Wetter.«

Zoe stellte die Crackerschachtel auf den Fußboden und baute sich vor Judy auf.

»Du mußt dieses ganze Chaos in den Griff bekommen«, sagte sie. »Du mußt es irgendwie schaffen, deine Arme darumzulegen. Es hat keinen Sinn, so zu tun, als existierte es nicht.«

»Ich gehöre nicht zu ihnen. Du hast keine Ahnung von Farmerfamilien. Sie sind anders. Sie halten zusammen wie Pech und Schwefel, um zu ihnen zu gehören, muß man in sie hineingeboren sein.«

»Kann ich einen Blick darauf werfen?« sagte Zoe.

Judy starrte sie an.

»Worauf?«

»Auf diese Farm. Auf deinen Dad und die Kühe und das alles.«

Judy sagte: »Willst du damit sagen, daß du nach Tideswell fahren möchtest?«

»Ja.«

»Übers Wochenende?«

Zoe zuckte die Achseln.

»Ich denke schon.«

»Die Torte verbrennt«, sagte Judy plötzlich und schob sich an ihr vorbei.

Von der Küche aus rief sie. »Sie ist verdammt langweilig, die Farm. Dort gibt es nichts außer Feldern und Kühen.«

63

»Nichts ist *wirklich* langweilig«, sagte Zoe, dann setzte sie nachdenklich hinzu: »Ausgenommen vielleicht Ollie. Darf ich mitkommen?«

Judy erschien auf der Schwelle, die halbe Torte auf einem Teller, die andere Hälfte in der Pappschachtel, in der sie eingetroffen war. Letztere hielt sie Zoe hin.

»Okay.«

Zoe ließ sich auf Judys Sessel nieder und balancierte die Pappschachtel auf den Knien.

»Wie ist dein Dad?«

»Groß. Dunkelhaarig. Mürrisch.«

»Mürrisch ...«

»Die meisten Farmer sind mürrisch.«

Zoe sagte, indem sie die halbe Torte in der Hand hielt und ein Stück aus der Mitte herausbiß: »Können wir am Wochenende hinfahren?«

»Okay.«

»Rufst du an? Rufst du deinen Vater an?«

Judy stellte ihren Teller auf einen Stapel Zeitschriften. Sie hatte Robin seit zehn Tagen nicht mehr angerufen, obwohl sie sich an jedem dieser zehn Tage eindringlich bewußt gewesen war, daß sie es eigentlich tun müßte. Sie stellte sich die Küche von Tideswell Farm vor und Robin, der darin zu Abend aß – Dosensuppe vielleicht oder etwas, was Dilys gekocht hatte –, und wie das Telefon läutete und er mit einem leisen Murmeln der Verärgerung aufstand, um den Hörer abzunehmen, und seine Lesebrille absetzte, um mit ihr die Stelle zu markieren, bis zu der er in einem Artikel in einer Farmerzeitschrift gekommen war, in dem es darum ging, wie man problematische Jungkühe zum Kalben brachte. »Ja?« würde er schroff ins Telefon sagen. »Ja? Tideswell Farm.« Wie würde er auf ihre Bitte reagieren? Und vor allem, wie würde er auf Zoe mit ihrem weinroten Haar und den von Silberringen starrenden Fingern reagieren, wenn sie ihn mit ihren großen, durchdringenden Augen musterte?

»Ich mache keine Umstände«, sagte Zoe. »Ich kann überall schlafen.«

»Das ist es nicht ...«

»Hör zu«, sagte Zoe kauend. »Ich werde mir eine Rück-
fahrkarte für den Bus kaufen, und wenn ich eine Katastrophe bin, verschwinde ich nach nur einer Nacht. Okay?«

Judy nickte. Sie sagte, als wollte sie mangelnde Gast-
freundschaft wettmachen: »Es gibt einen Fluß dort. Und
ganz in der Nähe einen hohen Berg. Manchmal ist es recht
hübsch ...«

»Ruf ihn einfach an. Ruf deinen Vater einfach an und
sage: ›Ich bringe eine Freundin mit.‹ Warum tust du es
nicht? Warum tust du es nicht jetzt gleich?«

Robin war vor den Neunuhrnachrichten des Fernsehens
eingeschlafen. Außer dem Karton mit den Farmpapieren
hatte er nach Caros Tod auch den Fernseher in die Küche
gebracht und einen zusätzlichen elektrischen Heizofen. Er
hatte den Fernseher so aufgestellt, daß er ihn von seinem
gewohnten Platz an dem großen Tisch in der Mitte aus sehen konnte, und abends, während er versuchte, die Paste-
ten und Stews zu essen, die Dilys ihm durch Velma oder
Joe bringen ließ, schlief er oft im Sitzen ein und wachte ungefähr zwanzig Minuten später mit seinem Kopf auf einem
abgewinkelten Arm wieder auf, das inzwischen erkaltete
Essen auf seinem Teller. Aber wenn er den Abend dann
schließlich aufgab, sein Essen der Hauskatze überlassen
und seine gewohnte letzte Runde durch die Scheune mit
den wiederkäuenden und dösenden Kühen gemacht hatte,
konnte er nicht schlafen. Wenn er endlich sein Bett erreicht
hatte, fiel er hinein, hundemüde, mit lahmen Gliedern, und
in stillen Nächten hörte er das stetige ferne Schlagen der
Kirchturmuhr von Dean Cross, die eine vergangene Stunde nach der anderen markierte. Das Muster sah so aus, daß
er schließlich, eine halbe Stunde bevor um Viertel vor fünf
der Wecker schrillte und ihn fast aus dem Bett warf, in tiefen, traumlosen Schlaf versank. Im schwachen Licht der
Dämmerung in seinem Schlafzimmer wartete die Erinnerung an Caro auf ihn, genau wie im Badezimmer und auf
der Treppe zur Küche, und dann begleitete sie ihn hinaus

auf den Hof und zum Traktor, der im Futterschuppen vor der großen, rauhen braunen Wand aus Mais untergestellt war. Nicht an ihr Gesicht und auch nicht an ihre Stimme erinnerte er sich, nur an irgendeine Essenz von ihr, fragmentarisch, unverwechselbar und schmerzlich. Und tot, sagte er sich immer und immer wieder. *Tot.*

Als das Telefon läutete, war Robin in einer Schlafgrube versunken, die erfüllt war von dem dumpfen Widerhall der Fernsehnachrichten. Er kam an die Oberfläche wie durch dickes Öl und saß dann einen Moment da, starrte auf den Bildschirm und fragte sich, wieso sich während eines Interviews mit dem Außenminister niemand die Mühe machte, an ein beharrlich klingelndes und störendes Telefon zu gehen. Langsam dämmerte ihm, daß das Telefon sein eigenes war, das Mobiltelefon, das er gekauft hatte, als Caro krank wurde, das er ständig mit sich herumgetragen hatte und das jetzt auf dem Tisch unter verstreuten Zeitungen und einem alten Pullover schrillte.

»Ja?«

»Dad ...«

»Judy«, sagte er.

»Tu nicht so überrascht ...«

»Entschuldigung«, sagte er. »Ich habe geschlafen. Ich bin über Grannys Fischpastete eingeschlafen.«

Es entstand eine Pause. In London wurde Judy von Zoe beobachtet, und in Tideswell wartete Robin, vom Fernsehen beobachtet, darauf, daß Judy sagte: »Wie geht es dir?«

»Ich wollte nur fragen ...«

»Einen Moment«, sagte Robin. »Ich kann dich nicht verstehen. Ich stelle eben den Fernseher leiser.« Als er zurückkehrte, sagte er: »Was kann ich für dich tun?«

»Darf ich kommen? Darf ich dieses Wochenende kommen?«

»Natürlich!« sagte er. Er hatte das Gefühl, daß seine Stimme zu herzlich klang. »Wunderbar.«

»Und eine Freundin mitbringen ...«

»Eine Freundin?«

»Meine neue Mitbewohnerin. Zoe. Sie ist Fotografin.«

»Warum nicht«, sagte Robin. »Warum nicht.«

»Gut.«

»Eine Fotografin?«

»Ja. Wir kommen am Freitag. Mit dem Bus nach Stretton.«

»Ich hole euch ab«, sagte Robin. »Laß mich wissen, mit welchem Bus ihr kommt, dann hole ich euch ab.«

»Danke. Ich gebe dir Bescheid. Tu – tu nichts, mach dir keine Umstände ...«

»Velma kann die Betten beziehen«, sagte Robin. »Und Granny kann bestimmt für drei kochen anstatt für einen.«

»Also dann bis Freitag«, sagte Judy.

»Ja. Ja«, sagte Robin, der sich plötzlich der Unzulänglichkeiten dieses Gesprächs bewußt geworden war. »Bis Freitag.«

Er legte das Telefon wieder beiseite. Mit einer abrupten Gefühlsaufwallung dachte er: arme Judy, arme, arme Judy, mit einem Vater wie mir, einem Vater, den sie verachtet, weil er die falschen Einstellungen hat, die falschen Gefühle hegt. Sie hatte sich ihr ganzes Leben lang gegen ihn gesträubt, als hätte sie, sogar schon als Kleinkind, gewußt, daß er dazu verdammt war, für sie immer ein Fremder zu bleiben, ein alles mißverstehender, unsympathischer Fremder, der ihr oft Furcht einflößte und manchmal sogar Abneigung. Vom Augenblick ihrer Ankunft in Gestalt eines wachsamen, rothaarigen, acht Monate alten Babys war es Joe immer viel leichter gefallen, mit ihr umzugehen, als er, Robin, es konnte. Joe schien ihr gegenüber ganz locker zu sein und konnte sich mit Caro auf eine Art über sie unterhalten, die Robin unmöglich war. Er erinnerte sich, wie er Joe eines Tages auf dem Küchenfußboden angetroffen hatte, in seinem Overall, wo er Judy mit den Armen hoch in die Luft stemmte, und sie hatte vor Begeisterung gekreischt und mit den Beinen gestrampelt. So etwas hatte Robin nie getan, weil er wußte, daß ein derartiges Verhalten nicht seinem Wesen entsprach. Aber er hatte versucht, Judy vorzulesen, ihr Dinge auf der Farm und in den Hecken zu zeigen, ihre kleine, gespreizte Hand auf die breite, feuchte

Nase einer Kuh zu legen. Jedesmal hatte sie ihn verspannt ein paar Minuten gewähren lassen, und dann gewann immer ihre Entschlossenheit die Oberhand, zu Caro zurückzukehren, und sie wehrte sich gegen seine Arme, mit denen er sie umschlang, und verschloß ihr Gesicht und ihre Augen vor ihm.

Aber dann deutete Caro an – und ihre Andeutungen waren so unmißverständlich wie anderer Leute Erklärungen –, daß Robin sein Denken und Fühlen schon lange vor ihrem Eintreffen vor Judy verschlossen hatte. Caro hatte auf ihre stille Art verkündet, daß sie gern ein Kind adoptieren würde, und erst nachdem Robin verblüfft und verwirrt gefragt hatte, weshalb sie das tun wolle, hatte sie gesagt, daß sie gern ein Kind hätte, und da sie selbst keines bekommen konnte, müßte es eben auf diesem Wege sein.

Als sie das sagte, stand sie neben dem ersten Kühlapparat, den Robin im Melkstall installiert hatte. Das war typisch für sie, nicht bis zum Essen zu warten, wenn sie ihm etwas Wichtiges mitzuteilen hatte, sondern sich statt dessen auf die Suche nach Robin zu machen, wo immer er gerade sein mochte, und ihm dort auf ihre seltsam ruhige Art zu sagen, was sie gerade zu sagen hatte.

Er hatte sie angestarrt, und seine Hände waren von dem Meßgerät heruntergesackt, als wäre ihre Verbindung zu seinem Gehirn unterbrochen worden.

»Du kannst keine Kinder bekommen?«

»Nein«, sagte sie. Sie stand vor ihm in ihrem Baumwollhemd, ihren Jeans und ihren Cowboystiefeln, ein rotes Band um das untere Ende ihres zu einem Zopf geflochtenen Haars. »Ich hatte eine Operation, als ich neunzehn war, als Folge einer Infektion. Ich bin unfruchtbar.« Sie breitete die Hände aus. »Nichts funktioniert.«

Er versuchte, sich zu beherrschen, auf diese Bombe wenigstens halbwegs zivilisiert zu reagieren, aber statt dessen brüllte er: »Warum hast du mir das nicht gesagt, bevor wir geheiratet haben? Warum nicht?«

»Ich dachte, du wolltest mich heiraten und nicht mein Gebärpotential.«

»Das wollte ich, Caro, das wollte ich wirklich, aber ...«
Er verstummte, von fassungsloser Bestürzung zum Schweigen gebracht.

Sie sagte, seine unausgesprochenen Gedanken in Worte fassend: »Aber alle normalen Männer möchten Kinder haben. Alle normalen Frauen bekommen Kinder. Stimmt's? Ist es das, was du meinst?«

»Ich wollte nicht sagen, daß du nicht normal bist, das habe ich nicht gemeint ...«

»Aber ich bin nicht normal. Früher war ich es, aber jetzt nicht mehr. Ich bin bloß immer noch normal genug, um mir ein Kind zu wünschen. Das ist alles.«

Er fragte abermals, jetzt fast flüsternd: »Warum hast du mir das nicht gesagt?«

»Ich habe nicht daran gedacht. Ich wollte hierbleiben und nicht mehr herumwandern müssen, und ich habe nicht daran gedacht.«

»Meinst du nicht, du hättest es tun müssen? Meinst du nicht, du hättest auch an mich denken müssen?«

Sie überlegte einen Moment, und dann sagte sie, nicht gefühllos: »Vielleicht.«

Daraufhin hatte er wieder gebrüllt. Er hatte gebrüllt, daß sie ihn getäuscht habe, daß es unmöglich sei, mit jemandem verheiratet zu sein, der nur an sich selbst denkt, daß es keinen Erben geben würde für Tideswell, seine Farm, die er mit seinen eigenen Händen, seinem eigenen Geld erschaffen hatte. Und dann hatte er gebrüllt: »Ich will nicht adoptieren!«

»Es ist die einzige Möglichkeit, ein Kind zu bekommen«, sagte sie. »Willst du wirklich, daß wir kein Kind haben?«

Er hatte sich von ihr abgewendet und die Hände flach gegen die Wand des Melkstalls gestemmt, wo die blaßblaue Farbe, mit der er ihn gestrichen hatte, bereits abzublättern begann.

»Ich weiß es nicht«, sagte er. Und dann, kläglich: »Ich habe einfach immer geglaubt, daß wir eines bekommen würden, sobald du dich eingewöhnt hättest. Ich glaube, ich habe einfach nur gewartet, daß du dazu bereit bist.«

»Aber ich bin dazu bereit«, sagte sie gelassen hinter seinem Rücken. »Deshalb rede ich ja mit dir über eine Adoption. Ich bin jetzt bereit für ein Kind.«

Er schloß die Augen. Er dachte daran, wie sie sich liebten – sie ergriff beim Sex nie die Initiative, gab sich ihm aber fast immer bereitwillig hin – und wie er dabei die ganze Zeit immer nur die eine Sache im Kopf gehabt und sie etwas ganz anderes gewußt hatte. Es hatte keinen Sinn, sie noch länger anzubrüllen, wütend zu sein; sie hatte etwas von der Unerbittlichkeit mancher Naturgewalten an sich, die keine anderen Gesetze kennen als ihre eigenen. Er löste seine Hände von der Wand.

»Okay«, sagte er.

»Du möchtest es?«

»Nein«, sagte er zwischen zusammengebissenen Zähnen. »Das meine ich nicht. Ich meine, da du es ohnehin tun wirst, geh los und tu es. Aber erwarte nicht von mir, daß ich schon jetzt Anteil nehme. Ich kann nicht von einer Sache überzeugt sein und dann im Handumdrehen eine andere akzeptieren. Ich kann nicht ...«

Er brach ab.

»Was kannst du nicht?«

Er drehte sich langsam um und sah sie an.

»Was sonst hast du mir nicht gesagt?«

Sie sagte: »Du weißt alles. Das habe ich einfach vergessen. Robin, ich möchte eine Tochter haben. Ich möchte zu gern eine Tochter haben.«

Er öffnete den Mund, um zu sagen, daß er kaum etwas über Mädchen wußte, dann machte er ihn wieder zu. Welchen Sinn hatte es, etwas zu wiederholen, was in den letzten zwanzig Minuten so unmißverständlich klargeworden war? Er wußte nichts über Mädchen, überhaupt nichts. Er wußte nicht, was sie wollten, weil er sich nicht einmal vorstellen konnte, was sie dachten. Aber er wollte es. Als er an diesem Sommernachmittag im Melkstall stand und Caros glattes braunes Gesicht betrachtete, hätte er alles darum gegeben, sie verstehen zu können, zu wissen, weshalb sie manche Dinge auf so beeindruckende Art tat und andere ebenso bedeutsam unterließ. Und dann überkam ihn Verzweiflung, eine große schwarze Welle der Verzweiflung, daß er nie ein Kind von ihr bekommen würde, daß sie nicht einmal dies gemeinsam tun konnten, und er wendete sich von ihr ab und ging durch den Melkstall hinaus auf den Hofplatz, auf dem die Kühe darauf warteten, gemolken zu werden.

Arme Judy. Was für ein Start war das für ein Kind, selbst für ein Kind, das zuerst so sorglos gezeugt und dann mit so offenkundiger Erleichterung aufgegeben worden war? Robin stand vom Küchentisch auf und versuchte, eine Art Ordnung in das Chaos zu bringen, damit nicht soviel da war, worüber sich Velma am Morgen hinsichtlich seiner seelischen Verfassung aufregen konnte. Wie die Dinge standen, lagen die Lebensgewohnheiten, die er seit kurzem angenommen hatte, für sie geradezu auf einem Präsentierteller. Velma. Er mußte ihr eine Nachricht schreiben, daß sie für die Mädchen die Betten beziehen und Handtücher herauslegen sollte. Gähnend, die Lesebrille ins Haar hochgeschoben, machte sich Robin daran, in dem Durcheinander nach einem brauchbaren Stück Papier zu suchen.

FÜNFTES KAPITEL

Rose wehrte sich gegen ein sauberes Latzhöschen. Ihr Gesicht war scharlachrot vor Entrüstung unter dem Glorienschein blonder Locken, der ihr einen so irreführenden Anschein von Friedfertigkeit verlieh. Sie strampelte und kreischte in Lyndsays Armen.

»Lästig«, sagte Hughie. Er trug einen Piratenhut aus steifem schwarzem Papier, den er im Kindergarten gebastelt hatte, und beobachtete seine Schwester.

»Sehr«, sagte Lyndsay.

»Nah, nah, nah!« kreischte Rose.

»Kann sie nicht einfach mit ihrer Windel herumlaufen?«

»Nein«, sagte Lyndsay und schob eines der heftig strampelnden Beine in die Hose, »weil Judy kommt, mit einer Freundin, und Judy hat Rose diese Hose zu Weihnachten geschenkt.«

Hughie betrachtete den mit Rosen bedruckten Stoff der Hose. »Ist das nicht nur etwas für Mädchen?« Er beugte sich vor, wie um seine Worte zu unterstreichen. »Ich würde nichts mit Blumen anziehen.«

»Das brauchst du auch nicht. Rosie, du bist ein *Teufel*.«

Sie bog das immer noch brüllende Kind über ihren rechten Arm und zog ihm die Hose übers Hinterteil.

»Ich glaube, ich war ein braves Baby«, sagte Hughie.

»Ja, das warst du.«

Er bückte sich und hob die graue Plüschrobbe auf, die er, zu Joes Erbitterung, überall mit sich herumschleppte.

»Er ist doch erst drei«, sagte Lyndsay, »und mit Rose ...«

»Er ist ein kleiner Junge«, sagte Joe. »Kein Baby mehr.«

Hughie klemmte sich die Robbe unter den Arm und steckte den Daumen in den Mund.

»Hughie ...«

»Ich muß«, sagte er um seinen Daumen herum.

»Das wird Daddy nicht gefallen.«

Er sah sie an, immer noch am Daumen lutschend, dann machte er kehrt und trabte entschlossen aus dem Zimmer. Sie hörte ihn den kurzen Flur zu seinem eigenen Zimmer entlanggehen, dann klappte die Tür hinter ihm zu. Jetzt würde er sich, wie sie wußte, mit dem Piratenhut auf seinen Knautschsessel setzen, die Robbe an sich drücken und lutschen und lutschen.

Rose, die das Protestieren satt hatte, strampelte jetzt, weil sie losgelassen werden wollte. Sie war ein kräftiges, untersetztes Kind mit der Farbe und dem Körperbau der Meredith'. Dilys hatte ein Foto von Joe gezeigt, an seinem ersten Geburtstag aufgenommen, auf dem er einen Spielanzug mit Matrosenkragen trug und Rose verblüffend ähnlich sah. Besonders groß war die Ähnlichkeit, wenn sie lächelte, was sie oft tat. Strahlender Sonnenschein oder Gewitter, das war Rose. Wenn es nur, dachte Lyndsay, als sie daranging, Roses schmutzige Windel und die abgelegten Kleidungsstücke wegzuräumen, in letzter Zeit in Joes Leben ein bißchen mehr Sonnenschein gäbe, nur ein bißchen mehr Fröhlichkeit, einen Funken Humor. Aber er schien außerstande, etwas abzuschütteln, was an ihm zerrte, ihn niederdrückte und bewirkte, daß er zu Hause stumm und unzugänglich war.

Es war, als nähme ihn etwas vollständig in Anspruch, etwas Bitteres und Unabwendbares, das ständig auf seinem Denken lastete. Ein paarmal hatte sie versucht, mit ihm zu reden – schüchtern, weil sie nichts von der Farmarbeit verstand –, ob er geschäftliche Probleme habe, Geldsorgen, Schulden.

»Nein«, hatte er gesagt, tonlos und fest. »Nein. Nichts dergleichen.« Er hatte fast wütend geklungen. »Überhaupt nichts dergleichen.«

Lyndsay ließ Rose den Flur entlangkrabbeln, auf das Gatter zu, das sie am Hinunterfallen hinderte und an dem sie gern lautstark rüttelte, und ging ins Badezimmer, um sich zurechtzumachen. Sie betrachtete sich im Spiegel über dem Waschbecken und sah ihre besorgten Augen, wobei ihr einfiel, daß sie unbedingt optimistischer dreinschauen mußte. Aber sie war besorgt. Mit Joe verheiratet zu sein, hatte ihr weit mehr Anlaß zur Besorgnis gegeben, als sie sich je vorgestellt hatte; im Gegenteil, sie hatte angenommen, die Heirat mit einem um fünfzehn Jahre älteren Mann würde eine gute Versicherungspolice gegen Sorgen sein. Er wirkte so selbstsicher, so gelassen, so groß und beruhigend und erwachsen. »Stark und schweigsam«, hatte Lyndsays Mutter gesagt, was als Kompliment gemeint gewesen war.

Jetzt war die Schweigsamkeit das Problem. Lyndsay ließ ihr Haar herunter und bürstete die helle Masse, dann türmte sie die obere Hälfte mit Hilfe von Kämmen wieder auf. In den letzten paar Wochen hatte es nur ein Gespräch gegeben, in dem es, ganz entfernt, zur Sache gegangen war, und das war so unbefriedigend, fast surreal gewesen, daß es ihre Besorgnis nur vergrößert hatte. Vor zwei Tagen hatte sie, als er nach dem Mittagessen seine Stiefel wieder anzog, zu ihm gesagt: »Joe. Joe, *bitte.* Was ist los mit dir?«

Er hatte etwas gebrummelt und an den Schnürsenkeln gezerrt.

»Hast du Sorgen? Was plagt dich?«

»Nichts.«

»Doch, da ist etwas. Du redest kaum mit uns, und abends sitzt du wie ein Zombie vor dem Fernseher. Ist es die Farm?«

Er zuckte die Achseln und stand auf. Lyndsay schoß an ihm vorbei und stellte sich mit dem Rücken vor die Tür. Sie fragte abermals: »Ist es die Farm?«

Joe schloß die Druckknöpfe an seinem Overall.

»Kann sein.«

»Oh, Joe, bitte sag es mir. Es spielt keine Rolle, was es ist, aber *sag* es mir!«

Er streckte die Hände aus und ergriff ihre Schultern. Dann schob er sie sehr sanft, aber entschlossen von der Tür fort.

»Ich habe es immer zu leicht gehabt«, sagte Joe, ohne sie anzusehen. »Immer. Und jetzt ist es schwer mit der Farm.«

Sie rief. »Wegen Caro? Weil Caro gestorben ist?«

Er musterte sie einen Augenblick lang durchdringend, dann legte er die Hand auf den Türknauf und drehte ihn.

»Keine Ahnung«, sagte er ungeduldig. »Woher soll ich so etwas wissen?«

Und dann hatte er die Tür geöffnet und war, fast im Laufschritt, hinausgegangen.

Lyndsay öffnete die Tür des Badezimmerschränkchens und holte eine Dose mit grauem Lidschatten und einen Pinsel heraus. Sie hatte eine Ausbildung zur Kosmetikerin absolviert und, als sie Joe kennenlernte, von einem eigenen Geschäft geträumt. Noch nie in ihrem Leben hatte sie sich zu jemandem derartig hingezogen gefühlt – womit er seinen Lebensunterhalt verdiente, war ihr völlig egal. Das Bewirtschaften einer Farm, von dem sie keine Ahnung hatte, schien eine wundervolle Idee zu sein; er war so gut darin, der erste Farmer in ihrem Bezirk, der dreieinhalb Tonnen pro Morgen geerntet hatte; er würde den ganzen Tag dasein, sie würde ihn sehen, bei ihm sein. Aber die Wirklichkeit entpuppte sich anders. Er war nie da. Sie spürte, fast von Anfang an, daß sie keinen Anspruch auf ihn erheben konnte. An ihrem ersten Weihnachten, ihrem allerersten gemeinsamen Weihnachten, war er den ganzen Tag draußen gewesen und hatte gedüngt, weil das Wetter und der Zustand des Bodens richtig waren. Als sie protestierte, hatte er gesagt: »Ich kann es nicht vergeuden, Lyn. Ich kann die Zeit und das Geld nicht vergeuden.«

Sie holte einen anderen Pinsel aus dem Schränkchen, den für die Lippen. Es war beruhigend, das zu tun, sich diesem vertrauten Ritual des Schminkens und Schattierens hinzugeben. Auf dem Flur lärmte Rose und hämmerte gegen das Treppengatter, aber es machte ihr Spaß, sie genoß den Lärm. Lyndsays Mutter sagte, Rose wäre außer Kontrolle. Sie hat recht, dachte Lyndsay, während sie mit dem Pinsel die Rundung ihrer Unterlippe nachzog. Rose war außer Kontrolle, sehr weit außerhalb, aber das war Joe auch, ihr wundervoller Joe, der ganz einfach ihre Welt war – und sie hatte in beiden Fällen nicht die geringste Ahnung, was sie dagegen tun sollte.

Von ihrem Küchenfenster aus beobachtete Dilys, wie Judy in Robins Wagen auf den Hof von Dean Place Farm fuhr und ziemlich ungeschickt neben dem Schuppen anhielt, in dem Dilys früher das Hühnerfutter aufbewahrt hatte. Auf dem Hof von Dean Place hatte es einst von Hühnern gewimmelt, vierzig oder fünfzig Exemplare seltener Rassen wie Welsummers, Leghorns und Old Dutch Bantams. Dilys hatte bei Geflügelschauen Preise gewonnen, vor allem mit ihren Black Orpingtons. Aber diese geschäftigen Zeiten waren seit langem vorüber. Jetzt lag der Hof kahl und gefegt da, lediglich im Sommer dekoriert mit zwei Kübeln voll scharlachroter Geranien, auffällig sowohl wegen ihrer Farbe als auch wegen ihrer peniblen Ordentlichkeit.

Judys Freundin wirkte auf Dilys sehr merkwürdig. Sie stieg aus dem Auto aus und schaute sich dann interessiert um, den Kopf mit dem kurzgeschnittenen Haar in diese und jene Richtung drehend. Sie trug diese Leggins, die Dilys, wenn sie sie an Leuten aus dem Dorf sah, so beklagte, und ein seltsames Top, halb Jacke, halb eine Art Tunika, das Dilys an das Bild des Rattenfängers von Hameln erinnerte, das sie als Kind einmal in einem illustrierten Buch mit Gedichten gesehen hatte. Judy trug schwarze Jeans, einen langen grünen Pullover und um den Hals einen Schal, der aussah wie aus Gaze. Dilys sah Judy gern in Grün. Ihrer Ansicht nach war Grün eine angemessene Farbe für Rothaarige. Außerdem war es nett, Judy mit einer Freundin zu sehen, und sogar sie, Dilys, hatte gelernt, daß man in der modernen Welt nicht wie früher nach dem Äußeren urteilen konnte und abwarten mußte, bis sich Leute zu erkennen gaben. Das heißt, wenn sie es wollten.

Sie ging zur Hintertür und öffnete sie, begleitet von Harrys altem Springer-Spaniel, der jetzt, da seine Zeit der Jagdausflüge lange zurücklag, zum Haushund befördert worden war.

»Granny«, sagte Judy. Sie beugte sich vor, um Dilys zu küssen, und erhaschte den Geruch nach Wäsche und Mehl, der zu Dilys gehört hatte, solange sich Judy zurückerinnern konnte. »Das ist Zoe.«

»Hallo, meine Liebe«, sagte Dilys. Sie streckte eine Hand aus.

»Hallo«, sagte Zoe. Sie lächelte. Sie hatte den größten Teil des Wochenendes gelächelt. »Hier ist es toll«, sagte sie immer wieder zu Judy. »Oder etwa nicht? Weshalb findest du es nicht toll?«

»Kommt herein«, sagte Dilys. »Ich habe gerade den Kessel aufgesetzt.«

»Wir haben schon Tee getrunken«, sagte Judy. »Bei Lyndsay.«

Dilys warf ihr einen Blick zu.

»Habt ihr Joe gesehen?«

»Nein. Er war bei der Arbeit. Weshalb?«

Dilys sagte: »Er wirkt ein bißchen deprimiert, das ist alles.« »Ich mache mir fürchterliche Sorgen«, hatte sie am Abend zuvor zu Harry gesagt, während sie ihre abendliche Tasse Tee aufgoß. »Wirklich. Er ist meilenweit fort. Das ist unnatürlich.«

Sie legte den Deckel auf die Teekanne.

»Nicht, daß es auf der Farm etwas gäbe, worüber er sich Sorgen machen müßte. Schließlich führe ich die Bücher und müßte es deshalb wissen.« Sie hob die Kanne. »Die Bilanz stimmt. Wie sie es schon immer getan hat.«

Sie ging voraus in die Küche. Auf einem Ende des langen Tisches lag eine blaukarierte Decke, und darauf stand ein Teller mit fächerförmig angeordneten Stücken Butterkuchen.

»Granny, ich glaube nicht …«

»Ich bin sicher, daß ihr auch eine weitere Tasse Tee vertragen könnt«, sagte Dilys. Sie sah Zoe an und deutete mit einem kleinen Nicken in Richtung Butterkuchen. »Den habe ich heute morgen gebacken.«

»Großartig«, sagte Zoe. »Ich esse hier den ganzen Tag. Ich habe zweimal gefrühstückt, also sehe ich nicht ein, weshalb ich nicht auch zweimal Tee trinken sollte.« Sie ließ sich am Tisch nieder und deponierte ihre Ellenbogen bequem auf die blaukarierte Decke. »Ich habe noch nie in meinem Leben Tee als Mahlzeit zu mir genommen.«

»Welchen Eindruck hattest du von deinem Vater?« fragte Dilys Judy und goß kochendes Wasser in die braunglasierte Kanne mit einer Blumenbordüre auf cremefarbenem Untergrund, die Judy so vertraut war, daß es fast weh tat, sie anzusehen.

»Das weiß ich wirklich nicht«, sagte Judy. »Es läßt sich schwer sagen. Er ist sehr mager.«

»Ich schicke ihm jeden Tag eine warme Mahlzeit hinüber«, sagte Dilys vorwurfsvoll. »Und er verfüttert sie an die Katze. Velma findet den Teller morgens auf dem Küchenfußboden.«

Zoe nahm sich ein Stück Butterkuchen, biß hinein und verstreute die Krümel.

»Weshalb sollte er essen«, sagte Zoe, »wenn er Kummer hat?«

Dilys' Lippen verspannten sich. Das war Reden außerhalb der Reihe.

»Er ist ein arbeitender Mann«, sagte sie zu Zoe und stellte die Teekanne auf eine Matte aus Holzperlen auf dem Tisch.

Zoe sagte, völlig unbeeindruckt: »Das heißt doch nicht, daß er nicht außerdem ein fühlender Mann ist.«

»Wenn man Farmer ist«, sagte Dilys entschieden, »darf man sich nicht gehenlassen. Man darf die Dinge nicht schleifen lassen. Verpaßte Gelegenheiten kommen nicht wieder.«

Judy, die sich Zoe gegenüber niedergelassen hatte, versuchte, ihren Blick zu erhaschen und ihr zu bedeuten, daß sie den Mund halten sollte.

»Er läßt sich nicht gehen«, sagte Zoe und ignorierte Judy. »Er macht weiter. Aber er leidet. Das ist offensichtlich.«

»Zoe …« sagte Judy.

»Du müßtest das eigentlich wissen«, sagte Zoe und richtete ihre großen Augen auf Judy. »Du solltest mit ihm fühlen.«

Judy senkte den Blick. Dilys begann, aus der braunen Kanne einzugießen, in mit Goldfasanen gemusterte Tassen, die zu ihrem Hochzeitsservice gehört hatten. Sie konnte Becher nicht ausstehen. Harry durfte nur am Spätvormittag einen Becher benutzen, wenn er hereinkam, nachdem er sich mit Joe wegen der Farm angelegt und gegen die modernen Methoden gewettert hatte. »Du darfst Joe nicht aufbringen«, hatte Dilys immer und immer wieder zu ihm gesagt. »Joe weiß genau, was er tut. Er denkt auf lange Sicht, und das ist etwas, was du nie fertiggebracht hast.« Sie wollte nicht, daß Harrys Altersstarrsinn ein Hemmschuh für Joe war oder ihm Sorgen machte. Dilys hatte es immer ertragen können, wenn Harry oder Robin sich Sorgen machten, aber Sorgen um Joe ließen sie zusammenzucken, als wäre ihren Gefühlen die Haut abgezogen worden.

»Wir reden hier nicht über Leiden, meine Liebe«, sagte sie. »Wir schwelgen nicht in unseren Gefühlen. Wir sind praktische Leute.«

Zoe schaute sich in der Küche um, die schäbig, aber blitzsauber war, vollgestopft mit Gegenständen, wohlgeordnet, jede Tasse und jeder Krug an seinem Platz.

»Ja, das sehe ich.« Ihre Stimme war völlig neutral.

»Kann sein, daß es die Farm ist«, sagte Judy rasch. »Er hatte am Donnerstag einen schlechten Tag auf dem Markt. Er mußte drei Kälber wieder mitnehmen, weil sie Durchfall hatten. Jedenfalls hat das der Versteigerer behauptet.«

Dilys schnalzte mit der Zunge. Sie schob Zoe den Butterkuchen zu.

»Sind Sie eine Kollegin von Judy, meine Liebe?«

»Nein«, sagte Zoe. »Ich bin Fotografin, das heißt, ich will eine werden.«

Sie war an diesem Morgen um Viertel vor sechs aufgestanden, um Aufnahmen von Gareth im Melkstall zu machen, von der Doppelreihe aus großen schwarzweißgescheckten Leibern mit den ineinander verschlungenen Schläuchen der Melkmaschinen und dem großen Glasbehälter, der sich sichtbar mit Milch füllte, warm und weißlich. Gareth hatte es gefallen, daß sie da war, er hatte bereitwillig für sie posiert, wenn sie ihn darum bat, hatte die Melkbecher angesetzt, hinterher die Zitzen besprüht, die

Reihe von Kühen wieder auf den Hof und in das bleiche Licht des frühen Morgens hinausgetrieben. Sie hatte genau so einen Overall getragen wie er; als sie um halb sechs ins Badezimmer gegangen war, hatte sie ihn vor ihrer Tür gefunden, zusammen mit einem Paar dicker, melierter Wollsocken von der Art, wie ihr Vater sie immer zu den schweren Schuhen getragen hatte, die er bevorzugte. Sie nahm an, daß Robin sie dahin gelegt hatte. Wenn ja, dann war das ein Zeichen für eine reale, wenn auch minimale Annäherung an zwischenmenschliche Beziehungen, und Zoe wußte das zu würdigen.

Jetzt sagte sie, um Judy zu besänftigen, zu Dilys: »Ich habe heute morgen im Melkstall Fotos gemacht. Und gerade eben etliche von Lyndsays Kindern. Der kleine Junge ist wirklich reizend.«

»Das ist er«, sagte Dilys. »Äußerlich ist er nach seiner Mutter geraten. Aber Rose ist eine echte Meredith. Durch und durch eine Meredith.«

Judy nahm ihre Tasse und senkte ihr Gesicht darüber. Sie wollte gehen, wollte, daß diese seltsame und peinliche Episode vorbei war, wollte Zoe an einen Ort bringen, an dem sie nicht gegen Regeln verstoßen konnte, von deren Existenz sie keine Ahnung hatte. Es war nicht zu übersehen, daß Zoe Dilys aus der Fassung brachte und daß ihr weder ihr Aussehen noch ihre Offenheit gefielen. Lyndsay hatte sie gewarnt, daß das passieren würde.

»Regt Granny nicht auf«, hatte sie gesagt.

»Das läßt sich nicht vermeiden. Wir müssen zu ihr.«

Jetzt sagte sie, mit dem Gesicht immer noch im warmen Dampf ihrer Teetasse: »Wo ist Grandpa?«

»Er arbeitet an der Zehn-Morgen-Hecke«, sagte Dilys. »Er wollte sie roden, um Joe das Pflügen zu erleichtern, aber der hat es nicht zugelassen. Hat gesagt, er müßte auch die Raine neu anlegen.«

Judy stellte ihre Tasse hin und stand auf.

»Vielleicht sollten wir zu ihm fahren.«

»Er würde sich bestimmt freuen, wenn ihr kommt«, sagte Dilys. »Ihr könnt ihm frischen Tee mitnehmen. Seinen dürfte er inzwischen ausgetrunken haben.« Sie sah Zoe an. »Ich habe mich gefreut, Sie kennenzulernen, meine Liebe.«

Zoe erwiderte ihren Blick.

»Ganz meinerseits«, sagte sie.

»Himmel«, sagte Judy, als sie den Wagen vom Hof lenkte. »Tut mir leid.«

»Was meinst du?«

»Granny natürlich. Sie hat so starre Vorstellungen ...«

»Sie hat mir gefallen«, sagte Zoe. »Vielleicht denkt sie anders als ich, aber das hindert mich nicht daran, sie zu mögen. Du denkst schließlich auch nicht so wie ich.«

»Nein«, sagte Judy neidisch. »Das tue ich nicht.«

»Da wir gerade von gefallen reden«, sagte Zoe, zog ihre Füße auf die Kante des Beifahrersitzes hoch und umschlang ihre Knie mit den Armen. »Warum gefällt es dir hier nicht?«

»Zoe, du weißt ja nicht ...«

»Natürlich weiß ich es nicht. Aber ich habe Augen im Kopf Es ist ein harter Ort. Aber kein Ort, den man hassen müßte.«

»Ich hasse ihn nicht«, sagte Judy.

Zoe musterte sie einen Moment, dann schaute sie wieder durch die Windschutzscheibe.

»Wirklich nicht? Also, wenn du es nicht tust, dann kann ich nur sagen, daß du eine verdammt gute Imitation lieferst.«

Harry war mit sieben Metern der Hecke am hinteren Rand des Zehn-Morgen-Feldes fertig, an der Seite, wo der Nordostwind durchpfiff, wenn er nur die geringste Chance dazu bekam. Er trug die Lederhandschuhe, die sein Vater ihm vor vierzig Jahren für die Heckenarbeit geschenkt hatte, brettsteif, bis sie warm geworden waren, und an den Fingergelenken brüchig. Er hätte sich jederzeit neue kaufen können, aber er mochte die alten, mochte die Assoziationen, die er mit ihnen verband.

Er war nicht sonderlich gut bei der Heckenarbeit, war es

nie gewesen. Sein Vater hatte ihm die alte, in den Midlands gebräuchliche Methode beigebracht – man trennte die Hauptstämme mit einer Hippe fast gänzlich durch und bog sie dann in die Waagerechte, um der Hecke Kraft und Dichte zu geben. Aber in Harrys Hecken gab es immer allzu viele zersplitterte Stümpfe, und er verflocht die Stämme nie so dicht, daß die Hecken ihre Schutzfunktion erfüllen konnten. Aber er tat es halbwegs gut. Es hatte ihm stets genügt, etwas halbwegs gut zu tun, er hatte nicht Dilys' Drang nach dem Besseren oder sogar dem Besten, den sie Joe vererbt hatte. Aber nicht Robin. Robin hatte, soweit Harry sehen konnte, nur den Drang, alles anders zu tun. Robin konnte man nicht dazu bringen, am gleichen Strang zu ziehen, man mußte einfach die Achseln zucken und ihn seinen eigenen Weg gehen lassen, selbst wenn dieser Weg mit Schwierigkeiten und Schulden gepflastert war. Nach Harrys Ansicht sollte Robin die Milchquote und die Herde, das Haus und das Land verkaufen und es dann pachten und als Ackerbauer bewirtschaften. Die Kopfschmerzen jemand anderem überlassen. Aber das würde er nie sagen, genauso wenig, wie er dieser Tage zu Joe sagen würde: »Was plagt dich, Junge?« Das ging einfach nicht, das konnte man nicht tun. Das war weniger eine Sache der Achtung vor dem Privatleben anderer Männer, selbst wenn es sich dabei um die eigenen Söhne handelte, als vielmehr des Begreifens, daß jeder Mann auf sich allein gestellt war, einsam und verantwortlich, dazu bestimmt, alle Probleme, die sich vor ihm auftaten, zu lösen oder einfach zu ertragen.

Ein Wagen näherte sich langsam auf dem Feldweg und hielt an der ungefähr zwanzig Meter entfernten Einfahrt an. Es war Robins Wagen. Was wollte Robin an einem Samstagnachmittag von ihm? Zwei Wagentüren wurden zugeschlagen, und dann sah Harry oberhalb der Hecke Judys roten Kopf, als sie über das Tor kletterte, und dann noch einen zweiten Kopf, dunkler.

Sie sprang auf das Feld herunter und schwenkte eine Thermosflasche.

»Wir bringen dir noch eine Portion Tee!«

»Großartig!« rief Harry. »Großartig!«

Er begann, schnell und steif an der Hecke entlang auf sie zuzugehen, wobei er seine Handschuhe auszog und sie in die Tasche seines Overalls stopfte. Er hatte vergessen, daß Judy kommen wollte, hatte alles vergessen wegen des Mordskrachs am Morgen mit Joe, der ihm strikt verboten hatte, diese Hecke zu roden.

»Dazu würde ich nicht mehr als zwei oder drei Tage brauchen. Mit einem Bagger.«

»Nein, Dad. Nein und nochmals nein. Ich baue an, ich reiße nicht nieder. Kannst du denn nie über den morgigen Tag hinausdenken? Kannst du nie weiter sehen als bis zu deiner verdammten Nasenspitze?«

»Grandpa«, sagte Judy erfreut. Sie schlang die Arme um ihn und spürte seinen festen alten Körper wie einen Baum oder ein rustikales Möbelstück.

»Braves Mädchen«, sagte Harry und klopfte ihr auf die Schulter. »Braves Mädchen.«

»Und das ist Zoe.«

Harry grinste.

»Hallo, Zoe.«

Merkwürdiges kleines Ding. Gesicht wie ein Mädchen und Haare wie ein Junge. Sie betrachtete die Hecke, das Stück, das er angeschlagen und verflochten hatte.

»Ist das schwer?«

»Nicht so schwer, wie es mir fällt«, sagte Harry. »Wart ihr bei Granny?«

»Ja.«

»Und habt ihr Joe gesehen?«

»Was ist mit Joe?« fragte Judy. »Granny hat uns auch gefragt. Nein, wir haben ihn nicht gesehen. Nur Lyndsay und die Kinder.«

Harry murmelte etwas. Dann sah er Zoe an. »Ihr erster Besuch auf einer Farm?«

»Ja«, sagte sie.

»Es ist ein fürchterliches Leben«, sagte Harry. »Grauenhaft. Wir müssen verrückt sein, daß wir so etwas tun.«

»Das glaube ich auch«, sagte Judy.

»Warum tun Sie es dann?« fragte Zoe.

Harry grinste sie an.

»Wir können einfach nicht anders. Es ist einem angeboren, vom Vater auf den Sohn. Sogar im Krieg, als ich in Italien gelandet war, konnte ich an nichts anderes denken als an die verdammte Farm. Und damals war ich noch keine neunzehn.«

»Mum …« sagte Judy, dann verstummte sie.

Zoe sah sie an.

»Sprich weiter.«

»Mum hat gesagt, daß Dad sogar, wenn sie irgendwo Urlaub machten, die Landschaft immer nur daraufhin angesehen hat, wie sie bewirtschaftet wurde. Sie hat gesagt, das einzige Mal, wo er das nicht getan hat, war in Tunesien, als ich sieben Jahre alt war und bei euch wohnte, weil es dort keine Farmen gab, nur Sand und Kamele.«

»Obsessionen«, sagte Zoe, »Obsessionen sind interessant.«

Judy sagte: »Und beängstigend.« Sie streckte Harry die Thermosflasche entgegen. »Dein Tee, Grandpa.«

Als er sie entgegennahm, schaute er sie einen Moment lang an, und plötzlich kamen ihr seine Augen sehr alt vor, mit einem ausgeblichenen, von einem trübfarbenen Ring umgebenen Zentrum. Mit einem schmerzlichen Stich wurde ihr bewußt, daß er im Sterbealter war, genau in dem Alter, in dem alles abgenutzt ist und matt und schwach wird, nicht in Caros Alter, dem Alter, in dem man noch viel vorhat und es Menschen gibt, die einen brauchen.

Harry sagte leise: »Ich muß weitermachen, Mädchen.«

»Ja.«

»Sonst bekomme ich es mit deinem Onkel Joe zu tun.«

Judy beugte sich vor und küßte ihn noch einmal.

»Vielleicht sehen wir uns morgen.«

»Gut«, sagte Harry. Er hob grüßend die Hand vor Zoe. »Auf später, Mädchen.«

Sie lächelte ihn an.

»Auf später«, sagte sie.

Als die beiden jungen Frauen an der Hecke entlanggingen, um zu ihrem Wagen zurückzukehren, sah Harry, wie Zoe eine Hand ausstreckte und auf sein Tagewerk deutete.

»Ich wette«, hörte er sie sagen, »das könnte ich auch. Ganz bestimmt.«

»Glaubt ihr«, sagte Robin, »daß wir gemeinsam etwas damit anfangen könnten?«

Auf dem Küchentisch lag ein Huhn aus dem Supermarkt, eingepackt in Plastikfolie, die von Gummibändern zusammengehalten wurde.

»Ich würde es vielleicht essen«, sagte Zoe, »aber braten könnte ich es nicht.«

»Mir geht es ungefähr genauso. Judy?«

»Okay«, sagte Judy. »Wenn du abwäschst. Sind Kartoffeln da?«

Robin deutete auf ein Plastikfäßchen mit Most, das auf der Anrichte stand.

»In der Speisekammer, glaube ich. Wie wär's mit einem Schluck, Mädchen?«

»Zoe trinkt nichts Alkoholisches«, sagte Judy.

»Wirklich nicht?«

»Nein«, sagte Zoe. »Ich mag es nicht.«

Robin musterte sie. »Ungewöhnlich«, sagte er.

»Danke für den Overall. Und die Socken.«

»War keine Mühe.«

»Es hat mir gefallen – das Melken«, sagte Zoe. Sie setzte sich auf die Kante des Küchentisches. »Ich glaube, ich werde morgen wieder zusehen.«

»Nachdem du ein paar Kartoffeln geschält hast«, sagte Judy.

Robin öffnete den Hahn des Plastikfäßchens, ließ Most in ein Glas laufen und hielt es Judy hin. Ihre Blicke begegneten sich fast, als sie es entgegennahm.

»Danke.«

»Du siehst besser aus«, sagte er zu ihr.

Sie wendete sich von ihm ab und ging daran, das Huhn aus der Plastikfolie zu wickeln. »Das kannst du kaum beurteilen.«

Zoe beugte sich über den Tisch vor.

»He, he, kein Grund, ihm den Kopf abzureißen ...«

Judy sagte nichts. Sie hatte den Eindruck, daß auch Robin heute abend besser aussah, weniger abgehärmt, mit weniger verschatteten Augen. Er brauchte einen Haarschnitt – jedenfalls nach seinem üblichen Standard –, doch das längere Haar stand ihm, ließ sein Gesicht weicher erscheinen. Aber sie wollte nicht, daß er ihr vor Zoe schmeichelte. Das war Schwindel.

»Ich hole die Kartoffeln«, sagte Robin. »Wie hungrig sind wir?«

»Nicht sonderlich. Wir haben seit dem Lunch zweimal gegessen. Erst zum Tee bei Lyndsay und dann bei Granny. Und bevor du fragst – Joe haben wir nicht gesehen.«

Robin, mit der Hand an der Tür zur Speisekammer, öffnete den Mund, um zu sagen, daß in letzter Zeit kaum jemand Joe zu Gesicht bekam, dann schloß er ihn wieder. Er selbst war am Nachmittag, nachdem die Mädchen das Haus verlassen hatten, vorbeigefahren, um mit ihm zu reden, und hatte Lyndsay dabei angetroffen, wie sie Hughie half, seinen Namen auf den Küchentisch zu schreiben, während Rose in einem Laufgestell auf Rädern im Zimmer herumfuhrwerkte.

»Da«, sagte Hughie. »Das große H. Das große H hier, das bin ich.«

Robin beugte sich nieder. »Nicht schlecht, mein Junge.«

Lyndsay wirkte müde, mit der Transparenz der Erschöpfung, unter der Naturblonde leiden.

»Tut mir leid, aber Joe ist nicht da. Ich weiß nicht, was er heute nachmittag tun wollte, aber ich glaube nicht, daß er zurückkommt, bevor es dunkel ist.«

»Es hat Zeit«, sagte Robin.

Rose galoppierte quer durchs Zimmer, stieß einen lauten Ruf aus und hob die Arme, um Robins Aufmerksamkeit zu erregen.

»Hallo, Rosie.«

»Sie war schrecklich«, sagte Lyndsay. »Den ganzen Nachmittag.«

Sie hatte Robin gegenüber immer eine gewisse Scheu empfunden, wegen seiner Größe und seiner Dunkelheit und seiner Verschlossenheit, und neigte deswegen dazu, sich für Dinge zu entschuldigen, von denen sie dachte, daß sie ihm mißfallen könnten, wie etwa Roses Ungebärdigkeit. Aber jetzt bückte er sich und hob Rose aus dem Laufgestell. Rose war entzückt.

»Jah«, sagte sie zu ihm. »Jah, jah, jah.«

»Du bist eine stämmige Frau«, teilte Robin ihr mit.

Sie strahlte. Robin sagte: »Wie fandest du Judys Freundin?«

»Nett«, sagte Lyndsay. »Ungewöhnlich. Hughie hat sie sehr gemocht.«

»Hab' ich nicht«, sagte Hughie mit Nachdruck.

»Gut für Judy. Macht es ihr leichter. Sie ist um halb sechs aufgestanden, um beim Melken zuzusehen.«

Rose legte eine Hand auf Robins Wange.

»Du bist klebrig«, sagte er.

»Sie ist immer klebrig«, sagte Lyndsay. Und dann, in einem Anfall von Vertraulichkeit, ausgelöst von dem einzigartigen Anblick von Robin mit einem Kind auf dem Arm: »Robin, ich bin ein bißchen …« Sie erinnerte sich an Hughie und brach ab. »Joe«, flüsterte sie über Hughies Kopf hinweg. »Ich mache mir Sorgen um Joe.«

Er nickte.

»Ich weiß.«

»Und deine Mutter …«

»Ja.«

»Kannst du – kannst du mit ihm reden? Ja? Herausfinden, was mit ihm los ist?«

Rose begann zu brüllen, weil sie abgesetzt werden wollte. Robin bückte sich und stellte sie wieder in ihr Laufgestell.

»Ich kann es versuchen.«

Lyndsay stand auf. Sie musterte Robin, der in seiner Arbeitskleidung in ihrer Küche stand, und hatte plötzlich das Verlangen, einen Schnitt nach vorn zu tun, Kinder oder keine Kinder, und sich an ihn zu lehnen, das Gesicht in den

marineblauen Drillich seines Overalls zu drücken und zu
sagen: »Hilf mir, hilf mir. Ich weiß nicht mehr, was ich tun
soll. Ich bin mit meinen Kräften am Ende.«

»Ich muß heim«, sagte Robin. Er legte eine Hand auf
Hughies Kopf. »Schreib weiter. Und sag deinem Dad, daß
ich mit ihm reden möchte. Machst du das?«

»Worüber?« sagte Hughie, mit einem roten Stift rasch H
schreibend.

»Über Dünger«, sagte Robin. Er berührte Lyndsays Arm.
Einen Augenblick zuvor hatte sie ausgesehen, als ob sie
gleich in Tränen ausbrechen wollte. »Ich sehe zu, was ich
tun kann.«

Es wird nicht viel sein, dachte er jetzt, als er die Tür zur
Speisekammer öffnete. Wie konnte es auch, da er nicht
wußte, was er fragen, und Joe vermutlich keine Ahnung
hatte, was er antworten sollte? Dem äußeren Anschein
nach ging es Joe gut. Die Felder von Dean Place waren sauber, die Umrandungen in gutem Zustand, die Rechnungen
wurden bezahlt. Zumindest nahm Robin an, daß sie bezahlt wurden. Solange Dilys die Buchführung machte, ließ
sich das kaum vermeiden. In einer unausgesprochenen
Übereinkunft sprachen Robin und Joe nicht über Geld,
scheuten davor sogar fast zurück, aber in Anbetracht des
Zustands der Farm und der Tatsache, daß Dilys die Bücher
führte, konnte er sich nicht vorstellen, daß Geld Joes Problem war. Wenn Caro noch da wäre, würde sie vermutlich
instinktiv wissen, was ihn plagte, aber wenn sie noch da
wäre, dann wäre das, was ihm zu schaffen machte, vielleicht gar nicht erst aufgekommen. Unsere Zurückhaltung
ist unser Fluch, dachte Robin plötzlich und überraschte sich
selbst damit, ein elender Fluch. Es ist, als trüge man Fuß-
fesseln. Er bückte sich, um Kartoffeln aus einem staubigen
Papiersack zu holen. Er konnte hören, wie Judy in der Küche ein wenig lachte, vermutlich über etwas, was Zoe gesagt hatte. Zoe gefiel ihm. Sie hatte etwas Unerschrockenes
an sich, eine Direktheit, die man gewöhnlich nur bei Tieren
fand. Oder Kindern. Wie Rose heute nachmittag, die zuerst
aufgehoben und dann wieder losgelassen werden wollte,

kein langes Trara, kein kompliziertes Sich-Anpassen an andere Menschen.

Er kehrte in die Küche zurück und warf die Kartoffeln in den Ausguß.

»Alles Ihre«, sagte er zu Zoe.

»Okay«, sagte sie. »Und was soll ich damit tun?«

»Sie schälen.«

»Naß oder trocken?«

Robin sah sie an. »Wo sind Sie aufgewachsen?«

»In einer Wohnung in Tottenham. Mit Fertiggerichten zum Mitnehmen. Deshalb bin ich auch so abgezehrt wie ein Landser im Ersten Weltkrieg. Ich bin ziemlich unterernährt.«

»Glaub ihr kein Wort«, sagte Judy. »Sie ißt den ganzen Tag wie ein Pferd.«

Robin lächelte. Er öffnete die Küchenschublade und suchte nach einem Kartoffelschälmesser.

»Hier«, sagte er und hielt es ihr hin.

Sie unternahm keinen Versuch, das Messer anzurühren.

»Häßlich«, sagte sie. »Sieht aus wie die Dinger, die sie im neunzehnten Jahrhundert bei den Zwangsuntersuchungen von Prostituierten benutzt haben.«

»Zoe!«

»Gehen Sie hinüber an den Ausguß«, sagte Robin, »und lassen Sie ihn mit kaltem Wasser vollaufen.«

»Mit *kaltem* Wasser?« sagte Zoe. »Ich habe es *gewußt*. Ich habe gewußt, warum Kochen so eine Pest ist.«

»Beeilen Sie sich.«

Sie ging zum Ausguß und steckte den Stöpsel ein.

»In London sehen Kartoffeln anders aus. Sie sind mit Käse gefüllt und leben in Mikrowellenherden.«

Sie sah Robin an. »Also gut, zeigen Sie es mir.«

Judy hielt beim Ausstopfen des Huhns mit einer halben Zitrone und einem Klumpen Butter – ›Süßbutter‹ hatte Caro immer gesagt – inne und warf einen Blick über den Tisch. Robin beugte sich über den Ausguß, mit einer Kartoffel in der einen und dem Schälmesser in der anderen Hand, und Zoe hatte die Ellenbogen auf das Abtropfbrett gestützt und beobachtete ihn mit der Hingerissenheit eines Kindes vor dem Fernseher. Machte sie sich über ihn lustig? Oder flirtete sie? Und wie kam es, daß mit ihr im Zimmer die Schatten schwächer, durchsichtiger zu sein schienen, als wäre außer den Erinnerungen auch ein bißchen Leben eingelassen worden? Sie drehte das Huhn um und legte es mit der Brust nach unten in einen Bräter, genau wie Caro es immer gemacht, wie Caro es ihr beigebracht hatte.

»So«, sagte Robin. Judy hörte, wie das Schälmesser ins Wasser fiel. »So. Und jetzt sind Sie dran.«

SECHSTES KAPITEL

Der Viehmarkt von Stretton lag abseits der Ringstraße zwischen einer Eiskremfabrik und der Verwaltung der regionalen Elektrizitätswerke. Er umfaßte ein riesiges Areal mit einem verworrenen Komplex aus Auktionshallen und Parkplätzen und stand in dem Ruf, gut zu sein für den Verkauf von Vieh nach Lebendgewicht. An einem Ende beherbergte ein großes neues Gebäude die Haupt-Versteigerungsarena für Rinder und Kälber; am anderen Ende breitete sich ein riesiges Dach über die Pferche, in denen Schafe und Schweine zusammengedrängt waren wie Datteln in einer Schachtel. Zwischen beiden erstreckte sich ein Fußgängerbereich, gesäumt von Bankfilialen und landwirtschaftlichen Fachgeschäften, Garten- und Haustierläden, und an jedem Ende, gekennzeichnet durch eine Speisekarte in Form eines großen weißen Bullen, gab es ein Restaurant, das Charolais Diner hieß und in dem den ganzen Tag über Frühstück für 2,95 Pfund serviert wurde.

Robin fuhr den Landrover mit dem Anhänger auf den Parkplatz neben dem Haupt-Auktionsgebäude und hielt neben der Tafel, auf der die Versteigerungszeiten angegeben waren: ›Schlachtschafe: 10.15 Uhr; Kühe mit Kälbern: 10.45 Uhr; Mastkälber: 11.15 Uhr; Magervieh und unfruchtbare Kühe: 12.00 Uhr‹. Auf dem Anhänger standen fünf vierzehn Tage alte Bullenkälber mit den Köpfen zur hinteren Wand, so weit wie möglich von der Heckklappe und dem beängstigenden Geschäft des Ein- und Ausladens entfernt. Robin und Gareth hatten sie eine Stunde zuvor aufgeladen, sie auf den Anhänger befördert, wobei sie ihre provisorischen Stricke aus Strohbändern mit der einen und ihre Schwänze mit der anderen Hand gehalten hatten.

»Das ist mir immer zuwider«, sagte Gareth. »Ich mag es nicht, sie so wegzuschaffen.«

Robin murmelte etwas. Ihm war es auch zuwider, zumal heutzutage, wo man keineswegs sicher sein konnte, daß die Kälber ihre achtzehn Monate Mastleben bekamen; aber noch schlimmer war es bei den unfruchtbaren Kühen. Eine Kuh wegen eines Versagens, an dem sie nicht die geringste Schuld trug, auf den Markt zu schicken, hatte etwas an sich, was ihm, je älter er wurde, immer mehr, nicht weniger zu schaffen machte. Aber er hatte nicht die Absicht, sich mit Gareth auf eine Diskussion über die Ethik der Viehhaltung einzulassen, weil der dann seine Arbeit unterbrechen, sich an den nächsten Pfosten lehnen und reden würde. Gareth brachte es einfach nicht fertig, gleichzeitig zu reden und zu arbeiten, und Robin war sich, obwohl er in vielerlei Hinsicht Rücksicht auf Debbie und die Kinder nahm, immer der Tatsache bewußt, daß Gareth dafür bezahlt wurde, daß er arbeitete.

»Ich möchte nicht«, sagte er, »mit weniger als 700 für die Ladung zurückkommen.«

Jetzt stieg er aus dem Landrover und ging zur Rückseite des Anhängers, um die Riegel zu öffnen. Zwei Marktangestellte mit flachen Mützen und hellbraunen Overalls erschienen, um zwischen dem Anhänger und den Pferchen, in denen die Kälber warten würden, bis ihre Zeit gekommen war, Hürden aufzustellen; dann würde ein Junge, der im Verhältnis kaum älter war als sie selbst, erscheinen und sie in die von Lärmen und Rufen erfüllte Versteigerungsarena treiben. Einer der Männer trug einen Eimer mit Klebstoff und einen hölzernen Spachtel bei sich, um auf jeden der kleinen Rümpfe, sobald er vom Anhänger herunterkam, ein Auktionsetikett zu klatschen.

»Robin ...«

Robin, dessen Hände noch auf der Heckklappe lagen, schaute über die Schulter. Da stand Joe, in Arbeitskleidung, die Hände in den Taschen.

»Was tust du denn hier?«

Joe sagte: »Nicht viel. Vielleicht werde ich ein paar Rinder kaufen ...«

»Was willst du denn mit Rindern?« fragte Robin. »Komm, faß mal mit an ...«

»Ich dachte, es würde mir gefallen«, sagte Joe und trat ein paar Schritte vor, um das Gewicht des hinteren Endes der Heckklappe zu übernehmen. »Ich dachte, vielleicht hätte ich gern ein paar Tiere, vielleicht wäre es besser auf der Farm, wenn dort ein bißchen Leben wäre. Nur ein paar Zuchttiere.«

»Weiß Dad das?«

»Nein.«

»Warum nicht?«

»Dad will nicht, daß sich etwas ändert.«

»Wenn es Veränderung nur um der Veränderung willen ist ...«

»Ich weiß es nicht«, sagte Joe. »Ich weiß nur, daß ich eine Veränderung will.«

Die Heckklappe senkte sich langsam und bildete eine Rampe, und die fünf Kälber drückten sich an die hintere Wand.

»Arme kleine Viecher.«

»Fang du nicht auch noch damit an. Gareth ist schon schlimm genug. Man könnte meinen, ich bringe seine Kinder auf die Auktion.«

Joe schaute zu, wie Robin auf den Anhänger kletterte und die Kälber eines nach dem anderen auf die Rampe zubugsierte; in ihren Ohren steckten Erkennungsmarken aus Plastik. Er erinnerte sich, wie er Lyndsay, damals noch seine Verlobte, einmal auf den Markt mitgenommen hatte, um ihr die Realität des Farmerdaseins zu zeigen, das unausweichliche Schicksal von Vieh, das verstört durch die klirrenden Gatter der Auktionsarena getrieben und dann für so und so viele Pence pro Kilo an Aufkäufer für Schlachthöfe und Konservenfabriken verkauft wurde. Sie hatte während der ganzen Rückfahrt nach Dean Place geweint, völlig verstört von dem, was sie gesehen hatte, aber auch über den Tod ihrer romantischen Vorstellungen vom Leben auf einer Farm.

»Es waren die Kälber«, hatte sie schluchzend zu Caro gesagt, die Joe geholt hatte, damit sie sie trösten und ihr klarmachen sollte, daß die Realität der Nahrungsproduktion nun einmal so aussah.

»Ich weiß«, hatte Caro gesagt. »Ich weiß. Sie sind einfach viel zu hübsch, als daß man vernünftig reagieren könnte.«

»Vielleicht hätte ich sie nicht mitnehmen sollen«, hatte Joe später gesagt. »Vielleicht hätte ich sie auch weiterhin glauben lassen sollen, Farmen wären nur Felder mit Hafer. Schließlich ist das alles, was sie zu sehen bekommen wird.«

»Ich weiß es nicht«, hatte Caro langsam gesagt. Er erinnerte sich an ihren verschleierten Blick aus braunen Augen. »Ich weiß es nicht. Ich glaube, ich werde nie wissen, wieviel Wahrheit gut für uns ist.«

Die Hürden wurden hinter dem letzten Kalb geschlossen.

Robin sagte: »Ich hoffe einfach immer, daß sie in einen Betrieb in diesem Land kommen.« Er sah Joe an. Er stand da und schaute mit einem bemüht unbeteiligten Ausdruck hinter den Kälbern her, einem Ausdruck, den Robin auf seinem Gesicht auch bei Caros Beerdigung bemerkt hatte, als triebe er seine Gedanken durch das, was er sah, hindurch und darüber hinaus, damit er nicht darauf zu reagieren brauchte. Robin kletterte die mit Stroh bestreute Rampe hinunter und legte eine Hand auf Joes Arm.

»Wolltest du mir etwas sagen?«

Joe schüttelte den Kopf,

»Willst du einen Blick in die Arena werfen? Ich würde mitkommen ...«

Joe seufzte.

»Ich sollte wieder nach Hause fahren. Ich weiß ohnehin nicht, was ich hier tue ...«

»Du wolltest dir Rinder ansehen. Hast du jedenfalls gesagt.«

»Ja.«

»Weil du einiges anders machen willst.«

Joe sagte nichts.

»Das will ich auch«, sagte Robin. »Ich will, daß sich einiges ändert. Ich will, daß diese – diese Zeit vorbei ist.«

Joe sah ihn an. Es war ein langer, dunkler, unglücklicher Blick.

»Wenn es hilft, Rinder zu kaufen«, sagte Robin, »dann kauf Rinder.«

»Ich bin mir nicht sicher ...«

»Nein«, sagte Robin, »das ist keiner von uns. Es ist das erste Mal, daß wir so etwas durchmachen. Es ist das erste Mal, daß ich eine Frau verloren habe.« Er wendete den Blick von Joe ab. Es lag ihm auf der Zunge, zu sagen, daß er sich danach sehnte, Caro wieder um sich zu haben, weniger ihrer selbst wegen, als damit er sie irgendwelche Dinge fragen konnte, Antworten verlangen konnte auf seine Fragen über das Im-Stich-gelassen-Werden, über Vertrauensbruch. Aber das wäre nicht fair. Womit auch immer Joe zu kämpfen hatte – es war offensichtlich alles, was er im Moment verkraften konnte. Ein Einblick in all die Dinge, die Robin unbewältigt im Kopf herumgingen, war so ziemlich das letzte, was Joe brauchte.

Joe sagte plötzlich: »Ich habe sie nicht geliebt. Ich meine, nicht so, nicht *Liebe* ...«

Robin wartete. Das Stroh auf der Rampe wurde von kleinen Windstößen aufgewirbelt und flog ihnen um die Beine.

»Es ist nur ...« Joe streckte die Hände aus und ballte sie dann zu Fäusten. »Jetzt, wo sie nicht mehr da ist, sieht es aus, als hätte sie die Dinge zusammengehalten, hätte sie mit Hoffnung erfüllt.«

Robin zögerte. An den Rändern seines Mitgefühls begann ein kleiner Zorn über Joes Dreistigkeit zu schmoren. Er holte die Schlüssel des Landrovers aus der Tasche und ließ sie in der Hand klappern.

»Sieh dich vor«, sagte er.

»Ich wollte nie ...«

»Nein«, sagte Robin. »Nein, das nehme ich dir ab. Aber mach nicht zuviel daraus, okay? Du hast alles auf einem silbernen Tablett serviert bekommen, schon immer, also hüte dich, aus irgend etwas zuviel zu machen.«

Er ließ den Landrover und den Anhänger auf dem Parkplatz stehen, neben einem sehr ähnlichen Fahrzeug, in dem ein gelbäugiger Schäferhund wachsam und aufrecht auf dem Beifahrersitz saß, und steuerte auf die Versteigerungsarena zu. Sie lag in einem großen, schlichten Gebäude aus Glas und Beton, das an einen Busbahnhof erinnerte und zu dessen beiden Seiten man über Treppen ans obere Ende des Amphitheaters aus großen, gestaffelten Stufen gelangte, von denen aus man das Treiben in der Arena unten beobachten konnte. Auf diesen Stufen standen, an die metallenen Schutzgeländer gelehnt, ungefähr dreißig oder vierzig Leute herum, Farmer jeden Alters und Typs, unter ihnen ein paar Frauen, fast genauso gekleidet wie die Männer, und eine Handvoll hart wirkender junger Landmädchen, die Reitstiefel aus Gummi trugen und mit einer Hand ihr langes Haar zurückschoben, während sie in der anderen eine Zigarette hielten.

Unterhalb von ihnen, auf fest montierten Sitzbänken um die eigentliche Arena herum, saßen die Bieter, darunter ein paar Farmer, die für sich selbst kaufen wollten, und andere Männer, die im Auftrag von Schlachthöfen an der Versteigerung teilnahmen. Sie saßen da, Markttag um Markttag, sommers und winters gleich gekleidet in formlose, wetterfeste Landkleidung in der Farbe von schimmeligem Reet, die Ellenbogen auf der Kante der Arena, und machten diese kaum wahrnehmbaren Bewegungen der erfahrenen Bieter, schweigsam, geschäftsmäßig und zäh. Links von ihnen wurde ein Tier nach dem anderen durch eine Pforte mit einer automatischen Wiegeanlage getrieben, und auf einem Bildschirm über dem Kopf des Auktionators leuchtete das Gewicht jeder Kuh in Kilogramm auf, und dann wurden die Tiere für nur ein paar Sekunden in die Arena getrieben und stolperten herum, konfus vom Klirren der Metallpforten, bevor sie, Gewicht verkauft, Schicksal besiegelt, wieder hinausgetrieben wurden in die Pferche hinter der Arena.

»Morgen, Robin«, sagte jemand. »Haben Sie Geschäfte da unten?«

Robin schüttelte den Kopf,

»Nur Kälber heute.«

Der Mann, unförmig in einer wattierten Weste über zottigen Lagen aus Gestricktem, sagte: »Nicht viel Qualität diese Woche. Selbst die besten bringen kaum mehr als neunzig Pence.« Er musterte Robin einen Moment lang eingehend. Seit Jahren kursierte das Gerücht, daß Caro Meredith eine seltsame Person war, aber Gerüchte hin, Gerüchte her, eine Ehefrau war eine Ehefrau, und ihr Tod war auf jeden Fall ein Verlust.

»Kommen Sie zurecht?«

Robin nickte.

»Geht ja auch nicht anders.« Er schaute in die Arena hinunter. »Also, das da ist eine großartige Kuh, eine reinrassige Angus. Sie kommt aus der Herde von Jim Voyce.«

Robin berührte seinen Arm.

»Ich muß weiter, Fred. Bin nur für einen Moment heraufgekommen.«

Fred James legte die Hand an die Mütze.

»Alles Gute, Robin. Grüßen Sie Ihren Vater. Ich hoffe, es geht ihm gut.«

Als er wieder draußen an der frischen Luft war, begann es zu regnen, ein leichter, konstanter, kalter Regen. Er schlug den Kragen hoch und verfluchte sich, weil er seine Mütze im Landrover hatte liegenlassen. Weshalb war er in der Arena gewesen? fragte er sich. Weshalb hatte er diesem Impuls gehorcht, Joe zu helfen, obwohl er nicht glaubte, daß es Joe auf irgendeine Weise helfen würde, Vieh anzuschaffen? Warum in aller Welt sollte er Joe helfen, der doch von Anfang an alles gehabt hatte, sogar ohne daß er die Hand ausstrecken mußte, um darum zu bitten? Der Regen wurde stetig und unverkennbar stärker. Leute beeilten sich, sich irgendwo unterzustellen, Leute, die ihr Leben damit verbrachten, im Regen zu arbeiten, in städtischer Umgebung aber anders auf ihn reagierten. Robin zog die Schultern hoch und versenkte sein Kinn tief in seinem Kragen. Er mußte, bevor er abfuhr, noch etwas Weizenstroh kaufen, sofern er es für unter 25 Pfund pro Tonne bekam, frei Hof.

Judy lag im Wohnzimmer ihrer Wohnung auf dem Fußboden; ihr Kopf und ihre Schultern lehnten bequem an einem Sessel, und sie schaute sich einen Film im Fernsehen an. Zoe hatte gesagt, den müsse sie sehen, weil ein Freund von ihr der Assistent des Kameramanns gewesen war, und dann war sie zu einem zweitägigen Fotokurs in Birmingham abgereist, so daß sich Judy den Film allein anschauen mußte. Natürlich, sagte sich Judy, brauchte sie es nicht zu tun. Sie konnte sich statt dessen die Haare waschen oder ein Buch lesen oder ein bißchen saubermachen, aber irgendwie hatte sie sich in den letzten paar Wochen, die sie mit ihrer Mitbewohnerin verbracht hatte, daran gewöhnt, Dinge gemeinsam mit Zoe zu tun. Judy hatte festgestellt, daß Zoe eine Art hatte, sie, Judy, dazu zu bringen, daß sie ihre Zeit nutzte.

Nicht, daß es ein guter Film gewesen wäre. Er handelte von zwei Teenagern, die in einer nicht näher bezeichneten Stadt im Norden auf der Flucht vor der Polizei waren, aber der Grund für ihre Flucht blieb unklar, und es gab mehr atemloses Keuchen als Dialoge. Außerdem fand alles im Dunkeln oder Halbdunkeln statt, so daß es auf Judys kleinem Bildschirm schwierig war, die Fähigkeiten von Zoes Freund, dem Kameraassistenten, zu würdigen. Also lag sie da, das Kinn auf der Brust, und wünschte, sie brächte die Energie auf, sich zu erheben und den Fernseher abzuschalten.

Die beiden Teenager, zwitterhaft wirkende Mädchen, stolperten jetzt im Dunkeln an einer Eisenbahnstrecke entlang. Eines von ihnen hatte eine Frisur wie Zoe. Zoe ließ ihr Haar alle drei Wochen schneiden und mit einer pflanzlichen Farbe tönen, damit es wieder den dunkelburgunderroten Ton bekam, an den sich Judy inzwischen gewöhnt hatte. In Wirklichkeit, hatte Zoe gesagt, war ihr Haar braun. Nicht leuchtend braun mit lohfarbenen Lichtern und dem Schimmern frischer Kastanien, sondern schlicht braun, braun wie totes Laub, eintönig braun. Vor langer Zeit hatte sie es schwarz gefärbt, nachdem sie ein Video mit Liza Minelli in *Cabaret* gesehen hatte, aber sie sagte, das

Schwarz sei zuviel gewesen und habe unecht ausgesehen. Judy langte hoch und ergriff eine Strähne ihres eigenen Haars, um sie zu betrachten. Sie hatte den Eindruck, daß rotes Haar sogar im Naturzustand ziemlich unecht aussah.

Jemand läutete an der Tür. Judy setzte sich langsam auf. Das war vermutlich der ständig bekiffte Typ aus der Wohnung unter ihrer, der Brot wollte oder eine Glühbirne oder noch einen Blick auf Zoe. Neuerdings erschien er an drei von fünf Abenden, grinsend und abgeschlafft, mit einem zusammengerollten Fünf-Pfund-Schein zwischen den Fingern, den er, wie Judy festgestellt hatte, aber nie wegzugeben gedachte. Sie stand auf, stellte ohne jede Eile den Fernseher leise, aber nicht ab, ging zur Wohnungstür und öffnete sie zehn Zentimeter, so weit, wie es die vorgelegte Kette gestattete.

Draußen stand ein junger Mann, ein magerer junger Mann in Jeans und einer Lederjacke. Er trug eine Brille und hielt einen Kegel aus dem billigen, schattenhaft bedruckten Geschenkpapier in der Hand, das die Blumenhändler lieben.

»Hi«, sagte er.

Judy musterte ihn.

»Wer bist du?«

»Ich bin Oliver«, sagte der junge Mann. Er streckte ihr den Papierkegel mit den Blumen entgegen. »Ich wollte zu Zoe.«

»Sie ist in Birmingham«, sagte Judy.

»Oh.«

»Sie kommt nicht vor Freitag zurück.«

»Oh.«

Judy warf durch den Zehn-Zentimeter-Spalt einen Blick auf die Blumen und sagte herzlos: »Bis dahin sind die vermutlich verwelkt.«

»Ja«, sagte er. Und dann: »Möchtest du sie haben?«

Judy schob den Bolzen am Ende der Kette zurück, um sie zu lösen.

»Nun ja, jedenfalls möchte ich nicht, daß sie verwelken.«

»Danke«, sagte Oliver. Er trat durch die Tür und stand

dann, unsicher dreinschauend, in der winzigen Diele. »Ich habe sie seit drei Wochen nicht mehr gesehen. Nicht, seit sie hier eingezogen ist.«

»Nein«, sagte Judy, »das hast du wohl nicht.« Sie lächelte ihn an. Er hatte ein nettes Gesicht hinter seiner runden, modischen Brille und das saubere, glatte, kindhafte Haar eines Chorknaben. Ollie, der überfahrene Storch. Sie fragte: »Magst du einen Kaffee?«

»Ja«, sagte er. »Bitte.« Er hielt ihr die Blumen entgegen. »Nimm sie. Ich komme mir damit vor wie ein Affe auf dem Jahrmarkt.«

Judy ging voraus ins Wohnzimmer und schaltete den Fernseher aus.

»Tu das nicht«, sagte Oliver. »Nicht, wenn du dir gerade etwas anschaust.«

»Das habe ich nur nebenbei getan.«

»Ich nehme an«, sagte er resigniert, »du weißt, weshalb ich gekommen bin.«

»Nun ja …«

»Mädchen wissen immer über einander Bescheid.«

Judy ließ Wasser in einen Krug laufen und wickelte das Blumenpapier ab. Zum Vorschein kamen mehrere zerbrechliche Stengel von gelben Freesien.

»Die riechen gut.«

»Will sie nichts mehr von mir wissen?« fragte Oliver.

»Kann sein …«

»Na schön. Warum sagt sie mir das nicht einfach?«

»Ich weiß es nicht«, sagte Judy. »Das mußt du sie selber fragen. Das ist nicht meine Angelegenheit.« Er lehnte sich gegen den Rahmen der Küchentür, wie auch Zoe es immer tat.

»Wie heißt du?«

»Judy.«

»Hi, Judy«, sagte Oliver. »Soll ich Kaffeewasser aufsetzen?« Er schob sich an ihr vorbei, während sie einen der langen grünen Stengel nach dem anderen in den Krug steckte, und stöpselte den Stecker des Wasserkochers ein.

»So, und wo ist der Kaffee?«

Judy machte eine Kopfbewegung.

»Dort.«

»Ist dir schon aufgefallen«, fragte Oliver, »daß Zoe nicht einmal Wasser aufsetzen kann? Oder will?«

»Mein Dad hat sie dazu gebracht. Für ihn hat sie Kartoffeln geschält und Speck gebraten. Er hat sie dazu gebracht, daß sie ihm nach dem Melken ein paar Scheiben Speck briet.«

»Melken?«

»Er ist Farmer«, sagte Judy.

»Und deine Mutter?«

Es folgte eine winzige Pause.

»Sie ist tot«, sagte Judy.

»Oh«, sagte Oliver. »Oh, das tut mir leid.« Er drehte sich in der engen Küche um und legte den Arm um Judys Schultern. »Armes Ding. Arme Judy. Armes Mädchen.«

Sie starrte auf die Freesien.

»Vor sechs Wochen. Gehirntumor.«

»Grauenhaft«, sagte Oliver. »Du mußt eine furchtbare Zeit durchgemacht haben.« Er drückte ihre Schulter. »Armes Mädchen«, sagte er noch einmal.

Sie schaute zu ihm hoch. Seine Augen, klar und aufrichtig hinter den Brillengläsern, sahen sie direkt an.

»Zoe war gut zu mir ...«

»Sie weiß, wie das ist. Sie hat ihren Vater verloren ...«

»Sie hat gesagt, du wärst damals auch gut zu ihr gewesen.«

»Wirklich?«

Judy löste sich sanft aus seiner Umarmung, um den dampfenden Wasserkocher zu retten.

»Das ist nicht sonderlich schwer«, sagte Oliver. »In meiner Familie ist niemand gestorben, aber ich kann mir vorstellen, wie mir zumute sein würde. Zumindest glaube ich, daß ich es kann.«

»Die meisten Leute«, sagte Judy, »haben Angst, das zu tun. Und deshalb ist es für sie wie eine Art Krankheit, und sie haben Angst, sie könnten sich anstecken, wenn sie einem zu nahe kommen. Willst du Milch?«

»Und Zucker. Zwei Löffel, bitte.«

Judy hielt ihm einen Becher hin.

»Es ist schön, wenn jemand keine Angst hat. Wie du.«

»Ich habe Angst vor Höhen«, sagte Oliver, »und Tiefen. Und eine Welt ohne Spinnen wäre mir wesentlich lieber.«

Judy ging an ihm vorbei ins Wohnzimmer und stellte die Blumen in den leeren Kamin zwischen Zoes Reihern.

»Diese Reiher habe ich ihr geschenkt«, sagte Oliver. »Sie stammen von den Philippinen.«

»Ich mag sie«, sagte Judy. »Und sie auch.«

»Gut«, sagte Oliver. Er trank geräuschvoll einen Schluck Kaffee. »Gut. Es freut mich, daß sie sie mag. Aber irgendwie glaube ich nicht, daß ich ihr sonst noch etwas schenken werde.«

Vom Fenster ihres Wohnzimmers aus beobachtete Gareth' Frau Debbie, wie Robins Landrover auf dem Hof zum Vorschein kam und zur Straße fuhr. Es war das vierte Mal, daß er an diesem Morgen losfuhr, sie hatte es gezählt. Diesmal befand sich, soweit sie sehen konnte, nichts auf der Ladefläche des Landrovers, keine Heuballen, kein Kalb mit einem knochigen kleinen Rumpf. Eigentlich war es verboten, lebendes Vieh auf einer offenen Ladefläche wie der des Landrovers zu transportieren, aber Robin Meredith war nicht die Art Mann, die sich viel darum schert, was verboten ist oder nicht. In der näheren Umgebung stand er in dem Ruf, kaltherzig zu sein, aber Gareth sagte, das sei nicht fair, er rede nur einfach nicht viel.

Debbie sprühte einen blauen Nebel aus Fensterpolitur – ›enthält echten Essig‹ stand auf dem Etikett – auf die große Scheibe, auf der sich immer wieder Staub von dem am Cottage vorbeiführenden Feldweg ablagerte. Sie hatte eine Liste von sieben Dingen, die im Haushalt zu erledigen waren, bevor sie zur Grundschule von Dean Cross fuhr, zu ihrem täglichen Job, 57 Schulessen auszugeben und hinterher das Geschirr abzuwaschen. Velma hatte Debbie den Job besorgt, als sie nach Tideswell kamen, bevor Eddie, jetzt vier, geboren war. Ihre älteren Kinder, Rebecca und Kevin, gingen beide bereits in die Schule von Dean Cross, und es gefiel ihnen gar nicht, daß ihre Mutter zur Essenszeit in der Schulküche erschien, in einem aprikosenfarbenen Overall und das Haar unter einer Musselinhaube mit aprikosenfarbenem Schirm. Sie sahen sie nicht an, wenn sie ihnen ihren Kartoffelbrei und ihre überbackenen Nudeln auftat, sondern schlurften mit gesenktem Kopf und so schnell wie möglich in der Schlange voran. Gareth sagte ihnen, sie seien nichts als zwei kleine Snobs.

Gareth, dachte Debbie, war gut darin, gegen die Kinder für sie Partei zu ergreifen, gegen Kevin, der einen eigenen Fernseher in seinem Zimmer wollte, und gegen Rebecca, die darauf aus war, sich zu ihrem zehnten Geburtstag die Ohrläppchen durchstechen zu lassen. Er war auch in anderen Dingen gut, rauchte nicht, betrank sich nur ganz selten, schenkte ihr Blumen zu ihrem Hochzeitstag, lieferte jede Woche seinen gesamten Lohn bis auf eine Kleinigkeit ab, die er für sich selbst behielt, genau wie Debbies Vater es getan hatte. Gareth sagte, sie sei eine gute Verwalterin. Nun ja, das war sie, sie hatte immer gut mit Geld umgehen können, obwohl sie das Gefühl hatte, daß das eher eine vernünftige als eine sexy Eigenschaft war. Sie war stolz darauf, eine vernünftige Person zu sein, und stand Gareth' Unlust, sich um finanzielle Dinge zu kümmern, ziemlich kritisch gegenüber. Aber in letzter Zeit hatte sie das Gefühl, sich verändert zu haben. Neuerdings, seit Caro Meredith gestorben war, gingen ihr, wenn sie abends Robins einsames Licht hinter dem Küchenfenster sah, Dinge durch den Kopf, an die sie früher nie gedacht hatte, die Zerbrechlichkeit des Lebens, wie es sein würde, wenn Gareth starb und sie, Rebecca und Kevin und Eddie allein ließ. Jahrelang hatte sie zu Gareth gesagt, Sex einmal in der Woche wäre völlig ausreichend, an den Samstagabenden, weil er sonntags am Morgen nicht zu melken brauchte; an den Sonntagmorgen tat das Robin. Aber jetzt bewirkte irgend etwas an Robin, irgend etwas an dem Anblick seiner Einsamkeit – fast so, als wäre er durch Caros Tod aus dem normalen Leben ausgeschlossen worden –, daß sie sogar dienstags oder donnerstags mit Gareth Sex haben wollte, als ob sie ihm, indem sie ihn körperlich liebte, irgendwie zusätzliche Kraft einflößen könnte, zusätzliches Leben, wie eine Versicherung gegen das Schicksal.

Sie trat vom Fenster zurück und suchte die Scheibe nach Schmierflecken ab. Sie hatte nie etwas dergleichen zu Gareth gesagt, obwohl sie wußte, daß ihn die Veränderung, die mit ihr vorgegangen war, verblüffte. »Was soll das alles?« hatte er vor zwei Abenden gesagt, als sie zu ihm gekommen war, an einem Mittwoch. »Was ist los, Debbie?« Aber es hatte sich angehört, als hätte er nichts dagegen, als freute er sich. Jetzt wurde sie ein bißchen rot, als sie daran dachte, aber sie konnte nicht anders. Und sie konnte auch nichts sagen. Etwas zu sagen war schwierig; es war viel besser, wenn man Karten und Blumen sagen ließ, was man selbst nicht aussprechen konnte. Sie hatte fünfundzwanzig Pfund ausgegeben für einen Kranz zu Caros Beerdigung, einen Kranz aus rosa Nelken und weißen Chrysanthemen, und eine Beileidskarte ins Farmhaus geschickt, auf der stand: ›Für Robin, in tiefstem Mitgefühl für Ihren tragischen Verlust. Gareth, Debbie und Familie‹. Sie wußte nicht, ob Robin die Karte gesehen hatte, aber selbst wenn es nicht so war, wußte sie doch, daß sie ihr Bestes getan und gesagt hatte, was ihr am Herzen lag, sowohl mit dem Kranz als auch mit der Karte. Robins Landrover erschien abermals am Ende der Straße und fuhr auf den Hof zu. Armer Robin, dachte Debbie, armer Robin. Gareth hatte gesagt, er und Caro hätten seit Jahren kein gemeinsames Schlafzimmer mehr gehabt.

In der Küche von Tideswell Farm hatte Velma eine Tüte mit pulverisierter Pilzsuppe zurückgelassen und zwei Wurstpasteten in einer Cellophanpackung, die ganz offensichtlich in ihrer Einkaufstasche von etwas Schwererem zerquetscht worden war. Neben dem Essen lag die Post, die Velma wie üblich der Größe nach sortiert hatte, so daß der größte Brief unten lag, und die er öffnete, indem er die Umschläge mit dem Daumen aufriß. Vor dem Stapel – und dem kleinsten Brief – lag der Gegenstand, den er am wenigsten sehen wollte: ein einzelnes Blatt von der Flußbehörde, auf dem stand, daß ihre Inspektoren am Morgen des Siebzehnten am Fluß unterhalb seines Grundstücks sein würden, um die Ergebnisse ihrer früheren, unangekündigten Inspektionen zu überprüfen.

Robin legte die Tüte mit der Pilzsuppe auf das Schreiben der Flußbehörde und warf die Wurstpasteten in den Mülleimer. Dann öffnete er den Kühlschrank. Es waren keine Überraschungen darin, und er machte die Tür wieder zu. Er ging hinüber ans Fenster und schaute, mit den Schlüsseln in seiner Tasche klappernd, hinaus auf den Hof. Er war eher ruhelos als hungrig, war es die ganze Woche über gewesen, unruhig und zappelig. Seit dieser merkwürdigen Begegnung mit Joe auf dem Viehmarkt in Stretton nagte etwas an ihm, machte ihm zu schaffen, eine undefinierbare Sorge, die nichts mit Trauer, nichts mit Caro zu tun hatte. Es war eher das Gefühl, daß etwas los war, wovon Joe ihm nichts sagen wollte, etwas Spezielles, was er eigentlich wissen müßte, und weil er es nicht wußte und nicht aus Joe herausbekommen konnte, schwirrte es in seinem Kopf herum wie eine Wespe in einem Glas. Er war wie ein Jo-Jo ständig in Bewegung gewesen, ins Dorf gefahren, zur Dean Place Farm, an den Fluß.

»Versuchst du, deine Reifen abzunutzen?« hatte Harry gefragt.

Es war nur halb als Scherz gemeint. Harry war nicht nach Scherzen zumute, nachdem ihm jemand berichtet hatte, daß er Joe auf dem Markt in Stretton bei den Rinderpferchen hatte herumlungern sehen, und als Harry ihn zur Rede stellte, war Joe furchtbar wütend geworden und hatte gesagt, wohin er ginge und was er tue, sei einzig und allein seine Sache. Das hatte Harry beunruhigt, sowohl Joes Verhalten als auch das, was er vielleicht vorhatte. Vor zwei Jahren hatten Dilys und Joe ihm eingeredet, daß auf den Schecks von Dean Place Farm nur zwei von drei Unterschriften erforderlich seien, da Joe in letzter Zeit ohnehin den größten Teil der Käufe tätige. Angenommen, Joe hatte irgendwelche verrückten Ideen über Vieh? Der Himmel wußte, was gegenwärtig in seinem Kopf vorging, und Dilys war, was ihn anging, schon immer närrisch gewesen, zu weich, sie verweigerte nie die Mit-Unterschrift auf einem Scheck, wenn er sie darum bat. Das machte Harry ebenso nervös wie die Tatsache, daß Robin ständig auf den Hof von Dean Place fuhr und wieder von ihm herunter, als arbeitete er für Wells Fargo, und nie aus irgendeinem für Harry ersichtlichen Grund.

Robin wußte, daß Harry sich Sorgen machte. Bei diesem letzten Besuch in Dean Place hatte er versucht, etwas Beruhigendes zu sagen: daß sie alle wieder zur Ruhe kommen würden, daß Joe nur, wie alle Farmer, mit ein paar Ideen spiele. Aber Harry hatte lediglich gegrunzt und mit seinem Schraubenschlüssel an der alten Drillmaschine herumgewerkelt, die Joe seit zwei Jahren durch eine neue ersetzen wollte.

»Das tun wir alle«, sagte Robin. »Wir denken alle an Veränderungen, wollen ein bißchen Bewegung in die Dinge bringen.«

Ausgenommen Harry, dachte Robin jetzt, während er auf den Hof hinausschaute und auf die Ampferbüschel in den Ecken, die er schon seit langem besprühen wollte. Harry hatte die Farmarbeit zeitlebens immer auf dieselbe Art erledigt und würde es nie anders tun wollen. Harry mochte es, wenn alles unverändert blieb, überschaubar und vertraut. Was würde geschehen, fragte sich Robin, wenn etwas passierte, was Harry nicht in den Griff bekam, etwas Fremdartiges, was ihn wirklich betroffen machte, an sein Leben rührte? Würde er einfach unerschütterlich weitermachen, das Problem ignorieren, solange er konnte? Oder würde er daran zerbrechen?

Ein Wagen war am Ende der Zufahrt von der Straße abgebogen und kam auf das Haus zu. Es war ein Taxi; Robin konnte die rote Kuppel mit der beleuchteten Telefonnummer auf dem Dach erkennen. Wer konnte mit einem Taxi hierherkommen, noch dazu um die Mittagszeit? Velma nahm gelegentlich eins, aber ihr Fahrer war immer der hiesige, der einen orangefarbenen Vauxhall Astra fuhr, hinter dessen Windschutzscheibe ein Stück Pappe mit der Aufschrift ›Dean Cross Taxis‹ steckte. Dieser Wagen sah aus wie einer aus Stretton. Er fuhr an der Pforte zum Hof vorbei und verschwand hinter der Ligusterhecke in Richtung Vordertür.

Robin verließ die Küche und ging über den langen, gefliesten Flur in den viktorianischen Teil des Hauses und die vordere Diele. Sie war düster wie immer; das einzige Licht kam von einer Buntglasscheibe über der Haustür, ein stilisiertes Muster aus roten und rosa Tulpen mit steifen grünen Blättern. Robin schaltete das Licht ein, um zwischen veralteten Landkarten und einzelnen Handschuhen in einer Kommodenschublade nach dem Schlüssel zur Vordertür zu suchen, die seit Caros Beerdigung nicht mehr benutzt worden war. Das Licht schien auf die Ergebnisse von Velmas sporadischer Hausarbeit, das lässige Herumfuhrwerken mit einem Mop im Staub, als kritzelte sie mit einem Stock im Sand.

Robin steckte den Schlüssel ins Schloß und drehte ihn. Die Tür ließ sich, wie immer, nur mit roher Gewalt öffnen. Draußen auf der Einfahrt, offenbar im Begriff, sich in Richtung Hintertür in Bewegung zu setzen, stand Zoe mit einem metallenen Kamerakoffer und einem schwarzen Rucksack.

»He!« sagte Robin. »Was wollen Sie denn hier?«

»Tut mir leid«, sagte sie. Sie stellte den Kamerakoffer ab. »Ich wollte nicht, daß Sie diese Tür aufmachen müssen. Es war der Taxifahrer. Er wollte nicht auf den Hof fahren, weil er fürchtete, sein Taxi könnte schmutzig werden. Ich war in Birmingham.«

»Ja?«

»Und am Busbahnhof sah ich einen Bus nach Stretton. Und ich dachte …«

»Ja?«

»Nun ja«, sagte Zoe. Es hörte sich an, als hätte sie nicht die geringsten Zweifel daran, daß sie willkommen war. »Nun ja, ich dachte, ich könnte Sie besuchen. Und jetzt bin ich hier.«

SIEBENTES KAPITEL

»Ich will mich ja nicht einmischen«, sagte Dilys, »aber ich meine, du solltest mit Joe irgendwohin in Urlaub fahren. Zum Angeln vielleicht.«

Sie saß mit einer Tasse Tee vor sich an Lyndsays Küchentisch. Eine Scheibe von dem Bananenbrot, das Lyndsay gebacken hatte, hatte sie abgelehnt. Ihr ganzes Leben lang hatte Dilys regelmäßige Mengen von hervorragendem hausgemachtem Essen zu sich genommen, ohne viel darüber nachzudenken. Aber in letzter Zeit war ihr aufgefallen, daß ihre Kleider enger geworden waren, daß sich ihre Lungen, wenn sie sich bückte, um etwas vom Boden aufzuheben oder den Stecker des Staubsaugers herauszuziehen, anfühlten, als würden sie von innen wie von Kompressen zusammengedrückt. Das war ein Jammer. Das Bananenbrot sah genauso aus, wie sie es mochte, schön aufgegangen und mit reichlich Sultaninen darin. Genau so sollte es aussehen. Schließlich hatte sie Lyndsay beigebracht, wie man es backte.

»Harry und ich waren einmal zum Angeln in Irland. An der Westküste. Es war herrlich. Ich nehme an, heutzutage kann man direkt dorthin fliegen, von Manchester aus.«

Lyndsay sagte: »Er würde nicht mitkommen.«

»Wie meinst du das?«

»Er denkt nie an Urlaub. Das weißt du doch.«

»Ich weiß nichts dergleichen«, sagte Dilys scharf.

Lyndsay war damit fertig, Bananenbrot für Hughie in Streifen und für Rose in kleine Würfel zu schneiden, und legte es den Kindern vor. Dilys hatte am Morgen angerufen und gesagt, sie wolle am Nachmittag nach Stretton fahren und ob sie Lyndsay etwas mitbringen solle? Nein, hatte Lyndsay gesagt; sie kannte Dilys' Art, Dinge zu kaufen, von denen sie meinte, daß man sie haben müßte, und nicht das, worum man sie tatsächlich gebeten hatte. Dann würde sie, hatte Dilys gesagt, auf der Heimfahrt einfach hereinschauen, um die Kinder zu sehen, und Lyndsay, die vorgehabt hatte, sich am Vormittag wegen eines neuen Frisier-Abendkurses am Stretton College zu erkundigen, hatte statt dessen Bananenbrot gebacken.

»Wo sind die Bananen geblieben?« fragte Hughie, als er sein Brot betrachtete.

»Ich habe sie zerstampft, und dann sind sie mit dem Brot gebacken worden.«

»Ich muß sie sehen.«

»Aber, aber«, sagte Dilys.

Hughie kletterte von seinem Stuhl herunter und holte seine Plüschrobbe, die auf dem Gemüsekorb lag. Dann steckte er den Daumen in den Mund. Lyndsay hielt den Atem an.

»Hör mal«, sagte Dilys zu ihrem Enkel, wobei ihre Hände ruhig gefaltet auf dem Tisch lagen. »Bist du ein Mann oder eine Maus?«

Hughie musterte sie. Er nahm den Daumen lange genug heraus, um zu sagen: »Eine Maus«, dann steckte er ihn wieder in den Mund.

Dilys sah Lyndsay an. Lyndsay sah Rosie an, die ihre Backen mit Bananenbrot vollstopfte wie ein hungriger Hamster.

»Ich habe nicht gehört, daß du darum gebeten hast, aufstehen zu dürfen«, sagte Dilys zu Hughie.

Hughie glitt seitwärts hinter Lyndsays Stuhl, bis er vor Dilys' Blick verborgen war. Rose holte tief Luft und prustete plötzlich eine Ladung Bananenbrot aus ihrem Mund über das Tablett ihres Kinderstühlchens hinweg auf den Tisch, wo es nicht weit von Dilys' Teetasse entfernt landete.

»Rose!«

»Es ist Joe«, sagte Lyndsay verzweifelt, unbedacht.

Dilys ergriff den Teelöffel von ihrer Untertasse und machte sich daran, Roses Bananenbrot vom Tisch zu schaben.

»Was ist mit Joe?« Ihr Gesicht und ihre Stimme waren starr vor Empörung.

»Alle sind durcheinander«, sagte Lyndsay ohne Rücksicht auf die Folgen. »Siehst du das nicht? Wir spüren es alle. Und niemand will sagen, was los ist. Vor allem er nicht.«

Dilys stand auf. Sie ging um den Tisch herum zu Lyndsays Stuhl und hob Hughie auf, der immer noch am Daumen lutschte und seine Robbe umklammerte. Einen Augenblick lang hing er in ihren Händen wie eine verblüffte, versteinerte Lumpenpuppe, und dann fand er sich wieder auf seinem Stuhl, vor seinem unberührten Teller. Er konnte sich nicht bewegen. Er war vor fassungsloser Überraschung gelähmt.

»Da gibt es nichts zu sagen, weil nichts los ist. Außer daß er überarbeitet ist. Er schuftet Tag und Nacht, und er muß sich mit Harry herumschlagen. Harry hat nie über seine Nasenspitze hinausgedacht. Und du bist nervös. Das merke ich. Wir alle merken es. Es ist nicht leicht gewesen, seit Caro uns verlassen hat, und du hast dich da in etwas hineingesteigert. Du brauchst Urlaub. Ihr braucht beide Urlaub. Ich würde mich um die Kinder kümmern. Beim Zubettbringen kann Mary mir helfen.«

Hughie hielt sich seine Robbe vors Gesicht, so daß seine heißen, ängstlichen Tränen lautlos in ihrem Plüsch versickern konnten.

»Ich bin nicht nervös«, rief Lyndsay. »Und wenn ich es bin, dann nur seinetwegen!«

Sie sprang auf und zog Rose aus ihrem Stuhl. Rose, empört darüber, daß sie hochgehoben wurde, obwohl sie es nicht verlangt hatte, begann zu brüllen.

»Schau dich doch an«, sagte Dilys. »Schau dich an. Und diese Kinder. Ist das eine Art, Kinder aufzuziehen?« Eigentlich hatte sie mit hartem, stolzem, besitzergreifendem Nachdruck ›Joes Kinder‹ sagen wollen.

»Bitte geh jetzt«, sagte Lyndsay fast schluchzend. Sie begann wie besessen, Roses Gesicht mit einem Waschlappen abzutupfen, und Roses Reaktion war Gebrüll. »Bitte, geh. Ich ertrage das nicht mehr. Ich halte das nicht mehr aus. Ich halte es nicht mehr aus, wie ihr alle so tut, als wäre alles in bester Ordnung. Ich kann diese Verschwörung nicht mehr ertragen, diese Familienverschwörung ...«

Dilys stand auf.

»Du hast immer unsere volle Unterstützung gehabt, meine Liebe. Seit du in diese Familie gekommen bist, hast du alles bekommen, was man sich nur wünschen kann. Dieses Haus, Hilfe mit den Kindern, keine Verantwortung für die Farm ...«

»Die Farm!« kreischte Lyndsay. »Oh, die Farm, immer nur die Farm!«

»Ow«, jammerte Hughie unhörbar ins Fell seiner Robbe, »ow, ow, ow, ow.«

»Schreien bringt nichts«, sagte Dilys. »Wann hätte Schreien je zu irgend etwas geführt? Und es ist sinnlos, der Farm die Schuld zu geben. Die Farm und die Meredith' sind eins. Wo wären wir ohne sie?«

Sie ging zur Tür, wo sie ihre Handtasche und ihren Einkaufskorb auf einen Stuhl gestellt hatte.

»Und nun hör mir zu«, sagte sie. »Du bist eine gute Frau, Lyndsay, aber du hast dich da in etwas hineingesteigert. Und darunter leidet Joe, und die Kinder leiden auch darunter. Joe braucht Urlaub, und du könntest auch welchen brauchen. Und vielleicht ein Tonikum. Vielleicht bist du blutarm, das kommt häufig vor bei jungen Frauen. Ich werde mit Joe reden, und dann sehen wir weiter.« Sie steckte ihre Handtasche in den Korb, neben die Papiertüte mit frischer Hefe und den Päckchen mit Tee und Stopfnadeln. Dann beugte sie sich nieder und küßte Hughie auf den Scheitel.

»Und du mußt ein braver Junge sein. Und deine Mutter nicht mehr plagen.«

»Er plagt mich nicht«, sagte Lyndsay, ihr Gesicht an dem von Rose. »Er nicht. Er ist immer brav. Es ist ...« Sie verstummte.

»Ich rufe dich an«, sagte Dilys. »Brüh dir einen frischen Tee auf. Wiedersehen, Rosie. Auf Wiedersehen, meine Liebe.«

Als sie gegangen war, stellte Lyndsay Rose auf den Boden. »Nah!« kreischte Rose.

»Bitte ...«

Rose dachte einen Moment nach, dann ließ sie sich auf alle viere nieder und begann, schnell auf den Gemüsekorb zuzukrabbeln. Binnen zwei Minuten würde der Fußboden ein aufgewühltes Meer aus Karotten und Zwiebeln sein, wie immer, seit Lyndsay die Orte ausgegangen waren, an denen sie Dinge außerhalb von Roses Reichweite aufbewahren konnte. Lyndsay kehrte zu ihrem Stuhl zurück, stützte die Ellenbogen auf den Tisch und schlug die Hände vors Gesicht. Hughie beobachtete sie über den feuchten, warmen Körper seiner Robbe hinweg.

»Sie liebt uns«, sagte Lyndsay matt. »Das tut sie wirklich. Sie will uns helfen. Aber sie weiß nicht, wie. Keiner von ihnen weiß es.«

Hughie legte die Robbe neben seinen Teller und glitt von seinem Stuhl herunter, um zu Lyndsay zu kommen und sich an sie zu schmiegen. Sie nahm einen Arm vom Tisch und legte ihn um ihn.

»Ich liebe dich«, sagte Lyndsay.

Er wartete. Nach einigen Sekunden sagte er, mit sich selbst kämpfend: »Und Rose?«

Eine Zwiebel traf seinen Knöchel.

»Ja. Und Rose.«

Hughie schob die Zwiebel beiseite. Sie war blaßbraun und seidig, aber aus einem Ende ragten gräßliche kleine Wurzeln heraus, und Hughie wollte nicht, daß sie ihn berührten.

»Und Daddy?«

»O ja«, sagte Lyndsay. Sie stieß langsam und seufzend den Atem aus. »Ja. Daddy liebe ich sehr. Ich wüßte nicht, was ich ohne Daddy anfangen sollte.«

Mary Cornedales Mann Mac war gerade mit seinem vierzehntägigen Mähen des Friedhofs fertig geworden. Es war erst der zweite Schnitt des Jahres, und er hatte, wie er es immer tat, in großen, breiten Schwaden gemäht und um die Grabsteine Büschel von hohem Gras stehenlassen. Später, im Mai, würden sie in einem Meer von Wiesenkerbel stehen und danach von hohen Butterblumen umgeben sein.

Der Vikar hätte auf seinem Friedhof gern mehr Präzision gehabt, mehr beschnittene Kanten, lieber die Atmosphäre eines Gartens als die eines nur halb kultivierten Feldes. Er sagte das schüchtern jeden Sommer bei den Sitzungen des Kirchenvorstands und bekam immer zur Antwort, wenn es ihm gelänge, jemanden anders zu finden, der, wie Mac Cornedale, den ganzen Sommer über das Gras umsonst mähen würde, könnte er es gern versuchen. Der Vikar, dem es überaus schwer fiel, jemanden, insbesondere Gott, um etwas zu bitten, ertrug die Nesseln, die Weidenröschen und Macs Mäh- und Heumachmethoden auch weiterhin.

Zoe fand es wundervoll. Ihr gefiel das Willkürliche daran, der kühle Erdgeruch, die Art, wie aus den gemähten Stellen hier und da Maulwurfshügel herausragten. Die alten Gräber waren besonders hübsch, von Flechten überwuchert, die Beschriftung fast gänzlich verwittert, flache Furchen, aus denen man nur Worte herauslesen konnte, wenn die Sonne tief stand und genau im richtigen Winkel darauf fiel. Die modernen Grabsteine bestanden häufig aus Marmor, polierten Platten, schwarz oder rosa wie Fischpaste aus der Dose, und einige hatten die Form von aufgeschlagenen Büchern, und vor ihnen waren Blumenvasen einbetoniert, mit Gittern am oberen Rand, die die Blumen aufrecht halten sollten. Auf diesen Gräbern, stellte Zoe fest, kam das Wort ›Tod‹ nicht vor. ›Dahingeschieden‹, erklärten sie ängstlich, ›Eingeschlafen‹, oder es wurden nur Daten genannt, so daß man seine eigenen Vermutungen treffen konnte. Einige Gräber waren mit Kreuzen gekennzeichnet und eines mit einem Engel, dem jemand den Kopf abgeschlagen hatte, was zur Folge hatte, daß er seltsam heidnisch aussah wie die Nike von Samothrake. Caros Grab, das zu sehen Zoe gekommen war, war überhaupt nicht gekennzeichnet.

»Das geht nicht«, hatte Robin gesagt. »Einen Grabstein kann man frühestens nach sechs Monaten aufstellen lassen.«

»Warum?«

»Weil die Erde nachgibt.«

»Warum?«

»Weil der Sargdeckel einbricht, wenn der Körper verwest.«

»Gott«, sagte Zoe. »Darf ich trotzdem hingehen und mir ihr Grab ansehen?«

Er hatte sie angesehen.

»Natürlich.«

Es war ein flacher Hügel. Das Gras hatte noch keine Zeit gehabt, auf ihm zu wachsen, und die unregelmäßig mit flachem Unkraut überwachsene Erde sah scheckig und uneben aus. An einem Ende lehnte ein Marmeladenglas mit verwelkten Narzissen an einer kleinen weißen Kunststoffschale, der groben Nachbildung einer griechischen Vase, die mit blauen Stiefmütterchen bepflanzt war.

Zoe bückte sich und berührte die Stiefmütterchen. Robin hatte sie bestimmt nicht hierhergebracht, er hatte keine Ahnung von Blumen, bemerkte sie überhaupt nicht. Vielleicht war es Dilys gewesen, seine Mutter, oder die hübsche Schwägerin mit den kleinen Kindern, die Zoe am Tag zuvor durch den Ort hatte fahren sehen und die einen sehr mitgenommenen Eindruck gemacht hatte. Sie hatte Robin gegenüber erwähnt, daß sie Lyndsay gesehen hatte, aber er hatte nur etwas gemurmelt. Er war gerade dabei gewesen, ein Schreiben von der Flußbehörde zu lesen – sie konnte den Briefkopf durch das Papier hindurch erkennen –, und hatte sie kaum gehört. Sie hatte ihre Bemerkung nicht wiederholt. Zwei Nächte unter Robins Dach hatten sie bereits gelehrt, wie sinnlos das war.

Er hatte ihren Besuch ohne jedes Aufheben akzeptiert. Sie hatte ihre Kamera und ihren Rucksack in das Zimmer gebracht, in dem sie geschlafen hatte, als sie mit Judy nach Tideswell gekommen war, und dann war sie auf den Hof hinausgegangen, um Gareth zu finden. Er bereitete gerade einen Schuppen neben der Scheune für zwei Kühe vor, die in Kürze kalben sollten, und sie griff sich eine Forke und half ihm. Sein kleiner Sohn Eddie war erschienen und hatte Zoe seine Plastiksoldaten gezeigt, die man durch Drehen ihrer Helme in Roboter verwandeln konnte.

»Nicht anfassen«, sagte Eddie. »Nur angucken. Ich habe sie aus dem Fernsehen.«

Zoe hatte Fotos von ihm gemacht. Sie trug ihre Kamera ständig bei sich, auch jetzt auf dem Friedhof, wo sie schon einige Aufnahmen in guten Winkeln von den Strebepfeilern der Kirche, dem Friedhofstor und den Grabsteinen gemacht hatte. Es war keine hübsche Kirche, aber sie war alt und gedrungen und machte einen unbezwingbaren Eindruck. Caros Grab sah keinesfalls unbezwingbar aus. Es wirkte verloren. Es sah aus, dachte Zoe, als wäre der Mensch darunter einfach beiseite geworfen worden, weil es buchstäblich nichts mehr gab, was die Lebenden für ihn tun konnten, außer sinnlosen Dingen, wie ihnen eine Schale mit blauen Stiefmütterchen zu geben. Robin hatte gesagt, seine Frau sei Amerikanerin gewesen, aus Kaliformen, und hier lag sie nun auf einem englischen Friedhof mit einer Wiese mit Kühen auf der einen und dem Spielplatz der Dorfschule auf der anderen Seite und unter einem grauen Himmel, der wie ein weicher, dichter Deckel war. Es war wie mit ihrem Vater, geboren in England, begraben in Australien. Nur daß er nicht begraben worden war. Er hatte die Anordnung hinterlassen, daß seine Asche irgendwo im Hinterland viele Meilen nördlich von Sydney verstreut werden sollte. Seine Freundin hatte das getan. Sie hatte Zoe einen langen, langen Brief darüber geschrieben, ihr mitgeteilt, daß es ein Ort war, zu dem sie einmal einen wundervollen Campingausflug gemacht und unter den Sternen geschlafen hatten, und daß Zoes Vater gewollt hatte, daß seine Asche unter denselben Sternen verstreut würde. So eine Unverschämtheit, hatte Zoe beim Lesen gedacht, eine Unverfrorenheit sondergleichen. Sie hatte den Brief zerrissen.

Sie trat ans Kopfende des Grabes und hob das Glas mit den raschelnden verwelkten Narzissen auf. Dann schob sie die Schale mit den Stiefmütterchen mit dem Fuß so weit vor, daß sie in der Mitte stand. Sie mochte Stiefmütterchen. Sie hatten Gesichter, genau wie Sonnenblumen. Letzten Sommer hatte sie nach Italien gehen wollen oder nach Spanien und all diese Sonnenblumen fotografieren, Felder um

115

Felder davon, alle nach Osten hin ausgerichtet, zur Morgendämmerung, wie brave kleine Kinder, die ihrem Lehrer zuhören. Doch sie hatte es nicht getan. Genauso wenig wie eine Menge andere Dinge. Sie betrachtete das häßliche Glas. Aber sie mußte es tun. Sie mußte damit anfangen, Dinge zu tun, bevor auch sie irgendwo festsaß, sich durchwurstelte, wie Caro es offenbar getan hatte, wie ihr Vater es getan hatte, der, obwohl er eigentlich Diplomingenieur war, in Sydney in einer Autowerkstatt als Mechaniker gearbeitet und, nur um nicht allein zu sein, mit einer Frau zusammengelebt hatte, die halb so alt war wie er.

»Bis später«, sagte Zoe zu Caros Grab. »Judy läßt herzlich grüßen.«

Joe kam erst nach neun nach Hause. Lyndsay hatte es aufgegeben, mit dem Abendessen auf ihn zu warten, und sich mit ihrem Teller Suppe – Porree und Schinken, das Gemüse stammte aus Dilys' Garten – auf das Sofa vor dem Fernseher gesetzt, den sie, der Gesellschaft halber, eingeschaltet hatte, ohne wirklich hinzuschauen. Statt dessen hatte sie einen Roman gelesen, der mit einer Plastikbinde an einer Frauenzeitschrift befestigt gewesen war. Es war ein hübsch aussehender Roman mit einem glänzenden weißen Einband, der ein leuchtendes Aquarell von einer idealisierten Küche auf dem Lande zeigte, mit einer offenen Tür zu einem dahinter liegenden Garten, blühendem Rittersporn und einem Bienenkorb. Die Geschichte handelte von einer unglücklichen Frau, die von der Stadt aufs Land zog und dort Selbsterfüllung fand. Und einen Geliebten. Natürlich, dachte Lyndsay gereizt, einen Geliebten. Die ländliche Welt des Romans hatte nicht die geringste Ähnlichkeit mit dem, was Lyndsay vom Landleben mitbekommen hatte, es war eine Welt des Wunschdenkens, voller Vogelgezwitscher und karikierter Dorfbewohner, eine Honig-zum-Tee-Idylle. Das war nicht das, was Lyndsay kannte. Es waren nicht die unerbittlich gierigen Felder von Dean Place Farm und immer das falsche Wetter und Einsamkeit und Sorgen und die Kinder und Joe. Und es war auch nicht eine Welt, in der man etwas *sagen* konnte. In diesem Roman redeten die Leute ununterbrochen, über ihre Gefühle und Frustrationen und Wünsche und Sehnsüchte, sie lieferten den anderen immer und immer wieder Erklärungen und tranken dabei eisgekühlten Weißwein und Filterkaffee. Was, zum Teufel, dachte Lyndsay wütend und schleuderte das Buch von sich, ist gegen Instantkaffee einzuwenden, verdammt noch mal?

»Hi«, sagte Joe an der Tür zum Wohnzimmer.

Sie setzte sich auf

»Wo bist du gewesen?«

»Beim Sprühen. Das habe ich dir doch gesagt.«

»Aber es ist schon neun durch. Es ist seit fast zwei Stunden dunkel. Ich habe zu Hughie gesagt ...«

»Ich war bei Mum«, sagte Joe.

Lyndsay schwang die Beine langsam auf den Boden, so daß sie ihm den Rücken zukehrte.

»Oh.«

Sie stand auf und schaltete den Fernseher aus.

»Möchtest du einen Teller Suppe?« fragte sie, ihm immer noch den Rücken zukehrend.

»Nein danke. Ich habe bei Mum gegessen.«

Lyndsay drehte sich um.

»Weshalb hast du nicht angerufen?«

»Mum hat gesagt, du wüßtest, daß sie mit mir sprechen wollte.«

»Aber doch nicht heute abend«, rief Lyndsay. »Nicht, ohne mir Bescheid zu sagen.«

»Lyn ...«

»Ich bin deine Frau. Ich bin kein Kind, für das du und deine Mutter die Entscheidungen treffen müssen. Ich bin die Mutter deiner Kinder und deine Frau. Ich bin diejenige, mit der du sprechen solltest.«

Joe kam weiter ins Zimmer. Er trug noch immer seinen Overall, vorne offen, so daß sein kariertes Arbeitshemd zu sehen war, eines dieser Hemden, die sie bügelte, obwohl das in Anbetracht des Zustands, in den sie gerieten, völlig sinnlos war. Aber sie bügelte sie, weil es seine Hemden waren und sie seine Frau.

»Ich wollte gar nicht mit ihr sprechen. Ich wollte nach Hause kommen. Aber sie hat mich festgenagelt. Ich hatte gerade mit Dad einen weiteren Streit über diese Hecken, und da hat sie auf mich eingeredet. Wegen dieses Urlaubs.«

Lyndsay hob die Hände zu ihrem Haar und zog die Kämme heraus.

»Sie war zum Tee hier.«

»Ich nehme an, da hat sie auch schon davon gesprochen.«

»Das geht sie«, sagte Lyndsay und schüttelte den Kopf, so daß ihr das Haar wie eine Wolke ins Gesicht fiel, »überhaupt nichts an.«

»Sie hat gesagt, sie würde die Kinder nehmen.«

»Ich weiß. Hughie hat geweint.«

»Sie versucht zu helfen.«

Lyndsay zerrte ihr Haar nach hinten und rammte die Kämme ein, erst auf der einen und dann auf der anderen Seite.

»Was hat sie gesagt?«

»Wie meinst du das?«

»Hat sie gesagt, ich wäre mit den Nerven am Ende und du solltest für eine Weile mit mir wegfahren? Daß ich mit den Kindern nicht zurechtkäme?«

Er sagte nichts.

»Ich komme nicht zurecht«, sagte Lyndsay. »Das sieht sie richtig. Aber du bist es, mit dem ich nicht zurechtkomme. Ich kann nicht. Du läßt es nicht zu.«

»Ich habe diesem Urlaub zugestimmt.«

»Angeln in Irland?«

»Wenn du möchtest.«

»Ich weiß nicht, ob ich es möchte. Ich weiß nur, daß ich möchte, daß du mit mir redest. Wenn wir nach Irland fahren – wirst du dann mit mir reden?«

Er sah sie an. Sein Gesicht war von Erschöpfung gezeichnet, so daß sie sich plötzlich vorstellen konnte, wie er als alter Mann, in Harrys Alter, aussehen würde.

»Ich will es versuchen«, sagte Joe. »Aber ich weiß nicht, was du willst.«

Er streckte plötzlich die Arme aus und zog sie an sich, an den Stoff, den sie so endlos gebügelt hatte und der jetzt, wie am Ende jedes Tages, nach Schweiß und Öl roch und nach all den Chemikalien, mit denen er auf diesem verhaßten Land arbeitete. Er hielt sie ein paar Minuten so fest, hart, unbequem hart, drückte sie an sich; ihr Kopf steckte unter seinem Kinn, das er ein wenig angehoben hatte, als schaute er nach oben. Sie hatte das Gefühl, daß seine Augen geschlossen waren.

»Joe ...«

Er gab sie so plötzlich frei, wie er sie umarmt hatte.

»Du gehst jetzt ins Bett«, sagte er.

»Aber ...«

»Ich will noch die Schlagzeilen am Ende der Nachrichten hören.«

»Und den Wetterbericht?«

»Okay«, sagte er. »Und den Wetterbericht.«

»Hughie hat mich heute gefragt, ob ich dich liebe«, sagte Lyndsay, »und ich habe gesagt, ja, das tue ich.«

Joe schaute weg.

»Danke«, sagte er.

Dilys lag neben Harry in dem Bett, in dem sowohl Robin als auch Joe geboren worden waren. Es war ein altmodisches Bett, das außer einem Kopfbrett auch ein Fußbrett hatte und eine neue Federkernmatratze, die auf dem alten, über den Rahmen gespannten Stahlgeflecht lag, das leise knarrte, wenn sie sich umdrehte, als knirschte es mit den Zähnen. Auf dem Bett lagen Laken und Wolldecken und eine Daunendecke, die schon Harrys Mutter gehört hatte und von Dilys mit einem neuen Bezug aus veredelter, mit Rosen gemusterter Baumwolle versehen worden war. Der gleiche Stoff hing vor den Fenstern und lieferte auch die Verkleidung für die Frisierkommode. Dilys hatte vor fünfzehn Jahren einen ganzen Ballen davon auf dem Markt in Stretton gekauft, nachdem sie den Standbesitzer auf zwei Pfund pro Meter heruntergehandelt hatte.

Vor fünfzehn Jahren war Joe noch nicht verheiratet gewesen. Er hatte Lyndsay noch nicht gekannt, und Dilys war, wenn sie ehrlich sein sollte, froh gewesen, als er sie schließlich kennenlernte. Man konnte nicht behaupten, daß Joe eine regelrechte Schwäche für Caro gehabt hatte, aber er war irgendwie fasziniert von ihr, fast hingerissen. Es war, hatte Dilys damals gedacht, das Amerikanische. Als Joe heimkam, steckte Amerika noch in ihm, und dann fand er in Tideswell Caro vor, ein Sinnbild all der Freiheit, von der er glaubte, er hätte sie hinter sich gelassen.

Er hatte Dilys einiges von Amerika berichtet. Beim Vormittagskaffee am Küchentisch – auf der Farm von Dilys' Vater zwischen den Weltkriegen hatte man das immer den ›Männertee‹ genannt – hatte er ein bißchen von der Größe des Landes erzählt, von den endlosen Weiten und davon, daß so vieles davon nie kultiviert und bewirtschaftet werden konnte, all diese Flüsse und Gebirge und Wüsten, die dem Menschen bewußt machten, daß er doch nicht der Herr des Universums war. Reden dieser Art hätte Dilys von Harry oder Robin nicht geduldet, aber Joe hörte sie zu. In ihm steckte ein Ehrgeiz, eine treibende Kraft, die auch ihr innewohnte, das Bestreben, daß alles so gut sein sollte, wie es nur ging – und dann noch besser. Aber in Joe steckte noch mehr. Es war etwas Ruheloses und Hungriges in ihm, ein dunkles Verlangen, das ihn verletzlich machte. Diese Verletzlichkeit schnitt Dilys ins Herz. Sie sah es an der Art, auf die er die Arbeit auf der Farm anging, als wäre sie eher ein Feind als eine Herausforderung. Sie hatte gehofft – oh, wie sehr hatte sie gehofft –, daß Ehe und Vaterschaft ihn beruhigen und einen Teil dieser gefährlichen emotionalen Energie endlich in einen Hafen leiten würden, einen sicheren Ort, fernab vom Sturm.

Sie drehte sich vorsichtig um, und unter ihr knirschte vorwurfsvoll das Stahlgeflecht. Harry würde von ihrem Umdrehen nicht aufwachen. Harry ließ sich nie von etwas aufwecken. Während ihres gesamten Ehelebens war Harrys Verhalten immer so stetig und regelmäßig gewesen wie ein Metronom.

»Von dem hast du keine Überraschungen zu erwarten«,

hatte Dilys' Vater gesagt, als sie ihm über ihre Verlobung berichtete. »Wenn es das ist, was du willst.«

Sie hatte es gewollt. Damals, in diesen schweren, dunklen, ungewissen Jahren nach dem Ende des Krieges hatte sie das Gefühl gehabt, daß Harry eine Sicherheit versprach, die in jener Zeit überaus rar war, eine Sicherheit, die es ihr ermöglichen würde, das zu sein, was ihrer Mutter so spektakulär mißlungen war, eine gute Farmersfrau und dann die Mutter von Farmern. All das war sie gewesen. Harry hatte ihr jede Chance geboten, es zu sein, und sie hatte sie ergriffen. Als die Jungen noch klein waren und der Hühnerhof voll und die Hauskuh – eine Jersey – trächtig und die Fenster von Dean Place im Frühlingssonnenschein über die Felder funkelten, hatte Dilys mit all ihren Instinkten gewußt, daß sie das für sie Richtige getan hatte.

Aber jetzt war es schwerer. Harry war älter geworden, und seine Regelmäßigkeit hatte sich zu starren Gewohnheiten und Dickköpfigkeit versteift. Die Jungen waren keine leicht zu durchschauenden und zu lenkenden Kinder mehr, sondern erwachsene Männer mit einem komplexen Leben und verborgenen Persönlichkeiten. Sogar die Farm, deren Beständigkeit einst die Quelle von Dilys' größter Befriedigung gewesen war, hatte sich verändert, war eingeengt durch eine unmögliche Bürokratie, durch Gesetze und Vorschriften, Subventionen und Bußgelder. Das Land kam ihr jetzt schutzlos vor, wie ein Teil von Joe es immer gewesen war, keine Quelle der Sicherheit und des Lebensunterhalts mehr, sondern ein launisches, hilfloses Etwas, das von willkürlichen, weit entfernten Mächten regiert wurde und nicht mehr von den Männern, die das Land bestellten.

Dilys hob den Kopf und schob ihr Kissen beiseite, um es aufzuschütteln. Sie hätte Lyndsay heute nachmittag keine Vorwürfe machen, ihr nicht sagen dürfen, daß sie es war, die Joe nervös machte. Als sie Joe später gesehen hatte, wie er Harry in dem offenen Schuppen, in dem der Dünger aufbewahrt wurde, anbrüllte, hatte sie gewußt, daß sie im Irrtum gewesen war. Es war nicht Lyndsays Schuld. Aber Joes Schuld war es auch nicht. Noch die von Harry. Sie alle versuchten lediglich zurechtzukommen, versuchten nur, mit den ihnen zugeteilten Karten ihr Leben zu leben. Genau wie sie es tat. Und Robin. Ihre Augen gingen plötzlich auf. Was war mit Robin? Und diesem Mädchen? Velma war kurz vor dem Abendessen erschienen, um eine Schüssel zurückzubringen, die nach Tideswell geschickt worden war, und hatte gesagt, die Freundin von Judy sei aufgekreuzt, einfach so, aus heiterem Himmel, und jetzt bei ihm. Was machte Robin mit diesem Mädchen in seinem Haus?

Robin lag in seinem Bett auf Tideswell Farm und betrachtete durch die nicht zugezogenen Vorhänge hindurch den Mond. Er war ungefähr halb voll, und die Wolken wurden in Fetzen an ihm vorbeigejagt von dem Wind, der die Kletterrose unter seinem Fenster an die Mauer schlagen ließ, eine gelbe Rose, die Caro dorthin gepflanzt hatte, weil sie ›Mermaid‹ hieß und sie, von nichts als Land umgeben, alles liebte, was sie ans Meer erinnerte. Mit einigem Glück würde der Wind den Regen fernhalten oder ihn rasch wieder vertreiben. Robin konnte auf weiteren Regen verzichten. Was der Mais und das Gras jetzt brauchten, war Wärme, stetige, ruhige Wärme. Aber alles, was sich an diesem Tag als stetig erwiesen hatte, war das Nieseln.

»Steinzeitwetter«, hatte Zoe beim Abendessen gesagt.

»Wie?«

»Können Sie sich nicht vorstellen, wie sie sich bei diesem Wetter alle in ihren Höhlen zusammendrängen, mit Zehen wie Affen und verfilzten Haaren, und einfach in die Düsternis hinausstarren? Und auf ein Mammut warten? Für wie viele Leute hätte ein Mammut gereicht?«

»Für eine Menge.«

»Hundert?«

»Kann sein.«

Er nahm eine Gabel voll von Dilys' Nierenpastete. Zoe schien nur Kartoffeln zu essen. Und Brunnenkresse.

»Wo kommt die Kresse her?«

»Vom Fluß.«

»Essen Sie sie nicht.«

»Warum nicht?«

»Leberegel. Sie enthält Leberegel. Das sind Würmer. Bewirken bei Schafen Leberfäule.«

Zoe betrachtete ihren Teller.

»Kartoffeln okay?«

»Perfekt. Haben Sie sie gekocht?«

»Ja. Ich habe mich erinnert, wie man es macht.« Sie ergriff die dicken Zweige Brunnenkresse und legte sie neben ihren Teller.

»Sie haben den Tisch falsch herum gedeckt. Die Gabeln kommen auf die linke Seite.«

»Spielt das eine Rolle?«

Robin sah sie an und lächelte.

»Nein.«

»Gareth hat gesagt, die eine Kuh wäre unfruchtbar. Beim letztenmal hätte sie auch nicht aufgenommen.«

»Ich weiß.«

»Das kommt mir irgendwie unfair vor. Ich meine, dafür kann sie doch nichts. Es ist nicht ihre Schuld. Darf ich mitkommen, wenn Sie sie zum Markt bringen?«

Robin trank einen großen Schluck Wasser.

»Darf ich fragen, wie lange Sie bleiben wollen?«

Zoe sah ihn an.

»Wollen Sie, daß ich verschwinde? Bin ich im Wege?«

»Nein. Aber es wird Gerede geben. Velma weiß, daß Sie hier sind, und Gareth auch.«

»Sie meinen, Ihre Mutter wäre nicht einverstanden ...«

»Es wird ihr merkwürdig vorkommen. Schließlich kenne ich Sie kaum.«

»Also«, sagte Zoe gelassen, »heute kennen Sie mich schon besser als vorgestern. Ich bin nur eine Freundin von Judy, der es hier gefällt. Es ist irgendwie interessant. Ich verschwinde, sobald Sie es wollen.«

Robin legte seine Gabel hin.

»Weiß Judy, daß Sie hier sind?«

»Nein, sie glaubt, ich wäre in Birmingham. Ich werde sie anrufen. Außerdem werde ich Ihre Mutter besuchen. Ich will kein Geheimnis daraus machen. Geben Sie mir Arbeit, falls«, Zoe stach in eine Kartoffel, »Sie meinen, ich sollte mir meinen Unterhalt verdienen.«

»Das meine ich nicht.«

»Na also«, sagte Zoe.

»Ich frage mich nur, weshalb Sie gekommen sind.«

Zoe sah ihn über den Tisch hinweg an. Ihre Augen waren groß und ihr Blick direkt und durchdringend zugleich.

»Hören Sie«, sagte sie. »Es ist ganz einfach. Ich wollte Sie wiedersehen. Als ich mit Judy kam, hat es mir hier gefallen, und Sie haben mir auch gefallen. Also bin ich zurückgekommen. Klar?«

Einfach, hatte sie gesagt. Mir hat die Farm gefallen, und Sie haben mir auch gefallen. So einfach war das. Es war die Wahrheit. Vor seinem Fenster hing der Mond jetzt für einen Moment in einem wolkenlosen Raum, eine schlichte halbe Silberscheibe, bis auf den verschwommenen Rand poliert und rein. Robin zog eine Hand unter der Decke hervor und kratzte sich heftig den Kopf. Zwei Zimmer entfernt, ein Stück den schmalen Flur hinunter, schlief Zoe, das merkwürdige rote Haar auf einem weißen Kissen, schlief, weil das – da sie Zoe war – genau das war, wozu die Nacht da war. Man tat, was man tun mußte, und kümmerte sich nicht darum, wer einen dabei beobachtete. Es gab nichts zu verbergen. Das Leben gehörte den Lebenden, und es gab sehr viele Arten, es zu leben. Zoe lebte ihr Leben auf ihre Weise und ließ andere Leute dasselbe tun. Ganz einfach. Klar?

ACHTES KAPITEL

Judys Kolleginnen äußerten lautstark ihre Erleichterung, daß sie einen Freund hatte. Er rief jeden Tag an, manchmal sogar zweimal, und dann sagten Bronwen oder Tessa, wenn sie Judys Hörer abnahmen, weil sie gerade zur Kaffeepause oder zur Toilette gegangen war, mit vor Begeisterung schrillen Stimmen: »Oh, hi, Ollie. Wie geht es dir?« Sie hinterließen Judy Botschaften auf gelben oder rosa Klebezetteln: »Ollie hat angerufen. Ruft um 12.30 Uhr wieder an!« Darunter zeichneten sie kleine Lachgesichter und manchmal Küsse. Sie ließen sich über die Blumen aus, die er ihr schenkte – immer Freesien –, und fragten sie, was sie zur nächsten Verabredung ins Kino, in ein Weinlokal, fürs Wochenende anziehen wollte. Sie sagten ihr, sie sei schlanker geworden. Bronwen gab ihr die Adresse von einem wirklich guten Aerobicstudio, und Tessa sagte, Schwarz stünde ihr, ehrlich. Ollie, den sie nie kennengelernt hatten, der für sie nicht mehr war als eine etwas schüchterne Stimme am Telefon, hatte für sie die peinliche Tatsache verdrängt, daß Caro gestorben war und Judy mutterlos zurückgelassen hatte.

Judy selbst war sich nicht sicher, ob Ollie tatsächlich ihr Freund war. Sie mochte ihn – man konnte nicht anders, als ihn zu mögen, wenn man nicht einfach pervers war –, und sie mochte seine Aufmerksamkeiten, aber irgend etwas hielt sie von ihm fern. Er war nicht nur vor kurzem noch Zoes Freund gewesen, sondern vor noch kürzerer Zeit von Zoe abserviert worden. Er hatte versucht, ihr zu erklären, daß er von Zoe fasziniert gewesen war, angezogen von ihrem Anderssein, aber er war sicher, daß es keine Liebe gewesen war. Nachdem er das gesagt hatte, verstummte er und musterte Judy, als wollte er, daß sie begriff, wie anders es bei ihr war, wie wohl er sich in ihrer Gegenwart fühlte, wie verstanden. Sie hatte für einen Moment seinen

Blick erwidert und gedacht, daß sie ihm, ungeachtet seiner Freundlichkeit und Offenheit, noch nicht vertrauen konnte. Wenn nur Caro dagewesen wäre, damit sie ihn hätte vorführen können wie ein Pony in einer Versteigerungsarena. Und um ihr zu beweisen, daß sie, Judy, was Lob und Anerkennung und sogar Liebe betraf, nicht ausschließlich von Caro abhängig war.

Oliver ermutigte sie, über Caro zu sprechen. Nach Filmen, die sie gesehen, oder Bildern, vor denen sie in Galerien gestanden hatten, fragte er: »Hätte das deiner Mutter gefallen? Hatte sie einen modernen Geschmack? Meine nicht. Meine ist ungefähr bei 1965 steckengeblieben. Es ist ziemlich amüsant, wirklich.«

Judy mochte das Spiel. Es war besser, einfacher, an Caro mit der Spur von Objektivität zu denken, die Oliver in ihre, Judys, Erinnerungen hineinbrachte. Es machte Caro mehr zu einer Person und weniger zu einer Mutter, und das war eine Erleichterung.

»Ist es«, fragte sie Oliver, »einfach, es deiner Mutter recht zu machen? Ihren Erwartungen zu entsprechen?«

»O ja«, sagte er. »Kinderleicht. Sie findet mich und meine Schwester einfach wunderbar. Sie kann nicht glauben, daß wir es geschafft haben, ganz von selbst laufen und sprechen zu lernen. Sie staunt über uns.«

»Aber vielleicht ist sie kein vom Leben enttäuschter Mensch.«

Er warf ihr einen Blick zu.

»Nein«, sagte er vorsichtig. »Ich glaube nicht, daß sie das ist.«

»Selten ...«

»Sehr selten.«

»Also kannst du für sie nie ein Versager sein.«

»Ich glaube«, sagte Oliver und ergriff ihre Hand, »du solltest aufhören, über Versagen nachzudenken.«

»Du hörst dich an wie Zoe.«

»Zoe denkt nicht über Erfolg oder Versagen nach. Sie lebt einfach.«

Zoe war seit über einer Woche in Birmingham. Der Kurs,

an dem sie teilnehmen wollte – Perspektive in der Fotografie, hatte sie gesagt –, sollte zwei Tage dauern, aber inzwischen war sie zehn Tage fort; neun davon war Judy inzwischen von Oliver mit Beschlag belegt worden. Zoe hatte Judy eine Schwarzweiß-Postkarte geschickt, mit einer Reihe von Masten, die sich über eine leere Moorfläche hinzog, und auf die Rückseite hatte sie geschrieben: »Mache mich für ein Weilchen aus dem Staub. Werde schreiben. Kurs anstrengend, aber gute Leute.« Und dann eine Reihe von zwei Zentimeter hohen Küssen und ein großes Z. Daraus hatte Judy geschlossen, daß sie mit Leuten aus dem Kurs für ein paar Tage irgendwohin gefahren war. Judy stellte die Karte auf den Kaminsims im Wohnzimmer oberhalb der hölzernen Reiher, von denen Oliver einen mit einer Baseballmütze geschmückt hatte. Er hatte sich erboten, beim Renovieren des Wohnzimmers zu helfen.

»Das würde ich gern tun. Wirklich. Großes Ehrenwort. Im Tapezieren bin ich nicht gut, kriege den Kleber immer irgendwie auf beide Seiten, aber mit einem Pinsel kann ich gut umgehen. Du wirst es sehen.«

»Sollte ich nicht warten, bis Zoe wieder da ist?«

»Nein. Weshalb?«

»Schließlich wohnt sie auch hier.«

»Aber nicht so wie du. Du weißt ja nicht einmal, wo sie steckt, oder?«

Judy betrachtete die Reiher und sagte: »Nein. Aber das brauche ich auch nicht zu wissen, es geht mich nichts an. Außerdem nehme ich an, daß sie demnächst anrufen wird.«

Zoe rief Judy an, am elften Tag nach ihrer Abreise, in der Redaktion. Judy arbeitete an einem Handwerker-Verzeichnis, einer Liste von Vergoldern, Restauratoren und Möbelpolierern, die unter der Überschrift ›Fünf-Sterne-Abhilfe‹ in der Juli-Ausgabe der Zeitschrift erscheinen sollte. Als das Telefon auf ihrem Schreibtisch läutete, rechnete Judy damit, daß es ein Zwei-Frauen-Team von Gemälderestauratorinnen war, die Bedenken hatten, ob sie im Augenblick noch weitere Arbeiten annehmen konnten, aber es war Zoe.

»Hi!« sagte Judy sofort, in einem Tumult aus Überraschung und der Erinnerung, daß Oliver jetzt zu ihr gehörte und nicht mehr zu Zoe. »Wo steckst du?«

»In Tideswell. Ich bin seit Freitag hier.«

»Was, zum Teufel, tust du in Tideswell?«

»Halte mich auf.«

»Aber du hast nie gesagt ...«

»Das brauchte ich auch nicht. Du hast die Wohnung. Ich gebe dir Bescheid, bevor ich dorthin zurückkomme.«

»Hör zu«, sagte Judy fassungslos und wütend. »Was für ein Spiel treibst du? Du kannst doch nicht bei meinem Vater wohnen ...«

»Es stört ihn nicht. Ich bekomme ihn ohnehin kaum zu Gesicht.«

»Weshalb bist du dorthin gefahren?«

»Ich wollte es. Ich sagte dir doch, daß es mir hier gefällt. Ich sah einen Bus, der nach Stretton fuhr, und da bin ich einfach eingestiegen.«

»Zoe ...«

»Was?«

»Das kannst du nicht tun, du kannst nicht einfach in meinem Haus aufkreuzen ...«

»Ich habe deine Großmutter besucht. Es geht ihr gut. Sie hat nur gesagt, ich soll zusehen, daß ich Robin nicht im Wege herumstehe, aber das tue ich nicht. Ich rufe nur an, um zu sagen, daß ich wahrscheinlich nach dem Wochenende zurückkomme.«

»Du schuldest mir Miete«, sagte Judy rachsüchtig. »Zweimal dreiundsiebzig Pfund.«

»Okay.«

»Ist Dad da?«

»Nein. Er ist seit sechs unterwegs. Soll ich ihm sagen, daß er dich anrufen soll?«

»Nein«, sagte Judy. »Nein. Er ist mein Vater, und ich rufe ihn an, wenn ich es will.«

»Judy«, sagte Zoe. »Reg dich nicht auf, hörst du? Ich nehme nichts weg, was dir gehört. Ich bin bloß hier, sehe mich um, halte mich ein bißchen auf.«

»Aber es ist absurd ...«

»Nein, das ist es nicht«, sagte Zoe. »Es ist deine Einstellung, die absurd ist. Wir sehen uns Montag, vielleicht auch erst Dienstag.«

Judy hörte, wie am anderen Ende der Hörer aufgelegt wurde, am Tideswell-Telefon in der Tideswell-Küche, unter dem Poster mit der Golden Gate Bridge, das Judy Caro vor sieben Jahren geschenkt hatte, als sie erst sechzehn war. Caro hatte es mit dunkelgrün gebeiztem Holz rahmen lassen, und nun stand Zoe daneben, betrachtete es, berührte das Telefon, den Tisch, die Stühle, die Holzlöffel, die Becher und die Teller, war mit allem in dieser Küche vertraut, der Küche, die Judy ihr ganzes Leben lang gekannt hatte. Sie nahm einen schwarzen Filzstift aus dem Stiftebecher und zeichnete auf das nächstbeste Stück Papier eine groteske Gestalt, der sie Augen gab, riesige Ohren, große, grobe Zähne und einen Stoppelbart, so daß sie aussah wie ein altmodischer Sträfling. Dann warf sie den Stift hin und griff nach dem Telefon, um Oliver in der Galerie anzurufen, die einem Freund von ihm gehörte und auf moderne Lithografien und Holzschnitte spezialisiert war. Judy hatte ihn bisher noch nie dort angerufen.

»Oliver?« sagte eine lakonische Stimme am anderen Ende der Leitung. »Oliver Mason? Tut mir leid, er ist zum Lunch ausgegangen.«

»Ich weiß wirklich nicht«, sagte Velma, die Staubtücher auswusch, »was Sie hier eigentlich wollen.«

»Das sagen alle«, sagte Zoe. »Alle fragen mich das.«

Velma zog die Staubtücher in einer tropfenden Masse aus dem Ausguß und drehte sie zu einem dicken Strang, um das Wasser herauszupressen.

»Es ist ja nicht, daß Sie zu irgend etwas *nutze* wären ...«

»Nein«, sagte Zoe. »Aber ich falle auch niemandem zur Last. Und ich leiste ihm Gesellschaft.«

»Er war noch nie auf Gesellschaft angewiesen«, sagte Velma. »War immer ein Einzelgänger, sein ganzes Leben lang.«

»Das merkt man«, sagte Zoe, ohne Velmas Ton zur Kenntnis zu nehmen. »Das merkt man an seiner Art zu sprechen. Als wäre man ein Hund oder so etwas Ähnliches. Freundlich, aber ein bißchen distanziert.«

»Also«, sagte Velma, schüttelte die feuchten Staubtücher aus und drapierte sie über den nächsten Heizkörper, »passen Sie auf, daß Sie *Distanz* halten. Das ist alles.« Sie schaute auf die Uhr. »Er wird in zehn Minuten zum Essen kommen.«

»In ein paar Tagen fahre ich nach London zurück«, sagte Zoe.

Velma grummelte etwas.

»In der Speisekammer steht eine Fleischpastete. Hatte keinen Sinn, zwei zu kaufen, wo Sie mit Fleisch immer so komisch sind.«

»Ich esse nur Pfauenfleisch«, sagte Zoe, »und Schwanenfleisch. Wollen Sie, daß ich ein Foto von Ihnen mache?«

Velma starrte sie an. Sie zog ihren gelben Acrylpullover herunter, als wollte sie sich vor dem neugierigen Auge der Kamera schützen.

»Kommt nicht in Frage! Weshalb sollte ich ein Foto von mir machen lassen?«

Nachdem sie gegangen war, öffnete Zoe den großen Kühlschrank und holte eine Papiertüte mit Tomaten heraus und einen großen gelben Würfel Käse, der Robins Grundnahrungsmittel zu sein schien. Sie hatte die Sachen im Dorfladen gekauft, mit Unterstützung von Gareth' Frau Debbie, die sie dort getroffen hatte, als sie hilflos vor den Kartons mit Kohl und Möhren stand.

»Er hat Tomaten gesagt«, sagte Zoe. »Und ich frage mich, wie viele? Zwei? Zwanzig? Wenn ich eine Tomate will, dann kaufe ich mir eine und esse sie gleich.«

Die Vorstellung, Tomaten für Robin zu kaufen, flößte auch Debbie das Gefühl ein, sich auf unvertrautem Terrain zu befinden. Genau wie bei diesem merkwürdig aussehenden Mädchen mit den Ohren und Fingern voller Silberringe und dem roten Haar, nicht rot, wie es in der Natur vorkam, sondern von der Farbe von roten Beten. Gareth hatte gesagt, zwischen ihr und Robin sei nichts, aber allein die Tatsache, daß sie gekommen war und nicht gleich wieder fortgeschickt wurde, gab Debbie zu denken, auch ohne irgendwelche Extras. Und dieses Mädchen war nicht sexy. Debbie musterte Zoe verstohlen. Sie war mager und flach wie ein Junge; sie hatte nichts Hübsches an sich, nichts Feminines.

»Ich würde sechs nehmen«, sagte Debbie, die Tomaten betrachtend. »Und zwei Pfund Käse. Gareth hat gesagt, Käse ist so ziemlich alles, was er ißt.«

Jetzt legte Zoe den Käse in dem Wachspapier, in dem sie ihn bekommen hatte, auf den Tisch und die Tomaten in ihrer braunen Papiertüte. Sie hielt inne und betrachtete beides. Dann griff sie nach der Papiertüte, kippte die Tomaten in den Ausguß und ließ so ungestüm Wasser darüber laufen, daß ihre Kleidung bespritzt wurde. Schließlich drehte sie den Hahn zu, holte die Tomaten aus dem Becken und schichtete sie auf dem Tisch zu einer kleinen Pyramide auf. Sie sahen gut aus mit den Wassertropfen auf der straffen, glänzenden Haut. An zweien von ihnen saßen noch die kleinen grünen Stielansätze. Sie dachte, daß sie vielleicht ein Foto von ihnen machen sollte.

Die Hintertür ging auf, und Robin kam herein, in seinem Overall und auf Socken. Er hatte eine Zeitung bei sich, eine blaue 200-Milliliter-Plastikflasche mit einem Parasiten-Vertilgungsmittel und eine Dosierspritze. Er ließ die Flasche und die Spritze neben den Tomaten und dem Käse auf den Tisch fallen.

»Ich muß noch elf versorgen«, sagte Robin, »und mir sind die verdammten Nadeln ausgegangen.«

Zoe betrachtete die Dosierspritze.

»Wofür ist die?«

»Würmer«, sagte Robin, »Läuse, Krätzmilben. Soll bewirken, daß ihr Durchfall aufhört. Ich hätte es schon vor dem Winter tun müssen, aber ...«

Er verstummte. Er fragte sich einen Moment, ob Zoe sagen würde: »Caro war zu krank?«, aber sie tat es nicht. Sie sagte: »Velma hat Ihnen eine Fleischpastete hiergelassen.«

Robin riß die Druckknöpfe am Vorderteil seines Overalls auf und begann, aus ihm herauszusteigen.

»Danke. Ich esse nur Brot und Käse.«

»Ich habe Judy angerufen.«

Er grunzte.

»Und ich habe mir Gareth' Fahrrad geliehen und bin nach Dean Place gefahren. Ihre Mutter hat mir ein warmes Rosinenbrötchen gegeben.«

Robin warf ihr einen Blick zu. Er schmiß seinen Overall in eine Ecke, und die Hauskatze, die das Wort ›Fleischpastete‹ gehört hatte, ließ sich erwartungsvoll darauf nieder.

Zoe legte einen bereits angeschnittenen Laib Brot auf den Tisch, aufrecht in seiner Plastikverpackung, und deckte einen Teller und ein Messer für Robin auf. Er ging an ihr vorbei zum Ausguß, wo er sich die Hände wusch und sich Wasser ins Gesicht und auf die Haare spritzte. Wenn Dilys Zoe ein Brötchen gegeben hatte, dann bedeutete das, daß sie sie hereingebeten und nicht an der Tür stehengelassen hatte, wie sie es neuerdings mit Stromern tat und mit den armen, schwachsinnigen Jungen, die erschienen, um fadenscheinige Staubtücher und schlecht gemachte Wäscheklammern zu verkaufen. In den alten Zeiten hatte Dilys ihre Lieblingsstromer, die wie die Zigeuner regelmäßig jedes Jahr erschienen, und sie hatte abgelegte Kleidungsstücke und Schuhe von Harry für sie aufbewahrt und sie im Hühnerfutter-Schuppen mit einer warmen Mahlzeit versorgt. Aber jetzt nicht mehr. »Es ist zu gefährlich geworden«, sagte Dilys. »Jetzt riskiere ich es nicht mehr, sie weiter als bis an die Türschwelle kommen zu lassen.«

Robin kehrte an den Tisch zurück und setzte sich.

»Haben Sie Dad gesehen?«

»Ja«, sagte Zoe. »Er hat gesagt, er hätte gehört, daß zwei Kühe kalben sollten, und das wäre doch ein bißchen spät. Er hat gesagt, das hätte schon im Januar passieren müssen.«

Robin zog eine Scheibe Brot aus der Packung und sagte:

»Dad versucht es immer wieder.« Er verstummte, und dann sagte er: »Alles ist ein bißchen spät in diesem Jahr.«

Zoe bot ihm ein Stück Käse auf einem Messer an.

»Wegen Caro.«

»Ich dachte vor fünf Minuten, daß Sie das sagen würden.«

»Ich habe daran gedacht.« Sie beugte sich vor. »Sind Sie an ihrem Grab gewesen?«

»Nein.«

»Weshalb tun Sie es nicht? Weshalb kommen Sie nicht mit, wenn ich hingehe?«

Er sah sie kurz an. Sie sah nicht eifrig aus, sondern eher sachlich.

»Ihr Männer«, sagte Zoe ohne eine Spur von Erbitterung. »Ihr Männer. Solange es so aussieht, als wäre alles in Ordnung, macht ihr euch nie die Mühe, herauszufinden, ob es das auch wirklich ist. Haben Sie je versucht, sich vorzustellen, was Caro empfunden hat, was für ein Mensch sie war?«

Er legte das Brot und den Käse, die er gerade zum Mund führen wollte, zurück auf den Teller. »Ich konnte es nicht. Ich habe es versucht, aber ich konnte es nicht. Wenn Sie das etwas angeht.«

»Ich muß einfach immer an sie denken«, sagte Zoe, nicht im mindesten beleidigt. »Ich versuche mir vorzustellen, wie es für sie war, hier zu leben, wie sie war.«

Ohne es zu wollen, sagte Robin: »Das hat niemand gewußt.«

Es folgte eine kleine Pause. Zoe nahm eine Tomate und biß hinein.

»Das habe ich mir beinahe gedacht«, sagte sie.

Robin stand auf, kehrte zum Ausguß zurück, holte zwei Gläser vom Abtropfbrett und ließ sie mit Wasser vollaufen. Eines davon stellte er vor Zoe hin.

»Sie müssen immer noch Abschied von ihr nehmen«, sagte sie. »Wenn man jemanden verliert, dann muß man das tun. Sonst kann man nicht weitermachen. Es ist genauso wie mit all diesen Gräbern hinter der Kirche, die so tun, als ob all diese Leute nur schliefen. Sie tun es nicht. Sie sind tot, und sie kommen nicht zurück.«

Robin sagte, immer noch mit seinem Glas Wasser in der Hand stehend: »So zu tun, als wäre es nicht endgültig, ist manchmal die einzige Möglichkeit, zu ertragen, daß man zurückgelassen worden ist.«

»Haben Sie dieses Gefühl?«

»Ich weiß es nicht.«

»Doch«, sagte Zoe, »Sie wissen es. Sogar wenn Sie nur das Gefühl haben, bestürzt zu sein, wissen Sie, daß Sie bestürzt sind. Weshalb möchten Sie nicht darüber sprechen?«

Er sagte fast schüchtern: »Ich habe es nie getan. Es ist nicht meine Art.«

»Aber möchten Sie sie nicht alle möglichen Dinge fragen?«

Er leerte sein Glas mit zwei großen Schlucken und stellte es dann beiseite.

»Vielleicht.«

»Ich möchte meinen Dad ständig etwas fragen. Ich möchte ihn fragen, weshalb er uns verlassen hat, weshalb er nach Australien gegangen ist, weshalb er dort geblieben ist, ob er es bedauert hat. Ich werde immer wütend, weil er gegangen und gestorben ist, bevor ich ihn fragen konnte. Er ist damit durchgekommen, verstehen Sie ...«

»Vielleicht ging es nicht anders«, sagte Robin langsam. »Vielleicht hat er nie die Chance gehabt.«

Zoe stand auf.

»Chancen kann man machen, oder etwa nicht? Wenn man sie wirklich will. Wissen Sie was?«

»Was?«

»Was mich am meisten ärgert – ich wollte ihn fragen, ob er mich liebt.« Sie sah Robin an. »Möchten Sie Caro das fragen?«

Robin bewegte sich an ihr vorbei zu der Stelle, wo die Plastikflasche und die Dosierspritze lagen. Er nahm beides auf, dann durchquerte er die Küche und zog seinen Overall unter der Katze hervor. Die Worte ›Ich habe mir immer gewünscht, sie täte es‹ drängten sich in sein Denken und hingen dort in der Dunkelheit in seinem Schädel wie eine Lichterkette, hell und durchdringend, aber unausgesprochen.

»Wir sehen uns später«, sagte er. »Vermutlich so gegen sieben. Ich muß nach Stretton und neue Nadeln holen.«

»Bis dann«, sagte Zoe.

Er sah sie nicht an.

»Bis dann.«

Auf eine der Wände in Judys Wohnzimmer hatte Oliver ein großes Quadrat in Blaßgrau gemalt. Auf der gegenüberliegenden Seite, über dem Kamin und den Reihern, hatte er dasselbe in Dunkelblau getan.

»Betrachte sie«, sagte er. »Finde heraus, was dir gefällt. Oder ob du keines von beiden leiden magst.«

Er hatte sie von der Arbeit abgeholt, sie nach Hause begleitet und drei Dosen Coca-Cola getrunken, während er die Quadrate malte, dann war er gegangen, um mit seinem Vater zu essen.

»Ich muß gewissermaßen. Er kommt nur ganz selten nach London.«

Als er gegangen war, machte sich Judy ein paar Scheiben Toast und ließ sich dann nieder, um sie vor dem dunkelblauen Quadrat an der Wand zu essen. Es war ein schönes Blau, das Blau eines sommerlichen Nachthimmels. Sie hatte nie ein blaues Zimmer gehabt. In Tideswell gab es kein Blau, außer im Melkstall, wo es angeblich Fliegen abhalten sollte. Caro hatte alles gelb, grün, rot und melonenrosa gestrichen, in den Farben von reifem Obst und Gemüse; Sonnenfarben. Ihrer Meinung nach war Blau keine Sonnenfarbe, obwohl Meer und Himmel blau waren. Sie pflegte zu sagen, Blau wäre in Wirklichkeit nur als Kontrast da, genau wie diese fürchterlichen blauen Schwimmbecken, künstlich und harsch, als wollten sie unterstreichen, daß das Wasser in ihnen nicht von Natur aus da war, sondern dort von Leuten eingesperrt worden war, in Rechtecken und Quadraten, damit sie darin spielen konnten, anstatt es zu nutzen. Es war wie so vieles in Judys Zeitschrift,

Seite um Seite mit Gegenständen und Stoffen und Möbelstücken, die von Leuten zusammengetragen wurden, und
zwar aus ganz anderen – und oft bizarren – Gründen als
dem, daß sie entweder nützlich oder schön waren. Aber
auch dunkelblaue Wände waren nicht wirklich nützlich.
Jetzt, wo sie Olivers kühnes, nicht ganz exaktes Quadrat
betrachtete, kamen Judy Bedenken, ob sie wenigstens
schön waren.

»Was ist, wenn es ein Fehler ist?« hatte sie gefragt.

»Dann streiche ich sie eben anders. Es wäre kein Fehler.
Hör auf zu denken, etwas könnte ein Fehler sein. Es ist ein
Experiment. Das meiste im Leben ist ein Experiment, woher solltest du sonst wissen, ob etwas funktioniert oder
nicht?«

Judy stand auf und brachte ihren Teller in die Küche.
Einen Moment lang hatte sie gedacht, Oliver würde sie auffordern, seinen Vater kennenzulernen. Aber er hatte es
nicht getan. Sie wußte nicht, ob sie froh oder traurig darüber war, ob sie sich, wenn er es getan hätte, in die Ecke
getrieben gefühlt hätte, anstatt jetzt, wo er es nicht getan
hatte, leicht – und unfairerweise – enttäuscht zu sein. Sie
trat ans Fenster und schaute hinunter in den kleinen, dunklen Hof, wo die Mülltonnen standen und es einen alten
Ausguß mit einem zerbrochenen Plastikeimer und einem
Farn darin gab, einem leuchtendgrünen Farn, der da unten
in der Feuchte und Düsternis gedieh. Oliver ist so nett zu
mir, dachte Judy, so *nett*. Weshalb ist er so nett?

Hinter ihr, in der winzigen Diele vor dem Wohnzimmer,
wurde im Schloß der Wohnungstür ein Schlüssel gedreht.

»Hi!« rief Zoe. Die Tür fiel zu.

Judy ging zur Schwelle der Küchentür.

»Hi.«

Zoe sah genauso aus wie bei ihrer Abreise, Stiefel, eine
schwarze Lederjacke über einem schwarzen T-Shirt und an
den Knien aufgerissene Jeans, die ihre Haut sehen ließen.
Sie stellte ihren Rucksack und die Kamera auf dem Boden
ab.

»Es hat den ganzen Tag gedauert. Den ganzen verdammten Tag. Überall waren Baustellen.« Sie sah Judy an. »Ich bin mit dem Bus von Stretton gekommen. Gareth hat mich hingefahren.«

»Oh.«

Zoe sah sich im Zimmer um. Sie deutete auf das blaue Quadrat an der Wand über dem Kamin.

»Das ist hübsch.«

Judy sagte entschlossen: »Das hat Oliver gemalt.«

»Ollie?«

»Ja.«

Zoe sagte ohne Mühe: »Gut.« Sie steckte eine Hand in ihre Jackentasche und zog eine Handvoll Geldscheine heraus. Sie hielt sie Judy hin. »146 Pfund. Die schulde ich dir.«

»Das ist doch unwichtig …«

»Judy«, sagte Zoe. »Es ist meine Miete, und ich schulde sie dir. Nimm das Geld. Und …«

»Und was?«

»Ich habe ›gut‹ gesagt, wegen Ollie. Ich meine es ernst. Gut.«

Judy nahm langsam das Geld und steckte es, ohne es anzusehen, in ihre Tasche. Sie sagte, nur aus Höflichkeit: »Er kam, um dir ein paar Blumen zu bringen. Am Tag nach deiner Abreise. Und dann – dann ist es eben irgendwie passiert.«

»Ich weiß«, sagte Zoe. »So etwas kommt vor. Ich freue mich darüber. Er kümmert sich gern um andere Menschen.«

»Meinst du, ich brauche jemanden, der sich um mich kümmert?«

Zoe bückte sich und begann, ihren Rucksack zu öffnen.

»Ja, das tust du. Deine ganze Familie braucht jemanden, der sich um sie kümmert.«

»Meine Familie«, sagte Judy mit Nachdruck, »ist zäh.«

Zoe fand einen dünnen weißen Plastikbeutel mit etwas Leichtem und Sperrigem darin. Sie hielt ihn Judy hin.

»Wenn du meinst. Das ist für dich. Von deiner Großmutter.«

»Was ist es?«

»Rosinenbrötchen.«

»Willst du damit sagen, Gran hätte dir Rosinenbrötchen gegeben, damit du sie mir mitbringst?«

»Ich habe es ihr angeboten.«

Judy nahm die Brötchen und ließ den Beutel auf den nächsten Sessel fallen.

»Ich bin ziemlich wütend, daß du nach Tideswell gefahren bist.«

Zoe, die neben ihrem Rucksack hockte, sah zu ihr hoch.

»Du wolltest ja nicht hinfahren.«

»Vielleicht tue ich es …«

»Sei doch nicht so ein verdammter Kindskopf.« Sie schwenkte die Hand. »Es sind nette Leute. Begreifst du das nicht? Es sind nette Leute, die einfach weiterleben. Es ist nicht ihre Schuld, daß sie deine Mutter nicht verstanden haben. Und sie fehlt ihnen. Sie haben versucht, sie zu einer der Ihren zu machen, und das ist ihnen nicht gelungen, aber sie vermissen sie.«

»Woher weißt du das alles?«

»Ich denke es mir einfach. Ich habe es bemerkt. Vielleicht kann ich mehr sehen, weil ich eine Außenseiterin bin.«

Judy setzte sich auf die Lehne des Sessels, auf den sie den Beutel mit Dilys' Rosinenbrötchen hatte fallen lassen. ›Außenseiterin‹ war eines von Caros Worten gewesen. Bei ihr hatte es sich mysteriös und grandios angehört, genau wie das Wort ›Nomadin‹, ein anderes ihrer Lieblingsworte. Außerdem hatte sie Judy das Gefühl vermittelt, daß die Eigenschaft, nicht einem Stamm anzugehören, nicht an eine ererbte Orthodoxie gefesselt zu sein, etwas Wünschenswertes war. »Dichter sind Außenseiter«, hatte Caro gesagt. »Sie müssen es sein.« Adoptiert worden zu sein hieß, hatte sie angedeutet, daß man ein Teil dieser schwer faßbaren, beneidenswerten, umherziehenden Horde war, die mit den Augen voller Visionen durchs Leben streifte. Aber Zoe hatte sich auch eine Außenseiterin genannt. In diesem Moment wollte Judy nicht das Gefühl haben, daß Zoe ein Teil von irgend etwas war, wozu Caro gehört hatte und in das sie, mit ihrem ganz speziellen unergründlichen Charme, Judy einbezogen hatte.

Sie sagte, außerstande, die Bitterkeit aus ihrer Stimme herauszuhalten: »Warum hast du nichts gegen die Sache mit Oliver?«

»Dagegen?«

Judy wartete.

»Weshalb sollte ich etwas dagegen haben?« fragte Zoe. »Ich liebe ihn nicht. Ich mag ihn nur, er ist ein netter Kerl. Ich mag dich. Weshalb sollte ich etwas dagegen haben, wenn ihr beide euch gefunden habt?«

Judy fragte: »Warum bist du nach Tideswell gefahren? Was hast du dort getan?«

»Nichts«, sagte Zoe. Sie richtete ihren offenen Blick aus großen Augen direkt auf Judy. »Ich habe gegessen und geschlafen, ich habe Fotos gemacht und Gareth ein bißchen geholfen, und ich habe mit Leuten geredet.«

»Und mein Vater?«

»Du hast eine schmutzige Fantasie«, sagte Zoe. Sie stand auf und hievte sich den Rucksack mit einem Riemen über die Schulter. »Deine Mutter hat deinen Vater in einer ebenso schlimmen Verfassung zurückgelassen wie dich. Er macht nur nicht soviel Aufhebens davon.«

Judy schrie: »Er hat sie nicht geliebt! Er hat sie nie geliebt! Er hat nie gewußt, was für ein Mensch sie war!«

Zoe trat einen Schritt beiseite und griff sich ihren Kamerakoffer.

»O doch, das hat er getan«, sagte sie. »Er hat sie wirklich geliebt. Das habt ihr beide gemeinsam.«

»Wir haben nichts gemeinsam!«

»Sein Problem ist«, sagte Zoe, als hätte sie Judys Aufschrei nicht gehört, »seine Qual ist, daß sie seine Liebe nicht erwidert hat.«

»Sie konnte es nicht!« schrie Judy. »Wie hätte sie es tun können?«

Zoe blieb noch einen Moment stehen, betrachtete den Fußboden unter ihren Stiefeln, den abgenutzten, vom letzten Bewohner zurückgelassenen goldgelben Teppich. Dann machte sie, ohne ein weiteres Wort zu sagen, kehrt und ging in ihr Zimmer. Sie zog die Tür hinter sich zu und ließ Judy allein zurück.

Am Morgen, beschloß Robin, würde er die Kühe hinausbringen. Das Wetter würde gut sein, und das Gras, obwohl nicht gerade üppig, hatte sich in den letzten ein oder zwei Wochen besser entwickelt, als er gehofft hatte. Wenn die Kühe auf der Weide waren, hätten er und Gareth auch Gelegenheit, etwas an den Boxen in der Scheune zu tun, einige zu vergrößern, Kopfstangen und Brustbretter zu reparieren, die die Kühe beschädigt hatten, weil sie sich nach vorn warfen, wenn sie aufstehen wollten. 600 Kilo Holsteiner konnten, völlig unabsichtlich, binnen Sekunden ziemliche Schäden anrichten.

Gareth sagte, fünf von ihnen hätten Hufrehe. Robin dachte dabei an einen alten General, den er als Kind gekannt hatte, einen pensionierten Soldaten der alten Schule, der versucht hatte, das Dorf Dean Cross wie eine Militäroperation zu befehligen, und überall auf Widerstand gestoßen war. »Militär?« hatte Robin ihn einmal bellen gehört. »Militär? Eine tolle Laufbahn, wenn da nur nicht die Soldaten und ihre verdammten Füße wären!« Ungefähr dasselbe, dachte Robin, ließ sich auch über das Farmen und die Kühe sagen. Kühe hatten immer irgendwelche Probleme mit ihren Füßen. Die Füße der Kühe kosteten die Milchindustrie mehr als dreißig Millionen Pfund pro Jahr, ob es nun am Futter lag, dessen Konzentration an Zusätzen entweder zu hoch oder zu niedrig war, ob sie in Gülle standen oder sich gegenseitig traten, wegen unebener Oberflächen oder weshalb auch immer. Im letzten Monat hatte sich Robins Tierarztrechnung auf 600 Pfund belaufen, und das meiste davon war für Füße draufgegangen, für Geschwüre und Entzündungen und Klauendermatitis, verkrustete Wunden, unter denen die Kühe so sehr litten. Und jetzt war es Hufrehe.

»Wir hätten ihnen diese Gerste nicht geben sollen«, sagte Gareth.

Robin, über den Vorderfuß einer Kuh gebeugt, die, in den Metallpferch eingesperrt, über ihm schwer atmete, sagte nichts. Er schwieg noch weitere zehn Minuten, und dann sagte er nur, Gareth solle am Ausgang des Melkschuppens ein Fußbad zwischen Hürden aufstellen. Und daß er danach die Kühe auf die Weide bringen würde.

Die Küche kam ihm seltsam still vor ohne Zoe, obwohl sie bestimmt nicht viel Lärm gemacht hatte und nicht geschwätzig gewesen war. Sie hatte ihm am Morgen eine Nachricht auf dem Tisch hinterlassen, mit einem Dank dafür, daß er sie aufgenommen hatte, ›daß ich einfach bleiben durfte‹. Ihre Anwesenheit hatte ihn nicht gestört, sondern ihm sogar gefallen, sofern ihm im Augenblick überhaupt etwas gefallen konnte; sie hatte nichts von ihm verlangt, und trotzdem konnte sie manchmal Dinge erkennen, ohne daß er sie ihr erklären mußte. Es war fast so, als respektierte sie ihn nicht speziell als Robin Meredith, den Farmer, sondern einfach als Mann, als menschliches Wesen mit seinem eigenen Recht auf Schmerz und Freude und Privatsphäre. Ihm kam der Gedanke – und er überraschte ihn –, daß Zoe Caro gefallen hätte. Caro hätte die Tatsache zu würdigen gewußt, daß sie nicht in einen drang, nichts von einem zu wollen schien. Wenn er nur so hätte sein können, wenn er nur nicht hätte verlangen müssen …

Er stand vom Küchentisch auf und schob seinen halb geleerten Teller – Dilys' Wurstauflauf – in das Chaos von Papieren und Broschüren auf der Tischplatte. Er würde in die Scheune hinausgehen, beschloß er, und sich die Kühe ansehen, die gesunden und die kranken, sie betrachten und sich selbst dabei trösten. Die Hauskatze, die auf dem Zeitungsstapel saß, schaute höflich zu, wie er Stiefel und Jakke anzog, und wartete, ohne sich irgendwelche Ungeduld anmerken zu lassen, auf sein Verschwinden. Robin bückte sich, um ihr den Kopf zu kraulen. Dann deutete er auf den Tisch.

»Das wirst du nicht fressen«, sagte er. »Da sind Zwiebeln drin.«

Die Scheune war so, wie er sie am liebsten mochte, düster und still bis auf das Geräusch des Wiederkäuens und Muhens der Kühe, die sich noch nicht zur Ruhe begeben hatten. Er strich mit der Hand über ein oder zwei von ihnen und inspizierte die Vorderfüße, an denen er früher am Tage die Unterseiten der Klauen so ausgeschnitten hatte, daß sie von selbst sauber blieben.

»Braves Mädchen«, sagte er. »Alles okay, alte Lady? So ist's gut.«

Die Kühe regten sich und grummelten, schlugen gegen die Stäbe ihrer Boxen. Aber keine von ihnen trat nach ihm. Robin war seit Jahren nicht mehr getreten worden, nicht seit der Anfangszeit, als er noch nicht wußte, wie Kühe waren, was sie hinnahmen und was nicht. Damals war er verwundert gewesen, erinnerte er sich, als er herausfand, wie brutal sie miteinander umgingen, die Kranken und Schwachen herumschubsten und sie umstießen. Aber er liebte sie. Er hatte gelernt, sie zu lieben. Und da sie nicht von Generation zu Generation eingezwängt wurden wie Schweine und Geflügel, deren Betreuer inzwischen kaum mehr waren als technische Ingenieure, war es ihnen gelungen, liebenswert zu bleiben.

Er wanderte langsam in den Gängen zwischen den Boxen herum. Die Kühe, an ihn so gewöhnt wie aneinander, nahmen praktisch keine Notiz von ihm. An einem Ende drehte sich ein altes Lieblingstier, eine rotweiß gescheckte Kuh, die ihre stämmigen Kälber so leicht gebar, als legte sie ein Ei, zu ihm um und beäugte ihn einen Moment lang gelassen, als sei sein Auftauchen keine Überraschung für sie, sondern nur ein vertrauter, kaum bemerkenswerter Bestandteil ihrer gewohnten Welt. Dann wendete sie den Kopf ab und vergaß ihn.

Draußen auf dem Hof hatte Gareth, nachdem er, wie er glaubte, wegen der Gerste im Futter einen kleinen Triumph erzielt hatte, besonders eifrig saubergemacht. Der geriffelte Beton war sauber geschabt, ebenso die Futtertröge und die Passage, die er vom Melkstall durch das Fußbad aufgebaut hatte, das er und Robin vor drei Jahren zusammen ausgeschachtet und betoniert hatten. Es wehte ein leichter

Wind, und in ihm flatterten und klapperten verschiedene Dinge, Stangen und Pforten und Abdeckungen aus Zink und Plastik, die Folgen von Jahren des Flickens und Reparierens, des Improvisierens. Aber der Abend war klar, und der Wind würde eventuell aufziehende Schauerwolken verjagen. Robin ging ans Ende des Hofes, legte seine Hände auf die Mauer und schaute darüber hinweg. Unterhalb von ihm erstreckten sich die Felder, fast undurchdringlich in der Dunkelheit und scheinbar von keiner Hecke und keinem Zaun durchbrochen, bis zum Fluß hinunter. Nur der Wasserlauf funkelte sichtbar am Fuße der Felder, und hinter ihm wurde das Land abermals dicht und schwarz, bis es mit dem Himmel zusammenstieß. Robin umklammerte die Mauer und blickte hinaus in die dunkle, bewegte Luft.

Erst als er ungefähr zehn Minuten später den Hof überquerte, wurde ihm bewußt, daß im Haus das Telefon klingelte. Aus irgendeinem Grund hatte er plötzlich das Gefühl, daß es schon seit geraumer Zeit läutete, beharrlich, und er begann zu laufen, öffnete die Hintertür und die zur Küche und rannte, unbeholfen in seinen Stiefeln, hinein. Die Hauskatze, die neben Robins fast leerem Teller auf dem Küchentisch saß, unterbrach sich in ihrem sorgfältigen Putzen, um ihn zu beobachten. Er nahm den Hörer ab.

»Hallo? Hallo? Tideswell Farm ...«

»Robin?«

»Ja«, sagte er. »Lyndsay ja ...«

»Du mußt kommen«, sagte Lyndsay. »Du mußt kommen. Sofort.« Ihre Stimme hob sich fast zu einem Schrei. »Komm gleich, Robin, sofort. Joe hat etwas Schreckliches getan!«

NEUNTES KAPITEL

Harrys alter Hund hatte ihn gefunden. Harry hatte die Angewohnheit, jeden Abend gegen halb zehn mit einer starken Taschenlampe noch einmal die Runde über den Hof und durch die verschiedenen Gebäude zu machen, begleitet von dem – inzwischen sehr langsamen – Spaniel. Der war einmal ein lebhafter Hund gewesen, vielleicht der beste Jagdhund, den Harry je hatte, aber jetzt waren seine Hinterbeine von Arthritis befallen, und in beiden Augen bildeten sich milchige Scheiben von Katarakten. Doch sein Geruchssinn war noch so gut wie eh und je. Langsam und steif schleppte er sich auf diesen Abendrunden hinter Harry her, immer mit der Nase am Boden, so daß ihm kein Detail entging.

Er hatte bei dem Schuppen halt gemacht, in dem der Dünger aufbewahrt wurde. Es war ein großer, offener, mit Wellblech gedeckter Schuppen, in dem die prallen weißen 500-Kilo-Säcke aus Plastikstoff in Doppelreihen aufgestapelt waren, etwas über mannshoch, mit schmalen Gängen dazwischen, damit man an sie herankommen konnte. Der Hund war am Eingang zu einem dieser Gänge stehengeblieben, angespannt und mit gesenktem Kopf.

»Nun komm schon, Junge«, sagte Harry aus einer Entfernung von sechs Metern.

Der Hund hörte nicht. Trotz seines Alters und seiner Hinfälligkeit schien ihn plötzlich eine Art Drang befallen zu haben, und er begann mit der Konzentration zu schnuppern, die ihn einst auf der Jagd so nützlich gemacht hatte. Dann gab er ein merkwürdiges Winseln von sich, einen Laut, der aufgeregt und kummervoll zugleich klang, und schob sich zielstrebig zwischen den weißen Säcken hindurch bis ans hintere Ende des Schuppens. Harry machte kehrt.

»Nun komm schon, Junge. Raus hier. Was hast du gefunden?«

Der Hund schnupperte aufgeregt an etwas in der Dunkelheit. Harry schaltete seine Taschenlampe ein und ließ ihren Strahl in den Korridor zwischen den weißen Düngersäcken fallen. Da hinten, auf dem engen Raum zur Seite gesunken, war etwas Großes, etwas Grauenhaftes. Harry tat einen unsicheren Schritt vorwärts und zwang sich, den Strahl der Taschenlampe auf die Stelle direkt vor sich zu richten. Er fiel auf Joe, noch in seiner Arbeitskleidung, zusammengesackt hinter einem alten Jagdgewehr, das schräg gegen seine Schulter lehnte und mit dem er sich in den Mund geschossen hatte.

»Dr. Nichols ist da«, sagte Dilys. »Und die Polizei kommt.«

Sie saß am Küchentisch, starr aufgerichtet unter der grellen Deckenbeleuchtung. Ihr gegenüber saß Harry auf seinem gewohnten Stuhl, mit geschlossenen Augen. Zwischen ihnen lag Lyndsay, den Kopf auf den Armen, halb auf dem Tisch, und das Haar hing ihr ins Gesicht, so daß Robin es nicht sehen konnte.

Er beugte sich über seine Mutter und legte einen Arm um sie. Sie duldete seine Umarmung, schmiegte sich aber nicht in sie hinein.

»Ein Schuß, hat Dr. Nichols gesagt. Nur der eine. Er hat Dads Gewehr genommen.«

Ohne die Augen zu öffnen, flüsterte Harry: »Ich habe es nicht weggeschlossen. Ich habe es nicht weggeschlossen. Ich hatte vor, ein paar Krähen abzuschießen. Morgen früh.«

Robin bewegte sich um den Tisch herum und legte eine Hand auf die seines Vaters. Harry ergriff sie.

»Ich habe es nicht weggeschlossen ...«

»Es war nicht deine Schuld«, sagte Robin. Seine Stimme klang harsch und laut. »Wenn er ein Gewehr wollte, hätte er sich eins besorgt. Deins war nur gerade zur Hand.«

Tränen strömten über Harrys Gesicht. Er öffnete die Augen und musterte Robin eingehend, und dann öffnete er auch den Mund und rammte einen Zeigefinger hinein, und seine nassen Augen weiteten sich vor Entsetzen und Wut.

»Dad«, sagte Robin. »Es war nicht deine Schuld. Es war niemandes Schuld. Nicht einmal die von Joe.«

»Es war meine«, sagte Lyndsay. Ihre Stimme hörte sich an, als käme sie aus großer Ferne, als verhüllte ihre Haarwolke ihren Mund wie eine Steppdecke.

»Nein«, sagte Robin.

Sie richtete sich ein wenig auf und starrte auf die gescheuerte Tischplatte zwischen ihren Armen.

»Ich habe es nicht gesehen«, sagte Lyndsay. »Ich habe nicht gesehen, wie schlimm es für ihn war. Alles, was ich sehen konnte, war, wie schlimm es für mich war.«

Robin verließ seinen Vater und hockte sich neben Lyndsays Stuhl.

»Es war schlimm für dich«, sagte er. »Es war schlimm für uns alle, aber besonders für dich.«

Da drehte sie sich zur Seite, legte ihm die Arme um den Hals und sackte zu ihm hin, schwer und hilflos. Er stand mühsam auf, hielt sie, spürte die Verzweiflung in dem nachgebenden Gewicht ihres Körpers.

»Ich habe ihn geliebt«, sagte Lyndsay. »Ich habe ihn mehr geliebt als alles auf der Welt.«

Dilys machte ein kleines Geräusch mit der Kehle, blieb aber unbeweglich sitzen.

»Ich weiß. Und er hat es auch gewußt.«

»Nein«, sagte Lyndsay. »Ich kam nicht an ihn heran. Er konnte mich nicht hören. Und ich habe es nicht immer wieder versucht, ich habe nicht immer wieder versucht, ihm zu helfen, und er wurde so einsam, daß er die Qual nicht mehr ertragen konnte, und er wußte, daß ich ihm nicht helfen konnte, daß ich nicht stark genug war, er wußte, daß er sich für eine Frau entschieden hatte, die nicht die Richtige für ihn war, jemanden, der ihn letzten Endes im Stich lassen würde, der ihn allein lassen würde – o Gott«, sagte Lyndsay keuchend und schluchzend, an Robin geschmiegt. »O Gott, O Gott, was habe ich getan?«

Robin warf über den Tisch hinweg einen Blick auf seine Mutter. Dilys nickte und stand auf.

»Brandy. Und ich setze Teewasser auf.«

»Der alte Kep hat ihn gefunden«, sagte Harry und ließ seinen Kopf mit geschlossenen Augen auf der Rückenlehne des Stuhls hin- und herrollen. »Der alte Kep war's. Ich dachte, er wäre hinter Ratten her, nur Ratten ...«

»Ich habe mir nichts dabei gedacht«, weinte Lyndsay. »Ich habe mir einfach nichts dabei gedacht. Er ist nicht zum Abendessen gekommen, aber das geschah oft. Ich saß gerade vor dem Fernseher, als Dilys anrief. Oh, ich hasse mich, ich hasse mich, oh, oh, oh ...«

Dilys stellte eine Halbliterflasche Brandy auf den Tisch und eine Handvoll winziger Gläser, mit Goldrand und mit Enten bemalt.

»Der Tee kommt gleich.«

Robin legte seine Arme um Lyndsay und beförderte sie sanft wieder auf ihren Stuhl. Er griff an ihr vorbei und goß Brandy in zwei der Gläser. Eines davon schob er seinem Vater hin.

»Trink das.«

Lyndsays Hände zitterten so heftig, als wären sie selbständige, von ihr nicht beherrschbare Wesen. Robin beugte sich nieder, legte ihr einen Arm um die Schultern und hielt ihr das Glas an den Mund.

»Nur einen Schluck. Es ist ein Schock, aber es wird dich beruhigen.«

Lyndsay schluckte und hustete.

»Ohne ihn will ich nicht leben. Ich kann es nicht, ich kann es nicht ...«

Robin hob abermals das Glas.

»Trink einfach.«

Sie gehorchte, dann schob sie das Glas beiseite und schlug die Hände vors Gesicht, so daß sie es völlig bedeckten.

Harry lehnte sich vor und sagte gequält zu Robin: »Ich hätte dieses Gewehr wegschließen müssen, Junge. Ich hätte es tun müssen, unbedingt.«

Robin sagte sanft: »Wir schließen unsere Gewehre nie weg, Dad. Wir müßten es eigentlich, aber wir tun es nie. Ich glaube nicht einmal, daß Joe seins weggeschlossen hat.«

Dilys stand am anderen Ende der Küche und goß kochendes Wasser aus dem Kessel in die Teekanne. »Da irrst du dich. Und zwar gründlich. Bei Joe hatte alles seine Ordnung. Joe hat immer alles ordentlich getan.«

Robin streckte die Arme aus, um Lyndsays und Harrys Schultern zu berühren, und dann ging er durch die Küche zu seiner Mutter. Er legte abermals einen Arm um sie und drückte sie an sich.

»Ich weiß«, sagte er.

Sie warf ihm einen kurzen, herausfordernden Blick zu.

»Keiner von euch hat es gewußt«, sagte Dilys und strebte von ihm weg, um den Deckel auf die Teekanne zu legen. »Ihr habt ihn nie verstanden.«

Robin wartete, den Arm noch immer um die unnachgiebigen Schultern gelegt. Er schaute hinter sich und sah, daß Harry die Hand über den Tisch hinweg ausgestreckt hatte, um Lyndsays Handgelenk zu ergreifen, obwohl sie ihn nicht ansah, nichts sehen konnte außer der Schwärze hinter ihren Händen.

Dann hörten sie das Geräusch herannahender Wagen, und vor dem Küchenfenster schwenkten zwei Paar voll aufgeblendete Scheinwerfer über den Hof. Dilys löste sich aus dem Kreis von Robins Armen.

»Die Polizei ist da«, sagte sie.

Am Abend nach Robins Anruf konnte Judy nicht schlafen. Sie lag allein in ihrem Bett, wagte es nicht, die Augen zu schließen, aus Furcht vor den Bildern, die sich unverzüglich und beängstigend auf die Innenseiten ihrer Lider prägten.

»Wie?« hatte sie Robin gefragt, sich selbst hassend und vor Schock gelähmt. »Wie hat er …«

»Er hat sich den Lauf von Grandpas Jagdgewehr in den Mund gesteckt. Die Ladung hat ihm den Hinterkopf weggerissen und ist dann in den Sack hinter ihm gegangen, den Düngersack, an den er sich angelehnt hatte. Die Polizei – die Polizei hat gesagt, das Schrot wäre nicht weit eingedrungen, weil er – weil er so einen dicken Schädel hatte …«

Robin hatte ihr angeboten, nach London zu kommen.

»Ich komme und hole dich ab. Du solltest nicht allein sein.«

»Ich bin nicht allein. Zoe ist hier ...«

»Gut«, sagte Robin.

»Dad ...«

»Ja?«

»Warum?« stöhnte Judy, und ihre Stimme hob sich zu einem schluchzenden Aufschrei. »Warum? Warum?«

»Ich weiß es nicht«, sagte Robin. »Ich kann nur Vermutungen anstellen.«

»Und Lyndsay? Und die Kinder?«

»Nicht gut. Sie hat eine Beruhigungsspritze bekommen. Mary Corriedale ist da und kümmert sich um die Kinder.«

»Was geht da vor?« schrie Judy. »Was geht da vor? Erst Mum und nun Joe ...«

»So etwas kommt eben vor«, sagte Robin. Seine Stimme war schwach vor Erschöpfung. »Manchmal. Es liegt am Zufall. Und an den Leuten. Unterschiedlichen Leuten. Manche von uns werden mit den Dingen fertig, andere nicht ...« Er verstummte. »Bist du sicher, daß ich nicht kommen und dich holen soll?«

»Ja.«

»Ich rufe dich morgen wieder an.«

»Okay.«

»Judy?«

»Ja?«

»Judy, es tut mir leid, daß diese Anrufe von mir kommen. Daß immer ich es bin, der dich anrufen muß.«

Oliver hatte ihr angeboten zu bleiben. Er hatte Tee gemacht und versucht, sie zum Essen zu bewegen, und gesagt, daß er in ihrer Wohnung schlafen wolle, nur zu ihrer Beruhigung. Aber sie hatte das Gefühl gehabt, niemanden um sich haben zu können, nicht einmal Oliver, das Gefühl, daß sie Freundlichkeit und Nettigkeit und Sympathie nicht ertragen konnte, daß derlei Tröstungen in einem anderen Bereich lagen als das, was Joe sich und ihnen allen angetan hatte. Es war etwas jenseits von Entsetzen, jenseits von Frevel, weil es von einer Qual sprach, die sich Judy nicht einmal vorstellen konnte, und von Verzweiflung. Ungeachtet ihres eigenen Elends, ihrer Unsicherheit und ihres Selbsthasses, wußte Judy, daß sie nie das Angesicht der Verzweiflung kennengelernt hatte, unter der Joe gelitten hatte. Sie hatte das Grau von Enttäuschung und Angst und Zweifel gesehen; er die Schwärze der Hoffnungslosigkeit: keinerlei Hoffnung jetzt und auch nicht der geringste Hoffnungsschimmer in der Zukunft, ein Anblick, der ihm ganz einfach das Herz, den Verstand und die Seele gebrochen hatte.

Also hatte er beschlossen, ein Ende zu machen. Für Farmer war es so leicht, dachte Judy, wenn sie sich einmal entschieden hatten, daß Leben nicht mehr in Frage kam. Diese Stunden der Einsamkeit, ganze Abschnitte des Tages allein auf dem Land und, in Joes Fall, allein ohne irgendwelche Lebewesen, ohne Kühe und Schafe und Schweine mit all ihren Bedürfnissen und Lauten und Abhängigkeiten. Und dann diese Schuppen voller Medikamente und Gifte, Flaschen und Säcke und Beutel und Gläser mit Mitteln gegen Schädlinge und Krankheiten, ein ganzes flüssiges und pulverförmiges Arsenal der Selbstzerstörung. Und Gewehre. In Judys Kindheit hatte Harrys Gewehr immer auf zwei neben der Küchentür an die Wand geschraubten Haken gelegen. Gewehre für Schädlinge, für Ratten, Krähen und Kaninchen, Gewehre für den Kochtopf, für Tauben und Fasane, Gewehre für den uralten Instinkt der Selbstverteidigung, für Land und Familie und Lebensunterhalt; Gewehre, die man in einer letzten Geste herausfordernder Unabhängigkeit, gegen alle akzeptierten Gesetze menschlichen Verhaltens, auf sich selbst richten konnte.

Der Knauf von Judys Schlafzimmertür drehte sich langsam, und die Tür wurde einen Spaltbreit geöffnet.

»Bist du wach?« flüsterte Zoe.

»Natürlich ...«

Zoe schlich herein. Sie trug ein übergroßes graues T-Shirt, und ihre Füße waren bloß.

»Das ist schlimm«, sagte Zoe. Judy spürte ihr geringes

Gewicht, als sie sich am Ende des Bettes niederließ. »Wirklich schlimm.«

»Ich kann nicht aufhören, daran zu denken, mir vorzustellen ...«

»Ich auch nicht.«

»Es ist so gewaltsam ...«

»Der Tod ist gewaltsam«, sagte Zoe. »Es muß beim Sterben einen Moment geben, in dem er das für jeden Menschen ist, sogar für die, die im Schlaf sterben. Und das ist das Schlimmste.«

»Ich kann mir nicht vorstellen, wie ihm zumute war ...«

Zoe zog ihre Füße hoch und das T-Shirt über die Knie, so daß ihr Umriß für Judy zu einer Art Würfel wurde, der sich vor dem durch die Vorhänge einfallenden Licht der Straßenlaterne abzeichnete.

»Ich hoffe, daß wir das nie können werden«, sagte Zoe. Und dann, nach einer Pause: »Glaubst du an Gott?«

»Nein.«

»Ich auch nicht.«

»Mein Vater auch nicht«, sagte Judy. »Er glaubt, wenn es da oben irgend etwas gibt, dann ist es entschieden gegen und nicht für ihn. Wenn er einmal in einer Kirche ist, merkt man, daß er gar nicht schnell genug wieder herauskommen kann.«

Zoe legte den Kopf auf die Knie.

»Wird Joe ein Begräbnis haben?«

»Ich weiß es nicht. Ich nehme es an. Gran und Grandpa werden es erwarten.«

»Die Armen ...«

»Gran hat geglaubt, die Sonne ginge mit Joe auf und unter. Das konnte man schon spüren, wenn sie ihn nur ansah.«

»Ich werde nicht zur Beerdigung kommen«, sagte Zoe.

Judy wartete.

»Ich habe Joe nicht gekannt«, sagte Zoe. »Ich würde mir vorkommen wie die Leute, die bei Verkehrsunfällen anhalten und gaffen.«

»Ich will nicht allein fahren ...«

»Nimm Oliver mit.«

»Er kennt niemanden von ihnen ...«

»Er kennt dich.«

Judy richtete sich langsam auf und stützte sich auf die Ellenbogen.

»Es tut weh, Zoe, es tut überall weh.«

Zoe sah sie an, und selbst in der Düsternis des Zimmers konnte Judy das Glänzen ihrer Augen sehen.

»Es ist wieder der Kummer, Judy. Ich mußte daran denken, als ich dalag und versuchte, nicht an Joe zu denken. Und ich habe gedacht, daß eines der Dinge, die mit Kummer einhergehen, Veränderung ist, er verändert dein Leben und die Menschen darin, er zwingt dich weiterzuziehen, auch wenn du es nicht willst. Und das ist es, was weh tut. Es sind die Veränderungen, die du nicht willst, die weh tun.«

Hughie saß hinter der zugezogenen Tür seines Zimmers auf seinem Knautschsessel und beugte sich mit fest geschlossenen Augen und dem Daumen im Mund über seine Robbe. Er trug nach wie vor seinen Schlafanzug und dazu seinen Anorak und die rot-schwarze Baseballmütze, die Lyndsay an der Tankstelle in Dean Cross für ihre Benzingutscheine bekommen hatte. Sie hatte statt dessen zwei Becher haben wollen, die auch für die Gutscheine angeboten wurden und von denen sie dachte, Joe könnte sie zur Arbeit mit hinausnehmen, weil es nichts ausmachen würde, wenn sie kaputtgingen; aber dem Laden waren die Becher ausgegangen, und sie mußte statt dessen die Baseballmütze nehmen. Auf jeden Fall hatte Hughie eine Menge Aufhebens davon gemacht, gebettelt und gewinselt wie ein Baby, genau wissend, daß Lyndsay in der Öffentlichkeit, im Laden der Tankstelle, keine Szene wollte.

An diesem Morgen hatte er sich geweigert, sich von Mary Cornedale anziehen zu lassen oder sich selbst anzuziehen. Sie hatte seine Jeans zurechtgelegt, ein kariertes Hemd, ein grünes Sweatshirt, Socken und seine neuen Turnschuhe, die mit Klettbändern geschlossen wurden, und er hatte die Sachen, sobald sie ihm den Rücken kehrte, hinter den Heizkörper in seinem Zimmer gestopft. Er konnte Teile davon herausragen sehen, die Oberkante seiner Jeans, einen Ärmel des grünen Sweatshirts und den dunklen Klumpen seiner Socken. Seine Turnschuhe hatte er, weil sie neu waren, auf dem Fußboden stehenlassen, aber er hatte sie mit seinem Bademantel zugedeckt, damit er sie nicht ansehen mußte.

Auf der anderen Seite des Flurs lag Mummy im Bett. Ihre Vorhänge waren zugezogen. Sie hatte, seit Daddy nicht mehr da war, fast ständig im Bett gelegen, außer um im Nachthemd aufzustehen und dann weinend oder ins Leere starrend am Küchentisch zu sitzen. Wenn Hughie in den Arm genommen werden wollte, fing sie an zu weinen. Wenn er sie nur beobachtete, starrte sie etwas an, nicht ihn, sondern irgend etwas, was nichts zu bedeuten hatte, wie etwa ein Stück Wand oder die Milchflasche. Sie hatte Hughie gesagt, daß Dad tot war und nicht wiederkommen würde.

»Was ist *tot*?« fragte Hughie.

»Es ist nicht mehr leben. Nicht mehr atmen und herumlaufen. Es ist wie ein Schlaf, aus dem man nicht wieder aufwacht.«

»Ist er totgemacht worden?« fragte Hughie, der an die Dinge dachte, auf die er im Garten in Panik trat, Käfer und Tausendfüßler und Asseln, die man umbrachte, damit sie nicht mehr herumkrochen.

»Ja.«

Hughie erinnerte sich an Szenen im Fernsehen, bevor Lyndsay eiligst herbeigekommen war und den Apparat ausgeschaltet hatte.

»Mit einem Hubschrauber?«

»Nein. Es war ein Unfall.«

»Was ist ein Unfall?«

»Etwas, was eigentlich nicht passieren dürfte. Ein Versehen. Ein Versehen, das großen Schaden anrichtet, wie wenn man aus einem Fenster fällt oder mit einem anderen Auto zusammenstößt.«

Hughie hatte sich seine Robbe auf den Kopf gelegt.

»Kann ich ihn sehen?«

»Nein, leider nicht, mein Liebling.« Ihre Stimme hörte sich ziemlich komisch an, fand Hughie.

»Warum nicht?«

»Weil er fort ist. Wenn man stirbt, dann geht man fort, dann ist der Körper nicht mehr da.«

»Wo ist er dann?«

»Im Himmel«, sagte Lyndsay unsicher.

Hughie gab auf. Im Kindergarten in Dean Cross, in dem er drei Vormittage in der Woche verbrachte, war zu Weihnachten vom Himmel geredet worden, als sie für ihre Mütter Engel mit Flügeln aus Zeitungspapier gebastelt hatten. Engel lebten im Himmel, und der Himmel war irgendwo hoch oben in der Luft. Dorthin kam man mit Flugzeugen, nahm Hughie an. Und jetzt Daddy, hatte Mummy gesagt. Sie konnte es offenbar nicht besser erklären und auch nicht, weshalb er da oben blieb und nicht wieder herunterkam.

Dieses Nicht-Wiederkommen war so ziemlich das einzige, was Hughie zu erkennen begann. Er wollte es nicht sehen. Er hatte die Idee, daß er, wenn er sich ganz still verhielt, seine Robbe an sich drückte und am Daumen lutschte, danach – wenn er nicht mehr stillhielt, sondern wieder anfing, sich zu bewegen – feststellen würde, daß alles wieder so war wie früher. Und Daddy würde wieder dasein. Er zerrte die Baseballmütze heftig herunter, bis er und seine Robbe sich im Schutz ihres Schirms zusammenkauerten. Er wußte nicht, wie lange er hier würde bleiben müssen, aber das machte ihm nichts aus. Er würde einfach bleiben, solange es nötig war.

Lyndsay hatte Rose bei sich im Bett, während Mary Corriedale die Küche aufräumte und etwas kochte. Lyndsay wollte nichts Gekochtes, weil sie keinen Hunger hatte, aber Mary sagte, Dr. Nichols habe angeordnet, sie müsse etwas Suppe bekommen und ein bißchen Fisch, wenn sie ihn ausstehen konnte. Sie konnte es nicht. Im Moment konnte sie nichts ausstehen außer den Tabletten, die der Doktor ihr gegeben hatte und die sie in Schlaf versetzten, als würde sie in einen Tunnel aus schwarzem Samt hineingezogen.

Auch Rose war schwer auszustehen. Weil sie noch ein Baby war und von Natur aus quirlig, wirkte sie herzlos; sie turnte auf Händen und Knien auf Lyndsays Bett herum und ließ sich dann lautstark in die Kissen fallen. Lyndsay konnte sie nicht allein lassen, um nach Hughie zu sehen, weil Rose dann sofort etwas Wildes und Zerstörerisches tun würde, und es war auch nicht möglich, Hughie in ihr Bett zu holen, weil Rose ihm im Augenblick noch mehr als gewöhnlich verhaßt war. Lyndsay wußte die meisten Dinge, Hughie wußte ein paar Dinge und fürchtete sich vor anderen, aber Rose wußte überhaupt nichts, und das machte sie schrecklich.

Lyndsay wußte, daß Hughie sich in seinem Zimmer eingeschlossen hatte und versuchte, irgendeine Art von Magie zu bewirken, und ihr Herz blutete für ihn. Gegenwärtig blutete ihr Herz ständig, sie konnte es spüren, konnte spüren, wie die dunkle, heiße Flüssigkeit aus ihm heraussickerte und es zusammengeschrumpft in ihr zurückließ, wie eine vertrocknete Nuß, verstaubt und tot.

»Kummer ist eine Reise«, hatte Dr. Nichols gesagt und ihr das schmale, junge Gesicht zugewendet. »Wenn Sie sie hinter sich haben – und das wird eines Tages der Fall sein, das verspreche ich Ihnen –, dann sind Sie nicht mehr an dem Ort, wo Sie sich jetzt befinden.«

Lyndsay hatte ihn angestarrt. Sie war an überhaupt keinem Ort, das war ja ein Teil der Qual, sie hing lediglich irgendwo im Nichts, und jetzt, da Joe tot war, würde das immer so bleiben. Dr. Nichols war freundlich, und er redete nicht mit ihr, als wäre sie geistig zurückgeblieben, aber ungeachtet all seiner Freundlichkeit und seines Mitgefühls konnte Lyndsay ihm nicht sagen, daß Joe für sie alles gewesen war, daß sie, auch wenn sie nicht mit ihm sprechen konnte, doch nie aufhören würde, ihn anzubeten, ihn *zu brauchen*. Und sie konnte Dr. Nichols auch nichts von dem neuen Verdacht erzählen, der ihr gekommen war, einem grauenvollen Verdacht, den sie sich nicht aus dem Kopf schlagen konnte, sondern an den sie sich festklammerte wie ein widerwärtiger Pilz, und das war, daß, wenn Joe am Leben geblieben wäre, sein Fatalismus letzten Endes die Kinder in Mitleidenschaft gezogen hätte. Und dann hätte sie, Lyndsay, sich für ihn oder die Kinder entscheiden müssen.

Harry stand an der Stelle, wo Joe gestorben war. Die Polizei hatte den Düngersack mitgenommen, an dem sein Kopf geruht hatte, und den Rest hatte Harry selbst beseitigt. Er hatte es gewollt. Es war nicht viel zu tun gewesen, nur ein paar Blutspritzer auf daneben stehenden Säcken und ein paar Schürfstellen auf dem Erdboden, die übergeharkt werden mußten, und obwohl er bei der Arbeit lautlos weinte, wollte er doch in diesem engen Raum sein, in dem sich Joe zuletzt aufgehalten hatte.

»Tut mir leid, Junge«, sagte er ins Leere. »Tut mir leid, Junge.«

Die Polizisten hatten auch sein Gewehr mitgenommen. Er hoffte, sie würden es nie zurückbringen. Er hatte noch ein zweites, ziemlich altes, das für Ratten und Kaninchen ausreichen würde, das Gewehr, mit denen er den Jungen das Schießen beigebracht hatte. Sie hatten beide schnell gelernt. Wenn Harry die Hand aufs Herz legen würde und zwischen ihnen wählen müßte, dann würde er zugeben müssen, daß Robin der bessere Schütze war, ruhig und akkurat. Aber Robin hatte nie Joes Stil gehabt. Es hatte Harry immer Freude gemacht, zu sehen, wie Joe mit einem Gewehr umging, er schien eine Art Naturtalent zu haben; bei ihm sah ein Gewehr aus wie etwas Harmloses, beinahe Anmutiges.

Harry legte beide Hände auf den Sack, an den sich Joe angelehnt hatte, dann drückte er die Stirn dagegen. Er hatte das Gefühl, daß er nirgendwo anders sein wollte als hier, wo Joe war.

»Mach dir keine Sorgen, Dad«, hatte Robin gesagt. »Du brauchst nichts zu tun. Ich kümmere mich um die wichtigsten Dinge.«

Im Augenblick war Robin mit dem Traktor draußen auf dem Zwölf-Morgen-Feld, auf dem Joe Erbsen gesät hatte. Er hatte in diesem Jahr eine Menge Erbsen gesät, fast fünfzig Morgen, mehr Gerste als üblich und Flachs, dessen himmelblaue Blüten Lyndsay immer so gefallen hatten. Harry hatte Lyndsay seit Joes Tod nur zweimal gesehen, als er sie, aus einem undefinierbaren Instinkt heraus, in ihrem Haus besucht hatte, wo er dann keinen Ton herausbrachte, nicht einmal den Kindern gegenüber. Lyndsay sah aus wie ein Gespenst, als gehörte sie nicht mehr zu dieser Welt und wollte es auch nicht. Armes Mädchen, dachte Harry, armes Mädchen. Noch nicht einmal dreißig und schon Witwe. Neben Joe war sie ihm immer wie ein Kind vorgekommen, soviel kleiner und jünger als er, so abhängig. Joe hätte das nicht tun dürfen, dachte Harry, während er zusah, wie Lyndsay mit unendlicher, erschöpfter Langsamkeit ein Brot zurechtmachte, er hätte seine Familie nicht auf diese Weise allein lassen dürfen, drei kleine, aufs Meer hinausgeworfene Korken. Aber schließlich hätte auch er, Harry, sein Gewehr nicht unverschlossen aufbewahren dürfen.

Er spürte, daß dieser Gedanke auch Dilys im Kopf herumging, ständig. Seit dem Unfall, wie er es nannte, hatte er das Gefühl, daß sie ihm die Schuld gab. Nach außen hin war das Leben der beiden fast unverändert weitergegangen, außer daß keiner von ihnen nennenswerten Appetit hatte, aber Harry hatte irgendwie den Eindruck, daß Dilys ihm verweigerte, ihr Mann zu sein und Joes Vater. Joe war immer das Thema gewesen, das sie zusammengebracht hatte. Vierzig Jahre oder mehr war die Freude und die Besorgnis über Joe ein Band zwischen ihnen gewesen, der Gegenstand, bei dem sie sich immer völlig eins fühlen konnten. Aber jetzt sah es so aus, als wollte ihn Dilys in ihrem Kummer und ihren Erinnerungen an Joe nicht in der Nähe haben. Er wußte, daß sie, wenn sie nachts neben ihm lag, genauso wach war wie er und daß sich ihre Gedanken mit denselben Dingen beschäftigten, aber wenn er sie ansprach, sagte sie nur: »Sieh zu, daß du deinen Schlaf bekommst, Harry. Es ist sechs Uhr, bevor du weißt, was passiert ist.« Und dann überließ sie ihn seinem Schmerz und seiner Einsamkeit, zog sich von ihm in sich selbst zurück. Harry hatte nie zuvor wirklichen Kummer gehabt. In den letzten paar Tagen hatte er sich ein-, zweimal, ohne jede Bestürzung, gefragt, ob der Schmerz ihn umbringen würde, und gleichzeitig gewußt, daß er in diesem Augenblick froh sein würde, wenn er sich beeilte und es täte.

Er hob den Kopf und schaute zum Dach des Schuppens hinauf. Es bestand aus Wellblech, und Joe hatte im Herbst einige der Platten ersetzt, aber bei anderen war es schon jetzt wieder erforderlich. An einigen Stellen war das Blech so durchlöchert wie ein von Raupen zerfressenes Kohlblatt, der Regen war eingedrungen, und die Düngersäcke waren mit rostfarbenen Flecken gesprenkelt. Er würde Robin bitten müssen, sich darum und auch um die verstopften Entwässerungsgräben zu kümmern, für die Joe nie Zeit gefunden hatte. »Das mach ich schon«, hatte er jede Woche gesagt, wenn Harry ihn daran erinnert hatte, und dann war wieder etwas anderes dazwischengekommen, und er hatte es vergessen. Wie zum Beispiel, eine Scheune zurechtzumachen für diese Zuchtkühe, an die er plötzlich sein Herz gehängt hatte – Tage um Tage hatte er damit verbracht. Er hatte damit gerechnet, 400 Pfund für ein Tier von mittlerem Gewicht bezahlen zu müssen, vielleicht sogar mehr. Und er hatte zwanzig gewollt, Hereford oder Limousin. Harry hatte sich gegen diesen Plan gestemmt und gesagt, er habe nie Vieh gehalten und denke nicht daran, jetzt damit anzufangen. Er hatte nicht gebrüllt, aber er war hart geblieben, so hart wie ein alter Felsbrocken, eine alte Wurzel. Jetzt war ihm elend bei dem Gedanken, wie dickköpfig er gewesen war, wie wütend und unzugänglich. Und das nur wegen zwanzig Stück Vieh. Das war alles. Das war alles, was Joe gewollt hatte. Und er war bereit gewesen, die ganze Arbeit allein zu tun, er hatte Harry um nichts als das erforderliche Startkapital gebeten. Harry lehnte sich wieder an die Säcke und schloß die Augen. Er konnte es nicht ertragen. Er konnte die Art nicht ertragen, wie er Joe gegenüber auf diese Kühe reagiert hatte. Und er konnte die

Tatsache nicht ertragen, daß er es nun, dessentwegen, was Joe getan hatte, nicht wiedergutmachen konnte.

Dilys bewirtete den Vikar mit Tee und Kirschkuchen. Es war sein dritter Besuch seit dem Unfall, und er hatte, wie Dilys feststellte, immer noch nicht die geringste Ahnung, was er sagen sollte. Er hatte offenbar die Idee, daß Dilys sich Sorgen machen könnte, weil Selbstmord eine Sünde war. Sie wußte kaum, wovon er redete.

»Was meinen Sie mit diesem Gerede von Sünde?« fragte sie. »Was hat das mit Sünde zu tun? Joe hatte seinen Unfall, weil er dazu getrieben worden ist. Wenn man zu etwas getrieben wird, dann ist man das Opfer. Opfer sind unschuldig.«

Der Vikar hatte sich gefragt, ob er ihr den Unterschied zwischen Unschuld und Hilflosigkeit klarmachen sollte, und sich dann dagegen entschieden. Statt dessen hatte er ein Stück Kirschkuchen gegessen und Dilys ein Kompliment darüber gemacht. Sie war wunderbar, das sagten alle, lebte ihr Leben weiter, als wäre nichts passiert, verkroch sich nicht, sondern verhielt sich ganz normal, für jedermann sichtbar, kaufte im Dorf ein, backte Kuchen.

»Ich bete für Sie«, sagte der Vikar. »Jeden Tag. Und für Harry und Joe und die ganze Familie.«

Dilys schnaubte nicht gerade, aber sie sah aus, als hätte sie in ihrem ganzen Leben noch nie etwas so Sinnloses gehört. Sie erinnerte den Vikar an eine alte Frau in Dean Cross, die er einmal besucht hatte, als sie im Krankenhaus von Stretton mit einer Lungenentzündung im Sterben lag, und zu der er auch gesagt hatte, er würde für sie beten. »Beten?« hatte sie gesagt. »Beten? Schöne Worte haben den Kohl noch nie fett gemacht.«

»Wenn Sie mit mir reden möchten«, sagte der Vikar jetzt zu Dilys, »irgendwann, über irgend etwas, dann brauchen Sie nur den Hörer abzunehmen.«

Dilys sah ihn an.

»Kummer ist etwas Natürliches«, sagte er und betrachtete seine Teetasse. »Aber er kann uns angst machen, indem er Formen annimmt, auf die wir nicht gefaßt sind. Und Gott ...«

»Nein«, sagte Dilys. »Der nicht ...«

Der Vikar seufzte.

»Sie sind sehr tapfer«, sagte er. »Aber Sie können sich nicht nur auf Ihre eigene Kraft verlassen.«

»Ach, wirklich nicht?« sagte Dilys. »Wirklich nicht?« Sie stand auf und deutete damit an, daß der Besuch beendet war. »Entschuldigen Sie, Vikar, aber das ist das einzige, was mir noch geblieben ist. Das einzige.« Und dann nahm sie ihm die Teetasse weg und stellte sie in den Ausguß.

ZEHNTES KAPITEL

Der Tag von Joes Beerdigung dämmerte so klar wie Kristall herauf. Sogar Robin, der dazu neigte, das Wetter mit einem unerbittlich praktischen Auge zu betrachten, hatte das obskure Gefühl, daß in der Helligkeit des Lichts fast etwas Grausames lag, als wollte es darauf hinweisen, daß es kein Verstecken gab vor der Art, wie Joe gestorben war.

Robin betrachtete sich ohne sonderliche Anerkennung im Badezimmerspiegel, während er sich rasierte. Er tat es mit einem altmodischen Messer, kratzte den dunklen Schatten von Stoppeln weg, der gegen Abend immer neu erschien und von dem Caro, in der Anfangszeit, als sie ihn noch mit einigem Interesse musterte, gewollt hatte, daß er ihn ein zweites Mal entfernte. Er war seit vier Uhr auf, wach geworden vom Gedanken an den Tag, der vor ihm lag, und von der Erinnerung an die, die er hinter sich hatte – und an Lyndsay, seine Eltern, den armen Hughie. Und an sich selbst. Er wußte kaum, was er fühlte, außer daß die Realität schlicht und einfach aus den Dingen herausgeflossen war, daß Orte und Gegenstände, obwohl er sie nach wie vor betrachten konnte, ihre wahre Natur eingebüßt hatten und fremdartig geworden waren. Niemand hatte ihn gefragt, wie er sich fühlte. Er hatte auch nicht damit gerechnet, daß es jemand tun würde.

Man war davon ausgegangen – wie er selbst auch –, daß die schmerzliche Arbeit der letzten zehn Tage seine Sache sein würde, daß er es sein würde, der Joes Leiche identifizierte, der der Polizei die nötigen Informationen lieferte und bestätigte, daß es keine verdächtigen Umstände gab, daß Joes Geist, schon immer anfällig für Düsterkeit und Störungen, auf verhängnisvolle Weise aus dem Gleichgewicht, soweit es überhaupt bestanden hatte, gekippt und gestürzt war. Es war ihm zutiefst zuwider gewesen. Für ihn war es ein Horror, die Beschreibungen der Persönlichkeit seines Bruders anhören zu müssen, die zu bestätigen ihn seine Ehrlichkeit gezwungen hatte; er hatte es als grauenhafte Illoyalität empfunden, als hätte er Joe daran gehindert, einen wesentlichen, kostbaren Teil seiner Privatsphäre mit ins Grab zu nehmen. Aber es hatte sein müssen, genauso, wie eine Obduktion hatte sein müssen und ein toxikologischer Test, um sicherzustellen, daß Joe weder betrunken gewesen war noch unter Drogen gestanden hatte, und eine Leichenschau unter Vorsitz des Coroners von Stretton zur offiziellen Feststellung der Todesursache und endgültigen Identifizierung der Leiche, bevor sie zur Verbrennung freigegeben wurde, wie Joe es gewünscht, wie er es in Robins Hörweite bei Caros Beerdigung ausdrücklich zu Judy gesagt hatte.

»Verbrannt und verstreut«, hatte er gesagt. »Vor allem verstreut. Im Fluß. Nicht auf der verdammten Farm.«

Hatte er tatsächlich an seinen eigenen Tod gedacht? Hatte Joe an Caros Grab gestanden und auf einer diffusen Ebene gewußt, daß ihr Ende auch seines bedeutete, daß sie sein letzter Hoffnungsfaden gewesen war? Während der fast schlaflosen Nacht, die Joes Bestattung voraufging, war Robin der Gedanke nicht aus dem Kopf gegangen, daß, während er selbst sich daran gewöhnte, immer weniger Hoffnungen in Caro zu setzen, Joe im Gegensatz dazu immer mehr in sie gesetzt hatte. Er konnte nicht anders, konnte sich nicht dagegen wehren. Ebensowenig, wie er sich dagegen wehren konnte, Dads Gewehr zu betrachten und in ihm einen Ausweg zu sehen, den einzigen Ausweg. Dennoch hatte er in der Leichenhalle ganz ruhig ausgesehen, fast erleichtert. Robin hatte diesen Eindruck der Erleichterung Lyndsay gegenüber erwähnt, um sie zu trösten, und es gleich darauf bedauert. Wer konnte, begriff er zu spät, Trost finden in dem Wissen, daß der tote Ehemann, von dem sie glaubte, ihm gegenüber letzten Endes versagt zu haben, so aussah, als wäre er erleichtert, tot zu sein?

Solche Gedanken hatten Robin, der halb schlief, halb wachte, geplagt, bis sein Wecker vier Uhr morgens anzeigte. Dann war er aufgestanden, hatte sich Tee gemacht und ein bißchen Schreibarbeit erledigt (ausschließlich letzte Mahnungen) und war trotzdem noch vor Gareth im Melkstall gewesen. Gareth hatte das nicht gefallen. Er schätzte es nicht, um Viertel nach fünf aufstehen zu müssen, wenn es nicht sein mußte, und er mochte es nicht, wenn Robin dabei war, sofern es sich nicht um einen Notfall handelte. Robin tat die Dinge eine Spur anders, brachte eine andere Atmosphäre mit sich, und die Kühe wußten das und nutzten es aus, drängelten sich schiebend und stoßend auf dem Sammelplatz.

Auf jeden Fall hatte auch Gareth nicht gut geschlafen. Am Vorabend, gerade als sie zu Bett gehen wollten, war Debbie in Tränen ausgebrochen und hatte zwischen Schluchzern gesagt, daß sie Tideswell verlassen müßten.

Gareth, bereits halb im Bett, hatte mit einem hochgezogenen Knie innegehalten und gesagt: »Wie meinst du das, verlassen?«

»Wir müssen zusehen, daß wir von hier fortkommen«, sagte Debbie. Sie war auf die Bettkante gesackt, hatte die Arme um sich geschlungen und schaukelte vor und zurück, als hätte sie Schmerzen. »Du mußt dir einen anderen Job suchen!«

»Bist du verrückt?« sagte Gareth. »Was soll der Unsinn? Hast du nicht mehr alle Tassen im Schrank?«

»Hier spukt es. Es kann nicht anders sein. Zuerst Caro und jetzt Joe. Und Selbstmord – Gareth, ich komme nicht davon los. Ich muß immerzu daran denken. Wir dürfen nicht hierbleiben, auf gar keinen Fall. Nicht mit den Kindern und allem. Es ist, als läge ein Fluch auf der Farm, als käme einer nach dem anderen an die Reihe …«

Gareth legte sich ins Bett und zog die Decke hoch.

»Du hast dir die Videos der Kinder angesehen …«

»Ich bin ganz sicher!« heulte Debbie. »Ich bin ganz sicher!« Er sah sie an. Sie sah überhaupt nicht aus wie seine Debbie, sondern eher wie ein wildes Tier. Er schlug eine Ecke der Decke auf seiner Seite des Bettes zurück und klopfte auf das Laken.

»Komm herein«, sagte er. »Komm zu mir, damit wir ein bißchen schmusen können. Du kannst nicht zwei und zwei zusammenzählen und sieben herausbekommen.«

Sie hatte lange Zeit geweint, zwischen Schluchzern abgerissen über Lyndsay und Caro und Einsamkeit geredet, darüber, daß man zurückgelassen wurde und allein mit dem Leben fertig werden mußte, es aber nicht konnte. Endlich war sie schwer und feucht an seiner Schulter eingeschlafen, und danach hatte er wach gelegen, in die Dunkelheit gestarrt und auf die Stille der ruhigen Nacht gelauscht, die ihm plötzlich nicht friedlich vorkam, sondern irgendwie bedrohlich, als ob irgendeine große Gewalt draußen den Atem anhielt, bevor sie ihre Kraft entfesselte. Als der Wecker läutete, hatte sich Gareth tief, tief drunten in dem schließlich übertriebenen Schlaf befunden, und vom Gewecktwerden war ihm fast schlecht geworden. Debbie hatte weitergeschlafen; ihr Gesicht war halb in ihrem Kissen vergraben, ihre Augenlider bewegten sich leicht.

Und dann hatte er Robin im Melkstall vorgefunden.

»Ist etwas passiert?«

»Nein«, sagte Robin.

»Sie hätten mir Bescheid sagen können«, sagte Gareth. »Sie hätten mir sagen können, daß Sie das erste Melken übernehmen. Hätten Sie das nicht tun können?«

Robin sah ihn nicht an.

»Ich habe es selbst nicht gewußt.«

Gareth stapfte die Betonstufen in die Grube hinunter. Die Melkmaschinen klirrten und rumpelten, nur hin und wieder durch das Geräusch von prasselndem Kot und Harn unterbrochen.

Robin, der gerade einen Melkbecher ansetzen wollte und das Euter mit der Hand abtastete, sagte: »Was ist mit der los? Hat sie ein Viertel verloren?«

»Ja«, sagte Gareth schmollend. »Vor einem Monat. Aber es geht ihr gut. Sie läßt sich auch mit dreien gut melken.«

Robin gab der Kuh einen Klaps.

»Komisches altes Mädchen. Stellt sich immer an denselben Platz. Immer auf Nummer vier.« Er warf einen Blick auf Gareth. »Ich verschwinde jetzt. Ich muß mich noch rasieren.«

Gareth sagte nichts. Robin stieg aus der Grube heraus, dann blieb er stehen und hielt sich an der ramponierten Metallstange an ihrem oberen Ende fest.

»Gareth«, sagte er. »Kommen Sie heute? Und Debbie?«

»Vermutlich ...«

»Sie brauchen nicht zu kommen«, sagte Robin. Er schwieg einen Moment lang, dann sagte er verlegen: »Wenn – wenn es Ihnen ein bißchen schwerfällt, wenn Sie nicht ...«

Gareth wendete sich ab, drückte auf die Knöpfe an der Schalttafel für die automatische Fütterung.

»Wir werden kommen«, sagte er. Und dann grob: »Was haben Sie denn gedacht?«

Nicht viel, dachte Robin jetzt, sein Kinn abschabend, nur, daß ich euch vielleicht etwas ersparen wollte, einen zweiten Todesfall in der Familie innerhalb weniger Monate, eine andere Art von Todesfall, einen, über den es nichts zu sagen gibt, kein tröstliches Gemurmel, nur endlose, endlose Fragen.

»Warum?« hatte Judy vor dem Essen den ganzen Abend über gefragt. »Ich weiß, es hat keinen Sinn, diese Frage zu stellen, aber ich kann nicht anders. Warum? Warum gerade jetzt? Warum auf diese Art? Warum hat er nicht an Lyndsay und die Kinder gedacht?«

Judy hatte diesmal einen Freund mitgebracht, einen hochgewachsenen, wohlerzogenen jungen Mann mit einer Brille, der Robin ›Mr. Meredith‹ nannte und den Tisch abräumte, ohne dazu aufgefordert worden zu sein. Robin war ein wenig überrascht gewesen, ihn zu sehen, aber er begriff bald, weshalb Judy ihn mitgebracht hatte. Oder überhaupt jemanden. Er hatte sich kurz gefragt, warum sie nicht Zoe mitgebracht hatte, aber er hatte nichts gesagt und sie auch nicht. Zoe war nicht erwähnt worden. Als Schlafenszeit war, hatte Judy Oliver in das Zimmer gebracht, in dem Zoe übernachtet hatte, und ein paar Minuten später war Robin ihm auf dem Flur begegnet, mit einem Handtuch und einer Zahnbürste und ohne Brille. Ohne sie hatten seine Augen weichschalig ausgesehen.

Robin tauchte sein Rasiermesser in das warme Wasser im Becken und schwenkte es, bis es sauber war. Im Schlafzimmer nebenan hing sein einziger dunkler Anzug an der Tür des Kleiderschranks, von Velma gebürstet. Sie hatte auch seine schwarzen Schuhe geputzt und ein weißes Hemd zurechtgelegt. Vor Caros Beerdigung hatte sie das nicht getan, aber Caro war schließlich nicht Joe und nie ein Teil von Velmas starrer Ordnung der Dinge gewesen. Aber Joe hatte zu ihr gehört, seit seiner Kindheit, groß und golden, gutaussehend und verschlossen, eine romantische Figur, sogar in seinen Overalls. Und Velma hatte es gewußt, gespürt. Während er das schaumige, mit Seifenresten und Bartstoppeln durchsetzte Wasser ablaufen ließ, fragte sich Robin, ob Velma gegen ihre Regel verstoßen und zur Beerdigung von Joe kommen würde. Nicht des Todes wegen, nicht aus Respekt oder Mitgefühl oder sonst etwas; sondern ganz einfach Joes wegen.

Dilys stand kerzengerade zwischen Lyndsay und Harry in der vordersten Bank der Kirche von Dean Cross. Hinter Harry, am Ende der Bank, stand Robin und hinter ihnen allen Judy und der junge Mann, den sie mitgebracht hatte. Er schien recht nett zu sein, aber nach Dilys' Meinung hätte er überhaupt nicht hiersein dürfen. Das war kein Anlaß für Fremde.

Es war statt dessen ein Anlaß, die Stärke der Familie, Solidarität und angemessenes Verhalten zur Schau zu stellen. Es war ein Anlaß, es der Welt unmöglich zu machen, die Meredith' zu bemitleiden. Sie hatten Joe gehabt; nun hatten sie ihn verloren, aber sie waren einzigartig, weil sie ihn überhaupt gehabt hatten. Diese unbestreitbare Tatsache mußte sich in allem widerspiegeln, vom Bürsten des Haars über die entschlossen bejahenden Gebete bis hin zu dem makellosen Lunch aus Sandwiches, der die Trauergäste in Dean Place Farm erwartete, garniert mit Petersilie und wie Rosen geschnittenen Radieschen, mit

blitzsauberen Hauben aus weißer Gaze vor Fliegen geschützt.

Sie ließ den Blick die Bank entlangwandern. Robin sah
fast so aus, wie sie es sich gewünscht hätte – nur sein Haar
war zu lang –, und er hatte die gute Haltung seines Vaters.
Harry, gebürstet und poliert und gestärkt, bis er funkelte,
war in seiner Kleidung zusammengeschrumpft, als wäre
sie ihm völlig fremd und außerdem zu groß, und obwohl
er sie gehorsam trug, paßte sie ihm nicht, weder körperlich
noch seelisch. Dilys hatte ihm in der Küche das Haar geschnitten und seine Fingernägel inspiziert. Er hatte sich
dem unterworfen wie ein sanftmütiges Kind, aber er hatte
sie nicht angesehen: sein Blick war in weite Ferne gerichtet,
verschwommen und unbeteiligt. Sie schaute wieder zum
Altar und dem großen Sarg aus heller Eiche mit Lyndsays
Lilien darauf. Dilys hatte auch ihre eigenen Blumen drauf-
legen wollen, aus dem Garten von Dean Place, den Joe sein
ganzes Leben lang gekannt hatte, aber Lyndsay war aus
ihrer Benommenheit hochgefahren und hatte es verboten.

»Nein«, hatte sie gesagt. Ihre Augen funkelten. »Er war
mein Mann und der Vater *meiner* Kinder. Nur *meine* Blumen. Blumen von Hughie und Rose und mir.«

Dilys sah Lyndsay jetzt nicht einmal an, obwohl ihre
rechte Schulter keine dreißig Zentimeter entfernt war. Sie
wußte ohnehin, was sie sehen und daß es ihr nicht gefallen
würde. Sie würde Lyndsays dunstiges helles Haar sehen,
wie immer mit Kämmen hochgesteckt und halb über ihren
Rücken herunterhängend, anstatt, wie sich's gehörte, ordentlich geflochten auf ihrem Kopf zu liegen, und sie würde einen grünen Mantel sehen – grün, bei einer Beerdigung!
–, auf dem Lyndsay bestanden hatte, weil es Joes letztes
Geschenk an sie gewesen war, vorige Weihnachten. Das
mochte ja stimmen, dachte Dilys, aber es war falsch, total
falsch. Er hatte einen Kragen und Ärmelaufschläge aus
schwarzem Samt und trübgoldene Knöpfe. Es war kein Be-
erdigungsmantel, es war nicht einmal ein Frühjahrsman-
tel. Es war ganz einfach auf empörende und herausfordern-
de Art der falsche Mantel für diesen Tag.

»Lasset uns beten«, sagte der Vikar.

Sofort wurde die Kirche von Knarren und Poltern erfüllt, als sich die Trauernden auf die Knie niederließen. Es war eine große Gemeinde, hatte Dilys festgestellt, eine sehr große, viel größer als die bei Caros Beerdigung. Das ganze Dorf schien gekommen zu sein und Gareth und Debbie und sogar Velma und sowohl alle möglichen Leute vom örtlichen Farmerverband als auch der County-Präsident der National Farmers' Union und der Hauptauktionator vom Markt in Stretton. Dilys legte die Stirn auf die gefalteten, behandschuhten Hände und schloß die Augen. Sie hoffte, daß die Sandwiches reichen würden. Vielleicht sollte sie, wenn sie vom Krematorium in Stretton zurückkamen – nichts von dieser sentimentalen Zeremonie einer Erdbestattung, wie Caro sie gehabt hatte, für Joe –, noch ein paar Wurstpasteten aus der Gefriertruhe holen und in der Mikrowelle auftauen. Robin konnte sich um die Getränke kümmern – Harry bekam so was nie in den Griff –, und Judys junger Mann konnte ihm helfen. Weil sie sie nicht auf seinen Sarg legen durfte, hatte Dilys Blumen aus dem Garten auf den Eßtisch gestellt, Blumen aus Joes Garten, aus seinem Heim, wo er aufgewachsen und zu Hause gewesen war.

»Auf immer und ewig«, sagte der Vikar.

»Amen«, sagte Dilys laut. »Amen.«

Es lag eine gestärkte weiße Decke auf dem Tisch, und darauf standen eine silberne Vase mit Blumen, Dilys' bestes Kristall, eine ansehnliche Batterie von Flaschen und zahllose Platten mit präzise geschnittenen Sandwiches, krustenlose Dreiecke aus Weißbrot und Mischbrot, in denen Fähnchen an Cocktailspießen steckten, kleine, aus weißem Schreibpapier ausgeschnittene Banner, auf denen in Dilys' säuberlicher Schrift ›Ei und Kresse‹ stand, ›Lachs und Gurke‹, ›Schinken und Senf‹, ›Sellerie und Schmelzkäse‹. Die Stühle waren an die Wände zurückgeschoben worden, die Fenster frisch geputzt und der Perserteppich von Hand gebürstet, bis der Flor völlig aufrecht stand und die Farben leuchteten.

»Mach den Sherry auf«, sagte Dilys zu Robin.

»Sollte ich nicht lieber warten, bis die Leute kommen?«

»Nein«, sagte Dilys. »Mach es gleich. Damit alles für sie bereit ist.«

Sie war sehr blaß, dachte Judy, aber das waren sie schließlich alle. Judy stand zusammen mit Oliver im Erker, und sie war ihm auf obskure Art dankbar. Er hatte während des Gottesdienstes nicht ihre Hand ergriffen, aber sie ein-, zweimal ganz leicht berührt, um ihr zu verstehen zu geben, daß sie das Leben im Auge behalten sollte. Er war außergewöhnlich, dachte sie, weil er die Dinge einfach akzeptierte, einfach still und freundlich da war, hier in diesem komischen, mit Möbeln vollgestopften altmodischen Zimmer, wo die Intensität des Anlasses ihre Großeltern und ihren Vater stumm gemacht hatte. Und es war peinlich, daß Lyndsay nicht hier war, aber sie hatte sich geweigert mitzukommen und gesagt, sie müsse zurück zu den Kindern. Natürlich mußte sie bei ihnen sein, besonders bei Hughie, aber ihre Abwesenheit wirkte irgendwie beabsichtigt, wie eine Art Erklärung ihres Nicht-Dazugehörens.

»Der Vikar kommt«, sagte Dilys, die an Judy vorbei auf die Auffahrt hinausschaute. »Immer der erste, der Vikar.«

Alle drehten sich um und sahen zu, wie er aus seinem Wagen stieg, langsam und müde, und dann stieg auf der anderen Seite seine Frau aus und betrachtete nervös das Farmhaus.

»Oh!« sagte Dilys, und in ihrer Stimme schwang überraschte Genugtuung mit. »Sie ist mitgekommen. Erstaunlich.«

Robin ging hinaus in die Diele, wo die selten benutzte Vordertür von einem schmiedeeisernen Türstopper offengehalten wurde, den er als Kind sehr geliebt hatte, weil er die Form eines springenden Löwen hatte. Der Vikar und seine Frau kamen langsam herbei.

»Schön, daß Sie gekommen sind«, sagte Robin. Seine Hand fuhr instinktiv zu seiner Kehle, um seine Krawatte zu lockern. »Kommen andere Leute nach Ihnen?«

Die Frau des Vikars schaute auf. Sie war früher einmal

eine hübsche Frau gewesen, schien aber irgendwann zu dem Schluß gekommen zu sein, daß Hübschsein eine sinnlose Eigenschaft war, die ihr nichts einbrachte, und so hatte sie sich dafür entschieden, es still verblassen zu lassen, wie ein Partykleid, das in einem Schrank aufbewahrt wird und zu Fetzen verrottet, weil es keine Partys zu besuchen gibt.

»Ich habe niemanden gesehen«, sagte sie. Sie blickte ihren Mann an, als hätte er irgendwie eine andere Perspektive und etwas entdeckt, was ihr entgangen war. »Hast du?«

»Nein ...«

»Niemand kommt? Niemand ist Ihnen vom Dorf hierhergefolgt?«

»Nun ja, es hat einige Zeit dazwischen gelegen«, sagte der Vikar vorsichtig. »Die Zeit, während wir zum Krematorium gefahren sind. Wahrscheinlich sind sie da gegangen, ich nehme an, viele von ihnen mußten wieder zur Arbeit, nach ihrer Mittagspause ...«

Robin sagte langsam: »Ich verstehe.« Er sah die Frau des Vikars an. »Aber sie haben es doch alle gewußt; es hat eine Ankündigung gegeben. Sie haben alle gewußt, daß sie hier erwartet werden, daß Mum sie erwartet ...« Er verstummte.

Der Vikar schaute zu ihm auf. »Wie soll ich es ausdrükken, wie kann ich ...« Er brach ab, und dann sagte er leise: »Das ist eine andere Art von Trauerfeier, verstehen Sie? Sie bringt – sie bringt ungute Gefühle mit sich.«

Robin stand einen Moment da und überlegte. Dann sagte er: »Wollen wenigstens Sie hereinkommen? Damit Sie dabei sind, wenn ich es meiner Mutter sage?«

Sie nickten und gingen hinter ihm ins Haus und den gebohnerten Flur entlang auf das Eßzimmer zu.

»Ah«, sagte Dilys. Sie griff nach einem Glas Sherry und einem Teller, auf dem eine weiße, zu einem Dreieck gefaltete Papierserviette lag, und hielt beides der Frau des Vikars entgegen. »Und nun müssen Sie sich selbst bedienen. Bitte, greifen Sie zu.«

Das Zimmer wirkte sehr still.

»Mum«, sagte Robin.

Dilys wendete sich von dem Vikar und seiner Frau ab.
»Ja?«

Robin trat ein oder zwei Schritte vor und hob einen Arm,
als wollte er ihn Dilys um die Schultern legen. Dann ließ er
ihn wieder sinken.

»Mum, ich glaube nicht, daß viele Leute kommen werden. Wir haben nicht an die Zeit gedacht, die wir im Krematorium verbracht haben. Sie mußten alle wieder zurück
zur Arbeit. Daran haben wir nicht gedacht.«

Dilys warf ihm einen hellen, harten Blick zu. Dann griff
sie nach einem weiteren Glas und einem weiteren Teller
und drückte sie dem Vikar in die Hand.

»Unsinn«, sagte sie.

»Niemand ist gekommen«, sagte Robin. »Jedenfalls fast
niemand. Fünf oder sechs Leute. Mum hatte mit fünfzig
gerechnet.«

Er saß in Lyndsays Wohnzimmer auf der Kante des Sofas, immer noch in seinem dunklen Anzug, mit gelockerter
Krawatte und den Ellenbogen auf den Knien. Sie hatte ihm
ein Glas Whisky gegeben, das er locker in den Händen
hielt, während er auf den Teppich starrte.

»Arme Dilys«, sagte Lyndsay.

»Sie wollte es nicht wahrhaben. Sie wollte es nicht akzeptieren. Wir haben alle bis nach vier Uhr herumgesessen und nur gewartet.« Er hob das Glas und trank einen
Schluck. »Schließlich war es Judy, die den Mut aufbrachte. Sie sagte: ›Gran, ich glaube nicht, daß jetzt noch jemand
kommt. Es wird Zeit, daß wir aufhören zu warten und
Ordnung schaffen.‹ Und dann ist sie einfach aufgestanden
und hat Sachen in die Küche gebracht. Mum hat nichts
gesagt, aber sie hat auch nicht versucht, sie daran zu hindern. Sie hat einfach dagesessen, während wir all die Teller hinausschafften. Genug Essen, um das ganze Dorf zu
füttern.«

»Und Harry?«

Robin betrachtete wieder den Teppich.

»Er war draußen. Wo er immer ist. Im – im Schuppen.«

»Wo Joe war«, sagte Lyndsay. »Wo er Joe gefunden hat.«

»Ja.«

»Ich frage mich immer wieder, was ich getan hätte, wenn ich ihn gefunden hätte. Manchmal – manchmal habe ich das Gefühl, daß ich Harry beneide, weil er ihn gefunden hat.«

Robin sah sie an.

»Tu das nicht.«

»Und weshalb hat er sich nicht hier erschossen? Weshalb hat er es nicht in seinem Haus getan, unserem Haus, wo er hingehörte?«

Robin zuckte leicht die Achseln.

»Vielleicht ist das der Grund.«

Lyndsay lehnte sich in ihrem Sessel nach vorn und stellte den Teebecher, aus dem sie getrunken hatte, behutsam auf den Teppich neben ihren Füßen.

»Oh, Robin, ich fühle mich so elend, so schlecht, so gotts-erbärmlich schlecht, daß ich nicht zurechtgekommen bin …«

Er sagte langsam: »Vielleicht war er es, der nicht zu-rechtkommen konnte. Vielleicht kam er nicht damit zu-recht, ein Farmer zu sein, aber er wußte, daß es für ihn nichts anderes gab. Man mag das Land hassen, aber man kommt auch nicht von ihm los.« Er schwieg einen Moment, und dann sagte er, noch langsamer: »Ich glaube, der Ge-danke an Selbstmord liegt vielen Farmern nicht fern.«

Sie starrte ihn an.

»Robin!«

»Nicht viele Farmer haben jemanden, an den sie sich wenden können«, sagte Robin, schaute hinunter in seinen Whisky und betrachtete seine Finger, gespreizt und bern-steinfarben, durch das Glas hindurch. »Und dann kommen ihnen Zweifel, ob sie sich auf sich selbst verlassen können. Man fängt an zu denken, daß alles, was man tut, vermut-lich schiefgehen wird, man beschließt, zu sprühen oder nicht zu sprühen, und dann schlägt das Wetter um, und all die Zeit und das Geld sind verschwendet. Man hat das Gefühl, daß das Schicksal gegen einen ist. Man hat das Gefühl, daß das Land das Schicksal ist.«

Sie sagte: »Hast du auch dieses Gefühl?«

Er seufzte.

»Ich sehe es, aber ich fühle es nicht. Jedenfalls nicht oft. Ich bin aus anderem Holz als Joe.«

»Aber du hast dieses Gefühl, was die Farmarbeit angeht, das Land?«

Er seufzte abermals.

»Ich denke schon.«

»Und willst du damit sagen«, fragte Lyndsay, »daß Joe nur ein Unfall war, der darauf wartete, daß er passierte?«

»Vielleicht.«

»Oh, mein Gott …«

»Aber vor allem«, sagte Robin, »vor allem will ich damit sagen, daß es nicht deine Schuld war.«

»Aber ich bin seine Frau. Ich hätte alles nur Erdenkliche für ihn getan …«

»Es gab Dinge, die du nicht tun konntest, Lyndsay. Niemand hätte es gekonnt. Er war an dem Punkt angelangt, wo ihm niemand mehr helfen konnte, wo er sich selbst nicht mehr helfen konnte.«

»Irgend jemand kann immer helfen!«

Robin sah sie an.

»Das glaube ich nicht. Und abgesehen von dem Schmerz, den er dir und seiner Familie zugefügt hat, bin ich nicht der Meinung, daß das, was Joe getan hat, wirklich falsch war. Letzten Endes gehört das Leben eines Menschen nur ihm selbst. Es ist alles, was einem tatsächlich allein gehört. Es ist nichts, was man anderen Leuten schuldet.«

Die Wohnzimmertür bewegte sich ein wenig und kam dann zum Stillstand.

»Hughie?« sagte Lyndsay.

Die Robbe erschien in der Türöffnung, gehalten von einem Arm im Schlafanzug, und wurde vor ihnen gewedelt.

»Hughie«, sagte Lyndsay. »Möchtest du hereinkommen?«

»Wer ist da?« fragte Hughie, immer noch vor der Tür,

mit schwerer Stimme, weil er um den in seinem Mund stek-
kenden Daumen herumsprach.

»Ich bin's, Robin«, sagte Robin.

»Oh.«

»*Mich* kennst du doch«, sagte Robin.

»Wo ist Daddy?«

Lyndsay stand auf und ging zu der ein Stück weit geöff-
neten Tür und schaute hinaus zu Hughie, der in seinem
Schlafanzug und der rot-schwarzen Baseballmütze davor
stand.

»Du weißt, wo Daddy ist. Daddy ist gestorben. Er ist
jetzt im Himmel.«

»Ich will das nicht«, sagte Hughie.

Lyndsay bückte sich und hob ihn auf.

»Nein, mein Liebling.« Ihre Stimme bebte. »Keiner von
uns will das.« Sie legte ihr Gesicht an seinen Hals, auf das
weiche rote Strickbündchen am Halsausschnitt seines
Schlafanzugs. »Wir müssen es ertragen, Hughie. Wir müssen uns daran gewöhnen.«

»Bring ihn her«, sagte Hughie. »Bring ihn her.«

Robin stand auf. Er stellte sein Whiskyglas auf den Fernseher und ging auf Lyndsay und Hughie zu.

»Möchtest du zu mir kommen, mein Junge? Möchtest du
kommen und deinen alten Onkel drücken?«

Hughie schüttelte den Kopf

Robin sagte: »Ich möchte, daß du es tust.«

Langsam, immer noch am Daumen lutschend, drehte
Hughie den Kopf und sah Robin an, wobei die Finger seiner freien Hand winzige, hektische Bewegungen im Plüsch
seiner Robbe machten. Robin streckte die Arme aus. Hughie senkte den Kopf, ergab sich in die Übernahme und wurde zum Sofa getragen.

»Es ist eine Veränderung«, sagte Robin und zog Hughie
an sich. »Das ist es, was so beängstigend ist. Niemand mag
es, wenn Dinge anders werden.«

Hughie lehnte an ihm; sein Gesicht war unter dem
Schirm seiner Baseballmütze für Robin unsichtbar.

»Aber man gewöhnt sich daran. Genauso, wie du dich

daran gewöhnt hast, in den Kindergarten zu gehen. Wie du dich daran gewöhnt hast, daß Rose da ist.«

Hughie nahm den Daumen aus dem Mund, um deutlich zu sagen: »Habe ich nicht«, dann steckte er ihn wieder hinein.

»Du mußt einfach abwarten«, sagte Robin und hielt ihn in den Armen. »Etwas anderes können wir alle nicht tun. Wir müssen warten, bis wir uns daran gewöhnt haben, bis es sich normal anfühlt, daß dein Dad nicht mehr da ist. Wir müssen warten, bis wir uns besser fühlen.«

Hughie zog den Daumen heraus und drückte sein Gesicht und, was unbequem war, den Schirm seiner Mütze an Robins Brust; dann blieb er in dieser Stellung, angespannt und stumm. Robin wartete. Er sah auf und begegnete Lyndsays Blick.

»Armer Bursche. Armer alter Bursche.«

Er hob eine Hand und streichelte Hughies angelehnten Kopf.

»Du brauchst nur zu warten«, sagte er.

Bevor sie an diesem Abend zu Bett ging, nahm Lyndsay die beiden Kopfkissen von Joes Seite des Bettes, zog die Bezüge ab und legte die Kissen in den Schrank. Sie hatte sich versprochen, daß sie das am Abend seiner Beerdigung tun würde. Dann ging sie ins Bett und nahm sich vor, eine halbe Stunde zu warten, bevor sie eine der Schlaftabletten nahm, die Dr. Nichols ihr gegeben hatte. Nach einer Viertelstunde stand sie wieder auf, holte die Kissen und ihre Bezüge zurück, legte sich mit ihnen wieder hin und drückte sie an sich, während sie weinte.

Einige Zeit später plazierte sie die Kissen wieder dort, wo sie während ihres ganzen Ehelebens gelegen hatten, und ging dann über den Flur ins Badezimmer. Die Türen zu den Zimmern beider Kinder standen offen. Rose lag auf dem Rücken, hatte die stämmigen Ärmchen über dem Kopf verschränkt und schlief tief und fest. Hughie lag auf dem Fußboden, auf seiner Decke zusammengerollt, immer noch mit seiner Baseballmütze auf dem Kopf. Lyndsay zog die

Decke zurecht, so daß genug da war, um ihn damit zuzudecken, und legte ihm ein Kissen in den Rücken, damit er es bequemer hatte. Es war Robin gewesen, der ihn schließlich zu Bett gebracht hatte, und Hughie hatte nicht protestiert. Er war sogar so gehorsam, als Robin ihn aus dem Wohnzimmer trug, daß Lyndsay viel darum gegeben hätte, ein Gebrüll von Rose zu hören, ein Gebrüll, das sie daran erinnerte, daß es auf der Welt noch andere Gefühle gab als die zermalmenden von Kummer und Mitleid.

Lyndsay schaute nicht in den Spiegel über dem Waschbecken. Sie hatte beschlossen, es ein oder zwei Wochen lang nicht zu tun, um sich den Anblick ihres Kummers zu ersparen, von dem sie glaubte, daß er ihr Gesicht entstellt hatte. In dem Schrank, dessen Tür der Spiegel bildete, stand immer noch Joes Rasierzeug, neben ihren Cremes und Lotionen und, in der königsblauen Plastikflasche, den Tabletten gegen Sodbrennen, die er den ganzen Tag, tagein, tagaus, gekaut hatte, seit sie ihn kannte.

»Solltest du das nicht dem Doktor sagen?« hatte Lyndsay gefragt. »Solltest du nicht jemandem sagen, daß es nie aufhört?«

»Nein«, hatte Joe geantwortet. »Es ist alles in Ordnung. Ich denke überhaupt nicht daran. Es hat nichts zu bedeuten.«

Lyndsay ging wieder auf den Flur hinaus. Nichts hatte für Joe von jeher nichts bedeutet, und es war im Grunde auch nie alles in Ordnung gewesen. Sie lehnte sich an die Wand, die Wand, die Joe mit der Tapete ihrer Wahl beklebt hatte – Büschel von Gänseblümchen auf einem seidigen, cremefarbenen Untergrund –, und fühlte sich völlig überwältigt, nicht nur von der Gegenwart oder der Zukunft oder auch nur von Joes Selbstmord, sondern auch von der Vergangenheit und von allem, was sie davon nicht verstanden hatte und nicht hätte ändern können, selbst wenn sie es verstanden hätte. Es war zuviel für sie gewesen, von Anfang an, und nur ihre Verständnislosigkeit hatte es ihr ermöglicht, weiterzumachen. Sie sank nieder, wo sie gestanden hatte, immer noch an die Wand gelehnt, und der

Teppich – nur ein billiger, zu Dilys' Entrüstung – drückte rauh an ihre Schenkel unter der dünnen Baumwolle ihres Nachthemdes. Sie schloß die Augen und ließ die traurige Stille in ihren Ohren summen. War das Erwachsenwerden?

Judy und Oliver warteten in der Küche von Tideswell Farm auf Robin. Sie hatten Kaffee gemacht und saßen einander am Küchentisch gegenüber; hin und wieder berührten sich ihre auf der Platte ausgestreckten Hände. Oliver hatte seinen Pullover ausgezogen und an einem Ende des Tisches auf das Papierchaos geworfen, das sich da angesammelt hatte, und auf dem Pullover lag die Hauskatze, zusammengerollt, aber wachsam, und wartete darauf, daß sie verscheucht wurde.

»Ich dachte, ihr wärt schon im Bett«, sagte Robin. Er hatte seine schwarze Krawatte den ganzen Abend locker um den Hals getragen, und jetzt nahm er sie ab und ließ sie auf den Tisch fallen.

»Wir haben auf dich gewartet«, sagte Judy.

»Ich war bei Lyndsay …«

»Ja.«

»Ich habe versucht, ihr zu sagen, daß sie keine Schuld trifft.«

»Hast du Hunger?« fragte Judy.

Er schüttelte den Kopf

»Kaffee?« fragte Oliver.

»Nein danke. Ich habe bei Lyndsay einen Whisky getrunken, und jetzt ist mir sterbenselend.«

Judy sagte unsicher: »Du bist gut gewesen zu Lyndsay. Und zu Gran.«

Robin räusperte sich.

»Arme alte Gran …«

»Macht es dir etwas aus?« fragte Judy. »Macht es dir etwas aus, was Gran von Joe gehalten hat?«

Robin sagte: »Was hätte das für einen Sinn? Es ist, wie es ist. War.«

Das Telefon schrillte.

»Soll ich abnehmen?« fragte Oliver.

Er stand auf und schob seine Brille auf der Nase hoch, als ob besser zu sehen auch besser zu hören bedeutete.

»Hallo?«

Er wartete ein oder zwei Sekunden, dann hielt er Robin den Hörer entgegen.

»Es ist für Sie. Ihre Mutter.«

Robin hielt den Hörer ans Ohr.

»Mum? Ist alles in Ordnung?«

Er schwieg, hörte zu. Oliver trat hinter Judys Stuhl und legte die Hände leicht auf ihre Schultern.

»Du solltest herkommen«, sagte Dilys, und ihre Stimme in der Küche von Tideswell Farm war klar und deutlich zu hören. »Du solltest gleich herkommen. Ich kann deinen Vater nicht finden.«

ELFTES KAPITEL

Zweieinhalb Meter von Zoe entfernt posierte das Streichquartett in einem riesigen vergoldeten Käfig. Es waren ausnahmslos junge Frauen, und der Käfig war ihr Markenzeichen, weil sie sich ›Birds in a Cage‹ nannten. Sie sollten demnächst in der Royal Albert Hall mit venezianischer Barockmusik, ihrer Spezialität, auftreten, gekleidet in dunkle Satin- und Brokatgewänder, die vage an die Renaissance erinnerten und die sie gleichfalls zu ihrer Spezialität gemacht hatten. Sie wurden für Plakate und Programmhefte fotografiert, und sie versuchten, beeinflußt von der Mode, Interpretinnen ernster Musik als Sirenen darzustellen, soviel Sex-Appeal wie nur möglich aufzubringen, soviel Haar und Zähne und potentielle Verführungskünste zu zeigen, wie der Fotograf ihnen durchgehen ließ.

Der Fotograf genoß die Situation. Zoe hatte bisher noch nicht mit ihm gearbeitet, ihn aber wegen seiner speziell für ihn angefertigten Hasselblad und seiner Cowboystiefel aus Echsenleder sofort als Angeber eingestuft. Er nannte sie Darling, als würden sie sich schon seit einer Ewigkeit kennen und hätten bereits Hunderte von Malen zusammengearbeitet, aber ihr fiel auf, daß er ihr nie in die Augen sah. Sie tat, was ihr gesagt wurde, stellte Stative auf und riesige trübgoldene Reflektoren und arbeitete mit dem Belichtungsmesser, aber sie redete nicht mit ihm. Eine der Frauen des Streichquartetts, eine magere Bratschistin mit glattem schwarzem Haar wie ein Vorhang, erhaschte Zoes Blick und zwinkerte ihr zu.

Das Studio, in einer schäbigen Nebenstraße von High Holborn, war vollständig weiß, Decke, Wände, Fußboden, mit langen weißen Vorhängen, die zum Abmildern der Winkel heruntergelassen werden konnten. Die vier Frauen in ihrem zerbrechlichen Käfig sahen aus, als schwebten sie im Raum, als hinge der Käfig tatsächlich irgendwo außerhalb der bekannten Welt, in irgendeinem fernen Fantasiereich. Zoe war im Käfig gewesen, um die Falten ihrer Gewänder so zu arrangieren, daß die Schatten so üppig wie möglich fielen und der Satin das Licht einfing, und hatte dabei das Gefühl gehabt, daß da drinnen eine andere Atmosphäre herrschte, die mehr war als nur eine Illusion. Es war sehr clever von diesen Frauen gewesen, sich für ihren Käfig zu entscheiden; er verlieh ihnen etwas Geheimnisvolles, Macht. Zoe, die davor hockte und einen riesigen, leichten Nylon-Reflektor hochhielt, erwiderte den Blick der Bratschistin und grinste.

»Dreht eure Gesichter mir zu«, sagte der Fotograf. »Und eure Augen zur Seite, und wenn ich ›Jetzt!‹ sage, dann laßt ihr eure Augen auf mich schnellen, direkt in die Kamera. Gebt der Kamera alles, was ihr zu bieten habt.«

In diesem Moment, dachte Zoe, während wir uns hier ganz und gar vier aufwendig kostümierten jungen Frauen widmen, laufen draußen Leute herum, die Zeitungen verkaufen und Lotterielose, in Mülltonnen wühlen, aus Bürofenstern schauen und die halben Stunden bis zur Mittagspause, bis zum Feierabend zählen …

»Jetzt!« rief der Fotograf

… und Kinder sind in der Schule, und Leute steigen in Fahrstühle und Flugzeuge und nehmen Telefonhörer ab, und wir wirtschaften hier herum mit all diesem Drum und Dran und einer Hasselblad …

»Großartig«, sagte der Fotograf. »Großartig. Ihr Babys habt es. Ihr habt alles, was dazugehört. Aber ich brauche es noch einmal. Gesichter zur Kamera, Augen ein bißchen nach links. Münder ein bißchen geöffnet. Feuchtet eure Lippen an, laßt mich Zähne sehen, nur ein kleines bißchen Zähne.«

… und während wir das hier tun, mistet Gareth vermutlich die Boxen in der Scheune aus, und Robin ist irgendwo draußen auf der Farm, und Velma ist in der Küche und versprüht überall Luftreiniger; Bergkiefer, ihre Lieblingsmarke.

»Hochhalten, Darling, wenn's beliebt«, sagte der Fotograf mit einer völlig anderen Stimme zu Zoe. »So wie vorhin. Nein, Darling, nein. So wie vorhin. Und jetzt, Mädchen jetzt, meine Hübschen, möchte ich eure Instrumente zwischen euren Knien sehen, spreizt die Beine. Laßt uns ein bißchen Bein sehen, seid so gut.«

Ich wette, dachte Zoe, während sie den Reflektor so neigte, daß ein warmes Leuchten die Gesichter der Frauen von unten erhellte, keine von denen hat je eine Kuh angefaßt. Ich wette, sie denken überhaupt nicht an Kühe. Ich wette, sie gießen einfach Milch in ihren Kaffee, ohne zu überlegen, wo sie herkommt, wie Kühe leben, wer sich um sie kümmert. Ich wollte, eine Kuh käme jetzt hier herein. Ich würde zu gern sehen, wie sie schnurstracks hier hereinkommt und dann nur dasteht und zuschaut, was sie tun, feststellen, ob die Kuh sie dämlich aussehen läßt. Die Kuh würde nicht dämlich aussehen, sie würde nichts anderes sein als eine Kuh ...

»Darling«, sagte der Fotograf, »konzentriere dich gefälligst. Kannst du uns nicht wenigstens einen Bruchteil deiner Aufmerksamkeit widmen?«

Zoe sah ihn an. Die Frauen im Käfig, die ihre Instrumente locker zwischen den gespreizten Beinen hielten, sahen Zoe an.

»Vielleicht«, sagte der Fotograf, der eine Chance spürte, ein paar Pluspunkte für sich einzuheimsen, »vielleicht würdest du uns gern an deinen Gedanken teilhaben lassen. Würdest du das tun, Darling? Würdest du uns allen verraten, weshalb du so abwesend bist und woran du gerade denkst?«

Zoe verzog keine Miene.

»An Kühe«, sagte sie.

Später, in Judys Wohnung, wo sie ein mit Salat gefülltes Baguette aus der langen, dünnen Papiertüte aß, in der sie es gekauft hatte, beschloß Zoe, noch weitere drei Tage für die Agentur zu arbeiten, die ihr den Job mit dem Streichquartett gegeben hatte; und dann würde sie nach Tideswell fahren. Drei Tage Arbeit zusätzlich zu dem, was sie in dieser Woche bisher verdient hatte, würden für die Miete und die Busfahrkarte reichen. Ihrer Mutter war Zoes Einstellung zu Geld zuwider, sie haßte ihr kurzfristiges Disponieren, wollte, daß sie Geld beiseite legte, sich ein bißchen Sicherheit verschaffte, selbst wenn es nur ein paar hundert Pfund waren.

»Wozu?« fragte Zoe. »Wozu soll ich etwas beiseite legen? Ich kann morgen schon tot sein.«

Zoes Mutter legte Geld beiseite für alle möglichen Dinge, für eine Waschmaschine und einen Videorecorder, für einen Satz Beistelltische, für einen Mikrowellenherd.

»Und dann hast du die Sachen«, pflegte sie zu Zoe zu sagen, »dann gehören sie dir«, womit sie wohl meinte, daß Besitztümer auf irgendeine Weise ein Schutz vor einer ungewissen Zukunft waren, Existenzbeweise in einer Welt, in der man ständig von einer Art Unsicherheit, Nicht-Existenz bedroht war.

»Aber ich will sie nicht«, sagte Zoe. »Ich mag sie nicht. Ich mag keine Sachen haben, ich will herumziehen können. Vielleicht«, hatte sie im Verlauf des letzten Gesprächs dieser Art mit ihrer Mutter gesagt, »vielleicht bin ich von Natur aus eine Wanderin. Eine Nomadin.«

›Nomadin‹ war ein neues Wort für Zoe, eine neue Idee. Robin hatte den Ausdruck ihr gegenüber gebraucht und gesagt, daß ›Nomadin‹ eines von Caros Worten gewesen sei, daß sie sich selbst für eine gehalten habe, für eine Person, die ihrem ganzen Wesen nach immer auf Achse war, jemanden, den man nicht seßhaft machen konnte, auch wenn es nach außen hin so schien, als hätte man es getan. Zoe hatte diese Idee gefallen, sie hatte sie in ihren Gedanken gedreht und gewendet und sie betrachtet, als wäre sie eine Muschel oder ein Kieselstein, besonders an Caros Grab. Das faszinierte sie. Weshalb sollte ausgerechnet eine Nomadin ihre letzte Zuflucht bei jemandem suchen, der sich letztlich mit einem bestimmten Ort identifizierte, einem Ort, der im Grunde so spezifisch war wie zwei Meter Erde? Das schien auf einen Widerspruch in Caro hinzudeuten, aber schließlich, überlegte Zoe, lernte sie rasch, was es mit Widersprüchen auf sich hatte, daß Inkonsequenzen in allen Menschen steckten und sie herumwarfen und es unmöglich machten, irgend etwas von ihnen zu erwarten außer dem, wofür sie sich in einem gegebenen Augenblick gerade entschieden. Man brauchte nur Judy anzusehen, die lautstark ihre Kindheit in Tideswell verfluchte, aber gleichzeitig Zoes Interesse an der Farm und an ihrem Vater empfindlich und eifersüchtig beargwöhnte. Oder Zoe selbst, städtisch durch und durch, geprägt von der Landschaft der Straßen und ihrer Kenntnis, und jetzt genau vom Gegenteil fasziniert, vom fest verwurzelten, zwangsläufigen Leben auf dem Lande, wo Wetter und Jahreszeiten wie Götter regierten. Wie böse Götter, dachte Zoe jetzt, während sie ein Stück Gurke von ihrem Schoß aufhob, Götter, die nicht helfen, sondern einen nur auf die Probe stellen wollen. Auf diese Ideen hatte Joes Tod sie gebracht, und sie hatte lange darüber nachgedacht. Und über Robin. Robin war ungefähr so alt, wie Zoes Vater jetzt wäre, wenn er noch lebte; dennoch hatte er nichts von einem Vater an sich. Vielleicht aus dem einfachen Grund, weil er Judys Vater nicht im leiblichen, sondern nur im juristischen Sinne war und ein Teil von ihm deshalb nie eine Bluts-Elternschaft erlebt hatte, wie es bei einem Teil von Zoes Vater der Fall gewesen war oder bei einem Teil von Joe. Das hatte Robin eine Sonderstellung gegeben. Nicht direkt unterentwickelt, aber immer noch voller Potentiale wie ein junger Mensch, jemand, der in seinem Leben, in sich selbst immer noch eine Menge grundlegender Dinge vor sich hatte. Und machte das Robin nicht ein bißchen aufregend, ein bißchen unkonventionell, ein bißchen, nun ja, fähig zu etwas, was er bisher noch nicht getan hatte, aber vielleicht tun könnte? Väter waren eine Sache; Männer, die im Väteralter waren, aber nicht tatsächlich Väter, eine völlig andere.

Zoe öffnete die letzten sechs Zentimeter des Baguettes und holte das geschnittene Gemüse heraus, rollte es als feuchten Klumpen in ein Salatblatt ein und steckte ihn in den Mund. War Robin eifersüchtig gewesen, weil Joe Kinder gehabt hatte? Vor allem Hughie, wo doch Farmer so starre Vorstellungen hatten von dem, wozu Mädchen gut waren? Und wenn er es gewesen war, dachte Zoe kauend, hatte er mit seiner Eifersucht einfach so weitergemacht, wie er mit dem Melken weitermachte und dem Herstellen von Silage? Sie stand auf und zerknüllte die Papiertüte in ihrer Hand. Ein Schauer von Brotkrumen fiel auf den Boden und die abgescheuerten Kappen ihrer Stiefel. Vielleicht hatte ihn nie jemand danach gefragt. Vielleicht sprach in dieser seltsamen Welt, in der alles so praktisch und notwendig zu sein schien, nie jemand über irgend etwas, was nicht direkt mit der Farmarbeit zu tun hatte. Vielleicht, dachte Zoe, während sie auf ihrem Weg zur Küche, wo sie sich ein Glas Wasser holen wollte, Krümel in den Teppich trat, vielleicht hat niemand Robin je gesagt, daß es okay war, Gefühle zu haben, daß alle Menschen welche hatten und daß niemand Angst vor ihnen haben sollte. Und wenn niemand das Robin je gesagt hatte, dann war es höchste Zeit, daß jemand es tat.

Harry lag auf der Seite, sein Gebiß in einem Glas mit sterilisierender Lösung auf dem Nachttisch neben sich, und schaute aus dem Fenster. Er konnte die lange Ziegelsteinmauer des Krankenhauses von Stretton sehen, in regelmäßigen Abständen von Fenstern durchbrochen, und die Kronen einer Reihe von rosa Kirschbäumen, die den Rand des Besucherparkplatzes markierten. Dahinter konnte er den grauen Turm des Gebäudes erkennen, der eine Finanzierungsgesellschaft beherbergte, und den aus der Viktorianischen Zeit stammenden, mit pseudo-gotischen Schnörkeln und Kreuzblumen verzierten Turm der Kirche von St.-Mary-the-Virgin und ein paar Dächer und Mauerabschlüsse und, in weiter Ferne, die wie Kräne aufragenden Flutlichtmasten des Fußballplatzes. Es war eine häßliche Aussicht, trotz der Kirschbäume. Sie gefiel ihm nicht. Er mochte es nicht, Ziegelsteine und Mörtel sehen zu müssen. Er wollte zu Hause sein. Wenn er schon im Bett liegen mußte – und er sah nicht ein, weshalb er das tun sollte, er war doch, verdammt noch mal, nur müde –, dann lieber in seinem eigenen, mit seiner Aussicht auf Himmel und Bäume und das Zehn-Morgen-Feld, das Joe dieses Jahr brachliegen ließ und in dem die Rebhühner nisteten.

Er war ja schließlich nicht krank. Beobachtung, hatten sie gesagt, sie behielten ihn zur Beobachtung da. Was gab es schon zu beobachten? Nichts, was er ihnen nicht hätte sagen können, wenn sie ihn gefragt hätten, aber sie fragten ihn nicht, und er dachte nicht daran, von sich aus etwas zu sagen. Als er an dem Abend von Joes Beerdigung fortgegangen war, hatte er nichts geplant, hatte nicht vorgehabt, irgend etwas zu tun, er hatte nur das Bedürfnis, draußen zu sein, wo er und Joe Dinge gemeinsam getan hatten und wo sich noch etwas von Joe aufhielt, da war er ganz sicher. Als Robin ihn fand, hatte er im Windschatten einer Hecke gelegen und geschlafen wie ein Baby. An das, was danach passiert war, konnte er sich kaum erinnern, nur daran, wie wütend sie alle waren, besonders Dilys, über den Schlamm auf seinem Anzug, den Riß in seinem Jackett. Er hatte auf seinem Stuhl in der Küche gesessen, während sie um ihn herum brüllten, und sie angestarrt, als würde er sie kaum kennen. Ihm war der Gedanke gekommen, daß es in Wirklichkeit keine Rolle spielte, ob er sie kannte oder nicht. In einer Minute würde Joe hereinkommen und alles erklären. Joe würde ihnen sagen, weshalb Harry um zehn Uhr abends mit geschlossenen Augen und in seinem besten Anzug unter einer Hecke gelegen hatte.

Jetzt lag er in seinem Krankenhausbett, betrachtete die Wetterfahne auf dem Kirchturm und wußte, daß Joe nicht kommen würde. Dilys kam, und Robin kam, aber Joe kam nicht. Überhaupt nicht mehr. Er vermutete, daß er das auf irgendeiner Bewußtseinsebene die ganze Zeit gewußt hatte, aber nicht wahrhaben wollte, so, wie man weiß, daß man eines Tages sterben wird, aber es auch nicht wahrhaben will. Die Sache war nur, daß Joe nicht hätte sterben sollen. Joe war Harrys Sohn, und Väter sterben vor ihren Söhnen, nicht wahr, damit sie nie ohne sie sein müssen. Die Einsamkeit, in der Joe nicht da war, ein Dasein ohne Joe, war etwas, dem Harry bisher noch nicht ins Auge sehen

185

konnte, außer bestürzt und mit winzigen Blicken. Es war einfacher, die Kirschbäume zu betrachten und das graue Bürogebäude. Das konnte man wenigstens hassen. Man konnte es dafür hassen, daß es die falsche Aussicht war, daß es nicht das war, was man sehen wollte. Man konnte es hassen, weil es Stadt war und nicht Land. Man konnte es vor allem deshalb hassen, weil es noch da war, Joe dagegen nicht.

»Bist du fünf?« fragte Eddie. Er saß am Tisch der Küche von Tideswell Farm, in einem ›Batman-For-Ever‹-T-Shirt und einer Sonnenblende aus durchsichtigem grünen Plastik.

Hughie sagte nichts. Er starrte auf seinen Teller, auf den Eddies Mutter ein paar Kartoffelchips gelegt hatte und ein kaltes Würstchen, das aussah wie ein toter Finger.

»Hughie?« sagte Lyndsay sanft drängend.

»Drei«, zischte Hughie. Die Robbe lag auf seinem Schoß, unter der Tischplatte, und Hughie umklammerte sie.

Eddie verdrehte die Augen zur Decke.

»Drei? Drei! Ich bin schon ewig nicht mehr drei.«

»Seit einem Jahr«, sagte Debbie.

»Aber ich werde bald fünf. Am 13. Juli.« Er klappte seine Sonnenblende hoch. »Vergiß das nicht.«

Debbie sagte zu Lyndsay: »Hören Sie nicht auf ihn. Es liegt am Altersunterschied. Kevin und Rebecca sind wesentlich älter als er.«

»Ich habe einen Fußball«, sagte Eddie zu Hughie. »Gary Lineker hat seinen Namen darauf geschrieben. Was hast du?«

»Einen Kricketschläger«, wisperte Hughie.

»Kricket? Kricket? Nur Streber spielen Kricket.«

»Das reicht«, sagte Debbie. Sie war nervös gewesen wegen dieser Zusammenkunft, aber ihre Nervosität war vergangen, als sie sah, wie zerbrechlich, wie mitgenommen und wie verletzlich Lyndsay aussah. Wie jemand, sagte Debbie später zu Gareth, um den man sich kümmern mußte, der krank war. Trotzdem, als Robin Debbie gebeten hat-

186

te, zur Farm zu kommen, weil Lyndsay einmal aus dem Haus herausmußte, eine Ablenkung brauchte, und das alles war, was ihm im Augenblick an Ablenkung einfiel, hatte Debbie schwere Bedenken gehabt.

»Was soll ich sagen?« hatte sie Gareth gefragt. »Was soll ich tun? Ich meine, sie ist doch sozusagen die Schwägerin vom Boß, oder etwa nicht, ich meine, was soll ich zu ihr sagen? Ich kann doch schlecht über ihn reden, oder?«

»Nimm Eddie mit«, sagte Gareth. »Eddie fällt immer etwas ein. Er kann mit …« Er brach ab. Er hatte ›Joes kleinem Sohn‹ sagen wollen. »Er kann mit ihrem Jungen spielen.«

»Was hast du da?« wollte Eddie wissen. Er zeigte mit einem Würstchen auf Hughie. »Was hast du da auf dem Schoß?«

Hughie senkte den Kopf.

»Es ist eine Robbe«, sagte Lyndsay. »Sie leistet ihm immer Gesellschaft. Hast du etwas, was dir Gesellschaft leistet?«

»Nee«, sagte Eddie verächtlich.

»Nicht dein Panda?« sagte Debbie zu ihm. »Oder der Rosa Panther? Oder Sonic der Igel?«

Eddie funkelte sie an. Er legte das Würstchen hin, rutschte vom Stuhl und zerrte sich die Jeans um seine magere Taille hoch.

»Ich geh heim.«

»Okay.«

»Ich geh zu meinem Dad.«

Debbie zuckte zusammen. Sie konnte Lyndsay nicht ansehen.

»Mein Dad«, sagte Eddie mit Nachdruck zu Hughie, »fährt Traktor.«

»Das reicht«, rief Debbie scharf. »Verschwinde jetzt, und zwar sofort, bevor du eins hinter die Ohren bekommst …«

Die Küchentür wurde zugeknallt und danach die Hintertür zum Hof.

»Tut mir leid«, flüsterte Debbie.

Lyndsay sagte: »Das konnte er ja nicht wissen. Woher sollte er es wissen?«

»Das hätte er nicht sagen dürfen. Auf gar keinen Fall ...«

»Das macht nichts«, sagte Lyndsay. »Er hat sich völlig normal benommen. Es tut uns gut, zu sehen, wenn sich Leute normal benehmen, das ist genau das, was wir brauchen.« Sie beugte sich über Hughie. »Willst du deine Chips nicht essen?«

Er nahm sich einen von der Größe eines kleinen Hemdknopfes.

Lyndsay sagte: »Wir sind keine sehr guten Gäste. Es ist so nett von ihnen, daß Sie hierhergekommen sind. Ich glaube, Robin ...« Sie brach ab, und dann sagte sie hastig: »Niemand weiß, was er mit uns anfangen soll.« Und schließlich fast flüsternd: »Wir wissen ja selbst nicht, was wir mit uns anfangen sollen.«

Debbie wartete, die Hände im Schoß verkrampft. Ihr Anblick bewirkte, daß sie wieder weinen wollte, sie konnte spüren, wie sich das Schluchzen in ihrer Kehle zusammenballte, hart und unbequem. Sie wollte sagen, daß sie alles tun würde, um ihnen zu helfen, alles Erdenkliche, aber sie konnte es nicht riskieren, den Mund aufzumachen, sonst würden die Tränen hervorbrechen, und dann würden sie alle weinen. Also schüttelte sie statt dessen hilflos den Kopf und krampfte ihre Finger zusammen, bis die Knochen weiß durch die Haut schimmerten.

»Nimm dir noch einen«, sagte Lyndsay zu Hughie. Er wählte einen zweiten Chip, der sogar noch kleiner war als der erste. Lyndsay sagte zu Debbie: »Mary paßt heute auf seine Schwester auf. Stimmt's, Hughie? Manchmal möchten nur wir beide zusammen sein.«

Debbie sagte nervös: »Rebecca war verrückt vor Eifersucht, als Kevin geboren wurde. Ich konnte sie keine Minute miteinander allein lassen. Einmal ist sie über ihn hergefallen, mit der Feuerzange.«

»Rose ist nur ein bißchen laut«, sagte Lyndsay. »Stimmt's, Hughie? Und manchmal brauchen wir ein bißchen Ruhe und Frieden. Aber sie ist ja noch so klein ...«

Debbie beugte sich vor und löste die ineinander verkrampften Hände.

»Ich könnte Ihnen mit ihr helfen. Ich bin nur mittags in der Schule. Ich würde gern helfen. Sie brauchen es nur zu sagen. Ich würde Ihnen wirklich gern helfen.«

»Danke«, sagte Lyndsay. »Das ist sehr nett von Ihnen. Danke.« Sie schaute Debbie über den Tisch hinweg an. »Ich – ich weiß einfach nicht, wie es weitergehen soll. Vielleicht ein Job. Ich weiß es nicht, ich kann einfach nicht denken. Noch nicht.«

»Nein …«

»Dr. Nichols hat gesagt, das wäre der Schock. Er hat gesagt, es wäre auch ein Schock gewesen, der Joes Vater so zugesetzt hat. Er nannte es einen Schlag auf die Nerven.«

»Wie geht es ihm?«

»Er ist immer noch im Krankenhaus«, sagte Lyndsay. »Sie lassen ihn erst nach Hause kommen, wenn er wieder ißt. Bis jetzt will er noch nichts zu sich nehmen.« Ihre Stimme bebte. »Ich kann ihm keinen Vorwurf daraus machen. Wir mögen alle nicht essen. Es scheint irgendwie so sinnlos zu sein.«

Debbie schaute auf die Uhr, erinnerte sich an Gareth' Teepause und sagte: »Es tut mir ja so leid, aber ich muß …«

»Natürlich«, sagte Lyndsay. »Gehen Sie nur.« Sie stand langsam auf. »Wir machen hier Ordnung, nicht wahr, Hughie? Wir räumen auf, und dann warten wir auf Onkel Robin.«

»Es war mir ernst mit dem, was ich gesagt habe«, sagte Debbie. »Das mit dem Baby, daß ich Ihnen gern mit dem Baby helfen würde …«

Lyndsay legte eine Hand auf Hughies Kopf. Er zuckte unter ihr zusammen und hob seine Robbe hoch, um sein Gesicht dahinter zu verstecken.

»Danke«, sagte Lyndsay. »Ich werde es nicht vergessen.«

»Bring Hughie nach Hause«, sagte Robin. Er trug ein Jakkett und eine Krawatte, deren Knoten unter dem offenen Kragen seines Hemdes hing.

Lyndsay unterbrach sich beim langsamen Abspülen der Teller, von denen die Kinder gegessen hatten. Hughie, der neben der Hauskatze auf dem Zeitungsstapel saß, lutschte am Daumen und beobachtete sie.

»Warum?«

»Ist Mary da?«

»Ja, aber ...«

»Ich brauche dich für eine halbe Stunde. Ich möchte, daß du etwas mit mir zusammen tust.«

»Was?« fragte Lyndsay.

Robin warf einen Blick auf Hughie.

»Komm einen Moment mit nach draußen«, sagte er zu Lyndsay. »Ich muß dir etwas zeigen.«

»Wartest du hier?« sagte Lyndsay zu Hughie. »Bleibst du eine Minute hier bei der Katze sitzen?«

Hughie sagte nichts.

»Es dauert nur einen Moment. Ich bin gleich wieder da. Bleib, wo du bist.«

Sie folgte Robin hinaus auf den Hof. Sein Wagen, der ramponierte Kombi, den Caro als Alternative zu dem Landrover benutzt hatte, parkte dicht neben der Hintertür. Die hintere Sitzbank war umgelegt, damit soviel Stauraum wie möglich vorhanden war, und Lyndsay konnte ein aufgerolltes Seil sehen, ein paar alte Zeitungen, eine Rolle Maschendraht und eine leere Gasflasche. Außerdem stand da ein sauberer kleiner Karton.

Robin ging zur Heckklappe des Wagens und öffnete sie. Er zog den Karton zu sich heran und machte ihn auf. Drinnen konnte Lyndsay einen Behälter sehen, der einem großen Pulverkaffee-Glas ähnelte, aus bronzefarbenem Plastik mit einem Schraubdeckel.

Robin sagte: »Ich war heute nachmittag bei dem Bestattungsunternehmer in Stretton.« Er deutete eine Bewegung in Richtung auf seine Krawatte an. »Wie du siehst.«

Lyndsay starrte auf den Behälter. Robin hob ihn aus dem Karton und hielt ihn in den Händen, ohne ihn ihr direkt hinzustrecken.

»Joes Asche«, sagte Robin.

Sie schluckte.

»Nicht die ganze natürlich«, sagte Robin. »Die ganze

wäre ...« Er brach ab. Er sah Lyndsay an. »Wir müssen sie verstreuen«, sagte er. »Das ist, was er gewollt hat. Er wollte, daß sie im Fluß verstreut wird. Ich meine, wir sollten das zusammen tun – es sei denn, natürlich, du möchtest es lieber alleine machen.«

Sie schüttelte den Kopf. Ihre Augen füllten sich erneut mit Tränen. Robin verstaute den Behälter wieder in seinem Karton. Dann richtete er sich auf und legte die Hände auf Lyndsays Schultern.

»Es ist das, was er gewollt hat. Ich habe gehört, wie er es gesagt hat. Wir müssen es tun. Ich kann ihn – ich kann die Asche nicht hier im Wagen lassen.« Er verstummte. Eigentlich hatte er sagen wollen, daß es unvorstellbar schwer gewesen war, Joes Asche zurück nach Dean Cross zu fahren, eine seiner schwersten Aufgaben in all diesen langen, harten Monaten, aber er tat es nicht. »Bring Hughie heim«, sagte er. »Bring ihn heim zu Mary. Wir treffen uns in einer halben Stunde unten am Fluß.«

Er ließ seine Hände von ihren Schultern fallen. Sie schaute ihm einen Moment lang in die Augen, und er sah, daß sie im Begriff war, davonzulaufen. Er hob warnend einen Finger, und sie zuckte zusammen.

»Lyndsay«, sagte er wütend, rücksichtslos. »Tu es, Lyndsay. Hör auf, an dich selbst zu denken, und tu es, verdammt noch mal.«

Sie war vor ihm da und wartete. Sie hatte ihren Wagen fünfzig Meter vom Fluß entfernt auf dem Weg stehenlassen und war zum Ufer hinuntergegangen, und jetzt stand sie neben einer Weide, auf der Judy als Kind immer gespielt hatte und die vom Ufer aus so in die Waagerechte gewachsen war, daß sie einen natürlichen Sattel bildete, auf dem man reiten konnte.

»Ist Hughie okay?«

»Ich denke schon«, sagte sie. »Ich meine, soweit er es überhaupt sein kann. Manchmal wünsche ich mir, er wäre nicht so still, so brav. Manchmal wünsche ich mir, er würde einfach losbrüllen, damit ich weiß, was er denkt.«

Robin grunzte. Er hielt den Behälter mit Joes Asche in der Armbeuge. Lyndsay betrachtete ihn.

»Hätten wir nicht deine Mutter holen sollen?«

»Nein, es sei denn, du willst sie dabeihaben ...«

»Nein«, sagte Lyndsay. »Wahrscheinlich sollte ich das nicht sagen, aber ich will es nicht.«

»Es gibt kein ›Sollte‹ oder ›Sollte nicht‹«, sagte Robin, »es gibt nur das, was ist. Im Augenblick jedenfalls.«

Er nahm den Behälter in eine Hand und schraubte sanft den Deckel ab. Er streckte ihn Lyndsay entgegen. Sie stellte fest, daß Robin immer noch seine Krawatte trug, eine dunkelrote Krawatte mit einem winzigen Muster darauf, sehr konventionell. Es war vermutlich eine von den nicht mehr als drei oder vier Krawatten, die er besaß. Joe hatte ebenfalls nur ganz wenige Krawatten besessen, nur die, die sie ihm für Partys geschenkt hatte, auffällig gemusterte Seidenkrawatten, und eine schwarze. Robin hier mit seiner Krawatte am Flußufer stehen zu sehen hatte etwas Seltsames, fast Rührendes an sich. Sie betrachtete ängstlich den offenen Behälter.

»Sie ist ganz weich«, sagte er. »Ich habe sie angefaßt. Sie ist weicher als Holzasche.« Er brachte den Behälter etwas näher an sie heran. »Steck deine Hand hinein. Steck deine Hand hinein, und hol etwas davon heraus.«

»Ich kann nicht ...«

»Du kannst«, sagte Robin. »Du mußt.«

Sie steckte ihre Hand in die Öffnung des Behälters. Das, was drinnen war, war tatsächlich weich, fast seidig. Ihre Finger senkten sich hinein, in ...

»Das ist nicht Joe«, sagte Robin. »Denk das nicht. Es ist nicht er.«

»Es muß er sein ...«

»Dann laß ihn gehen!« brüllte Robin plötzlich. »Wirf ihn in den Fluß, und laß den armen Kerl gehen!«

Sie riß ihre Hand aus dem Behälter, und ein Fähnchen Asche, von blassem, leicht rosafarbenem Grau, strömte mit ihr heraus und wurde wie Rauch über das Wasser davongetragen.

»Mehr«, sagte Robin.

Sie nahm wieder eine Handvoll und schleuderte sie weit hinaus in den Fluß und dann wieder und wieder, ließ die Bogen aus Asche mit der Luft über dem Fluß verschmelzen. Ihr war, als schrie sie. Sie sah, wie Robin die Hand in den Behälter steckte und eine ganze Menge herausholte, eine große Handvoll, und dann stellte er den Behälter auf den Boden, ging ans Flußufer und beugte sich so tief nieder, daß seine Hand fast das Wasser berührte und die Asche aus ihr hineinglitt, schnell und lautlos, und dann verschwunden war. Sie hörte ihn etwas murmeln.

Sie rief: »Was hast du gesagt?«

Er drehte sich um.

»Nur Lebewohl.«

Lyndsay bückte sich und hob den Behälter auf. Er war immer noch halb voll. Sie trug ihn hinunter zum Fluß und kniete sich neben Robin in das schlammige Gras. Dann beugte sie sich vor und ließ die restliche Asche aus dem Behälter herausrinnen. Sie verschwand im Wasser, sobald sie mit ihm in Berührung gekommen war.

»So ist's richtig«, sagte Robin. »So soll es sein.«

Er richtete sich auf, und auch Lyndsay erhob sich. Einen Augenblick standen sie Seite an Seite, betrachteten das Wasser, diesen wenig bemerkenswerten kleinen braunen Fluß voller Kiesel und weichem Schlamm und Döbel, in dem Joe hatte verstreut werden wollen. Und dann drehte sich Lyndsay zu Robin um und legte ihm die Arme um den Hals.

Er erwiderte die Umarmung. Sie konnte die Überraschung in seinen Armen spüren, weil sie nicht völlig entspannt waren. Sie preßte sich an ihn.

»Halt mich fest.«

»Das tue ich.«

»Richtig«, sagte Lyndsay.

Er fühlte sich anders an als Joe, dieselbe Größe, aber drahtiger, weniger fest, weniger dauerhaft. Sie drehte ihr Gesicht, so daß es an seiner Schulter lag, und bewegte ihre Arme, um seinen Rücken zu umklammern.

»Er hat gewußt, daß ich ihn brauche«, sagte Lyndsay. »Und er hat mich verlassen. Er hatte gewußt, daß ich mir die Schuld daran geben würde, aber das hat ihn nicht gehindert. Er hat gewußt, daß ich allein nicht leben kann, er hat es gewußt.« Ihre Arme verspannten sich um Robin. »Du darfst mich nicht im Stich lassen«, sagte Lyndsay. »Du darfst es nicht.«

Sie spürte, wie sich seine Arme lockerten.

»Nein, nicht«, sagte sie.

»Ich bin die falsche Person für solche Worte ...«

»Was meinst du damit?« fragte sie aufschauend. »Was willst du damit sagen, die falsche Person?«

Robin sagte verlegen: »Ich bin sein Bruder, und außerdem ...«

»Was?«

»Ich weiß nichts von – Liebe.«

»Unsinn!« rief Lyndsay. »Totaler Unsinn! Jedermann weiß etwas davon! Es ist so ziemlich das einzige, worüber jeder Mensch Bescheid weiß.«

Ohne jede Vorwarnung bewegte sie sich plötzlich und küßte ihn auf den Mund. Es war ein harter Kuß, ein erschreckender, und er spürte flüchtig ihre Zunge an seinen Lippen. Er ließ die Arme fallen. Er zitterte leicht.

»Zeit, daß du nach Hause fährst ...«

»Nein!« schrie sie.

»Du mußt heim zu den Kindern.«

»Was weißt du denn davon? Was weißt du über Kinder, darüber, was ich muß oder nicht muß? Was weißt du denn davon?«

Er ergriff ihren Arm und drückte fest zu.

»Nichts«, sagte er. »Ich sagte es bereits. Ich habe nie behauptet, etwas davon zu wissen.«

Lyndsay begann zu weinen.

»Tut mir leid«, sagte sie und sackte gegen ihn. »Es tut mir ja so leid. Ich sollte ...«

Er legte einen Arm um sie.

»Kein ›Sollte‹ oder ›Sollte nicht‹«, sagte er. »Das habe ich schon gesagt. Kein ›Sollte‹.«

»Ich möchte jemanden ermorden«, sagte Lyndsay. »Ich möchte jemanden dafür bezahlen lassen.«

Er begann, sie langsam den Weg zu ihrem Wagen zurückzudirigieren.

»Robin ...«

»Ja?«

»Es tut mir leid wegen eben. Es tut mir leid, daß ich mich so habe gehenlassen ...«

»Das macht nichts.«

»Ich weiß nicht, was ich fühle. Oder denke. Oder irgend etwas.«

Sie hielt inne und wendete ihm ihr Gesicht zu, und der leichte Abendwind ließ ihr das Haar wie eine Wolke um den Kopf wehen.

»Du wirst zu mir stehen, ja?«

Er sah sie an.

»Du wirst es tun, ja, Robin? Du wirst mir helfen, wieder mit mir ins reine zu kommen, was ich tun, wohin ich gehen soll? Du wirst nicht zulassen, daß ich mit – mit deinen Eltern allein fertig werden muß? Du wirst mir beistehen, ja?«

Er seufzte. Ein Gefühl der Angst glitt plötzlich wie ein kleines, kaltes Messer in seine Brust.

»Natürlich«, sagte er.

ZWÖLFTES KAPITEL

Dilys stand in dem Zimmer, das zeit seines Lebens Joes gewesen war, bis er es vor sechs Jahren verlassen hatte, um Lyndsay zu heiraten. Es war ein seltsames Zimmer, L-förmig wegen des großen Schranks, in dem der Heißwasser-Boiler des Hauses untergebracht war, aber Joe hatte es gemocht, weil es Aussicht nach zwei Seiten hatte. Hier hatte er seine Hausaufgaben gemacht und seine Modellflugzeuge gesammelt, Masern und Windpocken gehabt. An den Wänden hingen immer noch die Mannschaftsfotos aus seiner Schulzeit, schwarz gerahmt auf der cremegetönten Binderfarbe. In der Schule hatte er Rugby gespielt, war an der Stretton Old School der beste Werfer seit vielen Jahren gewesen, und sein Trikot lag immer noch in der untersten Schublade seiner Kommode, von Dilys gewaschen und dann weggepackt und liegengelassen. Es gab Dinge aus der Vergangenheit, die man nicht anrühren konnte; es steckte einfach noch zuviel Leben in ihnen.

Dilys ging täglich in Joes Zimmer, an manchen Tagen sogar zweimal. Sie brachte ein Staubtuch mit, beseitigte die halbtoten Fliegen, die sich immer wieder auf der Fensterbank ansammelten, polierte den kleinen Spiegel – sie verspürte immer noch einen gewissen Stolz darüber, daß er so hoch an der Wand hängen mußte, weil Joe so groß gewesen war – und strich das Bett glatt, als hätte es jemand seit ihrem letzten Besuch zerwühlt, indem er darin geschlafen hatte. Sie gestattete sich fünf Minuten, höchstens zehn, und dann blieb sie noch ein oder zwei Sekunden an der Schwelle stehen, mit weit offenen Augen, bevor sie hinausging und die Tür hinter sich zumachte.

Jetzt konnte sie, vor dem Bett stehend, das Gemurmel aus der Küche unten hören. Das waren die Männer von der Jobvermittlung, die Männer, die Robin für die Zeit eingestellt hatte, während deren Harry im Krankenhaus lag, in der sie miteinander zu Rande kommen und entscheiden mußten, wie es weitergehen sollte. Sie waren recht nette Burschen, auch wenn einer von ihnen kaum mehr war als ein Traktorfahrer, und da sie jeden Tag aus einiger Entfernung zur Arbeit kamen – Bürostunden, dachte Dilys verächtlich, von acht bis halb fünf –, erlaubte sie ihnen, ihren Lunch in der Küche einzunehmen. Auf diese Weise konnte sie sie außerdem im Auge behalten, feststellen, ob sie wirklich das taten, was Robin ihnen aufgetragen hatte, und nicht bummelten. Der Gedanke, daß jemand auf dem Land, das Joe so am Herzen gelegen hatte, bummelte, war für Dilys unerträglich.

Und ebenso unerträglich war, zu ihrer großen Verwirrung, der Gedanke, Harry wieder zu Hause in Dean Place zu haben. Jeden Tag, wenn die Männer Feierabend gemacht hatten, machte sich Dilys fein, fuhr nach Stretton und saß dann eine Stunde an Harrys Krankenhausbett. Sie brachte ihm Obst, selbstgebackene Plätzchen und Gerstenwasser mit Zitronengeschmack. Sie brachte ihm auch Zeitungen, regionale wie überregionale, die wöchentlich erscheinende Farmerzeitung, die er abonniert hatte, und die Berichte vom Markt in Stretton. Sie mischte ihm sein Gerstenwasser, und dann las sie ihm vor, erzählte, was auf der Farm vor sich ging, schälte ihm einen Apfel oder eine Banane und versuchte, ihn dazu zu bringen, daß er etwas aß. Wenn die Stunde um war, faltete sie die Zeitungen zusammen und steckte die Obstabfälle in eine Plastiktüte; dann beugte sie sich nieder und küßte Harry auf die Stirn.

»So, und nun versuch zu schlafen«, pflegte sie zu sagen. »Und iß dein Abendessen. Du mußt versuchen, etwas zu essen. Ich komme morgen wieder.«

Dann ging sie hinaus zu ihrem Wagen auf dem Parkplatz und fuhr heim nach Dean Place Farm, mit einem Gefühl der Erleichterung, dem Gefühl, jemandem entkommen zu sein, mit dem sie Konversation machen mußte, der aber nicht mehr die gleiche Sprache sprach.

Trotzdem gefiel es ihr nicht, ihn im Krankenhaus zu sehen. Ihr gefiel die Art nicht, wie das Krankenhaus Harry älter gemacht zu haben schien; er wirkte hilflos und herabgewürdigt. Dr. Nichols hatte gesagt, es wäre Schock gewesen, was ihn am Abend von Joes Beerdigung hinausgetrieben hatte, daß Kummer Schock auslösen und traumatisierend wirken, die normalen Funktionen und Muster des Denkens lähmen konnte. Das sah Dilys ein, aber es führte nicht dazu, daß sie deshalb wärmere Gefühle für Harry hegte; im Gegenteil, es trug noch zu der obskuren, aber mächtigen Überzeugung bei, daß er sie verraten und im Stich gelassen hatte in dem Abschnitt ihres Lebens, von dem er wußte – wußte –, daß sie unerschütterliche Loyalität verlangte. Es war beinahe ein Pakt zwischen ihnen gewesen, ein unausgesprochener Pakt, daß Joe der Mittelpunkt der Dinge war, der Mittelpunkt ihrer Welt, die Wiege all ihrer Hoffnungen und Wünsche. Joe hatte sie auf eine Art miteinander verbunden, von der Dilys immer angenommen hatte, daß Harry sie ebenso gut verstand wie sie. Und dann hatte er sein Gewehr nicht weggeschlossen. Er hatte all diese Tage und Monate und Jahre neben Joe gearbeitet und gesehen, wie es um ihn stand, und trotzdem hatte er sein Gewehr nicht weggeschlossen. Seine Dickköpfigkeit angesichts von Joes fortschrittlichen Ideen konnte Dilys verzeihen, auch seine Bereitschaft, mit ihm zu streiten, ihm Neuerungen zu verweigern, an die Joe sein Herz gehängt hatte – aber nicht das Gewehr. Irgend etwas an dieser Sache mit dem nicht weggeschlossenen Gewehr steckte Dilys im Hals und machte sie dankbar für dieses Bett im Krankenhaus von Stretton und Harrys anhaltende Weigerung, mehr zu essen als nur das, was einen Hamster am Leben erhalten würde. Dilys wußte nicht, wie sie mit Harry leben sollte, wenn sie ihn aus dem Krankenhaus nach Hause schicken würden.

»Missus!« rief einer der Männer von unten.

Dilys verließ Joes Zimmer, machte die Tür hinter sich zu und trat hinaus auf den Treppenabsatz. Unten stand der jüngere der beiden Männer, ein rothaariger Bursche, der, wie er ihr erzählt hatte, mit seiner Frau und zwei Kindern in der Sozialwohnung seiner Schwiegereltern auf der anderen Seite von Stretton lebte.

»Ich geh dann jetzt«, sagte er.

Sie starrte die Treppe hinunter.

»Wohin?«

»Hab' meiner Frau versprochen, ihre Mutter ins Krankenhaus zu bringen. Zu einer Untersuchung.«

»Ihre Arbeitszeit dauert bis halb fünf«, sagte Dilys. »Das wissen Sie.«

Er kratzte sich den Kopf.

»Tut mir leid ...«

»Haben Sie Mr. Meredith Bescheid gesagt? Haben Sie es meinem Sohn gesagt?«

»Hab' ich vergessen ...« Er trat von einem bestrumpften Fuß auf den anderen. »Können Sie ihm etwas ausrichten? Können Sie ihm sagen, daß die Egge Zicken macht?«

»Sie ist neu«, sagte Dilys.

Er grinste sie an.

»Dann ist das ja kein Problem«, sagte er. »Dann ist die Garantiezeit ja noch nicht abgelaufen.«

Sie legte eine Hand auf den oberen Treppenpfosten. Sie war plötzlich müde und, was schlimmer war, eine Spur ängstlich. Sie sagte: »Dann gehen Sie jetzt.«

Er nickte.

»Kann sein, daß ich morgen früh ein bißchen später komme. Vielleicht so gegen neun ...«

Dilys wendete den Kopf ab.

»Bis morgen dann«, sagte er.

Sie wartete, bis er durch die Küche auf den Hof hinausgetappt war. Er rief dem anderen Mann etwas zu, sie konnte es hören, es klang vergnügt und sorglos. Sie ertastete sich langsam ihren Weg zurück in die Küche und sah, daß – obwohl die Leute nicht tatsächlich Unordnung hinterlassen hatten – zwei Stühle schräg standen und auf dem Tisch eine zu einem Ball zusammengeknüllte Plastikfolie und das Kerngehäuse eines Apfels lagen. Sie legte eine Hand an den Türrahmen und lehnte sich an ihn. In seinem Korb an der Hintertür hob Harrys alter Hund den Kopf und roch, daß sie da war. Er suchte Harry. Sie schloß die Augen. Obwohl blind und taub, suchte der alte Kep immer noch etwas, wonach ihn verlangte und das nicht da war. Genau wie ich, dachte Dilys. Sie spürte, wie die Stille der Küche um sie herum aufbrandete und sie isolierte. Genau wie ich.

»Bist du okay?« fragte Bronwen, als sie an Judys Schreibtisch vorbeikam, mit einer Mango in einer und einem Plastikbecher voll Kaffee in der anderen Hand. »Du siehst verdammt müde aus.«

»Ich bin es ein bißchen ...«

»Möchtest du eine Mango?« fragte Bronwen.

»Nein danke. Nein.«

»Du solltest Urlaub machen«, sagte Bronwen. »Du brauchst ein bißchen Abwechslung. Ich fahre dieses Jahr nach Formentera, ein paar Bekannte und ich mieten zusammen eine Villa. Die Gegend dort soll völlig unverdorben sein.«

Judy schaute auf den Monitor ihres Computers. ›Die Stimmung dieses Herbstes‹, hatte sie geschrieben, ›ist kindlich. Der Raum in euer aller Vorstellung wird das Kinderzimmer sein. Denkt an Gingham und buntgestrichene Möbelstücke. Denkt an Friese mit Bauernhofszenen und Flickenteppiche. Denkt an Schaukelpferde.‹

Fürchterlich, dachte sie, fürchterlich, *fürchterlich*. Sie klickte mit der Maus, um die Sätze zu löschen. »Wollen Sie«, fragte der Computer höflich, »dieses Dokument aufbewahren?«

»Nein!« sagte Judy, fast schreiend.

Bronwen, die inzwischen an ihren Schreibtisch zurückgekehrt war und die Mango mit einem zerbrechlichen Plastikmesser aufschnitt, schaute auf.

»Tut mir leid«, sagte Judy. »Ich habe gerade völligen Blödsinn geschrieben, das ist alles.«

»Hast du überhaupt zugehört?« fragte Bronwen. »Hast du gehört, was ich über Urlaub gesagt habe?« Sie hielt die Mango hoch, so daß ihr dicker gelber Saft an ihren Handgelenken herunterrann. »Herrje, ich vergesse immer wieder, daß man diese Dinger nur in der Badewanne essen kann.«

»Ich habe mir schon so oft frei genommen«, sagte Judy. »So oft in letzter Zeit ...«

»Aber da ging es um die *Familie*. Das war kein Urlaub. Sie können dich doch nicht dafür bestrafen, daß – nun ja ...«

»Daß Verwandte sterben«, sagte Judy.

Brownen manövrierte mit den Ellenbogen eine Schreibtischschublade auf und holte eine verbeulte Schachtel mit Papiertüchern heraus.

»Kannst du nicht mit Ollie irgendwohin fahren?«

»Ich weiß es nicht. Ich habe ihn nicht gefragt. Ich meine, er hat in letzter Zeit so viel für mich getan, mir so viel Halt gegeben ...«

Bronwen grub ihre Zähne in eine Mangohälfte und riß einen Brocken aus dem glitschigen Fruchtfleisch heraus.

»Wahrscheinlich macht es ihm Spaß. Und was ist mit Zoe?«

Es trat eine winzige Pause ein.

»Nicht Zoe.«

»Ich dachte«, sagte Bronwen und biß abermals zu, »ich dachte, Zoe wäre großartig."

Judy erinnerte sich an die Liste mit Kummer-Worten auf grünem Papier, die mitternächtlichen Gespräche, in denen sich Zoe Urteilen enthielt, an ihr anspruchsloses, fast unsichtbares Auftreten in der Wohnung.

»Sie – also, sie war es.«

Bronwen ließ die Schale der halben Mango in ihren Papierkorb fallen, wo sie feucht aufklatschte.

»Und was ist schiefgelaufen?«

Judy zögerte. Sie betrachtete das Foto von Tideswell Farm mit den Jungtieren auf der sonnigen Wiese und der Gestalt, die Robin sein konnte und über deren Identität sie sich bisher kaum Gedanken gemacht hatte. Jetzt, da sie das Foto betrachtete, wünschte sie sich, daß die Gestalt neben der Scheune tatsächlich Robin war, wollte ihrer Sache ganz sicher sein. Sie schaute ein wenig genauer hin. Für Gareth war die Gestalt zu groß, aber für Robin sah das Haar nicht dunkel genug aus. Gareth' Haar war braun, blaß mausbraun wie schwacher Tee. Vielleicht war der Mann neben der Scheune weder Robin noch Gareth, sondern Joe. Judy streckte eine Hand aus und drehte das Foto zur Seite, so daß das Licht auf das Glas fiel und das Bild unsichtbar machte. Wenn der Mann Joe war, brachte Judy es nicht fertig, ihn anzusehen, noch nicht.

»Also?« fragte Bronwen. Sie hatte die zweite Hälfte ihrer Mango verspeist und leckte sich jetzt die Finger ab, schob einen nach dem anderen in ganzer Länge in den Mund. Es war ein irgendwie widerlicher Anblick.

»Sie ist – nun ja, sie hat sich gewissermaßen an meine Familie gehängt ...«

»Wie meinst du das?«

Judy neigte ihr Gesicht über den Schreibtisch und schirmte es mit den Händen gegen Bronwen ab.

»Sie wollte mitkommen und die Farm sehen. Also habe ich sie mitgenommen. Und dann ist sie dorthin zurückgekehrt, ohne mir ein Wort davon zu sagen, allein. Und jetzt ist sie wieder dort.«

»Wow«, sagte Bronwen.

»Diesmal hat sie es mir gesagt«, sagte Judy. Und dann, bemüht, fair zu sein: »Und sie wollte nicht zur Beerdigung meines Onkels mitkommen, weil sie sagte, das wäre nicht richtig. Aber gestern ist sie wieder hingefahren. Mit dem Bus.«

Bronwen streckte die Hände aus.

»Bizarr«, sagte sie, die zweite Silbe betonend.

»Ich muß immer wieder denken, daß sie irgend etwas im Schilde führt. Sie behauptet, das tut sie nicht. Sie sagt, es gefällt ihr einfach dort.« Judy verstummte. Was Zoe tatsächlich gesagt hatte, gestern morgen, bevor sie sich auf den Weg zum Busbahnhof machte, war: »Nicht ich bin es, der diese Fragen beantworten muß. Das bist du, Judy. Du warst es, die gesagt hat, daß es dir dort nie gefallen hat, du warst es, die gesagt hat, deine Familie würde dich ersticken. Nun, mir gefällt es dort, und mich erstickt sie nicht. Ich nehme mir nichts, was dir gehört. Ich *nehme* mir überhaupt nichts. Ich werde einfach dort sein. Und wenn dein Dad sagt, ich soll verschwinden, dann verschwinde ich.«

Jetzt sagte Judy zu Bronwen: »Da fehlt etwas. Es hört sich alles so simpel an, wenn sie es sagt, aber es paßt nicht zusammen.«

Bronwen verlor das Interesse. Sie stand auf, hielt die klebrigen Hände weit von sich, die Finger gespreizt wie der Struwwelpeter.

»Ich muß mich waschen. Ich habe das verdammte Zeug fast in den Achselhöhlen. Soll ich dir einen Kaffee mitbringen?«

Judy schaute auf ihren leeren Monitor. Sie sollte bis zwölf Uhr 500 Worte als ersten Entwurf fertig haben.

»Nein danke.«

»Okay«, sagte Bronwen. »Bitte geh für mich ans Telefon, wenn es läutet, ja? Bin gleich wieder da.«

Judy nickte. Dann streckte sie eine Hand aus und legte das Foto von Tideswell Farm umgedreht flach auf den Schreibtisch, so daß sie weder das Haus sehen konnte noch die Kühe, noch den Mann neben der Scheune. »Es ist nicht mein Zuhause«, hatte sie einmal fast gereizt zu Zoe gesagt. »Es ist nicht zu Hause, es ist einfach der Ort, an dem ich meine Kindheit verbracht habe.« Nun ja, sagte Judy zu sich selbst und griff wieder nach ihrer Computer-Maus, nun ja. Stimmt das, oder stimmt es nicht?

Robins Gewehr lag auf dem Küchentisch. Es war aufgeklappt, und daneben lagen ein paar Patronen, die er aus der Tasche geholt und dahin gelegt hatte. Zoe hatte noch nie zuvor ein richtiges Gewehr gesehen, gewiß keins mit so langem Lauf wie dieses mit seinem hölzernen Kolben und den Beschlägen aus ziseliertem Metall. Es war etwas völlig anderes als die Gewehre in den Filmen, wesentlich altmodischer, eleganter und ländlicher. Zoe berührte es von Zeit zu Zeit. Robin wollte es später reinigen, nachdem er über ein Problem nachgedacht hatte, das mit der Gesamtmenge der Bakterien in der Milch des letzten Monats zu tun hatte. Die Zahl kam ihm sehr hoch vor, hatte er zu Zoe gesagt, im Durchschnitt bei fast zwanzig. Er würde deswegen losgehen und jemanden aufsuchen müssen; das

Futter überprüfen. Sie wußte nicht, wovon er sprach. Manchmal, wenn er im Farmjargon redete, fragte sie ihn, was er damit meinte, aber diesmal hatte sie es nicht getan. Statt dessen hatte sie das auf dem Tisch liegende Gewehr betrachtet und sich gefragt, ob es solch ein Gewehr gewesen war, das Joe dazu benutzt hatte, sich umzubringen.

Robin hatte das Gewehr am Vorabend gebraucht, um Dachse abzuschießen, sagte er. Sie seien natürlich geschützt durch unsinnige Gesetze, erlassen von Stadtleuten, die nicht mit den Folgen leben mußten. Gegen Dachse war nichts einzuwenden, weit weg und in mäßiger Zahl.

»Aber es sind schmutzige Biester, und sie kommen jeden Tag näher ans Haus heran und versauen die Weiden. Und sie übertragen Tuberkulose. Rindertuberkulose. Ich will nicht, daß sie in die Nähe meiner Kühe kommen.«

Er hatte Zoe nicht angesehen, während er das sagte. Tatsächlich hatte er sie, wie ihr aufgefallen war, nicht einmal angesehen, seit sie drei Stunden zuvor angekommen war und er sie am Ende des Nachmittagsmelkens bei Gareth im Melkstall angetroffen hatte.

»Wieder da?« hatte er gesagt, genau wie Gareth es getan hatte.

»Ja.«

Er hatte nicht gelächelt, sondern nur gesagt: »Im Moment könnten wir noch ein Paar Hände gebrauchen«; aber die Bemerkung war eher an Gareth gerichtet als an Zoe.

Auch Gareth war weniger gesprächig als sonst, und sein Gesicht wirkte irgendwie älter und ernster, als wäre sein Kopf voll von unerfreulichen Gedanken, die ihn völlig in Anspruch nahmen. Er sagte, er wisse nicht, wie es weitergehen solle, was die Zukunft bringen, was Robin beschließen, was sie drüben in Dean Place Farm tun würden. Der alte Herr, sagte Gareth, während er einer Kuh einen Milchschlauch aus dem Weg räumte, war immer noch im Krankenhaus. Angenommen, er konnte nicht mehr arbeiten? Er war noch nicht sehr alt, sagte Gareth, aber angenommen, das hatte ihn aus der Bahn geworfen, ihm einen zu schweren Schlag versetzt? Robin konnte nicht zwei Farmen bewirtschaften. Außerdem hatte er für den Ackerbau nichts übrig.

»Er ist nicht mit dem Herzen dabei«, sagte Gareth und versetzte einer Kuh einen Klaps, damit sie sich in die Box bewegte. »Nicht so wie bei dem Vieh. Es ist etwas völlig anderes als die Arbeit mit Vieh.«

Es hatte Zoe auf der Zunge gelegen, Gareth zu fragen, ob er daran denke, zu kündigen. Aber etwas in der Atmosphäre hielt sie zurück. Der ganze Ort fühlte sich anders an bei diesem Besuch, weniger festgefügt, weniger sicher, als wäre die Zukunft in der Tat nicht die simple und unumstößliche Sache, die sie früher gewesen zu sein schien. Diese Atmosphäre bewirkte, daß auch Zoe sich weniger sicher fühlte, weniger imstande, Fragen zu stellen, wenn ihr danach zumute war, oder nach Lust und Laune in diese scheinbar stabilen Leben einzudringen und wieder daraus zu verschwinden, sie zu beobachten und zu fotografieren, als ob ihre Gegenwart sie nicht mehr berührte als der Hauch eines Schmetterlings, der sich an einer Wand niederließ. Nachdem sie den Melkstall verlassen hatte, war sie in die Küche zurückgekehrt und hatte dort herumgesessen, verlegen und ruhelos. Früher wäre sie einfach dagewesen, hätte einfach existiert und die unbetroffene Leichtigkeit dieses Existierens genossen. Aber jetzt, wo sie unsicher an dem Tisch saß, auf dem Robins Gewehr lag, hatte sie das Gefühl, sich in einem beängstigenden Kindermärchen zu befinden, in dem die Gewalten, die das Wetter und das Land regierten, die Dächer von den Häusern abgerissen hatten und bald, nur aus einer Laune heraus, auch die Wände einstürzen lassen und zusehen würden, wie all die kleinen Leute drinnen in panischer Angst herausrannten.

Sie schaute in den Ausguß, auf der Suche nach einem Glas, um Wasser daraus zu trinken. Robins Teller vom Lunch lag darin, ein Messer und ein Glas. Zoe hatte den Eindruck, daß sie unendlich einsam aussahen, eher Beweise für eine Existenz als für ein Leben. Sie nahm das Glas und spülte es aus, dann füllte sie es mit Leitungswasser und leerte es auf einen Zug. Es schmeckte leicht metallisch. Zoe wusch das Glas und auch den Teller und das Messer unter fließendem Wasser ab und räumte sie auf das Abtropfbrett, und dann griff sie nach dem Tuch, das Velma immer zu einem exakten Quadrat gefaltet zurückließ, und polierte den Ausguß und dann die Wasserhähne. So etwas hatte sie in ihrem ganzen Leben noch nicht getan, und das Funkeln des Chroms verblüffte sie. Sie beugte sich vor und betrachtete ihr verzerrtes Spiegelbild auf der Mischbatterie. Sie hatte enorme Augen und eine riesige Nase, einen winzigen Mund und praktisch kein Kinn und keinen Hals. Sie neigte den Kopf und streckte die Zunge heraus, die über das ganze Spiegelbild anschwoll wie ein feuchter rosa Ballon, riesig und scheußlich.

Hinter ihr läutete das Telefon. Robin hatte einen Anrufbeantworter, den einzuschalten er oft vergaß. Zoe wartete. Es läutete zwei-, drei-, vier-, fünfmal. Er hatte ihn nicht eingeschaltet. Sie durchquerte die Küche und nahm den Hörer ab.

»Tideswell Farm …«

»Wer ist da?« fragte Dilys scharf.

»Zoe«, sagte Zoe.

Eine kleine Pause.

»Zoe? Was tun Sie denn dort?«

»Ich bin gerade gekommen«, sagte Zoe.

»Ich hätte gedacht«, sagte Dilys, »ich hätte gedacht, Sie würden ein bißchen mehr Takt zeigen in einer solchen Zeit. Ich hätte gedacht, Ihnen wäre klar gewesen, daß dies nicht der richtige Zeitpunkt für einen Besuch ist. Wo ist Robin?«

»Überprüft den Zellengehalt oder so etwas Ähnliches in der Milch. Er ist irgendwo draußen …«

»Ich wollte ihm etwas sagen«, sagte Dilys. »Ich wollte ihm wegen seines Abendessens Bescheid sagen.«

»Ich kann es ihm ausrichten.«

Es folgte eine weitere Pause.

»Nicht nötig«, sagte Dilys. »Es spielt jetzt keine Rolle mehr. Ich rufe ihn später wieder an.«

Zoe drückte den Hörer enger an ihr Ohr.

»Ich kann kommen und es holen. Ich kann sein Abendessen holen. Ich leih mir Gareth' Fahrrad.«

»Ich gehe aus«, sagte Dilys. »Ich fahre ins Krankenhaus.«

»Gleich?«

»In einer halben Stunde«

»Ich brauche keine halbe Stunde«, sagte Zoe. »Ich bin in zehn Minuten bei Ihnen.«

»Also gut«, sagte Dilys. Ihre Stimme klang unsicher. »Also gut. Es ist nur eine Pastete, ein Stück Pastete ...«

»Zehn Minuten«, sagte Zoe. »Ich fahre sofort los.«

Sie legte den Hörer auf und rannte hinaus auf den Hof. Gareth war mit dem Melken fertig, er stand jetzt über der Grube und dirigierte einen zischenden Wasserstrahl aus dem Hochdruckschlauch in die Boxen, in denen die Kühe gestanden hatten. Zoe trat so nahe, wie sie konnte, an ihn heran und hielt die Hände an den Mund, um ihren Ruf zu verstärken.

»Darf ich Ihr Fahrrad nehmen? Ich muß nach Dean Place.«

»Wie lange wird das dauern?«

»Eine halbe Stunde!« rief Zoe.

Gareth nickte. Er sah sie nicht an. Das Wasser aus dem Schlauch wirbelte und klatschte gegen den Beton.

»Es steht im Futterschuppen. Hinter dem Traktor. Bringen Sie die Gänge nicht durcheinander.«

Sie rannte hinüber zur Scheune, an dem Glasbehälter vorbei, in dem die Milch gesammelt wurde. Robin war nirgendwo zu sehen. Gareth' Fahrrad, ein ramponiertes frühes Mountainbike-Modell, lehnte an einem Haufen Futtermais. Zoe ergriff es und rollte es so schnell auf den Hof hinaus, daß es schon genügend Schwung hatte, als sie es bestieg und ihr rechtes Bein über die Stange schwang, die Gareth mit Leuchtband umwickelt hatte, damit es in der Dunkelheit besser zu sehen war.

Es war schön, wieder auf einem Fahrrad zu sitzen. Zoe war seit vielen Jahren nicht mehr radgefahren, bis sie sich bei ihrem letzten Besuch in Tideswell Gareth' Rad geliehen

hatte. Es brachte ein Gefühl der Freiheit und des Beteiligt-
seins mit sich, und die Hecken, in denen sich gerade die
flachen, cremefarbenen Dolden der Holunderblüten öffne-
ten, gewannen von dieser Höhe aus und bei diesem Tempo
eine andere Perspektive. Sie beugte den Kopf in den leichten Wind, den sie erzeugte, und trat wie besessen in die
Pedale, als hätte sie einen wichtigen Auftrag zu erfüllen,
als hinge etwas Lebensentscheidendes von ihr, der Botin,
ab.

Dilys wartete am Küchenfenster. Sie sah, wie Zoe her-
angebraust kam und das Fahrrad schlitternd zum Halten
brachte, als wäre es ein durchgegangenes Pony. Sie sah genauso aus, wie Dilys sie in Erinnerung hatte, und ebenso
verstörend, ganz in Schwarz und mit Haar, so kurz wie das
eines Jungen. Es gehörte sich nicht, dachte Dilys, daß man
so viel vom Hals eines Mädchens sah. Das war irgendwie
unanständig, es sah zu nackt aus. Zoe lehnte das Fahrrad
gegen einen von Dilys' Geranienkübeln und rannte auf die
Tür zu.

»So eilig ist es nun auch wieder nicht«, sagte Dilys beim
Öffnen. »Schließlich geht es nicht um Leben und Tod.«

Zoe keuchte.

»Ich wollte nicht, daß Sie sich verspäten ...«

»Das tue ich nicht«, sagte Dilys.

Sie ging voran in die Küche. Auf dem Tisch stand ein
säuberlich mit Aluminiumfolie abgedeckter Teller und daneben eine Plastikdose.

»Ich habe genug für zwei darauf getan«, sagte Dilys, auf
den Teller und die Dose zeigend. »Und ein bißchen Salat.«

»Danke«, sagte Zoe.

Dilys sah ziemlich elend aus. Zoe erinnerte sich an eine
selbstsichere Frau, gesund und zielstrebig, eine Frau, die
alles unter Kontrolle hatte. Jetzt sah sie wie ein Schatten
von alledem aus, und ihre ordentliche Kleidung, ihr or-
dentliches Haar und ihre ordentliche Küche schienen der
Verheerung in ihrem Inneren beinahe zu spotten.

Zoe sagte: »Sagten Sie nicht, Sie wollten ins Krankenhaus?«

Dilys begann, mit einem Wischtuch zu hantieren, sie klappte es auf und faltete es dann wieder genau so, wie es vorher gewesen war.

»Ja.«

»Wie geht es ihm?«

»Es geht ihm nicht gut«, sagte Dilys. Ihre Stimme hörte sich seltsam an, fast so, als machte sie eine Aussage, die sie freute, für die sie dankbar war. »Sie können ihn nicht dazu bringen, daß er ißt. Er will nicht essen.« Sie legte das Wischtuch wieder an seinen angestammten Platz auf den Rand des altmodischen weißen Ausgusses, genau in der Mitte. »Sie haben ihn gestern an einen Tropf angeschlossen.«

»Oh ...«

»Er kann nicht nach Hause kommen«, sagte Dilys, wieder mit diesem seltsamen Anflug von Triumph. »Solange er an diesem Tropf hängt, kann er nicht nach Hause kommen.«

Zoe sah sie an. Sie bemerkte, daß ihre Hände zitterten, als sie das Wischtuch wieder an seinen Platz legte.

»Möchten Sie, daß ich Sie begleite?«

Dilys starrte sie an.

»Was?«

Zoe sagte: »Soll ich ins Krankenhaus mitkommen? Ihn besuchen? Ich kann nicht fahren, aber ich könnte Ihnen Gesellschaft leisten.«

Dilys sagte: »Aber ich kenne Sie doch überhaupt nicht«

»Doch«, sagte Zoe. »Ein bißchen jedenfalls.«

Dilys bewegte sich zum Tisch und begann, den Teller und die Plastikdose neu auszurichten.

»Es – es würde sich nicht gehören.«

»Weshalb nicht? Es wäre besser, wenn ich mitkäme. Viel besser. Es würde es Ihnen leichter machen, zu fahren, leichter, wieder heimzukommen.«

»Oh«, sagte Dilys zu schnell. »Das Heimkommen ist leicht. Es ist nicht das Heimkommen ...«

»Ich weiß«, sagte Zoe.

Dilys hob den Blick von ihren geschäftigen Händen auf dem Tisch und sah Zoe an.

»Man weiß nie«, sagte Zoe, »was einem angst machen wird. Stimmt's? Es schleicht sich an, wenn man gerade nicht hinschaut, und dann ist die Angst plötzlich da.«

Dilys sagte nichts.

»Ich kann diese Sachen«, sagte Zoe, »hinbringen, auf dem Gepäckträger von Gareth' Rad, und Sie können mir in Ihrem Wagen folgen. Dann können wir zusammen fahren.« Sie hielt inne, und dann sagte sie: »Ich würde wirklich gern mitkommen.«

Dilys berührte leicht die Folie über dem Teller. Sie senkte den Blick, um Zoe nicht in die Augen sehen zu müssen.

»Sie können das Rad zurückbringen. Ich nehme die Sachen im Wagen mit. Ich will nicht, daß die Pastete herumgeschleudert und verdorben wird.«

Zoe lächelte.

»Okay«, sagte sie. »Okay.«

Sie bewegte sich auf die Tür zu. Dilys stand noch immer am Tisch; ihr Blick war auf ihn gerichtet, aber sie sah ihn nicht.

»Zehn Minuten«, sagte Zoe.

Harry störte der Tropf nicht. Auf irgendeine seltsame Art erinnerte ihn dieses Angeschlossensein an Robins Melkstall mit all diesen Röhren und Schläuchen, nur daß dort Milch herausfloß und in seinem Fall, hatten sie gesagt, Glukose hineinfloß, Glukose und dieses oder jenes Vitamin. Das war Harry ziemlich gleichgültig, um die Wahrheit zu sagen. Er hatte nie viel mit Vitaminen im Sinn gehabt; neumodisches Zeug, das sie im Krieg wegen der Nahrungsknappheit erfunden hatten. In Harrys Kindheit hatte es überhaupt keine Vitamine gegeben, da hatte es Schweinefleisch gegeben und Brot, Käse, Kartoffeln und Kohl. In Harrys Kindheit konnte man daran, was man aß, erkennen, welcher Tag der Woche und welche Stunde des Tages es war. Wenn Harry oder eine seiner Schwestern krank wurden, dann braute seine Mutter einen ihrer Tränke zusammen, Brennesseln und Sauerampfer und Minze und solches Zeug. Harry lag da, betrachtete die dünnen Schläuche, an die sie ihn angeschlossen hatten, und dachte an die Küche seiner Mutter. Sie würde der Schlag treffen, wenn sie ihn jetzt so sehen könnte. Sie hätte an nichts anderes denken können als daran, was das alles kostete.

»Harry«, sagte Dilys. Sie stand am Fußende seines Bettes, wie immer, wenn sie kam, so daß er die Augen zusammenkneifen mußte, um sie sehen zu können. »Hallo, mein Lieber.«

»Hallo«, sagte er.

»Ich habe jemanden mitgebracht«, sagte Dilys. »Erinnerst du dich an Judys Freundin Zoe?«

Harry schloß ein Auge, um das Zusammenkneifen zu verengen. Dilys bewegte sich seitwärts aus seinem Blickfeld, und Zoe trat an ihre Stelle. Sie lächelte.

»Wir haben uns unten an der Hecke kennengelernt«, sagte sie. »Erinnern Sie sich? Sie haben die Hecke verflochten, und Judy und ich haben Ihnen Ihren Tee gebracht.«

Harry nickte. Ihm war bewußt geworden, daß er sein Gebiß nicht im Mund hatte.

»Ich wollte gern mitkommen«, sagte Zoe. »Ich habe Dilys gefragt, ob es ihr recht ist.«

Sie kam ums Bett herum, gegenüber von Dilys an der anderen Seite, und schaute zu ihm herab. Sie lächelte immer noch.

»Möchten Sie Ihre Zähne?«

Er nickte wieder und starrte sie an. An dieses merkwürdige Haar erinnerte er sich, aber er hatte ihre großen Augen vergessen, große Augen wie die von einer Kuh, nur daß ihre keine sanften waren, sondern scharfe, die Dinge sahen.

Dilys reichte ihm sein Gebiß in einem Papiertuch. Er hielt sich eine Hand vor den Mund, um sein Zahnfleisch abzuschirmen, während er es einsetzte, etwas mühsam wegen des Tropfes.

»Wohnen Sie bei Robin?«

»Ja.«

»Ist Judy auch da?«

»Nein«, sagte Zoe, »sie arbeitet. Aber sie läßt Sie herzlich grüßen.« Sie setzte sich auf die Bettkante. »Sie möchte wissen, wie es Ihnen geht.«

»Die Schwestern mögen das nicht«, sagte Dilys. »Sie mögen es nicht, wenn man sich auf die Betten setzt.«

Zoe sah sie an. Sie lächelte immer noch.

»Ich warte ab, bis sie mich herunterscheuchen.« Sie sah wieder Harry an. »Was soll ich Judy sagen? Darüber, wie Sie sich fühlen?«

»Müde«, sagte Harry.

»Aber Sie essen nicht.«

»Ich mag nicht.«

»Wem soll das helfen?« sagte Zoe. »Wem bringt es etwas ein, wenn Sie nicht essen?«

Dilys holte sich einen Stapelstuhl aus grauem Plastik, ließ sich darauf nieder und lehnte sich zurück, so als ob sie, stellte Harry fest, seine Antwort überhaupt nicht interessierte.

»Das geht Sie nichts an«, sagte er zu Zoe.

»Stimmt.«

»Das geht niemanden etwas an«, sagte Harry. »Es geht niemanden etwas an, was ich tue. Nicht mehr.«

»Nur, daß andere Leute sich um Sie kümmern müssen. Und Sie sind eine Pest, wenn Sie nicht essen wollen, eine Pest für diese Leute.«

Er grinste plötzlich.

»Ich bin schon immer eine Pest gewesen«, sagte er. »Mein ganzes Leben lang bin ich eine Pest gewesen.«

»Ich auch«, sagte Zoe.

Sie schaute zu ihm herab. Irgendwo in diesem eingesunkenen alten Gesicht steckte das von Robin, der gleiche Knochenbau, das gleiche flüchtige Lächeln, der gleiche verschlossene Blick. Harry war ein ziemlich kleiner Mann, ganz offensichtlich ein zu kleiner Mann, um der Vater so hoch gewachsener Söhne zu sein, aber er hatte einen großen Kopf, den Kopf eines viel größeren Mannes, als er es war, dachte Zoe, im Augenblick angefüllt mit Dingen, die er nicht ertragen konnte und deren Gefangener er war. Sie warf einen kurzen Blick über das Bett hinweg auf Dilys.

Ihr ging es ebenso. Sie saß auf ihre ordentliche Weise auf dem grauen Plastikstuhl, und auch sie war an ihre Gedanken gefesselt, genau wie Harry oder Robin oder die Frau, bei der Zoe zum Tee gewesen war und die jetzt Joes Witwe war. Sie faltete die Hände im Schoß.

»Wissen Sie was?« sagte Zoe.

Harry musterte sie.

»Sie essen nicht«, sagte Zoe, »und am Ende werden Sie sterben. Ist es das, was Sie wollen?«

Harrys Blick schwankte.

»Sie können sich nicht entscheiden?«

Sein Mund ging auf und schloß sich dann wieder, lautlos.

»Okay«, sagte Zoe. »Dann werde ich für Sie entscheiden. Solange wir am Leben sind, leben wir. Und genau das werden Sie tun.« Sie schaute hinüber zu Dilys. »Stimmt's?«

DREIZEHNTES KAPITEL

Lyndsay lag auf einer Liege im Garten des Hauses ihrer Eltern am Rand von Stretton. Die Sonne schien, aber es war eine schwächliche Spätfrühlingssonne, und Lyndsays Mutter hatte ihr eine Decke gebracht, eine Strickjacke, eine Thermosflasche voll Kaffee und dazu eine Zeitschrift. Sie behandelten sie, dachte Lyndsay, als wäre sie krank.

Ihr Vater hatte das Haus vor dreißig Jahren gebaut, auf einem Grundstück, auf dem sich einst der Obstgarten eines großen Hauses befunden hatte, das abgerissen worden war, um Platz für einen Tennisclub zu schaffen. Ihr Bruder und ihre Schwester, beide älter als Lindsay, waren als Jugendliche Mitglieder dieses Clubs gewesen, und ihre Schwester hatte jemanden geheiratet, mit dem sie dort gemischte Doppel gespielt hatte, und war mit ihm nach Droitwich gezogen. Sie hatten zwei Kinder, und sie war Personalchefin einer Firma geworden, die Gartengeräte herstellte. Lyndsays Bruder war Buchhalter. Ihre Mutter, die immer die Bücher für das Baugeschäft ihres Mannes geführt hatte, behauptete, die Fähigkeit zum Umgang mit Zahlen hätte er von ihr geerbt.

Niemand äußerte sich darüber, was Lyndsay geerbt hatte. Sie hatte eher Ähnlichkeit mit ihrer blassen, hübschen Großmutter mütterlicherseits, aber diese war künstlerisch begabt gewesen, mit einem Talent für Aquarelle und Stickereien, und Lyndsay verspürte, obwohl sie geschickte Hände hatte, keinerlei Neigung, zu einem Pinsel oder einer Nadel zu greifen. Sie war ja so sehr das jüngste Kind gewesen, sowohl vom Temperament her als auch von der Art, wie sie behandelt wurde. Verhätschelt, sagten ihr Bruder und ihre Schwester, verzogen. Fotos von Lyndsay in den verschiedenen Stadien ihrer Kindheit standen noch heute überall im Wohnzimmer ihrer Eltern herum und drängten sich auf den Heizkörperverkleidungen. Jetzt waren sie ihr peinlich, diese Fotos von einem Kind im Sonntagsstaat, mit Schleifen im Haar und weißen Söckchen. Es überraschte sie nicht, daß ihre Schwester immer so gereizt gewesen war.

Sie waren alle verblüfft und erleichtert gewesen, als sie Joe mitbrachte. Sie war nur halbherzig ins Kosmetikgeschäft eingestiegen, hatte nach Abschluß der Schule einen Zweijahreskurs am Stretton College absolviert und wartete darauf, daß sich ihr Vater entschied, ihr Räumlichkeiten für einen eigenen Salon zu kaufen, als sie Joe kennenlernte. Es war an der Tankstelle gewesen. Sie hatte den Wagen ihrer Mutter aufgetankt, den sie sich geliehen hatte, und der automatische Abstellmechanismus im Pumpschlauch hatte versagt. Plötzlich war ihr das Benzin auf die Kleidung gespritzt und auf die Schuhe geplätschert, und sie hatte geschrien. Joe, der an einer anderen Zapfsäule gerade den Farmlaster mit Diesel betankte, war herbeigerannt und hatte sie gerettet. Sie hatte noch tagelang nach Benzin gerochen, danach gestunken. Joe sagte – eine Zeitlang zumindest –, daß Benzin für ihn das beste Parfum der Welt geworden sei.

Nach drei Wochen fragte er sie, ob sie ihn heiraten wolle. Sie sagte ja, noch bevor die Worte richtig aus seinem Mund heraus waren, sie hatte sogar, wie ihr später bewußt wurde, fast von der Sekunde an, in der er ihr den sprudelnden Benzinschlauch aus den gelähmten Händen gerissen und in einen Abfluß geworfen hatte, darauf gewartet, daß er ihr einen Antrag machte. Für ihre Eltern war er alles, was sie sich nur wünschen konnten, älter, verläßlich, gutaussehend und allem Anschein nach wohlhabend. Er würde mit dem weitermachen, was sie jetzt glücklicherweise nicht mehr zu tun brauchten – sich um Lyndsay kümmern. Er hatte die Unmengen von silbergerahmten Fotos betrachtet und lächelnd gesagt, sie würde sich nicht die Hände schmutzig zu machen brauchen. Sie hatten ihm alle geglaubt.

Und jetzt waren sie alle in einem Schockzustand. Etwas so Brutales wie das, was Joe getan hatte, war nie in ihr Leben eingedrungen, wäre ihnen nie in den Sinn gekommen.

Sie hatten Lyndsay aufgefordert, zu kommen und ein paar Tage bei ihnen zu bleiben, weil sie schließlich ihre Tochter war, und dann waren da ja auch noch die Kinder, aber es war einfach fürchterlich, das war es. Es lag etwas Empörendes darin, etwas Extremes, was es ihnen unmöglich machte, die richtige Einstellung zu finden oder sich eine Meinung zu bilden. Als Lyndsay eintraf, hatten sie sie freundlich willkommen geheißen, aber gleichzeitig pflichtgetreu, als wäre sie auf irgendeine Art leicht kontaminiert. Und dann waren sie dazu übergegangen, sie wie eine Kranke zu behandeln: Frühstück im Bett, Tassen mit Tee und fingerhutgroße Gläschen mit süßem Sherry, kleine Ruhepausen im Garten unter einem schottisch karierten Plaid.

Ihr Vater, der sich inzwischen aus dem Geschäft zurückgezogen hatte, war sehr geduldig mit den Kindern. Sie konnte jetzt hören, wie er im Haus Rose alte Kriegslieder vorsang. Rose liebte Gesang. Sie liebte alles, was Lärm machte, Musik, Motorräder, bellende Hunde, Rugby und Fernsehen. Wahrscheinlich würde auch Hughie zuhören, aber er würde den Gesang nicht mit Rufen begleiten, wie Rose es tat. In den letzten beiden Nächten hatte er ins Bett gemacht, und Lyndsays Mutter hatte ein Gummituch auf die Matratze gelegt, stumm, aber mit vielsagender Miene.

»Es war ein Versehen«, hatte Hughie zu ihr gesagt. Er wollte nicht sagen, daß es ihm leid tat. »Ein Versehen.«

Mehrmals hat er zu Lyndsay gesagt, er hoffe, sie könnten bald wieder nach Hause.

»Vermißt du den Kindergarten?«

»Nein.«

»Weshalb willst du dann nach Hause?«

Er hatte seine Robbe umgedreht und Lyndsay über den Plüschschwanz hinweg beäugt.

»Ich wohne da«, sagte er geduldig.

Ich frage mich, ob ich auch da wohne, dachte Lyndsay jetzt und schaute zu dem blassen, klaren Himmel empor. Sie ließ ihren Blick langsam in einer Kurve abwärts wandern, über die hohe immergrüne Hecke, die den Blick auf die Plätze des Tennisclubs versperrte, bis er auf dem Haus ihrer Eltern lag, Backstein, ordentlich, massiv, anständig. *Hier* wohne ich jedenfalls nicht. Nicht mehr.

Die Terrassentür des Wohnzimmers wurde geöffnet, und Lyndsays Mutter kam heraus, leicht hinkend wegen der Arthritis, unter der sie litt und über die sie nie sprach. Sie brachte einen leichten Gartenklappstuhl mit. Lyndsay setzte sich ein wenig auf und versuchte, positiver auszusehen, weniger wie ein Opfer. Ihre Mutter klappte den Stuhl auf, prüfte seine Standfestigkeit und setzte sich darauf.

»So, da bin ich.«

Sie musterte Lyndsay.

»Ist dir auch warm genug, Kind?«

Lyndsay nickte.

»Dad singt den Kindern etwas vor. Kannst du ihn hören? Rose mag ›Pack Up Your Troubles‹ am liebsten, Gott segne sie.«

Lyndsay sagte: »Sie mag alles, was Krach macht.«

Sylvia Walsh betrachtete ihre Hände. Es waren hübsche Hände, genau wie die von Lyndsay, sehr gepflegt, und wenn sie nicht bei der Hausarbeit war, trug sie immer ihren Verlobungsring – zwei Saphire und drei kleine Brillanten – und den keltischen Liebesknoten-Ring, den Ray ihr zur silbernen Hochzeit geschenkt hatte.

»Ich finde, wir sollten uns ein bißchen unterhalten, Kind. Über deine Zukunft. Dad und ich werden alles tun, um dir zu helfen.«

Lyndsay zog das Plaid über ihre Hände, damit sie sie ungesehen ineinander verkrampfen konnte.

»Wie meinst du das?«

»Also«, sagte Sylvia. »Wie stehen die Dinge? Kannst du dort bleiben? Auf der Farm?«

Lyndsay sagte, ohne nachzudenken: »Natürlich kann ich bleiben! Es ist mein Zuhause!«

Sylvia zupfte ihre Strickjacke zurecht, bis die Kanten parallel über ihrem Busen hingen.

»Aber jetzt liegen die Dinge doch völlig anders, oder? Ich meine, du kannst nicht auf der Farm arbeiten. Das siehst du doch wohl ein? Vielleicht brauchen die Meredith' dein Haus, verstehst du, für einen Verwalter oder so etwas.«

»Niemand hat etwas gesagt ...«

»Nein, das kann ich mir denken. Schließlich geht im Moment dort alles drunter und drüber – mit deinem Schwiegervater im Krankenhaus. Aber sie werden darüber nachdenken müssen, oder? Glaubst du nicht, daß Robin darüber nachdenkt?«

Lyndsay, die genau wußte, daß ihre Mutter zusammenzucken würde, wenn der Name ausgesprochen wurde, sagte mit voller Absicht: »Joe hatte Anteile an der Farm. Sein Vater hatte ein paar, und er hatte mehr. Die gehören jetzt mir, nicht wahr?«

Sylvia starrte sie an.

»Aber du willst doch bestimmt keine Anteile an der Farm, oder?«

Lyndsay seufzte.

»Nein. Nein, vermutlich nicht ...«

»Ich finde«, sagte Sylvia und beugte sich vor, »du kannst jetzt nicht mehr dort bleiben, nicht jetzt, nachdem ... Nun ja, du müßtest dich mit deinen Schwiegereltern arrangieren. Du müßtest mit ihnen zusammenarbeiten.«

Lyndsay schaute weg.

»Das könnte ich nicht. Außerdem ...« Sie verstummte, und dann sagte sie sehr leise, als gestände sie eine Illoyalität ein: »Außerdem hasse ich die Farm.«

Sylvia sagte behutsam: »Dad und ich haben uns gefragt, was du von unserem kleinen Plan halten würdest. Es ist nur ein Vorschlag, nicht mehr. Nur etwas, worüber du nachdenken solltest.«

Lyndsay zog die Hände unter der Decke hervor und faltete sie über ihrem Bauch.

»Wir haben uns gefragt«, sagte Sylvia, »ob du vielleicht dort weitermachen möchtest, wo du vor sieben Jahren aufgehört hast. Wir haben uns gefragt, ob du nach Stretton zurückkommen möchtest und wir wieder zusehen, ob sich etwas mit einem kleinen Salon machen läßt. Nichts Großes. Vielleicht sogar ein Teilzeitjob, solange die Kinder noch klein sind.« Sie schwieg einen Moment. Dann sagte sie mit einer Stimme, die gütig klingen sollte: »Wir haben nur gedacht, daß eine völlige Veränderung dir guttun könnte.«

Lyndsay legte eine Hand flach auf die andere und drückte sie beide hart auf ihren Bauch, der sich nachgiebig anfühlte, als wölbte er sich zwischen den Hüftknochen nach innen. Sie glaubte nicht, daß sie in ihrem ganzen Leben je so mager gewesen war.

»Es wäre keine Veränderung«, sagte sie zu ihrer Mutter. »Es wäre nur eine Rückkehr dorthin, wo ich angefangen habe …«

»Außer daß du jetzt die Kinder hast, du hast den kleinen Hughie und Rose. Und du hast nie zu Ende gebracht, was du damals angefangen hast, denn – denn du hast geheiratet.«

Lyndsay drehte den Kopf beiseite. Es gab Momente, plötzliche, qualvolle Momente, in denen sie sich so sehr nach Joe sehnte, daß es sie fast den Verstand kostete. Heirat, dachte sie, o mein Gott, Heirat, *Heirat* …

»Denk einmal darüber nach«, sagte Sylvia. »Ich weiß, wie schwer es dir fallen muß, einen Entschluß zu fassen. Aber es muß sein. Das Leben muß weitergehen.«

»Und wenn ich nicht will, daß es das tut?« fragte Lyndsay. »Wenn ich einfach nicht will, daß es ein Morgen gibt?«

Sylvia stand auf und zupfte mit den kleinen, pflückenden Bewegungen, die sie immer gemacht hatte, seit Lyndsay sie kannte, die Kanten ihrer Strickjacke und den Gurt ihres Rockes zurecht.

»So darfst du nicht denken«, sagte Sylvia. »Nicht mit Kindern. Wenn du Kinder hast, darfst du an so etwas auf gar keinen Fall denken.«

»Ich starre dich an«, sagte Eddie zu Zoe.

Er hockte vor ihr mit einer Wasserpistole aus rotem Plastik, die wie ein Revolver geformt war. Zoe saß mit untergeschlagenen Beinen auf der Erde. Sie lehnte mit dem Rücken an der Hofmauer und hatte die Augen geschlossen. Sie hatte gerade von Gareth ihre erste Traktor-Fahrstunde erhalten, auf dem alten Traktor, der zum Wegschaben der Gülle benutzt wurde, und nicht viel Begabung dafür gezeigt.

»Ich kann länger starren als du«, sagte Eddie. »Ich werde dich niederstarren.«

Zoe öffnete die Augen. Eddies Gesicht war ungefähr fünfzehn Zentimeter von ihrem entfernt, von der Anstrengung des Starrens verzerrt. Seine Augen waren blaugrau und klein.

»Warum?«

Er rührte sich nicht.

»Warum willst du mich anstarren?«

»Ich starre dich so lange an, bis du Angst hast.«

»Mir kann man nicht so leicht angst machen«, sagte Zoe.

Sie musterte ihn. Er hatte ein nichtssagendes schmales Gesicht und Sommersprossen. Sie streckte ihm die Zunge heraus. Er nahm keine Notiz davon.

»Das ist langweilig«, sagte Zoe.

Er kam ihr ein Stückchen näher, bis sie ihn riechen konnte, leicht ranzig und kindlich zugleich. Er ähnelt Gareth ein wenig, dachte sie, aber er hatte Debbies schmächtigen Körperbau, wie ihn Zoe mit den Stadtkindern assoziierte, die johlend in Rudeln durch die Siedlung rannten, in der sie aufgewachsen war. Damals hatte sie es für völlig normal gehalten, in einer Welt aus Mauern, Bürgersteigen, Treppenhäusern, kleinen Wohnungen und fremden Leuten aufzuwachsen. Erst jetzt, hier draußen, hatte es den Anschein, als wäre das nur eine von mehreren Möglichkeiten, groß zu werden. Judy war schließlich hier aufgewachsen. Sie hatte frische Luft gehabt und Felder, steinige Pfade und einen Fluß. Und Einsamkeit. Und sie hatte das alles gehaßt. Zoe beugte sich vor und versetzte Eddie einen kleinen Stoß.

»Gib's auf«

Er schwankte auf den Fersen, fing sich aber wieder und rückte noch näher heran, bis seine Nase fast die von Zoe berührte.

»Du bist eine Pest«, sagte Zoe. »Es wird Zeit, daß du in

die Schule kommst und eins hinter die Ohren kriegst, weil du eine Pest bist.«

Ein Motorengeräusch wurde hörbar, und der Landrover fuhr mit hoher Geschwindigkeit auf den Hof und hielt so an, wie Robin immer anhielt, mit einem Schwenker auf die Hintertür zu. Zoe hob den Blick, um ihn anzusehen.

»Ich habe gewonnen!« brüllte Eddie. »Ich habe gewonnen! Ich habe das Anstarren gewonnen!«

Zoe streckte ihre Beine und stand auf, indem sie ihren Rücken an der Mauer hochschob. Robin stieg aus dem Landrover aus und ging nach hinten, um die Heckklappe herunterzulassen. Zoe ging auf ihn zu. Hinter ihr feuerte Eddie zwei Schüsse aus seiner Wasserpistole ab, die nicht direkt auf sie gerichtet waren.

Die Ladefläche des Landrovers war voller Ballen. Zoe betrachtete sie.

»Was ist das?«

Robin ergriff den nächsten Ballen bei seiner Verschnürung aus Plastikband und bedeutete ihr mit dem Kopf, daß sie dasselbe tun solle.

»Gerstenstroh. Es kommt auf die Paletten neben dem Mais.«

Zoe hob einen Ballen an.

»Wofür ist das?«

»Für Kälber. Ich will dieses Jahr Kälber kaufen und aufziehen, bis sie selbst kalben können.«

Er machte sich auf den Weg zur Scheune. Zoe folgte ihm, und Eddie kam mit seiner tröpfelnden Wasserpistole hinterher.

»Haben Sie denn nicht genügend eigene Kälber?«

»Zu viele Bullen.«

»Aber kann man das nicht feststellen? Vorher, meine ich. Wenn Sie eine Kuh besamen, können Sie dann nicht feststellen, was sie bekommen wird?«

»Nein.«

»Warum nicht?«

»Weil die Wissenschaft noch nicht soweit ist. Weil man bei Bullensamen nie im voraus weiß, was man kauft. Weil ich 30 Röhrchen Samen zu 22 Pfund das Stück gekauft habe und alle Kälber bis auf zwei Bullen waren. Weil mich der Kauf von Jungtieren im gebärfähigen Alter 700 pro Stück kosten würde.« Er fuhr zu ihr herum, immer noch den Strohballen in der Hand. »700 pro Stück. Okay? Reicht das jetzt? Genug dämliche Fragen?«

Zoe setzte ihren Ballen ab.

»Tut mir leid.«

»Machen Sie endlich weiter, ja?« brüllte Robin. »Hören Sie mit dem Geschwätz auf, und machen Sie weiter. Schließlich habe ich genug zu tun, ohne daß mir jemand Fragen stellt wie ein verdammter Journalist. Ich weiß, was ich tue, und ich kann Ihnen versichern, daß alles aus einem guten Grund geschieht und nichts zum Vergnügen!«

Zoe beugte sich wieder über ihren Ballen. Aus dem Augenwinkel heraus konnte sie Eddies kleine Gestalt sehen, die in Deckung rannte, weg vom Ärger. Sie schaute herunter auf ihre Hände und die Arme, die aus den kurzen Ärmeln ihres schwarzen T-Shirts herausragten, und sie kamen ihr plötzlich komisch vor, weiß und dünn und unheimlich. Sie schluckte schwer.

»Tut mir leid«, sagte sie. »Ich hab' ja nur gefragt.«

Robin grunzte und verschwand in der Düsternis des Futterschuppens. Sie folgte ihm mit ihrem Ballen und legte ihn exakt neben seinem ab.

»Ich mache das fertig«, sagte sie, ohne ihn anzusehen. »Ich entlade den Landrover.«

Es folgte ein kurzer Moment der Stille. Robin trat ein oder zwei Schritte beiseite.

»Okay«, sagte er.

Nachdem sie das Stroh abgeladen hatte, setzte sie sich auf den Fahrersitz und betrachtete das Armaturenbrett. Es lagen Unmengen von Dingen darauf, Broschüren, Einwickelpapier von Schokoriegeln, zerknüllte Saftpackungen, Parkscheine und ein kleines, ramponiertes Notizbuch, auf dessen Einband ›Kälberaufzucht‹ gekritzelt war. Auf dem Beifahrersitz und auf dem Boden sah es kaum besser aus, sie waren übersät mit Stroh, Papierfetzen und öligen Lappen. Über der Lehne des Beifahrersitzes hing, achtlos hingeworfen, ein alter blauer Pullover, der vermutlich Robin gehörte. Zoe zog ihn herunter, rollte ihn in ihrem Schoß zusammen wie eine Katze und strich ihn glatt.

Sie streckte eine Hand aus und berührte den Zündschlüssel. Sie war fast – aber nicht ganz – versucht, ihn zu drehen. Sie dachte, wenn sie nur fahren könnte, dann könnte sie mit dem Landrover das Essen von der Dean Place Farm holen. Ob Krise oder nicht, Dilys kochte nach wie vor Essen und backte Kuchen und Plätzchen, um sie Harry mitzubringen, der sie, wie Zoe glaubte, den Schwestern schenkte. Dilys hatte sogar angeboten, Zoe das Kochen beizubringen.

»Was?«

»Nun, eines Tages werden Sie es lernen müssen.«

»Meinen Sie?« hatte Zoe gefragt. »Wozu?«

»Zum Leben«, sagte Dilys. »Damit Sie für sich sorgen können. Und für andere Menschen. Können Sie ein Zimmer putzen?«

Zoe lächelte sie an.

»Keine Ahnung.«

»Oder ein Hemd bügeln?«

Zoe schüttelte den Kopf,

»Ich nehme an«, sagte Dilys, »Sie sind der Ansicht, daß die heutigen Frauen keine Hausarbeit mehr tun sollten.«

»Nein«

»Daß es nur noch darum geht, Karriere zu machen und so.«

»Ich tue es nicht«, sagte Zoe, »weil ich es nicht brauche. Wenn es sein muß, werde ich es vermutlich lernen.«

Dilys hatte während dieser Unterhaltung am Ausguß in ihrer Küche gestanden und dunkelgrüne Brokkoliröschen unter fließendem Wasser abgespült. Sie hob den Blick und schaute durch das Fenster über dem Ausguß, dann sagte sie mit völlig anderer Stimme. »Wenn Harry heimkommt, könnte ich vielleicht ein bißchen Hilfe brauchen. Vielleicht käme mir dann ein zusätzliches Paar Hände gerade recht.«

Es folgte eine Pause.

»Ich verstehe«, sagte Zoe.

Sie rutschte von der Tischkante herunter, auf der sie gesessen hatte.

»Das ist etwas anderes. Ich meine, wenn Sie mich zum Bügeln brauchen, dann lerne ich es.«

Zwei Tage später hatte Dilys ihr beigebracht, wie man Rührei macht. Es war nett, dachte Zoe, bis auf das Abwaschen der Pfanne, das einen abrupt und nachdrücklich erkennen ließ, welche Vorteile Sandwiches, Plastikbehälter mit Nudeln und Hamburger in Kartons zum Mitnehmen boten. Sie betrachtete Robins Pullover in ihrem Schoß. Es hingen Strohhalme daran, die Ärmel waren ausgefranst; außerdem hatte er ein großes Loch. Sie hob ihn an und hielt ihn sich vors Gesicht. Er roch nur nach Wolle – Staub und Wolle. Sie war traurig gewesen, als Robin sie angeschrien hatte; nicht erschrocken, sondern nur traurig, einfach traurig, daß sie ihn dazu gebracht hatte. Sie wollte nichts tun, was ihn zum Schreien veranlaßte, sondern eher das Gegenteil. Sie nahm den Pullover wieder in die Hände und schüttelte ihn aus, so wie Dilys die Wäsche ausschüttelte, bevor sie sie auf die Leine hängte, dann faltete sie ihn zusammen und hängte ihn wieder über die Lehne des Beifahrersitzes, an seinen angestammten Platz.

»Welchen Platz?« dachte Zoe plötzlich. »Welchen Platz? Was tue ich?«

»Was tut sie hier?« fragte Debbie. Sie hatte Gareth' Tee auf den Tisch gestellt. Die Kinder aßen vor dem Fernseher. Debbie schätzte das gar nicht, aber für heute hatte sie die Nase voll von den Kindern. Ihr war es gleich, wo sie aßen, es war ihr sogar gleich, ob sie überhaupt aßen, vor allem Eddie. Er hatte die Flasche mit dem Bleichmittel entdeckt, die sie nach dem Putzen versehentlich mit nur flüchtig zugeschraubtem Verschluß im Badezimmer hatte stehenlassen, seine Wasserpistole damit gefüllt und den Strahl dann auf die Vorhänge in seinem Zimmer gerichtet, die Debbie erst vor sechs Monaten genäht hatte, aus dunkelblauer

Baumwolle mit einem Muster aus Flugzeugen. Eddie war fasziniert von der Wirkung, die das Bleichmittel auf den farbigen Stoff hatte, so fasziniert, daß er ins Badezimmer zurückkehrte, um seine Wasserpistole wieder zu füllen, wobei Debbie ihn erwischte.

»Keine Ahnung«, sagte Gareth. Er beugte sich über seinen Teller. »Ich habe ihr heute nachmittag eine Fahrstunde gegeben. Auf dem Traktor.«

»Gareth«, sagte Debbie. »Komm nicht auf die Idee ...«

»Hat nicht viel gebracht.«

»Das ist es nicht, was ich meine.«

Gareth schob sich eine Portion Pommes frites in den Mund und zwinkerte ihr zu.

»Nicht mein Typ. Sieht aus wie ein Junge.«

Debbie ließ sich Gareth gegenüber nieder und goß sich Tee ein.

»Und was ist mit Robin?«

»Was soll mit Robin sein?«

»Mit Robin und ihr?«

Gareth zuckte die Achseln.

»Bisher nichts, soweit ich weiß. Heute nachmittag hat er sie fürchterlich angeschnauzt. Im Augenblick ist es ihm völlig gleich, wer da ist und wer nicht. Er merkt es überhaupt nicht.«

»Aber ich merke es«, sagte Debbie.

»Du – und wer noch?«

»Velma«, sagte Debbie. »Das halbe Dorf.«

Gareth kippte sich eine große Portion Tomatensoße auf den Teller.

»Und was willst du dagegen unternehmen?«

»Das weißt du«, sagte Debbie. »Ich will, daß wir von hier fortgehen.«

Gareth seufzte.

»Ich dachte, das Thema wäre erledigt. Ich dachte, du wolltest Lyndsay mit dem Baby helfen.«

»Sie ist in Stretton bei ihrer Mutter.«

»Sie wird wiederkommen.«

»Gareth«, sagte Debbie, »darum geht es nicht. Es geht

darum, daß alles anders wird. Nichts ist mehr so, wie es früher war.«

Gareth trank einen Schluck Tee.

»Hör zu«, sagte er. »Ich habe einen guten Job. Ich komme mit dem Boß aus, dies ist ein anständiges Haus, die Kinder kommen in der Schule gut zurecht, du hast einen Job, wir sind hier zu Hause.«

»Ich fühle mich hier nicht mehr zu Hause. Ich muß immerzu denken, daß etwas passieren wird. Daß uns etwas passiert, wenn wir bleiben.«

»Es war unerfreulich. Eine unerfreuliche Episode, das ist alles ...«

»Nein«, sagte Debbie. »Nein. Die Verhältnisse haben sich geändert. Es wird nie wieder so sein wie früher.«

Er sah sie an. Ihr blondes Haar, das ihm immer am besten gefallen hatte, wenn sie es offen trug, war hinter ihrem Kopf gerafft und zusammengebunden, und das verhärtete ihr Gesicht, ließ es älter erscheinen. Sie sah immer noch gut aus, sagte sich Gareth, war immer noch des Anschauens wert, aber auch sie hatte sich verändert, genau wie ihr Körper und ihr Denken und ihre Einstellung. Vor zehn Jahren wäre sie nie so gewesen wie jetzt. Aber vor zehn Jahren hatte sie auch noch keine drei Kinder, nur Rebecca, die damals ein Baby war. Sie hatte eine Menge Aufhebens gemacht mit diesem Baby, es war wie eine Puppe für sie, mit all seinen Kleidchen und dem anderen Kram. Aber jetzt machte sie sich Sorgen. Die drei Kinder hatten bewirkt, daß sie sich Sorgen machte. Sie hatten sie verändert, genau wie die Schwangerschaften ihr Aussehen verändert hatten. Er streckte die Hand über den Tisch hinweg aus.

»Können wir warten?« sagte er.

»Wie meinst du das?«

»Können wir noch eine Weile warten, bevor wir ernsthaft darüber nachdenken? Können wir ein paar Wochen warten?«

Sie betrachtete seine Hand. Es empfahl sich nicht, hatte sie entdeckt, darüber nachzudenken, worin Gareth' Hände an diesem Tag gesteckt hatten.

»Du meinst, bis noch etwas passiert ist ...«

»Vielleicht.«

Sie seufzte. Sie hob ihren Becher an und schaute hinein.

»Also gut.«

Als Robin an diesem Abend hereinkam, hatte Zoe beschlossen, nicht viel zu sagen. Sie würde nicht schmollen, aber sie würde auch nicht auf ihre Anwesenheit hinweisen. Sie würde einfach dasein. Als sie die Küchentür zuschlagen hörte und dann, fast sofort danach, das Murmeln des Fernsehers, war sie sogar oben in ihrem Zimmer und schnitt sich die Fingernägel, wo sie beim Aufheben der Strohballen abgebrochen waren. Es machte nichts. Sie waren ohnehin zu lang gewesen. Sie hatte sie so lang wachsen lassen, um sich selbst gegenüber die bewundernswerte Tatsache zu betonen, daß sie nicht mehr an ihnen kaute.

Als sie in die Küche kam, stand Robin auf einem Bein, halb aus seinem Overall heraus, und schaute auf den Bildschirm. Er drehte den Kopf, als sie hereinkam.

»Hi.«

»Hi«, sagte Zoe.

Robin zog das zweite Bein seines Overalls herunter und bückte sich, um ihn vom Fußboden aufzuheben. Er sagte, über die Schulter: »Tut mir leid, daß ich Sie vorhin angeschrien habe.«

»Macht nichts«, sagte Zoe. »Ich hab' zu viele Fragen gestellt. Zur falschen Zeit.«

Sie ging zum Backofen, in den sie, auf Dilys' Anweisung, zwei gebackene Kartoffeln und einen Auflauf gestellt hatte.

»Ich glaube«, sagte Zoe, »ich sollte lieber verschwinden. Zurück nach London. Ich wollte nicht im Wege sein, aber ich habe den Eindruck, ich bin es.« Sie öffnete die Tür des Backofens und schaute vorsichtig hinein. »Möchten Sie, daß ich verschwinde?«

Es folgte eine Pause. Sie hörte, wie Robin einen Stuhl zurechtrückte und sich darauf setzte, um seine Schuhe anzuziehen.

»Am Montag fangen wir an, Silage zu machen, von frühmorgens bis spätabends, alle Mann. Wir – wir könnten ein bißchen Hilfe brauchen.«

Zoe richtete sich auf und schloß die Backofentür.

»Aber ich glaube nicht, daß ich sehr nützlich bin.«

Er sah sie direkt an, das erstemal seit ihrer Ankunft.

»Nein«, sagte er. Er grinste. »Aber Sie könnten es sein.«

»Hat Ihnen Gareth von dem Traktor erzählt?«

»Nein, aber ich kann es mir vorstellen. Beim nächstenmal geht's besser.«

Zoe lehnte sich an den Herd.

»Sie brauchen nicht nett zu sein. Ich bin uneingeladen gekommen, und ich kann jederzeit wieder verschwinden. Ich möchte nur, daß Sie ehrlich sind.«

»Ich bin nicht nett«, sagte Robin. Er stand auf und beugte sich über den Tisch, um den Fernseher auszuschalten.

»Ich wäre gerne nett«, sagte Zoe. »Ich würde gerne helfen. Ich würde gerne dazu beitragen, daß Sie sich besser fühlen.«

Robin setzte sich wieder hin, halb von ihr abgewendet, und blätterte in ein paar Papieren in seiner Reichweite.

»Da hätten Sie eine Menge zu tun. Ganz abgesehen von allem anderen hat mir jetzt die Flußbehörde eine Geldstrafe aufgebrummt, 1200 Pfund, und die Auflage, die Güllebeseitigung binnen sechs Monaten zu verbessern. Widrigenfalls Anklage und so weiter.« Er hob eine Hand und fuhr sich damit durch die Haare. »Manchmal denke ich …« sagte er, dann verstummte er.

»Schöner Mist«, sagte Zoe. »Habe ich recht? Ein schöner Mist.«

»Ich kann mir einfach nicht vorstellen, wo das alles herkommt«, sagte Robin mit fast unhörbarer Stimme. »Es sieht so aus, als ob wir den Wasserhahn jetzt, wo wir ihn aufgedreht haben, nicht wieder zudrehen könnten. Ich kann nicht …«

Zoe richtete sich auf. Sie bewegte sich leise durch die Küche und stellte sich ganz dicht neben Robins Stuhl, wobei sie ihn nicht berührte, aber beinahe.

Er sah scharf zu ihr auf. Sie selbst sah genauso aus wie immer und nicht im mindesten sentimental.

»Wann haben Sie das letztemal Sex gehabt?« fragte Zoe.

Er blinzelte. So verblüfft, daß er ehrlich sein mußte, sagte er: »Im vorigen Jahr.«

»Wo?«

»Nach der Smithfield-Show. In London.«

»Mit einer Nutte?«

»Nein«, sagte Robin und staunte über sich selbst. »Mit einem Mädchen aus dem Ministerium. Von der Fischereibehörde, wenn ich mich recht erinnere.«

Zoe bewegte sich eine Spur und ließ sich dann auf Robins Knien nieder. Sie legte ihm die Arme um den Hals. Er rührte sich nicht. Er ließ sie einfach gewähren.

»Ich könnte nützlich sein. Zumindest in dieser Beziehung.«

Er lachte beinahe. Außerdem fiel ihm auf, daß er jetzt selbst, zögerlich und zitternd, die Arme um sie legte.

»Weshalb?«

»Ich möchte es«, sagte Zoe. Ihr Gesicht war nur ein paar Zentimeter von seinem entfernt. »Du nicht?«

»Aber ich bin alt«, sagte Robin. »*Alt*. Zu alt für dich. Ich bin so alt, daß ich dein Vater sein könnte …«

»Und?«

»Und deshalb gehört es sich nicht.«

»Für dich?«

»Nein, Unsinn, nein …«

»Was sich für mich gehört oder nicht gehört«, sagte Zoe, »entscheide ich selbst. Was sich nicht gehört, ist, mit irgendwelchen Zufallsbekanntschaften ins Bett zu gehen. Alter spielt dabei keine Rolle. Du zitterst.«

»Natürlich tue ich das«, sagte er. Er verstärkte seine Umarmung, zog sie an sich, so daß ihre Gesichter aneinander gedrückt waren, Wange an Wange. Verdammt, dachte er, ich muß mich rasieren …

»Du hast eine schlimme Zeit hinter dir«, sagte Zoe über seine Schulter hinweg. »Stimmt's? All diese Jahre. Eine schlimme Zeit.«

»Das war nicht ihre Schuld ...«

»Aber deine auch nicht.«

Sie bewegte eine Hand hinauf in sein Haar. Er sagte:
»Das ist verrückt.«

»Nicht so verrückt«, sagte sie gelassen, »wie getrennte
Schlafzimmer.«

»Ich will kein schmutziger alter Mann sein.«

»Überlaß es mir, das zu beurteilen.«

»Verdammt«, sagte Robin. »oh, *verdammt* ...«

Er ließ das Gesicht sinken, so daß er es an ihre Schulter
drücken konnte, in die dunkelgraue Wolle ihres Pullovers
über ihren jungen, knochigen Schultern. Die Tränen kamen, dick und schnell, und waren nicht aufzuhalten.

»Es tut mir leid«, sagte Robin schluchzend. »O Zoe, es
tut mir so leid.«

Sie sagte überhaupt nichts. Sie saß auf seinen Knien, in
seinen Armen, während ihre Arme seinen Kopf und Hals
hielten, und wartete, während er weinte. Dann stand sie
auf und ging zu der Rolle Küchenpapier mit dem verschmiert aufgedruckten Pilzmuster, die Velma im Dorfladen gekauft hatte, und riß einen langen Streifen ab.

»Hier«, sagte sie und hielt ihm das Papier hin.

Er schnaubte wütend hinein.

»Sag nichts. Es gibt nichts zu sagen.«

Er schnaubte abermals. Sie wartete, bis er fertig war,
dann setzte sie sich wieder auf seine Knie.

»Wo waren wir stehengeblieben?«

»Keine Ahnung«, sagte Robin und legte die Arme um
sie. Er lachte schwach. »Keine Ahnung ...«

Sie musterte ihn.

»Deine Nase ist rot.«

Er nickte und schloß die Augen. Sie beugte sich vor,
leckte über seine Nase und küßte ihn dann langsam und
sanft auf den Mund.

»Glücklicherweise«, sagte Zoe, »ist es nicht deine Nase,
an der ich interessiert bin.«

VIERZEHNTES KAPITEL

Der Krankenwagen bog auf den Hof von Dean Place Farm ein und hielt neben Dilys' Blumenkübeln an. In ihm saßen außer dem Fahrer in seinem makellos gebügelten blaßblauen Hemd ein gleichfalls uniformierter Pfleger und Harry. Harry saß in einem Rollstuhl. Er trug die Kleidung, die Dilys ihm am Vortag gebracht hatte, aber seine Füße steckten in Pantoffeln. Dilys konnte sich nicht vorstellen, weshalb ihr der Anblick der Pantoffeln so zuwider war. Sie hatte ihm gestern auch seine Schuhe gebracht, seine braunen Halbschuhe, die sie geputzt hatte. Wieso hatten sie ihm nicht statt dieser Pantoffeln seine Schuhe anziehen können?

»Hallo, mein Lieber«, sagte sie.

Sie stand am Fuß der Rampe, die sie an der Rückseite des Krankenwagens heruntergelassen hatten. Harry kam ihr sehr klein vor, kleiner als je zuvor.

»So, jetzt geht's los«, sagte der Pfleger zu Harry und löste die Bremse des Rollstuhls. »Reisefertig?«

Sie brauchten das Bett im Krankenhaus, hatten sie in Stretton zu Dilys gesagt. Harry hatte aufgehört, Gewicht zu verlieren, er hatte sogar ein oder zwei Pfund zugelegt, und er würde noch mehr zunehmen, wenn er wieder auf den Beinen war. Es war nicht gut für ihn, noch länger im Bett zu liegen. Es wurde Zeit, daß er nach Hause zurückkam.

»Das ist doch okay, oder etwa nicht?« hatte Zoe zu Dilys gesagt. »Ich komme wieder, wenn er zurückkommt. Ich bin hier, wenn der Krankenwagen kommt.«

Aber sie war nicht da, und Dilys' Stolz hatte sie daran gehindert, in Tideswell anzurufen und nach dem Grund zu fragen.

»Sie werden Hilfe brauchen«, hatte Zoe gesagt, »um ihn aus diesem Rollstuhl herauszubekommen. Ich helfe Ihnen.«

Sie brauchte in der Tat Hilfe, obwohl ihr Verstand davor zurückscheute, es einzugestehen, Hilfe, die nichts mit dem

Körperlichen zu tun hatte. Sie brauchte Zoe zur Ablenkung um sich, damit sie sich mit dem Gedanken versöhnen konnte, Harry wieder im Haus zu haben; Harry und nicht Joe. Sie war überzeugt, daß Zoe das verstand. Es war wirklich merkwürdig; Zoe war der letzte Mensch, von dem sich Dilys bei klarem Verstand hätte träumen lassen, daß sie sich auf ihn verlassen würde. Aber sie hatte etwas an sich, was der Situation und Dilys' Bedürfnis entsprach und ihre Qualen über ihre eigene Hilflosigkeit lindern konnte.

Der Rollstuhl kam die Rampe herunter auf den Hof

»In der Küche ist jemand, der sich schon auf dich freut«, sagte Dilys.

Sie legte ihm eine Hand auf die Schulter. Sie konnte ihn nicht küssen, schon gar nicht vor der Krankenwagenbesatzung. In seinen Augen glomm ein kurzer, wahnwitziger Hoffnungsschimmer auf, und dann verlöschte er wieder, und Harry fragte: »Kep? Der alte Kep?«

Sie nickte. Der Pfleger begann, Harry auf die offene Hintertür zuzuschieben.

»Ich dachte, Zoe würde kommen. Sie hat gesagt, sie würde kommen.«

Harry sagte: »Im Krankenhaus haben sie gefragt, ob sie meine Enkelin ist.«

»Sie hat mir sehr geholfen«, sagte Dilys. Sie klappte die Hintertür flach an die Wand, damit der Rollstuhl hindurchfahren konnte.

»Wir haben einen Diätplan«, sagte der Pfleger, »und ein Gehgestell. Stimmt's?«

»Ich brauche kein Gestell«, sagte Harry. »Ich habe Stökke. Ich habe die Stöcke von meinem alten Dad. Die werde ich benutzen.«

Der Pfleger zwinkerte Dilys zu.

»Ein Gestell ist stabiler ...«

»Ich will nicht stabil sein«, sagte Harry. »Ich will nicht mehr verhätschelt werden.«

In der Küche erhob sich Kep mit knarrenden Gelenken von seinem Lager und kam schwerfällig auf Harry zu, erfreut, mit wedelndem Schwanz und knurrend.

»Braver Junge«, sagte Harry und berührte den Kopf des Hundes. »Alles in Ordnung, Junge?«

Der Pfleger holte einen Packen säuberlich zusammengefalteter Papiere aus der Tasche seiner Uniform und legte sie auf den Küchentisch.

»Die ganzen Formulare«

»Was für Formulare?«

»Für das Ausleihen des Rollstuhls und des Gehgestells. Die sind Eigentum des Krankenhauses.«

»Sie können sie gleich wieder mitnehmen«, sagte Dilys. »Wir brauchen sie nicht. Helfen Sie ihm auf seinen Stuhl am Tisch, und schaffen Sie das Ding weg.«

Der Pfleger sah sie an.

»Es wäre besser, für zehn Tage oder so ...«

»Nein, danke«, sagte Dilys. Es war grausam, die Krükken wegzutreten, aber es mußte sein. Wenn Zoe dagewesen wäre, hätte sie nicht die geringsten Gewissensbisse gehabt. »Nehmen Sie das Zeug wieder mit. Wir kommen auch so zurecht.« Sie sah Harry an. »Schließlich ist er erst einundsiebzig. Kein Hunderjähriger.«

Der Pfleger zuckte die Achseln. Er nahm alle Formulare wieder an sich bis auf eines, ein mit säuberlichen Kolonnen bedrucktes Blatt aus blaßgrünem Papier.

»Dann lasse ich Ihnen nur den Diätplan hier.«

»Ich bin eine Farmersfrau«, sagte Dilys. »Glauben Sie etwa, ich verstünde nichts von Ernährung?«

Der Pfleger seufzte.

»Wenn Sie meinen«, sagte er und setzte dann mit einem Anflug von Verzweiflung hinzu: »Madam.«

Er kehrte zurück auf den Hof und gab Harry im Vorbeigehen einen Klaps auf die Schulter. Sie hörten, wie er den Fahrer rief.

»Brauchst du dieses Ding?« fragte Dilys Harry und deutete auf den Rollstuhl. Er schüttelte den Kopf.

»Ich habe deine Stöcke hervorgeholt. Zoe hat sie poliert. Den Schlehdornstock und den von deinem Vater mit dem Hirschhorngriff.«

Die beiden Männer kamen in die Küche.

»Also gut«, sagte der Fahrer zu Harry. »Es lebe die Unabhängigkeit. Welches ist Ihr Stuhl, Squire? Der dort? Also
gut, Squire, den sollen Sie haben.«

Dilys sah zu, wie sich die beiden bückten, Harry gekonnt aus dem Rollstuhl heraushoben und auf seinen gewohnten Lehnstuhl am Kopfende des Küchentisches setzten. In ihren Händen sah er so leicht aus, als bestünde er
aus Papier oder Balsaholz, leicht und hinfällig.

»Glauben Sie, daß Sie zurechtkommen?« fragte der Fahrer Dilys. »Baden und Toilette und so weiter?«

»Er wird selbst zurechtkommen«, sagte Dilys. »Er ist zu
Hause, und es wird ihm bald wieder bessergehen.«

»Lassen Sie es lieber ein oder zwei Tage langsam ange-
hen. Es wäre vielleicht besser, wenn Sie für eine Weile Hilfe hätten ...«

»Ich habe Hilfe«, sagte Dilys. »Sie konnte heute morgen
nicht kommen, aber ich habe Hilfe.«

»Gut«, sagte der Fahrer. »Dann ist ja alles in Ordnung.«
Er winkte Harry zu. »Alles Gute, Squire. Passen Sie auf sich
auf.«

Der Pfleger sah Dilys an. Sie machte ihm offensichtlich
zu schaffen.

»Sind Sie ganz sicher?«

Sie nickte nachdrücklich. »Danke, daß Sie ihn heimge-
bracht haben.«

Sie grinsten.

»Gehört zu unserem Job«, sagte der Fahrer. »Kein Problem.«

Sie gingen hinaus auf den Hof. Es war zu hören, wie sie
die Rampe hochklappten und die Hecktür des Krankenwagens schlossen, und dann schlugen die Fahrer- und die Bei-
fahrertür zu, und der Motor wurde angelassen.

»Die sind wir los«, sagte Harry. »Sie fahren weg.«

Er beugte sich mit im Schoß verschränkten Händen vor.
Dilys konnte ihn nicht ansehen. Der Krankenwagen wendete langsam, setzte, wie alle Leute es immer taten, in Richtung auf den alten Hühnerfutter-Schuppen zurück und
fuhr dann davon. Das Motorengeräusch wurde immer

schwächer, weil es von den Hecken zu beiden Seiten der Straße und dann von der Entfernung geschluckt wurde.

In der Küche bewegte sich keiner von beiden. Alles war still bis auf den alten Kep, der unter dem Tisch keuchend auf Harrys Füßen lag.

Harry sah Dilys an.

»Ist Lyndsay schon zurück?«

»Nein.«

»Sind die Männer heute da? Die von der Jobvermittlung?«

»Nein«, sagte Dilys. »Robin hat sie hinausgeworfen. Er versucht heute morgen, etwas anderes in die Wege zu leiten.«

»Schlecht«, sagte Harry. »Sehr schlecht, wo er nächste Woche mit der Silage anfangen muß.«

Dilys sagte nichts. Harry sah sie auch weiterhin an.

»Also ist niemand da?« fragte er. Seine Hände bewegten sich leicht in seinem Schoß. »Niemand, nur wir beide?«

Velma ließ ihr Fahrrad da, wo sie es immer abstellte, an den Zaun neben der Hintertür von Tideswell Farm gelehnt. Sie stützte es mit einem Ziegelstein unter den Pedalen ab und zog dann eine alte Plastiktüte aus dem Supermarkt über den Sattel für den Fall, daß es regnen sollte. Es gab, wie Caro und Robin ihr immer wieder erklärt hatten, eine Menge Plätze, wo Velma ihr Fahrrad überdacht abstellen könnte, aber Velma zog es, genau wie beim Strom, vor, Dinge auf ihre Art zu tun, und so ließ sie ihr Fahrrad immer an einer bestimmten Stelle im Freien, mit einer Plastiktüte aus dem Supermarkt über dem Sattel.

Sie holte eine weitere Tüte aus ihrem Gepäckkorb. Sie enthielt, auf Robins Wunsch, eine Packung Corn-flakes, eine Packung Orangensaft, einen Laib Brot und ein Glas Marmelade. Das Brot war vorgeschnittenes Weißbrot, und sowohl der Saft als auch die Marmelade waren vom Billigsten, was es im Dorfladen gab. Velma konnte sich nicht für ihre Qualität verbürgen, aber schließlich spielte Qualität keine Rolle. Robin nahm sie nicht zur Kenntnis, und für dieses Mädchen, diese Freundin von Judy, war alles gut genug. Als Velma, während sie ihr Fahrrad abstellte, am Haus hinaufgeschaut hatte, war ihr aufgefallen, daß die Vorhänge in Zoes Zimmer noch zugezogen waren. Neun Uhr morgens, und immer noch im Bett, und das an einem Donnerstag. Sonntags wäre das etwas anderes gewesen. Sonntags durfte man länger schlafen, aber nicht an einem Donnerstag. Velma öffnete die Hintertür. Lieber nicht über die Sonntage nachdenken. Die Sonntage waren, soweit es ihren Mann und ihren Sohn und ihren Schwiegersohn anging, Tage, an denen man bis zum Mittag nur halb angezogen herumlungerte und dann in den Pub hinunterging, von wo sie dann drei Stunden später auf unsicheren Beinen zurückkehrten, um vor dem Fernseher im Wohnzimmer zu schnarchen. Das bedeutete, daß ihr ihre Töchter und ihre Schwiegertochter den ganzen Sonntag im Genick saßen, rauchend und sich beklagend. Sie warf die Tüte auf Robins Küchentisch. Der Sonntag war fast der schlimmste Tag der Woche.

Das kleine rote Licht am Anrufbeantworter blinkte, und die Flüssigkristallanzeige verriet, daß drei Anrufe gekommen waren. Velma überlegte, ob sie das Band abspielen sollte, und beschloß dann, es nicht zu tun. Das konnte die Madam oben tun, wenn sie zu erscheinen geruhte. Schließlich war das eines der wenigen Dinge, die sie, außer Platz einzunehmen, tun konnte. Debbie sagte, sie sei eine große Hilfe drüben in Dean Place, aber Velma hatte da ihre Zweifel. Sie konnte sich nicht vorstellen, daß Zoe irgendwo auch nur die geringste Hilfe war, sie hatte noch nie eine so unnütze Person getroffen, außer vielleicht Patsy, die ihren Kevin geheiratet hatte und ihr ganzes Leben damit verbrachte, nach Teppichboden und Urlaub auf Ibiza zu winseln. Kevin mußte immer nach Hause kommen, wenn er eine ordentliche Mahlzeit wollte, weil sich Patsy weigerte, mehr zu tun, als nur Packungen zu öffnen. Patsy und Zoe, dachte Velma, während sie resigniert in den Ausguß schaute, waren zwei von derselben Sorte, einer Sorte, die ihr gestohlen bleiben konnte. Wenn man schon zu faul war, eine Auflaufform abzuwaschen, was hinderte einen dann daran, sie wenigstens mit Wasser vollaufen zu lassen, damit nicht alles eintrocknete und anklebte? Wenigstens war der Auflauf gegessen worden. Robin mußte endlich einmal eine anständige Mahlzeit zu sich genommen haben, weil Zoe bestimmt nichts davon gegessen hatte. Zoe lebte von Dreck, genau wie Patsy. Gutes Essen war verschwendet an jemanden wie Zoe.

Velma ließ heißes Wasser in den Ausguß laufen und versuchte, wie sie es jeden Morgen tat, das Papierchaos auf dem Tisch in eine gewisse Ordnung zu bringen.

»Aus Durcheinander Quadrate machen«, hatte Caro es genannt. »Aber danach fühlt man sich irgendwie wohler, stimmt's? Man bildet sich ein, man hätte die Unordnung in den Griff bekommen.«

Velma mußte an den meisten Tagen an Caro denken, ob sie es wollte oder nicht. Das mußte am Haus liegen, nahm sie an, weil es der Ort war, an dem Caro all diese Jahre gelebt hatte. Frauen prägten Häusern ihren Stempel auf, sogar Häusern, die sie nicht mochten, und Caro hatte Tideswell nicht gemocht. Aber trotzdem hatte sie hier irgendwie leben müssen. Sie war Velma ein Rätsel gewesen. Eine nette Arbeitgeberin, rücksichtsvoll, aber niemals ganz bei der Sache, immer ein bißchen, nun ja, fremdartig. Sie war hier nie zu Hause gewesen. Sogar wenn sie keinen Gehirntumor bekommen, sondern weitergelebt hätte, bis sie eine alte Lady war, wäre sie doch nie hier zu Hause gewesen. Im Gegensatz zu Joe. Joe hatte hierhergehört, durch und durch. Velma konnte immer noch nicht an ihn denken, ohne sich die Augen aus dem Kopf weinen zu wollen.

Sie schüttete Spülmittel in den Ausguß und peitschte es mit einer Flaschenbürste zu Schaum auf. Sie nahm sich vor, alles eine Weile einweichen zu lassen und in der Zwischenzeit hinaufzugehen und sich das Badezimmer vorzunehmen, und zwar laut, damit dieses verflixte Mädchen endlich aufwachte. Robin hinterließ das Badezimmer sowieso jeden Morgen als Saustall, man hätte denken können, er brächte Tag für Tag die halbe Farm mit nach Hause. Als

Caro noch lebte, war es nie so gewesen. Aber schließlich war Caro Amerikanerin gewesen, und Amerikanerinnen hatten strikte Vorstellungen von Hygiene und Traumbadezimmern; das wußte sie aus Illustrierten und vom Fernsehen.

Velma holte ihre Putzlappen und Sprühdosen unter dem Ausguß hervor und ging langsam nach oben. Auf der Treppe lag ein Schuh, vielmehr ein Stiefel, eines von den häßlichen großen Dingern, die Zoe trug. Velma hob ihn an und legte ihn dann wieder hin. Zoe konnte ihn selbst wegräumen. Velma ging weiter und erreichte den Treppenabsatz. Sämtliche Schlafzimmertüren standen offen, außer der von Zoe und der von Caros früherem Zimmer. Velma konnte sehen, daß Robin sein Bett nicht gemacht hatte, es war völlig zerwühlt, und die Steppdecke hing halb auf dem Boden. An den meisten Tagen unternahm er zumindest den Versuch, es glattzuziehen. Vielleicht hatte er es heute besonders eilig gehabt, nachdem er diese Männer aus Dean Place hinausjagen und nun Ersatz für sie finden mußte. Sie dachte, sie würde einfach hineingehen und sein Bett machen, bevor sie mit dem Badezimmer anfing. Schließlich hat er, überlegte sie, im Augenblick verdammt viel um die Ohren.

Sie deponierte ihre Lappen und Flaschen auf dem Fußboden vor dem Badezimmer und ging in Robins Zimmer. Nur an einem Fenster waren die Vorhänge geöffnet; die an dem anderen, dem Fenster neben dem Bett, waren noch zugezogen. Velma betrachtete das ungemachte Bett; es war nicht leer: Zoe lag darin, fest schlafend, mit dem Rücken zu Velma, und ihr dunkelroter Kopf war tief in die Kissen vergraben. Es war warm im Zimmer, weil durch das Ostfenster die Sonne einfiel, und Zoe hatte die Decke heruntergeschoben, nicht sehr weit, aber immerhin so weit, daß Velma sehen konnte, daß sie völlig nackt war.

»Ich bin gekommen, um zu sehen, wie es dir geht«, sagte Robin.

Er saß im Wohnzimmer von Lyndsays Eltern in seiner

üblichen Position, auf der Kante eines Sessels, die Hände auf den Knien. Aber er kam ihr verändert vor, wenn sie auch nicht recht wußte, in welcher Hinsicht. Irgendwie weniger erschöpft, weniger unglücklich in Gedanken versunken.

»Mir geht es gut«, sagte sie.

Hughie saß auf dem Boden zu ihren Füßen. Er trug seine Baseballmütze und die Stiefel, die ihm sein Großvater gekauft hatte, Harte-Jungs-Stiefel aus braunem Wildleder mit Messingösen für die Schnürsenkel. Er fand diese Stiefel erstaunlich, weil er in ihnen seine Füße überhaupt nicht erkennen konnte. Ein Stück entfernt zerrte Rosie Bücher aus einem Regal, schnell und hingerissen, weil es vermutlich verboten war. Ihr aufgeregtes schuldbewußtes Vergnügen bewirkte, daß sie, im Augenblick jedenfalls, sehr still war.

»Wann kommst du zurück?«

Hughie schaute von seinen Stiefeln auf.

»Bald«, sagte Lyndsay.

»Es gibt eine Menge zu besprechen«, sagte Robin. »Eine Menge Dinge müssen ins reine gebracht werden. Dad ist heute morgen nach Hause gekommen.«

»Oh«, sagte Lyndsay. Sie schaute auf ihren Schoß. »Ich weiß noch nicht, ob ich bleiben werde ...«

»Wo?«

»In Dean Place.«

Robin beugte sich vor.

»Du willst nicht dort bleiben?«

»Ich weiß es noch nicht«, sagte Lyndsay. »Es ist nur eine Idee, die meine Eltern hatten. Von – von einem neuen Leben, sozusagen. Einem neuen Leben für mich.«

»Lyndsay«, sagte Robin, »dir gehören 52 Prozent der Anteile an dieser Farm. Joes Anteile sind jetzt deine.«

»Ich – ich bin nicht sicher, ob ich sie haben will.«

Robin stand auf und ging über den dicken, hellgemusterten Teppich zu dem Sofa, auf dem Lyndsay saß. Er setzte sich neben sie.

»So darfst du nicht denken.«

Sie warf ihm einen Blick zu.

»Lyndsay«, sagte Robin. »Solch einen Entschluß darfst du nicht so rasch treffen. In gewisser Hinsicht ist es nicht einmal deine Entscheidung.« Er schaute auf Hughie hinunter. »Da ist er, und da ist Rose. Farmen …« Er brach ab. »Farmen sind nicht mit anderen Geschäften zu vergleichen, man kann sie sich nicht einfach vom Halse schaffen. Ich nehme an, es liegt daran, daß sie eine Form des Lebens sind.«

»Und des Todes«, flüsterte Lyndsay. Sie drehte sich auf dem Sofa ein wenig um, so daß sie sich Robin halb zuwendete. »Ich glaube, ich bin dem nicht gewachsen.«

»Was meinst du damit?«

»Es auf mich zu nehmen. Mit deinen Eltern fertig zu werden.«

»Ich habe gesagt«, sagte Robin mit einem Anflug seiner alten Verdrossenheit, »daß ich dir helfen werde.«

»Wirst du das? Wirst du mir wirklich zur Seite stehen?«

»Was denkst du denn, weshalb ich gekommen bin? Warum, zum Teufel, sollte ich bei ungefähr einer Million Dingen, die danach schreien, erledigt zu werden, die weite Fahrt nach Stretton machen, wenn nicht, um dich zu sehen und dir zu beweisen, daß es mir ernst ist mit dem, was ich gesagt habe?«

»Es würde einen Unterschied machen«, sagte Lyndsay. »Aber ich weiß nicht …«

»Aber ich weiß es«, sagte Robin. »Und du wirst diese Anteile nicht verkaufen.«

»Du könntest sie kaufen.«

»Das kann ich nicht. Und ich will sie auch nicht. Ich will dieses ganze Ackerland nicht haben.« –

Er stand auf und sie gleichfalls, aber wesentlich langsamer. Hinter ihnen kletterte Hughie auf das Sofa und legte sich dort, wo sie gesessen hatten, der Länge nach auf die Kissen.

»Aber du mußt heimkommen«, sagte Robin. »Du mußt zurückkommen.«

»Ja«, sagte Hughie.

»Bald. Morgen oder übermorgen.«

»Ich könnte es tun«, sagte Lyndsay und schaute zu Robin auf. »Jetzt, wo ich weiß, daß du mir helfen wirst.«

»Ich habe gesagt ...«

»Ich weiß. Aber da war ich so von meinen Gefühlen überwältigt, daß du alles mögliche gesagt hättest, nur um mich zu beruhigen. Aber heute liegen die Dinge anders. Heute glaube ich dir. Ich freue mich, daß du gekommen bist.«

Er bückte sich, um sie auf die Wange zu küssen. Lyndsay legte ihm die Arme um den Hals und drückte Robin für einen Moment an sich.

Sie sagte: »Ist Zoe immer noch da? In Tideswell?«

Er versteifte sich leicht unter ihren Händen.

»Ja.«

»Ist sie eine Last?«

»Nein«, sagte Robin. Seine Stimme hörte sich merkwürdig an, leicht gezwungen. »Im Gegenteil, sie war Mum eine große Hilfe.«

»Das habe ich gehört.«

Robin trat zurück, um sich ihrer Umarmung zu entziehen.

»Ruf mich an. Wegen des Heimkommens.«

»Das werde ich tun.«

Er schaute auf Hughie herunter, der immer noch auf dem Sofa lag.

»Paß auf sie auf, mein Junge. Okay?«

Im Schuppen neben dem Melkstall, dort, wo Robin all die Medikamente und Instrumente zur Behandlung der Klauen der Kühe aufbewahrte, testete Gareth eine Pillenpistole. Er hatte sie seit fast einem Jahr nicht mehr benutzt, seit die Herde zuletzt auf die Weide hinausgebracht worden war, aber Robin hatte angeordnet, daß die Jungtiere entwurmt werden sollten, bevor sie aufs Gras kamen. Im Regal stand ein halbes Dutzend Kartons mit Entwurmungspillen, weiß, sauber und medizinisch anmutend in dem von Spinnweben überzogenen Durcheinander des Schuppens. Robin warf nie etwas weg. Auf diesen Regalen mußte Zeug stehen, dessen Haltbarkeitsdauer schon seit Jahrzehnten abgelaufen war. Gareth schlug mit der Pistole auf seine Handfläche. Um die Pillen in all diese widerspenstigen Hälse zu befördern, hätte er gut ein weiteres Paar Hände gebrauchen können. Vielleicht konnte Zoe ihm helfen. Er würde sie fragen, wenn er zur Frühstückspause hinüberging.

»Also«, sagte Velma von der Schwelle aus.

Gareth drehte sich um. Velma stand da, mit herabhängenden Händen, in ihrer üblichen Uniform aus Leggins, Pullover und Turnschuhen.

»Was gibt's?« fragte Gareth.

»Ich bin hinaufgegangen«, sagte Velma. »Ich bin hinaufgegangen, um Robins Bett zu machen, und da war sie.« Sie hörte sich an, als wäre sie außer Atem.

Gareth' Gesicht hellte sich auf.

»Zoe?«

»In seinem Bett«, sagte Velma. »In Robins *Bett*. Fest schlafend und splitterfasernackt.«

Gareth grinste.

»War Robin auch da?«

Velma sagte vehement: »Sie hat sich nicht gerührt. Sie hat nicht einmal mit einer Wimper gezuckt. Ich habe es gewußt. Ich habe gewußt, daß das passieren würde. Das habe ich schon aus tausend Meter Entfernung kommen sehen. Was bildet die sich eigentlich ein, was sie ist?«

»Jung«, sagte Gareth. Er fühlte sich seltsam bewegt von der Nachricht. »Willig.«

Velma schnaubte.

»Das kann man wohl sagen. Sie hatte es von Anfang an auf ihn abgesehen.«

Gareth steckte die Pillenpistole in eine Tasche seines Overalls.

»Einen Tango kann man nur zu zweit tanzen.«

»Du meinst …«

»Gönn ihm die Gelegenheit«, sagte Gareth. »Wirst du das tun? Wirst du ihm einfach die Gelegenheit gönnen?« Er trat vor und brachte sein Gesicht ganz nahe an das von

Velma heran. »Debbie und ich sind hierhergekommen, als Kevin noch ein Baby war, vor acht Jahren, und ich kann dir sagen, daß Caro schon damals ihr eigenes Schlafzimmer hatte. Vor acht Jahren. Vielleicht war sie schon Jahre zuvor aus seinem Zimmer ausgezogen, *Jahre*. Kannst du dir vorstellen, was er damals durchgemacht hat? Und hast du im Dorf je ein Wort über ihn gehört? Ein einziges Wort? In all diesen Jahren?«

Velma sah ihn an, dann holte sie tief Atem.

»Nun, jetzt wird man von ihm hören.«

»Nicht durch dich, Velma Simms ...«

»Ich muß es *tun*«, sagte Velma. »Ich arbeite hier. Ich habe mich um Robin und dieses Haus gekümmert, schon lange bevor du hergekommen bist.« Sie hielt vor Gareth einen Finger hoch. »Versteh mich nicht falsch. Ich habe nichts dagegen, wenn Robin wieder heiratet. Ich würde mich sogar darüber freuen. Ich würde mich freuen, wenn wieder eine Frau im Hause wäre, jemand, der sich um ihn kümmert. Aber es ist dieses kleine Biest. Wer ist sie schon, möchte ich wissen? Bloß jemand, den Judy in London aufgelesen hat. Ich habe gewußt, daß es mit ihr nur Ärger geben würde, das habe ich von Anfang an gewußt. Und ich habe recht gehabt. Robin wird sich zum Narren machen, du wirst es erleben. Du wirst *sehen*, daß ich recht gehabt habe.«

Gareth wendete sich ab und begann, mit den Kartons und Flaschen auf den staubigen Regalen des Schuppens zu hantieren. Er dachte daran, zu sagen, daß Zoe keinen Ärger machte, daß sie keine Spielchen trieb, daß auf eine merkwürdige Art in ihr weit weniger Bosheit steckte als in Velma oder irgendeiner der anderen Frauen in Dean Cross, sogar in seiner Debbie. Aber es hätte keinen Sinn, solche Dinge zu sagen. Velma würde lediglich behaupten, er hätte es selbst auf Zoe abgesehen, und in gewisser Weise hätte sie recht damit. An Zoe war nichts, was das Hinsehen lohnte. Aber sie hatte etwas an sich, was einem gefallen mußte, etwas Freies, ein wenig Exzentrisches. Ein-, zweimal war Gareth der Gedanke gekommen, daß Zoe, wenn man ein

Verhältnis mit ihr hatte, irgendwie frei bleiben würde, sie wurde sich nicht an einen klammern und Forderungen stellen. Im Gegenteil, bei jeder Art von Beziehung mit Zoe mochte es durchaus umgekehrt sein.

»Du läßt die beiden in Ruhe«, sagte Gareth. »Misch dich nicht ein. Sie richtet keinen Schaden an, und er hat ein bißchen Sex verdient.« Er schwieg einen Moment, und dann sagte er zu seiner eigenen Überraschung: »Wahrscheinlich bringt sie ihn zum Lachen.«

»Lachen?« sagte Velma. »Lachen? Was hat Lachen damit zu tun?«

»Eine Menge«, sagte Gareth. Ihm standen plötzlich all die Auseinandersetzungen zu Hause vor Augen, all dieses halb weinerliche Flehen von Debbie, er solle sich einen neuen Job suchen, von Tideswell fortgehen, dem entkommen, wovon sie immer nachdrücklicher behauptete, es sei ein Fluch. Seine Stimme erhob sich zu einem Gebrüll. »Eine Menge! Eine verdammt große Menge, du klatschsüchtige alte Kuh!«

Auf der Rückfahrt nach Dean Place Farm schlief Rose in ihrem Kindersitz ein. Lyndsay konnte sie im Rückspiegel sehen, leuchtend rosa vor Wärme und Schläfrigkeit, mit wippendem hellem Lockenkopf und seitwärts ausgestreckten Armen, als wäre sie eine Lumpenpuppe. Jedesmal, wenn der Wagen um eine Kurve fuhr, kam einer dieser Arme mit Hughie in Berührung, und da er auf seinem eigenen Sitz festgeschnallt war, konnte er ihm nicht ausweichen. Lyndsay sah, daß er sich von Rose weg in die äußerste Ecke seines Sitzes drängte, fort von der Möglichkeit, von ihr berührt zu werden. Sogar schlafend steckte sie voller Selbstbewußtsein, und dieses Selbstbewußtsein war ihm einfach zuwider.

Lyndsays Eltern waren sehr überrascht gewesen von ihrem plötzlichen Entschluß, auf die Farm zurückzukehren. Sie waren sogar leicht schockiert gewesen, so als benähme sie sich unhöflich und undankbar nach allem, was sie für sie und die Kinder getan hatten. Lyndsays Vater hatte

Hughie angesehen und gesagt: »Aber wir wollten doch zum Baden gehen, stimmt's?«

»Ein andermal«, sagte Lyndsay. Sie sagte, daß Robins Besuch ihr das Gefühl gegeben habe, daß sie für Joes Familie alles nur noch schlimmer mache, daß Entscheidungen getroffen werden müßten, und zwar Entscheidungen, die ohne sie nicht getroffen werden könnten. Ihr Vater fragte, wieviel Joes Anteile an der Farm wert seien. Robin hatte gesagt, eine Menge.

»Aber die Farm gehört ihnen doch nicht?« hatte Lyndsays Vater gefragt. »Oder?«

Nein, hatte sie gesagt, das tue sie nicht. Sie verstand das nicht. Robin hatte etliche Dinge gesagt, die sie nicht verstand. Er hatte gesagt, er würde mehr als eine Million Pfund brauchen, um ohne Sorgen so arbeiten zu können, wie er es tat, und das sei der Grund dafür, daß er bis über beide Ohren in Schulden stecke und kein Geld habe, um Joes Anteile zu kaufen. Sie hatte ihn verständnislos angesehen. Es war für sie ohne Bedeutung. Geld in Millionen war nicht vorstellbar, zumal sie so genügsam, fast bescheiden lebten, verglichen mit der Art, die man gewöhnlich mit dem Besitz von Millionen assoziierte. Sie nahm an, daß in einem Farmbetrieb die Millionen nicht in etwas gesteckt wurden, was Frau und Kinder sehen konnten; sie wurden in Land, Maschinen, Gebäude und Vieh gesteckt, die letzten Endes ohnehin der Bank gehörten. Doch trotz allem, was sie verstand oder nicht verstand, hatte Robin ihr das Gefühl vermittelt, daß sie zurückkehren und eine Entscheidung treffen mußte, von Angesicht zu Angesicht. Es war der Hinweis auf Hughie gewesen, der es bewirkt hatte, auf Hughie und Rose.

»Schläfst du?« fragte Lyndsay Hughie.

»Nein.«

»Freust du dich, daß wir heimfahren?«

Hughie nickte. Er überlegte, ob er fragen sollte, ob Daddy dort sein würde, und entschied sich dann dagegen, aus dem einfachen Grund, weil Lyndsay immer sagte, nein, er würde nicht dort sein, und Hughie wollte nicht, daß sie es wieder sagte, zum hundertsten Mal. Er schwenkte seine Robbe in der Luft.

»Robbi freut sich auch.«

»Du kannst morgen wieder in den Kindergarten gehen.«

»Vielleicht«, sagte Hughie.

»Vielleicht ist Mary da. Vielleicht ist Mary gekommen, um uns zu Hause zu begrüßen.«

Hughie schaute aus dem Fenster. Draußen waren wieder Felder, Felder und ein paar Schafe. In Granny Sylvias Haus gab es keine Schafe, und wenn man im Garten herumrannte, mußte man das sehr vorsichtig tun. Es war schwierig, in diesem Garten ein Flugzeug zu sein.

»Sieh mal«, sagte Lyndsay. »Die Kirche und der Laden.«

Roses hin und her schwingender Arm traf Hughie leicht an der Schulter.

»Oh«, sagte er laut, dicht neben ihrem Ohr, um sie aufzuwecken.

Sie öffnete die Augen ganz langsam und sah ihn an, kam aus dem Schlaf heraus. Ihre Miene war so wie immer, ganz gleich, was sie betrachtete, voller Ruhe und Entschlossenheit. Sie rieb sich mit einer Hand übers Gesicht und drückte ihre Nase platt. Dann gab sie einen kleinen Schrei von sich.

»Zu Hause!« sagte Lyndsay, die sie mißverstand.

Der Wagen bog von der Straße auf den Weg ab, der zu Dean Place führte. Hinter dem Feld zu seiner Rechten konnte Hughie sein Haus sehen, das so aussah wie immer, immer so aussehen würde.

»Raus!« brüllte Rose und zerrte am Gurt ihres Kindersitzes. »Raus, raus, raus, raus!«

»Gleich ...«

Mary hatte Wäsche aufgehängt, Lyndsay konnte es sehen, Laken, ein paar Handtücher und eine Reihe von gelben Staublappen. Wie nett von ihr, wie nett, wo sie doch nur von Zeit zu Zeit auf die Kinder aufpassen sollte, alle Jubeljahre einmal, wenn Lyndsay und Joe ausgingen, wirklich aus ... Lyndsay biß sich auf die Unterlippe und schaltete einen Gang herunter, um die glatte Rampe zum Haus hinaufzufahren und an der Stelle anzuhalten, an der sie seit Jahren immer ihren Wagen geparkt hatte, manchmal mehrmals am Tage, nachdem sie ins Dorf gefahren war, zu Hughies Kindergarten, nach Dean Place und Tideswell, zum Supermarkt, zu Caro im Krankenhaus, losfahren, zurückkommen, losfahren, zurückkommen, und jetzt kam sie auf eine Art zurück, die ihr nie in den Sinn gekommen war, eine Art, die so hart war, daß sie einen Augenblick lang das Gefühl hatte, nicht aus dem Wagen steigen zu können.

»Raus!« brüllte Rose.

»Laß sie«, sagte Hughie und wendete das Gesicht ab. »Laß sie einfach...«

Lyndsay stieg langsam aus dem Wagen und bückte sich dann durch eine der hinteren Türen, um Rose zu befreien, die schwer atmete, um sich trat, strampelte und endlich auf die Erde kommen, unabhängig sein wollte.

»Vorsichtig«, sagte Lyndsay. »Warte ...« Sie deponierte Rose auf einer Hüfte und steckte ihren Schlüssel ins Schloß der Hintertür. Dahinter lag die kleine Diele, die sie so sorgfältig ausgestattet hatte, eine Diele für Stiefel und Mäntel, Schaufeln und Angelruten. Joes Stiefel standen immer noch da, seine alten Stiefel, die, von denen er gesagt hatte, sie seien am Rahmen undicht. An jenem Tag hatte er natürlich seine neuen getragen, und dann waren sie mit ihm gegangen, zum Polizeirevier, zum Leichenschauhaus und dann, wohin auch immer Joe von da aus gegangen sein mochte, an den leeren Ort, zu dem Lyndsay ihm nicht folgen konnte.

Sie öffnete die Tür zur Küche, die sauber war und funkelte. Lyndsay setzte Rose auf den Boden und ging zurück, um Hughie zu holen.

»Robbi mag dich«, sagte Hughie.

»Oh, gut. Ich mag Robbi auch.«

Sie löste seinen Gurt und hob ihn auf die Erde neben dem Wagen.

»Hinein mit dir.«

Er hob das Gesicht, schnüffelte wie ein kleines Tier, das vertrautes Terrain erkennt. Sie sah zu, wie er vor ihr ins

Haus ging, plötzlich ganz zielstrebig, fast selbstsicher. Das Telefon läutete. Lyndsay beugte sich in den Wagen, um ihre Handtasche zu ergreifen, dann rannte sie ins Haus und stieg über Rose hinweg, um das Telefon zu erreichen, bevor es verstummte.

»Hallo?« sagte sie. »Hallo? Dean Place Cottage.«

Rose hörte damit auf, Kartoffeln aus dem Gemüsekorb zu holen, und sah hoch, gebannt vom grenzenlosen Potential eines Anrufs.

»Oh«, sagte Lyndsay. »Velma. Ja, ja, ich bin gerade zur Tür hereingekommen, in dieser Minute.«

Sie schwieg. Rose steckte sich eine Kartoffel in den Mund und zog sie dann stirnrunzelnd wieder heraus. Ihr Mund war mit Erde verschmiert.

»Großer Gott«, sagte Lyndsay. »Ach herrje ...«

Rose legte die Kartoffel hin und begann, sehr schnell auf die Tür zum Wohnzimmer zuzukrabbeln.

»Je, je!« kreischte sie. Ihre dicken Händchen patschten auf den Boden. »Je, je, je, je, je!«

FÜNFZEHNTES KAPITEL

Judy saß mit einer Plastikflasche Mineralwasser auf einer Bank im St. James' Park. Am anderen Ende der Bank schlief ein alter Mann, ein ziemlich heruntergekommener, schäbiger alter Mann, und Judy hatte bereits beschlossen, daß sie verschwinden würde, wenn er aufwachte und gesprächig wurde. Sie war nicht in den Park gekommen, um sich mit jemandem zu unterhalten, sie war gekommen, um nachzudenken.

Vor ihr wischten die langen, weichen Wedel von zwei Weiden übers Gras, und hinter ihr funkelte ein flaches Gewässer. Es war eine Aussicht, die Judy außerordentlich gut kannte, denn der Park war nur eine Viertelstunde zu Fuß vom Rand von Soho entfernt, wo ihre Redaktion lag, und sie kam oft hierher, weil es grün war und man atmen konnte. In ihrer ersten Zeit in London hatte sie die Parks entschieden gemieden, wie in Auflehnung gegen alles, was irgendwelche ländlichen Assoziationen mit sich brachte, aber allmählich hatte sie sich in ihnen wiedergefunden und die Bäume zur Kenntnis genommen, fast ohne dort sein zu müssen. Inzwischen kannte sie den St. James' Park sehr gut, die besten Bänke und die Leute, die regelmäßig hierherkamen. Aber heute, auf der Bank, die ihr die zweitliebste war – auf der besten schlief ein Junge mit einem riesigen roten Rucksack –, wirkte nichts vertraut, so wohlbekannt es auch war. Es war fast so, dachte sie, als sähe sie das alles zum erstenmal.

Sie schraubte den Verschluß der Mineralwasserflasche ab und trank einen Schluck. Das Wasser war zu warm, was bewirkte, daß es irgendwie weniger sauber schmeckte. Am Vorabend hatte Lyndsay angerufen. Sie war in einer ziemlich üblen Verfassung gewesen, nicht weinerlich, sondern sehr aufgeregt und überdreht, und hatte gesagt, daß Robin angefangen habe, mit Zoe zu schlafen, daß Velma sie um neun Uhr morgens nackt in Robins Bett gefunden habe.

Lyndsay hatte empört geklungen. Selbst inmitten ihrer eigenen Überreaktion konnte sich Judy des Eindrucks nicht erwehren, daß sich Lyndsay anhörte wie eine betrogene Ehefrau.

»So eine Frechheit!« hatte Lyndsay ausgerufen. »So eine Frechheit! Kommt einfach hierher, uneingeladen, und macht sich so an ihn heran!«

Als Judy den Hörer aufgelegt hatte, war ihr sehr eigenartig zumute gewesen. Sie wußte nicht, ob sie wütend oder beleidigt war oder einfach schockiert. Sie konnte sich nicht entscheiden, ob sie das Gefühl hatte, ausgenutzt worden zu sein oder betrogen. Lange Zeit konnte sie nicht analysieren, was sie empfand, abgesehen von der unbestreitbaren Erkenntnis, daß sie die ganze Zeit gewußt hatte, daß das möglicherweise passieren würde, und daß ein Teil von ihr auf irgendeiner Ebene ihres Bewußtseins einfach darauf gewartet hatte, daß es geschah.

Sie hatte versucht, Oliver anzurufen, aber er war mit einem Kunden der Galerie zum Abendessen ausgegangen und noch nicht zurückgekehrt. Sie war sich keineswegs sicher, was sie ihm sagen wollte, sie hatte nur das dringende Bedürfnis, ihm mitzuteilen, was passiert war, und seine Reaktion darauf zu hören, und sei es nur, um zu erfahren, ob diese mit irgend etwas von dem übereinstimmte, was sie zu empfinden glaubte. Als sie endlich mit ihm sprach, gegen Mitternacht, hörte er sich fast gleichgültig an.

»Und?« fragte er. »Was hattest du denn erwartet?«

»Aber er ist mein Vater ...«

»Und«, sagte Oliver gelassen, »sie ist meine Exfreundin.«

Das Gespräch war kurz darauf verstummt. Entweder gab es nicht viel mehr zu sagen oder entschieden zuviel. Und auf alle Fälle gab es eine Menge, worüber man nachdenken mußte, was Judy die halbe Nacht lang beschäftigt und schließlich veranlaßt hatte, ins Zimmer von Zoe zu gehen und unverwandt, fast wütend, ihre wenigen und unpersönlichen Habseligkeiten anzustarren, als enthielten sie einen Hinweis darauf, was sie im Schilde führte.

Es konnte nicht einfach nur Sex sein. Oder etwa doch? In Zoes Leben, in Zoes Welt war Sex keine große Sache; man hatte einfach welchen, wenn einem danach zumute war. Ganz einfach. Aber mit *Robin?* Wenn sie über Zoe und Robin nachdachte, mußte sie auf verstörende Weise an Robin als Mann denken, einen Mann, der fähig war, Sex zu haben, einen Mann, der vielleicht gerade jetzt in Tideswell Farm Sex mit Zoe hatte. Judy hatte immer versucht, nicht an Sex als etwas zu denken, was auf irgendeine Weise mit ihren Eltern zu tun hatte – ihre getrennten Schlafzimmer waren einfach ein Faktum gewesen, von jeher, und ihre Sympathien hatten immer Caro gehört, weil Caro unterbewußt danach verlangt und immer einen subtilen Nachdruck auf ihr Anderssein gelegt hatte, ihre Empfindlichkeit, ihre Anfälligkeit dafür, von den gröberen Sterblichen, unter denen sie jetzt lebte, beschmutzt zu werden. Eine zornige Scham überfiel Judy, weil sie nie aus Robins Sicht der Dinge an ihn gedacht hatte, so sehr hatte Caro sie zu ihren Ansichten verführt, und dann, mit einer noch stärkeren Gefühlsaufwallung, kam ihr der Gedanke, daß Zoe gesehen, was ihr verborgen geblieben war, und sich vorgestellt hatte, wovor sie ihr Denken verschloß. Zoe hatte etwas gewollt und sich auf ihre unkomplizierte Art darangemacht, es sich zu beschaffen. Aber ganz so einfach war das nicht, es war nicht so selbstsüchtig. Während sie ihre Daumen in die Seiten der Mineralwasserflasche bohrte, so daß sich die Plastikwandung mit einem leichten Knacken eindellte, mußte Judy zugeben, daß Zoe Mitgefühl gezeigt hatte. Nicht unter dem Bann von Caros Gegenwart oder der Erinnerung an sie stehend, hatte Zoe Robins Situation als das erkannt, was sie war, und Verständnis dafür gehabt. Für sie war er nichts als ein menschliches Wesen, ein netter Kerl, der ein delikates, aber tiefsitzendes Problem hatte. Also war sie erschienen, um zu helfen und dabei gleichzeitig etwas zu bekommen, was sie selbst haben wollte. Und indem sie das getan hatte, ob beabsichtigt oder nicht, hatte sie Judy schlicht und einfach eifersüchtig gemacht.

Auf dem Markt in Stretton teilte der junge Auktionator, der gewöhnlich die Kälber versteigerte, Robin mit, er glaube, daß die Geschäfte in dieser Woche schlecht gehen würden. Er warf einen Blick auf den Anhänger, auf dem sieben Bullenkälber und zwei unfruchtbare Kühe darauf warteten, abgeladen zu werden.

»Friesen dürften im Durchschnitt vielleicht 120 bringen. Für erstklassige Tiere möglicherweise 60 mehr. Haben Sie eine Blaue Belgier dabei? Die bringen mehr. Vorige Woche im Durchschnitt fast 250. Bei der Umstellung vom Stall auf die Weide geraten die Viehpreise immer in Bewegung.«

»Ich hätte gern 140 für die hier«, sagte Robin. »Mindestens.«

Der Auktionator grinste. Er war ein fröhlicher, intelligenter junger Mann, der, wenn er nicht gerade Vieh versteigerte, Farmen taxierte und Gutachten über Gebäude und die andersartige Nutzung von Land und Rohrleitungen erstellte. Er war bei Joes Beerdigung gewesen, Robin hatte ihn neben dem Leiter des Marktes stehen sehen, respektvoll in einem dunklen Anzug und mit einer Mid-Mercia-Farmers'-Cooperative-Krawatte.

Jetzt fragte er Robin: »Wie geht's Ihrem alten Herrn?«

»Er erholt sich«, sagte Robin. »Aber es geht langsam. Sehr langsam.«

»Wird er wieder arbeiten können?«

Robin seufzte.

»Ich weiß es nicht. Ich weiß es wirklich nicht. Im Augenblick läuft alles nach dem Motto: ›Es kommt, wie es kommt‹, aber ich kann ihn nicht drängen …«

»Und wie geht's Ihnen?«

Robin wendete den Blick ab, für den Fall, daß man ihm die außerordentliche Leichtigkeit seines Herzens von den Augen ablesen konnte.

»Nach allem, was man so hört«, sagte der Auktionator

mit einer Stimme, in der sich Spott und Neid mischten, »nicht schlecht.«

Robin stöhnte.

»Hier kann man nicht einmal in Ruhe seine Socken wechseln ...«

»Sie sollten sich glücklich schätzen«, sagte der Auktionator. »Sie haben verdammtes Glück gehabt. Unsereins verbringt sein Leben damit, den Röcken nachzujagen, und Ihnen schneit ein Mädchen geradewegs ins Haus. Geradezu unverschämtes Glück.«

Robin murmelte etwas. Der Auktionator versetzte ihm mit dem Klemmbrett, das er in der Hand hielt, einen kurzen Schlag auf die Schulter.

»Das ist nichts als Neid. Ich bin gewissermaßen grasgrün vor Neid.«

Er machte sich pfeifend auf den Weg in die Versteigerungsarena. Robin löste die Halterungen am Heck des Anhängers und ließ die Rampe herunter. Die beiden unfruchtbaren Kühe musterten ihn traurig durch die Lattenabtrennung hindurch, hinter der sie standen. Eine von ihnen war ihr ganzes Leben lang kränklich gewesen, ein schwächliches Kalb, dann ein mickeriges Jungtier und jetzt eine Kuh mit eingesunkenen Augen und schwachen Lungen, an deren großer feuchter Nase immer Schleimfäden hingen. Er hätte sie nicht so lange behalten sollen, hätte sie nicht so weit kommen lassen dürfen, aber wenn man ein Tier einmal aufgezogen hatte, war es hart, ihm nicht noch eine weitere Chance zu geben, nicht zu hoffen, daß eine neuerliche Behandlung mit teuren Antibiotika ihre Wirkung tun würde. Im Grunde war es der Tierarzt gewesen, der das Schicksal der Kuh besiegelt hatte; er hatte gesagt, sie müsse gehen, solange noch etwas von ihr übrig war, bevor sie Sommermastitis bekam und wirklich krank und damit völlig wertlos wurde.

»So etwas nennt man größere Verluste vermeiden, indem man kleinere in Kauf nimmt«, sagte der Tierarzt.

»Ich weiß«, sagte Robin. »Das habe ich mein Leben lang ständig getan.«

Außer in einer Hinsicht, in diesem speziellen Moment. Er getraute sich kaum, darüber nachzudenken, weil er sich so daran gewöhnt hatte, daß auf ein Problem unerbittlich das nächste folgte, aber jetzt schien ihm ein Bonus zuteil geworden zu sein, ein Geschenk, fast ein Preis für klagloses Ertragen und stilles Ausharren. Als er an dem Morgen, nachdem Zoe das erstemal mit ihm ins Bett gegangen war, wach wurde, hatte er im klaren Licht der Dämmerung dagelegen und sie eine ganze Weile mit Entzücken, Erleichterung und Verwunderung betrachtet. Er hatte sich selbst immer und immer wieder sagen müssen, daß da tatsächlich eine Frau in seinem Bett lag, eine warme, atmende nackte Frau, und daß sie die ganze Nacht dagewesen war und sich, als er aus einem obskuren Gefühl der Schicklichkeit heraus gefragt hatte, ob sie nicht in ihr eigenes Zimmer zurückkehren wolle, geweigert hatte, ihn zu verlassen.

»Weshalb?« fragte sie. »Weshalb? Was hast du zu verheimlichen?«

Dann war sie so unbeschwert neben ihm eingeschlummert, als schliefe sie schon seit Jahren dort, und als er hastig den Wecker abgestellt hatte, weil er fürchtete, sie könnte davon aufwachen, hatte sie sich nicht gerührt. Er hatte sich auf einen Ellenbogen gestützt, um sich über sie neigen und ihr Gesicht sehen zu können.

»Nett«, hatte sie gesagt, nachdem sie sich geliebt hatten. »Wirklich nett.« Dabei hatte sie gelächelt. Etwas von dem Lächeln steckte noch in ihrem Schlaf, jetzt, sieben Stunden später. Er beugte sich nieder, um ihr Ohr mit seinem Saum aus silbernen Ringen zu küssen, und dachte, als er sich zur anderen Seite aus dem Bett schwang, daß das Aufstehen aus seinem eigenen Bett, in dem eine Frau schlief, an einem ganz gewöhnlichen Werktagsmorgen etwas war, wovon er nicht einmal in seinen wildesten Träumen geglaubt hatte, daß es ihm passieren könnte.

Aber es war passiert. Es war in dieser Nacht passiert und der nächsten und allen folgenden Nächten. Zoe bewahrte ihre spärliche schwarze Garderobe auch weiterhin in ihrem Zimmer auf, aber sie schlief in seinem. Es schien ihr nicht das geringste auszumachen, gähnend und in ein feuchtes Handtuch gewickelt aus dem Badezimmer zu kommen, seine Kissen einzudellen, sich an ihn zu drücken, es sich bequem zu machen und sich friedlich mit ihm zu unterhalten.

»Velma ist stocksauer«, hatte er am Vorabend zu ihr gesagt.

Zoe war in der Badewanne gewesen und hatte einen Fuß über Wasser gehalten, um die Länge ihrer Zehennägel zu inspizieren.

»Das war zu erwarten, nicht wahr? Für sie bin ich die Verkörperung großstädtischer Verderbnis. Ich bin Gift. Ich korrumpiere dich.«

»Zweifellos«, sagte Robin und lächelte sich in dem Spiegel über dem Waschbecken an. »Ich glaube, sie hat es überall herumerzählt. Gareth gibt sich leicht respektvoll, und Debbie will mich nicht ansehen. Was ist mit Mum?«

Zoe zog den Fuß wieder ins Wasser und hob den anderen heraus.

»Was soll mit ihr sein? Und mit den anderen Leuten?«

»Sie werden ihre Ansichten haben«, sagte Robin. »Und uns mitteilen, was für Ansichten das sind.«

»Stört dich das?«

»Nicht meinetwegen …«

»Meinetwegen etwa?«

»Du«, sagte Robin, wendete sich ihr zu und küßte sie auf den Scheitel, »kannst auf dich selbst aufpassen.«

»Stimmt. Über wen machen wir uns dann Sorgen?«

»Es sind nicht eigentlich Sorgen …«

»Wir tun niemandem weh«, sagte Zoe. »Keiner von uns nimmt den anderen jemandem weg. Es sind keine Kinder im Spiel.«

»Du bist ein Kind.«

Zoe stand in der Wanne auf und streckte die Arme nach einem Handtuch aus.

»Ich bin so alt wie die Berge. Zerbrich dir nicht den Kopf darüber, was andere denken. Das ist ihr Problem. Wir sind nicht verantwortlich für die Spinnereien anderer Leute.«

Robin wickelte das Handtuch um sie und hob sie aus der Wanne.

»Ich habe gesagt, ich werde verschwinden«, sagte Zoe, »wann immer du es willst. Dabei bleibt es.«

»Ich will aber nicht, daß du verschwindest.«

»Gut.« Sie stand da und wartete darauf, daß er sie abtrocknete. »Mehr brauchen wir nicht. Das werde ich Velma sagen, wenn du es möchtest. Es macht mir nichts aus, mit ihr zu reden. Ich mag Velma. Sie hat ein Recht auf ihre Meinung und wir auf unsere, aber sie kann nicht erwarten, daß wir uns ihrer Meinung anschließen, selbst wenn sie uns erklären könnte, warum sie sie hat, was sie nicht kann.«

Er küßte sie auf die Schulter.

»Halt den Mund.«

Sie sah ihn an.

»Ich habe ja nur geredet.«

Er sagte: »Über Velma. Ich möchte nicht über Velma sprechen.«

»Du hast damit angefangen.«

Er ließ das Handtuch fallen und schlang die Arme um sie.

»Und jetzt reicht es mir.«

Zoe hob die Hände und legte sie an die Seiten seines Gesichts. »Ich nehme an, die ganze Nachbarschaft redet seit Jahren über dich. Stimmt's? Und nun, nach allem, was passiert ist, und nach den Beerdigungen, reden die Leute ein bißchen mehr. Und über mich reden sie besonders ausgiebig. Aber du brauchst nicht zuzuhören. Oder? Es ist dein Leben, Robin. Vielleicht zum erstenmal in deinem Leben ist es dein Leben, also weshalb lebst du es nicht einfach eine Zeitlang?«

War es wirklich das gewesen, was der Auktionator gemeint hatte, als er so jovial über Neid gesprochen hatte? War es der Anblick von jemandem, der nicht nur etwas für sich selbst tat, sondern der außerdem die Freiheit hatte, es zu tun, was ihn bewogen hatte, Robin einen Glückspilz zu nennen? Robin war es nicht gewohnt, frei zu sein. Gewiß, er war seine Unabhängigkeit gewohnt, aber Unabhängigkeit schuf ihre eigenen Gesetze, ihre eigenen Strukturen und Forderungen, so daß man in gewisser Hinsicht nie frei war von der eigenen Last, von den Konsequenzen der eigenen Entscheidungen, von dem Pfad, dem zu folgen man sich vorgenommen hatte. Er kletterte die Rampe hinauf und betrachtete die Tiere auf dem Anhänger, die, wie sie es ihr ganzes Leben lang getan hatten, darauf warteten, daß ihnen die nächste Sache widerfuhr, die nächste Entscheidung getroffen wurde von jemand anderem, auf den nächsten Pferch oder Anhänger oder Stall. Vielleicht war er jahrelang genauso gewesen, hatte sich daran gewöhnt, zu warten, zu reagieren, die Zähne zusammenzubeißen und weiterzumachen, gedankenlos zu gehorchen. Eines der Kälber bewegte sich in dem Stroh zu seinen Füßen und sah ihn an, vierzehn Tage alt, gezeugt aus einem Röhrchen ohne Berührung und Paarung, ohne Sex. Robin betrachtete es mit echtem Mitgefühl.

»Armes Kerlchen«, sagte er laut.

»Sie können das Putzen selber erledigen«, sagte Velma. »Wird ohnehin höchste Zeit, daß Sie es lernen.«

Sie warf einen Packen Staubtücher auf den Küchentisch, um ihren Worten Nachdruck zu verleihen.

»Der Staubsauger steht unter der Treppe. Die Mülltonne wird freitags geleert.«

»Okay«, sagte Zoe. Sie betrachtete die Staubtücher. Dilys würde ihr bestimmt sagen, was man damit tat. Oder Debbie.

»Robin kann mir meinen Lohn bringen, wenn er vorbeikommt. Er schuldet mir zwei Wochen.«

»Ich werde es ihm sagen«, sagte Zoe. Sie hob die Staubtücher auf und legte sie fünfzehn Zentimeter weiter entfernt wieder hin, wie um die Verantwortung anzuerkennen, die ihr übertragen worden war. »Werden Sie einen anderen Job bekommen?«

»Natürlich«, sagte Velma.

»Hier in der Gegend? Oder müssen Sie nach Stretton?«

»Was geht Sie das an?«

»Nichts«, sagte Zoe. »Ich möchte nur nicht, daß Sie Pro-

bleme bekommen. Sie brauchen nicht von hier fortzuge-
hen.«

»Ach, wirklich?« sagte Velma mit vor Entrüstung gewei-
teten Augen. »Brauche ich das wirklich nicht?«

»Nein«, sagte Zoe. »Das brauchen Sie nicht. Robin möchte nicht, daß Sie gehen. Niemand möchte es. Was hat sich
denn geändert?«

»Sie haben vielleicht Nerven«, sagte Velma. »So eine Unverschämtheit, einfach dazustehen und mich das zu fragen!«

Zoe sagte gelassen: »Aber ich werde Robin doch nicht
heiraten. Ich bin einfach hier. Und ihm geht es besser. Das
sieht man doch. Auch wenn Sie mich nicht ausstehen können, müssen Sie doch sehen, daß es Robin bessergeht.«

Velma ging zu der Stelle neben der Küchentür, wo sie
immer ihren Anorak aufhängte. Sie trug ihn jeden Tag,
sommers und winters, weil es, wie sie sagte, auf dem Fahrrad kalt war und sie die Kälte selbst an den heißesten Tagen spürte.

»Ich gehe«, sagte sie. »Mir reicht es.«

Zoe blieb am Tisch stehen.

»Ich werde es Robin sagen. Und auch, daß er Ihnen Ihr
Geld bringen soll.«

Velma kämpfte sich in ihren Anorak. Zoe konnte ihr
Gesicht kaum sehen, aber etwas an ihren wütenden, ruck-
artigen, konfusen Bewegungen machte auf sie den Eindruck, als sei Velma den Tränen nahe.

»Ich wollte, Sie würden es nicht tun«, sagte Zoe. »Ich
wollte, Sie würden nicht gehen ...«

Velma bohrte den zweiten Arm triumphierend in seinen
Ärmel.

»Ich bin froh, das hinter mir zu haben«, rief sie. »Ich bin
froh, daß ich gehen kann. Ich bin froh, hier herauszukom-
men.«

Und dann gab es einen Wirbel von Plastiktüten, und die
Tür wurde geöffnet und hinter ihr zugeschlagen, ohrenbe-
täubend und endgültig. Zoe betrachtete den Tisch. Neben
den Staubtüchern lag Robins Post, auf Velmas Art der Größe nach sortiert, und daneben ihr letzter Lunch für ihn, na-

türlich nur für eine Person, ein hartgekochtes Ei in Wurst-
brät, in der Mitte durchgeschnitten, und eine Handvoll ein-
gelegter Zwiebeln. Zoe hob den Teller auf. Das Essen kam
ihr so fremdartig vor, daß sie sich einfach nicht vorstellen
konnte, für wen es gedacht sein sollte. Sie löste die Plastikfolie ab, mit der es zugedeckt war, benutzte sie wie einen
Handschuh, um die Zwiebeln aufzuheben und in den
Mülleimer zu werfen. Dann fand sie ein Messer, zerschnitt
damit das Ei in ganz kleine Stücke und trug den Teller hinaus in den Garten, den Caro einst angelegt hatte und der
von frischem Unkraut völlig überwuchert war, um das
Zeug den Vögeln zu geben.

»Wo ist Dad?« fragte Robin.

»Draußen. Mit einem von den neuen Leuten. Der hat
nicht viel Ahnung, aber er ist bereit zu lernen: Die Gerste
sieht nicht sonderlich gut aus.«

»Ich weiß«, sagte Robin.

Dilys hatte abgenommen. Als sie da am Küchentisch
saß, umgeben von den Büchern der Farm, die sie sich immer in der letzten Woche des Monats vorzunehmen pflegte, betrachtete Robin ihre Hände, die sich langsam zwischen den Papieren bewegten, und sah, daß die Ringe an
ihren Fingern auf- und abrutschten und dabei leise klirrten
wie aneinanderstoßende Münzen.

»Wir müssen darüber nachdenken, eine Hilfe auf Dauer
einzustellen, Mum.«

Sie sagte nichts. Robin ließ sich auf dem Stuhl ihr gegenüber nieder und legte die Ellenbogen auf den Tisch.

»Wir müssen eine Versammlung abhalten, Mum, jetzt,
wo Lyndsay zurück ist. Wir müssen miteinander reden.«

»Du hast keine Anteile«, sagte Dilys, ohne aufzuschauen.

»Nein. Aber ich bin dein Sohn. Außerdem leite ich praktisch diese Farm, neben meiner eigenen.«

»Das tun wir«, sagte Dilys. »Genauso, wie wir es immer
getan haben.«

Robin sagte sanft: »Nein, Mum. Nicht mehr so wie früher. Das weißt du.«

»Dad geht es wesentlich besser. Er war gestern vier Stunden draußen.«

»Aber er hat nicht viel getan, stimmt's? Er kann es nicht.« Robin schwieg einen Moment. Er dachte daran zu sagen: »Er ist nicht mit dem Herzen dabei. Und du auch nicht.« Aber er ließ es bleiben.

»Wir werden deine Versammlung abhalten«, sagte Dilys. »Auch wenn es nicht das geringste ändert. Wie könnte es das? Was kann Lyndsay schon tun?«

»Wir müssen sie fragen. Sie hat Anteile. Joes Anteile gehören jetzt ihr.«

Dilys warf ihm einen raschen Blick zu.

»Du hast Lyndsay verstört.«

Robin wartete.

»Gott weiß, was sie erwartet hat«, sagte Dilys, »aber du hast sie gewaltig verstört.«

»Sie wollte meine Unterstützung«, sagte Robin, »und sie wird sie bekommen. Das weiß sie.«

»Und Zoe?«

»Was soll mit Zoe sein?«

»Weshalb regt sich Lyndsay wegen Zoe so auf?«

»Das weißt du doch, Mum. Tu nicht so, als wüßtest du es nicht.«

»Das tue ich nicht«, sagte Dilys. »Ich habe von Anfang an damit gerechnet, daß das passieren würde.« Sie bedachte Robin mit der Andeutung eines Lächelns. »Sie ist ein gutes Mädchen. Ich hätte nie gedacht, daß ich das jemals sagen würde, aber sie ist ein gutes Mädchen. Sie ist so geduldig mit deinem Vater, bringt eine wahre Engelsgeduld auf. Das kann Lyndsay natürlich nicht einsehen. Und Judy auch nicht.«

»Mit Judy habe ich noch nicht gesprochen.«

Dilys griff sich mehrere Rechnungen und klammerte sie zusammen.

»Frauen lassen nicht gern locker. Sie gewöhnen sich an die Männer in ihrem Leben, gewöhnen sich daran, sie um sich zu haben.«

»Ich bin nicht weniger anwesend, nur weil ich …«

»Weil du eine Affäre mit Zoe hast.«

»Ja.«

»Aber so sieht es für Lyndsay nicht aus. Oder für Judy. Oder für Velma. Velma war gerade hier, in heller Aufregung. Sie ist heute morgen aus Tideswell hinausmarschiert.«

»Verdammtes Weibsbild …«

»Wollte sich nicht von oben herab behandeln lassen«, sagte Dilys.

»Zoe würde niemanden von oben herab behandeln …«

»Das brauchte sie auch nicht, sie brauchte es nicht einmal zu versuchen. Sie mußte nur in dein Schlafzimmer einziehen.«

»Mum«, sagte Robin, »was hat dich so abgeklärt gemacht? Ich dachte, du würdest mir wegen Zoe eine Standpauke halten.«

Dilys hob den Kopf und sah ihn an.

»Ich bin müde, mein Lieber.«

»Natürlich.«

»Nichts ist mehr so, wie es war, das Leben ist nicht mehr da, die Farben sind verschwunden.« Ihre Hand, die den Packen Rechnungen hielt, zitterte ganz leicht. »Wir müssen einfach aus dem, was noch da ist, das Beste machen. Habe ich recht? Wir müssen einfach tun, was wir können. Lyndsay eingeschlossen. Und du auch.«

Robin ging um den Tisch herum und trat dicht neben Dilys' Stuhl.

»Schick mir Zoe heute nachmittag herüber«, sagte Dilys. »Ich könnte sie brauchen, jetzt, wo die Kricket-Übertragungen im Fernsehen zu Ende sind. Dad wird heute nachmittag sehr müde sein.« Sie schaute zu ihm auf, fast lächelnd. »Vorausgesetzt, deine neue Haushälterin kann die Zeit erübrigen.«

Zoe war nicht im Haus. Die Küche wirkte irgendwie chaotisch, sogar abgesehen von den Stühlen, die in Winkeln standen, die keinerlei Beziehung zum Tisch hatten, und einem Turm von abgewaschenem Geschirr, das, riskant gestapelt, auf dem Abtropfbrett trocknete.

»Aus mit Gareth«, besagte ein Zettel auf dem Tisch. »Bald zurück. Tierarzt kommt halb vier. Velma ist fort. Tut mir leid.« Und dann drei Küsse und ein großes, schwungvolles Z. Robin warf einen Blick auf den Anrufbeantworter. Drei Nachrichten, eine von einem Futterhändler, eine von einem Berater für die alternative Nutzung von Ackerland, den er wegen Dean Placc Farm angerufen hatte, und eine von Judy.

»Ich muß mit dir reden«, sagte Judy. Sie hörte sich sehr aufgeregt an. »Ich muß mit dir reden, wenn du allein bist. Ich glaube, du tust mir leid, aber ich weiß es nicht. Ich weiß es einfach nicht. Bitte, ruf mich an. Ruf mich heute abend an.«

Robin seufzte. Er tat ihr leid? Weshalb genau tat er ihr leid – dessentwegen, was er durchgemacht hatte, oder dessentwegen, was sie ihn hätte durchmachen lassen? Er setzte sich an den Tisch und hob Zoes Zettel auf. Die Küsse und das Z waren mindestens zwei Zentimeter hoch. Und alles, was Judy empfinden konnte, war Mitleid. Mitleid! Ausgerechnet Mitleid! »Bedauere mich, wenn es sein muß«, sagte Robin laut zu dem Geist von Judy in der leeren Küche. »Bedauere mich, wenn du willst. Ich kann dich nicht daran hindern. Aber eines muß ich dir sagen: Die beste Reaktion, die freundlichste und nützlichste Reaktion wäre es, wenn du, zum erstenmal in deinem Leben, die Dinge einfach akzeptieren würdest. Sie akzeptieren, ohne dich zum Richter aufzuspielen.«

SECHZEHNTES KAPITEL

Lyndsays Vater hatte eine Liste von vier Häusern zusammengestellt, die für einen kleinen Schönheitssalon im Erdgeschoß geeignet waren und im Obergeschoß eine Wohnung enthielten. Eins von ihnen hatte einen Balkon, ein anderes einen kleinen, mit hölzernen Flechtpaneelen eingezäunten Garten mit einer schäbigen Rasenfläche, ein paar müden Blumenrabatten und einem Fliederstrauch. Lyndsays Eltern hatten gesagt, daß sie ihr mit dem erforderlichen Kapital aushelfen würden, bis sie sich finanziell von Dean Place Farm lösen könnte, und daß sie ihr außerdem mit dem größten Vergnügen mit den Kindern helfen würden, während Lyndsay ihr Geschäft in Gang brächte. Ihr Vater sagte außerdem, daß das Haus mit dem Garten zwar klein, seine Bausubstanz aber gesund sei und daß er immer noch genügend Leute in der Baubranche kenne, die den Umbau verläßlich und preisgünstig vornehmen könnten.

»Und wenn die Kinder einen großen Garten brauchen«, sagte Sylvia, »können sie in unseren kommen, stimmt's?«

Lyndsay hatte ein wenig gelächelt und genickt. Der Garten ihrer Mutter war vielleicht tausend Quadratmeter groß, das Fleckchen hinter dem Haus in Stretton ungefähr zwanzig Quadratmeter. Sie stand in der Wohnung im ersten Stock des Hauses in Stretton und schaute aus den Fenstern hinunter auf die Straße oder in den Garten oder, auf seiner frei stehenden Seite, seitlich auf die Ziegelsteinmauer des Nebenhauses, die sehr dicht davor aufragte und nur von zwei kleinen, mit Plastikjalousien verschlossenen Fenstern durchbrochen war. Alles wirkte sehr eng und luftlos. Sie dachte daran, wie sie die Kinder in einem der winzigen Schlafzimmer zu Bett bringen und sich dann an den Wochentagen in das kleine, nach vorn hinaus gelegene Wohnzimmer begeben und den Fernseher einschalten würde, wie sie es so oft in den beängstigenden letzten Monaten von Joes Leben getan hatte, nur der Gesellschaft halber.

»Gute Tischlerarbeit«, sagte ihr Vater und schlug mit dem Handrücken gegen einen Fensterrahmen. »Sehr solide.«

»Es ist ein bißchen klein ...«, sagte Lyndsay schwach.

»Das muß dir ja so vorkommen«, sagte Roy Walsh, »nachdem du auf einer Farm gelebt hast. Du kannst in der Mitte von Stretton keine Aussicht auf 16 Morgen Hafer erwarten. Das hier ist ein hübsches kleines Haus. Solide. Und eine gute Lage, ganz nahe an der Hauptstraße.«

Lyndsay lag die sinnlose Bemerkung auf der Zunge, daß Joe nie Hafer angebaut hatte, aber sie schwieg. Sie berührte eine der Wände, an der sich die Rauhfasertapete an einer Fuge ein wenig gelöst hatte und die grüne Binderfarbe darunter sehen ließ.

»Ist das den Kindern gegenüber fair?« sagte Lyndsay. »Ist es fair, sie vom Land wegzubringen und von ihnen zu verlangen, daß sie hier leben?«

»Natürlich ist es fair. Solange sie ihre Mutter um sich haben, ist es fair. Und bis zu uns und zum Park sind es nur zehn Minuten. Das ist weit mehr, als die meisten Kinder haben, weit mehr.« Er sah Lyndsay an. Sein massiges, freundliches Gesicht runzelte sich vor leichter Besorgnis, wie immer, wenn er sie ansah und feststellte, wie hilflos sie war und wie unvorbereitet und ungerüstet für diese Zeit, in der viele Frauen ihr Leben tatkräftig selbst bestimmten, ihr eigenes und das von allen anderen, die sie in die Hände bekommen konnten. Lyndsay war dazu nicht geeignet, sie war nicht geschaffen für das Dasein einer modernen Frau. Aber es blieb ihr nichts anderes übrig. Sie hatte einen Mann gehabt, der für sie sorgte, aber jetzt war er nicht mehr da, und sie mußte der Welt allein gegenübertreten.

Er sagte sanft: »Du kannst die Uhr nicht zurückdrehen, meine Liebe. Du kannst nicht so tun, als wärst du noch eine Ehefrau, denn das bist du nicht mehr. Du bist eine Witwe.

Eine Witwe mit zwei kleinen Kindern und vielleicht dreißig Arbeitsjahren vor sich.«

Sie hob das lockere Stück der steifen Tapete mit einem Fingernagel an.

»Du hast gesagt«, beharrte Roy, »daß die Versammlung in Dean Place Farm nicht gut gelaufen ist.«

Sie sagte: »So ist es. Sie wollten, daß ich ein Partner werde und weiter dort im Cottage wohne, damit die Farm in der Familie bleibt.«

»Und das willst du nicht?«

Sie sagte nichts.

»Lyndsay«, sagte Roy. »Wenn du nicht auf der Farm bleiben willst, mußt du etwas anderes tun. Begreifst du das nicht?«

Sie wendete sich von ihm ab und ging über den schmutzigen, mit Blumen gemusterten Teppich, den der letzte Bewohner zurückgelassen hatte, ans Fenster. Unter ihr, auf dem Gehsteig, lehnten zwei junge Frauen mit Kleinkindern in Faltkarren an einer Mülltonne und rauchten. Ein alter Mann ging vorüber, sehr langsam; er zog einen Einkaufswagen hinter sich her, und dasselbe tat, wesentlich schneller, eine Frau mittleren Alters in einem gestreiften Ladenkittel. Und dann war da der Verkehr. Personenwagen und Transporter und ein Kurier auf einem Motorrad. Wenn Lyndsay in den letzten sechs Jahren aus dem Fenster geschaut hatte, war ihr nie jemand vor die Augen gekommen außer dem Briefträger oder Rose in ihrem Kinderwagen, und der Verkehr hatte aus Joes Landrover, ihrem Wagen und dem des Fischhändlers bestanden, der einmal in der Woche vorbeikam. Manchmal hatte sie das gehaßt, hatte die Leere gehaßt und die schimmernde Eintönigkeit der Felder. Aber sie hatte nie daran gedacht, es gegen so etwas einzutauschen; es war ihr nie in den Sinn gekommen, daß, wenn sie die monotone ländliche Aussicht aufgeben mußte, dies die Alternative war.

»Ich habe dich etwas gefragt«, sagte Roy geduldig.

»Ich fürchte mich vor der Veränderung«, sagte Lyndsay.

»Aber die Veränderung ist bereits eingetreten, meine Liebe, daran kann niemand etwas ändern ...«

»Robin könnte es«, sagte Lyndsay wütend, obwohl sie nicht einmal vorgehabt hatte, seinen Namen zu erwähnen.

»Robin?«

»Er hat mich überredet, zurückzukommen«, sagte Lyndsay, weil es jetzt kein Halten mehr gab, »und jetzt hat er es mir unmöglich gemacht, dort zu bleiben.«

Roy wartete. Er hatte immer den Eindruck gehabt, daß Robin ein netter Kerl war, stiller als Joe, ein bißchen weniger umgänglich vielleicht, aber trotzdem ein netter Kerl.

»Wieso das?«

»Ich kann es nicht erklären«, sagte Lyndsay. Sie hob die Hände zu den Kämmen in ihrem Haar. »Er hat mich einfach im Stich gelassen.«

»Willst du damit sagen, daß er in eurer Diskussion für seine Eltern Partei ergriffen hat?«

Lyndsay schüttelte den Kopf. Das hatte er wirklich nicht getan. Er hatte nur gesagt, daß sie an ihre Zukunft denken müßten, daß sie sich jetzt, wo ihr Hauptverwalter und Arbeitspferd nicht mehr da war, Gedanken darüber machen müßten, wie sie mit ihrem Leben zurechtkommen sollten, einem Leben, von dem sie niemals auch nur vermutet hatten, daß es sich ändern könnte.

»Für sie ist es in gewisser Hinsicht schlimmer als für sonst jemanden«, hatte Robin zu Lyndsay gesagt. Seine Stimme war nicht unfreundlich gewesen, aber fest. »Weil sie zu alt sind für Veränderungen. Sie sind zu alt, um eine Zukunft zu haben, aber sie müssen trotzdem weitermachen.«

»Wenigstens haben sie noch einander!« hatte Lyndsay gekreischt.

Robin hatte sie kaum angesehen.

»Und du glaubst«, hatte er gesagt, »daß das etwas ist, was sie sich beide wirklich wünschen?«

»Er muß sich um seine Eltern kümmern«, sagte Roy jetzt. »Er ist alles, was sie noch haben. Genauso, wie deine Mutter und ich uns um dich kümmern. Du hast deine Familie, und Joes Eltern haben Robin.«

Lyndsay sagte törichterweise: »Robin hat eine Freundin. Sie ist jung genug, daß sie seine Tochter sein könnte.«

»Wirklich? Nun ja. Kann ihm nur guttun, wenn er ein bißchen Gesellschaft hat.«

Aber mir tut es nicht gut, dachte Lyndsay wütend, er hat mich im Stich gelassen, verdrängt. Sie rammte ihre Kämme wieder ein.

»Ich hatte das Gefühl, daß er überhaupt nicht an mich gedacht hat«, sagte Lyndsay. »Er hat sich nicht in meine Lage versetzt, er hat sich nicht konzentriert. Das ist alles.«

»Aber du mußt dich jetzt konzentrieren. Wirklich, meine Liebe. Du magst vor der Verantwortung zurückscheuen, aber du mußt sie übernehmen. Du mußt den nächsten Schritt tun.« Er bewegte sich schwerfällig vorwärts und schwang die Zimmertür vor und zurück, überprüfte die Ebenheit des Fußbodens unter ihr. »Sie verlangen 88 000 für dieses Haus, und ich nehme an, ich könnte es für 82 000 oder 83 000 kriegen. Und dann kommt noch einiges dazu für den Umbau unten und ein bißchen Renovierung hier oben, nachdem wir einen Antrag auf gewerbliche Nutzung des Hauses gestellt haben.« Er sah sie an. Es war kein sonderlich väterlicher Blick, eher der Blick eines gerissenen Spekulanten, als verhandelten sie über ein geschäftliches Angebot. »Also, meine Liebe«, sagte er. »Was meinst du?«

Oliver hatte wieder einmal einen schlanken Papierkegel mit Freesien bei sich und eine Flasche Neuseeland-Chardonnay. Er saß in dem Bus, der die Fulham Road hinunter zu Judys Wohnung fuhr, und hatte die Flasche aufrecht zwischen die Oberschenkel geklemmt und die Blumen vorsichtig darauf gelegt, damit sie nicht zerdrückt wurden. Er schwitzte ein wenig. Es war kein besonders heißer Tag, aber ihm fiel auf, daß seine Finger, wenn sie die Plastiktüte berührten, in der der Wein steckte, ein wenig abrutschten. Er nahm an, daß seine Nervosität daran schuld war.

Er war nervös wegen der Dinge, die er Judy sagen wollte und für die er in den letzten paar Wochen seinen ganzen Mut zusammengekratzt hatte. Er wollte freundlich sein, wenn er sie aussprach, aber gleichzeitig wollte er, daß keinerlei Zweifel daran bestand, daß er es ernst meinte. Er wollte ihr sagen, daß er sie liebte und daß sie sowohl Interesse als auch Beschützergefühle in ihm weckte, aber er wollte ihr auch sagen – und hier mußte er seine Hände von der Weinflasche lösen –, daß er, zur Zeit, nicht weiterhin eine Beziehung zu ihr haben konnte, keine Beziehung mit ständiger Gesellschaft und bereitwilliger sexueller Treue. Es gab keine andere, würde er sagen, das konnte er ihr versichern. Es war einfach so, daß er nicht damit weitermachen konnte, jemanden zu lieben, der ihn ständig hinabzog in den Sumpf seiner eigenen Persönlichkeitsprobleme, oder anders gesagt, er konnte so jemanden lieben, aber nicht mit ihm zusammenleben.

Er dachte, daß das Leben Judy übel mitgespielt hatte, aber nicht so übel, wie sie zu glauben schien. Natürlich war es hart, wenn man von der natürlichen Mutter aufgegeben wurde, aber wenn diese Mutter einen ganz offensichtlich nicht gewollt und das Aufgeben allem Anschein nach auch nie bedauert hatte, konnte man dann, sofern man nicht mit eigensinniger Starrköpfigkeit verlangte, glücklich gemacht zu werden, darauf bestehen, daß das Leben mit ihr besser gewesen wäre? Oliver hatte ein Foto von Judys richtiger Mutter gesehen und mehrere Geburtstagskarten mit leuchtendbunten südafrikanischen Blütenpflanzen, und er hatte den Eindruck, daß sowohl das eine wie auch die anderen grell und gefühllos aussahen. Wohingegen Caro ganz eindeutig keines von beidem gewesen war und sich außerdem ebensosehr gewünscht hatte, Judy zu haben, wie ihre Mutter sich gewünscht hatte, sie nicht zu haben. Und Oliver mochte Judys Vater. Sie hatte ständig über ihn hergezogen, besonders im Hinblick auf die Art, wie er ihre tote Mutter behandelt hatte, aber Oliver hatte den Eindruck, daß keiner ihrer Vorwürfe so recht zu dem Mann paßte, den er bei der Beerdigung ihres Onkels kennengelernt hatte. Auf der Rückfahrt nach London, nach der Beerdigung, war Oliver der Gedanke gekommen, daß ihre starre Einstellung gegenüber ihrem Vater nur ein weiterer von Judys Vorwänden war, sich nicht mit den Dingen auseinanderzusetzen oder sie einfach so hinzunehmen, wie andere Leute das taten. Und Oliver, mit dem Freesienkegel zwischen den Fingerspitzen, hatte Judys Vorwände gründlich satt.

Der Bus hielt nahe der Station Fulham Broadway, und Oliver stieg mit seinem Wein und seinen Blumen aus. Es war ein Zehn- oder Zwölf-Minuten-Fußmarsch von der Haltestelle bis zu Judys Wohnung, vielleicht Zeit genug, um noch einmal zu proben, was er sagen wollte und wie er es sagen wollte. Er wollte nicht darauf herumreiten, welche Auswirkungen ihr Defätismus auf ihn hatte, und auch auf keiner ihrer anderen Unzulänglichkeiten, aber er wollte sie zum Nachdenken veranlassen. Er wollte sie herausreißen aus den eingefahrenen Gleisen der Vorstellungen, die sie von sich selbst hatte, wollte sie erkennen lassen, daß, wenn sie so entschlossen war, immer nur ausschließlich sich selbst zu bedauern, niemand anders – und schon gar nicht die Leute, nach denen es sie verlangte und die sie brauchte – sie bedauern würde, und das aus stichhaltigen Gründen.

»Es ist nicht so, daß ich dich nie wiedersehen will«, plante er zu sagen. »Ich kann dich nur eine Zeitlang nicht wiedersehen. So lange nicht, bis du etwas hast, was du mir zurückgeben kannst.«

Er schluckte. Der Papierkegel mit den Freesien wurde feucht in seiner schweißnassen Hand. Seine Mutter, wurde ihm bewußt, hätte ihn bewundert für das, was zu tun er im Begriff war, hätte zu ihm gesagt, daß er mit Mut und nach Prinzipien handele. Das Problem ist nur, dachte Oliver, während er auf dem Gehsteig stehenblieb und das Haus auf der anderen Straßenseite betrachtete und die beiden Mansardenfenster von Judys Wohnzimmer, daß sie unrecht hätte. In beiderlei Hinsicht.

Zoe stand in dem Zimmer, das früher Caros Schlafzimmer gewesen war, und sah sich um. Sie hatte gehorsam ein Staubtuch mitgebracht, wie Dilys es ihr empfohlen hatte, und, auf Debbies Rat hin, einen feuchten Lappen. Sie hatte beides auf die Fensterbank gelegt. Dann war sie in die Mitte des Raums gegangen, in die Nähe des Fußendes von Caros Bett, und hatte sich umgeschaut, Gegenstände gemustert, die Atmosphäre zu schmecken versucht. Sie gelangte zu dem Schluß, daß es kein so interessanter und aufschlußreicher Ort war wie Caros Grab. Daß sie dieses Zimmer betrat, war ein bewußtes Experiment – sie wollte sehen, was sie darin entdecken konnte. Zwei Tage zuvor hatte sie Dilys in Joes Zimmer in Dean Place Farm angetroffen, die ohne eine Spur von Befangenheit sagte, daß sie jeden Tag hineingehe, ganz allein, nur um sich umzusehen. Zoe hatte sich gefragt, ob Leute, die einen geliebten Menschen verloren hatten, oft in sein Schlafzimmer gingen, weil Schlafzimmer die intimsten Räume waren, die Orte, an denen vielleicht noch kleine Essenzen oder Spuren vorhanden waren. Und das war vielleicht auch der Grund dafür, daß Schlafzimmer nach dem Tod ihres Bewohners häufig unberührt blieben, damit zerbrechliche Erinnerungen, die ihnen vielleicht noch anhafteten, nicht weggefegt wurden wie Spinnweben.

»Weshalb benutzt du Caros Zimmer nicht?« hatte sie Robin gefragt.

Er hatte seine Lesebrille auf und war in eine Zeitschrift für die Milchwirtschaft vertieft.

»Zu früh.«

»Für dich, meinst du? Hast du das Gefühl, daß sie immer noch darin ist?«

Er legte die Zeitschrift hin. Zoe konnte das Foto eines gelben Kalbes mit einer weißen Blesse am Kopf sehen, das sein Kinn an einem Zaun rieb.

»Zu früh für sie. Es war so lange ihr Zimmer.«

»Aber sie ist tot.«

Er sah sie kurz an, über die Oberkante seiner Brille hinweg, und griff wieder nach der Zeitschrift.

»Das macht den Dingen nicht unbedingt ein Ende.«

»Doch«, sagte Zoe, »für den Menschen, der stirbt.«

»Hör zu«, sagte Robin. »Ich will nichts mit diesem Zim-

mer anfangen. Ich will nicht darüber nachdenken. Ich habe
genug, worüber ich nachdenken muß.«

Zoe begann, Teller zu stapeln.

»Farmdinge …«

»Ja.«

»Aber nicht Menschendinge.«

»Nicht, wenn ich es vermeiden kann.«

»Warum nicht?«

»Weil es«, sagte er, und seine Stimme hörte sich traurig
an, »so vieles gibt, was ich nicht ändern kann. Besonders,
was die Vergangenheit angeht.«

Die Vergangenheit hatte dieses Zimmer jahrelang be-
wohnt, viele, viele Jahre lang, seit Caro aus Robins Schlafzimmer ausgezogen war, als Judy drei war. Das hatte er ihr
erzählt, ganz offen. Zwanzig Jahre lang getrennte Schlafzimmer, fast Zoes gesamte Lebenszeit. Zoe umklammerte
das Fußende von Caros Bett. Was hatte Caro gedacht, wenn
sie allein hier lag? Was, wenn überhaupt etwas, hatte sie
über Robin gedacht, der auf der anderen Seite des Korridors lag, gleichfalls allein, und ihre Entscheidung akzeptierte, weil er keine andere Wahl hatte und sie, jedenfalls in
den ersten Jahren, liebte? Aber wen oder was hatte sie geliebt, wirklich geliebt? Judy vielleicht und dieses Zimmer
mit seinem amerikanischen Quilt und den Gedanken, in
einem Fleckchen Erde begraben zu werden, das einem niemand wegnehmen konnte? Aber Robin nicht, nicht wirklich. Robin hatte sich nicht als die Art Mensch erwiesen,
den sie heben konnte, obwohl sie es vielleicht versucht hatte. In Zoes Leben gab es eine Menge Leute, die zu lieben
oder zu mögen sie versucht hatte, ohne daß es ihr gelungen
wäre. Es genügte nicht, es zu wollen. Da mußte noch etwas
anderes im Spiel sein, irgendein Band oder ein Funke, etwas, was wirkliches Interesse auslöste. So wie jetzt bei ihr
an Robin und, wie sie glaubte, auch bei Robin an ihr. Sie
ging hinüber zur Fensterbank und holte das Staubtuch und
den Lappen. Velma hatte gesagt, sie habe das Zimmer einmal in der Woche flüchtig saubergemacht, womit sie wohl
andeuten wollte, daß Zoe das auch tun solle. Aber hatte es

wirklich Sinn, in einem Zimmer Staub zu wischen, in dem niemand lebte und über das Robin nicht nachdenken wollte? Nein, entschied Zoe, überhaupt keinen. Sie machte auf ihrem Weg zur Tür ein oder zwei Tanzschritte, wobei sie das Tuch und den Lappen flattern ließ. Die Vergangenheit kann man nicht ändern, hatte Robin gesagt, und die logische Folgerung daraus war, daß man sie sich selbst überlassen mußte. An der Tür vollführte Zoe eine Pirouette und schwenkte das Staubtuch in Richtung Bett.

»Bis später«, sagte sie. »Mach's gut.« Und dann schlug sie die Tür hinter sich zu.

»Wir müssen uns damit abfinden«, sagte Dilys. »Stimmt's?«

Harry sah sie nicht an. Er lehnte mit dem Rücken an der alten Platane am Rande des Fünfzehnmorgenfeldes, das Joe mit Flachs bestellt hatte, und trank den Tee, den Dilys ihm gebracht hatte. Sie hatte ihm seit Jahren keinen Tee mehr gebracht, hatte sich nie die Mühe gemacht, von der Stelle aus, wo der Feldweg endete, eine halbe Meile den Rain entlangzuwandern. Er konnte das Dach ihres Wagens sehen, das in der schwachen Sonne funkelte, und dann die Felder mit Erbsen und Gerste, die sich bis zu dem Punkt erstreckten, wo Dean Place Farm an Tideswell grenzte, und die fernen, mit dicken schwarzen Plastikballen übersäten Wiesen, auf denen Robin dabei war, Silage zu machen. Er tat es in diesem Jahr allein mit Gareth, tagein, tagaus. In all den voraufgegangenen Jahren hatte Joe ihm natürlich beim Silagemachen geholfen, genauso wie Robin seinerseits bei der Ernte geholfen hatte.

»Wir dürfen uns nichts vormachen«, sagte Dilys. Sie saß in einiger Entfernung von ihm auf einem großen Stein, der aus der Hecke herausragte, in der die Platane wuchs, einem großen, uralten Stein, der aussah, als wäre er einstmals von Bedeutung für jemanden gewesen. »So wie jetzt kann es nicht weitergehen.«

»Wir kommen zurecht«, sagte Harry und versteckte sein Gesicht wieder in seinem Teebecher. »Wir schaffen das schon.«

Dilys beugte sich vor und wischte Grassamen von ihrem Rock. Dann sagte sie sehr leise: »Das tun wir nicht, und du weißt es.«

Er wartete.

Sie sagte: »In ein oder zwei Monaten werden wir nicht mehr das Geld haben, die Männer zu entlohnen und die Rechnungen zu bezahlen. Wir haben nie zuvor Lohn zahlen müssen. Wir brauchten nie für die Arbeit anderer Leute zu zahlen.«

»Sie taugen nichts, diese Jungs«, sagte Harry. »Sie taugen überhaupt nichts. Man kann ihnen nichts beibringen.«

»Und wir«, sagte Dilys, »können keine neuen Methoden lernen.«

Er warf ihr einen raschen Blick zu. Sie schraubte abermals den Deckel der Thermosflasche ab, geschickt, aber langsam. »Wir müssen uns damit abfinden. Wir müssen uns eingestehen, daß wir, wenn wir unser altes Leben beibehalten wollen, neue Methoden lernen müssen. Aber es hat keinen Sinn, sich das einzugestehen, denn das alte Leben gibt es nicht mehr. Es ist dahin. Wenn wir das nicht akzeptieren, halten wir uns nur selbst zum Narren.« Sie streckte ihm die Thermosflasche entgegen, und er hielt ihr stumm seinen Becher hin.

»Joe hat diesen Betrieb in Gang gehalten«, sagte Dilys. »Besser, als sogar wir wußten. Er hat ununterbrochen gearbeitet, sein ganzes Leben hineingesteckt. Ohne ihn können wir nicht weitermachen. Wir haben nicht die geringste Chance.«

Harry trank einen Schluck. Er sagte dickköpfig: »Robin ist doch da.«

»Das ist nicht dasselbe«, sagte Dilys, »und das weißt du. Er hat seine eigene Farm und seine eigenen Sorgen. Er war so gut wie Gold zu uns seit Joes Unfall, aber er kann keine Wunder bewirken, er kann nicht mehr als nur ein Mann sein, er kann nicht mehr als vierundzwanzig Stunden am Tag arbeiten.«

Harry stellte seinen Becher ab. Etwas Schweres und Dunkles ergriff von ihm Besitz, und er hatte Angst davor.

»Als ich aus dem Krieg zurückkam«, sagte er, »habe ich geglaubt, nie wieder etwas so Schlimmes durchmachen zu müssen. Ich dachte, das hätte ich ein für allemal hinter mir.«

Dilys legte die Hände rechts und links von sich auf den großen Stein.

»Wir müssen die Farm aufgeben.«

Harry sagte nichts.

»Ich möchte nicht diejenige sein, die das sagt, aber einer von uns muß es tun. Wir können sie nicht mehr bewirtschaften. Wir sind körperlich und seelisch nicht dazu imstande, und Lyndsay kann uns nicht helfen. Wahrscheinlich hätten wir sie nie darum bitten oder es von ihr erwarten dürfen. Aber wenn sie es nicht kann, dann ist niemand mehr da, und wir müssen uns damit abfinden.«

Es folgte ein langes Schweigen. Harry betrachtete die Aussicht, die er bis ins letzte Detail hätte beschreiben können, jeden Baum, jede Hecke, jede Bodenfalte, mit geschlossenen Augen. Er wußte, daß es kein reizvolles Land war, er wußte, daß es nicht mit den wunderschönen Farmen in Herefordshire zu vergleichen war, die Dilys und er einst während eines kurzen Urlaubs gesehen hatten, als sie mit dem Auto auf die dunklen Berge von Wales zufuhren. Aber es war Land, das er an jedem Arbeitstag seines Lebens berührt hatte, und es war ihm so vertraut wie sein eigenes Selbst, sein eigener Körper. Das Wort ›vertrieben‹ kam ihm in den Sinn und blieb darin hängen. Er schloß die Augen.

»Wo würden wir hingehen?« sagte er.

Er hörte sie seufzen.

»Nach Stretton vielleicht«, sagte sie. »Ein Bungalow in Stretton.«

Debbie hatte das *Farmers' Weekly* vor sich, die Seite mit den Stellenangeboten. ›Melker‹, lautete eine Anzeige, ›Betrieb mit 70 Kühen, freilaufend, Fischgrät-Melkstall. Cottage vorhanden. Mid-Surrey.‹ Darunter stand eine weitere: ›Gute Bezahlung und zentralbeheiztes Cottage mit drei Schlafzimmern geboten für tüchtigen Melker auf Farm mit

160 Friesen/Holsteinern. Erfahrung mit künstlicher Besamung erwünscht. Essex.‹ Sie kreiste beide Anzeigen ein und dann noch eine weitere, aus Oxfordshire, in der Erfahrung im Klauenbeschneiden gefordert wurde. Gareth konnte das. Gareth konnte all die Dinge, die in diesen Anzeigen verlangt wurden, und noch mehr. Einer der guten Aspekte des Arbeitens auf Tideswell Farm war, daß es bei der Betreuung von Kühen nichts gab, was Gareth nicht hatte lernen müssen, so oder so.

Aber jetzt lernte er nichts mehr. Er brauchte nicht länger für Robin Meredith zu arbeiten. Er war all seinen Loyalitätspflichten nachgekommen, als Caro krank war und dann nach ihrem Tod und dem von Joe. Gareth gehörte schließlich nicht zur Familie, er war nur ein Angestellter, und die Loyalität, die man von einem Angestellten erwarten konnte, hatte ihre Grenzen. Wenn er noch länger in Tideswell blieb, dachte Debbie, würde er dort hängenbleiben und nie vorankommen, es nie zur Arbeit mit einer größeren Herde bringen, in einem besseren Betrieb mit fortschrittlicher Technologie und automatischem Gülleabfluß. Er würde einfach vermodern, immer mehr in seinen eingefahrenen Gleisen steckenbleiben, und sie, Debbie, und die Kinder würden mit ihm vermodern, gefesselt durch seine Starrköpfigkeit und seinen Mangel an Unternehmungsgeist.

Debbie erhob sich vom Küchentisch und füllte am Ausguß den elektrischen Wasserkocher. Sie hatte damit aufgehört, Gareth anzuflehen, aufgrund ihrer instinktiven Ängste vor diesem Ort wegzugehen, weil sie festgestellt hatte, daß sie damit nichts erreichte. Er hatte ihr gesagt, sie sei abergläubisch, und er verabscheute Aberglauben und riß ihr die Zeitung aus der Hand, wenn er sie dabei erwischte, wie sie das Horoskop las. Also hatte sie ihre Taktik geändert. Sie hatte ihre eigenen Ängste nicht mehr zur Sprache gebracht und statt dessen von Gareth' Zukunft gesprochen und damit von der Rebeccas, Kevins und Eddies. Sie sagte, der Job in Tideswell wäre nur etwas für einen jungen, ledigen Mann, einen Anfänger, nicht für einen erfahrenen Vater von drei Kindern. Sie hütete sich sowohl, die Unsicherheit der Verhältnisse auf beiden Meredith-Farmen anzusprechen, als auch davor, Lyndsays Verschwinden nach Stretton zu erwähnen. Ganz besonders nahm sie sich in acht, kein Wort über Zoe zu verlieren.

Die Hintertür wurde mit der für Eddie typischen Verstohlenheit geöffnet, und er kam herein.

»Nun?« fragte Debbie.

Eddie legte ein Päckchen auf den Tisch, einen großen, auf der Rückseite mit Pappe verstärkten Umschlag.

»Was hast du da?«

»Bilder«, sagte Eddie. Er hatte sich auf Hippie-Art einen Stoffetzen um den Kopf gebunden.

»Was für Bilder?«

»Bilder von mir«, sagte Eddie. »Zoe hat sie gemacht.«

Er hob den Umschlag hoch, und mehrere Schwarzweißfotos glitten auf den Tisch. Debbie betrachtete sie.

»Hat sie sie dir gegeben?«

»Ja.«

»Muß ich sie ihr bezahlen?«

»Weiß nicht«, sagte Eddie. »Sie hat sie mir einfach gegeben.«

Er hievte sich auf einen Stuhl und lehnte sich schwer atmend über das aufgeschlagene Exemplar von *Farmers' Weekly*.

»Da«, sagte er triumphierend. »Du hast in diesem Buch gemalt. Man darf nicht in Büchern malen.«

»Das ist kein Buch«, sagte Debbie. »Es ist eine Zeitschrift.« Sie nahm eines der Fotos in die Hand. Eddie, der gerade auf ein Gatter kletterte, hatte sich umgedreht und über die Schulter in die Kamera geschaut. Es war hervorragend. Es war Eddie, wie er leibte und lebte. Wenn nicht Zoe es aufgenommen hätte, wäre Debbie begeistert gewesen.

»Ich finde, du hättest sie nicht annehmen dürfen.«

Eddie hörte nicht zu. Er hatte sich Debbies Filzstift gegriffen und kritzelte auf den Anzeigen für Schaf- und Schweinehirten herum.

»Ich werde dafür sorgen, daß Dad sie ihr zurückgibt. Er muß sie gleich morgen früh ins Haus zurückschaffen.«

Eddie malte einen dicken Klecks und dann einen weiteren dicht daneben. Er kicherte.

»Kuh-Jobs ...«

Debbie riß ihm den Stift aus der Hand.

»Verdammter Bengel. Wo hast du überhaupt den ganzen Nachmittag gesteckt?«

»Nirgendwo.«

»Wird Zeit, daß du in die Schule kommst«, sagte Debbie. »Zeit, daß du ein bißchen Disziplin lernst. Zeit ...« Sie verstummte. Eddie beobachtete sie. Etwas an ihr ließ ihn vermuten, daß das, was sie hatte sagen wollen, ihn betraf und deshalb das Aufpassen lohnte. Er betrachtete sie stetig, wobei er sie weniger musterte als anstarrte, als wollte er sie zwingen, das zu Ende zu bringen, was sie hatte sagen wollen.

Debbie warf den Kopf zurück. Was machte es schon? Eddie war schließlich erst fünf, und es würde eine Erleichterung sein, ihren Gefühlen freien Lauf zu lassen.

»Zeit, daß wir alle woandershin ziehen«, sagte Debbie.

Robin war sehr müde. Wenn er seine Schultern und seinen Rücken gegen den Fahrersitz des Landrovers drückte, konnte er spüren, wie die Knochen und Muskeln protestierend knackten und knarrten, steif von diesen endlosen Stunden des Mühens, tagein, tagaus, und das auf einer Maschine, die er schon vor vier oder fünf Jahren hätte ersetzen müssen. Als er bei Einbruch der Dämmerung Schluß gemacht und Gareth nach Hause geschickt hatte, war er ins Haus gekommen, um zu duschen und einen Becher Tee zu trinken, und dann hatte er zu Zoe gesagt, er müsse noch nach Dean Place Farm, um zu sehen, wie die Dinge dort stünden.

»Gut«, hatte sie gesagt. Sie sagte immer ›gut‹. Manchmal, wenn er ins Haus kam, war sie nicht da, aber sehr häufig saß sie zeichnend am Küchentisch oder ging gelassen ihren neu erworbenen und exzentrischen Methoden der Haushaltsführung nach. Aber sie schien nie auf ihn zu warten; sie war einfach da und lebte ihr eigenes Leben, bis sich die Gelegenheit ergab, es wieder mit seinem kollidieren zu lassen. In letzter Zeit war *sie* auf der Farm sehr brauchbar geworden, sie konnte jetzt den Gülletraktor fahren und die Melkmaschinen bedienen. Nur in die Nähe des Futters ließ Robin sie nicht kommen. Niemand außer ihm rührte das Futter an, nicht einmal Gareth. Zuviel hing von ihm ab.

Er steckte den Schlüssel ins Zündschloß des Landrovers und drehte ihn. Hinter dem erleuchteten Küchenfenster von Dean Place Farm zeichnete sich Dilys ab, die ihm nachwinkte. Früher hatte sie ihm nie nachgewinkt, und falls – wie es ihm vorkam – dieses Winken ein Zeichen dafür war, wie sehr sie sich verändert hatte, dann wünschte er sich, sie täte es nicht. Sie war ihm gegenüber überhaupt viel sanfter geworden, und das beunruhigte ihn; es war, als hätte sie einen Teil ihres Rückgrats verloren und suchte jetzt in ihm eine Stütze, genau wie Lyndsay es versucht hatte. Als Robin den Landrover vom Hof herunter auf die Straße lenkte, war er sich keineswegs sicher, ob er im Augenblick noch mehr Abhängigkeit verkraften konnte.

Dennoch hatte er, als er an diesem Abend mit seinen Eltern unter der grellen Deckenbeleuchtung gesessen hatte, genau gewußt, daß ihre Abhängigkeit unausweichlich war. Langsam, als rezitierte sie etwas auswendig Gelerntes, hatte Dilys ihm mitgeteilt, daß sie beschlossen hätten, die Farm aufzugeben. Allein konnten sie sie nicht mehr bewirtschaften, und angestellte Helfer konnten sie nicht bezahlen. Sie würden ausziehen, sobald der Besitzer der Farm einen neuen Pächter gefunden hatte, nach Möglichkeit noch vor Ablauf der sechsmonatigen Kündigungsfrist. Sie hatten angefangen, sich nach etwas in Stretton umzusehen, einem Häuschen, aber mit einem Garten, damit Harry ein bißchen Gemüse anbauen konnte. Vielleicht würde Lyndsays Vater ihnen helfen.

»Nie«, sagte Harry, »nie hätte ich gedacht, daß es einmal so weit kommen würde.«

»Nein.«

»Ich dachte, ich würde in meinem Bett hier sterben.«

278

»Also, Harry«, sagte Dilys, aber es lag kein Vorwurf in ihrer Stimme.

Wir machen weiter, dachte Robin jetzt erschöpft, wir machen weiter, weil wir im Grunde keine Wahl haben und uns nichts anderes übrigbleibt. Man kann nichts voraussetzen, nichts als gegeben hinnehmen, weil nichts mehr so sicher ist, wie es einst den Anschein hatte. In ein paar Monaten werden unser Leben, unsere Farmen ein anderes Gesicht haben und völlig verändert sein. Mum und Dad fort, Lyndsay fort, nur ich übrig, um zu tun, was auch immer ich zu tun glaube. Früher einmal habe ich gewußt, was ich tue, aber das ist lange her.

Er lenkte den Landrover durch die Pforte auf den Hof von Tideswell. Im Licht der Scheinwerfer tanzten winzige Mücken. In der Küche brannte Licht und auch im Badezimmer im ersten Stock, und er erinnerte sich mit einem plötzlichen, völlig unvermuteten Stich, wie es in den ersten Wochen und Monaten nach Caros Tod gewesen war, wenn er in ein dunkles Haus zurückkehrte, in ein leeres Haus, in dem ihm nur die Hauskatze ihre gefaßte und stumme Gesellschaft anbot. Er stieg steif aus dem Landrover aus, schlug die Tür zu, lehnte sich für einen Moment dagegen und sammelte sich. Dann bewegte er sich langsam vorwärts, öffnete die Hintertür und betrat das Haus.

Zoe stand am Herd und hielt mit beiden Händen einen Becher.

»Hi«, sagte sie. Sie lächelte. Sie löste eine Hand von ihrem Becher und deutete damit auf den Tisch, an dem Gareth saß, fremdartig in einem Freizeithemd und mit glattgekämmtem und gescheiteltem Haar. Er stand auf, als Robin hereinkam.

»Er wartet schon seit fast einer Stunde auf dich«, sagte Zoe, »er dachte, du würdest viel früher heimkommen.«

Robin sah Gareth an.

»Tut mir leid«, sagte Gareth. »Tut mir leid, daß ich so spät gekommen bin. Aber könnte ich …« Er brach ab und sagte dann mit Mühe: »Könnte ich kurz mit Ihnen sprechen?«

SIEBZEHNTES KAPITEL

»Nein«, sagte Hughie.

Lyndsay legte ihm eine Hand auf die Schulter.

»Leg dich hin, Hughie. Leg dich hin. Es ist Schlafenszeit.«

Hughie rührte sich nicht. Er saß kerzengerade aufgerichtet im Bett des kleinsten Zimmers seiner Großmutter, seine Baseballmütze auf dem Kopf. An diesem Tag war er irgendwohin mitgenommen worden, wo es ihm nicht gefallen hatte, überhaupt nicht, und man hatte ihm gesagt, das wäre sein neues Zimmer. Er brauchte kein neues Zimmer, er hatte schon eins in seinem eigenen Haus, mit seinem Knautschsessel darin. In dem Haus, in dem er heute mit Granny Sylvia war, war das Zimmer, von dem sie erklärt hatten, es wäre seines, überhaupt nicht seines, weil Rose auch darin schlafen würde. Es ging nicht anders, weil in dem einzigen anderen Zimmer Lyndsays Bett stehen würde. Hughie sah ein, weshalb Lyndsay Rose nicht in ihrem Zimmer haben wollte, aber aus den gleichen Gründen begriff er nicht, weshalb man von ihm erwartete, daß er nichts dagegen hatte, seines mit ihr zu teilen. Er hatte sehr viel dagegen. Er würde nicht in diesem Zimmer schlafen, und er würde nicht in einem Raum mit Rose schlafen. Er würde überhaupt nirgendwo schlafen, bis er zum Schlafen zurückgebracht worden war, wohin er gehörte, in sein eigenes Zimmer.

»Nein«, sagte er abermals.

»Bitte«, flüsterte Lyndsay. Sie wagte es nicht, laut zu sprechen, damit ihre Eltern sie nicht hörten und Schlüsse zogen. Ihre Mutter hatte schon immer gesagt, daß sie glaubte, Rose wäre außer Kontrolle; jetzt begann sie anzudeuten, daß Hughie es gleichfalls war, was auf den Vorwurf hinauslief, daß Lyndsay schon jetzt bei ihrer Aufgabe – hart, hatte Sylvia gesagt, aber nicht unmöglich – versagte, die Kinder allein aufzuziehen.

»Legst du dich hin, wenn ich mich zu dir lege?« fragte Lyndsay.

»Nein«, sagte Hughie. Er drückte seine Robbe an sich.

»Du wirst sehr müde sein, wenn du nicht schläfst ...«

»Will daheim schlafen«, sagte Hughie babyhaft.

»Das können wir nicht.«

Hughie sagte nichts. Wenn Lyndsay anfing, so dumme und unvernünftige Sachen zu sagen, wie sie es getan hatte, als Daddy fortgegangen war, hatte er sich angewöhnt, nichts zu sagen, sondern einfach abzuwarten. Hughie war in letzter Zeit sehr gut im Warten geworden. Onkel Robin hatte gesagt, das müsse er, wenn er sich besser fühlen wolle, und Hughie hatte das Gefühl, daß das etwas war, was er tun konnte, solange alles so blieb, wie es war, solange er in seinem Haus war und Robbi bei ihm war und Lyndsay ihn nicht ins Auto steckte und ihm mit einer fröhlichen Stimme, der er mißtraute, mitteilte, er würde Granny Sylvia sehen. Er wollte Granny Sylvia nicht sehen, er wollte überhaupt keine Grannys sehen. Seit kurzem hatte er es satt, wie ein Paket herumgeschleppt zu werden und sich ständig sagen zu lassen, was er tun sollte. Wenn Rose angewiesen wurde, etwas zu tun, was ihr nicht paßte, dann brüllte sie. Hughie dachte nicht daran zu brüllen, er dachte nicht daran, irgend etwas zu tun, was Rose tat. Im Gegenteil, er würde überhaupt nichts tun, und er würde, wenn es sich irgendwie einrichten ließ, auch nicht dahin gehen, wo er nicht sein wollte. Er warf einen raschen Blick auf seine linke Schulter. Lyndsays Hand lag immer noch dort. Er konnte ihren Ring mit den blauen Steinen darin sehen und den schlichten goldfarbenen, den man bekam, wenn man heiratete. Hughie fragte sich kurz, wer einem den goldenen Ring gab, wenn man heiratete, und dann ruckte er seinen Kopf blitzschnell zur Seite und biß Lyndsay so fest er konnte in die Hand.

Bronwen war verlobt. Die ganze Redaktion der Zeitschrift wußte sich vor Begeisterung kaum zu lassen und drängte sich um sie, bewunderte ihren Ring – viktorianisch, mit

Perlen und Granaten – und trank perlenden Weißwein aus Pappbechern.

»Er hat gesagt, er wollte mit seinem Antrag eigentlich bis zu unserem Urlaub warten«, sagte Bronwen, »und dann konnte er es nicht. Er hat gesagt, er könnte es einfach nicht abwarten. Also werden wir einmal vor unserer Hochzeit Flitterwochen machen und danach noch einmal.«

»Mach das Beste daraus«, sagte die Chefredakteurin. »Das ist eine wundervolle Zeit, bevor die Wirklichkeit anfängt. Genieße sie.«

Tessa behielt Judy im Auge. Sie hatte festgestellt, daß Judy Bronwens Ring genauso bewundert hatte wie alle anderen und daß sie ihren Pappbecher mit Wein hatte und aussah, als wäre alles in bester Ordnung. Aber Tessa wußte auch, daß Oliver nicht mehr anrief. Judy nach dem Tod ihrer Mutter zu trösten war eine Sache gewesen, eine peinliche, sprachlose, unmögliche Sache, aber sie über den Verlust von Oliver hinwegzutrösten, war etwas völlig anderes. Das war ein Territorium, auf dem sich Tessa auskannte. Dafür, daß jemand den Laufpaß bekommen hatte, gab es eine Währung des Trostes, mit der Tessa umgehen konnte. Sie beobachtete Judy aufmerksam und bereitete sich darauf vor, ermutigende Was-macht-das-schon-Dinge zu ihr zu sagen, von Frau zu Frau, falls Judy so aussehen sollte, als würde sie sie brauchen, wenn der Anblick von Bronwens Triumph mehr war, als sie verkraften konnte. Tessa hatte selbst einen neuen Freund; sie kannte ihn jetzt seit drei Wochen, und er machte sich recht gut, wenn man bedachte, daß er jünger war als sie und vorzeitig kahl wurde. Aber vor ihm hatte es fast zehn Monate lang niemanden gegeben, und die Erinnerung an diese zehn Monate bewirkte, daß Tessa das dringende Bedürfnis hatte, nett zu Judy zu sein. Sie lehnte sich von ihrem Schreibtisch aus zur Seite und berührte Judys Arm.

»Geht's?«

Judy sah sie an und nickte. Sie sieht gut aus, dachte Tessa, zumal jetzt, wo sie ihr Haar ein bißchen länger wachsen läßt. Es war effektvolles Haar, dicht und funkelnd, nicht die Art, die man sich ganz kurz schneiden ließ, wie die halbe Redaktion es tat, sondern die, von der man mehr haben und die man ein bißchen verwildern lassen mußte.

»Ich dachte nur ...«

»Es ist okay.«

»Möchtest du darüber reden?«

Judy trank aus ihrem Pappbecher.

»Da gibt es nicht viel zu sagen. Ich weiß nicht einmal, ob ich in ihn verliebt war, richtig verliebt. Ich mochte ihn, aber er war nicht – er war nicht ...«

»Die große Leidenschaft«, sagte Tessa. »Die einzig wahre Liebe.«

»Nein.«

»Aber trotzdem gefällt es niemandem, wenn er abserviert wird.«

Judy sagte, zu ihrer eigenen Verblüffung: »Er hat es auf eine sehr nette Art getan. Irgendwie hat es mich nicht einmal überrascht.«

»Aber du mußt doch verletzt sein, du mußt ...«

Judy bedachte sie mit einem flüchtigen Lächeln.

»Tut mir leid, wenn ich dich enttäusche«, sagte sie, »aber das bin ich nicht. Jedenfalls nicht sehr.«

Tessa war entschlossen, ihr Bedürfnis, Mitleid zu zeigen, nicht ungenutzt zu lassen, und sagte: »Und das so bald nach deiner Mutter ...«

Judy holte einen Stift aus ihrem Stiftebecher und balancierte ihn vorsichtig auf dem unteren Ende.

»In der Beziehung war Oliver sehr gut. Er hat mich dazu gebracht, daß ich über sie rede. Er hat mich dazu gebracht, daß ich in ihr einen Menschen sehe und nicht nur meine Mutter.« Sie ließ den Stift fallen. »Er hat mich dazu gebracht, über eine Menge Dinge nachzudenken.«

»Möchtest du ihn nicht umbringen?« sagte Tessa. »Möchtest du nicht seinen Wagen demolieren und ihm die Karriere verderben und seine sämtlichen Hosen zerschneiden?«

»Ist es nicht komisch?« sagte Judy. »Aber das alles möchte ich nicht. Ich hätte gedacht, ich würde es wollen, aber ich tue es nicht. Es gibt Leute, die ich umbringen möchte, aber Oliver gehört nicht dazu.«

Tessa sah sich betont verstohlen um.

»Und die sitzen hier …«

Judy sagte: »Ich überlege mir, ob ich hierbleibe.«

»Was!«

»Ich weiß es noch nicht, aber ich denke darüber nach. Ich bin mir nicht sicher, weshalb ich hier bin, wenn du verstehst, was ich meine, ich bin mir nicht sicher, ob es irgendeinen Sinn hat.«

Tessa leerte ihren Becher und zerquetschte ihn zwischen den Händen.

»Es ist ein Job wie jeder andere. Die Bezahlung ist okay, die Arbeitsbedingungen sind okay, die Leute sind ziemlich lausig, aber was kann man bei so einer Zeitschrift schon erwarten? Und du bist gut in diesem Job. Ich habe nicht vor, das jeden Tag zu sagen, aber du bist besser als Bron und ich. Dir fällt mehr ein.«

»Meist völlig sinnloses Zeug«, sagte Judy. »Ich werde einfach das Gefühl nicht los, daß dieser ganze Kram hier sinnlos ist.«

Tessa warf ihren zerquetschten Pappbecher in einem schwungvollen Bogen in Judys Papierkorb.

»Versuch nicht, mir weiszumachen, daß du ein soziales Gewissen hast, nächste Haltestelle Greenpeace-Aktivistin …«

»Das nicht«, sagte Judy. »Aber das hier auch nicht. Nicht diese Art von Leben, mit dem man einfach die Zeit totschlägt.«

Tessa wurde es langweilig. In einem gebrochenen Herzen steckte ein beachtliches Potential an Gesprächsstoff, aber in einer Diskussion über den Sinn des Lebens nicht das geringste. Sie gähnte ein wenig.

»Dann gib mir Bescheid«, sagte sie, »wenn du weißt, was du willst.« Und dann stand sie auf und schlenderte hinüber zu Bronwens Schreibtisch, um sich in dem Grüppchen, das ihn nach wie vor umdrängte, auf seine Kante zu setzen und Bronwen zu fragen, ob sie, wenn sie

heiratete, vorhabe, den Namen ihres Mannes anzunehmen.

Eine kleine Baufirma, die Roy Walsh kannte, hatte Lyndsay ein Angebot für die Umwandlung des Erdgeschosses
in dem Haus in Stretton in einen Schönheitssalon unter-
breitet. Es war Platz für eine Rezeption, zwei Kabinen, eine
Toilette und einen abgeschlossenen Raum im hinteren Teil
für eine Sonnenbank. Die Umbaukosten, dachte Roy
Walsh, hielten sich in Grenzen. Es war die Ausstattung, die
teuer werden würde, die Sonnenbank, die verstellbaren Be-
handlungsliegen und das elektrische Gerät zum Schlank-
werden, mit seinem Steuerpult und den Unmengen von
pastellfarbenen Drähten. Roy wollte, daß Lyndsay sich zu
ihm setzte und mit ihm die Kosten durchging, mit ihm aus-
rechnete, wie lange es dauern würde, bis sich die anfängli-
che Investition amortisiert hatte, und ob es Sinn hatte, ein
Mädchen einzustellen, das das Telefon bediente, Kaffee
machte und die Maniküre besorgte. Aber Lyndsay wirkte
zögerlich. Sie stimmte einer Menge Dinge zu, die er vorschlug, aber mit einer Fügsamkeit, die wenig ermutigend
war.
    »Sie ist noch nicht soweit«, sagte Sylvia zu ihm. »Es ist
noch zu früh, als daß sie mit dem Herzen bei irgend etwas
dabeisein könnte. Und die Kinder machen ihr Sorgen.«
    Die Kinder machten auch Roy und Sylvia Sorgen. Rose
hielten sie für sehr unweiblich, ein alles überwältigendes
Kind, beinahe brutal. Und was Hughie anging – nun, Lyndsay hatte nicht gewollt, daß sie erfuhren, daß er sie gebissen hatte, aber wie hätte es ihnen entgehen sollen? Sie hatten gehört, wie sie vor Schmerz und Überraschung schrie,
und als sie hinaufgeeilt waren, um zu sehen, was passiert
war, hatte er es noch einmal versucht. Ins Bett machen und
dann auch noch beißen. Natürlich, er hatte seinen Vater
verloren, der arme Junge, aber er war erst drei und konnte
die Realität dieses Ereignisses noch nicht wirklich begreifen. Es war eher so, da waren sie ganz sicher, daß Hughie
auf Lyndsay reagierte, auf ihre Unsicherheit und ihre Un-

fähigkeit, Entscheidungen zu treffen. Sie bewirkte, daß er sich gleichfalls unsicher fühlte, das konnte man sehen, sie machte ihn nervös. Je früher sie in die Wohnung über dem Salon zogen, desto besser; erst dann würde die Ordnung wieder einkehren, die die Kinder so dringend brauchten.

»Ich werde sie zur Unterschrift drängen«, sagte Roy. »Sie wird mich für hartherzig halten, aber ich werde es trotzdem tun. Schließlich geschieht es zu ihrem eigenen Besten. Sie muß der Zukunft ins Gesicht sehen. Immerhin ist sie ja nicht mittellos – in dieser Hinsicht ist sie eine sehr glückliche junge Frau.«

In seiner Stimme lag eine Spur von Ungeduld, die Sylvia vertraut war. Sie erinnerte sich an die Erleichterung, die sie beide empfunden hatten – aber nicht in Worte fassen mochten –, als Lyndsay verkündete, daß sie Joe heiraten würde. Es war nicht so, daß sie beide Lyndsay nicht innig liebten oder daß sie ihnen nicht leid tat, aber sie hatten so sehr gehofft, daß die Zeit der Elternschaft für sie zu Ende war, daß sie, nachdem alle drei Kinder ihren eigenen Haushalt und ihre eigenen Kinder hatten, endlich ein bißchen Freiheit genießen und all die Dinge tun konnten, für die sie, solange sie sich um Kinder und Geschäft kümmern mußten, keine Zeit hatten. Sylvia hatte an einen Frühlingsausflug nach Holland gedacht, um die blühenden Tulpenfelder zu sehen, und Roy hatte sich eine neue Angelrute zugelegt und vom örtlichen Golfclub gesprochen. Aber wenn Lyndsay in Stretton war, würden sie sich um die Kinder kümmern müssen, zumindest zu Anfang. Natürlich würden sie es tun, sie würden es gern tun, aber sie konnten nicht umhin, daran zu denken, daß es nicht das war, was sie geplant hatten.

»Ich muß sie drängen«, sagte Roy. »Meinst du nicht auch? Ich möchte es nicht, aber es geschieht zu ihrem Besten. Ich muß sie zur Unterschrift drängen, damit wir alle weitermachen können mit dem, was getan werden muß.«

Zoe parkte den Gülletraktor unter dem schrägen Dach aus verwittertem Wellblech, wohin er gehörte. Inzwischen

konnte sie recht gut mit ihm umgehen, und ihr war aufgefallen, daß die Männer, die mit dem Bagger gekommen
waren, um die neue Güllegrube auszuheben, die Arbeit
unterbrochen hatten, um sie zu beobachten. Sie hatte eine
kleine Schau für sie abgezogen, ein paar Schlenker gemacht, wie eine Frau auf dem Rücken eines Zirkusponys.
Es bereitete ihr eine gewisse Befriedigung, daß sie gut war
mit etwas, was ihr sechs Monate zuvor noch völlig unbekannt gewesen war, zumal sie nicht einmal Auto fahren
konnte. Aber Kameras und Traktoren – mit denen konnte
sie jetzt umgehen.

Sie kehrte ins Haus zurück und wusch sich gründlich
am Ausguß in der Küche. Velma war immer stocksauer
gewesen, wenn sich Robin oder Gareth am Ausguß gewaschen hatten, nachdem sie draußen bei den Kühen gewesen waren, aber Velma war nicht mehr da, und deshalb
brauchten sie keine Rücksicht mehr darauf zu nehmen,
was ihr gefiel oder mißfiel, und Zoe machte es nicht das
mindeste aus, genau wie die Männer den Ausguß für Hände und Gesicht ebenso zu benutzen wie für Teller und Töp-
fe. Sie schnupperte an ihren Händen, um festzustellen, ob
auch die letzte Spur von Kuhgeruch verschwunden war.
Sie rochen nach Spülmittel. Dann zog sie ihre Jeans und
das T-Shirt aus – es hatte keinen Sinn, dazu erst nach oben
zu gehen, wenn man dann die verdreckten Sachen doch
gleich wieder herunterbringen mußte – und warf sie in die
Ecke, in der sich die schmutzige Wäsche friedlich in einem
ungeordneten Haufen angesammelt hatte.

Oben in ihrem Zimmer, in dem sie immer noch ihre Sachen aufbewahrte, zog Zoe weniger abgetragene schwarze
Jeans und ein sauberes graues T-Shirt an. Als sie sich in
dem in die Tür des Kleiderschranks eingelassenen Spiegel
betrachtete, hatte sie den Eindruck, daß sie anders aussah,
weniger mager und kaputt, weniger wie etwas, was man
zu lange im Feuchten und Dunkeln gehalten hatte. Sie war
nicht eigentlich dicker geworden, ihre Sachen paßten ihr
wie zuvor, aber ihr Gesicht und ihr Körper wirkten glatter,
weniger kantig, und auf der Nase und den Wangen hatte

sie ein paar Sommersprossen. Die hatte sie früher gehaßt, aber jetzt, auf einer Haut, die nicht mehr so grünlichweiß war wie gewöhnlich, sahen sie irgendwie nicht mehr so schlimm aus. Sie trug ein bißchen Lippenstift auf und gönnte sich ein oder zwei Spritzer von dem Kölnischwasser für Männer, das sie am liebsten mochte, hergestellt, wie es auf dem Etikett hieß, aus karibischen Limonen. Dann ging sie nach unten und hinaus auf den Hof.

Gareth' Cottage war ungefähr 400 Meter vom Farmhaus entfernt, von ihm durch ein flaches, mit Mais besätes Feld getrennt, in dem man einen Pfad ausgespart hatte. Diesen Pfad ging oder radelte Gareth täglich ein halbes dutzendmal entlang. Zoe konnte seine Stiefelabdrücke in der Erde sehen und die Reifenspuren seines Fahrrads und, wenn sie den Blick hob, die glatte Fassade des Cottage aus roten Ziegelsteinen mit seinen funkelnden Fenstern und der Satellitenschüssel, die wie eine große weiße Untertasse an einer Seite montiert war. Zoe hatte Robin gefragt, warum das Cottage, wenn er schon eins habe bauen wollen, so häßlich sein müsse. Robin war leicht verblüfft gewesen.

»Häßlich?«

»Ja. Sehr. Farben, Proportionen, Lage, alles.«

»Aber es funktioniert«, sagte Robin. »Es tut das, wozu es da ist.«

Genau wie sein Wagen, dachte Zoe, und seine Kleidung und sein armer, vernachlässigter Garten, in dem die Rosen, die Caro gepflanzt hatte, jetzt unter den unerbittlichen Ranken der Winden erstickten. Die Dinge mußten funktionieren, das tun, wozu sie da waren, und sich ihren Unterhalt verdienen; Schönheit, falls überhaupt in irgendeiner Form vorhanden, war ein Zufall.

Zoe kam aus dem Maisfeld in den kleinen Garten, den Debbie ums Haus herum angelegt hatte. Sie sah einen mit blaßfarbenen Steinplatten gepflasterten Weg und eine Reihe von mit Petunien und Studentenblumen bepflanzten Schalen und Kübeln. Außerdem lagen etliche Dinge aus Eddies Arsenal herum, Plastikpistolen und -schilde und etwas, was wie eine Rakete aussah. Kevin, hatte Gareth gesagt, interessierte sich überhaupt nicht für dieses Kriegsspielzeug, das tue nur Eddie, und man könne ihn nicht davon abbringen, ganz gleich, wieviel Mühe man sich gebe.

Zoe ging ums Haus herum, an der nie benutzten Vordertür mit einer Spitzengardine hinter einer Glasscheibe vorbei zur Rückseite. Die Tür zur Küche stand weit offen, auf der Stufe waren ein Eimer und ein Schrubber abgestellt, und eine Matte war zum Lüften herausgelegt worden. Zoe steckte den Kopf hinein.

»Debbie?«

Keine Antwort. Zoe wartete. Ein oder zwei Minuten später erschien Debbie aus dem Wohnzimmer, in einem ärmellosen rosa T-Shirt und einem kurzen Jeansrock. Sie starrte Zoe an.

»Was wollen Sie denn hier?«

»Ich wollte Sie besuchen«, sagte Zoe.

»Weshalb?«

»Ich wollte Sie etwas fragen.«

Debbie bewegte sich ein Stückchen näher heran und legte die Hände auf die Lehne eines Küchenstuhls.

»Dann sollten Sie vielleicht hereinkommen ...«

»Das ist nicht nötig«, sagte Zoe. Sie lehnte sich an den Türrahmen. »Ich bin hier gut aufgehoben.«

Debbie zuckte die Achseln. Sie hob die Hände zu ihrem Haar und zog es straffer durch das Gummiband. Dann strich sie ihren Rock glatt.

»Also?«

»Es geht um Gareth.«

»Was ist mit Gareth?« fragte Debbie scharf.

Zoe lehnte sich fester an den Türrahmen und steckte die Hände in die Taschen ihrer Jeans.

»Er hat gekündigt ...«

»Und was geht Sie das an?«

»Nichts. Aber es ist schlimm für Robin. Im Moment ist alles schlimm für Robin, ich verstehe kaum die Hälfte davon, aber ich weiß, daß es das Geld ist und seine Eltern und Lyndsays Weggehen und die Farmen. Und jetzt Gareth.«

»Gareth muß an sich selbst denken«, sagte Debbie rasch. »Gareth hat Verpflichtungen, er hat eine Familie …«

Zoe musterte sie einen Moment, dann fragte sie: »Haben Sie gewollt, daß er geht?«

»Nein.«

»Es hätte ja sein können«, sagte Zoe. Sie beugte sich vor, als wollte sie die Kappen ihrer Stiefel inspizieren.

»Es wurde Zeit, daß er einen besseren Job bekommt«, sagte Debbie. »Es wurde Zeit, daß wir von hier wegziehen.«

Zoe sah sie nicht an.

»Aber warum gerade jetzt?« fragte sie und blickte auf ihre Stiefel.

Debbie sagte nichts. Sie betrachtete den Küchentisch, auf dem die ersten zwei Bewerbungen von Gareth darauf warteten, abgeschickt zu werden.

»Wenn ich verschwinden würde«, sagte Zoe und hob ihren Blick von ihren Stiefeln zu Debbies Gesicht, »würde Gareth dann bleiben? Nur noch eine Weile, bis Robin wieder zurechtkommt? Würde er das?«

Debbie keuchte ein wenig.

»Ich weiß nicht …«

»Ich dachte mir, daß es sein könnte«, sagte Zoe. »Ich dachte mir, daß es meinetwegen sein könnte. Der Tropfen, der das Faß zum Überlaufen bringt.«

»Nein«, sagte Debbie. »Ja.«

»Aber würde Gareth es sich anders überlegen?«

Debbie betrachtete die Briefe. Sie umklammerte die Stuhllehne.

»Nein«, sagte sie. »Das würde er nicht.«

»Und Sie auch nicht?«

»Nein«, sagte Debbie, »es ist zu spät.« Sie warf Zoe einen raschen Blick zu. »Was man für andere Leute tun kann, hat seine Grenzen.«

»Das weiß ich«, sagte Zoe. »Das weiß ich sehr gut. Es ist nur, daß dies für Robin eine so schlimme Zeit ist …«

»Sie ist für uns alle schlimm!« rief Debbie. »Es ist schon seit einer Ewigkeit schlimm, schon seit vielen Monaten, lange bevor Sie gekommen sind!«

Zoe löste ihren Rücken vom Türrahmen.

»Ja.«

Debbie bewegte sich plötzlich. Sie ging zur Arbeitsplatte, auf der der Toaster stand, und griff nach einem großen Umschlag, der dahinter lehnte.

»Hier.«

»Was ist das?«

»Das sind die Bilder. Die Bilder, die Sie von Eddie gemacht haben. Er hätte sie nicht nehmen dürfen ...«

»Aber sie gehören ihm«, sagte Zoe. »Es sind Aufnahmen von ihm. Wem sollten sie sonst gehören? Für andere Leute sind sie völlig nutzlos.«

»Wir wollen sie nicht haben«, sagte Debbie.

Zoe nahm den Umschlag. Sie sagte langsam: »Weshalb sind Sie so wütend?«

Debbie sagte nichts.

»Ist es der Sex?«

Debbie machte eine kleine Handbewegung.

»Das geht Sie nichts an«, sagte Zoe. »Es betrifft Sie nicht, es hat nichts mit Ihrem Leben zu tun.«

Debbie schloß die Augen.

»Viel Glück«, sagte Zoe.

Sie machte kehrt, und Debbie hörte, wie sie fortging, den kleinen Pfad entlang, an den Blumenkübeln und den Plastikpistolen vorbei auf das Maisfeld zu. Sie öffnete die Augen. Die Briefe lagen immer noch da, zwei weiße Rechtecke mit Gareth' bemühter, ungeübter Handschrift darauf, bereits frankiert. Sie hob sie auf. Sie hatte zu Gareth gesagt, daß sie sie einwerfen würde.

»Wenn du willst«, hatte er gesagt.

Sie kehrte ins Wohnzimmer zurück, die Briefe immer noch in der Hand. Durch das große Fenster, das sie stets so gewissenhaft putzte, konnte sie Zoe noch sehen, die ohne eine Spur von Eile durch den grünen Mais wanderte. Debbie stellte sich vor, wie sie Gareth von dem Besuch erzählen, wie sie ihn ausschmücken, wie sie ihre eigenen Reaktionen erklären und rechtfertigen würde. Dann fragte sie sich, ob sie Gareth überhaupt davon erzählen sollte.

»Morgen früh«, sagte Lyndsay. »Ich muß darüber schlafen.«

Ihr Vater seufzte.

»Morgen früh wird es dasselbe sein ...«

»Ich kann es nicht«, sagte Lyndsay. »Jedenfalls jetzt noch nicht. Ich bin müde.«

Roy warf einen Blick auf seine Frau. Sie saß in ihrem gewohnten Sessel und bestickte einen Feuerschirm. Sie beschäftigte sich schon seit mehr als einem Jahr damit, und Roy begriff nicht, weshalb ihre Hingabe an diese Arbeit ihn so irritierte. Aber sie tat es.

»Hilf mir, meine Liebe.«

Sylvia sagte, während sie ihre Nadel einstach und wieder herauszog: »Lyndsay, wir versuchen doch nur, dir zu helfen. Dein Vater hat das alles nicht für sich selbst getan, sondern für dich.«

»Ich weiß.«

»Es hat doch keinen Sinn, wenn du die Unterschrift immer wieder hinausschiebst. Der Vertrag muß auf dich lauten, wegen des Geschäfts. Wenn ich ihn für dich unterschreiben könnte, würde ich es tun, aber das kann ich nicht.«

Lyndsay stand auf. Sie sagte mit einer Stimme, die fast wütend war: »Ich habe gesagt, daß ich es morgen früh tun werde.« Sie funkelte sie an. »Ich bin schließlich kein Kind mehr.«

Schweigen.

Roy nahm seine Lesebrille ab und legte sie auf den nicht unterschriebenen Vertrag. Er sagte: »Dann hör auf, dich wie eines zu benehmen.«

»Indem ich tue, was du sagst?«

Er schaute wieder zu Sylvia hinüber, aber die war mit einer Aurikel beschäftigt und wollte seinen Blick nicht erwidern.

»Nicht unbedingt«, sagte er verdrossen, »aber indem du überhaupt etwas tust. Wir haben diesen Plan nur für dich ausgearbeitet, weil du keinen eigenen hattest.«

»Noch nicht«, sagte Lyndsay wütend. »Noch nicht. Joe

ist erst seit sechs Wochen tot. *Sechs Wochen.* Weshalb sollte eine Frau irgendwelche Entscheidungen treffen müssen, wenn ihr Mann erst seit sechs Wochen tot ist?«

Sylvia stach ihre Nadel gewissenhaft in den Stramin, zog sie wieder heraus und faltete ihn dann zusammen.

»Kein Grund, so aufgebracht zu sein ...«

»Aber ich *bin* aufgebracht«, sagte Lyndsay. »Natürlich bin ich aufgebracht. Ich werde wahrscheinlich noch viele Jahre lang aufgebracht sein, wie du es nennst. Ich weiß es nicht. Niemand von uns weiß es. Aber manchmal weiß ich, was ich tun kann, und ich kann diesen Vertrag nicht unterschreiben. Nicht heute abend.«

Sylvia stand auf. Sie sah Lyndsay nicht an.

»Dann warten wir bis morgen früh.«

»Aber«, sagte Roy, »morgen früh muß es sein.«

Lyndsay musterte sie beide. Sie öffnete den Mund, um etwas zu sagen, dann machte sie ihn wieder zu. Anstatt etwas zu erwidern, ging sie zur Wohnungstür und öffnete sie.

»Gute Nacht«, sagte sie.

Sie warteten darauf, daß sie sonst noch etwas sagte, daß sie sagte, es tue ihr leid. Aber sie tat es nicht.

»Gute Nacht, meine Liebe«, sagte Sylvia.

Oben schlief Hughie auf vier Kissen auf dem Fußboden. Es war sein Kompromiß, was das Sich-Hinlegen betraf. Lyndsay wußte, daß Sylvia das mißbilligte, aber ihr machte es nichts aus. Es machte ihr auch nichts aus, daß Hughie sie gebissen hatte. Es war erschreckend, aber sie war nicht verletzt, schon gar nicht in ihren Gefühlen. Im Gegenteil, als Sylvia und Roy ins Zimmer gestürmt gekommen waren, hatte Lyndsay Hughie in einer Weise angesehen, die an Bewunderung grenzte.

Jetzt setzte sie sich neben ihn. Er sah aus, als hätte er es scheußlich unbequem. Er war halb von dem wackeligen Kissenberg heruntergerutscht, den er selbst gebaut hatte, seine Baseballmütze war in dem Winkel, in dem er lag, nach oben gekippt, so daß der Schirm steil aufragte und sein blondes Haar hochgeschoben hatte. Lyndsay war froh, daß er schlief, so unbequem es auch sein mochte. Nur wenn er schlief, konnte sie sicher sein, daß er nicht von all den Dingen erdrückt wurde, vor denen er Angst zu haben beschlossen hatte.

Aber hatte er es wirklich beschlossen? Während sie ihn jetzt betrachtete und Joes Farben sah, wenn auch nicht seine Züge, bezweifelte sie stark, daß sich Hughie irgend etwas einbildete. Wenn er vor irgendwelchen Dingen Angst hatte, dann hatte er gute Gründe dafür – diese Dinge ängstigten ihn. Genauso, wie die schwarzen Gespenster in seinem Leben Joe geängstigt hatten. Lyndsay hatte es möglicherweise unterlassen, Joes Schatten zu sehen, oder sie hatte nicht an sie geglaubt, wenn sie es tat, aber bei Hughie war das nicht möglich. Hughie war ihr Kind und im Moment, was seinen Glauben ans Leben anging, völlig von ihr abhängig. Und jetzt rebellierte er gegen sie, weil er es ganz einfach mußte, um überleben zu können. Er war nicht ungezogen, er war ehrlich. Es war fast so, als versuchte er auf seine kindlich instinktive Art, sie zu der Erkenntnis zu zwingen, daß das, was zu tun sie im Begriff stand, für sie ebenso falsch war, wie es das für ihn sein würde. Er liebte sie. Obwohl er noch so jung war, wußte Lyndsay, daß noch niemand in ihrem Leben sie so geliebt hatte, wie Hughie es tat, und daß sie, sogar falls er sich, wenn er älter wurde, zeitweise dafür schämen sollte, doch nie die Intensität dieser Liebe vergessen würde und das grenzenlose Vertrauen, das er in sie setzte. Sie streckte eine Hand aus und ergriff seinen Fuß. Sie wußte, daß sie Joe auf irgendeine Art im Stich gelassen hatte. Sie hatte es nie gewollt und hätte alles getan, was in ihrer Macht stand, damit es nicht dazu kam, aber sie hatte ihn, aus welchen Gründen auch immer, im Stich gelassen, weil sie nicht an ihn herankommen konnte. Aber an Hughie konnte sie herankommen, weil er es ihr gestattete, weil er sie einließ auf eine Weise, wie Joe es nie gekonnt hatte. Und wenn er sie einlassen konnte, dann mußte sie dafür sorgen, daß sie sich als vertrauenswürdig erwies, damit er, als Erwachsener, auch imstande war, jemanden einzulassen und nicht wie Joe an den Rand einer tödlichen Isolation getrieben wurde. Das durfte sie keinesfalls vergessen, einerlei, welche Entscheidung sie am Morgen treffen würde. Sie hatte die Chance, Hughie jetzt, da er sie brauchte, nicht im Stich zu lassen, und sie mußte sie ergreifen.

Sie hatten den ganzen Abend kaum miteinander gesprochen. Robin war spät hereingekommen, müde und verschwitzt, war hinaufgegangen, um zu duschen, und hatte ihr dann, als er wieder herunterkam, im Vorbeigehen den Kopf gestreichelt, als wäre sie ein Hund, den er sehr gern hatte, bei dem er sich aber darauf verlassen konnte, daß er nichts sagte. Sie stellte Suppe und ein Sandwich vor ihn hin, und während er aß, arbeitete er sich durch den Stapel Papiere hindurch, die sich in letzter Zeit auf dem Tisch angesammelt hatten, beschwert mit einem kleinen Schraubenschlüssel, der zufällig herumlag. Bei den Papieren handelte es sich fast ausschließlich um Rechnungen, und zwar über Beträge, die Zoe unwahrscheinlich vorkamen, viel zu hoch, und für Dinge, die verschwunden oder aufgebraucht worden waren, Futtermittel und Tierarztbesuche, Medikamente und Maschinenreparaturen. Robin ging die Posten stetig durch, immer und immer wieder. Sie beobachtete ihn eine Weile, dann richtete sie den Blick auf den Fernseher, der eingeschaltet war, aber mit so niedriger Lautstärke, daß die Leute auf dem Bildschirm stumm die Münder bewegten, wie Fische in einem Aquarium. Robin tat Zoe sehr leid, aber es gab nichts, was sie für ihn tun konnte, nicht auf diesem Gebiet. Sie hatte es am Nachmittag versucht und war damit gescheitert – letzten Endes wegen der Wirkung, die die Hilfe, die sie Robin auf einem anderen Gebiet hatte sein können, auf alle anderen Leute hatte.

»Kaffee?« fragte sie.

Er schüttelte den Kopf. Sie stand auf, nahm seine Schüssel und seinen Teller und brachte sie zum Ausguß. Draußen auf dem Hof war es immer noch ziemlich hell, und über der Scheune stand der Neumond, klein und dünn wie eine scharfe, gebogene Klinge. Sie betrachtete ihn eine Weile. Ein oder zwei Minuten später wurde ihr bewußt, daß von irgendwoher noch ein weiteres Licht kam, ein Licht, das sich von der Straße auf die Auffahrt zubewegte. Es war ein Wagen, und er näherte sich langsam, als wüßte er den Weg nicht. Sie beobachtete ihn, bis er auf dem Hof wieder zum Vorschein kam und anhielt. Drinnen saßen der Fahrer und eine Person auf dem Rücksitz.

»Ein Taxi!« sagte Zoe.

Robin, der gerade dabei war, Zahlen auf ein Stück Papier zu kritzeln, grunzte hinter ihr. Zoe beugte sich vor und umklammerte den Rand des Ausgusses. Eine Frau stieg aus dem Taxi, eine hochgewachsene junge Frau in Schwarz, die eine Reisetasche hinter sich herzog, eine dieser großen, weichen Taschen mit Rädern und Segeltuchriemen.

»Robin«, sagte Zoe, und ihre Stimme bebte ein wenig. »Judy ist da.«

ACHTZEHNTES KAPITEL

Alles ist spät dran in diesem Jahr, dachte Harry. Er betrachtete den Flachs und stellte fest, daß er gerade erst zu blühen begann. Zuviel Regen zuvor und jetzt nicht genug. Und seit Wochen immer wieder ein warmer, böiger Wind, der alles austrocknete. Er legte die Arme auf das fünfriegelige Gatter, durch das man auf das Feld gelangte, und spürte, wie die zusammengefalteten Papiere in seiner Tasche knisterten. Er hatte gesagt, er würde sie lesen. Er hatte Dilys versprochen, daß er es tun würde.

»Aber allein«, sagte er. »Draußen. Ich kann sie nicht lesen, wenn du mir dabei zusiehst.«

Die Papiere waren die detaillierten Angebote für zwei Bungalows in Stretton, die Dilys aus einem großen Packen ausgesucht hatte, den ihr der Makler geschickt hatte. Auf den ersten Blick schien es, als glichen sie nicht nur einander, sondern auch jedem anderen Bungalow, den Harry je gesehen hatte. Es war so schwer, sich Gedanken darüber zu machen, wo er leben sollte, wenn er nicht hier leben konnte, und sehr schwer, wenn nicht gar unmöglich, sich ein Leben nach Dean Place vorzustellen. Er hatte das Gefühl, daß das ganz einfach kein Leben sein würde. Das war auch der Grund, weshalb er noch nicht an den Grundbesitzer geschrieben und die Pacht von Dean Place gekündigt hatte. Dilys hatte ein Schreiben aufgesetzt, aber er konnte sich nicht dazu überwinden, es zu unterschreiben. Es kam ihm vor, als unterzeichnete er damit sein Todesurteil. Dilys sagte, er sei starrköpfig. Das war er vermutlich, aber es steckte noch mehr dahinter. Zum Beispiel die Überzeugung, daß er bereits so viel verloren hatte, daß niemand von ihm erwarten konnte oder durfte, daß er noch mehr verlor. Und ganz sicher nicht die letzten Fetzen seiner Freiheit.

Er zog die zusammengelegten Papiere aus der Tasche

und entfaltete sie langsam. 67 Otterdale Close und The Lindens, 20 Beech Way. ›Besserer Garten‹, hatte Dilys auf die eine Offerte geschrieben und ›Sonnenzimmer und größere Küche‹ auf die andere. Welche Rolle spielte das? Was sollte er mit einem Garten anfangen? Und Küchen waren Dilys' Angelegenheit, genau wie Sonnenzimmer, was immer das sein mochte. Sonnenzimmer! Schon das Wort allein ließ ihn an Seniorenausflüge in Bussen nach Llandudno denken. Er faltete die Angebote ungeschickt wieder zusammen und stopfte sie in die Tasche. Sollte Dilys entscheiden. Ihm war es völlig gleich und ihr, wie er argwöhnte, im Grunde auch. Aber sie sollte trotzdem entscheiden, und er konnte dann murren.

Er kletterte wieder in die Kabine des Traktors und ratterte lärmend den Weg zum Haus entlang. Er glich einem mürrischen alten Gaul, dieser Traktor, mit steifen, knarrenden Gelenken, voller Schmerzen und Widerborstigkeiten, aber vertraut. Er hatte sich immer geweigert, an einen Ersatz für ihn zu denken, hatte den exorbitanten Preis für einen neuen als Gegenargument ins Feld geführt und seine häufigen Zusammenbrüche mit verstohlenen Basteleien verheimlicht, am Abend, wenn Joe nach Hause gegangen war. Nun ja, jetzt brauchte er ihn nicht mehr zu ersetzen. Er und der Traktor würden zusammen aufs Gras geschickt werden, nur daß es kein Gras sein würde, sondern irgend so ein verdammter Vorortgarten um einen Bungalow herum. Er hatte nicht übel Lust, den Traktor mitzunehmen. Er würde zu Dilys sagen: »Also gut, 67 Otterdale Close ist es, sofern auf der Auffahrt genug Platz für den Traktor vorhanden ist.« Er hatte gesagt, er würde Dilys seine Antwort beim Abendessen geben, aber jetzt, begeistert von dem Gedanken, den Traktor mitzunehmen, beschloß er, es ihr gleich zu sagen.

Auf dem Hof stand ein Wagen. Es war, zu seiner Überraschung, Lyndsays Wagen. Er hatte gedacht, sie wäre in Stretton, unterschriebe den Vertrag für irgend so einen Schönheitssalon, von dem ihre Eltern wollten, daß sie ihn einrichtete. Harry hatte für Lyndsays Eltern nicht viel übrig. Nette Leute, aber nicht sein Fall. Er war einmal in ihrem Haus gewesen, weil Dilys darauf bestanden hatte, in Joes und Lyndsays Verlobungszeit, und er hatte noch nie ein Wohnzimmer mit so viel Nippes gesehen. Unmengen von Krimskrams auf jeder freien Fläche. Dilys hatte ihn in einen Sessel befördert und angewiesen, sich nicht von der Stelle zu rühren. Sie hatte Angst gehabt, er könnte etwas zerbrechen.

»Überraschung, Überraschung«, sagte Harry, in die Küche stapfend.

Lyndsay saß am Küchentisch, Rose auf den Knien, die schwer atmete und mit aller Kraft einen Klumpen von Dilys' Brotteig knetete, der auf dem Tisch lag. Lyndsay hatte ihr Haar mit irgend etwas zurückgebunden und sah deshalb ganz anders aus als sonst, ein bißchen älter, tatkräftigen An der anderen Seite des Tisches malte Hughie große rote H auf einen alten Samenkatalog.

»Hallo«, sagte Lyndsay. Sie lächelte Harry an, aber so schüchtern wie damals, als Joe sie zum erstenmal mitgebracht hatte.

»Nett, dich zu sehen, meine Liebe«, sagte Harry. Er beugte sich über Hughie. »Einen Kuß für Grandpa?«

Gehorsam hielt ihm Hughie sein Gesicht hin.

»Mmm«, sagte Rose eindringlich und lehnte sich über den Tisch, um der gleichen Aufmerksamkeit teilhaftig zu werden. »Mmm, mmm, *mmm.*«

Harry ging zu ihr.

»Nah!« sagte sie und wich vor ihm zurück.

»Rose. O Rose.«

»Laß sie nur.«

»Sie ist so fürchterlich. Meine Eltern ...«

Dilys stellte den Kindern zwei Gläser mit Fruchtsaft hin.

»Mach dir nichts draus, meine Liebe.«

Hughie zog sein Glas zu sich heran und kippte es seinem Mund entgegen, ohne es vom Tisch zu heben. Er beobachtete Lyndsay über das Glas hinweg.

»Ich – ich bin in Ungnade gefallen«, sagte Lyndsay zu Harry. »Ich wollte es Dilys gerade erzählen ...«

Harry ließ sich auf seinem gewohnten Stuhl nieder.

»Bei wem?«

»Bei meinen Eltern.«

Harry wartete. Rose machte sich daran, erst mit der einen Hand und dann mit der anderen auf den Brotteig einzuschlagen.

»Ich habe mich geweigert, den Vertrag zu unterschreiben«, sagte Lyndsay. »Für das Haus in Stretton.«

»Vielleicht«, sagte Harry, nicht sicher, worauf das hinauslief, »war es nicht das richtige.«

»Nein, das war es nicht. Aber das richtige gibt es überhaupt nicht. Die ganze Idee war nicht richtig, die ganze Idee mit Stretton.«

»Nein«, sagte Harry mit Nachdruck. Er dachte an die Bungalows.

Hughie stellte sein Glas wieder aufrecht hin, sehr still. Dilys hatte sich neben ihn gesetzt, und auch sie schien sehr still zu sein, ungewöhnlich still. Nur Rose machte ein Geräusch, sie patschte auf dem Teig herum.

»Ich habe meine Meinung geändert«, sagte Lyndsay. Sie schaute hinunter auf die Rückseite von Roses Lockenkopf und ihren stämmigen kleinen Körper in der grüngepunkteten Hose. »Ich habe meine Meinung geändert, und ich gehe nicht nach Stretton zurück.« Sie warf Dilys einen schnellen Blick zu. »Ich bleibe hier.«

»Ja«, sagte Harry.

»Ich will versuchen, die Farm zu bewirtschaften. So, wie Joe es getan hat.«

Dilys und Harry wechselten einen Blick.

Dilys sagte, sanfter, als es sonst ihre Art war: »Aber du hast keine Ahnung davon, meine Liebe. Du hast dich nie dafür interessiert. Du würdest nicht einmal wissen, womit du anfangen solltest.«

Lyndsay sagte nichts, sondern starrte nur auf Roses Rükken.

»Das Farmen ist heutzutage ein riskantes Geschäft«, sagte Harry. Als sie ihre Absicht verkündet hatte, war Hoffnung in ihm aufgewallt, aber er wußte, daß das unsinnig war. Lyndsay als Farmerin! Eine Frau, die eine Farm wie Dean Place übernehmen wollte, eine Frau aus der Stadt mit weichen Stadtgewohnheiten, die nie imstande gewesen war, etwas allein zu unternehmen! Er konnte nicht umhin, stolz auf sie zu sein, weil sie daran dachte, durfte aber trotzdem nicht zulassen, daß sie es tat. »Es ist nicht mehr so, wie es früher einmal war. Es ist nur Papierkram und Subventionen. Man kann nicht mehr Dinge zum Essen anbauen, wie wir es früher getan haben. Früher war alles ganz anders.«

Lyndsay schaute über den Tisch hinweg zu Hughie.

»Ich könnte einen Verwalter einstellen. Zumindest für ein paar Jahre, bis ich gelernt habe, was zu tun ist.«

»Den würdest du bezahlen müssen.«

»Ich weiß.«

»Und wie willst du das anstellen?«

Lyndsay holte Atem.

»Wenn ich hier wohnen würde«, sagte sie, »könnte ich Mieter aufnehmen. Oder Leute, die hier Ferien machen. Ferien mit ihren Kindern. Oder etwa nicht?«

Harry hörte, wie Dilys aufkeuchte.

»Hier wohnen ...«

»Ja«, sagte Lyndsay. »Hier. Ihr geht doch nach Stretton? Kauft euch einen Bungalow?«

Harry schloß die Augen.

»Du willst hier wohnen.«

»Mir gehören jetzt eine Menge Anteile«, sagte Lyndsay. »Und ihr wollt ausziehen.«

»Wir kündigen den Pachtvertrag«, sagte Dilys. Ihre Stimme klang so schwach, als könnte sie sich nicht erinnern, wie man sie benutzt.

»Das könnt ihr nicht«, sagte Lyndsay. »Nicht ohne meine Einwilligung. Stimmt's? Ich habe mich entschieden. Deshalb bin ich gekommen, um euch das mitzuteilen.« Sie sah Dilys an. »Ich dachte, ihr würdet euch freuen.«

Dilys nickte, sprachlos.

»Wir sind platt«, sagte Harry.

»Menschen lernen«, sagte Lyndsay. Sie schien sich ihrer

Sache fast sicher zu sein. »Oder etwa nicht? In ihrem Leben tritt eine Veränderung ein, und dann lernen sie etwas anderes, weil sie es wollen oder weil sie es müssen. Also, für mich gilt von beidem ein bißchen. Vielleicht werde ich keinen Erfolg haben, aber ich will es zumindest versuchen.«

»Warum?« fragte Dilys plötzlich. »Für wen?«

»Das brauchst du nicht zu wissen«, sagte Lyndsay. Sie sah Hughie an. »Das brauchen nur wir beide zu wissen.«

»Was ist mit unseren Anteilen?«

»Könnt ihr sie nicht behalten? Oder sie, wenn ihr sie nicht wollt, an jemand anderes verkaufen?«

Dilys lehnte sich über den Tisch.

»Sag du es ihr«, forderte sie Harry auf. »Sag ihr, daß sie es nicht schaffen wird. Sag ihr, daß es nicht funktioniert.«

Er betrachtete sie einen Moment, dann sah er Hughie an, der sehr still dasaß, und dann Rose, die jetzt ihre Finger in den Teig bohrte und die Löcher betrachtete, die sie gemacht hatte.

»Tut mir leid«, sagte Harry.

»Was soll das heißen, es tut dir leid?«

»Das kann ich nicht«, sagte Harry. »Das kann ich ihr nicht sagen.«

»Warum nicht?«

»Weil ich«, sagte er und schloß die Augen wieder, nach Worten suchend, »im Grunde meines Herzens nicht glaube, daß sie einen Fehler macht.«

Vom Garten von Tideswell aus konnte Judy Zoes roten Kopf sehen, der sich, hoch über der Hecke, auf dem Gülletraktor auf dem Hof vor- und zurückbewegte. Judy hatte in ihrem ganzen Leben noch keinen Traktor gefahren, hatte es nie gewollt; zumindest in all den Jahren, während deren sie heranwuchs, hatte sie es nie gewollt. Sie fragte sich, ob Zoe es absichtlich tat, um sich aufzuspielen. Doch wenn das der Fall war, das mußte selbst Judy zugeben, war das die einzige Form von Angeberei, die sie bisher gezeigt hatte. Im Gegenteil, sie hatte sich seit Judys Rückkehr vollkommen unaufdringlich benommen, war sehr ruhig gewesen und hatte sich still beschäftigt. Am allerersten Abend, als Judy, beleidigt und voller Ressentiments, auf dem Korridor gelauert hatte, war Zoe voll angezogen aus Robins Schlafzimmer gekommen und wortlos an ihr vorbei in ihr eigenes Zimmer gegangen, hatte die Tür hinter sich zugemacht und Judy in einer Stille zurückgelassen, die ihr jegliche weitere Aktion unmöglich gemacht hatte. Sie hatte eine Ewigkeit dort gestanden, unter der kahlen Deckenbeleuchtung vor Robins Schlafzimmertür, und das Verlangen nach einer Szene, gekoppelt mit dem Wissen, daß es, jedenfalls in diesem Moment, nichts gab, was eine Szene gerechtfertigt hätte, machte sie rasend. Zoe war ihr zuvorgekommen. Judy war zurückgekehrt, also hatte sich Zoe aus dem Bett von Judys Vater zurückgezogen, und sie stand nun wütend und mit leeren Händen da.

Judy bückte sich zwischen die Rosen und ergriff ein weiteres zähes und flexibles Büschel Winden. Es löste sich mit verdächtiger Leichtigkeit, mit einem Gewirr spinnwebartiger weißer Wurzeln, sicher in dem beruhigenden Wissen, daß noch mehr von diesen Wurzeln in der Erde steckten, als Judy je herauszuziehen hoffen konnte. Sie hatten etwas an sich, jedenfalls in Judys gegenwärtiger Stimmung, was sie an Zoe erinnerte, mit ihrer Aufdringlichkeit und Gesetzlosigkeit und Unberührbarkeit. Zoe konnte man nichts anhaben, man konnte nicht bewirken, daß etwas sie bekümmerte. Wenn man sie zur Rede stellte, würde sie einem einfach in ihre eigene Welt entgleiten und Beweise für den Schaden verlangen, den angerichtet zu haben sie beschuldigt wurde. Natürlich richtete sie keinen Schaden an, außer bei Judy, und an dem Schmerz, den sie ihr zufügte, war Judy selbst schuld. »Ich hasse diesen Ort«, hatte Judy zu Zoe gesagt. »Ich will nicht hier sein.« Aber Zoe hatte ihn nicht gehaßt, und sie hatte Judy nichts weggenommen, was diese für sich hätte haben wollen. Das heißt, bis jetzt. Judy riß ein weiteres Büschel rankendes Unkraut heraus. Jetzt war alles ganz, ganz anders. Es war so anders, daß Judy im Augenblick keine Ahnung hatte, wie sie reagieren sollte.

So hatte sie, um damit anzufangen, keine Ahnung, wie sie mit Robin umgehen sollte. Er war überrascht gewesen, sie zu sehen, aber freundlich, auf eine zurückhaltende Art. In ihrem Zorn hatte sie gedacht, er wäre so zurückhaltend, weil er verdammt gute Gründe dafür hatte; schließlich schlief er mit Zoe. Aber sie erkannte bald, daß er deshalb nicht im geringsten befangen war, ebenso wenig wie Zoe; er war zurückhaltend, weil er nie mit ihr zurechtgekommen war, nie gewußt hatte, wie er mit ihr umgehen sollte, nicht einmal, als sie noch ein kleines Kind gewesen war. Sie hatte zeitlebens keinen Zweifel daran gelassen, daß er, soweit es sie betraf, alles falsch gemacht hatte, und nun wartete er nur darauf, daß er wieder etwas falsch machte und sie wie immer beleidigt darauf reagierte. Aber jetzt verspürte sie zum erstenmal ein wenig Ehrfurcht vor ihm. Sie war nicht imstande, ihn zur Rede zu stellen. Sie versuchte, sich zu sagen, es wäre Zoes Schuld, aber sie wußte, daß das nicht stimmte. Sie wußte, daß die Veränderung nicht in Robin oder in Zoe vorgegangen war, sondern in ihr.

Sie bückte sich, um die Winden vom Gras aufzuheben, und warf das große, leichte Bündel in die Schubkarre. Es war ein bewölkter Tag, aber heiß und stickig. Sie machte sich mit der Schubkarre auf den Weg zu der Ecke, in der Caro einen Komposthaufen angelegt hatte, und dann ließ sie sie dort stehen und ging ins Haus, um ein Glas Wasser zu trinken. Robin war in der Küche und riß seine Post mit dem Daumen auf.

»Oh ...«

Er schaute auf.

»Was ist?«

»Ich dachte, du wärst unterwegs ...«

»Ich war es. Und ich werde es in einer Minute wieder sein. Stört dich das?«

»Nein«, sagte Judy. Sie spürte, daß sie rot wurde. »Nein. Natürlich nicht.«

Er sagte nichts. Sie ging zum Ausguß und drehte den Kaltwasserhahn auf.

»Dad ...«

»Ja?«

»Darf ich dich etwas fragen?«

»Natürlich.«

Sie drehte sich um, in der einen Hand ein tropfendes Glas, während sie mit der anderen in ihrer Hosentasche herumtastete.

»Ich war in Mums Zimmer. Ich weiß nicht, warum, aber ich bin hineingegangen und habe in die Schubladen und Schränke geschaut ...«

Robin wartete, den Daumen in einem halb aufgerissenen Umschlag.

»Und da habe ich das hier gefunden.«

Sie hielt ihm ein abgenutztes dünnes kleines Kuvert hin.

»Ja.«

»Weißt du, was das ist?«

»Es ist ein Flugticket«, sagte Robin.

»Ja, aber was für eins?«

»Es ist der Rückflugschein des Flugtickets, das deine Mutter 1971 geschenkt bekommen hat, damit sie nach England fliegen konnte.«

»Den sie nie benutzt hat ...«

»Nein.«

»Aber du hast davon gewußt?«

Er zögerte. Dann legte er den Umschlag hin, den er in der Hand hielt.

»Ja.«

»Hast du auch in ihre Schubladen geschaut?«

»Nein«, sagte er, »aber sie hat ihn mir gezeigt.« Er schwieg einen Moment, und dann sagte er leise: »Oft.«

»Oft?«

»Judy«, sagte Robin, »ich will keine Szene, aber die Wahrheit ist, daß sie das Ticket – dieses Ticket – jedes Jahr mehrere Male hervorgeholt und mir gezeigt hat.«

»Aber es war doch nur sechs Monate gültig ...«

»Ich weiß.«

»Dad«, sagte Judy, »hat sie gewissermaßen die ganze Zeitlang gedroht, dich zu verlassen?«

Er sah sie kurz an, unglücklich, sagte aber nichts.

»Und sie hat es nie getan ...«

»Nein.«

»Ihr gefiel einfach die Idee.«

»Mag sein«, sagte Robin. »Aber das spielt jetzt keine Rolle mehr.« Judy sagte, und es war fast ein Aufschrei: »Das tut es! Für mich spielt es eine Rolle!«

»Weshalb?« fragte er vorsichtig.

»Weil ich sie nicht gekannt habe! Ich habe nur die paar Brocken gekannt, die sie mich wissen ließ!«

Er senkte den Kopf.

»Sie konnte hier nicht heimisch werden«, sagte Robin, »und sie konnte auch nicht weggehen. Vielleicht gab ihr das Ticket die Illusion, daß sie es konnte.«

»Oh, Dad ...«

»Es ist okay«, sagte Robin.

»Aber sie hat dich verhöhnt ...«

»Nicht verhöhnt.«

»Hat es dich nicht wütend gemacht?«

Er wendete sich ab und begann, in dem Chaos auf dem Tisch herumzuwühlen.

»Mit der Zeit habe ich mich daran gewöhnt.«

Judy warf das Ticket ungefähr in die Richtung des Mülleimers, und dann bewegte sie sich näher an Robin heran. Zögernd streckte sie eine Hand aus und berührte seinen Ärmel.

»Dad«, sagte sie und wurde sich bewußt, daß ihre Stimme kaum mehr war als ein Flüstern, »Dad, es tut mir ja so leid. So leid.«

»Bist zu jetzt zufrieden?« fragte Gareth. Er starrte Debbie lange und bitter an. »Hast du jetzt, was du wolltest?«

Debbie hielt den Wäschekorb auf der Hüfte. Er war voll mit frischgewaschenen Sachen, die sie eben aufhängen wollte, als Gareth zu ihr kam. Er hatte einen Brief in der Hand, und als er sie sah, warf er den Brief in den Korb auf all die feuchten T-Shirts und Socken und sagte: »Lies das. *Lies es.*«

Der Brief kam aus der Nähe von Melton Mowbray in Leicestershire, und in ihm wurde Gareth, vorbehaltlich eines Vorstellungsgesprächs, ein Posten in einem Vier-Mann-Team angeboten, das für 400 Kühe verantwortlich war. ›32-Stationen-Vieleck‹, hieß es in dem Brief, ›Boxenhaltung, automatische Gülllebeseitigung und Futtermischanlage. Ein hervorragendes, modernes Haus steht in der Nähe Ihres Arbeitsplatzes zur Verfügung. Wir benötigen natürlich zwei Referenzen.‹

»Du hast bereits ein hervorragendes, modernes Haus«, sagte Gareth. »Und ich bin mein eigener Herr, nicht Teil eines Teams. Aber wenn es das ist, was du willst ...«

Debbie nickte stumm. Gareth war nur selten wütend, und wenn er es doch einmal war, beunruhigte es sie. Aber trotzdem dachte sie nicht daran, das Terrain aufzugeben, das sie gewonnen hatte.

»Wenn du mit anderen Leuten zusammenarbeitest, bist du nicht so einsam ...«

»Ich bin nicht einsam«, sagte Gareth.

Sie stellte den Wäschekorb auf die Erde.

»Damit stehst du nicht allein da.«

Gareth nahm den Brief wieder an sich.

»Hör zu«, sagte er, »es ist derselbe lausige Lohn.«

Sie sagte dickköpfig: »Aber es ist ein größerer Betrieb, mit mehr Technik, moderner ...«

»Du gibst nicht auf, stimmt's? Du hast es dir in den Kopf gesetzt, und damit hat es sich.«

Sie biß sich auf die Unterlippe. Sie hatte es sich in den Kopf gesetzt. Ihre instinktiven Befürchtungen hatten sich zu einer Entschlossenheit verhärtet, die nichts ins Wanken bringen würde. Nichts.

»Also«, sagte Gareth, »reißen wir die Kinder aus einer Umgebung heraus, an die sie sich gewöhnt haben, aus der Schule ...«

»Sie werden sich wieder eingewöhnen«, sagte Debbie. »Und wir auch.«

Gareth trat ein, zwei Schritte vor und brachte sein Gesicht dicht an das ihre heran.

»Du hast bei alledem die Schmutzarbeit nicht erledigen müssen, stimmt's? Ich war es, der zu Robin gehen und ihm diesen Unsinn über eine gemeinsame Entscheidung auftischen mußte. Was es nicht war. Es war einzig und allein deine Entscheidung. Und ich bin es, der eine Arbeit aufgeben muß, die er kennt – Arbeit, die mir gefällt –, und in dem verdammten Leicestershire von vorn anfangen. Du bestehst darauf, daß ich das tue, aber du selbst tust überhaupt nichts. Du läufst einfach hinterher.«

Debbie murmelte mit gesenktem Kopf: »Für das, was ich tue, gibt es gute Gründe.«

»Das bildest du dir nur ein«, sagte Gareth. Er holte Atem. »Wir werden dastehen wie die letzten Idioten«, sagte er. »Idioten. Hier kommt alles wieder ins Lot. Ich hätte mich nie auf diese Sache einlassen sollen.«

Sie warf ihm einen scharfen Blick zu.

»Was meinst du damit?«

»Lyndsay ist wieder da. Velma hat sie gesehen. Und Judy ist nach Hause gekommen.«

»Welchen Unterschied soll das machen?«

»Vielleicht sind sie für immer gekommen. Um zu bleiben.«

Debbie schnaubte verächtlich.

»Daß ich nicht lache. Wozu sollen die beiden nutze sein? Von der ganzen Familie sind diese beiden die nutzlosesten, und außerdem sind Robin und Judy nie miteinander ausgekommen.« Sie bückte sich und hob den Wäschekorb wieder auf. »Wenn die wieder da sind, wird das Chaos hier noch größer werden als vorher. Du wirst es erleben.« Sie schwieg einen Moment, und dann sagte sie mit Nachdruck zu Gareth: »Und dann ist da immer noch diese Zoe, oder etwa nicht?«

Zoe saß in ihrem Bett. Sie hatte ein abgelegtes kragenloses Flanellhemd von Robin an, das sie auf der Suche nach einem alten Handtuch zum Haarefärben hinten in einem Schrank gefunden hatte. Das Hemd war riesig und abgetragen, und sie hatte die Ärmel aufgekrempelt, so daß die

Manschetten an ihren Ellenbogen dicke, weiche Wülste bildeten. Sie hatte die Nachttischlampe auf den Boden gestellt, und ihr Licht verwandelte das Zimmer in ein unheimliches Relief mit riesigen, kantigen Schatten und einem gespenstischen Leuchten an der Decke. Sie hatte die Knie angezogen und einen Zeichenblock gegen sie gelehnt. Sie zeichnete aus dem Gedächtnis mit einem weichen Bleistift den Kopf einer Kuh.

Es war lange nach Mitternacht. Die Atmosphäre am Abend war angespannt gewesen, wie an allen Abenden seit Judys Rückkehr. Wenn Zoe Judy beobachtete, hatte sie den Eindruck, daß Judy kurz vor einem Ausbruch stand, daß es sie drängte, etwas zu sagen oder zu fragen, daß sie es aber gleichzeitig unterdrückte. Zoe dachte nicht daran, ihr zu helfen. Zumindest dachte sie nicht daran, etwas zu sagen, was Judy helfen würde, bis sie mit Robin ins reine gekommen war. Sie hatte keine Ahnung, wann das geschehen würde. Man konnte Robin nicht zur Eile antreiben, man konnte ihn nicht in eine Ecke drängen und darauf bestehen, daß etwas ausdiskutiert wurde. Man mußte warten, auf eine Art, die Zoe an das Warten auf einen Wetterwechsel erinnerte, darauf daß der richtige Augenblick kam, wie die Phasen des Mondes.

Sie setzte sich etwas anders hin und hörte gleichzeitig das Knarren der Dielenbretter draußen auf dem Flur, ein leises, fast verstohlenes Knarren. Sie hielt den Atem an. Sie hörte noch einen Schritt und dann ein Klopfen, kaum mehr als ein Antippen, an ihrer Tür.

»Komm rein«, sagte Zoe.

Die Tür wurde lautlos geöffnet, und zum Vorschein kam Robin in dem Schlafanzug, um dessentwillen sie ihn aufgezogen hatte, blau gestreift und schuljungenhaft.

»Hi«, sagte Zoe. »Ich dachte, es wäre Judy.«

Robin machte die Tür leise zu.

»Hat sie mit dir gesprochen?«

»Kaum«, sagte Zoe, »obwohl es sie drängt, es zu tun. Ich warte ab.«

Robin setzte sich auf die Bettkante und betrachtete sie.

»Du siehst aus wie zehn.«

»Das sagen die Leute immer. Ich bin älter als ihr alle.«

Er grinste.

»Ich weiß.«

Sie nahm ihren Block und ihren Bleistift und lehnte sich zur Seite, um sie neben der Lampe auf den Fußboden zu legen. Dann drehte sie sich um, bis sie auf den Knien lag und ihm die Arme um den Hals legen konnte.

»Robin ...«

»Ja«, sagte er und drückte sie an sich.

»Robin, ich muß fort.«

Es folgte eine winzige Pause, und dann sagte er: »Ich weiß.«

»Ich wußte es von Anfang an«, sagte Zoe. »Schon als ich herkam, wußte ich, daß ich wieder fortmuß. Und du hast es auch gewußt.«

Er hielt ihre Hand.

»Bis jetzt war es richtig«, sagte Zoe, »aber für immer würde es nicht richtig sein.«

»Das weiß ich. Aber ich möchte nicht, daß es vorbei ist.«

»Es ist vorbei. Es ist anders geworden. Es ist schon jetzt anders geworden. Es hat sich an dem Tag geändert, an dem Judy kam.«

»Sie hat ihre Stellung aufgegeben«, sagte Robin mit dem Gesicht an Zoes Schulter.

»Das dachte ich mir. Das ist gut.«

»Und sie hat mich geküßt.«

»Ja?«

»Und sie hat gesagt, es täte ihr leid. Ich weiß nicht recht, was sie damit gemeint hat.«

»Alles«, sagte Zoe.

»So etwas hat sie in ihrem ganzen Leben noch nie zu mir gesagt.«

»Vielleicht hat sie es nie empfunden.«

»Zoe«, sagte Robin, drehte das Gesicht und küßte sie auf die Seite ihres Halses, »du warst wie ein Urlaub.«

»Wann hast du zum letztenmal Urlaub gemacht?«

»Noch nie.«

»Und wirst du wieder einen haben?«

»Vielleicht. Aber nicht gleich. Für die nächste Zeit brauche ich keinen.«

»Gut.«

Er schob seine Hände unter ihre Arme und hielt sie ein Stück von sich fern.

»Wo willst du hin?«

»Nach London«, sagte Zoe. »Zurück nach London.«

»Und was wirst du dort tun?«

»Dasselbe wie vorher. Aber mehr. Und dann werde ich reisen. Ich werde losfahren und Dinge finden, an die ich früher nur gedacht habe, und sie mir ansehen und Fotos von ihnen machen.«

»Dich treiben lassen ...«

»Nein«, sagte Zoe. »Das nicht. Das ist mir klargeworden. Ich weiß, daß ich mich noch nicht irgendwo niederlassen kann, aber mich treiben lassen kann ich auch nicht. Ich werde Menschen finden, die mich brauchen.«

»Glückliche Menschen.«

Sie zupfte leicht an seinen Ohren.

»Und du, hast du vor, jetzt vorwärtszugehen?«

Er nickte.

»Ja. Ich weiß zwar noch nicht recht, wie, aber ich werde es tun.«

Sie beugte sich vor, immer noch seine Ohren haltend, und küßte ihn.

»Es hat mir gefallen«, sagte Zoe. »Es hat mir wirklich gefallen. Hierzusein, bei dir.«

Judy hörte, wie die Tür von Robins Zimmer geschlossen wurde. Und dann Stille. Das ganze Haus war plötzlich von Stille durchtränkt. Während er in Zoes Zimmer gewesen war, schien es ihr, als hätte sie Gemurmel gehört, stetiges, leises, privates Gemurmel, aber sie war sich nicht sicher. Vielleicht hatten sie gar nicht geredet. Vielleicht hatten sie ... Hör auf damit, wies sich Judy an, hör auf. Das geht dich nichts an. Genau das hatte Dilys an diesem Tag zu ihr gesagt, ganz offen heraus. Judy war verblüfft gewesen.

»Es ist das Leben deines Vaters«, hatte Dilys gesagt, »und du bist kein Kind mehr. Du hast, schon als du noch ganz klein warst, keinen Zweifel daran gelassen, daß du nichts mit ihm zu tun haben willst, und wenn du jetzt deine Meinung geändert hast und feststellst, daß dir nicht gefällt, was vor sich geht, dann ist das dein Problem. Nicht seines.«

Judy war fassungslos gewesen. Sie war nach Dean Place gefahren, um ihnen zu erzählen, daß sie ihren Job in London aufgegeben hatte und nach Hause gekommen war, und sie hatte mit einem Willkommen gerechnet, das einer verlorenen Tochter angemessen war. Aber sie waren traurig und in Gedanken versunken gewesen und hatten ihr gesagt, daß es nichts gab, was das Nachhausekommen lohnte.

»Wir ziehen aus«, sagte Dilys. »Wir ziehen nach Stretton. Lyndsay hat uns gesagt, daß sie hierherziehen will. Hat gesagt, daß sie die Farm übernehmen will. Ich weiß nicht, was dein Vater dazu sagen wird.«

»Er wird nicht viel sagen«, erklärte Judy gehässig. »Dazu ist er viel zu beschäftigt.«

Dilys hatte sie scharf angesehen.

»Wenn du Zoe meinst ...«

»Die meine ich.«

»An Zoe ist nichts auszusetzen«, sagte Dilys.

»Sie hat ihn verändert ...«

»Sie hat ihm wieder ein bißchen Mut gemacht«, sagte Dilys, »wenn es das ist, was du meinst.« Dann stieß sie ein kleines Lachen aus, ein kurzes, bellendes Geräusch, als wollte sie dem, was sie zu sagen gedachte, die Schärfe nehmen. »Mut«, sagte sie. »Davon könnten wir alle hier ein bißchen gebrauchen.«

Jetzt drehte sich Judy auf die Seite. Sie hatte die Vorhänge nicht ganz zugezogen und konnte deshalb ein Stück vom frühsommerlichen Nachthimmel sehen, düster, aber nicht völlig dunkel. Da draußen waren der Hof und die Kühe, ein Teil von ihnen in der Scheune, die jungen auf der Weide unterhalb des Hauses, und dahinter stand das Haus von Gareth, der jetzt vielleicht ebenso wach im Bett lag und über seine Zukunft nachdachte, sich fragte, ob er richtig handelte, Angst hatte vor der Veränderung.

»Ihm ist nichts anderes übriggeblieben«, hatte Robin gesagt. »Er wollte nicht von hier fort, aber Debbie wollte es. Er hat es nie ausgesprochen, aber es war offensichtlich. Er wollte nicht wegziehen.«

Aber er zog weg, und Gran und Grandpa zogen weg, und auch Lyndsay zog erstaunlicherweise weg von der Abhängigkeit, in der sie immer gelebt hatte, weg davon, auf jemanden zu warten, der für sie die Entscheidungen traf, sogar weg von einigen Banden der Vergangenheit, einschnürenden Banden, die ebenso viel Schaden wie Gutes bewirkt hatten. Genau wie ich, dachte Judy, genau wie ich. Wenigstens muß ich versuchen, dasselbe zu tun.

NEUNZEHNTES KAPITEL

»Komm hier herein«, sagte Lyndsay.

Sie stieß die Tür auf, und Hughie sah ein großes Zimmer mit Fenstern und einem Bett. Er blieb an der Schwelle stehen und betrachtete den Raum. Es waren Fotos an den Wänden, sehr viele, und ein Schrank stand darin, und eine Biene summte um die Fensterbank herum. Hughie konnte Bienen nicht ausstehen.

Lyndsay ging an Hughie vorbei in das Zimmer und begann, langsam darin herumzuwandern. Hin und wieder blieb sie vor einer der Wände stehen und betrachtete ein Foto. Sie sahen alle so aus, als wären sie voller Reihen von Leuten, immer eine Reihe hinter der anderen, mit den kleinsten in der vordersten, genau wie auf dem Foto von der Weihnachtsaufführung im Kindergarten.

Hughie hielt seine Robbe im Arm und wartete.

Lyndsay betrachtete weiter die Fotos. Sie ging sehr langsam im Zimmer herum, sehr leise, und ihr Rock schwang ihr um die Beine. Er war blau.

Hughie wußte, wie er sich anfühlen würde, wenn er nach seinen Falten griff, genauso wie Rose es, bevor sie für ihren Vormittagsschlaf ins Bett gesteckt worden war, gerade getan und dabei an einer Seite einen Schmierfleck hinterlassen hatte. Rose hinterließ immer Schmierflecke. Ihre Hände hatten vorher immer in etwas anderem gesteckt.

»Komm und sieh dir das an«, sagte Lyndsay.

Hughie kam ganz langsam näher.

»Leg Robbi hin.«

Hughie umklammerte ihn.

»Nein«, sagte Lyndsay. »Leg ihn hin. Ich will dir etwas für einen Jungen zeigen. Einen richtigen Jungen.«

Hughie zögerte.

»Robbi ist für die Schlafenszeit da«, sagte Lyndsay.

»Nicht für den ganzen Tag. Dafür werden in Zukunft andere Dinge dasein.«

Hughie machte kehrt und begann, zur Tür zurückzugehen. Lyndsay wartete, bis er sie fast erreicht hatte, dann sagte sie: »Hier ist ein Foto von Daddy. Ich glaube, er war damals ein bißchen älter als du, aber nicht viel. Er hat einen Kricketschläger in der Hand.«

Hughie blieb stehen, rührte sich aber nicht.

»Dieses Zimmer war früher Daddys Zimmer. All die Jahre, als er ein Junge war. Erst ein kleiner Junge und dann ein größerer Junge. Daddy ist auf all diesen Fotos.«

Hughie drehte sich so weit um, daß sie sein Profil sehen konnte.

»Das hier kann dein Zimmer sein«, sagte Lyndsay. »Deins ganz allein. Du kannst all die Fotos von Daddy haben, und du kannst auch deine eigenen Fotos hier aufhängen. Du kannst dieses Bett hier haben.«

Hughie betrachtete es. Es kam ihm sehr hoch vor, und es hatte schwarze Beine, und die Überdecke war aus Raupenzeug gemacht.

»Oh«, sagte Lyndsay. »Wir können auch dein eigenes Bett aus dem Cottage holen und es hier hereinstellen, und dieses Bett stellen wir irgendwo anders hin.«

»Jag die Biene weg«, sagte Hughie.

»Bitte.«

»Bitte.«

Lyndsay öffnete das Fenster, das der Biene am nächsten lag, und scheuchte sie mit einer raschen Handbewegung hinaus.

»Sie ist weg. Sie war sehr schläfrig.« Sie sah Hughie an. Er schwankte leicht, als dächte er angestrengt nach.

»Gefällt dir dieses Zimmer?« fragte Lyndsay.

Er schwieg.

»Ich werde nebenan sein. Ich werde in Grannys altem Zimmer schlafen. Ich werde mein Bett hineinstellen. Und Rose bekommt das Zimmer neben dem Bad.«

Hughie trat vor die nächste Wand und schaute hoch. Da hingen vier Fotos, vier Blocks von Männern in Rugbysachen. Sie sahen alle gleich aus. Hughie konnte nicht erkennen, welcher Joe war, aber er war auf dem Foto, er war ein Rugbymann gewesen wie all die anderen. Neben den Fotos war ein Fenster, ein großes Fenster, vor dem es kein Gitter gab wie vor seinem jetzigen, kleinen. Das Glas in diesem Fenster sah sehr sauber aus. Er drehte sich um. Lyndsay stand ganz still da und beobachtete ihn. Er ging rasch zu dem Bett und kletterte auf den Stuhl, der daneben stand, einen kahlen Holzstuhl ohne Sitzkissen. Als er auf dem Stuhl kniete, zögerte er, nur einen Augenblick lang, dann streckte er die Hand aus und legte seine Robbe hin, auf das Kopfkissen. Dann kletterte er wieder von dem Stuhl herunter und rannte aus dem Zimmer auf den Flur hinaus.

Zoe war beim Packen. Ihre Sachen, ihre paar Kleidungsstücke, lagen in dunklen Häufchen auf dem Boden, und sie kniete vor ihnen, holte vergessene Gegenstände aus der Tiefe ihres Rucksacks, Socken und Reservefilme und einen nicht mehr gültigen Busfahrplan, bevor sie alles wieder hineinstopfte.

»Oh«, sagte Judy.

Sie stand mit zwei Bechern Kaffee an der Tür.

Zoe kam hoch und setzte sich auf die Hacken. Sie sagte ohne jedes Ressentiment: »Bist du gekommen, um mir zu sagen, daß ich verschwinden soll?«

Judy schluckte.

»Ja.«

»Wie du siehst, bin ich gerade dabei.«

»Ich wollte dich nicht auffordern zu verschwinden. Ich wollte dich darum bitten. Ich habe gedacht ...«

»Was?«

»Ich habe gedacht, daß wir nicht mehr so zusammenleben können. Jetzt, wo ich zurückgekommen bin.«

»Nein«, sagte Zoe. »Das war mir klar. Das habe ich schon vor dir gewußt.«

»Hab doch nicht immer recht«, sagte Judy leicht gereizt. »Bitte.«

»Ich habe nicht immer recht. Ich bin nur flexibler.« Sie

sah Judy an. »Willst du immer noch deinen Vater haben, wenn ich fort bin?«

»Halt den Mund ...«

»Also, willst du?«

Judy stellte beide Becher auf die kleine Kommode neben dem Bett und verschüttete dabei etwas Kaffee. Sie gewann ihre Beherrschung zurück und sagte vorsichtig: »Es gibt vieles, was ich nicht gesehen habe.«

»Du hast verdammtes Glück«, sagte Zoe, »überhaupt einen Vater zu haben.« Sie streckte die Hände aus, ergriff eine Handvoll T-Shirts und stopfte sie in den Rucksack. »Du bist«, sagte sie mit einer Stimme, der ihre übliche Gelassenheit fehlte, »überhaupt verdammt glücklich dran. Du bist ein verdammt glückliches, verzogenes Gör.«

Judy ließ sich auf die Bettkante nieder, ohne etwas zu erwidern.

»Ich habe dir nichts weggenommen«, sagte Zoe, und ihre Stimme war immer noch rauh. »Ich habe gesagt, das würde ich nicht tun, und ich habe es nicht getan. Aber das bedeutet nicht, daß ich etliche Dinge nicht gern gehabt hätte. Dinge, die dir gehören. Dinge, die ich nie besitzen werde. Du kannst dir einreden, du brauchtest diesen Kram nicht, diesen Familienkram. Du kannst dir einreden ...« Sie brach ab, drehte sich abrupt um und legte einen Arm über die Augen.

»Zoe ...«

»Sei still«, sagte Zoe. »Mach es nicht noch schlimmer, indem du versuchst, mir zu sagen, es wäre alles in Ordnung.«

»Das will ich nicht«, sagte Judy. »Aber es tut mir leid ...«

»Natürlich tut es dir leid, natürlich. Du hast nie gewollt, daß so etwas passiert. Ich auch nicht. Und dein Dad auch nicht.« Sie verlagerte ihr Gewicht, um ein Papiertaschentuch aus der Tasche ihrer Jeans zu holen, und putzte sich die Nase. »Aber es ist passiert, und jetzt müssen wir zum nächsten Punkt der Tagesordnung übergehen.«

Judy beugte sich vor.

»Hast du Geld?«

»Nein«, sagte Zoe, »aber das spielt keine Rolle. Geld ist mir gleichgültig. Ich werde mir welches beschaffen...«

»Du kannst die Wohnung haben, wenn du möchtest«, sagte Judy schüchtern. »Ich habe sie mit einem Monat Frist gekündigt. Die Miete ist bezahlt. Du kannst also, wenn du willst, einen Monat dort wohnen. Und – also, deine Reiher sind dort. Und deine Steppdecke.«

Zoe hob ein graues Sweatshirt auf und hielt es sich vor die Augen.

»Danke.«

»Und ich kann dir ein bißchen Geld geben...«

Zoe schüttelte den Kopf.

»Das hat Robin schon getan.«

Judy schloß die Augen.

»Liebst du ihn?«

»Vermutlich«, sagte Zoe. »Ich weiß es nicht. Ich habe nichts, woran ich es messen könnte.«

»Nein.«

»Er war gut zu mir. Ich war gut zu ihm.«

»Ja.«

»Und es ist schwer, das alles hier zu verlassen.« Sie schaute wieder zu Judy auf, und ihr Gesicht war klein und hager. »Aber ich verschwinde.«

Später bot Judy ihr an, sie zum Londoner Bus nach Stretton zu bringen, aber Zoe sagte, danke, das wäre nicht nötig, Gareth würde sie hinbringen. Robin lieh Gareth den Landrover, weil ohnehin verschiedene Dinge in Stretton abgeholt werden mußten, und er würde Zoe am Busbahnhof absetzen. Wenn er bis zum Nachmittag nicht zurück wäre, sagte Robin, dann würde er, Robin, selbst mit dem Melken anfangen. Robin hatte Judy angesehen, als überlegte er, ob er sie um Hilfe bitten sollte, hatte sich aber eindeutig dagegen entschieden. Dann war Judy ins Haus zurückgekehrt, damit sie sich voneinander verabschieden konnten, ohne daß sie daneben stand und zusah.

Als sie den Landrover vom Hof fahren hörte, ging sie hinauf in Caros Zimmer, so daß sie sehen konnte, wie er den Feldweg entlangfuhr und dann nach links in Richtung Dorf und anschließend auf die Straße nach Stretton abbog. Sie verspürte keine Erleichterung, als sie ihn verschwinden sah, nur einen merkwürdigen kleinen Schmerz und ein Gefühl, daß sie Zoe mehr schuldete, als sie zugegeben hatte, daß es jetzt zu spät war, das, was passiert war, wieder rückgängig zu machen und die Heftigkeit ihrer Reaktionen zu mildern.

Sie drehte sich vom Fenster weg und betrachtete Caros Bett mit seinem rot-weißen amerikanischen Quilt. Es war einfach ein Bett. Erstaunlich, daß das Bett, in dem Caro geschlafen hatte und so krank gewesen war, nach all diesen Jahren der Besessenheit nun einfach ein Bett geworden war und nicht mehr. Vielleicht, dachte Judy, werde ich darin schlafen. Vielleicht werde ich hier hereinkommen, sämtliche Möbel umstellen und hier schlafen. Falls Dad – falls Dad nichts dagegen hat.

Unten läutete das Telefon. Robin hatte offensichtlich den Anschluß neben seinem Bett nicht eingestöpselt. Judy wartete und zählte das Läuten. Anscheinend hatte er auch den Anrufbeantworter nicht eingeschaltet. Judy machte einen Satz vorwärts, rannte die Treppe zur Küche hinunter und nahm den Hörer ab.

»Hallo? Hallo? Tideswell Farm …«

»Judy? Bist du das?« fragte Velma.

»Velma …«

»Du bist also daheim?«

»Ja.«

»Für immer?«

»Ich bin erst seit drei Tagen hier«, sagte Judy. »Bisher habe ich noch nicht mit Dad gesprochen.«

»Nicht, während sie da war«, sagte Velma. »Die Madam.«

»Was?«

»Ich habe gewußt, daß sie wieder verschwinden würde«, sagte Velma. »Ich habe es gewußt. Ich habe gerade vor drei Minuten gesehen, wie Gareth mit ihr weggefahren ist. Fährt sie nach London zurück?«

»Ja. Ja, ich nehme es an …«

»Und kommt nicht wieder?«

»Velma«, sagte Judy, »das geht Sie wirklich nicht das geringste an.«

»Ich wollte sowieso nicht mit dir reden«, sagte Velma. »Ich wollte deinen Vater sprechen.«

»Er ist draußen auf dem Hof …«

»Dann richte ihm etwas aus«, sagte Velma. »Tust du das? Sag ihm, ich komme morgen wieder wie üblich. Wie vorher.«

»Oh …«

»Sag ihm das«, sagte Velma. Ihre Stimme troff vor Selbstzufriedenheit.

»Tut mir leid«, sagte Judy.

»Was soll das heißen?«

»Das soll heißen, daß die Stelle nicht mehr frei ist«, sagte Judy. »Das soll heißen, daß es kein ›wie vorher‹ gibt, zu dem Sie zurückkommen könnten.« Sie holte tief Atem und schloß die Augen, stellte sich Zoe vor, wie sie im Bus nach London saß und aus dem Fenster schaute. »Sie sind weggegangen«, sagte Judy mit Entschiedenheit zu Velma, »und jetzt können Sie wegbleiben.«

»Dad?«

Robin drehte sich um. Im Dämmerlicht der Scheune konnte er sie nicht deutlich sehen, zumal sie sich nur als Silhouette vor dem Hellen abzeichnete.

»Hallo.«

»Dad, ich habe gerade etwas getan. Ich habe Velma hinausgeworfen.«

»Velma!«

»Sie hat gesehen, wie Gareth Zoe wegbrachte. Daraufhin hat sie sofort angerufen und gesagt, sie würde zurückkommen, und ich habe gesagt, das würde sie nicht.«

Er lächelte.

»Gut gemacht.«

»Du hast nichts dagegen?«

Er schüttelte den Kopf.

»Ich werde tun, was sie getan hat.«

Er lächelte abermals.

»Was niemand getan hat …«

»Dad«, fragte Judy noch einmal, »geht's dir einigermaßen?« Er bückte sich und hob den Hammer auf, der vor
seinen Füßen im Stroh lag.

»Es wird gehen.«

»Ich weiß nicht, ob jetzt der richtige Moment ist, dich zu
fragen, aber …« Sie brach ab.

»Ja?«

»Darf ich – darf ich dich etwas fragen?«

»Natürlich«, sagte er. Er streckte die freie Hand aus und
ergriff Judys Arm. »Komm mit nach draußen. Wo es hell
ist.«

»Eigentlich darf ich dich das gar nicht fragen. Ich habe
nicht das Recht dazu …«

»Was ist es?«

Er führte sie hinaus auf den Hof, an die überdachte Stelle neben dem Futterschuppen, wo Gareth immer sein Rad
abstellte.

»Darf ich bleiben?«

Er starrte sie an.

»Bleiben?«

»Ja. Hier leben. Mit dir zusammen.«

Er ließ die Hand von ihrem Arm sinken und hob sein
Gesicht für einen Moment zum Himmel, bevor er sagte:
»Judy, meine Liebe, ich muß die Farm verkaufen.«

»Sie verkaufen …«

»Ja«, sagte er. »Sie verkaufen. Ich hoffe, ich kann sie verkaufen und dann pachten. Und die Milchquote übernehmen. Ich weiß nicht, ob das geht, aber ich muß es versuchen.« Er warf Judy einen raschen Blick zu, dann sagte er:
»Ich kann es mir nicht leisten, Gareth durch einen anderen
Mann zu ersetzen. Und die Schulden sind – besser, man
denkt gar nicht darüber nach. Die neue Güllegrube ist nur
ein Detail. Ich habe das alles kommen sehen, und gleichzeitig habe ich es verdrängt. Ich wollte es nicht sehen. Ich
muß wieder dahin zurück, wo ich angefangen habe, das

Melken selbst besorgen, von morgens bis abends. Anders geht es nicht.« Er schaute wieder zum Himmel empor. »Wenigstens gibt das Grandpa Gelegenheit, zu erklären, er hätte es mir ja gleich gesagt.«

Judy lehnte sich gegen die warme graue Mauer des Futterschuppens und drückte beide Handflächen dagegen.

»Ich hatte ja keine Ahnung ...«

»Nein. Woher auch?«

»Ich hatte einfach angenommen, daß du zurechtkommst, daß du immer zurechtkommen würdest, daß hier eine Art Dauerhaftigkeit wäre.«

»Dauerhaftigkeit gibt es heutzutage nirgends mehr«, sagte Robin.

»Wenn du verkaufst«, fragte Judy, »könntest du dann irgendwo anders hingehen?«

»Ich will nicht irgendwo anders hingehen.«

»Wegen der Kontinuität? Wegen der Veränderung?«

»Es gibt nicht viel hier«, sagte Robin. »Aber das bißchen, was es hier gibt, habe ich selbst geschaffen. Und ...« Er schwieg einen Moment, dann sagte er: »Und ich kenne es.«

»Obwohl es so hart ist. Obwohl es schon immer so hart war ...«

»Ja.« Er bückte sich und riß ein Büschel Unkraut aus einer Spalte im Beton. »Ich glaube nicht, daß es noch härter werden wird, in gewisser Hinsicht. Körperlich wird es das natürlich, weil ich älter bin, aber in anderer Hinsicht, da werde ich – da werde ich vielleicht weniger falsch machen.« Er schleuderte das Unkraut in eine Ecke. »Ich möchte jetzt nicht mehr anders leben. Vielleicht muß ich es eines Tages, aber ich werde erst in der allerletzten Minute aufgeben.« Er drehte langsam den Kopf und sah Judy an. »Für dich ist immer Platz hier, Judy. Oder wo auch immer. Das weißt du. Aber es ist kein Geld da. Farmer zahlen sich ohnehin nie Lohn, und ich könnte auch dich nicht bezahlen.«

»Angenommen, ich will das gar nicht ...«

Er lächelte sie an. Es war ein müdes, abwesendes Lächeln.

»Denk darüber nach. Überstürze nichts. Sinneswandel ...« Er verstummte.

»Ja?«

»Sinneswandel können berauschend sein.«

»Es ist mir ernst.«

»Ja.« Er beugte sich vor und küßte sie, ganz leicht, auf die Wange. Seine eigene Wange war rauh. »So, und jetzt muß ich weitermachen, Judy«, sagte er. »Ich habe zu tun. Du weißt ja, wie es ist.«

Lyndsay hatte eine Karte von Dean Place Farm auf dem Küchentisch im Cottage ausgebreitet. Die Felder, unregelmäßig geformt und aufs Geratewohl miteinander verbunden, waren in Morgen und Hektar eingezeichnet und dazu ihre Gatter und Zaunübergänge. Die Zaunübergänge waren Teil des örtlichen Systems von Wanderwegen, aber Joe hatte keine Spaziergänger und keine Wanderwege gemocht und deshalb alles getan, um Wanderern und Spaziergängern sowohl die Wege als auch die Übergänge auf subtile Art zu verleiden, ohne sie direkt zu sperren. Es hatte ein oder zwei Schlachten darüber gegeben, Leserbriefe in der Lokalzeitung und eine Kraftprobe mit Gebrüll zwischen ihm und zwei streitbaren, mit Gesetzbüchern und Drahtscheren bewaffneten Frauen. Aber Joe hatte gewonnen, mit der Verbissenheit von jemandem, der an Ort und Stelle war und außerdem sein Denken gegen jeden Sinneswandel verschlossen hatte. Als Lyndsay jetzt die doppelt gepunkteten Linien der Wanderwege auf der Farmkarte betrachtete, dachte sie daran, sie wieder zugänglich zu machen und vielleicht sogar einen speziellen Wanderpfad für Farmbesucher anzulegen. Vielleicht würde Robin sich anschließen und seine Kühe zu einem Bestandteil davon machen. Schließlich konnte man sich nicht vorstellen, daß es für Besucher sonderlich befriedigend war, wenn sie nichts zu sehen bekamen außer Feldern mit Gerste und Flachs.

In der Küche war es still. Rose schlief oben, und Hughie war, zum ersten Mal seit Wochen, wieder im Kindergarten. Er war sogar ohne seine Baseballmütze gegangen und ohne seine Robbe. Robbi lag auf Hughies Bett, liebevoll in seinen Schlafanzug eingewickelt und, wie Lyndsay hätte schwören können, mit einem Ausdruck unverkennbarer Erleichterung auf seinem Plüschgesicht. Sie hatte daran gedacht, ihn in die Waschmaschine zu stecken – er hatte es dringend nötig –, es dann aber doch gelassen. Hughie kroch vorwärts, Zentimeter um Zentimeter, und sie durfte ihn nicht, nur aus einem sinnlosen Verlangen nach Hygiene heraus, wieder zurückreißen.

Draußen fuhr ein Wagen vor. Sie hob den Kopf von der Karte und sah aus dem Fenster. Es war Robin. Sie hatte ihn seit Wochen nicht mehr gesehen, auf jeden Fall nicht, seit sie nach Dean Place zurückgekommen war. Sie richtete sich auf und wartete am Tisch auf ihn, beobachtete, wie seine schattenhafte Gestalt durch die Ornamentglastüren der Veranda kam und dann in die Küche. Er öffnete die Tür, ohne anzuklopfen.

»Hallo«, sagte er.

Sie nickte.

»Schön, dich zu sehen«, sagte Robin. »Ich freue mich, daß du zurückgekommen bist.«

Er trug ein altes kariertes Hemd mit abgeschabtem Kragen und eine Cordhose.

»Judy ist auch zurückgekommen«, sagte Robin.

»Ich weiß.«

»War sie schon bei dir?«

»Nein …«

»Sie wird bald kommen«, sagte Robin. Er sah sich um. »Keine Kinder?«

»Rose schläft«, sagte Lyndsay. »Und Hughie ist im Kindergarten.«

»Und du zählst deine Morgen?«

»Ich versuche es.«

Er kam um den Tisch herum, stellte sich neben sie und betrachtete die Karte. Er sagte: »Was willst du mit dem Land machen, für das du keine Subventionen bekommst?«

Eine winzige Pause.

»Ich weiß es nicht.«

»Bäume?«

Sie sagte nichts.

»Nicht ratsam«, sagte Robin. »Vieh?«

Sie sagte nichts.

»Zu kostspielig. Du würdest Arbeitskräfte brauchen. Weideland?«

Sie sagte nichts.

»Wäre wahrscheinlich die beste Lösung. Ich könnte dir sagen, an wen du dich wenden kannst.«

»Ich werde damit anfangen, daß ich einen Verwalter einstelle«, sagte Lyndsay angespannt.

»Der wird einen Anteil wollen …«

»Das weiß ich. Ich weiß zwar nicht viel, aber ich bin schließlich nicht blöde.«

»Ich auch nicht«, sagte Robin.

Sie rückte ein Stückchen von ihm ab.

»Wie meinst du das?«

»Ich bin nicht so blöde«, sagte Robin, »daß ich nicht wüßte, weshalb du kaum mit mir sprichst.«

Sie legte die Hände flach auf die Karte, stützte sich auf sie und schaute unverwandt nach unten.

»Zoe«, sagte Robin. »Stimmt's?«

Es folgte eine Pause, und dann sagte Lyndsay: »Es hat bewirkt, daß ich mir so einsam vorkam …«

»Du warst ohnehin einsam«, sagte Robin. »Und ich war es auch. Wir sind beide einsam. Wir müssen es sein, jedenfalls eine Zeitlang.«

Sie nickte ganz leicht mit dem Kopf.

»Ich dachte – also, ich glaube, ich dachte, du würdest für mich dasein, du könntest …«

»Nein«, sagte Robin sanft. »Wem würde das helfen?«

Sie richtete sich auf und strich sich das Haar über die Schultern zurück.

»Hughie geht es ein bißchen besser. Er ist heute ohne seine Robbe in den Kindergarten gegangen.«

»Gut.«

»Meine Eltern reden kaum mit mir …«

»Sie werden es bald wieder tun«, sagte Robin. »Es ist hart, wenn man Hilfe anbietet, die dann abgelehnt wird ...«

Lyndsay sah ihn an, zum erstenmal, seit er hereingekommen war.

»Aber war es wirklich Hilfe? War es das beste für sie oder das beste für mich?«

Er zuckte die Achseln. Es war etwas an dem Achselzucken, etwas Humorvolles und Rührendes, was Lyndsay veranlaßte, plötzlich zu sagen: »Oh, Robin, es tut mir so leid, es tut mir ...«

Er streckte eine Hand aus. Er lachte.

»Fang du nicht auch noch damit an.«

»Womit?«

»Zu sagen, daß es dir leid tut. Zuerst Judy und nun du. Sie will ständig sagen, daß es ihr leid tut, und zwei von der Sorte ertrage ich nicht ...«

»Angenommen, es ist uns ernst damit«, sagte Lyndsay entrüstet. »Angenommen, es tut uns wirklich leid.«

»Wenn es so ist, werde ich es wissen«, sagte Robin. »Meinst du nicht? Ich werde es wissen. Falls ich glauben sollte, daß einer von euch beiden wirklich einen Grund dafür hat. Falls ich nicht der Ansicht bin, daß wir alle, auf die eine oder andere Art, unsere Gründe hatten.« Er steckte die Hände in die Taschen. »Judy will hierbleiben.«

»Zu Hause? In Tideswell? Du und sie?«

»Ja.«

»Großer Gott«, sagte Lyndsay.

»Und sie will das genau in dem Moment, in dem ich versuchen muß, die Farm zu verkaufen.«

»Mußt du?«

»Ja.«

»Oh, Robin ...«

»Vielleicht an die Besitzer von Dean Place. Ich weiß es nicht. Und sie dann zurückpachten, in deinen Pachtvertrag mit einsteigen.«

Sie sagte unsicher: »Das würde mir gefallen.«

»Wirklich?«

»Es ist so beängstigend, das alles übernehmen zu müssen ...« Sie schwieg einen Moment, und dann sagte sie: »Joes Schulden, diese Darlehen. Er hat nie ein Wort davon gesagt...«

»Nein«, sagte Robin. »Das war auch nicht zu erwarten.«

»Die Bank hat es auch nicht gewußt. Sie hat die Darlehen fürs erste übernommen, aber natürlich nicht für immer.«

Robin grunzte.

»Ich werde einen Abendkurs in Buchführung belegen«, sagte Lyndsay.

»Tüchtiges Mädchen.«

»Bitte«, sagte Lyndsay, »rede nicht auf diese Art mit mir.«

»Entschuldigung. Alte Gewohnheit.«

»Mit den alten Gewohnheiten ist jetzt Schluß«, sagte Lyndsay. Sie verließ den Tisch und trat ans Fenster, schaute über die Kühlerhaube von Robins Landrover hinweg auf das große abfallende Feld, auf dem Joe vor so vielen Monaten Gerste ausgesät hatte, das Feld, das er unbedingt an ihrem ersten gemeinsamen Weihnachten hatte düngen müssen, während sie wartete und wartete, frustriert und machtlos und, wie es ihr heute vorkam, fast lächerlich, in einem roten Samtkleid, an einem Tisch, auf dem Kerzen brannten und der mit Efeuranken geschmückt war. »Es sind keine alten Gewohnheiten mehr da. Wir müssen uns neue zulegen.« Sie drehte sich vom Fenster weg und sah ihn direkt an. »Wir müssen uns unsere eigenen Gewohnheiten zulegen.«

ZWANZIGSTES KAPITEL

Es war, dachte Dilys, nichts an dem Zustand auszusetzen, in dem Debbie ihr Haus hinterlassen hatte. Als Robin und Lyndsay das erstemal vorgeschlagen hatten, daß sie und Harry in Gareth' Haus ziehen sollten, war sie entsetzt gewesen; mehr als entsetzt – beleidigt. Daß sie und Harry von Dean Place Farm in das Haus eines Melkers umziehen sollten, kam ihr vor wie eine Schmach. Sie konnte es nicht einmal in Erwägung ziehen, weil es einfach undenkbar war. Und dann hatte Harry die Sache noch schlimmer gemacht, weil er sich auf die Chance gestürzt hatte. Sie hatte ihm an dem Küchentisch gegenübergesessen, an dem seit mehr als vierzig Jahren alle Farm- und Familienangelegenheiten erörtert worden waren, und beobachtet, wie sich sein Gesicht bei dem Vorschlag aufhellte. Es war nicht zu übersehen. Er sah, nicht mehr und nicht weniger, aus wie Rose, wenn man ihr einen Keks anbot. Hingerissen.

Zuerst hatte sie gesagt, das komme überhaupt nicht in Frage, die Idee sei völlig absurd und dürfe nicht wieder zur Sprache gebracht werden. Und dann war etwas noch Bestürzenderes passiert. Lyndsay – ausgerechnet Lyndsay – hatte gesagt, daß für den Kauf eines Bungalows in Stretton ohnehin kein Geld vorhanden sei, und da hatte Harry ausgesehen, als wäre er am liebsten von seinem Stuhl aufgesprungen und hätte sie umarmt.

»Die finanziellen Verhältnisse dieser Farm«, sagte Lyndsay, ohne einen von beiden anzusehen, »sind ein einziges Chaos. Für den Kauf eines Bungalows ist kein Geld da.«

Dilys starrte sie an.

»Unsinn.«

»Nein«, sagte Lyndsay. Ihre Stimme war tonlos, als rezitierte sie etwas Langweiliges. »Das ist kein Unsinn, sondern die Wahrheit. Eine Tatsache. Joe steckte in Schulden, tief in Schulden. Geld, von dem ihr nichts gewußt habt,

Geld, das nicht durch die Bücher gegangen ist, heimliche Darlehen.«

Dilys verkrampfte die Hände ineinander.

»Wieviel?«

Lyndsay sah sie zum erstenmal direkt an.

»Wieviel es ist, brauchst du nicht zu wissen. Das einzige, was du wissen mußt, ist, daß nicht mal genügend Geld da ist, um einen Kaninchenstall zu kaufen, geschweige denn einen Bungalow.«

Daraufhin war Dilys nach oben gegangen. Sie ließ sie zurück, ging die Treppe hinauf, saß in der hereinbrechenden Dämmerung am Schreibtisch in ihrem Zimmer und wartete darauf, daß einer von ihnen – Lyndsay oder Robin, Harry oder Judy – heraufkommen, sie hier finden und sich bei ihr entschuldigen würde. Aber niemand kam. Sie saß da, aufrecht, mit entschlossen im Schoß gefalteten Händen, und dachte an die vielen Stunden, die sie über den Farmbüchern verbracht hatte, Stunden über Stunden, mit ihren ordentlichen Zahlenkolonnen, ihrer Hingabe ans Detail, ihrer Willfährigkeit gegenüber Joes fortschrittlichen Wünschen. Die Idee, daß sie all die Jahre im Irrtum gewesen war, daß Joe letzten Endes doch nicht gewußt hatte, was er tat, war empörend, unvorstellbar. Und daß sie ins Haus eines Melkers zogen, kam überhaupt nicht in Frage. Sie mußte mehr als eine Stunde so dagesessen haben. Die bis ins letzte Detail vertraute Landschaft vor dem Fenster versank in Dunkelheit, und sie konnte nicht mehr sehen, wie die Mehlschwalben herumflogen, die so getreulich unter den Dachtraufen des Hauses genistet hatten. Schließlich war sie wieder hinuntergegangen und hatte sie alle noch dort vorgefunden, immer noch redend, immer noch entschlossen. Judy hatte sie angelächelt, ein Lächeln, das, vermutete Dilys, Sympathie angesichts des Unvermeidlichen ausdrükken sollte. Aber Dilys war nicht bereit für derartige Sympathie. Sie hatte den Wasserkessel aufgesetzt, lautstark und demonstrativ, Tassen auf den Tisch geknallt und mit Löffeln geklappert.

Doch trotz alledem war sie jetzt hier, in dem Zimmer,

das früher Gareth' Eddie gehört hatte, und befreite das Fenster von Kampfsport-Aufklebern. Debbie hatte das Zimmer makellos sauber hinterlassen, aber die Aufkleber waren noch da und außerdem irgendwelche sehr alten Vorhänge, die aussahen, als hätte jemand Bleichmittel darauf gespritzt, und zwei Sorten Tapete. Debbie hatte offenbar eine Vorliebe für Tapete. Überall war welche geklebt, sogar im Badezimmer, ein Muster aus Muscheln und Seepferdchen, unpraktisch und schrullig. Doch trotz all der Tapeten und der Aufkleber war es Dilys unmöglich, das Haus nicht zu mögen. Sie hatte es versucht und nicht gekonnt. Sie hatte sich sehr angestrengt bemüht, zu empfinden, daß sie zwar gerettet worden waren, aber auf eine völlig falsche Weise – aber auch das war ihr nicht gelungen. Auf irgendeiner Ebene ihres Bewußtseins hatte sie sich gewünscht, fühlen zu können, daß aus dem Verlust von Joe nicht das geringste gerettet werden konnte oder sollte, und dieser Wunsch, der in ihrem Herzen den größten Raum einnahm, war am allerwenigsten in Erfüllung gegangen.

Sie legte die Aufkleber in einer Reihe auf die Fensterbank. Vielleicht würden sie Hughie gefallen. Aber andererseits sollte man ihn vielleicht nicht ermutigen, sich für etwas so Häßliches und Gewalttätiges zu interessieren. Schließlich hatte Hughie nichts an sich, was auch nur im entferntesten gewalttätig war. Ganz im Gegenteil. Oft, wenn Dilys abends nach Dean Place hinüberging und Hughie in Joes früherem Zimmer vorlas, überkam sie das unerklärliche Gefühl eines Friedens, den sie früher nie gekannt hatte. Triumphe hatte sie gehabt, Befriedigung, das Empfinden, etwas geleistet zu haben, Siege, aber keinen Frieden. An Hughies Bett zu sitzen und ihm die komischen kleinen Geschichten vorzulesen, die er liebte, von Maulwürfen und Tigern in Schuhen und Schals, die ihrem von Zwischenfällen heimgesuchten, aber letzten Endes doch immer sicheren, vermenschlichten Alltagsleben nachgingen, vermittelte ihr unbestreitbar Frieden. Dort empfand sie Stille, Freiheit von jeder Beunruhigung, seelische Ruhe und Gelassenheit. Es gab keine Erklärung dafür, aber es war da, umgab sie und Hughie, der in Joes Bett saß, wie ein stilles Wasser oder ein schneebedecktes Feld, stumm und unangetastet.

Sie schraubte den Deckel von der Spiritusflasche, die sie mit heraufgebracht hatte, und befeuchtete einen Lappen damit, um die Klebstoffreste zu entfernen, die die Aufkleber an der Scheibe hinterlassen hatten. In zwei Wochen würde Lyndsays neuer Verwalter in Joes und Lyndsays ehemaliges Haus einziehen, ein junger Mann, der bis vor zwei Jahren ein Landwirtschafts-College besucht hatte, mit einem Dreijahresvertrag. Er hatte keine Frau, aber er lebte mit einer Freundin zusammen, die auch im Farmgeschäft war, allem Anschein nach eine Spezialistin für den Salatanbau. Früher, dachte Dilys, hätte sie ganz entschieden ihr Veto eingelegt gegen ein Paar, das nicht verheiratet war – aber jetzt nicht mehr, nicht seit Zoe, nicht seit sie diese eigenartige Ruhe überkommen hatte, die bewirkte, daß es sie weit weniger als in der Vergangenheit drängte, gegen irgend etwas ihr Veto einzulegen.

Dort, hinter dem Maisfeld und direkt in ihrem Blick, lag Robins Haus. Sie hatte seit fünfundzwanzig Jahren nicht in Robins Nähe gelebt und das Haus nie ohne das mißbilligende Gefühl betrachtet, wie anders es unter ihrer Obhut aussehen, wie unterschiedlich sie es instand halten würde. Dieses Gefühl hatte sie jetzt nicht mehr. Robin führte Verhandlungen, es zu verkaufen und mit ihm das Land und das Haus, in dem sie sich selbst befand, gerade in diesem Moment, und sie wünschte sich von ganzem Herzen, daß es ihm gelingen würde. Die Aussichten schienen gut, aber sicher konnte man nicht sein. Wenn die letzten sechs Monate Dilys überhaupt etwas gelehrt hatten, dann die Tatsache, wie töricht es war, sich der Zukunft sicher zu sein.

Dilys packte ihre Putzsachen zusammen und sah auf die Uhr. Zehn vor zwölf. In zehn Minuten würde Harry zum Lunch hereinkommen, ein verwandelter Harry, der in all den Jahren, seit sie ihn kannte, immer strikt gegen Viehhaltung gewesen war und sich jetzt voller Begeisterung auf die Kühe gestürzt hatte. Er war zu Robins rechter Hand geworden, wanderte jeden Tag ein halbes dutzendmal durch das Maisfeld und kehrte immer mit diesem Ausdruck schläfriger Befriedigung zurück, den sie seit Jahren nicht mehr auf seinem Gesicht gesehen hatte. Er hatte all die Arbeit, die er wollte, und keine der Sorgen. Robin war es, der die Sorgen hatte. Robin, dachte Dilys jetzt, hatte immer die Sorgen gehabt, sein ganzes Leben lang. Aber auf die merkwürdige Art, wie sich die Dinge entwickelt hatten, würde er vielleicht auch ein paar Belohnungen dafür erhalten, nicht zuletzt durch Judy, die ab September das Landwirtschafts-College besuchen würde, zur Hälfte von der Bank und zur anderen Hälfte von ihrer Tante Lyndsay finanziert. Was hätte mein Vater davon gehalten, fragte sich Dilys, während sie vorsichtig die Treppe hinunterging, was hätte er davon gehalten, wenn er diese Frauen – diese *Frauen* – auf einer Farm gesehen hätte? Judy in einem Overall, Lyndsay, die davon sprach, sich einen Computer anzuschaffen …

Dilys betrat ihre kleine Küche. Die Sonne fiel durch das Südfenster ein und beleuchtete den Topf mit Petersilie, den sie auf die Fensterbank gestellt hatte, die frisch gespülten Marmeladengläser und das zusammengefaltete Wischtuch. Sie hatte noch nie ein Küchenfenster nach Süden hinaus gehabt, nie in einem Raum gelebt, in den die Sonne hereinschien, ein Faktor war. Sie drehte den Wasserhahn auf und wusch sich langsam die Hände, träumerisch, schaute hinaus über die hohen, raschelnden Maishalme auf das Dach von Tideswell, die Scheunen und die anderen Gebäude. Veränderung und Verlust, sagte sie zu sich selbst, Veränderung und Verlust, wie eine Litanei, immer und immer wieder, das Leben trägt einen davon, trägt Dinge von einem fort, und dann bringt es etwas zurück, irgendeine Kleinigkeit, nach der man nicht Ausschau gehalten hat, von der man nicht gewußt hat, daß man sie braucht, bis man sah, daß sie herangespült worden war, vor den Füßen wartete. Veränderung und Verlust. Und Wachstum. Wachstum, wo man es nie gesucht, nicht einmal ans Suchen gedacht hatte.

Weil man nicht bereit dazu war. Weil man den Verlust nicht kennengelernt hatte. Dilys drehte den Wasserhahn zu und trocknete sich sorgfältig die Hände ab, polierte ihren dünnen, alten rötlichgoldenen Ehering. Dann begann sie, Schränke und Schubladen zu öffnen, auf der Suche nach dem Schneidebrett, einem Laib Brot und einem Messer.

In einer wunderschönen alten
Remise mitten auf dem
englischen Land treffen sechs
Menschen aufeinander. Alle
sind an einem Wendepunkt
ihres Lebens angelangt und
sehnen sich nach einem neuen
Zuhause. Auf der Suche nach
dem ganz persönlichen Glück
kommen sie sich näher ...

*»Scharfsinniger Humor und
Romantik ... Erica James
schreibt wie eine Brise frischen
Windes.«*
Daily Mail

Erica James

Wo dein Zuhause ist
Roman

Econ | **ULLSTEIN** | List

Ist Vianne Rocher eine Magierin? Sie verzaubert die Menschen mit ihren selbstgemachten Pralinés und Schokoladenkreationen. In dem französischen Städtchen, in dem sie sich niederläßt, gewinnt sie rasch Zugang zu allen Herzen. Mit einer Ausnahme: Pater Reynaud erklärt ihr, besorgt um das Seelenheil seiner Gemeinde, den Krieg.

Ein bezaubernder Roman um die unwiderstehliche Verführungskraft von Schokolade, verfilmt mit Juliette Binoche und Johnny Depp

»Dieser Roman macht Appetit auf Leckereien.«
Welt am Sonntag

Joanne Harris

Chocolat
Roman

Econ | Ullstein | List

Emma Harte ist eine der
wohlhabendsten Frauen der
Welt. Doch zu ihrem
achtzigsten Geburtstag will sie
die Führung ihres Imperiums in
die Hände ihrer schönen,
vitalen Enkelin Paula legen. Sie
hat den Geschäftssinn der
Großmutter geerbt. Werden
Emmas Kinder sich kampflos
um das lang erwartete Erbe
bringen lassen? Paula gerät in
ein Netz von Intrigen und
Verrat. Am Ende kann sie nicht
einmal mehr dem eigenen
Mann trauen. Doch da naht
Hilfe von unerwarteter Seite
und mit ihr vielleicht auch die
große Liebe.

*»Eine einzigartige intime
Darstellung der High-Society.«*
Für Sie

Barbara Taylor Bradford

Bewahrt den Traum
Roman

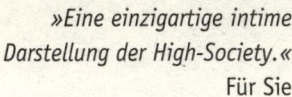

Econ | **ULLSTEIN** | List

»Mitunter muß man in die
Vergangenheit zurück, wenn
man die Zukunft gewinnen will.«
Dieser Satz bewahrheitet sich
für die erfolgreiche New Yorker
Journalistin Micah, die nach
langer Abwesenheit in ihren
Geburtsort, eine Kleinstadt in
Georgia, zurückkehrt. Dort wird
sie mit ihrer Kindheit konfron-
tiert, die an einem Abend vor
zwanzig Jahren nach einem
erbitterten Streit in ihrem
Elternhaus abrupt endete.
Nun liegt ihr Vater im Sterben.
Sein letzter Wunsch ist es,
zu verhindern, daß das alte
Familienhaus einer geplanten
neuen Straße weichen muß.
Der Kampf um das Haus bringt
den sterbenden Vater und seine
jüngste Tochter einander
wieder näher ...

*Heimwärts ist ein bewegender
Roman über den amerikanischen
Süden von heute, über Treue und
Verrat, Vertrauen und Habgier,
Leidenschaft und Tod – und
der Roman einer wiedergefun-
denen Kindheit.*

Anne Rivers Siddons

Heimwärts
Roman

Econ | ULLSTEIN | List

B10